HEYNE

Das Buch

Während die US Air Force in Südkorea in Kampfhandlungen zwischen Südkorea und Nordkorea verwickelt wird, erfährt US-Präsident Livingston von den Vorbereitungen Russlands für einen Atomschlag gegen China. Er hofft, die Lage in den Griff zu bekommen, indem er die Chinesen vor den bevorstehenden Schlägen warnt. Dies stellt sich jedoch als verhängnisvoller Fehler heraus, da diese nun ihre Raketen Richtung Moskau schicken. Dort hat General Zorin kurzzeitig die Macht übernommen und glaubt sich von den USA angegriffen. Sofort gibt er Befehl zum Gegenschlag. In den bangen Momenten vor dem Einschlag der russischen Raketen gibt Livingston dem Druck der Militärs nach und beginnt seinerseits den Krieg mit biologischen, chemischen und als letztem Mittel atomaren Waffen. Doch Livingston kann seine Absetzung nicht verhindern. Sein Nachfolger, ein opportunistischer Kriegstreiber, befiehlt trotz der Bedrohung der USA durch russische Atom-Unterseeboote die Invasion Russlands durch amerikanische Truppen …

»*Gegenschlag* ist der ultimative High-Tech-Thriller, ein dramatischer und erschreckend glaubhafter Roman über das, was passieren könnte, falls – oder besser – sobald das neue Russland zusammenbricht.«
Stephen Coonts

Der Autor

Eric L. Harry wurde 1958 in Ocean Springs, Mississippi, geboren. Vor seiner Tätigkeit als Schriftsteller machte er Karriere als Anwalt und Experte für Militärfragen. Er spricht fließend Russisch und hat in Russland sowohl studiert als auch gearbeitet.
Eric L. Harry und seine aus Moskau stammende Frau Marina leben mit ihren beiden Söhnen in Houston, Texas.

ERIC L. HARRY

GEGENSCHLAG

Roman

Aus dem Amerikanischen
von Heiner Friedlich

WILHELM HEYNE VERLAG
MÜNCHEN

HEYNE ALLGEMEINE REIHE
Band-Nr. 01/13441

Die Originalausgabe
ARC LIGHT
erschien 1994 bei BCA

Umwelthinweis:
Dieses Buch wurde auf
chlor- und säurefreiem Papier gedruckt.

Redaktion: Verlagsbüro Oliver Neumann

Deutsche Erstausgabe 01/2002

Printed in Germany 2002
Umschlagillustration: Chris Moore/Artist Partners
Umschlaggestaltung: Nele Schütz Design, München
Satz: Buch-Werkstatt GmbH, Bad Aibling
Druck und Bindung: Ebner, Ulm

ISBN: 3-453-19905-7

http://www.heyne.de

Für Marina, meine Frau und beste Freundin:

Я люблю тебя

An welchem Punkt sollen wir die Gefahr erwarten? Wie sollen wir uns gegen sie wappnen? Sollen wir darauf warten, dass ein militärischer Riese den Ozean überschreitet und uns mit einem Schlag vernichtet? Niemals! Selbst wenn sich die Armeen Europas, Asiens und Afrikas vereinten, selbst wenn sie alle Schätze dieser Erde besäßen … würde es ihnen in tausend Jahren nicht gelingen, sich einen Schluck Wasser aus dem Ohio zu erkämpfen oder sich gewaltsam einen Pfad durch die Blue Ridge-Berge zu bahnen … Wenn Zerstörung unser Los sein soll, müssen wir selbst dieses Werk beginnen und vollenden. Als eine Nation freier Menschen müssen wir die Zeiten überdauern – oder durch Selbstmord untergehen.

Abraham Lincoln
27. Januar 1838

PROLOG

Südlich der demilitarisierten Zone, Südkorea
10. Juni, 1100 Uhr GMT (2000 Uhr Ortszeit)

»Arc Light, Arc Light«, drang es schwach durch die elektronischen Störgeräusche über den Lautsprecher des Funkgeräts. US-Army Captain Bernard Weaver konnte es nicht fassen.

Der südkoreanische Leutnant, Pak, blickte ihn fragend an. »Was war das?«, erkundigte er sich mit starkem Akzent, als klar war, dass es Weaver nicht gelingen würde, das ferne Signal deutlicher einzustellen.

Weaver wollte es noch immer nicht glauben. »Das ist … äh … die Aufforderung für einen B-52-Einsatz.«

Paks Augen öffneten sich weit, seine Kinnlade fiel herab. Hier, am Tisch des in die Erde gegrabenen Kommandostands, schien alles ruhig zu sein. Bestimmt hatte er die Meldung missverstanden, dachte Weaver. *Arc Light …* Die Worte jagten ihm einen kalten Schauer über den Rücken. *Was zum Teufel ist da los?*

Mit einem Blick auf den Bericht griff er nach dem Handmikrofon. Selbst wenn er keinen Kontakt zu den hinteren Linien herstellen konnte, hörten sie ihn vielleicht. »Alpha Lima sechs sechs, hier India Tango vier sieben. Standby für OPREP-3.« Der Operations Report – der Lagebericht – konnte politische Auswirkungen haben, deshalb hatte er ihm die Dringlichkeitsstufe Drei gegeben. Sobald er es mit dem Funkspruch probiert hatte, würde er zusammenpacken und zu Fuß den Rückzug antreten. Vorher jedoch musste er seine Nachricht an das Emergency Operations Center des Pazifikkommandos absetzen. »An EOCPACOM. Hier India Tango vier sieben. Armee der Republik Korea meldet Sichtung in der demilitarisierten Zone, zirka fünfundzwanzig Kilometer Ostsüdost von Panmunjon. Infanterieeinheit der nordkoreanischen Armee in Kompaniestärke«, las Weaver ab und nahm, wie er es gelernt hatte, kurz den Finger von der

Sprechtaste. »Zeit etwa 1630 Zulu« – »Zulu« stand für Greenwich Mean Time, also englische Zeit – »beobachtete Aktivität beinhaltete Grabungsarbeiten.«

In diesem Augenblick fiel ein einzelner Gewehrschuss, dem eine halbe Sekunde später ein wahres Feuerwerk aus leichten Waffen folgte, das mehrere Sekunden lang immer lauter wurde, bis das gesamte Bataillon zu schießen schien. Mit jedem Dezibel, den der Kampflärm lauter wurde, flatterten Weavers Herzschlag und Puls stärker.

Pak griff nach seinem Helm und dem M-16-Sturmgewehr und rannte wortlos durch den offenen Eingang des Kommandostands in die Dunkelheit hinaus.

Während er sich die Kappe der Spezialeinheiten vom stoppeligen Kopf riss und seinen Kevlarhelm aus dem Rucksack holte, kämpfte Weaver darum, die Fassung zu bewahren und bei klarem Verstand zu bleiben. Da er sich während des Golfkriegs noch in der Spezialausbildung befunden hatte, war er bis jetzt nie in eine Kampfhandlung verwickelt gewesen. In den letzten Tagen hatte er sich entlang der Grenzlinie von Scharmützel zu Scharmützel durchgeschlagen, wobei seine einzige Aktion darin bestanden hatte, die nachträglichen Berichte untergeordneter koreanischer Offiziere weiterzuleiten. Diesmal allerdings, dachte er, während er nach dem Gewehr griff und auf das Feuer lauschte, das den Abhang des Hügels bestrich, war er zur richtigen Zeit am richtigen Ort.

Draußen wurde das erste Grollen der Artillerie laut. Trotz seiner Entfernung vom Sperrfeuer konnte Weaver den Boden unter seinen Fußsohlen vibrieren fühlen, als durch den Eingang das Getöse der Einschläge drang. Er erstarrte. Das hatte eine ganz andere Qualität als das, was sich den Erzählungen zufolge in den letzten vierzig Jahren hier abgespielt hatte. Das Sperrfeuer gewann an wütender Intensität – ganz im Stil der Russen. Lehm wurde durch die Balken und Sperrholzplatten geschleudert, die das Erddach des Kommandostands trugen. Flüchtig kam ihm der Gedanke, dass das vielleicht wirklich der große Angriff war. Mit jedem Augenblick wurde diese Möglichkeit realer. Aber das US-Pazifikkommando befand sich seit fast einer Woche in Alarmbereitschaft und die Marines führten direkt vor der Küste die Operation Eastern Gale durch. Unmöglich, dass die Nordkoreaner es angesichts dieses Säbelrasselns wagten …

Weaver schulterte seinen Rucksack, rückte die schwere, nach Segeltuch und Schweiß riechende Last zurecht und schloss die Schnallen. Die Artillerie feuerte nun beständig und die Luft im Kommandostand war schwer von Staub. In seiner unmittelbaren Umgebung fiel dagegen nur alle drei bis vier Sekunden ein Schuss.

Mit jedem Schritt, den er sich der ersten Krümmung des im Zickzack angelegten Eingangs näherte – der von draußen eindringendes Feuer und Schrapnell abhalten sollte –, wurde der Lärm lauter. Er blieb stehen, um den Durchladegriff seines AR-15 »Commando« zu betätigen, zog die Schulterstütze aus dem Schaft und stellte den Wählschalter nach hinten auf »Auto«. Allmählich gewöhnten sich seine Augen an die Dunkelheit.

Geduckt umrundete er die Sandsäcke, die den Bunker vom Graben trennten, und fand sich unter freiem Himmel wieder. Der Gefechtslärm war hier viel lauter als im Inneren des Bunkers. Rechts und links von sich konnte Weaver im Graben südkoreanische Soldaten erkennen, die den Abhang mit M-16 und M-60-Maschinengewehren bestrichen. In den kurzen gelben Blitzen des Mündungsfeuers der modernen Waffen sah er ihre weit aufgerissenen Augen. Über ihnen flammten Leuchtsätze grell auf, um dann an kleinen Fallschirmen zu Boden zu segeln, wobei sie den Graben in ein eigenartig gedämpftes weißes Licht tauchten. Gebannt beobachtete Weaver, wie die Dunkelheit den Grund des Grabens langsam erneut verschlang und, wenn sich ein Leuchtgeschoss dem Boden näherte, auch nach der gegenüberliegenden Wand griff.

Etwa siebzig Meter von ihm entfernt explodierte eine Artilleriegranate in der Luft über der Grabenlinie. Lärm und Druckwelle waren so stark, dass er für einen Augenblick benommen war und sich nicht rühren konnte. Als er sich tiefer in den Graben duckte, sah er die Augen des südkoreanischen Schützen neben sich, der sich wie er gegen die Erdwand presste. Links von ihm war die Besatzung des Maschinengewehrs ebenfalls in Deckung gegangen. Aus den Gesichtern, die langsam von der Dunkelheit verschluckt wurden, während der letzte Leuchtsatz an Höhe verlor, starrten ihn von Panik erfüllte Augen an.

Weaver ließ den Rucksack von seinen Schultern gleiten und kletterte in einen Schießstand auf der Grabenwand, von dem aus er über den Abhang zur demilitarisierten Zone sehen konnte. Der Anblick, der sich ihm bot, als er über die Sandsäcke spähte, entsprach seinen Erwartungen und war doch unendlich entsetzlicher als alles, was er sich vorgestellt hatte. Im Licht der Leuchtmunition sah er überall Gruppen schwarz gekleideter Männer auf die mit Drahtrollen gesicherte Linie zueilen, die lange, mit Griffen versehene Baumstämme trugen. Ihnen folgten Dutzende anderer Nordkoreaner, die den Abhang nach oben, in Richtung der Südkoreaner, mit Feuer aus ihren Handwaffen bestrichen. Die Offiziere brüllten Befehle und erteilten den Männern mit schrillen Signalen ihrer Trillerpfeifen Anweisungen. Als die erste Gruppe die Barriere erreicht hatte, schleuderte sie den Baumstamm auf den Draht, der so nach unten gedrückt wurde, und warf sich dann auf den Boden, um ebenfalls zu feuern. Unterdessen landete der zweite Baumstamm weiter oben am Abhang als Verlängerung des ersten. Zu beiden Seiten der Stämme fielen beständig Männer, aber es blieben immer noch genug übrig, die sich den Weg zu ihrem Ziel freikämpften. Wieder und wieder wurden Stämme auf den Draht geschleudert, auch wenn dabei gelegentlich eine Mine getroffen wurde, deren Explosion die Nordkoreaner in ihrer Nähe das Leben kostete. Ein Manöver von brutaler Effizienz, das hervorragend eingeübt und vor allem schnell war.

Weaver legte den kühlen Kunststoffkolben seines Karabiners an die Wange, nahm eine Gruppe Soldaten an der Drahtbarriere ins Visier und gab eine kurze, trockene Garbe ab. Als er die Waffe nach dem heftigen Rückstoß wieder in Position gebracht hatte, sah er an der Stelle, die er beschossen hatte, reglose Körper liegen. Bevor er erneut feuern konnte, wuchs der grausige Stapel unter den Schüssen der südkoreanischen Soldaten zu beiden Seiten von ihm. Doch inzwischen waren andere Nordkoreaner herangeeilt und setzten die Arbeit fort. Weaver schoss auf dieselbe Stelle und weitere Männer stürzten zu Boden.

Nachdem er das Magazin geleert hatte, stieg er über die Stufe am Schießstand in den Graben zurück und schulterte sein Überlebenspack. *Höchste Zeit zu verschwinden. Abhauen und in Deckung gehen,* dachte er, wobei er im Geist bereits einen dicht bewachsenen, kleinen Hügel mit zerklüfteten Zacken und Vorsprüngen ins Auge fasste, den er einen knappen Kilometer hinter der demilitarisierten Zone passiert hatte. *Klugheit vor Tapferkeit.* Er sah zu dem südkoreanischen Schützen hinüber, der sich in den Graben geduckt hatte und ihn nicht aus den Augen ließ. Ein Blick zur anderen Seite verriet ihm, dass die Besatzung des M-60 zwar immer noch feuerte, ihn dabei aber ständig beobachtete. *Wo zum Teufel ist Pak eigentlich?* Wütend hielt Weaver nach dem Mann Ausschau, der den Zug dieser Männer befehligte und vermutlich zum Kommandoposten der Kompanie gerufen worden war.

Einen Augenblick lang zögerte er auf halbem Weg zwischen Vorder- und Rückwand des Grabens. Der Schütze starrte ihn unverwandt an. *Warum hat Pak sich nicht um das arme Schwein gekümmert?* Pak hatte gegen eine der wichtigsten Regeln eines nächtlichen Infanterieeinsatzes verstoßen: seine Leute niemals allein zu lassen. »Scheiße!«, sagte er schließlich, während er ein neues Magazin in die Waffe schob und erneut in den Schießstand kletterte. Diesmal behielt er das Überlebenspack auf dem Rücken.

In kurzen Garben verfeuerte er die dreißig Schuss seines zweiten Magazins, legte das dritte ein und bestrich erneut den Abhang direkt unter ihm. Bei seinem Karabiner handelte es sich um ein M-16, dessen Lauf von zwanzig auf elf Zoll verkürzt war. Dadurch verringerte sich die Mündungsgeschwindigkeit der Patronen und damit ihre Reichweite, Genauigkeit und Durchschlagskraft beträchtlich zugunsten des leichteren Gewichts und des kompakteren Designs. Allerdings spuckte sie mit jedem Druck auf den Abzug 5,56-mm-NATO-Munition von sich, die jedes Mal mehrere Nordkoreaner niedermähte. Diesem Job war die Waffe mehr als gewachsen; aus einer solchen Entfernung hätte auch eine Pistole gereicht.

Unter den herandrängenden Körpern wechselte Weaver, methodisch feuernd, von Ziel zu Ziel, bis es Zeit war nachzuladen. Doch nachdem er ein volles Magazin eingelegt hatte, zögerte er. Überall waren Nordkoreaner, die noch nicht einmal so weit entfernt waren wie die Ziele auf dem Übungsschießstand. Es waren unglaublich viele und alle waren sie ihm ohne jede Deckung preisgegeben. Erneut legte er die Waffe an die Wange und begann, weitere Leiber niederzumähen. Allmählich fand er sich in der Kampfsituation zurecht und wurde innerlich ruhig. Das langjährige Training, bei dem er routinemäßig ein Ziel nach dem anderen ins Visier genommen und abgedrückt hatte, zeigte seine Wirkung und verdrängte die Angst von vorhin.

Ich bin der Herr des Berges, dachte Weaver. *Ich bin auf dem Berg, ich bin der König, ihr Mistkerle!*

Aber die Nordkoreaner rückten immer weiter vor. Zum ersten Mal spritzte um seinen Kopf und seine Schultern herum Erde auf, so dass er sich ducken musste. Als er aufblickte, nachdem er sein fünftes und vorletztes Magazin geladen hatte, sah er, wie zwei Gruppen von Koreanern die letzte Drahtbarriere durchbrachen. Weaver zielte und belegte die eine der beiden Breschen genau in dem Moment mit Feuer, als eine Einheit von der Größe eines Zuges durch die Lücke eilte. Obwohl die Bresche schmal war und mehrere Männer unter seinen Schüssen zu Boden gingen, gelang es den meisten, die Engstelle zu passieren. Sofort fächerten sie aus, während sie die letzten Meter des Abhangs hochliefen.

Jemand löste zwei Claymores aus, die ihre tödliche Ladung über dem Hügel zu spucken begannen, was Dutzende schwarz gekleideter Nordkoreaner das Leben kostete. Im Südwesten entdeckte Weaver in der Ferne eine Reihe von Hubschraubern, die gegen die Feuer auf dem Hügel hinter ihnen nur als schwarze Umrisse sichtbar waren und offenbar über die demilitarisierte Zone nach Süden flogen. Ein Blick auf den Abhang unter ihm sagte ihm, dass sein Schicksal nun von einer einfachen Formel abhing: Feuergeschwindigkeit der Verteidiger gegen Geschwindigkeit des Vormarschs. Da es keinen Draht mehr gab, der sie zurückhielt, schlossen die Nordkoreaner die Lücken schnell. Die Formel würde nur ein Ergebnis haben, wurde ihm schlagartig klar. Das war keine Finte, kein Test. In der Dunkelheit im Norden saßen keine Geheimdienstoffiziere, die die südkoreanischen Positionen anhand des Mündungsfeuers Waffe für Waffe registrierten. Der Feind würde sie nicht umgehen, sondern überrennen. Genau hier würde der Durchbruch erfolgen.

Ihm wurde eiskalt, als ihm die Bedeutung seiner Überlegungen bewusst wurde. Er starrte immer noch den Abhang hinunter ins Leere, als er aus dem Augenwinkel zu beiden Seiten seiner Position auf dem Hügel eine Aufwärtsbewegung entdeckte. Das orangefarbene Mündungsfeuer und das laute Krachen der Gewehre drangen nun schwach durch den allgemeinen Lärm und die Lichtblitze der Waffen, die die Hügel um ihn herum erfüllten. Mechanisch stellte er den Hebel auf Halbautomatik und begann einzelne Schüsse auf individuelle Ziele abzugeben, die sich aus der Dunkelheit erhoben, um drei oder vier Meter auf ihn zuzurennen. Mit jedem zweiten oder dritten Schuss erledigte er einen weiteren Nordkoreaner. Anders als zuvor jedoch wurden die Krämpfe, die seine Muskeln und Gedärme immer wieder packten, auch durch die Tatsache, dass er in Aktion war, nicht gelindert.

Nervös warf er einen Blick auf das Maschinengewehr links von sich. Zu seinem Entsetzen stellte er fest, dass hundert Meter von ihm entfernt Nordkoreaner in den Graben strömten und das M-60 verstummt war. Von der Besatzung keine Spur. Während ihm die Kugeln um den Kopf pfiffen, wandte er sich nach rechts, nur um zu entdecken, dass der Soldat mit dem M-16 in einer merkwürdig verdrehten Stellung auf dem Boden des Grabens lag. Als er den Karabiner wieder anlegte, sah er sowohl direkt vor sich als auch aus dem Augenwinkel zahlreiche dunkle Gruppen von Männern, die nur fünfzig Meter vor ihm den Abhang hinaufrasten. Das bedeutete zahlreiche Durchbruchstellen.

Nachdem er eine letzte vollautomatische Garbe abgegeben hatte, sank er in den Graben zurück. Ein Kugelhagel ließ Lehmklumpen auf ihn herniederregnen und riss mit einem beständigen dumpfen Trommelwirbel die Sandsäcke des Bunkers hinter ihm auf. Eigentlich hätte die Schlacht ihren Höhepunkt erreichen müssen, als die Nordkoreaner den Rand des Grabens stürmten. Statt dessen verstummte der Gefechtslärm allmählich. Plötzlich hörte Weaver das Dröhnen in seinen Ohren, das durch das Abfeuern des Karabiners ausgelöst worden war – ein durch Watte gedämpftes Heulen. Wie eine Brandungswelle packte ihn die Erkenntnis, was um ihn herum geschah. Die Strömung riss ihn und seine schwere Ausrüstung zu Boden; der gut gesicherte Rucksack ruckelte nur leicht. *Zu spät,* dachte er unter Schock, während auf die hohe Vorderwand des Grabens starrte, über die nun jeden Augenblick die Nordkoreaner strömen würden. *Verdammt, es ist zu spät!*

Das Feuer von Artillerie und automatischen Waffen war dem wesentlich bedrohlicheren Geräusch einzelner Gewehrschüsse entlang der Grabenlinie gewichen. *O Gott, o Gott, o Gott.* Wie ein Mantra wiederholten sich diese Wort in Weavers Kopf, verdrängten alle anderen Gedanken, während er den Graben mit den Augen nach einem Versteck absuchte. Ein greller Blitz und ein Ruck, den er durch seinen Hosenboden spürte, ließen ihn nach links blicken. Aus dem massiv mit Sandsäcken geschützten Kommandoposten, der ihm am nächsten lag, stieg Feuer auf. Schwarzer Rauch quoll aus der Öffnung, während ein weiterer Lichtblitz am Hügel dahinter verkündete, dass der nächste Bunker das gleiche Ende gefunden hatte. Sie sprengten die Kommandoposten. *Das sind schwere Ladungen,* dachte er. *Sprengstoffpakete.*

Was soll ich tun? Was soll ich nur tun? In seinem Kopf drehte sich alles und er musste sich zum Atmen zwingen. Aber sein Gehirn versagte ihm den Dienst und die durch das unerbittliche Training der Special Forces geschulten Muskeln und Sehnen warteten bewegungslos auf Befehle von dem einen Organ, das nie wirklich auf alles vorbereitet sein kann.

In diesen wenigen Sekunden wurde alles unwirklich. Er war allein. Nichts drang durch die Leere, die sein Gehirn erfüllte und alles andere auslöschte. Dann aber erregten das Geräusch fallender Erde und eine Bewegung in seinem Augenwinkel seine Aufmerksamkeit. Kälte umschloss ihn und er begann zu zittern. Zu beiden Seiten von ihm strömten Dutzende Nordkoreaner über die vordere Grabenkante. Die Zeit verging so langsam, dass sie fast stillzustehen schien. Da die Besatzungen der Minenwerfer nur gut einen Kilometer hinter der Durchbruchstelle die Flucht ergriffen hatten, fielen auch keine Leuchtsätze mehr. In der Dunkelheit beobachtete Weaver, wie sich die Männer links von ihm vom Lehmboden des Grabens erhoben. Nun warfen die ersten ihre Gewehre auf den Rand der gegenüberliegenden Wand, krallten sich in den Lehm und kletterten aus dem Graben, um weiter vorzurücken. Entsetzt beobachtete er, wie einer nach dem anderen folgte. Mit dem Rücken an der Erdwand lehnend, drehte er langsam den Kopf, nur um festzustellen, dass sich rechts von ihm, keine fünfzehn Meter entfernt, das gleiche Schauspiel bot. In wenigen Sekunden waren alle verschwunden und Weaver war wieder allein. Um ihn herum herrschte Stille. Sein Verstand belebte sich weit genug, um zu erkennen, was gerade geschehen war. *Die erste Welle rückt sofort weiter vor, die zweite Welle …*

Erneut strömten Körper über die Grabenwand. Diesmal hielt ihn die eisige Furcht vollständig in ihrem Bann. Er zitterte unkontrollierbar und sein Magen krampfte sich unter der Anspannung zusammen. Als er versuchte zu schlucken, erstickte er fast an dem Geschmack von Säure und Stahl in seinem ausgetrockneten Mund. Die zuletzt Angekommenen verließen den Graben nicht. Zu seiner Linken sah Weaver vor den immer noch brennenden Feuern, die den nächtlichen Himmel entlang der Grabenlinien erhellten, für einen Augenblick den erhobenen Kolben eines Gewehrs. Er beobachtete, wie er mit der gesamten Waffe nach unten gerammt wurde. Das an ein Aufstoßen erinnernde Geräusch, das folgte, vervollständigte das Bild: Einer der zu Boden gegangenen Maschinengewehrschützen hatte den Tod gefunden. Dann ein kurzer, schwacher Ruf, eine Bitte in einer Sprache, die Weaver nicht verstand, die aber den Angreifern vertraut war: Der zweite Mann erlitt das gleiche Schicksal.

Als er das Flehen des Mannes hörte, den Klang der Stimme eines Menschen, der wie Weaver am Ende seines Lebens stand, verdrängte ein Gefühl der Resignation das Entsetzen, das ihn wenige Augenblicke zuvor, als er noch zu den Lebenden zählte, gepackt gehalten hatte. In diesen wenigen Sekunden war ihm gelungen, wozu sonst nur die ganz Alten fähig scheinen: Er hatte sein Ende akzeptiert, die Tatsache angenommen, dass sein Schicksal an diesem warmen Sommerabend der Tod war, hier, an diesem Ort, und jetzt. Es kam abrupt und bis zu diesem Augenblick unerwartet, aber es war unausweichlich.

Als hätte es sich um eine nutzlose Kleinigkeit gehandelt, holte Weaver tief und stoßweise Atem, bevor er das Gewehr anlegte, das ihm auf einmal erstaunlich schwer schien. Er zielte auf das sich links von ihm im Graben formierende Säuberungskommando. Dabei versuchte er, nicht zu denken, die Flut letzter Gedanken zu verdrängen, die ihn doch nur quälen würden. Seine lethargischen Bewegungen blieben unentdeckt und er saß stabil genug, um das Zittern seiner Hände auszugleichen. Er drückte den Abzug, konnte sich jedoch nicht überwinden, ihn weit genug durchzuziehen, um zu feuern und damit den Prozess in Gang zu setzen, der ebenso sein Leben wie das der anderen fordern würde. Bilder – wenn vor seinen geschlossenen Augenlidern nur nicht so viele Bilder vorüberjagen würden ...

Komm schon, Bernie, drängte ihn eine Stimme in seinem Bewusstsein, wobei sein Mund lautlose Worte formte. *Bring es hinter dich, Mann. Tu es. Komm schon.*

Als er die Augen öffnete, um sicherzugehen, dass er richtig zielte, sah er, wie sich ihm die dunklen Gestalten im Graben näherten. Er füllte seine Lungen bis zum Bersten mit Luft. Schauer liefen über seine Haut, als er erneut die Augen schloss und den Abzug vollständig durchzog.

ERSTER TEIL

*Man hat die Menschheit mit einem Schläfer verglichen,
der im Schlaf mit Streichhölzern spielt und in Flammen steht,
wenn er erwacht.*

H.G. Wells, Befreite Welt

1. KAPITEL

Das Pentagon bei Washington, D.C.
11. Juni, 0430 Uhr GMT (2330 Uhr Ortszeit)

Ein einziges rotes Licht blinkte auf der Anzeigetafel des Telefons auf dem Schreibtisch, das über zwanzig Anschlüsse verfügte. General Andrew Thomas vergewisserte sich, dass es sich weder um den Präsidenten noch um das Pazifikkommando oder um eine andere der reservierten Leitungen in der unteren Reihe handelte. Es war ein ganz gewöhnlicher externer Anruf.

Thomas, der Vorsitzende der Vereinigten Stabschefs, rieb sich die geröteten Augen und wandte sich erneut dem Logistikreport des 8. Armeekommandos zu, der im Licht seiner Schreibtischlampe vor ihm lag. *Keine Zeit zum Schlafen,* dachte er gähnend. *Das kann ich nach dem Krieg erledigen.*

Seine Augen wanderten zu dem Kartentisch, der auf dem dicken, mit Wappen geschmückten Teppich seines Büros stand. Eine über die Karte von Korea gelegte Plastikfolie zeigte die letzten Bewegungen der nord- und südkoreanischen Truppen. Plötzlich veränderte sich das Licht, das indirekt auf den Tisch fiel. Thomas blickte auf den Wandschrank daneben, der einen Fernseher enthielt, auf dem jetzt die Worte »Extraausgabe der Nachrichten« erschienen. Das Bild wechselte zum Presseraum des Weißen Hauses, wo der Präsident seine Ansprache halten würde. Ein scharfer Schmerz durchfuhr Thomas: Er hatte so fest mit den Zähnen geknirscht, dass ihm die Kiefer weh taten. Soeben hatte er den Nationalen Sicherheitsrat verlassen, wo er seine Befehle erhalten hatte, und Frustration und Ärger waren noch frisch.

»Großer Gott.« Thomas stieß einen tiefen Seufzer aus, während er sich in dem überdimensionalen Polstersessel zurücklehnte, sich die Schläfen rieb und die Augen schloss. Seine Angst vor dem, was kommen würde, wurde immer stärker. Auf der großen Wandkarte hinter dem Tisch waren die blauen Markierungen für die in Osteuropa stationierten Einheiten kaum zu erkennen. Kopfschüttelnd erinnerte er sich daran, dass bei seinem ersten Job im Pentagon unter Reagan die Aufrüstung dafür gesorgt hatte, dass sie zweieinhalb Kriege auf einmal führen konnten: zwei große Kriege und ein regionales Scharmützel. Zu Zeiten des Golfkriegs hatte die Bush-Regierung dieses Potenzial auf zwei Kriege zurückgefahren. Als er unter Clinton von seinem Kommando über das III. Korps in Süddeutschland zurückkehrte, galt die Politik des »Siegen – Halten – Siegen«. Kriege konnten nunmehr nur noch nacheinander, nicht mehr gleichzeitig gewonnen werden. »Siegen – Verlieren – Zurückerobern« nannten es die Strategen hinter dem Rücken der Politiker bitter.

Erneut schüttelte er den Kopf. Das III., V. und VII. Korps, nahezu alle schweren Streitkräfte der regulären Armee und vier von sechs schweren Infanteriedivisionen standen in Deutschland, Polen und der Slowakei und nutzten ihm daher in Korea nicht das Geringste. Nach dem Militärcoup in Russland war dies eine rein politische Entscheidung gewesen. Die geheimen Sicherheitsabkommen der Bush-Ära mit Polen und der damaligen Tschechoslowakei hatten Präsident Livingstone keine Wahl gelassen. »Akzeptieren oder den Mund halten«, hatte Außenminister Moore es genannt, der sich kriegerischer gebärdete als die Stabschefs selbst. »Wenn Sie angesichts des russischen Einsatzes in Weißrussland nicht zu diesen Abkommen stehen, wird uns kein Land der Welt mehr vertrauen, wenn wir es unter unsere Fittiche nehmen. Außerdem geht es nur darum, Präsenz zu zeigen.« *Präsenz, die uns nun an anderer Stelle fehlt*, dachte Thomas.

Also, was wollen sie jetzt? Wir haben es ihnen doch erklärt. Wir haben dem Kongress bei den Anhörungen genau erläutert, wie es um unsere gegenwärtigen Möglichkeiten bestellt ist. »Sie haben gehört, was der Präsident gesagt hat«, hatte ihnen Irv Waller, der Stabschef des Weißen Hauses, vorhin bei der Sitzung des Nationalen Sicherheitsrates mitgeteilt. »Finden Sie einen Weg.«

Das rote Licht blinkte nicht mehr; sein Sekretär hatte abgenommen und würde den Anrufer abwimmeln. Vermutlich handelte es sich um einen von keinerlei Skrupeln geplagten Reporter, der auf den Gedanken gekommen war, beim Pentagon direkt Informationen einzuholen. Plötzlich kam Thomas die vertraute Umgebung seines stillen Büros fremd vor, als sähe er sie zum ersten Mal. Die Glasvitrinen mit den Erinnerungsstücken, die Flaggen der Einheiten mit den Feldzugsbannern, die gerahmten Belobigungen – all das schien unvermittelt aus einem Leben zu stammen, das nicht das seine war. Mit den Fotos aus früheren Zeiten begann der Faden, der die zusammengewürfelten Gegenstände miteinander und mit seiner Gegenwart verband. Körnige, schlecht fotografierte Bilder verdreckter junger Männer, die schwer an ihren eigenen Gliedern zu tragen hatten und gerade aus dem »Schlamassel« zurückgekehrt waren. Fotografiert wurde, weil man überlebt hatte. Immer waren es Gruppen, weil sich jeder seine Erinnerungen so wünschte: für immer zusammen. Traurigkeit erfasste ihn, als er die Reihe der Fotos an der Wand betrachtete, auf denen die Gruppe immer mehr zusammenschmolz. Damals war er zu müde gewesen, um den Schmerz zu fühlen.

Das Summen der Gegensprechanlage überraschte ihn. Mit einem Blick auf das Telefon drückte er die Sprechtaste. »Ich habe doch gesagt, ich möchte nicht gestört werden.«

»Es tut mir Leid, Sir, aber es ist General Rasow auf Leitung eins.«

»Was?«

»General Rasow … jemand, der behauptet, General Rasow zu sein, auf Leitung eins.«

Thomas' Augen richteten sich auf das im vorigen Jahr aufgenommene Foto. Selbst durch die Glasscheibe war das Charisma des strahlenden Helden des ersten russisch-chinesischen Kriegs zu spüren, dem es im Alter von nur sechsundvierzig Jahren gelungen war, eine russische Panzerarmee mit kühnen Attacken in die Flanken des chinesischen Angriffs zu treiben. Neben ihm Thomas selbst, mit ergrautem Haar und müde, aber voller Begeisterung über die überwältigende Siegesserie des Jüngeren. Tief im Inneren teilte er dessen Stolz, nachdem er ihn während des vierzig Tage dauernden Kriegs rund um die Uhr beraten hatte. »Holen Sie den diensthabenden Offizier und lassen Sie den Anruf zurückverfolgen«, befahl er.

»Sehr wohl, Sir.«

Thomas legte den Finger auf den Knopf am Telefon. Das erneut pulsierende Licht schimmerte blutrot durch seinen Fingernagel. Eine Sekunde lang rieb er über das glatte Plastik, bevor er den Knopf drückte.

»Wer zum Teufel ist da?«, fragte er energisch, wobei er jeden Augenblick damit rechnete, das Gelächter eines alten Kameraden von der Militärakademie zu hören, dessen Sinn für Humor ebenso zu wünschen übrig ließ wie sein Zeitgefühl.

»Hier ist General Juri Wladimirowitsch Rasow, Kommandeur des Militärbezirks Fernost der Republik Russland.« Thomas war wie vor den Kopf geschlagen. »Hallo, Andruscha.« Ein leises Rauschen im Hintergrund zeigte an, dass sich der Anrufer in weiter Ferne befand.

«Juri?«

«Ja, Andruschenka«, lautete die Antwort, die wiederum nach einer kleinen Pause kam – eine durch die Satellitenübertragung bedingte Verzögerung.

»Was …?«, begann Thomas, wusste dann aber nicht, wie er fortfahren sollte.

»Andrew, ich habe sehr schlechte Nachrichten.« Die Worte klangen leicht verwischt, als hätte der Sprecher dem Alkohol zugesprochen, obwohl Thomas wusste, dass das nicht der Fall sein konnte.

Er klingt erschöpft, dachte er, während er den kleinen Schalter seitlich am Telefon betätigte. Neben dem Wort AUFZEICHNUNG leuchtete ein gelbes Licht auf. »Sprechen Sie weiter«, erwiderte er vorsichtig.

»Wir haben unsere mit strategischen ballistischen Raketen ausgerüsteten Unterseeboot-Streitkräfte von ständiger in erhöhte Alarmbereitschaft versetzt. Ihr nächstes Satellitenbild dürfte das bestätigen. Zusätzlich wurde das Geschützfeld von Swobodnyj im Fernen Osten in höchste Alarmbereitschaft versetzt.« Als Rasow eine Pause einlegte, schien die Zeit stillzustehen. »In weniger als einer halben Stunde werden meine Artillerie und Raketen vierzehn taktische Ziele entlang unserer Front im besetzten Norden Chinas mit nuklearen Waffen angreifen. Wir beabsichtigen, Breschen zu schlagen, durch die wir Gegenangriffe starten können, die unsere Linien stabilisieren sollen. Um keine Eskalation zu riskieren, müssen wir natürlich die strategischen Streitkräfte der Chinesen neutralisieren.«

Thomas überkam ein Schwindelgefühl. »Juri, in Gottes Namen, das können Sie nicht tun!« Entsetzen ergriff ihn. Die lange Zeit sicher verschlossen geglaubte Büchse der Pandora hatte sich geöffnet und ließ ihre Dämonen frei.

»Wir werden es tun, aber nicht in Gottes Namen.«

»Nein!« Mehr brachte Thomas nicht hervor. »Nein! Juri, wenn es den Chinesen gelingt, einen Schuss abzufeuern ...!«

»Sie wissen so gut wie ich, dass die Chinesen nur über vier einsatzbereite T-4 verfügen, mit denen sie unsere europäische Bevölkerung erreichen könnten. Unser Angriff richtet sich gegen ihre T-3, T-2 und T-1 sowie gegen ihre Unterseeboote und die B-6-Bomberbasen. Aber sobald wir die T-4 ausgeschaltet haben, stellen sie strategisch keine Bedrohung mehr dar.«

»Trotzdem könnte es ihnen gelingen, einen Schuss abzugeben.«

»Ihre landgestützten Geschütze arbeiten alle mit flüssigem Treibstoff – mit Stickstoffdioxid als Oxidationsmittel und asymmetrischem Dimethylhydrazin als Treibstoff. Sie wissen, wie sich die korrodierenden Eigenschaften dieser Flüssigkeiten auf die Treibstofftanks auswirken. Außerdem wäre da noch die Verdampfungsgeschwindigkeit zu berücksichtigen. Unsere beiden Geheimdienste verfügen über dieselben Erkenntnisse, Andruscha, und ich weiß, dass Sie zu den gleichen Schlussfolgerungen gekommen sind wie wir. Bis unmittelbar vor dem Start bleiben die Geschütze trocken und nachdem wir ihre Satelliten im letzten Krieg heruntergeholt haben, gibt es für sie keine technische Möglichkeit, unsere Starts zu überwachen. Daher werden sie erst gewarnt werden, wenn sich durch den Wiedereintritt in die Atmosphäre so viel reflektierendes Material ablöst, dass es eine Radarsignatur hinterlässt. Das wird nicht mehr als zwanzig bis dreißig Sekunden vor der Detonation der Fall sein, bei weitem nicht rechtzeitig genug, um aufzutanken.«

»Das dürfen Sie nicht tun, Juri.« Über seinen Schreibtisch gebeugt, presste Thomas den Daumen gegen ein Ohr, während er ins Leere starrte. Wie Funken rasten die Gedanken durch sein Gehirn, entzündeten Ängste, die wiederum Feuersbrünste entfachten, die alle anderen Sorgen auslöschten.

»Sind Sie bereit, sich den Rest anzuhören?«, erkundigte sich Rasow. Thomas holte Bleistift und Notizblock hervor. »Unsere strategischen Raketenstreitkräfte werden neunzehn der von Ihnen SS-19 genannten Geschütze abfeuern, wobei möglicherweise bei einem zweiten Schlag innerhalb einer Stunde eine kleine Anzahl weiterer Geschütze abgeschossen wird. Diese Raketen sind mit hundertneunundsechzig Gefechtsköpfen ausgestattet.« Thomas notierte die Zahlen. »Alle Geschütze werden ausschließlich aus dem Militärbezirk Ferner Osten abgefeuert werden. Keines, ich wiederhole: *keines* dieser Geschütze wird in irgendeiner Weise die Vereinigten Staaten oder einen ihrer Verbündeten bedrohen.«

»Den Teufel werden Sie tun, Juri! Das ist verrückt! Es *geht* einfach nicht!« Thomas registrierte die Zeit auf seiner Armbanduhr und notierte sie ebenfalls auf seinem Notizblock. Sein Sekretär, der wie er ein Telefon ans Ohr hielt, steckte den Kopf zur Tür herein. Thomas deutete mit dem Finger auf die Sprechmuschel seines Hörers, woraufhin der Sekretär mit dem Finger einen Kreis in der Luft beschrieb und auf seine Uhr deutete, bevor er an seinen Schreibtisch zurückkehrte.

Thomas musste Zeit schinden. »Hören Sie mir zu, Juri! Ich warne Sie! Etwas wird schief gehen, das ist immer so und Sie wissen es. Diese Pläne verlangen Perfektion und dadurch sind sie anfällig. Was, wenn den Chinesen aufgefallen ist, dass Ihre Bodentruppen sich auf Orte an der Linie konzentrieren, die keinen Sinn ergeben, und daraufhin zwei und zwei zusammengezählt und die Alarmbereitschaft verstärkt haben? Was, wenn es ein Leck gibt?«

»Wie immer klingen Sie wie Kassandra persönlich.« Rasows Stimme klang amüsiert. »Die Chinesen haben ihre Alarmbereitschaft nicht verstärkt. Das haben wir auf technischem Weg überprüft. Und ich kann Ihnen versichern, Andrew, dass unsere Pläne gegenwärtig das bestgehütete Geheimnis Russlands sind. Unsere Abschüsse erfolgen durch ein automatisches System, nicht durch Mannschaften wie bei Ihnen. Von diesem Plan wissen nur das Oberkommando im Hauptquartier, das den Befehl erteilt hat, die beiden Offiziere an den Nuklear-Kommunikationseinrichtungen des Hauptquartiers, mein Adjutant und die beiden Armeekommandeure, die den Plan hier in Kabarowsk entworfen haben. Die Chinesen können keinen Schuss abgeben, Andrew – es ist unmöglich.«

Thomas drückte die Stummschaltung, denn sein Sekretär war erneut eingetreten.

»Sie verfolgen den Anruf zurück, Sir, aber es wird eine Weile …«

»Holen Sie mir sofort den Präsidenten ans Telefon! Dringende Telefonkonferenz! Danach brauche ich Kontakt mit den für das Raketenwarnsystem und für einschneidende Vorfälle Zuständigen – in dieser Reihenfolge!« Mit weit aufgerissenen Augen wandte sich der Sekretär ab und stürzte zu seinem Schreibtisch. Thomas ließ die Stummschaltung los. »Juri, nichts ist unmöglich.« Er schloss die Augen und konzentrierte sich ganz auf das Telefon und den Mann am anderen Ende der Leitung. »Erinnern Sie sich noch an die Gespräche während des letzten Krieges? Sie benötigen robuste Pläne, Pläne, die auch dann noch funktionieren, wenn ein, zwei, vielleicht sogar drei wichtige Faktoren versagen. Ihr Plan ist erledigt, wenn nur eine einzige Voraussetzung nicht erfüllt ist, Juri. Wenn die Chinesen herausfinden …«

»Ich habe Ihnen doch schon gesagt, sie werden nichts erfahren.«

»Nehmen Sie Gespräche mit ihnen auf. Sprechen Sie mit ihnen über einen Waffenstillstand. Sie werden einen Teil der Sicherheitszone im besetzten China zurückgeben müssen, aber das wird eines Tages ohnehin geschehen. Drohen Sie

Ihnen in Gottes Namen mit Atomwaffen, wenn nötig, Juri, aber bitte spielen Sie nicht mit dem Feuer. Ich warne Sie: Sie werden sich die Finger verbrennen.«

»Die Abschussbefehle sind bereits über die Nuklearkommunikatoren erteilt worden«, erwiderte Rasow. »Die Order lautet: ›Abschuss zur vorgesehenen Zeit‹, Andrew. Von nun an erfolgt der Ablauf automatisch.«

Thomas sammelte sich so weit, dass er die Papiere, die er benötigen würde, auf seinem Schreibtisch zusammensuchen konnte. Im Vorzimmer wurde eine Tür aufgerissen, eilige Schritte näherten sich. Ein Colonel, der diensthabende Offizier, und ein Major, sein Stellvertreter, erschienen in der Tür. Beide waren von dem schnellen Lauf außer Atem. Thomas schaltete auf Lautsprecher und betätigte erneut die Stummschaltung. »Gehen Sie sofort in den ›Tank‹.« Seine Stimme klang gepresst, die Anspannung forderte bereits ihren Tribut. »FLASH OVERRIDE. DEFCON 3 – für alle Streitkräfte weltweit.«

»Andrew?«, fragte Rasow. Ohne den Finger von der Stummtaste zu nehmen, blickte Thomas auf das Telefon. Als er wieder aufsah, stand der diensthabende Offizier stramm. »Setzen Sie sich mit dem obersten diensthabenden Offizier des Lufteinsatzkommandos in Omaha in Verbindung. Alle Bomber- und Tankflugzeugbesatzungen sollen sofort an Bord ihrer Maschinen gehen und die Triebwerke starten. Dann sprechen Sie mit dem Oberkommandierenden des Lufteinsatzkommandos und sorgen dafür, dass er die Bomber an die Kontrollpunkte schickt.«

»Andrew?«, wiederholte Rasow.

»Welche Zielbasis?«, wollte der diensthabende Offizier wissen.

Ein eisiger Schauer überlief Thomas, als er die Worte aussprach. »Strategischer Kriegsplan – Russland.«

Die beiden Offizieren blickten ihn entsetzt an. Hastig fuhr er fort: »Alle Kommandos werden vorsichtshalber in die Luft verlegt, sämtliche Air Force-Stützpunkte sollen ebenfalls alles in die Luft bringen, was möglich ist. Die Marine soll alle Boomer auf Abschussposition bringen ... alle. Alles aufs Meer.«

Er versuchte, vor seinen Offizieren die Fassung zu bewahren, doch sein Herz raste, als er weitersprach. »Ich habe folgende Alarmmeldung durchzugeben. Angriffszustand Bravo, ich wiederhole« – er sprach jetzt betont langsam und deutlich, wobei er den beiden Männern fest in die Augen blickte – »Angriffszustand Bravo.« Die Offiziere sahen sich an, wandten sich dann ab und liefen zur Tür, die in das Vorzimmer führte. »Sorgen Sie dafür, dass die Unterseeboot-Abwehr an den Küsten startet. Ich will, dass die russischen Boomer jederzeit abgeschossen werden können!« *Wann haben die den Anruf denn endlich zurückverfolgt?*, fragte er sich, während er schluckte, um seine trockene Kehle zu befeuchten. Nach einem Blick auf die Uhr nahm er den Finger von der Stummtaste. »Juri?«

»Ich muss auflegen«, sagte dieser abrupt.

»Warten Sie!« Thomas versuchte verzweifelt, Zeit zu gewinnen. »Sie haben etwas erwähnt ... Sie haben mich eine ›Kassandra‹ genannt.« Zwei mit M-16 bewaffnete Militärpolizisten erschienen in der Tür. Thomas betätigte erneut die Stummtaste. »Fragen Sie meinen Sekretär, wie es mit der Rückverfolgung aussieht!«

Einer der Männer verschwand und Thomas nahm erneut den Finger von der Taste. »Sind Sie noch dran?«

»Ja.«

»Erinnern Sie sich noch, wie wir das letzte Mal über diesen Plan gesprochen haben, Juri? Über einen Nuklearangriff auf China?« Rasow antwortete nicht, aber Thomas war klar, dass er es nicht vergessen hatte. »Das war während des letzten Krieges, als die Lage am düstersten aussah. Direkt vor Ihrem Gegenangriff, als Sie schon alles verloren gegeben hatten.«

»Auch damals klangen Sie wie Kassandra, Andrew.«

»Das haben Sie mir auch gesagt. Ich war von Wladiwostok aus zu einer Inspektion unserer Versorgungstruppen unterwegs. Damals diskutierten wir beide in Ihrer Kommandozentrale den Einsatz nuklearer Waffen, um die Chinesen aufzuhalten. Erinnern Sie sich, was Sie damals gesagt haben? Es war ein Zitat.«

Thomas' Sekretär erschien in der Tür und lief zu seinem Schreibtisch.

»Celano«, gab Rasow zurück. »Ich fühlte mich an Thomas von Celano erinnert.«

Thomas las die Nachricht, die ihm sein Sekretär ausgehändigt hatte. »Geosynchroner Satellit der Nippon Telefone & Telegraph ETS-V, Uplink von Kabarowsk, Russland.«

Er erhob sich, um in das Jackett zu schlüpfen, das ihm sein Sekretär hinhielt, und griff dann nach dem sicheren Mobiltelefon, das dieser ihm reichte. »Telefonkonferenzen vereinbart, Sir«, meldete sein Sekretär im Flüsterton.

Thomas' Verstand raste zu den Maßnahmen, die sofort zu ergreifen waren. So beschäftigt war er mit den Anordnungen, die er nun in aller Eile erteilen musste, dass ihn Rasows tiefe Stimme, die mit starkem Akzent aus dem Lautsprecher drang, überraschte.

»›Tag des Zornes, Tag der Zähren, wirst die Welt in Asche kehren, wie Sybill und David lehren.‹« Die Soldaten in Thomas' Büro starrten in verwirrtem Schweigen auf den Lautsprecher. »Leben Sie wohl, Andruscha, leben Sie wohl.« Das rote Licht verlosch und Thomas stürzte zur Tür.

Das »Jean Louis« in Washington, D.C.
11. Juni, 0430 Uhr GMT (2330 Uhr Ortszeit)

»Greg!« Jane Lambert hatte ihren Ehemann entdeckt, der auf den Tisch zukam, an dem sie saß. Sie stellte sich auf die Zehenspitzen, legte ihre kühle Hand um seinen Nacken und zog ihn zu sich herunter. Er küsste sie, bevor er das andere Paar begrüßte.

»Ich hätte nicht gedacht, dass der Präsident seinen Nationalen Sicherheitsberater in einer solchen Nacht zu einem Dinner mit Freunden gehen lässt.« Während er erfreut Greg die Hand schüttelte, wies Pawel Filipow mit dem Kinn auf den Fernseher über der Bar. Dort lief ein Baseballspiel, das jedoch jeden Augenblick für die Ansprache des Präsidenten unterbrochen werden konnte. Greg küsste Pawels Frau Irina auf die Wange und setzte sich.

»Lange kann ich nicht bleiben.« Unter dem Tisch griff er nach Janes Hand.

»Und aus unserem Tennis-Match morgen wird wohl auch nichts?«, erkundigte sich Pawel.

Greg lachte, während er sich ein großes Stück Brot in den Mund stopfte. »Keine Chance«, erwiderte er kauend. »Wirklich schade, ich wollte unbedingt deinen neuen Aufschlag sehen, den du heimlich geübt hast.«

»Der erwischt dich voll auf der Rückhand.« Pawel nippte an seinem Wein.

»Nur zu, ich mache dich trotzdem fertig.«

Pawel kratzte sich mit dem Mittelfinger am linken Augenlid, eine Geste, die er von Greg abgeschaut hatte.

»Grrr«, knurrte Jane mit finsterer Miene. Dann musste sie lachen. »Alles Macho-Gehabe, Irina.« Sie krümmte ihren schmalen Arm und ließ die nicht vorhandenen Muskeln spielen. »Greg benimmt sich immer noch wie der Basketball-Star, der er im College war, und Pawel scheint nicht viel besser zu sein.«

Irina schüttelte den Kopf. »Das hat nichts mit Sport zu tun. Männer sind einfach so.« Greg rollte die Augen, denn Jane und Irina begannen nun, die größten Blamagen ihrer Ehemänner aufzuzählen.

Als Pawel die Serviette an die Lippen hob, fiel Greg erneut die fehlende Fingerspitze auf. *Erfrierungen am Zeigefinger,* erinnerte er sich, wie jedes Mal, wenn sein Blick auf Filipows Hand fiel. Im letzten russisch-chinesischen Krieg war Pawels Schützenkompanie auf einem Abhang der Sprit ausgegangen. Er hatte sich mit seinen Leuten im Schnee verschanzt und drei Tage lang einen Infanterieangriff der Chinesen nach dem anderen abgewehrt. Die Spitze seines Abzugsfingers, die zu lange der Kälte ausgesetzt gewesen war, war nicht mehr zu retten gewesen. *Im Dienste des Imperiums,* dachte Greg.

Er selbst hatte an der Militärakademie studiert, jahrelang für die Defense Intelligence Agency gearbeitet und galt in der Welt der Nationalen Sicherheit als Star. Schließlich war er mit achtunddreißig Jahren der jüngste Nationale Sicherheitsberater aller Zeiten. Dennoch blieb er ein Zivilist, der noch nie einen Krieg erlebt hatte. *Der letzte Krieg in China war erst vorletzten Winter,* dachte er. Die meisten Amerikaner wussten wenig davon. Das Videomaterial war dürftig, aber Greg hatte sich eingehend damit beschäftigt. Es war eine der Aktionen, die seinen Ruhm bei der DIA begründet hatten. Während sich seine Kollegen auf den Mittleren Osten und das südliche Afrika konzentrierten, hatte er bereits lange vor Ausbruch des Krieges die Gründung eines Krisenteams gefordert. Es war unvermeidlich, so seine damalige Begründung, dass sich China mit seinem zweistelligen Wirtschaftswachstum für die natürlichen Ressourcen Sibiriens im Norden zu interessieren begann. Dies wiederum musste die europäische Großmacht Russland auf den Plan rufen, deren Reich an allen Enden bröckelte.

In der ersten Runde des russisch-chinesischen Krieges war Pawel aus Washington zurückgerufen worden, während der zweiten saß er sicher als Militärattaché an der russischen Botschaft in D.C. *Ob er wohl gerne bei seinen Kameraden wäre?*, überlegte Lambert. *Bei General Rasow?*

«Also versuchte Greg, das Auto mit bloßen Händen aus dem Schlamm zu hieven.« Jane schilderte soeben die komischen Seiten ihrer Flitterwochen. Sie imitierte seine tiefe Stimme. »›Ist doch nur ein mickriger Fiat.‹ Danach konnte er eine Woche lang kaum gehen. Wir mussten ein Zimmer in einem kleinen Gasthof irgendwo auf dem Land in Frankreich nehmen. Er lag die ganze Zeit im Bett und wir lasen Bücher, weil er sonst zu nichts zu gebrauchen war. Er war völlig nutzlos.« Sie wandte sich zu Greg. »Bei dem ganzen Testosteron, das in der Welt im Umlauf ist, ist es mir ein Rätsel, dass unsere beiden Länder so lange keinen Krieg gegeneinander geführt haben.«

Niemand erwiderte etwas darauf. Greg blickte Pawel an. Dessen Augen schweiften zu dem Bildschirm über der Bar. »Was wird er sagen?«

Greg sah auf den Bildschirm. Die CBS-Übertragung war

durch eine Sondersendung unterbrochen worden. »Pawel, kann ich mit dir sprechen?«

»Dann hat dich also nicht die Sehnsucht nach deiner liebenden Ehefrau hergetrieben?«, warf Jane ein. »Das erklärt einiges.«

Pawel und Greg waren eng befreundet, aber es war nicht das erste Mal, dass diese Freundschaft zu beruflichen Zwecken genutzt wurde. Bisher waren diese Aktionen jedoch immer von einem Geist der Zusammenarbeit geprägt gewesen, der der merkwürdigen Allianz entsprach, die sich während und nach dem ersten Krieg zwischen Russland und China ergeben hatte. Damals hatten die USA Russland beträchtliche logistische Unterstützung gewährt. Greg stellte Fragen, von denen er wusste, dass Pawel sie beantworten wollte – und umgekehrt. Jeder berichtete dann seinen Vorgesetzten von dem »inoffiziellen Kontakt«. Mit der Zeit war Greg, dessen Verbindung zur anderen Seite eher zufällig entstanden war, klar geworden, wie wichtig diese Kanäle für die Kommunikation waren. Doch seit dem Militärschlag in Moskau zu Beginn des Frühjahrs war die Lage angespannt gewesen. Dass die USA als Reaktion auf den Staatsstreich Truppen nach Osteuropa verlegt hatten, hatte die russischen Nationalisten so erzürnt, dass er es nach der ersten Phase hektischer Aktivität nicht mehr wagte, Pawel mit Fragen in die Enge zu treiben. Offensichtlich wollte dieser das Thema vermeiden.

»Natürlich«, erwiderte Pawel jetzt. »Schieß los.«

Greg warf einen Blick auf Irina und Jane, die ihn erwartungsvoll ansahen. »Pawel, unseren Informationen zufolge gab es in den letzten Tagen auf höchster Ebene Kontakte zwischen Nordkorea und dem Verteidigungsministerium in Moskau.« Pawels Miene blieb ausdruckslos. »In einer Zeit, in der das Leben von Amerikanern bedroht ist, könnte jegliche Kommunikation als unangebracht empfunden werden.« Damit hatte er seine Quelle verraten: Nachrichten waren aufgefangen und abgehört worden. Nun musste Pawel eine Gegenleistung erbringen.

Pawel räusperte sich. »Wie du weißt, Greg, unterhalten

wir normale Beziehungen zu Nordkorea und benutzen das Straßennetz im Norden für die Versorgung unserer Truppen im besetzten China.«

Nichts. Greg fühlte Ärger in sich aufsteigen. »Wusstet ihr im Voraus von der nordkoreanischen Attacke, Pawel? Wenn ja, dann brauchen wir ... dann *erwartet* der Präsident zumindest in nachrichtendienstlicher Hinsicht eure Unterstützung.« Mit seinen offenen Worten verstieß Greg gegen die Spielregeln, aber er war wütend. Pawel hob nur die Augenbrauen. »Komm schon, Pawel. Ich habe keine Zeit für diese Spielchen. Ich brauche Informationen.«

Filipow nippte erneute an seinem Wein. Zwischen seinen Augenbrauen hatte sich eine Furche gebildet. »Greg, wir stehen vor Problemen, von denen ihr kaum etwas ahnt. In meinem Land gibt es Leute wie General Zorin, die die Dinge nicht so sehen wie du und ich. Die US-Truppen in Osteuropa und im Japanischen Meer sind für sie Teil einer internationalen Verschwörung des Westens, eine Fortsetzung unserer historischen Feindschaft.«

»Das ist doch Blödsinn ...« Greg brach mitten im Satz ab. Er war zu müde und zu ungeduldig für dieses Spiel und hatte nur auf Pawels Worte geachtet, nicht auf den verborgenen Sinn dahinter. *Also steht Zorin in Verbindung mit den Nordkoreanern. Das macht Sinn, die sind alle vom selben Schlag.* Pawel führte erneut das Glas an die Lippen, so dass sein Mund nicht zu sehen war, doch seine Augen funkelten amüsiert. *Er liebt dieses Spiel,* dachte Greg zum hundertsten Mal.

»Um unserer beiden Länder willen hoffe ich, dass ihr Zorin und seine Hardliner im Zaum halten könnt.« Pawel schwieg und Greg fühlte, dass er erneut die Geduld zu verlieren drohte. »Willst du sagen, dass Rasow die Versorgungslinien durch Nordkorea so dringend benötigt, dass er sich mit Zorin darauf verständigt hat, die Nordkoreaner von der Leine zu lassen? Eine Invasion fünf Monate vor der geplanten Wiedervereinigung und direkt nach dem vollständigen Abzug unserer Truppen, auf dem der Norden bestanden hatte! Ist dein alter Chef Rasow mit in die Sache verwickelt?«

Filipow ließ sich nicht aus der Reserve locken, aber Irina

konnte sich nicht beherrschen. »General Rasow hasst General Zorin!«

»Irischa«, mahnte Pawel.

»Aber es stimmt doch! General Rasow ist ein Freund Amerikas. Ohne amerikanische Hilfe hätten wir den letzten Chinakrieg nicht gewonnen und Pawlik wäre vielleicht heute gar nicht hier.« Unter Pawels Blick schien sie der Mut zu verlassen. Sie wusste, dass sie sich nicht hätte einmischen sollen. »General Zorin lässt sich von niemandem im Zaum halten«, vollendete sie mit gesenktem Kopf.

Pawel beugte sich vor. »Ich weiß, vor welchen Problemen ihr steht. Was General Zorin angeht« – er sah sich um und fuhr dann flüsternd fort – »kann ich nur sagen, dass Maßnahmen ergriffen werden.« Mit einer abschließenden Geste hob er die Hand.

»Wird das STAVKA ihn seines Amtes entheben?«

»Das Oberkommando«, flüsterte Irina Jane erklärend zu. Sie nickte und die beiden wandten ihre Aufmerksamkeit wieder dem Gespräch zu.

Pawel schwieg wieder.

»Großer Gott, Pawel, sag mir nicht, dass es in Moskau Ärger gibt. Das können wir im Moment überhaupt nicht gebrauchen. Ihr übrigens auch nicht, so wie die Dinge in China stehen.« Aller Augen waren auf Pawel gerichtet. Greg wartete schweigend auf eine Antwort.

In diesem Moment piepste das Handy in seiner Jackentasche. Er holte es heraus. »Lambert.«

»Hier ist die Telefonzentrale des Weißen Hauses, Mr. Lambert. Bitte warten Sie.« Ein leises Rauschen, dann klickte es in der Leitung. Die anderen beobachteten ihn gespannt. »Bitte sprechen Sie mir nach«, befahl die kühle elektronische Frauenstimme des Stimm-Identifizierungssystems. »Astrologe.«

»Astrologe.«

Hinter Pawel war ein Kellner aufgetaucht. »Colonel Filipow? Telefon für Sie.«

»Vorzeitig«, sagte der Computer, der mit der ersten Probe nicht zufrieden war.

»Vorzeitig«, wiederholte Lambert betont deutlich.

»Stimme authentifiziert.« Diesmal war der Computer zufrieden. Es klickte in der Leitung. Unterdessen verließ Pawel den Tisch, um seinen Anruf entgegenzunehmen. »Ich verbinde mit Major Rogers«, sagte die Telefonistin in der Zentrale. *Guter alter Rogers,* dachte Lambert. An Rogers' paranoide Anrufe mitten in der Nacht, weil angeblich der Iran in Saudi-Arabien einmarschiert oder Pakistan und Indien in einen Atomkrieg verwickelt waren, hatte er sich bereits gewöhnt.

»Mr. Lambert?«

»Was gibt's, Larry?«

»Sir, wir sind weltweit auf DEFCON 3 gegangen. Der Joint-Emergency-Evakuierungsplan ist in Kraft. Ihr Sammelpunkt ist das Weiße Haus. Bitte beeilen Sie sich.«

Greg hörte plötzlich weder das Stimmengewirr im Restaurant noch das entfernte Klappern von Geschirr in der Küche; für ihn zählte nur noch die Stimme, die durch das leise Rauschen aus seinem Telefon drang.

»Angriffszustand Bravo, Sir.« Greg hörte die Worte, aber das Kribbeln auf seiner Kopfhaut und die unzusammenhängende Gedankenflut, die über ihn hereinströmte, hinderten ihn daran, ihren Sinn zu erfassen. »General Thomas hat eine Konferenz wegen eines drohenden Raketenangriffs einberufen. Mehr weiß ich selbst nicht.«

Plötzlich kam Greg der Raum voller Gäste, die ein spätes Abendessen einnahmen, surrealistisch vor. Händchen haltende Paare beugten sich über die Tische zueinander. An der Theke stand eine Gruppe von Aushilfsbedienungen und wartete auf die Ansprache des Präsidenten.

»Was ist los, Schatz?« Jane blickte ihn besorgt an.

»Bin gleich da«, sagte Lambert mit gedämpfter Stimme ins Telefon, bevor er es in der Tasche verschwinden ließ. In diesem Moment kehrte auch Pawel zurück. Ohne sich zu setzen, beugte er sich zu Irina und flüsterte ihr etwas ins Ohr. Seine Lippen formten das Wort »*Moskwu*«. Sie runzelte die Stirn. *Die Akkusativform des russischen Worts* Moskwa, übersetzte Greg im Stillen, *also »nach Moskau«*. «Jane, kann ich dich für einen Augenblick sprechen?« Sie erhob sich und folgte Greg an die Bar. Da Pawel und Irina sie beobachteten, stellte sich Greg mit dem Rücken zu den beiden. Schließlich hatte Pawel seine Ausbildung nicht bei der Armee, sondern beim KGB erhalten.

»Schatz? Greg, was ist ...?«

»Steig sofort ins Auto und fahr nach Leesburg. Nein, am besten rufst du deine Eltern an und verabredest dich mit ihnen in der Wohnung in Snowshoe.«

»Was? Warum?« Sie lachte nervös. »Was geht hier vor?«

»Ich weiß es nicht.« Seine Gedanken rasten. *Nordkorea? Zorin? Der russisch-chinesische Krieg? Etwas anderes?* «Die Regierung wird evakuiert, Jane.«

»*Wie* bitte?« Sie rang nach Luft.

Er zog sie an seine Brust, nahm sie in die Arme, drückte sie fest an sich. »Großer Gott, Schatz. Es gibt so viel, was ich dir sagen möchte, aber ich muss gehen. Uns bleibt nicht viel Zeit. Verstehst du das?«

Jane war aschfahl im Gesicht. Kopfschüttelnd starrte sie ihn an. »Nein. Nein, ich verstehe gar nichts!«

Greg musste weg. Die Uhr lief, da blieb ihm nicht viel Spielraum. »Verlass sofort die Stadt. Halte nicht an, auch nicht, um dir Kleidung oder Essen zu besorgen. Hast du genug Benzin?« Wortlos starrte sie ihn an. »Jane.« Er nahm sie bei den Schultern. Sofort kuschelte sie sich in seine Arme. Ohne sie loszulassen, sagte er leise: »Jane, hast du genug Benzin?« Als sie nickte, spürte er ihr weiches Haar, das ihn an der Nase kitzelte. Erst am Nachmittag war sie beim Friseur gewesen. Er presste sein Gesicht in ihre Locken und küsste sie auf den Kopf. »Ich muss gehen.« Sanft löste er sich aus ihrer Umarmung. »Ich liebe dich«, sagte er mit einem letzten Blick in ihre bezaubernden blauen Augen, bevor er sich abwandte. Hastig verabschiedete er sich von Irina und Pawel.

Als er aus dem Restaurant stürzte, fuhr sein Chauffeur bereits den Wagen vor. »Zum Weißen Haus.« Greg schlug die Tür zu. »Mit Licht.«

Der Fahrer stellte keine Fragen, als er das kleine rote

Licht in die Magnetbefestigung auf dem Dach einsetzte. Dann ließ er den Motor aufheulen. Der Wagen machte einen Satz nach vorn und Gregs Kopf wurde in den Nacken geschleudert. Als sie auf die Straße rollten, schaukelte das Fahrzeug so, dass Greg die Tasten seines Handys nicht auf Anhieb fand.

Hinter ihm rannte Pawel über den Parkplatz, Jane und Irina standen vor der Tür des Restaurants. Jane winkte dem vorüberrasenden Wagen nach. Einen Augenblick später drückte er die Kurzwahltaste für das Weiße Haus.

Los Angeles, Kalifornien
11. Juni, 0440 Uhr GMT (2040 Uhr Ortszeit)

»Ich halte es für ausgeschlossen, dass die Vereinigten Staaten in den bewaffneten Konflikt eingreifen«, erklärte der Experte der CNN-Sondersendung. Melissa Chandler saß auf dem Sofa im Wohnzimmer. Mit einem Ohr lauschte sie auf den Fernseher, mit dem anderen auf Davids Schritte im oberen Stockwerk. Von dem Militärguru des Senders hatte er vorhin behauptet, er habe offenkundig keine Ahnung. Jetzt wurde das Bild des Experten auf einen Kasten verkleinert, während der Rest des Schirms den Presseraum des Weißen Hauses zeigte. Journalisten liefen hektisch hin und her, aber das Podium war immer noch leer. »Die Nordkoreaner sind zu schnell zu weit vorgerückt. Ich fürchte, wir werden die Sache aussitzen müssen. Wir können nur hoffen, dass die südkoreanische Armee das Problem selbst in den Griff bekommt. Denkbar wäre eine Unterstützung durch die USA aus der Luft.«

Wegen ihrer Magenschmerzen saß Melissa so weit vorgebeugt, dass ihr der Rücken weh tat. Sie rutschte auf dem Sitzkissen weiter nach oben, aber nun drückte die vergrößerte Gebärmutter auf die Blase und sie hatte das Gefühl, sie musste schon wieder zur Toilette. Unterdessen wurden die Verdauungsbeschwerden immer schlimmer. *Die Freuden der*

Schwangerschaft, dachte sie, während sie mit der Hand über die angespannte Haut an ihrem Unterleib rieb.

»Handelt es sich bei den Truppenbewegungen, von denen in den letzten Stunden, Wochen und Monaten berichtet wurde, um Vorbereitungen für die gestrige Invasion?«, fragte der Sprecher im Studio. Er blickte auf seine Notizen. »Flugzeugträger laufen mit reduzierter Besatzung aus San Diego aus. Manöver des Expeditionskorps der Marines im Japanischen Meer. Marines verlassen Camp Pendleton. Zwei Divisionen der Nationalgarde mobilisiert. Zwei reguläre Armee-Divisionen werden in Deutschland eingesetzt. Vom Air Force-Stützpunkt Yokota in Japan starten Kampfflugzeuge. Und so weiter. Was halten Sie davon?«

Oben im Schlafzimmer hörte sie Davids rasche Schritte.

»Reine Vorsichtsmaßnahmen«, sagte der Colonel im Ruhestand, der sich als Informant in der Affäre um den unglückseligen Überschallbomber einen Namen gemacht hatte, in seinem kleinen Kasten. »Säbelrasseln. Im Grund bestätigt das nur meine Ansicht. Alle diese Kräfte können zurückgerufen werden. Man schickt sie los und ruft sie wieder zurück – genau das nennt sich Säbelrasseln. Und die Streitkräfte in Europa haben damit ohnehin nichts zu tun …«

»Entschuldigen Sie«, unterbrach der Sprecher im Studio, der nun im Vollbild zu sehen war, wie er seinen Kopfhörer fester gegen das Ohr drückte. »Wir schalten jetzt zu Bob Samuels im Weißen Haus.«

Die Kamera zeigte nun eine andere Szene im Presseraum. Vor dem vertrauten blauen Hintergrund stand ein Reporter. »Ich kann Ihnen mitteilen, dass wir vor einer Stunde aufgefordert wurden, uns im Presseraum des Weißen Hauses einzufinden. Vor etwa fünfzehn Minuten erfuhren wir, dass der Präsident selbst zu uns sprechen wird.«

Im Hintergrund öffnete sich seitlich vom Podium eine Tür. Von mehreren Offizieren begleitet, betrat der Präsident den Raum.

Der Reporter sprach jetzt schneller. »Ich darf Ihnen auch sagen, dass ich – allerdings aus unbestätigten Quellen – erfahren habe, dass die Air Force der Vereinigten Staaten in der letzten Stunde in Kampfhandlungen mit den in Südkorea eingefallenen nordkoreanischen Truppen eingetreten ist. Das steht im Widerspruch zu früheren Informationen, denen zufolge US-Maschinen nur für den Transport kritischer Versorgungsgüter zu den Südkoreanern eingesetzt werden sollten. Außerdem heißt es, für den Süden sehe es nicht gut aus …«

»Meine Damen und Herren«, erklang im Hintergrund eine laute Stimme, »der Präsident der Vereinigten Staaten.«

»David!«, rief Melissa. »Es geht los!« Ein stechender Schmerz schoss durch ihren Rücken und zwang sie, erneut die Position zu wechseln.

»Hören wir, was der Präsident zu sagen hat«, schloss der Reporter mit gedämpfter Stimme. Oben hörte sie Davids eilige Schritte.

Auf dem Podium setzte Präsident Livingston seine Lesebrille auf, zog mehrere Karteikarten aus der Jackentasche und warf einen Blick darauf, bevor er sich der Kamera zuwandte. »Liebe Mitbürger, ich wende mich heute mit sehr ernsten Nachrichten an Sie. Gestern Morgen nach Washingtoner Zeit marschierten Teile der nordkoreanischen Armee in die demilitarisierte Zone in Südkorea ein. Es handelt sich um eine massive Invasion in das Territorium eines Freundes und guten Verbündeten. Der Angriff erfolgte ohne Warnung und ohne jede Provokation. Bei dieser Gelegenheit möchte ich noch einmal klarstellen, dass wir uns nicht im Konflikt mit dem koreanischen Volk befinden, das durch die brutale Politik seiner Führer versklavt wird. Für Diskussionen über eine Beendigung der Feindseligkeiten und die Rückkehr zu den vor der Invasion geltenden Grenzen sind wir offen. Trotz wiederholter Versuche ist es uns jedoch nicht gelungen, zur nordkoreanischen Führung Kontakt aufzunehmen. Gegenwärtig gibt es keine weiteren Versuche dieser Art.«

Der Präsident blickte direkt in die Kamera, die näher an ihn heranzoomte. Aus dem Augenwinkel sah Melissa, dass David mit nacktem Oberkörper aus dem dunklen Gang hereinkam. Er trug seine Kleidung in der Hand. »Unsere Position ist klar. Wir sind uns mit allen internationalen Führern, mit denen wir gesprochen haben, einig, dass die Invasion nicht toleriert werden darf. Nordkorea muss seine Truppen unverzüglich und ohne Bedingungen abziehen.«

Neben dem Podium erschien ein Mann im grauen Anzug, der die Aufmerksamkeit des Präsidenten auf sich lenkte. Die Spannung war gebrochen. Der Präsident trat einen Schritt zurück, um die ihm überreichte Botschaft zu lesen.

Melissa blickte zu David auf. Er schien sich schon verändert zu haben. Dabei wirkte er weder größer – er war über einen Meter achtzig – noch fitter. Sie sah auf seine nackte Brust. Er war drahtig, aber nicht so dürr wie damals, als sie ihn kennen gelernt hatte. Trotz seiner jahrelangen Schreibtischtätigkeit als Anwalt war er für seine dreiunddreißig Jahre in ausgezeichneter Form. Nein, es war das dunkle Haar, das ihn veränderte. Nachdem er die Morgennachrichten gehört hatte, hatte er es sich in der Mittagspause militärisch kurz schneiden lassen.

»Was zum Teufel ist da los?«, fragte er hinter ihr, als im Presseraum gedämpftes Stimmengewirr laut wurde. Solch eine Unterbrechung hatte es noch nie gegeben. Melissa legte den Kopf in den Nacken, so dass sie ihn sehen konnte. Er kam gerade vom Laufen und seine Schultern waren trotz der Dusche nass von Schweiß.

Mit besorgtem Gesicht kehrte der Präsident ans Podium zurück. Er blickte auf seine Notizen, blätterte mehrere Karten durch und sagte dann nur: »Zu gegebener Zeit werde ich … werde ich in der Lage sein, Ihnen weitere Informationen zukommen zu lassen, aber für den Augenblick übergebe ich an … an General Halcomb.«

David ging um das Sofa herum und stellte einen Fuß auf die Sofalehne. Seine Beine steckten in schwarz, braun und grün gefleckten Tarnhosen, die Melissa seit Jahren nicht mehr gesehen hatte. Ohne die Augen vom Bildschirm zu wenden, schnürte er die schwarzen Stiefel. Dabei fiel ihm nicht auf, dass sie ihn beobachtete.

Der Präsident verließ das Podium, steckte seine Brille in die Tasche und folgte dem Mann, der ihn unterbrochen hatte, zur Tür. Unterdessen brach im Presseraum ein Hagel von Fragen los.

»Mr. President, Mr. President, befinden sich amerikanische Streitkräfte in diesem Augenblick im Gefecht?«

»Mr. President, war es ein Fehler die amerikanischen Bodentruppen vor der Wiedervereinigung abzuziehen?«

»Hat der russische Krieg mit China etwas mit der nordkoreanischen Invasion zu tun?«

Als sich die Tür hinter dem Präsidenten schloss, trat General Halcomb auf das Podium und hob die Hand, um für Ruhe zu sorgen. »Ich habe nur diese Ankündigungen hier zu verlesen«, erklärte er, nachdem im Raum Stille eingekehrt war. »Jeder Urlaub von Angehörigen des Militärs ist hiermit gestrichen. Alle Angehörigen der Ersten Infanteriedivision (Mech) melden sich umgehend in Fort Riley, Kansas. Alle Angehörigen der Zweiten Infanteriedivision in Fort Ord, Kalifornien.« Er blickte von seinem Notizbuch auf. »Wenn nicht ausdrücklich andere Anweisungen erteilt werden, bedeuten alle Befehle sofort, mit dem schnellsten verfügbaren Transportmittel.« Er senkte erneut den Blick. »Vierte Infanteriedivision (Mech) – Fort Carson, Colorado. Siebte Infanteriedivision (Leicht) – Fort Lewis, Washington. Vierundzwanzigste Infanteriedivision (Mech) – Fort Stewart, Georgia. Achtunddreißigste Infanteriedivision (Army National Guard) – die Army-Reservezentren in Indiana.«

Die Verlesung der Liste dauerte dreißig Minuten, aber David hatte das Haus bereits nach zehn verlassen.

Russisches Verteidigungsministerium, MOSKAU
11. Juni, 0445 Uhr GMT (0645 Uhr Ortszeit)

»Es handelt sich um eine vollständige Mobilmachung«, sagte der Oberst, der immer noch mit Kopfhörern vor dem Fernsehschirm saß, obwohl die wörtliche Übersetzung der Ansprache des Präsidenten und der darauf folgenden Einberufung schon lange beendet war.

Als Marschall Gribatschow den Hörer auf die Gabel legte, richteten die übrigen Marschälle des russischen Oberkommandos STAVKA, die bis dahin das Geschehen auf dem Bildschirm verfolgt hatten, ihre Aufmerksamkeit auf den Mann am oberen Ende des langen Tisches. »Unser Befehl zum nuklearen Angriff ist angekommen. General Rasow hat uns mitgeteilt, dass die Sperren an den fünfundzwanzig vorgesehenen Interkontinental-Raketen – neunzehn für den ersten Schlag und sechs als Reserve – entfernt wurden. Ihr Status ist jetzt ›Bereit zum Abschuss zur vorgegebenen Zeit‹.« Er blickte die vor ihm sitzenden Männer an. »Ich habe ihm die endgültige Erlaubnis zum Abschuss erteilt.«

»Was ist mit den Amerikanern?«, erkundigte sich der Kommandeur der Strategischen Raketen-Streitkräfte Russlands – RVSN – mit einem Blick auf den Bildschirm.

»Rasow hat mit General Thomas telefoniert. Die Amerikaner wurden informiert.«

»Haben Sie gesehen, wie Präsident Livingston mitten aus seiner Rede weggeholt wurde?«, fragte der Kommandeur der Strategie-Direktion West. »Das gibt mir zu denken, schließlich sehen die Chinesen auch CNN.«

»Und wenn schon«, gab der Kommandeur der RVSN herausfordernd zurück. »Der Präsident wurde wegen dringender Angelegenheiten abberufen, die den Koreakrieg betreffen. Schließlich stehen die USA kurz vor dem Kriegseintritt, wenn sie überhaupt noch etwas bewegen wollen.«

»Sie werden eingreifen«, erklärte Marschall Gribatschow, der Chef des Oberkommandos, am oberen Ende des Tisches.

»Und die Raketen werden automatisch abgefeuert?«, vergewisserte sich der Kommandeur der Strategie-Direktion West.

»Es ist jetzt nur noch eine Frage der Zeit«, erwiderte Gribatschow.

»Möge Gott unseren Seelen gnädig sein«, stieß der Marschall hervor, dem die Marinewerften unterstanden.

Es klopfte an der Tür und ein Militärberater trat ein. Hinter ihm fiel die schwere Tür mit einem metallischen Klicken ins Schloss. »General Zorin«, meldete er Gribatschow. »Er ist ihrer Aufforderung gefolgt.«

»Oh.« Seufzend wandte sich der alte Marschall an die übrigen im Raum Versammelten. Als auf seinen fragenden Blick niemand Einwände erhob, erklärte er: »Wir sind hier fertig. Schicken Sie ihn herein.«

Den Marschällen blieb kaum Zeit, die Papiere mit dem geheimen Plan für den Abschuss der Raketen einzusammeln, die den Tisch vor ihnen bedeckten, als General Zorin den Raum auch schon betrat. Da er mit einer Zurechtweisung rechnen musste, hätte er eigentlich allein kommen sollen. Stattdessen war er wie immer von einem ganzen Hofstaat von Beratern umgeben. Die alten Männer warfen einander bedeutsame Blicke zu. »Wie ein amerikanischer Preisboxer«, flüsterte einer.

Während Zorins Leute an der Wand hinter ihm Karten und Grafiken aufhängten, fasste der General die dicken Männer ins Auge, die schlaff in ihren Polsterstühlen um den Rosenholztisch saßen.

»Ich dachte, *wir* hätten *Sie* gerufen, und nicht umgekehrt, General Zorin«, rief ihn Marschall Gribatschow mit schneidender Stimme zur Ordnung.

»Ich bin gekommen, um über das Überleben unserer Nation zu sprechen«, erklärte Zorin, ohne die Stimme zu erheben, wobei er die Anwesenden nacheinander prüfend ansah. »Es ist Zeit zu handeln.« Verärgert merkte er, dass die raschelnden Karten hinter ihm dem Augenblick etwas von seiner Dramatik nahmen.

»Und wie möchten Sie handeln, wenn ich fragen darf?« Gribatschows Augen funkelten, als er sich in seinen Sessel zurücksinken ließ.

Zorin wandte sich den Karten zu, die seine Berater an den Korktafeln an der Wand des Konferenzraums befestigt hatten. Während er auf die größte zuging, holte er einen silbernen Teleskopstab aus der Jackentasche und zog ihn mit einer energischen Bewegung zu voller Länge aus. Ungeduldig wartete er, bis ein Berater die letzte lose Ecke befestigt hatte und zur Seite trat. Dann ließ er den Zeiger auf Polen niedersausen, in das von Hand blaue, als Einheiten gekennzeichnete Kästchen eingezeichnet worden waren.

Er drehte sich zu den Marschällen um, hob erneut den Zeiger und ließ ihn diesmal noch heftiger etwas unterhalb seiner vorherigen Position herabfahren.

Der Kommandant der Schwarzmeerflotte räusperte sich. »Sind das Ihre Urlaubspläne oder hat die Schweiz unseren Nationalstolz verletzt?« Gelächter wurde laut. Zorin drehte sich um und korrigierte die Position des Zeigers, so dass er auf die Slowakei deutete, in die ebenfalls blaue Kästchen eingezeichnet waren.

»Nein, Admiral. Aber ich und Tausende anderer russischer Patrioten sind empört über die Reaktion dieser Regierung auf die amerikanischen Truppenstationierungen. Besser gesagt, über das völlige Ausbleiben einer Reaktion.« Bei dieser offenkundigen Missachtung seiner Vorgesetzten verschwand schlagartig jede Spur von Belustigung aus den Gesichtern. »Ihre Truppen stehen direkt an unseren Grenzen! Zwei Divisionen mit Kampfunterstützung auf Korps-Ebene und vier taktische Luftstreitkräfte-Geschwader! Insgesamt über sechzigtausend Mann!«

Der betagte Gribatschow atmete lautstark durch die Nase ein. »Ich nehme an, mit ›unseren Grenzen‹ meinen Sie in diesem Fall die Grenzen der Ukraine und Weißrusslands – des ›erweiterten Russlands‹, wie Sie es in Ihrem Interview mit der Londoner *Times* so elegant nannten.« Gribatschow schüttelte den Kopf und beugte sich über den Tisch. »Sie wissen doch so gut wie wir alle, was da los ist! Die Polen und Slowaken überkam das große Zittern, als wir das Kriegsrecht verhängten und unsere Truppen erneut in Weißrussland einmarschierten. Wenn ich mich nicht irre, fanden Sie das so amüsant, das Sie es mit einer Party im ›Metropol‹ feierten, was in der westlichen Presse gebührende Beachtung fand. Ihr Bild zierte sogar die Titelseite des *Time Magazine.* Wir hatten gehofft, der Bericht würde klarstellen, dass der Machtwechsel für den Westen keine Bedrohung bedeutete. Stattdessen stand über dem Kasten mit dem Sonderbericht ›Die unbekannte Größe‹. Damit waren Sie gemeint.«

Um den Tisch herum kam Gelächter auf. »Wir taten alles, um den Westen zu beruhigen, und Sie gaben dem *Roten Stern* Interviews, in denen Sie klangen wie der zweite Dschingis Khan! Und da fühlen Sie sich durch die Amerikaner provoziert? Osteuropa interessiert die Amerikaner nicht im Geringsten, das wissen wir aus den öffentlichen Debatten, aber der Regierung blieb keine Wahl.«

»Genau das sollen Sie denken!«, brüllte Zorin. »Sehen Sie denn nicht, wie Sie manipuliert werden?« Seine Faust donnerte auf den Konferenztisch. Vergessen waren die Zahlen, die er auswendig gelernt hatte, die Computerprojektionen auf den Charts und Grafiken hinter ihm. Die Demütigungen, die Russland hatte hinnehmen müssen, hatten sich tief in sein Herz gegraben. »Wir sind in die Grenzen von vor dreihundert Jahren zurückgedrängt worden! Wir haben doch alle hier gesessen« – seine weit ausholende Geste schloss die am Tisch sitzenden Marschälle ein – »und gehört, wie Sie die armseligen Schwächlinge im Parlament und im Kreml verfluchten, die untätig zusahen, wie im Land das Chaos ausbrach. Jede Provinz erhielt Sonderrechte, nur damit Russland nicht völlig zerfiel.«

»Niemand kann sagen, wir hätten nichts getan!«, warf der Kommandeur der Strategie-Direktion West ein. »Schließlich haben wir diese Bürohengste aus ihren Ämtern verjagt und die Macht ergriffen!«

»Um dann selbst untätig herumzusitzen!« Zorin war so wütend, dass ihm fast die Tränen in die Augen traten. Wochenlang hatte er kaum geschlafen, weil er diesen großen Moment vorbereitet hatte. Jetzt forderte die Erschöpfung ihren Tribut. »Erinnert sich denn hier keiner mehr an die Nacht, in der wir in genau diesem Raum Berichte über Vergewaltigungen und Morde hören mussten, die an Russen, an den Familien unserer Leute, unserer Offiziere begangen wurden, als sich unsere Truppen aus Zentralasien zurückzogen? Und als unsere Männer zur Waffe griffen, um sich zu verteidigen, wie reagierten da die ›Freunde‹ unserer Regierung im Westen? Mit Sanktionen! Einerseits versorgt der Westen unser Volk mit kostenloser Nahrung und Kleidung, so dass es die Lust an der Arbeit verliert, andererseits wird unsere Wettbewerbsfähigkeit durch Sanktionen im Keim erstickt. Inzwischen stürzen sich westliche Geschäftsleute auf unser Land wie Hyänen auf das Aas und kaufen, was sie nur kaufen können – für einen Bruchteil seines Wertes. Die Dollars, die wir von ihnen für Gold, Diamanten und Öl bekommen, decken kaum die Zinsen für das Geld, das sie uns leihen, damit wir ihre Produkte kaufen! Alles landet am Ende wieder in ihren Taschen. Sieht denn keiner, was da passiert?«

Seine Berater, Männer in seinem Alter oder jünger, die es bis in den Rang eines Majors oder Obersten geschafft hatten, lauschten fasziniert, doch die alten Haudegen blieben unbeeindruckt. Obwohl er bei den Angehörigen des STAVKA offensichtlich seine Zeit verschwendete, ließ sich Zorin nicht aufhalten.

»Und dann die Kasachen! Als die Japaner mit den Abschüssen in Baikonur begannen, erhielten wir da die vereinbarte Gewinnbeteiligung? Immerhin haben wir den Weltraumbahnhof erbaut! Aber nein! Auf einmal schuldeten wir ihnen Geld für die Beseitigung der Umweltschäden.« Bei dieser Tirade warf der Oberkommandierende der Strategie-Direktion Südwest dem Kommandeur der Luftabwehr einen amüsierten Blick zu und rollte die Augen. »Unsere Seele wird an das Ausland verschachert! Die Schätze unseres Landes, von den Antiquitäten aus der Zarenzeit in der Eremitage über die Orushejnaja Palata im Kreml bis zu den französischen Impressionisten im Puschkin-Museum, alles geht an Fremde …«

»Immerhin haben wir die Bilder Hitler abgenommen, der sich wiederum in Paris bedient hatte!«, kicherte der Kommandeur der Pioniere. Sein eigener Witz erschien ihm so gelungen, dass er lachte, bis er einen Hustenanfall bekam. Angewidert beobachte Zorin, wie sich die fleischigen Hängebacken des alten Mannes feuerrot färbten und er lautstark in sein Taschentuch spuckte.

»Dies ist ein Dreistufenplan.« Mit einer schneidigen Bewegung ließ Zorin den Zeigestab auf die erste Tabelle an der Wand niedersausen. »In der ersten Phase marschieren unsere Truppen in der Ukraine, den baltischen Staaten und Kasachstan ein.«

Plötzlich wachten die Oberkommandierenden auf.

»Sollten wir nicht zuerst die Chinesen schlagen?«, erkundigte sich der Kommandeur des PVO-Strany, dem Gegenstück zum Luftabwehr-Kommando Nordamerika, dem NORAD. »Wie sieht es mit einem Plan dafür aus?«

»Was?«, fragte Zorin theatralisch. Die Situation amüsierte ihn. »Hat der edle Ritter General Rasow dieses kleine Problem immer noch nicht gelöst?«

»Das ist kein kleines Problem, sondern ein ausgewachsener Krieg.« Gribatschow klang zunehmend verärgert. »Im Übrigen ist es nicht General Rasows, sondern Russlands Krieg. Wir alle befinden uns im Krieg. Das gilt auch für die Hauptmacht der Streitkräfte, die Sie offensichtlich so großzügig verplanen.«

»Wir wissen alle, wie der Krieg mit China zu beenden ist«, entgegnete Zorin kühl. »Die Pläne dafür zirkulieren, seit Rasow mit seinem kleinen Winterscharmützel zum Volkshelden wurde. Wenn wir entschlossen genug wären, alle Waffen einzusetzen, die uns zur Verfügung stehen, könnten wir den Krieg ein für alle Mal beenden. Damit wäre die chinesische Gefahr für die nächsten hundert Jahre aus der Welt.« Verächtlich beobachtete er, wie sich die alten Männer ansahen. *Sie wissen, wovon ich spreche,* dachte er, *aber sie wagen es nicht einmal, asiatisches Blut zu vergießen.*

Nach einer langen Pause fuhr er fort: »In Phase zwei verlangen wir den sofortigen Rückzug aller amerikanischen Truppen aus Osteuropa.«

»Und warum sollten die Amerikaner darauf eingehen?«, erkundigte sich ein anderer Marschall.

»Weil wir es wollen.« Zorin beugte sich zwischen zwei Kommandeuren über den Konferenztisch. »Außerdem haben sie nicht genug Leute. Wenn sie nicht ihre relativ unerfahrenen Reservisten in den Koreakrieg schicken wollen« – er wies mit dem Kinn auf den Presseraum des Weißen Hauses, der immer noch den Bildschirm füllte – »müssen sie ihre Soldaten von der europäischen Front abziehen.«

Niemand antwortete ihm. Zorins Augen richteten sich auf Marschall Gribatschow, der ihn durchdringend anblickte. »Hatten Sie etwas mit der Invasion von General Pak in Südkorea zu tun?«

Zorin lächelte. Er genoss den Wechsel vom Stabsoffizier zum Akteur von internationalem Rang. »Das hat die Amerikaner in eine unangenehme Lage gebracht, stimmt's?«

»Nun, Dimitri der Schreckliche, wenn Sie Kasachstan wiedererobert haben, werden Sie sich dann ein Denkmal auf dem Roten Platz bauen oder nur die Kathedrale St. Basil umbenennen, um das denkwürdige Ereignis zu feiern?«, spottete der Kommandeur der Strategie-Direktion West.

Bei dem höhnischen Gelächter, das diese Worte auslösten, überlief es Zorin eiskalt. Die Zeit schien stillzustehen. Als er Gribatschow anblickte, schüttelte dieser nur enttäuscht den Kopf. Plötzlich wirkte der prächtige, holzvertäfelte Raum mit den dicken Orientteppichen und dem mächtigen goldenen Samowar wie eine Oase inmitten des Elends und der Verzweiflung, in die das Land versunken war. Und mitten in dieser Oase saß ein Dutzend fetter alter Männer, die sich an den Früchten ihrer Position mästeten und dabei zu unbeweglich geworden waren, um sich dem Untergang entgegenzustellen.

»Sie haben das Schicksal herausgefordert«, sagte Gribatschow schließlich. »Zuerst bei den Amerikanern und nun bei uns. Ihr Spiel mit den Amerikanern birgt Risiken, die Ihnen nicht bewusst sind, und bringt damit die Nation in Gefahr, die Sie eigentlich schützen wollten. Und auch das Spiel, das Sie offensichtlich mit uns gespielt haben, General Zorin, birgt Risiken.« Er griff zum Telefon, das vor ihm auf dem Tisch stand. »Schicken Sie mir Major Lubjanow«, sagte er, ohne Zorins Phase drei abzuwarten. Im Bewusstsein seiner unangefochtenen Autorität und Macht legte er auf und wandte sich Zorin wieder zu. »Sie sind ab sofort Ihres Amtes enthoben. Gehen Sie in Ihr Büro und warten Sie dort, bis Sie gerufen werden.«

Mit ausdruckslosem Gesicht verließ Zorin den Raum. Als

der Letzte seiner Berater die Tür schloss, rastete die Verriegelung der schweren Holztür mit einem deutlich hörbaren Klicken ein. Dann herrschte Stille.

Major Lubjanow, der Chef der STAVKA-Sicherheitseinheit, trat mit vier Soldaten in voller Kampfausrüstung vor Zorin. Einen Augenblick lang überkamen Zorin Zweifel. Doch dann fragte Lubjanow: »Haben sie sich nicht darauf eingelassen?« und er entspannte sich. Natürlich würden seine Pläne funktionieren; seine Planung war schon immer meisterhaft gewesen. Von Moskau aus hatte er General Rasow bei den ersten Grenzzusammenstößen mit China die Anweisungen gegeben, die dem jüngeren Mann Ruhm und Beförderung eingetragen hatten. Rasow hatte der Situation entsprechend improvisiert, aber ohne Zorins Logistik, Organisation und Ausrüstungspläne, ohne seine Diagramme, die jeden Faktor vom Schmieröl bis zur Kampfmoral berücksichtigten, hätte er die ersten Schlachten nie gewonnen. Dass die Kämpfe jetzt auf chinesischem und nicht auf russischem Boden tobten, war Zorins überlegener Planung zu verdanken.

»Weiß jeder, was er zu tun hat?«, fragte er die Offiziere, die sich vor dem Konferenzraum versammelt hatten.

Zögerndes Schweigen breitete sich aus.

»Wir wollten ihnen den Sieg bringen«, zischte Zorin der zweifelnden Gruppe zu, wobei er mit dem Finger anklagend auf die geschlossene Tür zum Konferenzraum deutete. »Sie hätten auf der Tribüne gestanden und mit ihren fetten Händen den ›Urrra‹ rufenden Truppen zugewunken. Wir haben ihnen den Weg gezeigt. Eines ist doch klar: Wenn wir nichts unternehmen, sind wir erledigt. Wir gehen ins Gefängnis und die Armee wird zur besseren Grenzpatrouille, zunächst an der chinesischen Grenze und schließlich am Ural. Wenn wir dann Europa ein paar hundert Jahre lang gegen die Asiaten verteidigt haben, sind wir so degeneriert, dass wir selbst zu Asiaten werden.«

»Wir haben es immer als unsere historische Pflicht betrachtet«, sagte einer der Berater, von dem hehren Ziel beflügelt, »die Hintertür Europas gegen Asien zu bewachen.«

»In Russland leben nur noch Ukrainer und Georgier gut«, meinte ein anderer. »Die Mafia.«

»Und die Juden«, warf ein Dritter ein.

»Die alten Trottel sind völlig verbohrt.« Zorin goss Öl in die Flammen. »Sie wollen nur den Rest ihres Lebens so bequem wie möglich verbringen. Dabei hätten sie unser Land retten können! Jetzt glauben sie, sie wären uns endgültig los. Die denken, wir hatten unsere Chance, wir hätten nur warten müssen, bis wir an der Reihe waren. Aber nun haben wir unser Recht auf einen Platz am Futtertrog verwirkt.«

Aufmerksam registrierte er, wer nickte, und trennte diese loyalen Offiziere im Geiste von den nachdenklichen, die es nicht wagten, ihre Vorbehalte laut zu äußern. Alle kannten den Notfallplan, der zum Einsatz kommen sollte, wenn die Marschälle Zorins Vorschlag ablehnten. Bereits im Voraus hatte er Kontakt zu Major Lubjanows Sicherheitsleuten, den Kommunikationseinheiten und anderen relevanten Stellen aufgenommen. »Aber das könnte sich als Segen erweisen. Jetzt sind wir zum Handeln gezwungen.«

Danach gab es keine Diskussion mehr. Niemand fragte nach der moralischen Rechtfertigung für die Aktion. *Schließlich klebt an den Händen der alten Männer genügend Blut,* dachte Zorin mit einem letzten Blick auf die vertraute Tür zum großen STAVKA-Konferenzraum. *Solche Aktionen haben sie selbst oft genug angeordnet.*

Eilig trennten sie sich, um die notwendigen Anrufe zu erledigen. Der Kommandeur der Taman-Division, dessen Panzerfahrzeuge bereits in den Straßen der Umgebung standen, wurde informiert, ein Hauptmann in der Kommunikationszentrale kontaktiert.

Und natürlich die Sprengstoff-Spezialisten.

General Zorin selbst kümmerte sich um die beiden Offiziere – einen Major und einen Hauptmann der RVSN, der Strategischen Raketenstreitkräfte Russlands –, die in einem kleinen Warteraum in der Kommandozentrale saßen. Einer von ihnen las die russische Ausgabe der *Zeitung,* während der andere den Kopf in die Hand gestützt hatte und versuchte, im Sitzen ein wenig zu schlafen. Die beiden kleinen schwarzen Koffer mit den Nuklearkodes und -kommunikatoren, standen zu ihren Füßen.

»Major, ich bin General Zorin. Ich soll Sie beide anweisen, mir Ihre Kommunikatoren auszuhändigen.«

Die Männer waren plötzlich hellwach. »Tut mir Leid, General«, erwiderte der ranghöhere Offizier. »Es ist uns nicht erlaubt, sie jemand anderem als den ablösenden Offizieren auszuhändigen, egal von wem der Befehl kommt.«

Zorin sah die beiden scharf an und nickte dann. »Da haben Sie völlig recht, Major«, sagte er und wandte sich ab. Dabei griff er in seine Uniformjacke und zog die schallgedämpfte 9-mm-Makarow. Als er sich umdrehte, fummelte der Major an seinem eigenen Schulterholster herum, während ihn der Hauptmann mit weit aufgerissenen Augen anstarrte. Obwohl Zorin fest entschlossen gewesen war abzudrücken, überraschten ihn die dumpfe Explosion und der Schlag in seiner Hand. Der Knall der Pistole und das charakteristische »Klack« des beim Abschuss zurückgeschleuderten Schiebers, der durch eine Feder sofort wieder nach vorne gepresst wurde, waren laut, aber nicht besonders durchdringend. Im STAVKA-Konferenzraum mit seinen schallisolierten Wänden und Türen war nichts davon zu hören gewesen.

Ein großer schwarzer Fleck erschien um den Riss in der Brusttasche des Majors, der von seinem Sitz rutschte und mit weit aufgerissenen Augen zu Boden sackte. Sein Körper wurde durch die Beine aufgehalten, die unter ihm in die Knie gingen.

Zorin wandte sich zu dem Hauptmann um, dessen Kinn schlaff herabhing. Erneut zuckte seine Hand unter dem Rückschlag der Pistole, während ein grausiger Regen die Wand hinter dem Sessel des Hauptmanns blutrot sprenkelte. Durch die Wucht der Kugel, die direkt am Nasenrücken eingeschlagen war, war das ganze Gesicht eingedrückt worden. Zorin griff nach den beiden schwarzen Aktenkoffern und ging zur Tür. Im offenen Eingang stehend, zögerte er, zwang sich dann aber, sich umzudrehen und die ersten beiden Menschen anzusehen, die er in seinem Leben getötet hatte. Merkwürdig, wie wenig ihn der Anblick berührte. Weder der zerschmetterte Kopf des Hauptmanns noch das leere Starren aus den blicklosen Augen des Majors hatten die Wirkung, die er erwartet hatte. Die Endgültigkeit seiner Tat überkam ihn keineswegs wie ein Schock. Alles, was er sah, waren zwei leblose Gestalten, die auf ihren Stühlen hingen.

Verwirrt – und irgendwie enttäuscht – über das Ausbleiben stärkerer Gefühle schloss er die Tür.

Frustriert wegen der andauernden Kommunikationsprobleme, verließen die Kommandeure der Strategie-Direktion Ukraine und der Langstrecken-Luftstreitkräfte – Generäle der russischen Armee, die den klangvollen Ehrentitel Marschall trugen – den Konferenzraum und begaben sich zu ihren Büros in den oberen Stockwerken. Noch im innersten Sicherheitsbereich traten ihnen an den Aufzügen, wo normalerweise Posten in der STAVKA-Galauniform standen, zwei nervöse Soldaten in voller Kampfausrüstung entgegen und blockierten die Türen.

»Aus dem Weg und zwar schnell!«, befahl der Kommandeur der Strategie-Direktion Ukraine.

Einer der Männer rief in den Gang hinein nach seinem Unteroffizier. »*Starshi-na-a-a!*« Nervös blickte er von den Generälen auf den Gang, rief noch einmal »*Starshi-na-a-a!*«.

Die alten Generäle erstarrten. Wie gefährlich die Situation war, wurde ihnen angesichts der ungewöhnlichen Reaktion der Soldaten und der gähnenden Leere in den sonst so geschäftigen Büros sofort klar. Eilige Schritte erklangen und der *Starshina*, der vorgesetzte Unteroffizier, kam auf sie zu. »Würden die Generäle bitte in den Konferenzraum zurückkehren, ich soll Sie darüber informieren, dass dort eine wichtige Mitteilung auf Sie wartet.«

Am Ende mussten sie sich den vorgehaltenen Waffen beugen. Die Gesichter im Konferenzraum wurden blass, als die Zurückgebliebenen in die Augen der beiden Generäle sahen und die Gewehre dahinter erblickten. Mit monotoner Stimme berichteten sie, was vorgefallen war. Einige Offiziere sprangen verärgert auf und gingen zur Tür, doch diese war nun von außen blockiert. Telefonhörer wurden abgenommen, aber die Leitungen waren tot – nicht einmal eine Telefonistin, die sich entschuldigte und versprach, sich um das Problem zu kümmern.

Gribatschow hämmerte auf den Tisch. »Wie konnten wir nur so dumm sein!« Ungläubig schüttelte er den Kopf bei dem Gedanken, dass er sich auf einen einzigen Anruf beim Sicherheitsdienst verlassen hatte, um Zorin festsetzen zu lassen. *Ein kleines Detail vergessen. Wie konnte das geschehen?* Aber er kannte die Antwort. *Selbstzufriedenheit*, dachte er, während er zwei der alten Marschälle beobachtete, die versuchten, einen der weichen Ledersessel als Rammbock zu benutzen. *Ich bin einfach zu bequem geworden …*

Innerhalb der nächsten Hundertstel Sekunden verdampfte der isolierte Sicherheitsboden unter dem Konferenzraum in der ersten Hitzewelle der Explosion. Die fünfzig Kilogramm Sprengstoff im Abstellraum darunter hatten auch nach zwanzig Jahren im Munitionsdepot des früheren Komitet Gosudarstwennoj Besopasnosti, des KGB, kaum etwas von ihrer Sprengkraft eingebüßt. Die Bombe mit der bogenförmigen Ladung war so konzipiert, dass sie in Hohlräumen unter befestigten Straßen versteckt werden konnte. Bei der Detonation richtete sich die gesamte Kraft der Explosion nach oben.

Nachdem die Isolierung verdampft war, traf die Druckwelle mit der Wucht eines Güterzuges auf Kabel, Träger, Hartholzboden und Orientteppiche des Konferenzraums. Der Holzboden wurde zu winzigen Splittern zerfetzt, während die Stahlträger parallel zu den Wänden senkrecht nach oben gebogen wurden. Wie Teppiche, Stühle und Tisch wurden die zerbrechlichen Körper der alten Männer durch die Gewalt der Druckwelle und die herumfliegenden Holzsplitter zerrissen. Binnen weniger Sekunden verbrannten die Überreste durch die bei der Explosion frei gesetzte Energie zu Asche. Was dann noch nicht vernichtet war, wurde durch die unbesetzten Konsolen im Kommunikationsraum darüber gejagt und grub sich dort in Betonwände und Decke.

Selbst die alten Babuschkas, die spät in der Nacht die Straße Moskaus fegten, spürten die Gewalt der Explosion durch ihre Fußsohlen hindurch. Die Frauen direkt vor dem Ministerium blieben einen Augenblick stehen, sahen sich an und warteten, ob ein weiteres Beben folgte. Doch alles blieb ruhig. Die unterirdische Kommandozentrale hatte sich in ein Grab verwandelt. Selbst das Echo erstarb in der höhlenähnlichen Tiefe und wich Dunkelheit und Stille.

Washington, D.C.
11. Juni, 0445 Uhr GMT (2345 Uhr Ortszeit)

Greg Lamberts Wagen raste durch die dunklen Straßen der Hauptstadt, während er zuhorte, wie General Thomas in einer Dreier-Telefonkonferenz den Präsidenten instruierte. Hinter der Stimme des Präsidenten war der von der Zentrale ausgelöste, heulende Alarm zu hören.

»Ich habe sie«, sagte der Präsident. »Gerade habe ich die ›Verfahrensanweisung für den Notfall, Weißes Haus‹ ausgehändigt bekommen. Ich bringe sie mit. Wie geht es jetzt weiter?«

»Die E-4B steht in Andrews bereit«, erklärte Thomas. »Ich treffe Sie dort, Sir.«

»Werden die Chinesen zurückschlagen?«, erkundigte sich der Präsident. Lambert zuckte zusammen, als sein Fahrer mit kaum verringerter Geschwindigkeit eine rote Ampel überfuhr und dann den dröhnenden Motor erneut hochjagte.

»Nein, Sir«, gab Thomas zurück. Im Hintergrund heulte der Motor seines Hubschraubers auf. »Ihre Vorlaufzeit ist zu lang. Wahrscheinlich haben sie irgendwo ein paar taktische Atomwaffen versteckt, aber es dürfte ihnen schwer fallen, außer rein taktischen Zielen irgendetwas zu treffen. Dafür ist die russische Luftabwehr zu gut.«

»Und was bedeutet DEFCON 3 genau?«, wollte der Präsident wissen.

»Normal ist DEFCON 5. Beim Wechsel zu DEFCON 3 wird eine Reihe von Abläufen in Gang gesetzt.« Thomas hob die Stimme, um den Hubschrauberlärm zu übertönen, bis die Tür des Helikopters zugeschlagen wurde und die Hintergrundgeräusche leiser wurden. »Verteilung der Streitkräfte, erhöhte Alarmbereitschaft und so weiter für alle Streitkräfte außer für die gegenwärtig in Korea stationierten, die sich bereits auf 1 befinden, und für die strategischen Streitkräfte beim Lufteinsatzkommando, dem ACC, die auf 2 sind. Atomwaffen mit kürzerer Reichweite wie die Marschflugkörper der Marine und die atomwaffenfähigen A-6 und F/A-18 auf den Flugzeugträgern werden in Gefechtsbereitschaft versetzt. Das gilt auch für die bodengestützten Marschflugkörper sowie die FB-111 und F-16 in Europa. Außerdem habe ich veranlasst, dass die ACC-Bomber, die bereits am Boden in Alarmbereitschaft waren, mit dem Mindestabstand von zwölf Sekunden zwischen den Maschinen aufsteigen. Sie werden bei erhöhter Alarmbereitschaft in der Luft bleiben. Dann wurden die Alternate Reconstitution Base Teams, die für die zurückkehrenden Bomber Ausweichstützpunkte anlegen sollen, an ihre Einsatzorte an Zivilflughäfen und Autobahnen entsandt. Die Interkontinentalraketen befinden sich ebenfalls in höchster Alarmbereitschaft, die Unterseeboote begeben sich auf Gefechtsstation.«

»Und ist diese umfassende Evakuierung wirklich nötig?«

»Mr. President, wir gehen von Angriffszustand Bravo aus, das ist ausreichend, um gesamte Behörden zu evakuieren. Sollte sich herausstellen, dass es sich um einen Angriff der Stufe Alpha handelt – also die überraschende Zerstörung der Hauptquartiere in Friedenszeit –, wird von unserer Militärverwaltung und den Regierungsbehörden nur eine Notbesetzung übrig bleiben.«

»Aber wir werden doch nicht angegriffen. Ich kann nicht einsehen, warum …«

»Bei DEFCON 3 erfolgt automatisch eine Evakuierung, Sir«, schaltete sich Lambert ein. »Das ist noch nie geschehen,

Mr. President, weil wir noch nie in einer solchen Situation waren. Die Russen schießen aus ihren Silos in Sibirien Interkontinentalraketen ab, bei denen auch Ziele in den USA einprogrammiert sind. Die alten Bänder mit einer einzigen Zielprogrammierung wurden vor Jahren aufgegeben, seitdem sind in den Datenbanken der Raketen Städte und Militäreinrichtungen in den Vereinigten Staaten als Ziele gespeichert. Dass sich die Ziele tatsächlich in China befinden, werden wir erst wissen, wenn die Raketen ihren Treibstoff komplett verbrannt haben und nach Süden abschwenken. Das wird irgendwann zwischen sechs und acht Minuten nach dem Abschuss der Fall sein. Bis dahin haben wir nur General Rasows Wort dafür, dass ihr Ziel tatsächlich China ist. Wir müssen Sicherheitsvorkehrungen treffen. Wenn die Interkontinentalraketen tatsächlich hierher unterwegs sein sollten und es sich um einen koordinierten Angriff handelt, könnten die seegestützten Raketen bei reduzierter Flughöhe innerhalb von acht bis zehn Minuten Washington erreichen.« Der bloße Gedanke verursachte ihm Übelkeit. Hoffentlich hatte Jane die Gefahrenzone bald verlassen. »Es besteht das Risiko, dass der Schlag unsere wichtigsten Einrichtungen ausschalten soll.«

»Moment mal«, unterbrach der Präsident. »Gibt es denn irgendeinen Grund anzunehmen, dass es sich hier um einen russischen Überraschungsangriff handelt?« Er klang entnervt und wurde offenkundig zunehmend wütender.

»Sir«, sagte Lambert, »in einer solchen Situation geht es vor allem um Stabilität. Wenn wir Sie an Bord eines Flugzeugs haben, gewinnen wir im Ernstfall wichtige Zeit. Wir wollen jetzt keinen Fehler machen.«

»Verdammt ... Ich habe das Außenministerium angewiesen, die Regierungen der anderen Staaten zu benachrichtigen, und bekomme inzwischen bereits die ersten Rückrufe. ›Kanzler Gerhardt auf Leitung zwei ... Premierminister Barrow‹ ...« Offenbar las er vom Display seines Telefons ab. »Ich muss ein paar von diesen Gesprächen annehmen. Was sage ich den Leuten? Wer wird evakuiert?«

»Der JEEP, also der Joint Emergency Evacuation-Plan«,

antwortete General Thomas, »sieht die sofortige Evakuierung von sechsundvierzig Personen vor, die im Besitz einer JEEP-1-Karte sind, und zwar mit Hubschraubern der Armee oder der Air Force. Es handelt sich vor allem um Personen, die als Stellvertreter des Präsidenten fungieren und durch das zentrale System automatisch lokalisiert werden, aber auch um wichtige militärische Führer, Mr. Lambert und andere, die notwendig sind, um die Kontinuität der Regierungsgeschäfte sicherzustellen. Innerhalb der nächsten vier Stunden werden zweihundertvierundachtzig Personen, die sich im Besitz einer JEEP-2-Karte befinden, evakuiert werden. Dabei handelt es sich um wichtige Beamte, das diensthabende Personal in Schlüsselpositionen bei verschiedenen Behörden und Angestellte der Bundesbehörde FEMA, die für das Notfallmanagement zuständig ist.«

»Und wie zum Teufel soll die Regierung heute Morgen arbeiten?«, fragte der Präsident, während Lambert in seiner Brieftasche nach dem Notfallausweis für Bundesbeamte suchte. Er steckte direkt hinter dem Ausweis für den Tennisklub. Außer seinem Bild enthielt er nur seinen Namen und die Blutgruppe sowie einen kurzen Text: »DIE AUF DIESEM AUSWEIS BESCHRIEBENE PERSON NIMMT WICHTIGE NOTFALLAUFGABEN INNERHALB DER US-REGIERUNG WAHR. DER PERSON, AUF DIE DIESER AUSWEIS AUSGESTELLT IST, IST UNEINGESCHRÄNKTE UNTERSTÜTZUNG UND VOLLE BEWEGUNGSFREIHEIT ZU GEWÄHREN.« Lambert drehte die Karte um. In großen Blockbuchstaben prangte »JEEP-1« auf der Rückseite.

»Also, Sir«, fuhr Thomas fort, »in wenigen Stunden wird der Joint Air Transportation Service mit der Evakuierung von Teams der Kategorie A beginnen. Dabei handelt es sich um ein paar Dutzend Leute aus allen Ministerien und den wichtigsten Behörden, die in drei Teams aufgeteilt und an verschiedene Orte gebracht werden. Gegen Ende des Tages werden auch die Teams der Kategorie B evakuiert sein, das sind Leute vom Nationalen Wissenschaftsrat und von Institutionen wie der FDIC, der Federal Deposit Insurance Corporation. Alle Beamten der Kategorie C und alle Regierungsangestellten, die nicht zu den evakuierten Teams gehören, sollten von ihren Vorgesetzen telefonisch in erhöhte Alarmbereitschaft versetzt werden. Das heißt, dass sie ihre Sachen packen und auf weitere Befehle warten sollen. Diese Leute geben ihrerseits den Alarm an die nächste Organisationsebene unter ihnen weiter und so fort.«

»Und wo sollen all diese Menschen hin?«, erkundigte sich Präsident Livingston. Vor Lambert tauchte das Weiße Haus auf. Die in helles Flutlicht getauchten Rasenflächen standen in krassem Gegensatz zu den anderen Gebäuden, die an diesem Sonntagabend zum größten Teil im Dunkeln lagen.

General Thomas antwortete: »Nun, die Flugzeuge kreisen in der Luft. Eine E-4B mit einer Person aus der Präsidentennachfolge wird Kurs auf den Luftraum über dem Atlantik auf der Südhalbkugel nehmen, aber der Rest verbleibt über dem Festland der Vereinigten Staaten. Alle anderen begeben sich an ihre Notfall-Evakuierungsorte innerhalb des ›Federal Arc‹, also in einem Umkreis von fünfhundert Kilometern um Washington. Sie selbst werden nach ›Kneecap‹ verbracht, das ist die Kommandozentrale für den Notfall, die sich an Bord eines Flugzeugs befinden wird. Die zivile Regierung zieht sich nach Mount Weather oder in die Kommandozentrale von Raven Rock Mountain zurück. Ich möchte hinzufügen, dass es in den Bundesstaaten, Bezirken und Städten mehrere tausend Betriebszentren für den Notfall gibt, die Explosionen und Fall-out standhalten können und in denen die örtlichen Verwaltungen weiterarbeiten werden. Die Warnung ist herausgegangen, so dass sich auch dort das entsprechende Personal sammeln wird. Entschuldigung, Sir, aber ich bekomme gerade einen Anruf vom Pazifikkommando, um den ich mich besser kümmern sollte.«

»Okay, General Thomas. Wir sehen uns in Andrews. Greg, sind Sie noch da?«

»Ja, Sir.« Lamberts Wagen fuhr gerade vor dem Weißen Haus vor.

»Gut. Ich nehme jetzt die Anrufe von Barrows und Gerhardt entgegen. Besorgen Sie mir Außenminister Moore. Ich schalte gerade auf dieses tragbare Ding um, das die mir eben gegeben haben, und gehe zum Rasen an der Südseite. Nur eine Sekunde, halten Sie Moore in der Leitung.«

Statt Jane auf dem Autotelefon anzurufen, wie er es eigentlich vorgehabt hatte, wählte Greg die Nummer der Zentrale des Weißen Hauses. »Hier Greg Lambert. Verbinden Sie mich mit dem Außenminister.«

»Einen Augenblick, Sir.« Die Telefonistin kannte seine Stimme und verschwendete keine Zeit mit dem neuen Stimmerkennungssystem, dass die alten Damen in der Zentrale ohnehin hassten. Sein Wagen hielt in der Einfahrt direkt vor dem Rasen an der Südseite des Gebäudes. Durch die Büsche sah er die Sicherheitsbeamten ausschwärmen.

»Greg?«, sagte die Stimme des Außenministers aus dem Lautsprecher. Im Hintergrund lief offenbar ein Motor auf Hochtouren.

»Einen Moment bitte, Bill, der Präsident möchte mit Ihnen sprechen.«

»Hier ist ja wirklich die Hölle los, was, Greg?« Bevor Lambert dem Außenminister antworten konnte, war der Präsident schon wieder in der Leitung. »Bill? Greg? Irgendjemand da?«

»Ja, Mr. President«, gab Lambert zurück. »Wir sind beide hier.«

Mit überraschender Geschwindigkeit näherten sich die grellen Landungslichter eines Hubschraubers dem Rasen. Es war nicht der dunkelgrüne Marine One, den der Präsident normalerweise benutzte, sondern ein gedrungener grauer Air Force-Hubschrauber. »Bill, ich habe Ihnen etwas zu sagen. Ich möchte, dass Sie die Chinesen anrufen und sie warnen.«

»Aber Sir …!«, begann Lambert.

»Ich will damit nichts zu tun haben!«, erklärte der Präsident energisch, während Greg im Hintergrund den Leiter des Militärbüros des Weißen Hauses sagen hörte: »Mr. President, Crown Helo ist gelandet!«

»Hören Sie, Greg, wir wissen von der Sache. Ich will nicht in die Geschichte eingehen als der Mann, der den Atomwaffengebrauch der Russen stillschweigend gutgeheißen hat, weil er diese Information für sich behielt. Bill, Sie rufen Peking an und warnen die Chinesen – und zwar sofort! Was ist Ihr Ziel?«

»Raven Rock Mountain, Sir.«

»Rufen Sie an«, befahl Präsident Livingston in dem Moment, als eine große Gruppe von Geheimagenten aus dem Weißen Haus eilte. »Sobald Sie Ihren Evakuierungsort erreicht haben, berichten Sie mir.«

»Mr. President!« Greg war ausgestiegen, als er den Präsidenten und die First Lady die Stufen zum Rasen herunterkommen sah. Der Hubschrauberlärm war ohrenbetäubend, weil der Pilot die Rotoren mit voller Kraft laufen ließ. »Sir!« Lambert hielt sich ein Ohr zu und eilte im Laufschritt über den Rasen in Richtung Hubschrauber. »Wir sollten uns überlegen, ob wir …«

»Was?«, drang es schwach aus dem Telefon. »Ich kann Sie nicht hören!«

»Außenminister Moore!«, brüllte Lambert, während ihm ein Zweig von einem Busch, den er übersehen hatte, ins Gesicht schlug. Im nächsten Moment starrte er in die Mündung einer Uzi-Maschinenpistole. Auf seine Brust malte sich ein winziger roter Laserpunkt. »Außenminister Moore!«, schrie er erneut. Als er aufblickte, sah er, dass der Präsident an der Hubschraubertür stand und mit dem Leiter des Militärbüros des Weißen Hauses sprach. Die Hand mit dem Telefon hielt er etwa in Taillenhöhe.

»Ausweis!«, fuhr ihn der Posten mit der Uzi an.

»Verdammt noch mal, ich bin Greg Lambert!« Rechts leuchtete eine Taschenlampe auf. Lambert drehte sein Gesicht in den Lichtkegel. »Alles okay! Er ist sauber!« Der zweite Beamte schaltete das Licht aus und Lambert rannte auf den Hubschrauber zu.

An beiden Enden des Rasens waren paarweise Geheimagenten in dunklen Anzügen postiert, von denen je einer eine schlanke Röhre auf die Schulter gestützt hatte, mit der er den Himmel absuchte. Ein Stinger-Flugkörper! Hoffentlich war der Flughafen informiert worden und leitete den Verkehr um. Auf dem Boden neben der Helikoptertür knieten drei Mann in voller Kampfausrüstung, die mit ihren Gewehren das Gelände vor ihnen sicherten.

Gebückt eilte Lambert unter dem Rotor hindurch und sprang in den Hubschrauber, wo er sich auf der Suche nach dem Präsidenten an Unmengen elektronischer Geräte vorbeiquetschen musste. Mitten unter der Besatzung in dem mit Ausrüstung voll gestopften Helikopter entdeckte er die Livingstons, die sich offenbar in den engen Sitzen nicht recht wohl fühlten. Der Air Force-Offizier mit dem »Football«, der Tasche mit dem Atomwaffenkode, ging als letzter an Bord. Noch bevor die Crew die Tür geschlossen hatte, hob der Hubschrauber ab. Dabei schaukelte er so, dass Lambert und der Offizier nur mühsam das Gleichgewicht halten konnten. Schließlich gelang es einem Crewmitglied, die Tür zu schließen und Lambert zu einem einsamen Klappsitz zu lotsen. Als er sich angeschnallt hatte und aus dem winzigen Bullauge lugte, stellte er fest, dass sie extrem niedrig flogen. Plötzlich ging der Hubschrauber abrupt in die Schräglage und vor seinem Fenster tauchte das hell erleuchtete Washington Monument auf. Er beugte sich vor, um einen Blick auf den Präsidenten hinten im Hubschrauber zu erhaschen, aber der enge Gang war mit Ausrüstung verstellt. Einen Moment lang war er versucht, den Präsidenten von seinem Handy aus anzurufen, aber er wusste, dass es zu spät sein würde. Außenminister Moore hatte den Anruf mit Sicherheit bereits getätigt.

Vor seinem Guckloch erschien, in helles Licht getaucht, das Jefferson Memorial. Bei den Drehungen und Wendungen des Hubschraubers wurde ihm leicht übel. Die Metallwand an seinem Rücken vibrierte im Rhythmus der Rotoren und nun begann der Helikopter auch noch einen Zickzackkurs zu beschreiben. *Die weichen imaginären Geschossen aus! Natürlich, das sind Ausweichmanöver.* Bei ihrer Ausbildung waren die Piloten selbstverständlich auf den Kriegsfall vorbereitet worden.

Lambert holte tief Atem und versuchte, sich zu entspannen, während vor dem kleinen Fenster vertraute Bilder vorüberzogen. Einmal tauchten jenseits des Potomac die altehrwürdigen Gebäude der Georgetown University, seiner Alma Mater, auf. Für einen Augenblick hob sich ihre Silhouette vor den Lichtern der Stadt ab, bis der Pilot erneut in eine steile Schräglage ging. *Er folgt dem Fluss.*

Praktisch an den Sitz gefesselt und durch den Lärm von den anderen isoliert, war Greg auf seine eigene kleine Welt angewiesen. Zum ersten Mal seit Tagen hatte er nichts zu tun. Seine Gedanken schweiften ab und er ließ ihnen freien Lauf.

Jane. Vor dem dunklen, leicht reflektierenden Fenster tauchte ihr Gesicht auf wie eine Seerose auf dem Wasser. Obwohl sie beide inzwischen achtunddreißig Jahre alt waren, hatte sich Jane seit ihren Tagen in Georgetown kaum verändert. Immer noch sah man es ihrem frischen Gesicht nicht an, wenn sie kein Make-up aufgelegt hatte. Sie waren ein Paar, wie es die Washingtoner Gesellschaft liebte: er, der aufsteigende Stern, groß, blond und blauäugig, sie klein, brünett, zurückhaltend.

Sie hatten sich in ihrem ersten Jahr in Georgetown kennen gelernt. Er hatte gerade sein erstes Treffen mit seinen neuen Mannschaftskameraden und Trainern, als eine Gruppe Studentinnen zur Gymnastikprobe hereinkam. Das Mädchen, das am nächsten bei ihm stand, war Jane. In ihrem Abschlussjahr bat er sie, ihn zu heiraten, aber sie gab ihm einen Korb. Er war an der juristischen Fakultät in Harvard zugelassen worden und die New Jersey Nets interessierten sich für ihn. Jane meinte, in seinem Leben passiere einfach zu viel. Für eine Ehe sei er noch nicht reif. Bei dieser Erinnerung musste er lächeln. Er hatte damals nicht recht gewusst, ob sie bluffte, weil sie durch seine mögliche Sportlerkarriere verunsichert war. Auf jeden Fall gab er nicht auf und im Juni heirateten sie.

Das Trainingscamp im Sommer vor Beginn der NBA-Saison war so enttäuschend, dass er im Herbst gar nicht erst den Versuch machte zu spielen. »Was hältst du davon, wenn ich zur Armee gehe?«, fragte er Jane nach dem Camp auf dem Flug nach Maine. Sie hielt es für einen Scherz und lachte.

Vier Jahre später, mit fünfundzwanzig, verließ Greg Harvard mit einem Abschluss in Jura und Politikwissenschaft. Im Frühling des folgenden Jahres nahm die CIA Kontakt zu ihm auf – er war von einem Professor anonym empfohlen worden. Höflich lehnte er eine Einladung zu einem Gespräch über eine Agententätigkeit im Feld ab, erkundigte sich jedoch nach anderen Möglichkeiten beim Geheimdienst. Wenige Wochen später erhielt er eine schriftliche Antwort auf seine »Anfrage« bezüglich einer Position bei der Defense Intelligence Agency, von der er noch nie zuvor gehört hatte.

Und so kehrten sie nach Washington zurück. *Dreizehn Jahre ist das nun her, wie die Zeit doch vergeht.* Sein erster Job bei der DIA war unglaublich langweilig gewesen – theoretische Berichte zur Wirtschaft der Sowjetunion. Aufregend waren einzig die wenigen Besuche auf der »Farm«, der Trainingseinrichtung der CIA in Westvirginia gewesen. Jeden Freitag hing eine Liste mit Wochenendkursen auf der Farm aus. Für die paar, die halbwegs gefährlich und interessant aussahen, schrieb er sich ein.

Der Erfolg kam schnell und unerwartet. Nachdem er in Georgetown am Institut für den diplomatischen Dienst Russisch gelernt hatte, übertrug man ihm Ende der Achtzigerjahre die mühselige Aufgabe, Berichte über die immer deprimierenderen Wirtschaftsdaten der Sowjetunion zu erstellen. Bald hängte er ungefragt persönliche Kommentare an und schrieb damit unwissentlich an der Chronik des Untergangs der Sowjetunion mit.

1991 waren die Geheimdienste, die im Jahr zuvor bei der Invasion des Irak in Kuwait die Entwicklung völlig falsch eingeschätzt hatten, noch deutlich angeschlagen. Als sich der bevorstehende Zusammenbruch des sowjetischen Imperiums immer deutlicher abzeichnete, wurden Gregs Berichte aus dem Archiv geholt. Bald danach erklärte man, er habe dies alles bereits vor Jahren kommen sehen. Zitate aus seinen Berichten wurden aus dem Zusammenhang gerissen. Die DIA ließ ihn vor dem Außenausschuss des Senats antreten, auf allen Cocktailparties wiederholten selbst ernannte

»Insider« seine angeblichen »Vorhersagen«. In Windeseile wurde er zu dem Mann, der als Erster das Ereignis des Jahrhunderts, den Untergang der UdSSR, verkündet hatte. Mit einem Mal war er ein Star.

Zwei Monate nach dem Zusammenbruch des sowjetischen Imperiums erhielt er eine Einladung mit aufwändigem Reliefdruck – ein privates Dinner bei George und Barbara Bush. Das Gespräch kam auf die Forderung nach einer »Friedensdividende«, die damals gerade in Mode kam. Der Präsident war besorgt, er fürchtete, bei Einschnitten im Verteidigungshaushalt eventuellen Hardlinern auf der anderen Seite schutzlos ausgeliefert zu sein. Offenbar wollte er Gregs Meinung zu diesem Thema hören.

Der Wein hatte Gregs Zunge gelockert. Jane trat ihm mehrfach unter dem Tisch gegen das Schienbein, aber er stürzte sich Hals über Kopf auf das Thema Militärstrategie, das eigentlich außerhalb seiner fachlichen Kompetenz lag. Russland war am Absaufen, so seine Meinung, und das Militär stellte dabei keine Ausnahme dar. »Bleiben Sie Ihnen einfach einen Schritt voraus, Mr. President. Solange ihr Zusammenbruch schneller ist als unsere Einschnitte bei den Rüstungsausgaben, haben wir die Oberhand. Spielen Sie auf Zeit.«

»Sie scheinen sich Ihrer Sache sehr sicher zu sein, Greg«, meinte Bush, während er ihm Wein nachschenkte.

»Für eine Friedensdividende ist es im Moment noch zu früh«, verkündete er, begeistert von der Theorie, die er erst wenige Augenblicke zuvor entwickelt hatte. »Zögern Sie die Einsparungen hinaus, warten Sie, bis die Russen völlig am Ende sind.« Jane stieß ihn so hart, dass das Wasserglas auf dem Tisch ins Wackeln geriet, was Barbara Bush zum Lachen brachte. Sie zeigte Jane das Weiße Haus, während Greg sich im Oval Office die vorläufigen Pläne für eine Truppenreduzierung ansah.

Er hatte die richtigen Worte gefunden und von jenem Abend an ging es mit seiner Karriere rasant bergauf. Durch seine Tätigkeit war er mit Verteidigungsfragen vertraut geworden. Auch als die Regierung wechselte und in den Ministerien niemand mehr so recht wusste, warum er eigentlich ein Star war, standen die Lichter für ihn weiter auf Grün. Er wechselte von einem Krisenstab in den nächsten, wobei er mehr und mehr Zeit im Weißen Haus verbrachte. Besser gesagt, dreißig Meter *unter* dem Weißen Haus, im Situation Room.

Als Präsident Livingstons Übergangsteam um ein Informationsgespräch zur Nationalen Sicherheit bat, schickte die DIA Greg. Zwei Wochen später erhielten sie einen Anruf von Janes Mutter. Gregs Name und Bild befanden sich auf einer Kandidatenliste für das Amt des Sicherheitsberaters im Weißen Haus, die im *U.S. News & World Report* veröffentlicht worden war. Jane und er liefen in den Regen hinaus, um ein Exemplar zu erstehen. Noch immer lag die verknitterte, vom Wasser aufgequollene Ausgabe auf ihrem Nachttisch. Jane weigerte sich, sie wegzuwerfen. Sie warf nie etwas weg – die Schränke waren voll von alten Cheerleader-Uniformen, Basketball-Trophäen und natürlich ihrem Hochzeitskleid.

»Wenn wir ein Baby haben, müssen wir das ganze Zeug endlich wegschmeißen«, hatte er am vorletzten Wochenende angekündigt. Ihr Blick und ihr Lächeln verrieten ihm, dass er das Richtige gesagt hatte. Es gehörte zu seinen Talenten, immer die passenden Worte zu finden. Noch am selben Nachmittag hatten sie den ersten Versuch unternommen.

Während der Hubschrauber über dunkle Landstraßen flog, schloss Greg die Augen. Dort unten war Jane. Im Stillen sprach er ein Gebet.

Hoffentlich fand er auch diesmal die richtigen Worte.

2. KAPITEL

Fernost-Kommando der Armee, Kabarowsk, Russland
11. Juni, 0450 Uhr GMT (1450 Uhr Ortszeit)

»Natürlich ist es Zorin!« Luftstreitkräftegeneral Mischin hörte sich an, als kochte er vor Wut. »Das ist eindeutig seine Handschrift. Die Taman-Division, *Ihre* Leute, haben die Kasernen verlassen und gehen rund um den Kreml in Stellung.«

»Ist das Zorins Ziel?«, fragte Rasow, der in einem für den Kriegsfall ausgestatteten Bunker tief unter dem Hauptquartier auf die aus dem Lautsprecher seines Telefons dringende Stimme lauschte. »Der Kreml?«

»Ja, natürlich!«, brüllte Mischin. »Der Mann hat das Sendungsbewusstseins eines echten Hardliners und hält sich für den Messias.«

»Ich werde mit dem Kommandanten der Taman-Division sprechen«, erklärte Rasow. »Ich kenne ihn gut. Bei den Männern, die Ihre Leute gesehen haben, muss es sich um abtrünnige Einheiten handeln.«

»Wie auch immer, was wollen Sie jetzt tun? Sollen wir den Abschuss verschieben?«

»Völlig ausgeschlossen! Die strategischen Waffen werden automatisch zur vorgegebenen Zeit abgeschossen. Außerdem ist eine starke Einheit meiner Leute zu den chinesischen Linien unterwegs, in die wir durch den Angriff Lücken schlagen wollen. Die ersten Trupps müssen inzwischen weniger als einen Kilometer vom Zielort entfernt sein. Der Zeitplan ist unbedingt einzuhalten.«

»Wenn Sie mehr Waffen einsetzen würden, käme es nicht so sehr auf den Zeitpunkt an.«

»Wir haben keinen Zugriff auf weitere Waffen und Zorin hat die Nuklearkommunikatoren in seinen Besitz gebracht!«

»Wir könnten die Silos besetzen und die Sperrvorrichtung neu verkabeln, um seine Kommunikatoren zu umgehen.«

»Das dauert unter Umständen tagelang und ich kann nicht warten. Ich habe bereits die Amerikaner informiert. Mit Sicherheit unterrichten die gerade die übrigen NATO-Regierungen. In Kürze werden auch die Chinesen davon wissen. Nein! Wir müssen wie geplant vorgehen. Und zwar jetzt.«

»Wie sollen wir auf die erhöhte Alarmbereitschaft der Amerikaner reagieren? Ich finde immer noch, wir sollten uns an die Richtlinien halten und unsere Truppen ebenfalls in Alarmbereitschaft versetzen.«

»General Thomas reagiert genau, wie ich es von ihm erwartet habe.«

»Aber DEFCON 3! Das beunruhigt mich wirklich, Juri. Ich muss zugeben, ich habe ein Problem damit, dass wir überhaupt nicht reagieren.«

»Kümmern Sie sich um Zorin.«

»Darauf können Sie sich verlassen. Ich nehme an, er wird sich wie Hitler in der unterirdischen Kommandozentrale verschanzen. Meine Männer unterbrechen gerade die Untergrundbahn-Verbindungen zur Ramenki-Anlage in der Nähe der Universität und zur früheren Kommandozentrale einige Kilometer südlich der Stadt. Außerdem postieren wir Leute an den Ausgängen am Flugplatz Wnukowo. Damit bleiben nur die Verbindung hier sowie die Lüftungs- und Versorgungsschächte, die alle unter Bewachung stehen.«

»Können Sie seine drahtlosen Kommunikationsmittel blockieren?«

»Ja, bis auf die direkten Satellitenverbindungen über Funk und das unterirdische Faseroptik-Kommunikationssystem für den Notfall. Dazu gehört das Kontroll- und Steuerungssystem für die Atomwaffen, das an die beiden Kommunikatoren angeschlossen ist. Alle anderen Verbindungen werden wir unterbrechen, auch wenn er dadurch jetzt schon gewarnt wird. Sein Logistikkommando hat einen Verbindungsoffizier hier beim PVO-Strany, der uns ausspioniert und Zorin auf einer besonderen Leitung telefonisch informiert. Vielleicht lassen wir ihn noch eine Weile weitermachen, um Zorin in Sicherheit zu wiegen.«

»Lassen Sie die nuklearen Kommunikatoren bloß nicht zu lange in seiner Hand!«

In der Stille, die nun den Betonbunker erfüllte, fielen Rasow General Thomas' warnende Worte ein. *Etwas wird schief gehen, das ist immer so!* «Murphys Gesetz« hatte der Amerikaner es genannt. Beim Echo seiner Worte befiel den Russen zum ersten Mal wirkliche Furcht. Er blickte den diensthabenden Offizier an. »Holen Sie mir Zorin ans Telefon.«

90th Strategic Missile Wing, Warren Air Force Base, Wyoming
11. Juni, 0450 Uhr GMT (2150 Uhr Ortszeit)

Als der Humvee sein Tempo verlangsamte, erwachte Captain Chris Stuart aus seinem Dämmerschlaf. Zwei Polizisten, die sich ihre M-16 über die Schulter gehängt hatten, blickten in den Silo hinunter. Ein einzelner Mann mit blauem Helm steckte halb in dem Betonhügel; er wurde von den Scheinwerfern eines Anhängers, der seitlich neben der Siloöffnung stand, in ein grelles Licht getaucht. Der Humvee hielt direkt vor dem offenen Tor in dem vier Meter hohen Maschendrahtzaun und die beiden Techniker, die auf dem Rücksitz gesessen hatten, quetschten sich an Captain Scott Langford vorbei. Im Scheinwerferlicht setzten sie ihre Helme auf und liefen zu dem Silo.

»Die Abschusspforte auf acht ist offen«, sagte Langford, der im Ernstfall gemeinsam mit Stuart für den Abschuss der Raketen verantwortlich sein würde. »Sehen wir uns das an.«

»Mensch, wir sind in Alarmbereitschaft.« Stuart wollte so schnell wie möglich in den Kontrollraum und sein Nickerchen fortsetzen. »Die Schicht fängt in zehn Minuten an.« *Schon wieder die Friedhofsschicht*, dachte er gähnend.

»Wir haben noch Zeit. Komm schon.« Langford öffnete bereits die Tür.

Stuart folgte ihm in die Dunkelheit, wobei er seine Air

Force-Mütze aufsetzte. Sie erwiderten den Gruß des salutierenden Militärpolizisten, der mit M-16 und aufgesetztem Granatwerfer unter der einzigen Lampe am Tor stand, und betraten den Sicherheitsbereich um den gepanzerten Silo. Als sie die Offiziere näherkommen sahen, kamen die beiden Militärpolizisten vom Silo herunter und gingen zum Tor, wobei sie im Vorübergehen salutierten.

Stuart spürte unter seinen Stiefelsohlen den Beton der Abschussrampe. Während er den Silo hinaufstieg, blickte er nach oben. Die einzige, hydraulisch betätigte Abschusspforte stand fast einen Meter weit offen. In der Öffnung hing ein Mann in einem Geschirr, das an der Tür selbst eingehakt war. Er las die Messwerte der Hydraulikflüssigkeit in dem System ab, das bei einem Abschuss die Pforte auf innen laufenden Schienen auseinander schleudern würde. Eventuelle Trümmer von einem vorangegangenen Angriff würden dabei abgeschüttelt werden, selbst wenn sie tonnenschwer waren. Während Langford auf die dicke Stahlbeton-Tür stieg, blieb Stuart seitlich davon stehen. Unbehaglich betrachtete er den Mann, der zwischen der Tür und der gegenüberliegenden Wand hing, deren Form genau der unregelmäßigen Gestalt der Tür entsprach. *Wenn sich die Tür jetzt schließen würde …* Hastig schüttelte Stuart das widerwärtige Bild ab, das vor seinem geistigen Auge tanzte, als sollte seine Reaktion gestestet werden.

»Sieh dir das mal an.« Langford stand immer noch oben auf dem Silo und blickte in dessen Inneres.

»He, sei bloß vorsichtig.« Stuart erinnerte sich noch gut an die alte Titan-III-Rakete in Arkansas, die losgegangen war und alles um sich herum vernichtet hatte, nur weil jemand einen Schraubenschlüssel hatte fallen lassen. Dieser hatte die zellophandünne Hülle durchschlagen und war in den Treibstofftank gekracht.

Als er sich vorsichtig näherte, wurde die Silokammer sichtbar. Von innen fiel Flutlicht auf die Stahlwände. Er hielt sich an der Tür fest und beugte sich vor. Direkt unter der Pforte entdeckte er die stumpfe Nase der MX-Rakete, die Peacekeeper hieß. Von einem Geländer an der Silowand einige Meter unter ihm führte ein Steg über den offenen Raum zum Rumpf. Mehrere Männer arbeiteten an dem massigen Geschütz. Rufe und geschäftiger Lärm lenkten Stuarts Aufmerksamkeit auf andere Arbeiterteams, die weiter unten an dem langen, jetschwarzen Körper der Interkontinentalrakete arbeiteten.

»Was ist los?«, fragte er den in der Tür hängenden Unteroffizier.

»Wir waren gerade bei der monatlichen Inspektion«, erklärte der Mann – Kline stand auf seiner Brusttasche – mit näselndem Akzent, während er sorgfältig jedes Werkzeug in die dafür vorgesehene Tasche zurücksteckte. Er musste einen der höheren Unteroffiziersränge besitzen, denn dieser Job war nichts für unerfahrene Leute oder Feiglinge. »Als die Basis auf DEFCON 2 ging, erhielten wir Befehl, alles dicht zu machen.«

Die drei Gefechtsköpfe der alten Titan sind direkt aus dem Silo heraus explodiert, erinnerte sich Stuart. *Die MX ist mit zehn Gefechtsköpfen ausgestattet.* «Lass uns gehen, Scott.«

Langford grinste und stellte sich auf einem Bein so nah wie möglich an den Rand der Öffnung, wobei er mit den Armen das Gleichgewicht hielt.

»Hör schon auf mit dem Scheiß«, sagte Stuart, während er den Hügel aus explosionssicherem Stahlbeton hinabstieg. »Los, komm.«

Während er durch die Dunkelheit vom Silo zum Tor ging, schlug ihm plötzlich eine Hand auf die Schulter. Er zuckte kaum wahrnehmbar zusammen, so dass Langford vermutlich nichts bemerkt hatte. »Du benimmst dich, als wären diese Dinger gefährlich! Weißt du denn nicht, dass das der ›Peacekeeper‹ ist, der Freund aller kleinen Tiere und Schulkinder.«

Stuart lächelte, fühlte sich jedoch erst besser, als sie in den Humvee stiegen und zum mehrere Kilometer entfernten Kontrollzentrum fuhren.

Unterirdische Kommandozentrale im Kreml
11. Juni, 0455 Uhr GMT (0655 Uhr Ortszeit)

»Schon gut!«, brüllte Zorin, den seine Offiziere von allen Seiten mit Berichten bombardierten. Bis er die endgültige Kontrolle über die zerstrittenen Kommandos erlangt hatte, musste ihm das Büro mit den Betonwänden als Quartier dienen. Seine Untergebenen verstummten. In dem grellen Licht der nackten Glühbirnen an der Decke des Raumes wirkten Menschen und Gegenstände hart und schroff. »Immer mit der Ruhe. Beruhigen Sie sich.« Seine Stimme bebte und ihm wurde bewusst, wie erschöpft er war. Zwei Nächte hintereinander ohne Schlaf und mit zu viel Kaffee.

»Lassen Sie mich allein«, befahl er, »keine Unterbrechungen, ich muss nachdenken.« *Konzentration!*, befahl er sich selbst. Die Demütigung der Telefonanrufe, bei denen er sich von einem Kommandeur der in und um Moskau stationierten Einheiten nach dem anderen einen Korb geholt hatte, saß tief. Sobald sich die Tür geschlossen hatte, schüttelte er wütend den Kopf.

Er erhob sich und ging zum Waschbecken. An seiner Seite hing eine geladene Heckler & Koch. Selbst hier, dreihundert Meter unter dem Kreml, in der Betonhöhle, die als Kommandozentrale für den Kriegsfall ausgelegt war, fühlte Zorin sich nicht sicher. Allein das Aufstehen war für ihn so anstrengend, das seine pochenden Kopfschmerzen zurückkehrten. Gedankenverloren klopfte er gegen das Arzneiglas und ließ eine weitere Schmerztablette in seine Handfläche fallen. Nicht Aspirin, mit dem er vor ein paar Tagen angefangen hatte, sondern ein Betäubungsmittel aus dem Erste-Hilfe-Kasten.

Während er die Pille schluckte, betrachtete er sich in dem kleinen Spiegel. *Großer Gott, ich muss unbedingt schlafen*, dachte er beim Anblick seiner blutunterlaufenen Augen und des blassen, ausgemergelten Gesichts. *Die Tablette löst das Problem mit den Kopfschmerzen, aber was ist mit Schlaf? Nur fünfzehn Minuten, dann rufe ich sie zurück. Fünfzehn Minuten und ich werde mich um hundert Prozent besser fühlen.* Er öffnete die Tür des Schränkchens neben dem Waschbecken, holte eine Wodkaflasche heraus und füllte ein überdimensionales Schnapsglas.

Er hob das Glas und ließ die Flüssigkeit durch seine Kehle rinnen. Der Alkohol brannte so stark in seinem Magen, dass er unwillkürlich zusammenzuckte und sich hastig ein angebissenes Stück Schwarzbrot in den Mund stopfte, das neben dem Waschbecken lag. Der erste Atemzug schmerzte, aber kurz darauf setzte die Wirkung des Cocktails aus Wodka und Schmerztabletten ein, so dass er kaum noch etwas von seinen Beschwerden spürte.

Da er fürchtete, ihm könnte übel werden, presste er die Hände auf den Magen und wankte zum Sofa. Sein Kopf fühlte sich angenehm leer an, als er die Maschinenpistole auf den Boden legte und sich geistesabwesend auf die Polster sinken ließ. *Ich werde nur kurz die Augen schließen und nachdenken,* nahm er sich vor. Schon wollte er den Kopf auf eine zusammengefaltete Wolldecke legen, als er bemerkte, dass er die Wodkaflasche nicht wieder verschlossen hatte und dass ihm das Licht vom Waschbecken auf dem Sofa direkt in die Augen scheinen würde.

Was haben die Amerikaner nur vor?, fragte er sich, während er zum Waschbecken zurücktrottete. In seinem ersten Bericht hatte sein Verbindungsmann beim PVO-Strany die Alarmbereitschaft der Amerikaner gemeldet. Die nagende Sorge belebte sein Gehirn, als wäre ein Schalter betätigt worden. Seine Gedanken rasten wirr durcheinander. Als er das Waschbecken erreichte, verfluchte er das Chaos in seinem Kopf.

Er griff nach Flasche und Deckel. Dabei sah er sich erneut im Spiegel: ein hageres Gesicht, dem die Krawatte schief um den Hals hing. *Noch einen zur Beruhigung,* sagte er sich, während er sich ein weiteres Glas einschenkte, das er sofort leerte. Er schaltete das Licht aus, die Helligkeit, die durch den Spalt unter der Tür hereinfiel, genügte ihm, um den Weg zum Sofa zurückzufinden.

Als es klopfte und die Tür aufging, schreckte er aus tiefem Schlaf. Mit trüben Augen starrte er auf die Silhouette des Mannes, die sich vor dem hell erleuchteten Gang abzeichnete. »Ich habe doch gesagt, ich möchte nicht gestört werden! Wie heißen Sie?«

»Melnikow, Herr General.«

»Melnikow, wenn Ihnen etwas an Ihrer Karriere liegt, dann halten Sie sich in Zukunft an meine Befehle, ist das klar? Was wollen Sie?«

»General Rasow ist am Telefon«, meldete der Offizier, der statt Galauniform Kampfausrüstung trug.

Zorins Kopf dröhnte von seiner eigenen Stimme, aber jetzt erfüllte ihn blanke Wut. Langsam setzte er sich auf. »Sagen Sie Rasow, er soll zum Teufel gehen! Ich habe nicht die geringste Lust, mit ihm zu reden. Teilen Sie ihm mit, wenn er aufhört, sich in meine Angelegenheiten einzumischen, können wir uns unterhalten.«

Der Berater ließ ihn allein. Zorin tastete sich im Dunkeln zum Waschbecken, wobei er sich die Augen rieb, die sich anfühlten, als hätte man Eispickel hineingetrieben. Er schaltete das Licht an und versuchte, das Medikamentenglas mit dem Schmerzmittel zu öffnen. *Ich habe ein paar Überraschungen für dich, Rasow. Ich verstehe nämlich etwas von Planung, der Krönung der Kriegskunst.* Ungeduldig riss er an dem Deckel, bis die Tabletten aus dem Glas geschleudert wurden und ins Waschbecken fielen. Alles hatte sich gegen ihn verschworen. *Was nun? Was werden sie als Nächstes versuchen?* Sein Kopf war zu benebelt, um einen klaren Gedanken zu fassen. Mit den Handballen drückte er gegen seine Augen, bis sie schmerzten. Erschöpft wie er war, ließ er seiner Frustration freien Lauf und hämmerte mit den Fäusten gegen die Wand neben dem Waschbecken.

Als er in das Becken blickte, das vor seinen Augen, die er allzu heftig gerieben hatte, verschwamm, bemerkte er, dass zwei der Tabletten nass geworden waren. Schnell spülte er sie mit einem Glas Wodka hinunter, bevor die Kapseln weich wurden. Ruhiger geworden, stellte er das Medikamentenglas mit den Amphetaminen, das ihm der Sanitäter gegeben hatte, für später, nach dem Aufstehen, neben das Becken und gurgelte mit Mundwasser, um den Schnapsgeruch zu überdecken. »Muss das Gesicht wahren!«, sagte er laut, bevor er das Licht ausschaltete und erneut zum Sofa tapste.

Keine Schmerzen mehr, dachte er lächelnd, während er sich niederlegte, um in Ruhe seine Strategie festzulegen. Binnen Sekunden war er wieder eingeschlafen.

March Air Force Base, Riverside, Kalifornien
11. Juni, 0500 Uhr GMT (2100 Uhr Ortszeit)

David Chandler stellte seinen Volvo auf einem leeren Parkplatz ab und schaltete die Zündung aus. Dann blickte er auf das Autotelefon. »Kein Mobiltelefon, kein Funk auf der Basis, Sir«, hatte der Militärpolizist gesagt, der am Tor vor David salutiert hatte. Sein Abschied von Melissa war dadurch allzu abrupt ausgefallen.

Immer wieder wurde die Stille der Nacht von den dröhnenden Triebwerken der Jets durchbrochen. Seit er von der Interstate abgefahren war, hatte sich dieses Muster wiederholt: etwa eine Minute Stille und dann ein lautes Dröhnen. Die Hände immer noch um das Lenkrad geklammert, duckte er sich, um durch die Windschutzscheibe nach den startenden Maschinen am dunklen Nachthimmel Ausschau zu halten. Dort hinten über dem Gebäude schoss scheinbar aus dem Nichts ein blauer Flammenstrahl hervor. Den mächtigen Rumpf des schwarzen, mit vier Triebwerken ausgestatteten Flugzeugs konnte er eher erahnen als sehen, der einzige Hinweis waren die paar Sterne, die verschwanden, bevor die Abgasflamme sichtbar wurde.

Chandler sah sich um. Ihm war, als säße er zwischen zwei Welten fest. Der Volvo gehörte zu seinem anderen Leben, auf die andere Seite des Abgrunds, der bereits zwischen dem Vorher und dem Nachher klaffte. Das Auto hatte er gekauft, als Melissa und er endlich beschlossen hatten, dass es Zeit war für ein Baby. Auf dem Rücksitz hielt ein Sicherheitsgurt den bisher unbenutzten Kindersitz, auf der im Moment nur sein Basketball lag. Chandler kicherte, als er sich an die erste Reaktion seiner Golfkumpel erinnerte. »Willst du absichtlich alle Frauen verschrecken oder was?«, hatten sie brüllend vor Lachen gefragt. »Die Babykutsche«, nannten sie sein Auto.

Alles war wieder still. *Wie lang wird das Auto wohl hier stehen?*, fragte er sich, während er nach seinem Ehering tastete, dem einzigen Schmuck, den er abgesehen von seiner Armbanduhr je getragen hatte. Seit seiner Hochzeit hatte er nur einmal aus Neugier probiert, ob der Ring noch über den Fingerknöchel passte. Ganz abgenommen hatte er ihn noch nie.

Diesmal ging es ganz leicht – die Vorschrift wollte es so. Er beugte sich zum Handschuhfach und nahm ein Taschentuch heraus, in das er den Ring einwickelte. Vorsicht schob er das Päckchen ganz hinten in das Fach, schloss die Klappe und versperrte sie.

Ich kann ihn nicht einfach im Handschuhfach lassen, da finden sie ihn nie. Er nahm ein Stück Papier und einen Stift und begann zu schreiben. »Mein Ring ist im Handschuhfach.« *Ist das alles? Mein Ring ist im Handschuhfach und ich habe dich geliebt vom ersten Augenblick bis zu meinem letzten Atemzug.*

«Mein Ehering ist im Handschuhfach. Ich liebe dich – David«, schrieb er. Mit der Schrift nach unten deponierte er die Notiz auf dem Beifahrersitz.

Die Worte klangen David noch in den Ohren, während er zur Tür ging. »Major Chandler«, hatte der Sergeant gesagt. »Reserve der US-Army. Da haben wir es ja. Aufklärung. Divisionsstab, Vierte Infanteriedivision.« *Aufklärung*, dachte David. *Eine Position im Stab des Hauptquartiers der Division.* Beim Gedanken an einen Schreibtischjob fühlte er sich ein wenig enttäuscht, aber auch erleichtert. *Zumindest weiß ich, wie das geht. Jahrelange Übung.* «Flug 1451 – Presow, Slowakei. Durch diese Tür bitte.«

Chandler öffnete die Tür und betrat einen riesigen offenen Hangar, der voller Soldaten war.

»Moment mal!« Ein Junge, der die Dienstabzeichen eines

Private First Class etwas schief am Kragen trug, hielt ihn auf. »Entschuldigung, Sir, aber jeder auf diesem Flug muss zuerst seine persönlichen Waffen holen, bevor er an Bord geht. Das gilt auch für Offiziere, glaube ich.«

Chandler reihte sich in die Schlange ein, auf die der Junge gedeutet hatte. *«Bitte nehmen Sie Ihre persönlichen Waffen an sich, bevor Sie an Bord der Maschine gehen«*, sagte eine imaginäre Stewardess in seinem Kopf. Die Enttäuschung, die er wenige Moment zuvor gefühlt hatte, als er von dem Schreibtischjob erfahren hatte, wich einer tiefen Verunsicherung.

An der Spitze der Schlange hing über der Tür zu einem Stahlkäfig auf dem Boden des Hangars ein Schild mit der Aufschrift WAFFENLAGER. Überall im Hangar verteilt befanden sich identische Stahlkäfige, vor denen jeweils eine Schlange von Soldaten stand. *«Wir wünschen Ihnen einen guten Flug«*, sagte Chandlers imaginäre Stewardess mit einem freundlichen Winken, während sich die Flugzeugtür schloss.

Der Master Sergeant, der bei der Registrierung direkt vor Chandler gewesen war, wartete ebenfalls in seiner Schlange. »Wie geht es Ihnen, Sir?«, erkundigte er sich.

»Na ja, noch ganz gut, würde ich sagen.«

BARNES stand auf der linken Brusttasche des Mannes. Der Unteroffizier lachte höflich, als Chandler nach seinem Koffer griff, um vorzurücken.

Als Chandler versuchte, einen Blick auf den Stahlkäfig zu erhaschen, der ihr Ziel war, wurde ihm die Sicht durch einen Mann versperrt, der sich nach ihm umgedreht hatte und den Hals reckte. Er nickte ihm zu, bückte sich nach seinem Gepäck und ging die Schlange entlang zu Chandler zurück, als wären sie gute alte Bekannte.

»Sir! First Lieutenant Bailey, Stanley R., Sir!« Er war ungefähr so groß wie Chandler, aber jünger und dünner.

Chandler begrüßte ihn mit einem Handschlag und stellte Master Sergeant Barnes vor. Während die Schlange weiter vorrückte, senkte sich unbehagliches Schweigen über die kleine Gruppe.

»Ich nehme an, unser Ziel ist Europa«, meinte Bailey schließlich, was Barnes und Chandler mit einem Nicken kommentierten.

»Slowakei«, entgegnete Chandler. Die Männer um sie herum verstummten und versuchten, unauffällig dem Gespräch der drei zu lauschen.

»Zu welcher Einheit gehören Sie?«, fragte er seine Gefährten.

»Vierte Infanteriedivision«, erwiderte Bailey. »Aufklärungszug, Erste Kompanie, Drittes Regiment. Ich war auf Urlaub zu Hause.«

Chandler blickte Barnes an. »Ich auch. Gefechtsstab – Zweite Kompanie, Zweites Regiment.«

Beide sahen erwartungsvoll auf Chandler. »Und Sie, Sir?«

»Äh, ich gehöre zur Reserve.« Chandler legte eine unbehagliche Pause ein. »Ich bin der Vierten Division zugewiesen wurden. Aufklärung.«

Bailey hob die Augenbrauen, was Chandler nicht recht zu deuten wusste. War er beeindruckt oder handelte es sich um einen der Schreibtischjobs, von denen die Soldaten der Kampfeinheiten nichts hielten?

Als sie sich der Tür des als Munitionslager fungierenden Käfigs näherten, fielen Chandler die merkwürdigen Geräusche auf, die aus dem Inneren drangen. Metall schlug gegen Metall, manchmal durchdringend und grell, dann wieder dumpf. Ein stählerner Geruch stieg auf. *Waffen,* dachte Chandler.

»15813416 – Davis – 649-38-5831!« Die Seriennummern der Gewehre und die Personalnummer des Soldaten. Die Prozedur kam ihm vage vertraut vor, Routine, wie an der Gewehrausgabe des Schießstands.

An der Tür zum Käfig wurde eine Theke mit einer weichen, verbeulten schwarzen Abdeckung sichtbar. Dahinter verschwand einer der Einberufenen nach dem anderen, um mit seinen »persönlichen« Waffen zurückzukehren. Bei den meisten handelte es sich um standardmäßige M-16A2-Sturmgewehre mit einem gedrungenen schwarzen Kunststoffschaft. Zum ersten Mal fühlte Chandler kribbelnde Erregung, aber er versuchte, so ruhig und professionell wie die anderen in der Schlange zu wirken.

»Sechzehn!«, brüllte eine hohe Stimme hinter der Theke. Sie gehörte einer kleinen Frau mit kurzem, glattem braunem Haar. Ein Soldat ging zum Gewehrständer, riss eine Waffe heraus und kehrte zur Theke zurück.

Chandler sah sich die Schlange an, die im rechten Winkel an der Theke entlang durch den Käfig verlief. Bei einigen Soldaten handelte es sich offenbar um Grenadiere, die mit M-16 ausgestattet waren, an denen unterhalb des Laufs ein M-203 40-mm-Granatwerfer befestigt war. Andere waren mit SAW – Squad Automatic Weapons – ausgerüstet, leichten Maschinengewehren, die bei der Army endlich die im Zweiten Weltkrieg verwendete Browning-Automatik abgelöst hatten. Aus dem Augenwinkel sah Chandler weiter vorne in der Schlange einen großen, breitschultrigen Mann, der sich einen Gurt mit hundert Patronen über die Schulter warf. Das gelbe Messing hob sich scharf von seinem Tarnhemd ab.

Munition!, dachte Chandler entsetzt. Der Schießstand war bis jetzt der einzige Ort gewesen, wo er Munition so nah bei den Waffen gesehen hatte. *Großer Gott!* Der Bursche trug ein Maschinengewehr, ein M-60. Die Munition in dem Gurt bestand aus den deutlich größeren alten NATO-Patronen.

»MOS?«, fragte die Frau an der Theke. *Military Occupation Speciality*, dachte Chandler. Sie wollte von Barnes wissen, welche Aufgabe er wahrnahm.

»Neunzehn«, gab dieser zurück. *Infanterie,* übersetzte Chandler, während er versuchte, sein Gedächtnis aufzufrischen. *Nein, Panzer.*

«Sechzehn!«, bellte sie über die Schulter.

Verzweifelt versuchte Chandler, sich an seine eigene MOS zu erinnern. *Was ist bloß der Kode für einen Aufklärungsoffizier? Fünfunddreißig oder so was? Ich kenne noch nicht einmal meine eigene MOS!*

Die Frau wandte sich zu ihm um. »Welche Geschmacksrichtung, Sir?«

»Wie bitte?«

»Ihre persönliche Waffe. Was möchten Sie?«

»Äh, ja ... was haben Sie denn?« *Mein Gott, klingt das blöd,* dachte er.

Die Frau, ein Sergeant, drehte sich zu den Ständern mit den Waffen um. Chandler folgte ihrem Blick. Auf dem Boden lagen Antipanzerraketen. »Wir haben alles«, erklärte sie, »aber ich empfehle Ihnen ein M-16. Wir haben ein paar 9-mm-Waffen, aber ... Ich kann mir nicht vorstellen, dass Ihnen eine Pistole da draußen viel nützen würde.« Sie kicherte.

Na, dann bestelle ich mir doch was Geeignetes, dachte er. *Ein M-60, ein paar Stinger und zur Sicherheit noch eine Kiste Dragons.* «Ja, in Ordnung«, sagte er laut.

»Was denn?«

»Ein M-16. Ich nehme nur ein M-16.«

»Sechzehn!«, brüllte sie, während Chandler in den Gang trat. *Jetzt geht es los. Auf dem Weg nach Europa. Mit dem M-16 und meinem Samsonite-Koffer und ...*

«ID, Sir«, sagte der Soldat, der ihm das M-16 reichte.

Nach einigem Gesuche, bei dem er fast seine Mastercard hätte fallen lassen, reichte Chandler ihm seinen Militärausweis. »16473980«, las er von dem Schaft des Gewehrs ab. »Chandler – 429-89-5463«, das war die Ausweisnummer.

»16473980 – Chandler – 429-89-5463«, wiederholte der Schreiber, der an einem Tisch hinter der Theke saß und die Nummern in ein großes Buch eintrug.

Der Soldat an der Theke reichte Chandler die Waffe. Sie war schwerer, als er es in Erinnerung hatte, so dass er unter dem Gewicht unwillkürlich die Hände sinken ließ. Das Gewehr sah neu aus, brandneu. Der Schaft kam ihm leicht ölig vor. *Nein, das kann nicht sein, er ist ja aus Kunststoff. Meine Hände ... meine Hände sind feucht.*

Er rückte weiter vor. Das Gewehr fühlte sich beruhigend solide an; mit dem harten Metall in der Hand kam er sich mehr wie ein Soldat vor.

»Viel Spaß, Sir«, sagte ein junger Mann mit dicken, bruchsicheren Brillengläsern, der vier Magazine zu je dreißig Schuss auf die Theke legte. *Einhundertundzwanzig 5,56-mm-Patronen für mein M-16. Ein funkelnagelneues Sturmgewehr wie das hier ist bestimmt tausend Dollar wert. Einzelfeuer oder, auf Daumendruck, Salven zu je drei Schuss, die schneller aufeinander folgen, als man mit der Zunge schnalzen kann.* Chandler hatte das einmal in einer feuchtfröhlichen Runde mit Arbeitskollegen ausprobiert, die wissen wollten, was er beim Militär eigentlich tat.

Noch ein Stopp.

Die Worte prangten in Schwarz auf gelbem Hintergrund. Selbst bei Panik leicht zu lesen. Drei Spritzen steckten in den Fächern der Taschen, die auf der Theke vor ihm lagen und, wie Chandler wusste, eine Gasmaske und einen Schutzanzug gegen chemische Waffen enthielt. Er nahm sich eine, hängte sie sich über die linke Schulter und ging wieder in den offenen Hangar hinaus. Während das Gewehr eher beruhigend auf ihn gewirkt hatte, machte ihn die Schutzausrüstung nervös. *Man sticht, nein: man rammt die Spritzen in den Oberschenkel.* Ihm war so schwindlig, dass er sich eine Bank suchen musste. *Direkt durch Kleidung und Haut in den Oberschenkelmuskel. Alle drei.*

Atropin, dröhnte es in seinen Ohren. Atropin, das Gegenmittel für Nervengas.

Los Angeles, Kalifornien
11. Juni, 0500 Uhr GMT (2100 Uhr Ortszeit)

Die Tasche, die sie für das Krankenhaus gepackt hatte, umklammernd, starrte Melissa Chandler gebannt auf den Bildschirm. Der Schmerz in ihrem Unterleib wurde immer heftiger, aber sie konzentrierte sich auf die CNN-Sendung.

»Gerade bekomme ich eine Nachricht, Susan.« Der Reporter im Washingtoner Studio las von einem Blatt Papier ab. »Offenbar herrscht rund um die wichtigsten Regierungsgebäude hier in Washington hektische Aktivität. Hohe Beamte, die in dieser kritischen Phase des Koreakriegs Überstunden machen, scheinen seit etwa fünfzehn Minuten die Stadt zu verlassen. Hubschrauber wurden gesichtet ...«

Die Sprecherin im Studio unterbrach ihn. »Ich bekomme gerade etwas herein, Doug, entschuldigen Sie die Unterbrechung.« Sie las offenbar von einem seitlich vor ihr stehenden Computermonitor ab. »Associated Press berichtet, dass die Bundesbehörde für Notfallmanagement die wichtigsten Regierungsbeamten aus Washington evakuieren lässt und den Regierungen der einzelnen Bundesstaaten empfiehlt, ihrem Beispiel zu folgen. Der Präsident soll das Weiße Haus bereits mit unbekanntem Ziel verlassen haben.« Die Krämpfe in ihrem Unterleib wurden so heftig, dass Melissa unwillkürlich aufstöhnte. »Doug, können Sie daraus etwas schließen?«

»Nun, es hört sich nach einer Evakuierung an, wie sie für den ... ich will das Wort lieber nicht in den Mund nehmen ... Wir müssen weitere Informationen abwarten.«

O mein Gott! Melissa rannte ans Telefon, um David auf seinem Handy anzurufen. »Der gewünschte Teilnehmer ist nicht erreichbar oder hält sich außerhalb des Netzbereichs von Los Angeles auf. Bitte versuchen Sie es zu einem späteren Zeitpunkt noch einmal.«

»Ich habe soeben eine Notiz bekommen, Susan. Ich lese vor: Ein ungenanntes Kongressmitglied bestätigt, dass es sich um eine vollständige Notfallevakuierung hoher Regierungsbeamter handelt. Das hat es noch nie gegeben.«

»Könnte dies ein Hinweis darauf sein – selbstverständlich handelt es sich zu diesem Zeitpunkt um reine Spekulation –, aber könnte dies ein Hinweis darauf sein, dass derjenige, der die Evakuierung angeordnet hat, einen Atomangriff befürchtet?«

»Das war es, worauf ich vorhin hinauswollte, aber es ist einfach zu früh, um darüber auch nur zu spekulieren. Die Nordkoreaner besitzen zwar Atomwaffen, aber ich halte es für höchst unwahrscheinlich, dass sie sie gegen die Vereinigten Staaten einsetzen würden, selbst wenn sie könnten. Bei all meinen Gesprächen mit dem Verteidigungsministerium hat niemand jemals die geringste Sorge in dieser Hinsicht geäußert.«

Um Gottes willen ... Die Tasche in der Hand, starrte Melissa auf den Bildschirm. *Was soll ich jetzt tun?* Sie war bei ihrer Entscheidung völlig auf sich gestellt. Das flimmernde Bild zeigte ein schwarzes Regierungsfahrzeug, das mit Polizeieskorte aus einer Tiefgarage gerast kam. *Wir sind im Krieg und Washington wird evakuiert. CNN spricht von einem Atomkrieg!*

Eine Welle der Übelkeit packte sie und sie fühlte sich so schwach, dass ihr die Tränen in die Augen steigen. Dann brach sie in hysterisches Gelächter aus. *Und ich stehe hier allein und fahre demnächst ins Krankenhaus, um ein Kind zu bekommen!*

«Wir schalten jetzt zu unserem Büro in Fort Worth«, sagte die Sprecherin im Studio.

Ein Reporter stand, in grelles Licht getaucht, vor einem Maschendrahtzaun. Ansonsten war alles dunkel. In der Ferne war ein nicht zu definierendes Gebäude zu erkennen, das von einem einzigen Scheinwerfer erhellt wurde. Der Mann war offenbar nicht vorbereitet und fummelte noch an seinem Ohrhörer herum, während er ein paar Worte mit jemandem außerhalb des Bildes wechselte. Nach ein paar Sekunden richtete er sich auf und sagte: »Guten Abend. Vor ein paar Minuten …« Seine Worte wurden durch den Lärm von Düsentriebwerken unterbrochen. Er wandte sich halb um, während am rechten Bildrand vier grelle blaue Streifen erschienen, die paarweise angeordnet waren. Sie bewegten sich auf die Mitte des Fernsehschirms zu und verschwanden dann in der Ferne. Während die Kamera versuchte, näher an das dunkle, nahezu unsichtbare Flugzeug heranzuzoomen, verschmolz der lange Schweif der Abgasflamme allmählich mit dem Nachthimmel.

Die Kamera richtete sich wieder auf den Reporter, der den langsam leiser werdenden Lärm zu übertönen versuchte. »Von der Dyess Air Force Base gehen seit einigen Minuten Maschinen in die Luft. Wir wissen noch nicht, was los ist, wir sind erst vor einigen Minuten hier eingetroffen.«

»Wissen Sie schon, um welchen Flugzeugtyp es sich handelt?«, erkundigte sich die Sprecherin mit gerunzelter Stirn.

»Ich bin nicht ganz sicher«, entgegnete der Reporter. »Es

ist hier sehr dunkel. Auf Dyess sind allerdings hauptsächlich B-1-Bomber stationiert, die an einem normalen Tag Tragfläche an Tragfläche dort drüben stehen.« Er deutete in die Dunkelheit hinaus, wo erneut Triebwerke aufbrüllten. »Hier kommt noch einer!«

Melissa hatte genug gesehen. Sie packte ihre Tasche und rannte zum Auto.

Andrews Air Force Base, Maryland
11. Juni, 0500 Uhr GMT (2400 Uhr Ortszeit)

Nach einem rasanten Flug landete Crown Helo nur dreißig Meter von der E-4B, einer riesigen 747, entfernt. Sobald Lambert und die Entourage des Präsidenten ausgestiegen waren, hob der Hubschrauber ab und verschwand in der Nacht.

Während sie sich der Maschine näherten, deren lärmende Düsentriebwerke bereits liefen, entdeckte Lambert eine weitere Gruppe von Männern, die die Gangway hinaufstiegen. Die meisten trugen Militäruniformen, einige waren jedoch in Freizeitkleidung. Rund um das Flugzeug waren Sicherheitskräfte in blauen Uniformen mit schwarzen Kappen und Kampfstiefeln postiert – vermutlich Militärpolizisten der Air Force –, die die Maschine mit ihren M-16-Sturmgewehren sicherten.

Der Präsident und die First Lady liefen die Treppe hinauf, dicht gefolgt von Lambert, dem Verbindungsoffizier mit den Nuklearkodes und einigen Geheimagenten.

»Alles an Bord!«, rief eine Stimme unter ihm. Sofort vernahm er die schweren Stiefel der Militärpolizisten, die ebenfalls zur Treppe rannten. Als er den oberen Absatz erreicht hatte, standen die ersten Männer bereits direkt hinter ihm.

Am Eingang waren ebenfalls zwei Mann postiert, die Lambert passierte, um dem Präsidenten in den engen Gang zu seiner Rechten zu folgen.

»Willkommen an Bord, Mr. President. Ich bin Brigadier

General Sherman und für ›Kneecap‹-Operationen zuständig.« Der General schüttelte dem Präsidenten und Lambert die Hand. »General Thomas befindet sich im Augenblick in einer Besprechung, daher hat er mich gebeten, Ihnen kurz das Flugzeug zu zeigen, damit Sie sich orientieren können.« Er führte sie durch die an Bord strömenden Militärpolizisten einen engen Gang entlang zum Cockpit. Die dreiköpfige Crew ging gerade eine Checkliste durch. »Heute Nacht werden vierundneunzig Personen an Bord sein. Wir haben drei Crews vom SAC, dem strategischen Luftkommando, an Bord, neun Männer und Frauen vom 55th Strategic Recon Wing von der Air Force Base Offut in Nebraska, die Besten der Besten. Dann gibt es noch achtzehn Besatzungsmitglieder, die für Essen, Reparaturen und Wartung zuständig sind.«

Das Flugzeug begann zu rollen. Mit der jovialen Stimme, die Lambert aus dem Wahlkampf kannte, fragte der Präsident: »Wollt ihr nicht die Jalousien hochziehen, Jungs?«

Lambert reckte den Hals und sah ins Cockpit. Schwere, weiße Rollos bedeckten die Fenster. Zwischen dem Piloten und dem Kopiloten war ein Bildschirm montiert, der den Asphalt des Rollfelds zeigte, über das sie hinwegrasten.

»Diese Rollos bestehen aus Stoff, der mit Aluminium beschichtet ist«, erwiderte General Sherman. »Es handelt sich um eine Routineprozedur.«

»Sie meinen, die heben mit geschlossenen Rollos ab?«, warf die First Lady ein.

»Ja, Ma'am. Das verhindert, äh, eine Dehydration des Gewebes und ... Verbrennungen der Netzhaut ... falls ...« Statt den Satz zu vollenden, lächelte er nur. »Ist effizienter als das System, das die Piloten unserer Tankflugzeuge benutzen. Bei Tag fliegen sie mit getönten Schutzbrillen, aber in der Nacht ist es zu dunkel dafür. Dann schmieren sie Zinkoxid auf die ungeschützte Haut und fliegen mit einer Augenklappe, damit zumindest ein Auge unbeschädigt bleibt.«

Unbehagliches Schweigen breitete sich aus.

»Zusätzlich zur Besatzung haben wir die sechzehn bewaffneten Militärpolizisten an Bord, die Sie draußen gesehen haben«, erläuterte Sherman auf dem Rückweg in den hinteren Teil der Maschine.

»Warum so viele?«, wollte die First Lady wissen. Lambert war aufgefallen, dass einige der Männer Granatwerfer unter ihre Sturmgewehre montiert hatten, andere waren mit leichten Maschinengewehren ausgerüstet.

»Nun, Ma'am, wir wissen nicht genau, wo wir landen müssen.« Offenkundig versuchte Sherman, seine Worte sorgfältig zu wählen. »Ich meine, welche Art von Sicherheitsvorkehrungen dort notwendig sind. So halten wir uns alle Möglichkeiten offen.« Er legte eine Pause ein, um zu sehen, ob alle mit seiner Antwort zufrieden waren. »Das Hauptdeck der Maschine besitzt eine Fläche von vierhundertunddreißig Quadratmetern und ist in sechs Bereiche unterteilt. Direkt hinter dem Cockpit, dort wo sich normalerweise die Erste Klasse befindet, ist Ihr Privatquartier untergebracht, Mr. President.« Die Gruppe blickte in eine Kabine mit goldverzierten Schlafkojen.

»Jetzt kommen wir zum Konferenzraum«, erläuterte Sherman, während die Gruppe den Gang hinunterging. Lambert sah die Vereinigten Stabschefs teils in Uniform, teils in Zivil an einem rechteckigen Tisch sitzen. Zwischen den Sitzen waren Telefone angebracht und vom Kopfende aus, wo vermutlich der Präsident Platz nehmen würde, blickte man direkt auf einen Monitor.

»Hier haben wir den Informationsraum.« Durch eine Art Auditorium mit einem großen Bildschirm und ein paar Dutzend Sitzen, in dem sich im Moment niemand aufhielt, gelangten sie in einen Raum voller Konsolen. Hier herrschte geschäftige Aktivität. »Das ist der Arbeitsbereich des Gefechtsstabs. Hier können wir sämtliche Informationen überwachen und aktualisieren, die in das so genannte ›Big Board‹ eingespeist werden. Das ist das System unseres Luftabwehr-Kommandos, des NORAD, zur Verarbeitung und Darstellung von Daten, mit dem wir Sie über die Ereignisse rund um den Globus auf dem Laufenden halten.«

Als sie das nächste Abteil erreicht hatten, wandte sich der

General an einen Offizier, der an einer Computerkonsole saß. »Ist General Thomas immer noch in der Besprechung?«

»Ja, Sir«, erwiderte der Offizier nach einem Blick auf den Bildschirm.

»Und schließlich« – Sherman dehnte seine Tour offenbar so lange wie möglich aus, um Zeit zu gewinnen – »haben wir hier die Kommunikationszentrale.« Das mit hoher Geschwindigkeit rollende Flugzeug wendete, so dass die Gruppe um das Gleichgewicht kämpfen musste. »Sobald wir abgehoben haben, werden wir eine fast acht Kilometer lange Drahtantenne für Übertragungen mit besonders niedriger Frequenz ausfahren. Aufgrund der kilometerlangen Wellenlänge ist eine direkte Durchdringung der Erde möglich, die eine Kommunikation mit ähnlich ausgestatteten Flugzeugen, Schiffen und Bodeneinrichtungen erlaubt. Nicht perfekt, weil durch die für die Wellenbildung nötige Zeit unsere Übertragungsrate deutlich langsamer wird, aber es funktioniert. Zumindest normalerweise.«

General Sherman wartete, doch als ihn die First Lady nur mit erhobenen Augenbrauen anblickte, sprach er weiter. »Für die normale Hochgeschwindigkeitskommunikation, die allerdings unter … gewissen Bedingungen Interferenzen ausgesetzt sein könnte, verfügen wir über eine komplette Serie von Hochfrequenz-Transceivern. Zudem sind in der kleinen Wölbung hinter dem großen Buckel der 747 ein Hochfrequenzsystem und ein Satelliten-Transceiver untergebracht. Unsere Systeme senden permanent nach dem Zufallsprinzip. Dadurch wird vermieden, dass jemand auf eine eventuelle Zunahme der Kommunikation aufmerksam wird. Wenn wir wirklich mit jemandem sprechen wollen, geben wir einfach einen Unterbrechungskode ein und schicken unsere Nachricht. Im Prinzip können wir mit jeder gewünschten Person zu jeder Zeit und an jedem Ort Kontakt aufnehmen.«

»Schade, dass Jack nicht hier ist«, sagte Präsident Livingston zu seiner Frau. Jack war ihr Sohn und befand sich in Amherst. »Er wäre begeistert.«

»Wenn Sie mit Ihrem Sohn oder Ihrer Tochter sprechen

möchten, Sir …« Sherman wandte sich erneut an den Offizier an der Konsole. »Wo befindet sich die First Family im Augenblick?«

Der Offizier gab etwas über die Tastatur ein. »A-3 an Bord eines Guard Helo, Kennung Crown drei, und A-4 …« Er zögerte und tippte erneut etwas ein. »Sie ist …« Erneut zögerte er, dann lehnte er sich zurück und bedeutete Sherman, er solle die Information auf dem Bildschirm lesen.

»Sprechen Sie von Nancy?« Die First Lady trat näher an den Bildschirm heran, doch die angezeigte Information sagte ihr nicht das Geringste.

»Offenbar weigert sich Ihre Tochter, sich evakuieren zu lassen. Im Augenblick sprechen einige Geheimagenten mit ihr, aber …«

»Wohin werden sie evakuiert?«, erkundigte sich der Präsident.

Sherman fuhr mit dem Finger über eine Zeile auf dem Bildschirm. »Ihr Sohn nach Alpha Lima 51. Das ist was?«, erkundigte er sich bei dem Computeroperator.

»Burlington, Sir.«

»Ihr Sohn befindet sich an Bord eines Hubschraubers der Nationalgarde und ist unterwegs zu den präsidialen Notfalleinrichtungen bei Burlington, Vermont.« Er kniff die Augen zusammen, um die Information auf dem Bildschirm besser lesen zu können. »Warum der Abbruch bei A-4?«, erkundigte er sich dann.

»Es ist zu spät für Tahoe, Sir.«

Sherman richtet sich auf, streckte seinen Rücken ein wenig und sagte: »Ihre Tochter sollte von ihrem Wohnort San Francisco aus zur präsidialen Notfalleinrichtung bei Lake Tahoe in der nördlichen Sierra Nevada gebracht werden. Wegen der Verzögerung erfolgte eine Umleitung auf Task Force 37, das ist die U.S.S. *Enterprise*. Es handelt sich um eine vorläufige Maßnahme, bis ein Weitertransport möglich wird.«

Der Präsident zögerte kurz und brach dann in schallendes Gelächter aus. Lambert lächelte unwillkürlich. »Sie versuchen, Nancy auf einen Flugzeugträger zu bringen?« Der Präsident lachte erneut.

Doch die First Lady blieb ernst. »Muss sie denn evakuiert werden?

General Sherman zuckte die Achseln und öffnete den Mund. Seine Worte kamen mit einer deutlichen Verzögerung. »Das würde die Dinge wesentlich vereinfachen.«

»Dann lassen Sie mich mit ihr sprechen.« Die First Lady war offenkundig nicht im Geringsten amüsiert. Auch der Präsident blickte jetzt düster drein. Lambert wurde schlagartig ernst.

General Sherman schickte einen Air Force-Soldaten mit der First Lady zur Kabine des Präsidenten. Als er sich der kleinen Gruppe wieder zuwandte, entstand eine unbehagliche Pause. »Oh, falls alle anderen Kommunikationssysteme ausfallen, bleibt uns immer noch die Meteoritenkommunikation. Alle paar Sekunden kollidieren in Sichtweite unseres Flugzeugs kleine Meteoriten mit der Erdatmosphäre. Durch die Reibung werden die Atome des Meteoriten ionisiert und hinterlassen so in einer Höhe von achtzig bis hundertzwanzig Kilometern einen fünfzehn bis dreißig Kilometer langen Schweif freier Elektronen. Eine Antenne sucht den Himmel nach diesem Schweif ab, der sich innerhalb einer halben Sekunde auflöst. Diese Zeit ist jedoch ausreichend, um den korrekten Winkel von der Quelle zum Ziel zu finden und ein Funksignal abzugeben, das zu dem Zielempfänger umgelenkt wird.«

Lambert spürte, wie die Maschine abhob. Es kam ihm merkwürdig vor, dass alle so gelassen herumstanden, statt ordnungsgemäß angeschnallt zu sein.

»Guten Abend, Walter.« Der Verteidigungsminister ging auf den Präsidenten zu und schüttelte ihm die Hand. »Greg.« Die Gruppe folgte ihm zum Besprechungszimmer.

»Guten Abend, Sir.« General Thomas und die übrigen Stabschefs – ohne Halcomb, den Stabschef der Armee, der im Presseraum des Weißen Hauses die Einberufungsbefehle verlesen hatte – standen um den Konferenztisch herum. »Wir überprüfen gerade die Verbindung zu den Kommandeuren. Alle wichtigen Kommandos werden über offene Verbindungen in verschiedenen Netzen aneinander angebunden.«

Der Präsident ließ sich am Kopfende des Tisches nieder. Aus dem Lautsprecher drang eine blecherne Stimme. »Island Sun sechs ist fünf zu fünf.«

»Das ist das mobile Bodenkommando mit dem Sprecher des Weißen Hauses«, erklärte General Thomas.

»Scope Light ist fünf zu fünf«, meldete eine andere Stimme, leicht verzerrt, aber deutlich.

»Das ist das Atlantikkommando«, erläuterte Thomas im Flüsterton.

»Silk Purse ist fünf zu fünf.« Und wieder eine andere Tonqualität.

»Europakommando.« Thomas und General Starnes, der Stabschef der Air Force, hakten Felder auf einem Vordruck ab.

»Blue Eagle ist fünf zu fünf.«

»Pazifikkommando.« Lambert ließ sich auf einem Stuhl neben dem Präsidenten nieder.

»Looking Glass ist fünf zu fünf.«

»Das ist das Überwachungsflugzeug des Lufteinsatzkommandos für den Ernstfall. Rund um die Uhr im Einsatz.«

Der Präsident, Lambert, Thomas, die Kommandeure von Navy, Air Force und Marine Corps saßen um den Tisch, der Offizier mit dem »Football« hatte sich mit der Tasche auf dem Schoß an der Wand am anderen Ende des Raumes niedergelassen.

»Cover All ist fünf zu fünf.«

»Okay, damit sind wir komplett«, verkündete Thomas. »Alle sind in der Luft oder am Boden unterwegs. Oh, Cover All ist CINCACC, der Oberkommandierende der Luftstreitkräfte. Wir sind Nightwatch. In der Luft sind außer Looking Glass auch die beiden EC-135 mit den Nachangriffszentralen, die drei Maschinen mit den Abschusskontrollzentren, die die Raketen abfeuern, falls unsere Abschussbasen am Boden zerstört werden sollten, die TACAMO-Maschinen der Marine für die Kommunikation mit den mit Raketen bestückten Unterseebooten und die Kommandozentrale für die Flotte der Tankflugzeuge, die uns alle in der Luft halten.«

»Zusätzlich zu den Kommandozentralen in der Luft«, las

General Starnes weiter vor, »steht die Kommunikation zu folgenden Einrichtungen: das NORAD am Berg Cheyenne, der Ausweichzentrale des nationalen Militärkommandos am Raven Rock Mountain, dem Ausweich-Hauptquartier der Zivilbehörden am Mount Weather, der Greenbriar Facility des Kongresses in White Sulphur Springs, Virgina, dem Situation Room des Weißen Hauses, dem CIA Indications Office, dem Zentrum des US-Geheimdienstes, der Militärmission der Vereinten Nationen, der Regierungsbehörde für Notfallmanagement FEMA in Olney, Maryland, den Bunkern für Zivilverteidigung in Maynard, Massachusetts, und Denton, Texas, dem Betriebszentrum der US-Küstenwache, der Federal Aviation Administration und dem NATO-Hauptquartier in Brüssel. Außerdem haben wir Kontakt zu den drei RAPIER-Teams mit je hundert Mann, die in diesem Augenblick in Sattelschleppern in höchster Eile Colorado Springs verlassen. Dann gibt es noch die Notfall-Rekonstituierungsteams von NORAD und AFSPACECOM, die für die Frühwarnung sowie für Datenempfang und -auswertung nach einem eventuellen Angriff zuständig sind.«

»Wir sind außerdem vom Kommunikations- und Datencenter der Notenbank kontaktiert worden, das deren Kontendaten so schnell wie möglich auf Optical Discs sichert«, schaltete sich der Verteidigungsminister ein. »Zusätzlich haben wir Anrufe vom Notfallzentrum und Ausweichsitz der Regierung des Staates New York in Albany, dem Bunker des Staates Massachusetts in Framingham und der nationalen Notfallzentrale von AT&T in Netcong, New Jersey, erhalten. Alle wollen wissen, was zum Teufel los ist. Zudem habe ich die Aktivierung von TREETOP II veranlasst. Der Notfallplan für die Präsidentennachfolge wird implementiert. Ihre Stellvertreter werden verteilt.«

»Was soll das heißen?«

»Nun, der Vizepräsident und der Finanzminister befinden sich an Bord verschiedener E-4Bs in der Luft. Außenminister Moore hält sich in Raven Rock auf. Dann gibt es noch sechs mobile Bodenkommandozentralen, die in ganz normal wirkenden Sattelschleppern, von Sicherheitsteams in

Lkws begleitet, auf den Highways unterwegs sind. Ihr Kodename lautete Island Sun. Dort befinden sich die Minister der kleineren Ministerien wie Gesundheit, Wohnungsbau, Verkehr, Erziehung und Angelegenheiten der Veteranen sowie der Sprecher des Weißen Hauses, der nicht nach Greenbriar wollte.«

»Klingt ganz nach Bill.« Der Präsident lachte. Lambert hatte den Eindruck, dass er nur halb zugehört hatte. »Er leidet unter Platzangst.« Dann wandte er sich an den Air Force-Steward, der ihm Kaffee einschenkte, und bat um Milch und Zucker.

»Der kommissarische Senatspräsident, der Generalsstaatsanwalt, Innen- und Arbeitsminister und die außerverfassungsmäßigen Stellvertreter vom National Program Office sind unterwegs zu einer der vierundachtzig präsidialen Notfalleinrichtungen. Der Handelsminister war in Paris und ist unterwegs zum NATO-Hauptquartier. Nach einer Gallenblasenoperation befindet sich der Landwirtschaftsminister im Bethesda-Krankenhaus. Ein Team steht bereit, das ihn sofort nach Mount Weather bringt, wo er sich erholen kann, sobald die Ärzte ihn für reisefähig erklären. Damit wissen wir, wo sich alle verfassungsmäßigen Stellvertreter und die sechs Personen vom National Program Office befinden. Jeder von ihnen ist im Besitz der Notfallausrüstung mit Kriegsplänen, Bestimmungen, Systeminstruktionen, Datenblättern und so weiter.«

In der Tür erschien Brigadier General Sherman mit einem Computerausdruck in der Hand. »Entschuldigen Sie, aber wir haben soeben dies hier vom CINCNORAD, dem Oberkommando des NORAD, erhalten.« Er las vor. »Neunzehn russische Interkontinentalraketen – vermutlich Modell SS-19 – und vier Raketen mit kürzerer Reichweite eines unbekannten Modells wurden vom fernöstlichen Teil Russlands abgefeuert. Werden verfolgt, jede Richtungsänderung wird gemeldet. Ziele vermutlich in südlicher Richtung. Daten passen zu einem Angriff auf die Volksrepublik China.«

Er sah auf. Lambert blickte in die Gesichter der am Tisch Versammelten. Niemand sagte ein Wort. Tiefe Stille erfüllte den Raum, nur das sanfte Zischen des Luftstroms um die riesige Maschine und das schwachen Heulen der Triebwerke an den Tragflächen war zu vernehmen.

Armeekommando Fernost, Kabarowsk
11. Juni, 0510 Uhr GMT (1510 Uhr Ortszeit)

»Laut Meldung des Kommandeurs meiner schweren Artillerie- und Raketenstreitkräfte sind die taktischen Gefechtsköpfe pünktlich abgefeuert worden und haben allesamt akzeptable Detonationswerte erreicht«, sagte Rasow. »Der Anruf vom RVSN wegen der Interkontinentalraketen der Strategischen Raketenstreitkräfte steht noch aus.«

»Endlich klappt mal etwas«, kommentierte Mischin.

»Hören Sie, ich habe vor einer Weile versucht, Zorin zu erreichen …«, begann Rasow.

»*Was* haben Sie getan?«

»Ich mache mir Sorgen. Er befindet sich im Besitz dieser Kommunikatoren und weiß nichts von unseren Plänen, die Chinesen zu beschießen. Ich wollte ihn über die Vorgänge informieren, aber ich komme nicht durch.«

»Rund um den Kreml sind Sturmtruppen in Position gegangen. Wir haben die Kommunikation zu Zorin unterbrochen, damit er nicht vor dem Angriff gewarnt wird. Wenn Sie wollen, sorge ich dafür, dass Sie auf einem Sonderkanal mit ihm sprechen können. Andererseits könnten wir uns auch seines Verbindungsmannes bedienen.«

Der diensthabende Offizier kam herein und versuchte, durch eine Bewegung Rasows Aufmerksamkeit auf sich zu lenken. Als Rasow ihn mit erhobenen Brauen ansah, erklärte er: »Das fernöstliche RVSN-Kommando ist in der Leitung, General Rasow.«

»Nun werde ich gleich wissen, was mit den Interkontinentalraketen ist«, meinte Rasow.

»Was wollen Sie wegen Zorin unternehmen?«

Einen Augenblick lang ließ Rasow das rote Licht an seinem Telefon noch blinken. »Vergessen Sie es. Isolieren Sie ihn vollständig und stürmen Sie das Gebäude. Ich werde Sie über die Situation bei den Interkontinentalraketen auf dem Laufenden halten.« Er schaltete auf Leitung drei. »General Rasow«, meldete er sich.

»Hier General Makarin. In der Vorbereitungsphase hatten wir Fehlermeldungen bei zwei Raketen, aber wir konnten die Probleme umgehen. Alle Raketen wurden von den automatischen Zeitschaltuhren der Silos korrekt synchronisiert abgefeuert. Den ersten Satellitendaten nach erfolgte die Detonation innerhalb eines akzeptablen Bereichs um die Zielpunkte.« Dann begann er, die Situation bei den Reserve-Streitkräften zu erläutern.

Erneut wurde Rasow durch den diensthabenden Offizier abgelenkt, der diesmal an der Tür stand und ein Blatt Papier schwenkte. »Entschuldigen Sie, General Makarin. Was haben Sie gerade gesagt?« Er winkte den Offizier zu sich heran.

»In vierzig Minuten werden uns Satellitenbilder vom Ort des Einschlags zur Verfügung stehen. Danach wissen wir, ob ein erneuter Schlag notwendig ist, was gegenwärtig allerdings höchst unwahrscheinlich scheint.«

Der diensthabende Offizier beugte sich vor und flüstere Rasow etwas ins Ohr. »Das PVO-Strany in der Leitung. General Mischin sagt, es sei dringend.«

Ich habe doch gesagt, ich rufe zurück!, dachte Rasow verärgert. »Danke, General Makarin. Halten Sie mich auf dem Laufenden.«

Der diensthabende Offizier drückte die blinkende rote Taste an Rasows Telefon. Aus dem Lautsprecher drang das Heulen der Sirene im Hauptquartier der Luftabwehr.

An Bord von Nightwatch, über Westmaryland
11. Juni, 0512 Uhr GMT (0012 Uhr Ortszeit)

»Ich dachte, die Chinesen wären nicht in der Lage, ihre Raketen rechtzeitig abzufeuern. Wie können sie dann gleich vier abgeschossen haben?« Die Frage des Präsidenten klang vorwurfsvoll. Lamberts Kinn sank auf die Brust, als ihm die volle Tragweite der Katastrophe bewusst wurde.

»Unseren Informationen zufolge«, so General Thomas, »konnten sie ihre Flüssigtreibstoff-Raketen unmöglich innerhalb der kurzen taktischen Warnzeit nach dem Abschuss der Interkontinentalraketen abfeuern. Selbst wenn sie sich wegen des Krieges in Alarmbereitschaft befanden, hätten sie es eigentlich nicht schaffen dürfen, die Treibstofftanks zu füllen.«

»Und was zum Teufel ist passiert?«, fragte der Verteidigungsminister.

Thomas schüttelte den Kopf. »Vielleicht sind die Chinesen irgendwie gewarnt worden. Möglicherweise haben sie von den Europäern oder eher noch den Japanern einen Tipp bekommen. Ein folgenschwerer Fehler.« Thomas wandte sich an den Präsidenten. »Solch ein Hinweis unterscheidet sich von einer taktischen Warnung, die darin besteht, dass der Angegriffene die anfliegenden Flugkörper entdeckt. Hier handelt es sich um eine Vorwarnung bezüglich feindlicher Handlungen oder ...« Thomas brach ab, als er Livingstons entsetztes Gesicht sah. Mit schuldbewusstem Blick sah der Präsident Lambert in die Augen.

Unterirdische Kommandozentrale im Kreml
11. Juni, 0515 Uhr GMT (0715 Uhr Ortszeit)

Ein Klopfen an der Tür riss Zorin abrupt aus dem Schlaf. Er fror in der durchgeschwitzten Uniform und außerdem wurde ihm sofort wieder übel. »Was ist los?«, bellte er.

Die Tür öffnete sich. Das hereinfallende Licht schmerzte unerträglich in seinen Augen und löste sofort rasende Kopfschmerzen aus. Es war derselbe Offizier wie vorhin.

»Ich habe Sie doch angewiesen, Rasow auszurichten, ich rede mit ihm, wenn es mir passt!«

»Um General Rasow geht es diesmal nicht, sondern um das amerikanische Fernsehen.«

»Was zum Teufel haben die Amerikaner vor?«, fragte Zorin laut, als er die Übersetzung des CNN-Sonderberichts hörte. Von den Air Force-Stützpunkten Dyess und Sawyer in Texas beziehungsweise Michigan starteten B-1B-Bomber. »Warum ...?« Seine Stimme brach ab. Trotz der Amphetamine, die für einen klaren Kopf sorgen sollten, kostete ihn jedes Wort ungeheure Anstrengung. Schweigend standen seine Untergebenen um den langen Konferenztisch herum. Von ihnen konnte er keinen Rat erwarten. Schließlich hatte er selbst dafür gesorgt, dass dem inneren Kreis niemand angehörte, der ihm in Alter und Rang gleich kam.

Zorin warf einen Blick auf die Koffer mit den Atomwaffenkodes. Dann wandte er sich an den Offizier, der die Satellitenübertragung dolmetschte. »Die Regierung evakuiert Washington, sagen Sie?« Der andere nickte. »Und Sie sind sich bei der Sache mit den amerikanischen Bombern ganz sicher?«

»Das meldet zumindest ihr Fernsehen, General.«

Erneut sah er zu den beiden Offizieren, die die Nuklearkommunikatoren vor sich auf den Tisch gestellt hatten. Sie erwiderten seinen Blick. Obwohl sein Körper nach Schlaf schrie, war er durch die Aufputschmittel so nervös, dass er kaum stillsitzen konnte. *Was haben die vor?*, dachte er, während er nervös auf- und ablief. »Was können die Amerikaner nur vorhaben?« Erst als er die erstaunten Blicke seiner Männer sah, wurde ihm bewusst, dass er laut gesprochen hatte. Verzweifelt versuchte er, seine wirren Gedanken und Ängste im Zaum zu halten. Für die Lösung des Rätsels blieb ihm da wenig Energie.

Die Tür flog auf. Erneut der Offizier, der ihn vorhin geweckt hatte. Wie war doch sein Name? »General Zorin, ein Anruf für Sie.« *Melnikow*, erinnerte er sich.

Schon wieder Rasow. Den hatte ich ganz vergessen. «Also gut«, erklärte er, während er auf die von den Kommunikationsoffizieren eingerichtete Konsole zuging. »Wir brauchen Antworten. Stellen Sie General Rasow durch.«

»Es ist nicht General Rasow, es ist das PVO-Strany. Unser Verbindungsmann sagt, er habe eine dringende Nachricht.«

Mit geweiteten Augen beobachtete Zorin, wie Melnikow einen Knopf auf der Konsole drückte. Das durchdringende Heulen der Sirene erfüllte den Raum.

»Was geht da vor?« Sein ganzes Nervensystem kribbelte, als stünde es unter Strom.

»General Zorin, ich habe nicht viel Zeit.« Im Hintergrund waren gedämpfte Rufe zu vernehmen, die von einem hohen, schrillen Heulen übertönt wurde. Zorin fühlte sich an einen Bohrer erinnert, der immer wieder auf harten Untergrund stieß. »Sie versuchen, die Kommunikation zu unterbrechen. Wir werden angegriffen! Die Raketen befinden sich im Anflug auf Moskau und werden …« Das bohrende Geräusch verstärkte sich zu einem Kreischen, dann brach die Leitung zusammen.

»Mein Gott, was war das?«, brüllte Zorin.

Sein Kommunikationsoffizier fummelte hektisch an der Schalttafel herum. »Die Leitung ist tot«, meldete er dann.

Zorin wandte sich zu den beiden Offizieren am Tisch. *Raketen – Raketen im Anflug auf Moskau. Die Amerikaner evakuieren. Amerikanische Bomber.* Wie ein wildes Tier fraß sich die Angst in seinen Körper. »Die sind verrückt«, murmelte er. *Wie können sie solch einen irrsinnigen Fehler begehen?* Sein Atem ging schnell und flach, ihm wurde schwindlig. Halt suchend griff er nach dem Tisch. »Zur Hölle mit ihnen!« Ungläubig schüttelte er den Kopf. Nun packte ihn die Wut. Sein Kiefer schmerzte, so fest biss er die Zähne zusammen, und sein Blut kochte dermaßen, dass er kaum ruhig sprechen konnte.

»Aktiviert die Dinger«, befahl er mit einem Blick auf die Nuklearkommunikatoren.

Die beiden Offiziere begannen, die Koffer zu öffnen.

»General?« Melnikows Stimme klang eindringlich. »Was tun Sie da?«

»Wir werden angegriffen!«, brüllte Zorin, froh, ein Opfer gefunden zu haben, an dem er seinen Ärger auslassen konnte. »Das haben Sie doch mit eigenen Ohren gehört!«

»Aber … das wissen wir doch gar nicht«, erwiderte der junge Offizier unerschrocken. »Wir wissen doch nicht, was los ist.«

Ungläubig starrte Zorin ihn an. Nie zuvor hatte ihm die Überlegenheit der Stabsoffiziere gegenüber ihren Kollegen im Feld so deutlich vor Augen gestanden. »Sie haben doch die Nachrichtensendung gesehen! Die evakuieren bereits ihre Regierung. Aufmachen!«, herrschte er die beiden Männer am Tisch an.

»Aber ... aber warum?«

»Weil die Amerikaner wissen, was hier vorgeht!« Während er sprach, wurde Zorin klar, dass es nur eine Antwort auf diese Frage gab. »Irgendwie haben sie von unserer Machtübernahme erfahren und wissen jetzt, dass ich mich im Besitz der Kodes befinde. Sie wissen, dass unsere Kommandos vorübergehend uneins sind, und sehen das als Chance!« Er schlug mit der Faust auf den Tisch. »Ihr Ziel ist die Enthauptung der Regierung, das heißt sie wollen uns alle töten und dann unsere strategischen Waffen vernichten, bevor sich die Kommandostrukturen wieder erholt haben.«

Entsetzt starrten die Männer ihn an. Welches Schicksal stand ihnen bevor!

»Aber sie müssen doch wissen, dass wir zurückschlagen werden.« Der junge Melnikow gab nicht auf.

»Werden wir das?« Die Frage hing in der Luft. »Wenn wir erledigt sind, werden diejenigen, die uns in diese Situation gebracht haben, dann mit unseren wenigen verbliebenen nuklearen Waffen zurückschlagen? Werden sie es mit dem nahezu unberührten Arsenal der Amerikaner aufnehmen wollen, obwohl sie so gut wie chancenlos wären?« Langsam schüttelte er den Kopf, als ihm der Ernst der Lage bewusst wurde. »Hätten sie überhaupt den Willen dazu?«

Das Telefon klingelte. Zorin und Melnikow fuhren zusammen, doch es war nur eine interne Leitung. Zorin drückte den leuchtenden Knopf. »Was ist?«

»General Zorin, Raketen! Rund um die Stadt steigen Raketen auf!«

»Wer ist da?«

»Lubjanow, auf dem Dach des Parlaments.«

»Sind es SA-10?«

»Nein, Sir, ich habe keine Ahnung, was das ist. Sie hinterlassen gelbe Kondensstreifen, nicht weiße. Da sind noch mehr! Sie gehen unglaublich hoch hinauf!«

»Was ist das?«, fragte Melnikow leise.

»Raketenabwehr-Geschütze«, stieß Zorin tonlos hervor, während er sich mit beiden Händen am Tisch festklammerte.

»Eine Explosion am Himmel!«, schrie Lubjanow durch das Telefon. »Aaaa! Meine Haut brennt, es ist so heiß! O Gott!«

»Kodebücher öffnen.« Hoffentlich hatte er nicht zu lange gewartet. Die beiden Offiziere rissen die versiegelten Ordner aus den Koffern.

»*Noch eine!*« Das war Lubjanow. »Kein Geräusch, nur ein grelles Licht, in das man nicht direkt hineinsehen kann. Und es brennt wie Feuer.«

»*Schnell!*«, befahl Zorin.

»Noch eine Explosion! Und noch eine!« Lubjanows panikerfüllte Stimme verriet, welch entsetzlicher Anblick sich ihm bot.

»Die ABM-Raketen sind mit Atomsprengköpfen ausgestattet.« Zorins Worte schienen an niemanden persönlich gerichtet zu sein.

»Warum gibt es kein Geräusch? Warum keine Explosion?«, erkundigte sich Melnikow, der gebannt der Stimme aus dem Lautsprecher lauschte.

»Weil sie im Weltall explodieren, unmittelbar außerhalb der Atmosphäre.« Zorins Gedanken rasten, während er immer noch nach einer anderen Erklärung suchte. »Holt mir Rasow ans Telefon!«, brüllte er den Kommunikationsoffizier an. »Oder das PVO-Strany oder die Luftstreitkräfte oder sonst wen! Probiert es über Funk, nehmt eine hohe Frequenz!«

Er versuchte, an Melnikow vorbei zu den Kodebüchern zu gelangen.

»General, es muss ein Irrtum vorliegen!« Der Junge packte ihn am Arm.

Wortlos starrte Zorin auf den beleidigenden Griff und machte sich frei.

Er stellte sich hinter die beiden Männer am Tisch. »Kameraden, unser Land befindet sich mitten in einem Atomangriff. Ich rechne jeden Augenblick mit dem Schlimmsten und erwarte von Ihnen allen, dass Sie bis zum letzten Augenblick Ihre Pflicht tun.« Zorin sah den beiden Offizieren, die sich zu ihm umgewandt hatten, in die angsterfüllten Augen. »Wie gehen wir vor?«

Der Mann vor ihm antwortete. »Sie wählen aus dem Planbuch ein Angriffsprofil und wir geben auf beiden Geräten gleichzeitig die Kodes ein. Die Abschusssequenzen werden sowohl über geschirmte und verschlüsselte Faseroptikkabel als auch über Funk an einen Computer im Untergeschoss des Verteidigungsministeriums übermittelt. Dort werden die zwölfstelligen Kodes in einen Algorithmus eingespeist und verarbeitet. Wenn der Computer einen gültigen Abschussbefehl ausgibt, werden die landgestützten Raketen sofort abgefeuert. Die Marine und Bomberbasen erhalten die vorgesehenen Instruktionen.«

Zorin öffnete das dicke schwarze Buch mit den Kodes.

»General Zorin, ich flehe Sie an, bitte warten Sie, bis wir eine Bestätigung erhalten haben. Das ist Wahnsinn! Sie können die Raketen nicht abfeuern, ohne dass der Angriff irgendwie bestätigt wurde!«

Die ersten Seiten enthielten allgemeine Anweisungen. Zorin schlug das Buch in der Mitte bei einer Seite auf, über der der Kode »ZM01349GZ771« prangte. Sobald der andere Offizier die entsprechende Seite mit seinem persönlichen Kode gefunden hatte, begann Zorin zu lesen. »Profil: Schlag gegen militärische Einrichtungen. Ziel: Schwächung der strategischen Atomstreitkräfte der Vereinigten Staaten mit einem Mindestmaß an Kollateralschäden. Hauptziele: Interkontinentalraketen – die Air Force-Stützpunkte Grand Forks, Malmstrom, Minot und Warren; Bomber – die Air Force-Stützpunkte Blytheville, Carwell, Dyess, Ellsworth, Fairchild, Grand Forks, Griffis, Loring, March, McConnell, Minot, Sawyer, Whiteman und Wurtsmith; Unterseeboote – die Werften New London, Bremerton und Kings Bay sowie die Kommandozentralen Cheyenne und Raven Rock. Sekundäre Ziele: die Systeme für elektronische Kriegsführung in Beale, Elmendorf, Falcon, Goodfellow, Kaena Point, McChord, Robins, Shemya Island, Thule, der Air Force-Stützpunkt Vandenberg und der Air Force-Stützpunkt der Nationalgarde in Otis. Taktische Störmanöver – Explosionen in der Luft und unter Wasser wie nachfolgend angegeben. Städtische Bereiche wie unten angegeben. MIT RAKETEN BESTÜCKTE UNTERSEEBOOTE siehe Sonderabschussbefehle weiter unten«, hieß es in dicken Lettern.

»General Zorin«, sagte der ihm am nächsten sitzende Offizier mit leiser Stimme, während er mit dem Kopf auf die andere Seite des Raums wies.

Als Zorin aufblickte, sah er, dass Melnikow die Pistole auf ihn gerichtet hatte. Über die interne Telefonlage drangen aus der Ferne Lubjanows Schreie zu ihnen.

»General Zorin«, flehte Melnikow verängstigt. »Bitte. Bitte!«

Lubjanows Schreie schienen immer näher zu kommen. »General!«, rief er plötzlich.

Ein gellendes Kreischen, das aus dem Telefon drang, ließ alle aufspringen. Fast im selben Augenblick setzte ein Grollen ein, das in den nächsten Sekunden zu solch einer Intensität anstieg, dass sie Halt suchend nach Tischen und Wänden griffen. Die Lichter an der Decke erloschen. Sekundenbruchteile später flammten die Notlichter in den Wandnischen auf, doch ihre Kraft reichte nicht aus, den Raum wirklich zu erhellen. Schon dachte Zorin, die Vibrationen würden den Raum zerreißen, als das Grollen langsam nachließ. Von draußen wurden Schreie laut.

Die Tür zum Konferenzraum flog auf. Dünne Rauchschwaden hingen unter der Decke des Kontrollraums draußen, aus Funkgeräten und anderen elektronischen Geräten sprühten wilde Funken. Armeeoffiziere in voller Kampfausrüstung starrten Melnikow und Zorin an, als warteten sie auf Instruktionen.

Ein zweiter Schlag erschütterte den Raum. Im Gang kam es zu einer kleineren Explosion, in deren Gefolge die Notbeleuchtung vollständig erlosch. Von den beiden Bildschirmen fiel ein schwaches Licht auf die Gesichter der Offiziere, die aufrecht und gelassen an dem Tisch saßen, der Zorin und Melnikow trennte.

Die Lichtkegel von Taschenlampen begannen, durch den Raum zu tanzen. Einer davon richtete sich auf Melnikow. Einen Augenblick lang sah Zorin einen Mann mit erhobenem Gewehr an der Tür stehen, der auf Melnikow zielte, aber Zorin ansah. Zorin blickte Melnikow in die Augen und schüttelte den Kopf. Als die Notlichter erneut aufflammten, ging er zu Melnikow und nahm ihm die Pistole aus der Hand. Er stieß auf keinen Widerstand.

Plötzlich rannte ein Mann mit panikerfülltem Blick in den Raum. »Eine Explosion! Eine Atombombe! Wir haben es gesehen, direkt südlich der Stadt! Über den Häusern steigt ein riesiger Feuerball auf!« Die Männer im Gang wirkten ebenso entsetzt wie der Sprecher.

Licht und Fernseher gingen an, offenbar funktionierte die Stromversorgung wieder. Der Übersetzer starrte erwartungsvoll auf den dunklen Bildschirm, doch für einen Augenblick war nur die hektische Stimme des amerikanische Reporters zu hören. Das Fernsehen war nunmehr ihre einzige Informationsquelle, da die einfachen Satellitenschüsseln auf dem Dach des Kremls weder unterbrochen noch gestört werden konnten und offenbar auch die Atomexplosion überstanden hatten. Fasziniert richteten sich alle Augen auf das langsam erscheinende Bild.

»Eine Art Atomalarm wurde ausgelöst«, begann der bebrillte Übersetzer mit einer monotonen Stimme, die nicht recht zu den aufgeregten, eindringlichen Worten des ausländischen Reporters passte. »Bei CNN News sind inzwischen Berichte aus dem ganzen Land eingegangen. Von mehreren Air Force-Stützpunkten aus starten Bomber, ein Flugzeugträger in Norfolk hat die Leinen gekappt und ist ausgelaufen, obwohl sich ein Drittel der Besatzung noch an Land aufhielt. Die US-Regierung wurde evakuiert und die ersten Notfallzentren der Staatsregierungen und der örtlichen Verwaltungen wurden aktiviert. Bis jetzt hat es weder von der Zivilverteidigung noch von der Behörde für Notfallmanagement Anweisungen für die Bevölkerung gegeben. Dafür haben wir Simon Gardner, den Autor des Buches *Armageddon: Auch heute noch möglich*, in Connecticut am Apparat. Mr. Gardner, sind Sie dran?«

»Ja.«

»Können Sie uns bitte sagen, was der gewöhnliche Amerikaner, der heute Abend zu Hause sitzt, tun soll, wenn sich die schlimmsten Befürchtungen bewahrheiten. Bitte fassen Sie sich kurz.« Die russische Übersetzung setzte mit einer Verzögerung von ein bis zwei Sekunden ein, so dass Zorin die nervöse Gespanntheit, das Beben in der Stimme des Reporters hören konnte.

»Sir«, drang es schwach aus der internen Leitung, »wir brauchen ärztliche Hilfe.« Offenbar gelang es Lubjanow oben auf dem Dach nur unter Aufbietung seiner letzten Kräfte, diese Worte hervorzupressen. »Die meisten meiner Männer haben Verbrennungen erlitten. Jedes Fleckchen ungeschützte Haut ist verbrannt.«

»Tür schließen und versiegeln!«, befahl Zorin den dort stehenden Soldaten. Er richtete den Blick von Melnikow, der mit gesenktem Kopf dastand, auf die Kommunikatoren. Es dauerte einen Augenblick, bis er die Kraft fand, den Befehl zu erteilen.

3. KAPITEL

Geosynchroner Orbit, über dem Indischen Ozean
11. Juni, 0525 Uhr GMT (0525 Uhr Ortszeit)

Sieben Sekunden nach der Zündung der Startrakete der SS-18 und drei Sekunden, nachdem sich die Spitze der Rakete aus dem unterirdischen Silo geschoben hatte, erwärmten sich die Hitzesensoren des zweitausenddreihundert Kilogramm schweren Block-14-Satelliten durch die thermische Strahlung des Abgasstrahls so stark, dass ein Signal ausgelöst wurde. Unverzüglich berechneten die Sensoren des Satelliten, der sich in einer Höhe von 57 580 Kilometern über dem Äquator befand und sich pro Minute siebenmal um sich selbst drehte, die Intensität des Signals und den Entstehungsort auf der Erde.

Der Bordcomputer begann sofort mit dem Abgleich der empfangenen Informationen mit einer Bibliothek, die Temperatur- und Standortdaten aller früher entdeckten Abschüsse enthielt. Als er zwei Sekunden später einen Treffer erzielte, sandte der Satellit eine Warnmeldung an die Erde. »Raketenabschuss / russische SS-18 / Raketenfeld Kartaly Silo Nr. 42 / 0525:17:36Z.«

Die ersten Alarmglocken schrillten im großen Bodencenter im australischen Nurungar und in der Station von Kapaun in Deutschland, die das Signal beide direkt aus dem Weltall erhielten. Gleichzeitig sandte ein Laser die digitalisierte Information an die beiden anderen Block-14-Satelliten über Südamerika und dem mittleren Pazifik. Diese wiederum lösten Alarm auf dem Air Force-Stützpunkt der Nationalgarde in Buckley, Colorado, und in den sechs Sattelschleppern aus, die ohne feste Route die endlose Wüste von New Mexico durchkreuzten. Von diesen mobilen Bodenstationen aus operierte das Weltraumabwehr-Kommando der Air Force, wenn ein Überraschungsangriff erwartet wurde.

Alle Bodenstationen leiteten die Information gleichzeitig an die Kommandozentralen weiter. Überall heulten in der Stille der hermetisch abgedichteten Kriegsräume und Untergrundbunker die Sirenen: im »Tank« der nationalen militärischen Kommandozentrale im Pentagon; in der Ausweichzentrale tief im Inneren von Raven Rock an der Grenze zwischen Maryland und Pennsylvania, hundertzehn Kilometer nördlich von Washington; im explosionssicheren Kommandoposten des Lufteinsatzkommandos, der, auf drei unterirdische Stockwerke verteilt, auf dem Air Force-Stützpunkt Offut bei Omaha, Nebraska, eine Fläche von über einem Hektar einnahm und in den fünfzehn an Stahlfedern aufgehängten Gebäuden in den riesigen Granithöhlen des Cheyenne, wo die amerikanische Luftabwehr ihre Zentrale hatte. Siebzehnhundert Menschen fühlten, wie ihr Herz kurz aussetzte, bevor sie mit der Routine begannen, die sie so lange für die letzten Minuten ihres Lebens eingeübt hatten.

Als das erste Signal fünfzehn Minuten nach der Zündung der Raketentriebwerke das Luftabwehr-Kommando Nordamerika NORAD in Colorado Springs erreichte, hatten die Infrarotsensoren des Block-14-Satelliten bereits mit der Verarbeitung von vier neuen Hitzesignaturen begonnen, deren Intensität und Abschussort vergleichbar waren. Zwölf weitere entdeckte Signale waren zum späteren Abgleich im Puffer gespeichert. Die Pufferspeicher enthielten Daten für eine Verarbeitungszeit von drei Minuten und siebenundvierzig Sekunden, für einen Computer eine Ewigkeit.

NORAD, Cheyenne, Colorado
11. Juni, 0525 Uhr GMT (2225 Uhr Ortszeit)

General Albert Wilson, Oberkommandierender der vereinten Amerikanisch/Kanadischen Luftabwehr für Nordamerika, stand hinter einem kanadischen Offizier an der Konsole des Systems für die Registrierung atomarer Energie. Sie überprüften die Daten der Detonation der chinesischen Raketen südlich von Moskau. Die vom Satelliten gemessene Helligkeit stimmte nicht mit den seismischen Berichten überein. »Die Abwehrraketen der Russen müssen die chinesischen Raketen abgelenkt oder eine Fehlfunktion ausgelöst haben«, meinte der kanadische Offizier. *Oder die Chinesen sind miserable Raketenbauer,* dachte Wilson. »Sie haben die südlichen Vorstädte um Haaresbreite verfehlt.«

Die schrille Alarmsirene riss ihn aus seinen Gedanken. Das Personal in dem eben noch so hektischen Raum blickte wie erstarrt wortlos auf das blinkende rote Alarmlicht oben auf der ferngesteuerten Konsole für die Entdeckung von Flugkörpern.

»Ich habe eine Meldung!«, brüllte der Offizier an der Konsole überrascht, wobei er sich heißen Kaffee über die Hand goss, weil er den Styroporbecher zu hastig absetzte. »Vermutlich Abschuss einer SS-18 vom Raketenfeld in Kartaly!«, las er vom Monitor der Konsole ab, während er die Trackball-Maus bis zur Seite des Schirms führte und dort auf den langen Cursorstreifen klickte.

Mein Gott, das ist im europäischen Teil Russlands, wurde Wilson plötzlich klar. Während er zum Zentralrechner für die Entdeckung von Flugkörpern ging, warf er einen Blick auf den 2,40 mal 2,40 Meter großen Bildschirm, das so genannte Big Board, das die vordere Wand des Raumes bedeckte. Auf der Karte von Westrussland leuchtete ein rotes Dreieck.

»Vier weitere Meldungen!« Den Offizier hielt es kaum auf seinem Stuhl. »SS-18 vom Raketenfeld in Kartaly!«

Sanft, aber bestimmt legte General Wilson ihm die Hand auf die Schulter. Auf dem kleinen Bildschirm, an dem der Mann saß, bezeichneten blinkende rote Dreiecke die leeren Silos. In der Zeile darunter fand er die Information, nach der er suchte. Die Gesamtzahl der abgeschossenen Raketen war acht und erhöhte sich weiter. Bis zur ersten Detonation verblieben noch 00:29:37 Stunden. Unaufhaltsam liefen die Sekunden weiter.

Wilson wandte sich an den Mann neben dem Offizier.

»Stellen Sie das System auf ›Auto-Detect‹ und lassen Sie das Fehlersuchprogramm laufen.«

Die Hand des Offiziers fuhr hektisch über die Trackball-Maus. Vierundzwanzig neue Abschüsse von Raketenfeldern überall im europäischen Teil Russlands! Auf dem Big Board erschienen immer neue rote Dreiecke: Der Computer setzte seine Ergebnisse schneller um, als der Offizier sie ablesen konnte.

Da stimmt was nicht, sagte eine Stimme in Wilsons Kopf wieder und wieder. *Die strategischen Streitkräfte der Chinesen haben sie doch schon erledigt.*

«Fehlersuche negativ, Sir«, meldete der Offizier rechts von Wilson mit festem Blick.

Ein weiterer Mann verließ seine Station, um Wilson Meldung zu erstatten. »ELINT meldet Bestätigung der Telemetriewerte für Abschuss.«

»OPREP-3 PINNACLE NUCFLASH 4 an das nationale Oberkommando auf *Nightwatch*«, brüllte Wilson dem Kommunikationsoffizier zu. »Bericht bestätigt, wiederhole: Bericht durch Systemüberprüfung bestätigt.« Wilson sah den Adamsapfel des Mannes zittern. Er wusste, was er dachte. *NUCFLASH 4 – Entdeckung nicht identifizierter Objekte durch das Raketenwarnsystem bei Atomkriegsrisiko.*

Er ging die Treppen zu der Galerie über dem großen offenen Raum hinauf. Eilig gaben die kanadischen und amerikanischen Soldaten und Offiziere den Weg frei, als er zu seinem Schreibtisch lief, von dem aus er auf das Big Board und den Raum davor sah. Er griff nach dem in die Konsole integrierten weißen Telefon und drückte die Taste INTERCOM. »Hier CINCNORAD.« Seine Stimme dröhnte durch den gesamten Gebäudekomplex. »Achtung Luftangriff! Alarmstufe Gelb, ich wiederhole: Alarmstufe Gelb.« Er griff nach dem »roten Telefon«. Noch bevor er den Hörer am Ohr hatte, meldete sich die Telefonzentrale des Pentagons mit »Nationales Militärkommando«.

An Bord von NIGHTWATCH, *über Ostmaryland*
11. Juni, 0530 Uhr GMT (0030 Uhr Ortszeit)

Das kurze Klopfen an der Tür war kaum zu hören, weil sie sofort aufgerissen wurde. »CINCNORAD hat ›Lemon Juice‹ erklärt!«, meldete ein Air Force Captain atemlos.

Lambert sah, dass sich General Thomas sofort in seinem Stuhl vorbeugte und mehrere Knöpfe auf der in den Konferenztisch eingelassenen Instrumententafel drückte.

»Was zum Teufel bedeutet ›Lemon Juice‹?«, wollte der Präsident wissen.

»Das heißt, ein Angriff durch feindliche Flugzeuge und/oder Raketen ist wahrscheinlich«, schaltete sich Lambert ein, da Thomas offenkundig beschäftigt war.

»Kommunikationszentrale«, meldete sich eine Frauenstimme über den Lautsprecher.

»Hier General Thomas. Ich brauche Telefonkonferenzen mit den Zuständigen für Luftangriff, Raketenangriff und Angriff aus dem Weltraum – und zwar gleichzeitig.«

»Was zum Teufel …?«, begann der Präsident.

Aus dem Lautsprecher drang ein lang gezogener Ton, dann sagte die Frauenstimme ruhig: »Die Konferenzen sind vereinbart, Sir.« Im Hintergrund war ein rhythmisches Summen zu vernehmen, das offenbar von einer der Kommandozentralen kam.

»Al, was ist los?«, fragte Thomas den Oberkommandierenden des Luftabwehr-Kommandos Nordamerika.

»Unsere Satelliten- und Computersysteme melden sechsunddreißig unbestätigte Abschüsse von den Raketenfeldern im westlichen Russland«, erwiderte Wilson. »Aufschlag erwartet für CONUS.«

Thomas sank das Kinn auf die Brust. Er schloss die Augen. Lamberts Verstand weigerte sich, die Bedeutung der eben gehörten Worte zu erfassen, aber er konnte den Schock körperlich fühlen. Den anderen ging es nicht besser. Mit offenem Mund starrten die Stabschefs ins Leere, während sie versuchten, die Nachricht zu verarbeiten.

»Was zum Teufel ist los?« Der Präsident blickte von einem Stabschef zum anderen und sah sich von aschfahlen, schweigenden Gesichtern umgeben.

Lambert übersetzte ihm den Kode. »Die Satelliten- und Computersysteme haben die Infrarot-Signatur von sechsunddreißig Abschüssen im westlichen Teil Russlands entdeckt.« Während er sprach, fühlte er heißen Zorn in sich aufsteigen. *Diese Schweine!*, war sein erster Gedanke. »Aufschlagsorte voraussichtlich auf dem amerikanischen Festland.«

»Jetzt dreiundvierzig, Sir«, meldete eine andere Stimme über den Lautsprecher. Lambert sah in die Gesichter der Militärs. General Thomas erwiderte seinen Blick. Trotz seiner Nervosität war Lambert mehr denn je entschlossen, seine Aufgabe zu erfüllen.

»Aber Sie sagten doch ... Sie sagten ›unbestätigt‹.« Die Stimme des Präsidenten klang so leise, dass man den Eindruck hatte, er spräche mit sich selbst. »Vielleicht ist irgendwo ein Irrtum unterlaufen.

»Ich muss weg.« General Wilson hatte aufgehängt.

»Warten Sie!«, rief der Präsident, doch zu spät. Ein Konferenzteilnehmer nach dem anderen hatte aufgelegt. »Holen Sie mir den Mistkerl sofort wieder ans Telefon!«

»Mr. President«, mischte sich Thomas ein, »er hat viel zu tun und wenig Zeit dafür. Wir können Ihre Fragen beantworten.« Lambert kämpfte gegen den Schockzustand an, der von ihm Besitz ergriffen hatte. Alles an der Situation wirkte so unwirklich, dass es ihm schwer fiel zu glauben, dass er nicht träumte. »Für die Bestätigung müssen Warnungen von zwei verschiedenen Alarmsystemen eingegangen sein. Die Infrarotsensoren haben bereits angesprochen, die Radarbestätigung dürfte in ...« Er sah den Captain an, der immer noch in der Tür stand. Offenbar wollte er nicht gehen, ohne zu erfahren, was vorging. »Wann hat CINCNORAD Lemon Juice erklärt?«

Der Captain blickte auf seinen Notizzettel.

»Null fünf zwei sechs vierzehn Zulu.« Seine Stimme klang distanziert und geistesabwesend. Lambert schauderte, als er ihm ins Gesicht blickte.

»Das ist alles, Captain.« Thomas runzelte die Stirn. Der Captain ging, ließ aber die Tür offen. Lambert beugte sich vor und versetzte ihr einen Stoß, während Thomas auf die Uhr sah. »Wenn wir als Abschusszeit null fünf zwei vier Zulu annehmen, ist der erste Aufschlag innerhalb von achtundzwanzig Minuten zu erwarten. Falls allerdings Raketen von Unterseebooten vor unserer Küste abgeschossen werden oder die Russen bereits seit einer Weile Marschflugkörper in der Luft haben beziehungsweise die Interkontinentalraketen niedriger als üblich fliegen, ist mit einem früheren Zeitpunkt zu rechnen. Das Radarfrühwarnsystem im Norden hat von Clear in Alaska über Thule in Grönland und Fylingdales in Großbritannien bis zu Cobra Dane auf der Aleuten-Insel Shemya überall Anlagen, die jede Rakete mit einer normal hohen Flugbahn in den nächsten Sekunden registrieren dürften, wenn sie über dem arktischen Horizont erscheint.«

»Besteht die Möglichkeit, dass es sich um einen Fehlalarm handelt? Ist das denn völlig auszuschließen?« Der Präsident rang flehend die Hände.

General Thomas erwiderte seinen Blick, ohne eine Gefühlsregung zu zeigen. »Ja, Sir. Die Bestätigung durch ELINT, also die elektronische Aufklärung wie Funkübertragung und Telemetrie von den Raketen über die Stationen Diogenes im türkischen Sinop und Teufelsberg in Berlin, ist mit Sicherheit bereits erfolgt. Das zählt aber nicht als zweite Warnung. Wäre diese Information nicht mit massiven Abschüssen von den europäischen Raketenfeldern vereinbar, hätte General Wilson die Alarmbereitschaft inzwischen herabgesetzt. Sie sind unterwegs, Sir.«

»Überprüfen Sie es noch einmal«, gab der Präsident zurück. Thomas wandte sich zu General Starnes, dem Stabschef der air Force, und nickte. Starnes griff nach dem Telefon.

Das ist der Ernstfall, dachte Lambert. *Großer Gott, es ist wirklich ernst.* Janes schönes Gesicht tauchte vor seinen Augen auf. In rasender Eile begann er zu rechnen. Sie musste jetzt auf dem Beltway in der Nähe der Ausfahrt zum Highway 193 sein. *Bei einer Geschwindigkeit von hundert Kilometern pro Stunde ist sie in siebenundzwanzig Minuten … etwa fünfzig Kilometer von Washington entfernt.* Erleichtert, als hätte er tatsächlich gesehen, wie sie sich in Sicherheit brachte, seufzte er auf. Seine Haut kribbelte und er fühlte sich emotional völlig ausgelaugt. *Fünfzig Kilometer,* dachte er. *Das reicht.* Fast hätte er die letzten Worte laut gesprochen. Ohne es zu merken, nickte er. In Gedanken begann er, eine Liste seiner Angehörigen zu erstellen. *Mutter und Vater … Sie schlafen in ihren Betten im 32. Stock in der East 72nd Street in New York.*

General Starnes legte den Hörer auf die Gabel. »ELINT hat achtundzwanzig Hochfrequenzsignale verzeichnet und zählt noch. Die sofortige Entschlüsselung weist auf eine hohe Wahrscheinlichkeit der Telemetrie hin.«

Der Stabschefs starrten den Präsidenten an, als hätte er seine Antwort damit bekommen. Präsident Livingston verlangte keine Erklärung mehr. Er schien auf einen Bruchteil seiner früheren Größe und Präsenz geschrumpft zu sein. »Warum?«, fragte er schwach. »Warum?« Lambert fühlte, wie es ihm eiskalt über den Rücken lief. Er kreuzte die Arme über der Brust, um sich zu wärmen.

Schockiertes Schweigen füllte den Raum. Hätte sich der Präsident in diesem Augenblick als entschlossener Nationenführer gezeigt, wäre Lambert vielleicht erneut in seine wirren Gedanken versunken und hätte den Männern um ihn herum den Vortritt gelassen. Schließlich waren sie Jahrzehnte älter als er. Doch als er das ungläubige Gesicht des Präsidenten sah, fühlte er sich verpflichtet, seinen Job als Nationaler Sicherheitsberater zu erfüllen. Er spürte das Adrenalin durch seinen Körper strömen und sah mit ungewohnter Klarheit, was ihnen bevorstand und was seine Aufgabe und die des Mannes war, für den er arbeitete. »Mr. President«, begann er. Aller Augen richteten sich auf ihn. »Wir müssen jetzt über einen Lufteinsatz-Angriffsbefehl sprechen.«

»Einen Angriffsbefehl? Was für einen Angriffsbefehl denn?«

Lamberts Kiefer schmerzten, weil er die Zähne so fest zusammengebissen hatte. Er zögerte nicht. Die Apokalypse, die ihnen bevorstand, kannte er aus seinen jahrelangen Studien allzu gut. Es gab nur einen vernünftigen Weg. »Den Befehl zur Umsetzung des Single Integrated Operational Plan, Sir. Zur Zerstörung der verbleibenden russischen Atomwaffen.«

90th Strategic Missile Wing, Warren Air Force Base, Wyoming
11. Juni, 0530 Uhr GMT (2230 Uhr Ortszeit)

Chris Stuart hörte das dumpfe Donnern, mit dem sich die explosionssichere Stahlbetontür der Abschussbasis schloss, die zum Schutz gegen die elektromagnetischen Wellen einer Nuklearexplosion mit Spezialpolymeren beschichtet war. Der Zugang zum unteren Ende des Aufzugsschachts war damit hermetisch abgedichtet. Das obere Ende des Schachts war durch explosionssichere Doppeltüren aus Titan verschlossen. Damit war jede physische Verbindung zwischen den beiden Männern im unterirdischen Kontrollraum und den drei Air Force-Soldaten über der Erde unterbrochen.

Als er sich nach Scott Langford umsah, stellte er fest, dass dieser sich, unbeeindruckt von der Endgültigkeit, mit der sich die Tore hinter ihnen geschlossen hatten, mit dem Zeigefinger über die gelbe Krawatte fuhr, die er in sein blaues Hemd gesteckt hatte. Sein gepolsterter Lederstuhl, der im rechten Winkel etwa vier Meter von Stuarts Stuhl entfernt stand, erinnerte an einen Flugzeugsitz.

Die beiden gingen gerade zum zweiten Mal die Checklisten für die Vorbereitungsphase durch und überprüften dabei die Position jedes einzelnen Schalters und den Status jeder Anzeige auf den beiden identischen Konsolen. Neun von den zehn Lampen auf Stuarts Konsole leuchteten grün. Die zehnte war rot: Rakete Nummer acht, die sie sich auf ihrer Fahrt zur Abschussbasis genauer angesehen hatten.

Dies ist eine Übung. Dies ist eine Übung. Dies ist eine Übung. Stuart wiederholte die Worte in Gedanken wie ein Mantra. Nur nicht die Fassung verlieren, auch wenn die ganze Basis auf DEFCON 2 gegangen war. Kopfschüttelnd versuchte er, seiner Beunruhigung Herr zu werden. *Nach meiner Schicht hole ich mir morgen im »Ground Zero« eine Flasche Scotch und unterhalte mich mit den anderen Offizieren über die Sache.*

Das rote Telefon – das primäre Warnsystem, welches das Hauptquartier des Lufteinsatzkommandos direkt mit den 152 Raketenabschussbasen verband – summte. Stuart erstarrte. Unten am Telefon leuchtete ein rotes Licht auf.

Stuart blickte Langford an, der bei seinem eigenen Apparat den Hörer abnahm. In Gedanken hörte er bereits die kühle Computerstimme, die er aus den Übungen so gut kannte. »Big Noise, Lemon Juice. Big Noise, Lemon Juice.« Dann hob auch er ab.

Die kühle Frauenstimme auf dem sich ständig wiederholenden Band war ihm vertraut. »Sea Plane, Lemon Juice. Sea Plane, Lemon Juice.« Die Welt schien stillzustehen. Als hätte sich auf einmal ein Filter vor alles gelegt, schien seine Umgebung schlagartig in ein neues, fremdes Licht getaucht zu sein. Ein Kribbeln breitete sich von seiner Kopfhaut über den Rücken aus. Fröstelnd legte er den Hörer zurück auf die Gabel. Er drückte den orangefarbenen Knopf seitlich am Telefon, mit dem er ein Lämpchen auf der Konsole im ACC-Hauptquartier ausschaltete. Eine weitere Person, die Bescheid wusste. Er war informiert. Man hatte ihn eingeweiht. *Sea Plane. Also keine Übung*, dachte er.

«Luftalarm Stufe Gelb«, sagte Langford, ohne sich umzudrehen. »Bestätigen.« Stuart schien er kilometerweit entfernt zu sein, doch er antwortete, wie er es so oft geübt hatte. »Luftalarm Stufe Gelb – bestätigt.«

»Nummer acht ist immer noch nicht einsatzbereit. Schnapp dir das Telefon und mach ihnen Beine.« Langford öffnete bereits das schwarze Leder-Logbuch des Kontrollzentrums, um das Ereignis festzuhalten.

Mehrere Sekunden lang starrte Stuart das weiße Funktelefon auf seiner Konsole an, bevor er die Hand ausstreckte, um den Knopf zu betätigen. Im Zugangstunnel von Silo Nummer acht klingelte das Telefon.

»Hier Senior Master Sergeant Kline.« Die Stimme, die aus dem Hörer drang, klang blechern. Stuart erkannte den näselnden Akzent des Mannes, den sie vorhin an der offenen Explosionstür zum Silo gesehen hatten.

»Sergeant Kline, wir haben Alarmstufe Gelb.« Stuarts Stimme klang distanziert. Es fiel ihm schwer, sich an den Zweck seines Anrufs zu erinnern. »Wie lange brauchen Sie, um Nummer acht einsatzbereit zu bekommen?«

»Großer Gott. Was ist denn los, Sir?«

»Ich weiß es nicht.«

Der Seufzer am anderen Ende der Leitung war nicht zu überhören. »Na ja, wir könnten einfach die PENAID-Hauptsteuerung deaktvieren und sie zusammenflicken.«

Stuart blinzelte, während er versuchte, seine wirren Gedanken zu ordnen. Mehrmals ließ er sich Klines Worte durch den Kopf gehen, bevor er ihren Sinn erfasst hatte. »Müssen Sie … Äh …« Er überlegte, wie er den Satz formulieren sollte. »Müssen Sie das gesamte PENAID-Paket entfernen?«

»Nein, Sir. Der Fehler wurde in der Düppel-Ausstoßvorrichtung angezeigt. Wir könnten uns die Hauptsteuerung vornehmen und – nun, wenn Sie das für notwendig halten, könnten wir die Schaltkreise einfach von der Leiterplatte entfernen. In der Vorbereitungsphase werden wahrscheinlich alle Penetrationshilfen als ›nicht-funktionsfähig‹ angezeigt werden, doch Störstrahlen und Jammer werden aktiv sein. Das heißt aber, eine Leiterplatte für zweitausend Dollar hätte danach nur noch Schrottwert.«

Plötzlich löste sich die Blockade in Stuarts verwirrten Gedanken. Mit einem Schlag kam ihm die Erkenntnis. *Es ist ein Test und Kline ist eingeweiht!* Er biss sich auf die Lippen, um sein Lächeln zu verbergen. Sein Gehirn funktionierte wieder einwandfrei. »Wie lange würde es dauern, die Schaltkreise von der Platte zu schneiden?«

»Um den Zusammenbau wieder zu montieren …« Kline holte tief Luft. »Natürlich müssen wir auch die elektronische Nabelschnur für die Kommunikation wieder anschließen – also fünfundvierzig Minuten. Vielleicht mehr, ich weiß nicht genau.«

»Das ist zu lang, Sergeant«, sagte Stuart scharf. Seine Lippen verzogen sich zu einem Lächeln, als er sich vorstellte, wie sich das anhören würde, wenn die Bänder zur Beurteilung abgehört wurden. *Tests zur Bewertung des Zuverlässigkeitsprofils.* Die da oben ließen sich ständig etwas Neues einfallen, weil die Launch-Offiziere ihren Kollegen trotz strengsten Verbots sofort von den Übungen erzählten.

»Also, Sir, ich könnte mit dem Anschließen der elektronischen Nabelschnur sofort beginnen, aber das ist gegen die Sicherheitsvorschriften.« *Aha,* dachte Stuart, *Sicherheit gegen Gefechtsbereitschaft. Guter Trick.* «Wissen Sie«, fuhr Kline fort, »wenn es wegen der statischen Elektrizität beim Einsetzen der PENAID-Platine zu einem Spannungsanstieg kommt ...«

»Wie lange, wenn Sie das Risiko eingehen?« *Logische Problemlösung.* Stuart sah vor seinem geistigen Auge, wie die Jungs von der Personalabteilung seinen Bewertungsbogen ausfüllten.

»Vielleicht fünfundzwanzig, dreißig Minuten.«

»Dann tun Sie es. Ich übernehme die Verantwortung.« Stuart sprach absichtlich eine Nuance tiefer, das wirkte eindrucksvoller.

»Okay, Sir. Äh, Sir, äh ... würden Sie mich bitte auf dem Laufenden halten?«

»Klar doch.« Mit einem zufriedenen Lächeln hängte er auf. Das hatte er gut gemacht. *Den Vogel um jeden Preis in die Luft bringen.*

«Wann ist Nummer acht wieder funktionsfähig?«, erkundigte sich Langford.

Stuart grinste immer noch. »Kline sagt, er braucht etwa eine halbe Stunde.«

Einen Augenblick lang starrte Langford ihn an, dann wandte er sich wieder der Checkliste zu, die sie beide nach dem ersten Alarm durchgegangen waren. Stuart griff nach dem Handbuch, dessen plastikbeschichtete Seiten oben von drei Ringen zusammengehalten wurden. Als wäre nichts geschehen, wandte er sich wieder der ersten Seite zu. *Langford wäre das bestimmt nicht eingefallen,* dachte er selbstzufrieden. *Eins zu null für mich.*

Während er nachlässig die Liste durchging, warf er einen Blick auf die Decke, wo die Personalleute angeblich gern eine Kamera versteckten. Vor ihm auf der Konsole brannten die Kontrolllampen. *Ich wette, wir haben nicht einmal wirklich Zugriff auf die Vögel, dachte er.*

March Air Force Base, Riverside, Kalifornien
11. Juni, 0530 Uhr GMT (2130 Uhr Ortszeit)

»Bereit!« »Bereit!« »Bereit!« Ein Air Force-Soldat nach dem anderen hob den ausgestreckten rechten Arm.

«Bereit!«, brüllte der Technical Sergeant neben Chandler, wobei er den Arm hochriss. Als er ihn wieder sinken ließ, folgten die Männer in der Reihe seinem Beispiel. Während draußen auf der Startbahn die Jets immer noch nahezu ohne Pause abhoben, wandte sich der Technical Sergeant um, ging zu einer Schalttafel, die an einen Sicherungskasten erinnerte, und drückte einen überdimensionalen grünen Knopf.

Der Knopf leuchtete auf, gleichzeitig ertönten in kurzen Abständen Warnsignale. Ein lautes, mechanisches Klicken war zu vernehmen, dem ein tiefes Grollen folgte. Die Wand direkt vor Chandler begann sich langsam, aber stetig zu heben.

Binnen weniger Sekunden lag die ganze Szene auf dem Rollfeld vor ihnen. Im künstlichen Weiß des Flutlichts, das die Nacht zum Tage machte, standen dort acht Flugzeuge. Dutzende von Air Force-Soldaten befanden sich offenbar in hektischer Aktivität.

DELTA, AMERICAN, CONTINENTAL stand auf den schimmernden weißen Rümpfen ihrer Transporter. Die vertrauten Farben und Logos schienen nichts mit ihrer gefährlichen Mission zu tun zu haben. Im Hangar wurden vereinzelte Hochrufe laut. Vermutlich hatten die anderen ebenso wie Chandler weniger komfortable Transportmittel erwartet.

Beim Anblick der Szene, die sich dahinter abspielte, breitete sich jedoch schlagartig Schweigen aus. Eine B-1B, ein strategischer Bomber, raste die Startbahn entlang. Über dreißig Meter lang war die blaue Abgasflamme der vier Triebwerke, die die Nacht mit ihrem Getöse erfüllten. Viele der Männer hielten sich die schmerzenden Ohren zu. Binnen kurzem war das Flugzeug in der Ferne verschwunden und ein weiterer Bomber nahm seinen Platz ein. »Was?«, brüllte der Sergeant in ein Telefon an der Wand neben ihm. In der Ferne wurde das an- und absteigende Heulen von Sirenen laut, das jedoch sogleich von den Triebwerken übertönt wurde.

»Ihre Maschine ist die Delta L-1011 am anderen Ende der ersten Reihe, Major!«, brüllte der Technical Sergeant Chandler zu, wobei er mit der Hand auf das Flugzeug deutete.

»Was ist hier los?«, Chandler schrie jetzt ebenfalls.

Das Gesicht des Mannes blieb völlig ausdruckslos. »Luftangriff, mehr hat er nicht gesagt.«

»Ein Luftangriff? *Hier?*«

Offenbar stand der andere ebenso unter Schock wie Chandler, denn er nickte nur. »Sie sorgen besser dafür, dass Ihre Männer an Bord kommen.«

Chandler sah zu dem Delta-Jet hinüber. Ein großer silberhaariger Mann in Pilotenuniform stand auf dem oberen Treppenabsatz und schwenkte hektisch die Arme in Richtung Hangar. Seiner Kopfbewegung nach zu urteilen war er höchst aufgebracht. Master Sergeant Barnes und First Lieutenant Bailey sahen ihn erwartungsvoll an. Alle warteten. *Warteten auf ihn.*

Er hob den großen Seesack aus tarnfarbenem Stoff, der prall gefüllt war mit der Ausrüstung, die Barnes ihm besorgt hatte. Zum ersten Mal wandte er sich dem Meer von Gesichtern zu, aus dem die Reihe hinter ihm bestand. »Im Laufschritt, Marsch!« Damit wandte er sich ab und begann, die schwere Last geschultert, langsam zu laufen. Aus dem Augenwinkel sah er, dass die Männer und Frauen ihm wirklich folgten.

Obere Atmosphäre, nördlich des Raketenfelds von Kartaly
11. Juni, 0533 Uhr GMT (0533 Uhr Ortszeit)

Die 220 190 Kilogramm schwere russische SS-18 Modell 4 näherte sich dem Ende der Startphase. Mittlerweile befand sie sich in einer Höhe von fast hundert Kilometern über der Erde und fast ebenso weit nördlich ihres Silos. Mit einer Länge von 36,5 Metern und einem Durchmesser von drei Metern kam ihr keine andere Rakete dieser Welt an Sprengkraft gleich. Wenn die letzte Stufe abgeschaltet wurde, würde die Rakete nach dem Trägheitsprinzip auf der energieeffizientesten Flugbahn hoch über die Poleiskappe zu ihrem Ziel direkt östlich von Los Angeles weiterfliegen. Ihre maximale Reichweite von 11 000 Kilometern war damit bei weitem noch nicht ausgeschöpft.

Direkt hinter den Gefechtsköpfen maß der Akzelerometer des Trägheitsnavigationssystems ständig die Beschleunigung des Flugkörpers und rechnete diese in Schätzwerte für zurückgelegte Entfernung und Geschwindigkeit um. Der Bordcomputer übernahm die Schätzungen des Akzelerometers und wartete auf den Moment, in dem Position und Impuls der Rakete die Abschaltung der letzten Stufe erlaubten. Die Berechnungen wurden ständig Position und Geschwindigkeit der Rakete angepasst, doch für den Computer war das ein Kinderspiel. Akzelerometer und Starttriebwerk waren die Schlüsselelemente.

Wenn auch nur eine einzige Staubflocke die Messungen des in Reinraum-Atmosphäre montierten Akzelerometers durcheinander brachte, konnte es zu Abweichungen von hunderten Metern vom vorgesehenen Ziel kommen. Der mit Festtreibstoff betriebene Booster, dessen Vorteil seine schnelle Einsatzfähigkeit war, ließ sich am Ende der Startphase längst nicht so einfach abschalten wie bei den älteren Raketen, die flüssigen Treibstoff verwendeten. Wenn die Brennphase nur eine Tausendstelsekunde zu lang oder zu kurz war, würden die Gefechtsköpfe sechshundert Meter neben dem Ziel einschlagen. Bei gepanzerten Raketensilos und Abschusszentren ein kritischer Wert. Diesmal war das Ziel jedoch die March Air Force Base, die relativ ungeschützt und wesentlich größer war. Kleinere Fehler würden sich daher weniger auswirken.

Jede Komponente bekam nur eine Chance. Wenn die Schätzungen des Akzelerometers dazu führten, dass der Booster abgeschaltet wurde, flog die Rakete wie ein Geschoss nach dem Trägheitsprinzip auf einem lang gestreckten Bogen weiter. Der Booster konnte nicht wieder gestartet werden.

Die Abschaltung erfolgte acht Minuten und dreizehn Sekunden nach Beginn der Antriebsphase. Kurz nachdem das Feuer in den Raketentriebwerken erloschen war, koppelte sich der Gefechtskopf vom Starttriebwerk ab und der lange, schweigende Ritt durch das All begann. Durch tausende Meter voneinander getrennt, rasten auch die übrigen Gefechtsköpfe durch die Dunkelheit auf ihre Ziele zu. Ihre Ladung bestand aus hundertzwanzig Atombomben, von denen jede vierzehnmal mehr Zerstörungskraft besaß als die Bomben von Hiroshima und Nagasaki zusammen. Als sie die weiße Weite von Nowaja Semlja im Norden Russlands passierten, kamen zehn weitere Raketen hinzu, die allesamt lautlos in Richtung Vereinigte Staaten rasten.

Interstate 10, außerhalb der March Air Force Base,
Riverside, Kalifornien
11. Juni, 0534 Uhr GMT (2134 Uhr Ortszeit)

»Das waren die Nachrichten auf ABC Radio. Bleiben Sie bei uns, wir halten Sie auf dem Laufenden. Und jetzt zurück zu unserem normalen Programm.« Die Schmerzen kamen und gingen; im Moment hatte Melissa aber vor allem das Gefühl, sie müsse dringend zur Toilette. »Fünfundvierzig Minuten nonstop Rock'n Roll erwarten Sie. Wir beginnen mit Led Zeppelins ›Whole Lotta Love‹. Bleiben Sie bei Ihrem Classic-Rock-Sender.«

»Suche nach einem guten Gebrauchtwagen ohne Schnickschnack …« Melissa hatte die SCAN-Taste gedrückt.

Als sie die Ausfahrt zum Stützpunkt ausgeschildert sah, drang gerade mexikanische Musik aus dem Lautsprecher. Der Tuner suchte weiter und sie passierte die Abzweigung, wobei sie den Sicherheitsgurt zurechtrückte, der unangenehm gegen ihren Bauch drückte.

»Nein, nein, nein. Der Anrufer hat keine Ahnung. Präsident Livingston hat nicht mal genug Rückgrat, um einem Vertreter die Tür zu weisen, geschweige denn, dass er unser Land in den Krieg führen würde. Nein, die Nordkoreaner werden ein paar Versprechungen machen und …«

Melissa fuhr an den massigen Gebäuden der Basis vorbei. Wie nah sie David doch war. Er würde stets an ihrer Seite sein.

»… Quellen in Moskau sprechen von Explosionen direkt südlich der Stadt. Wir schalten jetzt über Telefon zu John McDonald in Moskau. John?« Melissa drückte hastig die Taste, um den Suchlauf zu unterbrechen.

»Vor nicht einmal fünfzehn Minuten erhellten die Explosionen den Morgenhimmel über Moskau, Peter. Beim ersten Treffer habe ich noch geschlafen. Bei der zweiten Explosion, die sich wesentlich näher bei meiner Wohnung ereignete, wäre ich fast verletzt worden. Die Scheiben meiner Wohnung an der Woksalnaja Ulitsa im Südwesten der Stadt zerbarsten. Als ich auf den Balkon trat, sah ich drei, ich wiederhole: drei pilzförmige Wolken südlich und östlich meines Standorts. in den betroffenen Stadtteilen breiteten sich überall Feuer aus.«

»John«, unterbrach der Radiosprecher, »John, besteht für Sie auch nur der geringste Zweifel, dass es sich um Atomexplosionen handelte?«

»Nein, Peter.« Der Moskauer Korrespondent war hörbar erschüttert. »Ich bin mit dem Telefon so weit gegangen, wie die Schnur reicht, und kann von hier aus einen der Pilze sehen. Obwohl bereits fünfzehn Minuten vergangen sind, hat die Wolke ihre Form praktisch bewahrt. Das allein sagt Ihnen schon, wie groß sie ist. Sie reicht buchstäblich vom Boden bis in den Himmel und hat ein großes, rundes Loch in die niedrige Wolkendecke gerissen, die in den letzten Tagen über Moskau hing. Erst jetzt zeigt die Wolke Anzeichen von

Bewegung. Wie eine riesige Gewitterwolke wird sie vom Wind weggetrieben. Soweit ich das einschätzen kann, entfernt sie sich damit vom Moskauer Stadtzentrum.«

»Großer Gott.« Melissas Haut kribbelte, Tränen traten ihr in die Augen.

»Haben Sie irgendeine Vorstellung, was da los ist, John?«

»O mein Gott, mein Gott.« Melissa brachte kaum ein Quietschen hervor, die Panik schnürte ihr die Kehle zu.

»Nein, Peter, überhaupt keine.«

Hupend raste ein Mercedes an ihr vorbei. Vor ihr ordnete sich die große Limousine wieder in den dichter werdenden Verkehr ein.

»Wie ich sagte, ich wurde von der Explosion geweckt. In Moskau senden im Moment weder Radio noch Fernsehen. Natürlich befindet sich Russland mit der Atommacht China im Krieg.«

Ein hohes, durchdringendes Heulen unterbrach das Gespräch. Es schien kein Ende nehmen zu wollen. Niemand erklärte, was der Ton bedeutete, keine Aufzeichnung wies darauf hin, dass es sich um einen Test handelte. Das war auch überflüssig. Der Ton war allen vertraut. Melissa hatte ihn in ihrer Kindheit und Jugend immer wieder gehört, sie brauchte keine Erklärung. Sie trat das Gaspedal durch und der Mazda beschleunigte mühelos auf hundertsiebzig Stundenkilometer. Das Dröhnen des Motors übertönte den Warnton aus dem Radio.

Zentrale des Frühwarnsystems vor ballistischen Interkontinentalraketen des NORAD, Thule, Grönland
11. Juni, 0538 Uhr GMT (0038 Uhr Ortszeit)

Der erste schmale Energiekegel, den der riesige Radarsender abstrahlte, glitt in einer geraden Linie über den Horizont nach Norden, bis er hoch über dem Polarkreis den Himmel über dem nördlichen Russland erreichte. Für den Bruchteil einer Sekunde erfasste er den schlanken Zylinder, der die äußersten Schichten der Erdatmosphäre durchpflügte. Wie winzige Kugeln prallten die Energiebündel vom Rumpf der Rakete ab.

Einige der winzigen Energiepakete wurden direkt zurückgeschleudert. Nur einen Augenblick später kollidierten sie an weit auseinander liegenden Punkten mit der fußballfeldgroßen Phased-Array-Antenne des Radars. Die winzigen registrierten Energiemengen reichten aus, um sich von der Hintergrundenergie abzuheben, die im Rechenzentrum des Radars automatisch herausgefiltert wurden. Die Antenne verzeichnete eine Rückmeldung.

Einen Augenblick später erfasste der zweite Energiekegel, dessen Kurve nur um Sekundenbruchteile höher verlief als die des ersten, dieselbe Rakete in einer Höhe von mehreren hundert Metern über dem Punkt der ersten Registrierung.

Die Rechner konnten nun mit zwei Punkten im All und dem Zeitintervall dazwischen arbeiten. Sie berechneten Position, Richtung und Geschwindigkeit der Rakete sowie den ungefähren Zielbereich. Der gesamte Prozess von der Energieübertragung bis zur Berechnung der Daten erfolgte praktisch ohne zeitliche Verzögerung. Sofort erschien die Information auf den Anzeigetafeln des NORAD, der drei anderen US-Kommandozentralen und des kanadischen Verteidigungsministeriums in Ottawa. Überall flackerten Warnlichter auf und heulten Sirenen.

An Bord von NIGHTWATCH, *über Maryland*
11. Juni, 0540 Uhr GMT (0040 Uhr Ortszeit)

»Ich bin mir immer noch nicht sicher«, sagte der Präsident. »Ich weiß einfach nicht, was ich tun soll.« Er schüttelte den Kopf. »Wo genau befinden sich die Ziele der Raketen?«

»TELINT, also die auf Telemetrie basierende Aufklärung, lässt in diesem Stadium nur Rückschlüsse auf das allgemeine Zielgebiet zu.« General Starnes tippte mit seinem Stift auf den Monitor, der in die Wand des Konferenzraums eingelassen war. Der Bildschirm zeigte blaue, rote und grüne Linien und Symbole, von denen einige blinkten. Eines war klar: Die Karte zeigte Nordamerika und die Bereiche, die der General mit seinem Füller einkreiste, befanden sich allesamt auf dem Gebiet der Vereinigten Staaten.

»Wir haben von CINCNORAD eine Schätzung der höchsten Wahrscheinlichkeitsstufe erhalten. Der Antriebsphase nach zu urteilen, sollen die Flugkörper unsere Raketen-, Unterseeboot- und Bomberbasen, die Radaranlagen sowie Kommando- und Kontrollzentren zerstören. Der Schlag soll uns daran hindern, einen Atomkrieg zu führen, er richtet sich aber nicht in erster Linie gegen die Bevölkerung beziehungsweise Städte und Industriezentren.«

»Wie viele sind es jetzt?« Die Frage schien den Präsidenten zu verzehren. *Wie oft hat er das schon gefragt!*, dachte Lambert.

»Wir haben zweihundertsiebzig durch Radar bestätigte sowie nahezu tausend nicht bestätigte Meldungen«, las Starnes vom Monitor ab. »Sie müssen davon ausgehen, dass alle bestätigt werden. Den ausgebrannten Raketenzylindern nach zu schließen, wurden fünf Typen abgeschossen: SS-17, 18, 19, 24 und 25. Die SS-17 ist mit vier Gefechtsköpfen ausgestattet, die SS-19 mit sechs und die anderen mit zehn. Alle Mehrfachsprengköpfe haben eine Sprengkraft von drei- bis vierhundert Kilotonnen. Die SS-18 Modell 1 hat nur einen Gefechtskopf mit einer Sprengkraft von fünfundzwanzig Megatonnen, aber wir wissen nicht, wie viele davon abgefeuert wurden. Aufgrund ihrer Durchschlagskraft nehme ich an, dass sie für unsere verbunkerten Kommandozentralen bestimmt sind. Wenn FOBS-Raketen abgeschossen wurden, die über den Süd- statt über den Nordpol fliegen, werden wir erst in einigen Minuten Meldung erhalten.«

»Aber was bedeutet das alles?«, wollte der Präsident wissen. »Was wird geschehen?« Unruhig senkte er den Blick, richtete die Augen auf die Wand und dann wieder auf den Tisch, ohne den im Raum Anwesenden in die Augen zu sehen.

»Mr. President.« Lambert sprach betont langsam, um die

Mauern zu durchbrechen, die der Präsident offenbar um sich errichtet hatte, damit er der Wahrheit nicht ins Auge sehen musste. »Über tausend Gefechtsköpfe mit einer Sprengkraft von insgesamt sechs- oder siebenhundert Megatonnen werden auf dem Territorium der Vereinigten Staaten einschlagen.«

Das Schweigen, das seinen Worten folgte, lastete schwer über dem Raum.

»Wann?« Die Stimme des Präsidenten, der immer noch auf den Tisch starrte, klang gebrochen.

»In fünfundzwanzig Minuten, Sir«, erwiderte General Starnes nach einem Blick auf den Bildschirm. »Wir müssen den Befehl für den Einsatz der Atomwaffen drei, besser noch fünf oder sechs Minuten vor dem Aufschlag erteilen. Danach könnten unsere Raketen durch die Explosion beschädigt werden.«

»Wie schlimm ... wie schlimm wird es werden?« Die Stimme des Präsidenten bebte, während er sein Gesicht in den Händen verbarg.

General Thomas sah den Verteidigungsminister an.

»Nun, wie gesagt, Sir«, Starnes gestikulierte mit den Händen, obwohl der Präsident ihn gar nicht sehen konnte, »CINCNORAD, das Oberkommando des Luftabwehr-Kommandos Nordamerika, sollte die PARCS-Werte, die Rückschlüsse auf den Umfang des Angriffs erlauben, in Kürze erhalten und wird uns dann seine Einschätzung der Lage mitteilen. Allerdings bleibt anschließend nicht mehr viel Zeit zu reagieren.«

Lambert schluckte. Seine Kehle war wie ausgedörrt. *Es ist so schlimm, dass Starnes die Frage gar nicht beantworten kann.*

«Sir«, mischte sich der Verteidigungsminister ein, »ich muss sagen, dass ich Mr. Lambert nur zustimmen kann. Ich denke, Sie sollten den Befehl zum Abschuss der Atomraketen erteilen. Die eingegangenen taktischen Warnungen sind mit Sicherheit ausreichend für einen Einsatz strategischer Nuklearwaffen gemäß Direktive Nr. 14 des Kongresses bezüglich der Vollmachten für atomare Kriegsführung, die 1972 in geheimer Abstimmung verabschiedet wurde. Binnen kurzem werden wir durch die erste Welle russischer Raketen einen Großteil unserer Streitkräfte verlieren. Entweder feuern wir jetzt ... oder es ist zu spät, Mr. President.«

Die Tür öffnete sich und ein Air Force-Soldat überbrachte General Thomas die Meldung: »Sir, General Rasow auf Leitung eins.«

Nach einer Pause fragte der Präsident: »Woher weiß der überhaupt, wo wir sind?«

»Wahrscheinlich hat er es bei der Telefonzentrale im Weißen Haus versucht.« Thomas beugte sich vor, drückte jedoch erst auf den blinkenden Knopf, nachdem allgemeine Ruhe eingekehrt war. »General Rasow?«

»General Thomas, meinem Land ist ein tragischer Fehler unterlaufen. Wie Sie inzwischen sicher wissen, wurden landgestützte Raketen auf die USA abgefeuert. Verantwortlich dafür ist General Zorin, ein Verrückter, der die Atomkodes in seine Gewalt gebracht hat. Wir taten alles, was in unserer Macht stand, um ihn aufzuhalten, und werden ihn in Kürze in Gewahrsam nehmen. Doch es ist uns nicht gelungen, diese entsetzliche Barbarei zu verhindern, und dafür werden wir für immer vor der Menschheit schuldig sein.«

»General Rasow.« Präsident Livingston schien plötzlich zu neuem Leben erwacht. »Hier spricht der Präsident der Vereinigten Staaten. Haben Sie gerade gesagt, es handelt sich um einen *Irrtum*?«

»Ja, Sir. Um einen Irrtum mit entsetzlichen Folgen, aber dennoch um einen Irrtum.«

»Das bedeutet, dass Sie keine Ihrer verbleibenden Waffen auf unser Land abfeuern werden und auch sonst keine feindlichen Handlungen gegen uns unternehmen werden?«

»Auf gar keinen Fall, Mr. President! Wir haben nicht den geringsten Grund zur Feindschaft gegenüber Ihrer Person, Ihrem Volk oder Ihrer Nation. Wir sind Freunde, Verbündete. Von den Streitkräften Russlands werden von diesem Augenblick an keinerlei feindselige Handlungen mehr ausgehen.«

Bevor der Präsident antworten konnte, stand Lambert auf und drückte die Stummschaltung. »Mr. President, ich rate Ihnen dringend, das Gespräch sofort zu beenden.«

»Aber warum? Wir können doch eine Lösung finden. Er sagte, es war ein Irrtum!«

»Mr. President.« Lambert bemühte sich, so kühl wie möglich zu klingen, um seinen Worten den nötigen Nachdruck zu verleihen. »In zweiundzwanzig Minuten wird diese Nation auf einen Schlag mehr Menschen verlieren als jemals zuvor in ihrer Geschichte. Darauf gibt es nur eine vernünftige Reaktion: Wir müssen die verbleibenden Streitkräfte Russlands zerstören, bevor wir erneut beschossen werden.«

»Aber ... aber Sie haben es doch gehört ...« Der Präsident wollte nicht aufgeben. »Es war ein Irrtum. Greg, Sie sollten doch der Erste sein ... Sie kennen diese Leute. Glauben Sie, Rasow will uns austricksen?«

»Das ist völlig unerheblich. Ob es nun Absicht oder ein Unfall war, wir befinden uns im Krieg.«

»General Thomas?«, fragte Rasow über den Lautsprecher. »Präsident Livingston?«

»Uns bleiben noch zweiundzwanzig Minuten für unsere Entscheidung.« Lambert sprach betont langsam. »Mr. President, wir haben zu tun.«

General Fuller von den Marines meldete sich zu Wort. »Mr. President, Rom brennt und wir verschwenden hier unsere Zeit mit diesem Mistkerl.«

»Sir«, sagte der Verteidigungsminister, auf den sich sofort die gesamte Aufmerksamkeit richtete. »Dieser Angriff wird für unsere Nation schwerwiegende Folgen haben. Bedenken Sie, wie es wirken würde, wenn wir uns wenige Minuten vor der Zerstörung eines Großteils unserer Bodenraketen überreden ließen, auf einen Vergeltungsschlag zu verzichten.«

Der Präsident senkte erneut den Blick. »Also bleibt mir keine Wahl. Ich kann es nicht verhindern.« Er holte tief Atem und sank dann noch tiefer als zuvor in seinem Sitz zusammen. Sein Gesicht war aschfahl. Er nickte Lambert zu und bedeutete ihm, die Stummschaltung zu deaktivieren.

»General Rasow«, sagte er dann mit einer Stimme, die aus weiter Ferne zu kommen schien. »Wir erwarten, dass Sie sich an Ihre Zusage halten, auf alle weiteren feindlichen

Handlungen gegen unser Land zu verzichten. Leben Sie wohl.«

»Mr. Presi…« Doch Lambert hatte die Leitung unterbrochen.

Langes Schweigen folgte. Dann sagte der Verteidigungsminister: »Walter – es ist Zeit.«

»Ich weiß nicht, ich weiß wirklich nicht.« Mit den Händen fuhr sich der Präsident wild über das Haar und zerstörte seine sonst so gepflegte Frisur. Er schüttelte den Kopf.

»Verdammt, Sir!«, brach es aus Starnes heraus. »Wenn wir die ballistischen Interkontinentalraketen verlieren, haben wir keine Möglichkeit mehr, deren ICBMs zu vernichten. Die seegestützten Raketen sind schon in Ordnung«, sagte er in Richtung des Oberkommandierenden der Marine, »aber für diese Aufgabe besitzen sie nicht die nötige Genauigkeit und Leistungsfähigkeit. Außerdem haben wir gar nicht genug davon.«

Lambert atmete tief durch. »Sir, es besteht die Möglichkeit, dass die Russen, nachdem wir unsere gesamten ICBMs, unsere Bomberstützpunkte, unser Luftabwehrsystem und unsere Kommandozentralen verloren haben, ihre verbleibenden Kräfte während der folgenden Stunden in Bereitschaft versetzen und erneut feuern. Diesmal würde es sich um sekundäre und tertiäre Ziele handeln. Das ist alles, was für uns strategischen Wert besitzt, also sowohl militärische Einrichtungen als auch Industrieanlagen. Die Zahl der Toten würde nicht nur in die Millionen gehen, sondern ein Vielfaches davon, vielleicht bis zu hundert Millionen betragen. Als militärische und wirtschaftliche Weltmacht wären wir damit erledigt. Im Falle eines russischen Zweitschlags müssten Sie den Abschuss der seegestützten Raketen genehmigen. Ziel wären dann mit Sicherheit nicht mehr abgelegene ICBM-Basen der Russen – wir müssten Ihnen den Beschuss der Ballungsgebiete von St. Petersburg und Moskau empfehlen und das ist eine wahrhaft apokalyptische Vorstellung.«

Der Präsident sprach nicht und handelte nicht. »Achtzehn Minuten, Sir«, erinnerte ihn Starnes ruhig.

Für einen Augenblick saß der Präsident bewegungslos

auf seinem Stuhl. Dann erhob er sich zur allgemeinen Überraschung und ging zur Tür. »Ich bin in ein paar Minuten zurück.«

Die Stabschefs blickten einander kopfschüttelnd an.

»Verdammte Scheiße! Zehntausende meiner Männer und Frauen bereiten sich in diesem Moment auf ihrem Posten auf den Tod vor! Wir wissen doch alle genau, wohin dieser Mistkerl geht«, sagte Starnes.

»Herr Minister«, mischte sich General Thomas ein, »wenn er nicht in« – er warf einen Blick auf die Uhr – »zwei Minuten zurück ist, werde ich Sie bitten, das Kabinett zu befragen und den Präsidenten für inkompetent zu erklären. Das sollte uns genügend Zeit verschaffen, um …«

»General Thomas!«, unterbrach ihn der Verteidigungsminister in scharfem Ton. »Wenn ich noch mehr solches Gerede höre, werde ich Sie alle miteinander unverzüglich Ihres Kommandos entheben! Das gilt für alle hier!«

»Ihr Quartier befindet sich direkt hier, Sir.« Der Geheimagent deutete auf eine Tür mit dem Schild »BITTE ANKLOPFEN«.

Als Walter Livingston die Tür öffnete, sah er die First Lady, die sich auf dem unteren Bett ausgestreckt hatte. Sofort setzte sie sich auf. Er schloss die Tür hinter sich und wandte sich zu ihr.

»Walter?« Als er ihr nicht in die Augen sehen konnte, erhob sie sich und ging zu ihm, um ihn in die Arme zu schließen. »Schatz, ich habe es gehört.« Sie tätschelte ihm den Rücken. »Ich weiß von dem russischen Angriff. Jemand von der Besatzung hat es mir erzählt.« Ihre Hände strichen über seinen Nacken. Kopfschüttelnd schmiegte er sich an sie. »Was ist los, Walter? Geht es dir gut?« Er konnte nicht antworten. »Was ist?« Als er noch immer nichts sagte, schob sie ihn zu dem Stuhl vor dem kleinen Schreibtisch der Kabine und stellte sich hinter ihn, um seine Schultern zu massieren. »Warum erzählst du mir nicht, was los ist?«

Mit geschlossenen Augen schüttelte der Präsident den Kopf. »Walter«, bat sie sanft.

»Ich habe einen entsetzlichen Fehler begangen, Margaret. Einen Fehler, der Millionen von Menschen das Leben kosten wird.« Nur für einen winzigen Augenblick hielten ihre Hände in der Bewegung inne, doch in diesem Moment wusste er, dass ihm weder seine Frau noch sonst jemand helfen konnte. Im Grunde war er allein. Es war einzig und allein sein Fehler. Ihre Hände massierten erneut seine Schultern. »Was ist geschehen?«

Er wandte sich um, nahm sie bei der Hand und zog sie sanft auf das Bett. »Ich habe Moore veranlasst, die Chinesen anzurufen, um sie vor dem russischen Angriff zu warnen.«

»Und?«

»Das gab den Chinesen Zeit, die Russen zu beschießen, was wiederum deren Angriff gegen uns auslöste.«

Erleichtert seufzte sie auf. Ihre Hand ruhte auf ihrer Brust, aber sie wirkte sichtlich entspannter. Erst jetzt wurde ihm klar, wie beunruhigt sie gewesen sein musste. »Walter, ist das alles? Ist das deine größte Sünde?«

Einen Augenblick lang starrte er sie an. Ihre Reaktion beruhigte ihn, obwohl er wusste, dass sie immer noch keine Ahnung hatte, was ihnen bevorstand. »Aber deswegen bin ich nicht hier.« Margaret richtete sich auf und wartete, wie sie es immer tat. »Ich muss entscheiden, ob wir zurückschlagen. Viel Zeit bleibt mir nicht, nur ein paar Minuten.«

Ihre Augen richteten sich in die Ferne. »War ihr Angriff ein Irrtum? Ein verhängnisvoller Fehler?«

»Wahrscheinlich. Ja.«

»Und wird er …? Wie schlimm wird es werden?«

»Entsetzlich. Auf unsere gesamten Basen wird ein Hagel von Raketen niedergehen.«

»Aber die Städte sind nicht betroffen?«

»Nein, noch nicht.«

Wieder blickte sie schweigend in die Ferne. Er sah sie an und wartete – wie immer. Nie hatte sie eine Entscheidung für ihn getroffen, auch wenn seine Gegner und manche Kabarettisten das gerne glauben wollten. Das war nicht nötig, sie waren immer einer Meinung. Ihre Überzeugung entsprach stets dem, was er tief in seinem Herzen für richtig hielt. Aber er wollte es hören. Er brauchte eine Person, die ihm bei seinen wichtigen Entscheidungen beistand, die ihm half, die Verantwortung zu tragen. »Soll ich zurückschießen, Margaret?« Ein Ausdruck tiefen Mitgefühls lag auf ihrem Gesicht, als sie die Augen zu ihm hob. Wie unter einer schweren Last neigte er den Kopf. Ohne ein Wort zu sprechen, hatte sie ihm eine klare Antwort gegeben.

»Ist er da drin?«, fragte Lambert.

Als der Geheimagent nickte, klopfte Lambert an der Tür.

»Wer ist da?«, hörte er die gedämpfte Stimme der First Lady fragen.

»Greg Lambert, Ma'am.«

»Kommen Sie rein.«

Lambert öffnete die Tür. Präsident und First Lady saßen einander an einem kleinen Schreibtisch in dem spartanisch eingerichteten Raum gegenüber. »Vierzehn Minuten, Mr. President.«

Die First Lady blickte ihren Ehemann an und tätschelte ihm die Hand. »Es ist Zeit, Liebster.«

»Bist du sicher? Ist es wirklich die richtige Entscheidung?«

»Das weißt du doch selbst, Walter.« Sie beugte sich vor und legte die Hand an seine Wange.

Lambert wandte sich ab. An der Tür holte ihn der Präsident ein, um mit ihm zum Konferenzraum zu gehen. Forschend blickten die Soldaten, die sie passierten, dem Präsidenten in das eingefallene Gesicht. Als sie die Tür zum Konferenzraum fast erreicht hatten, blieb der Präsident stehen und drehte sich zu Lambert um. Seine Augen wirkten gebrochen. *Er ist am Ende,* dachte Lambert.

»Mein ganzes Leben lang habe ich davon geträumt, Präsident zu sein, Greg.« Sein bleiches Gesicht wirkte krank. »Aber ich hätte nie erwartet …« Er schüttelte den Kopf. »Mit dieser Situation hätte ich nie gerechnet.«

General Thomas kam aus dem Raum und meldete: »Wir bekommen gerade den Lagebericht von CINCNORAD.«

Der Präsident wandte sich ab und ging in den Konferenzraum. Lambert folgte ihm.

»Wir sind alle da, Al«, sagte Thomas in Richtung Freisprecheinrichtung. »Fangen Sie an.« Während General Wilson die ersten Worte sprach, hielt Thomas erst zehn, dann drei Finger in die Höhe. Dreizehn Minuten, bedeutete er dem Präsidenten damit.

»Okay«, sagte General Wilson über den Lautsprecher. »Es handelt sich offenbar um einen klassischen Schlag gegen militärische Einrichtungen, aber mit einer miserablen Zielplanung. Der Plan wimmelt nur so von Löchern und die Abstimmung ist unter aller Kanone. Etwa siebzig Gefechtsköpfe befinden sich im Anflug auf das 341. Strategic Missile Wing in Malmstrom, je zweihundertdreißig auf das 312. in Grand Forks und das 91. in Minot und zweihundertsiebzig auf Warren. Davon werden vor allem Minutemen III und Peacekeeper betroffen sein.«

»Wo befinden sich diese Basen?« Der Präsident hatte sich wieder gefangen und saß sehr aufrecht auf seinem Stuhl.

»Malmstrom ist in Montana, Grand Forks und Minot befinden sich in North Dakota und Warren in Wyoming. Noch zwölf Minuten, Sir.« Starnes' abschließende Worte klangen wie ein Tadel dafür, dass der Präsident wertvolle Zeit verschwendete.

»Dann wären da die Bomber- und Tankerstützpunkte des Lufteinsatzkommandos«, fuhr General Wilson fort. »Je etwa ein Dutzend Gefechtsköpfe sind unterwegs nach Blytheville in Arkansas, March in Kalifornien, McConnell in Kansas, Loring in Maine, Sawyer und Wurtsmith in Michigan, Whiteman in Missouri, Griffis im Norden des Staates New York, Ellsworth in South Dakota, Carswell und Dyess in Texas und Fairchild in Washington State. Da auch Grand Forks und Minot zu den Zielen gehören, werden alle unsere CONUS-Bombergeschwader sowie die wichtigsten Basen der FB-111, B-1B, B-2, B-52G und B-52H betroffen sein. Inzwischen befinden sich die meisten unserer Maschinen in der Luft, aber wir werden von Ausweichbasen beziehungsweise unseren Basen in Übersee aus operieren müssen. Außerdem werden Versorgung, Wartung und Wiederbewaffnung nur eingeschränkt möglich sein.«

»Entschuldigen Sie«, sagte der militärische Verbindungsoffizier am anderen Ende des Tisches, der sich bis dahin mucksmäuschenstill verhalten hatte. »Soll ich …?« Er legte beide Hände auf das Kombinationsschloss des schwarzen Lederkoffers.

»Öffnen Sie ihn«, befahl Thomas, während Wilson im Hintergrund weitersprach.

»Weiterhin werden die Basen unserer Boomer-Unterseeboote beschossen«, fuhr Wilson fort, während Lambert hörte, wie im Hintergrund der Reißverschluss des Lederkoffers geöffnet wurde. »Jeweils acht bis zehn Gefechtsköpfe sind unterwegs nach New London, Connecticut, Bremerton, Washington, Kings Bay, Georgia und Charleston, South Carolina. Norfolk und San Diego stehen zwar nicht auf der Liste, werden aber möglicherweise durch die seegestützten Langstrecken-Marschflugkörper abgedeckt. Unsere C3 – Befehle, Steuerung und Kommunikation – sind ebenfalls Ziel des Angriffs. Acht Raketen sind zum Cheyenne in Colorado Springs unterwegs, drei zum Raven Rock an der Grenze zwischen Pennsylvania und Maryland und zwei zum Hauptquartier des Lufteinsatzkommandos in Offut. Entweder waren Washington, D.C., Mount Weather und Greenbriar nicht als Ziele vorgesehen oder es ist etwas schief gegangen.«

»Was ist mit unseren Frühwarn-und Luftabwehrsystemen?«, wollte General Thomas wissen.

Wilson klang, als würde er eine Einkaufsliste verlesen. »Jeweils ein bis fünf Gefechtsköpfe für Elmendorf und Shemya in Alaska, Beale und Vandenberg in Kalifornien, Falcon in Colorado, Robins in Georgia, Kaena Point auf Hawaii, den Air Force-Stützpunkt der Nationalgarde in Otis, Massachusetts, Goodfellow in Texas und McChord in New York State. Dazu kommen zwei Gefechtsköpfe, die auf Griffis in New York State abgeschossen wurden, sowie zwei für Thule in Grönland, das einzige Ziel außerhalb der Vereinigten Staaten.«

»Das könnte auf einen zweiten Schlag mit Bombern und seegestützten Raketen hindeuten«, erklärte Thomas flüsternd dem Präsidenten, der, ohne eine Regung zu zeigen, lauschte.

»Tut mir Leid, aber der Aufschlag wird voraussichtlich in elf Minuten erfolgen«, sagte General Wilson über den Lautsprecher. »Ich muss mich beeilen. Etwa zwanzig Gefechtsköpfe passen in kein Schema. Drei von ihnen werden Hunderte von Kilometern vor der Küste im Meer niedergehen, einer südlich von Mississippi im Golf von Mexiko. Die anderen sind ein Geheimnis. Manche werden mit Sicherheit in großer Höhe als elektromagnetische Pulse Bursts enden, aber bei den Übrigen sieht es so aus, als handelte es sich schlicht und einfach um Fehlschläge, die noch nicht einmal zünden werden – zumindest hoffe ich das.«

»Al«, meldete sich General Starnes, »hier ist Bill.«

»Hallo, Billy.« Wilsons Anrede klang merkwürdig vertraulich.

Es entstand eine kurze Pause, während der Starnes den Kopf senkte und wieder hob. »Wie sehen die Gesamtzahlen aus, Al?«

»Tausendeinhundertzweiundzwanzig Gefechtsköpfe insgesamt«, sagte Wilson und wiederholte: »Eins eins zwei zwei.«

»Danke, Al«, sagte der Verteidigungsminister und die Stabschefs folgten seinem Beispiel. »Es handelt sich nicht um einen strategischen Angriff, Mr. President«, erläuterte der Minister. »Das Ziel ist weder, uns generell an der Kriegsführung zu hindern, noch unsere Bevölkerung zu vernichten. Wie angenommen, handelt es sich um einen Schlag gegen militärische Einrichtungen, der sich gegen unsere Atomstreitkräfte richtet.«

»Irgendwelche seegestützten Langstrecken-Marschflugkörper oder Cruisemissiles?«, erkundigte sich Admiral Dixon, der Oberkommandierende der Marine.

»Bis jetzt handelt es sich ausschließlich um ICBMs«, antwortete Wilson. »Noch nicht einmal Bomberaktivität wurde verzeichnet. Das könnte die miserable Zielplanung erklären.

Die zahlreichen Lücken hätten eigentlich – und werden es möglicherweise noch – durch Backfire-Bomber, seegestützte Raketen sowie land- und luftgestützte Cruisemissiles geschlossen werden sollen.«

»Noch zehn Minuten«, mahnte Thomas.

»Und die könnten durchaus noch unterwegs sein«, erinnerte der CNO, der Oberkommandierende der Marine. »Die sieben ins Wasser geschossenen Gefechtsköpfe sollen eindeutig unsere Sensoren irritieren, bevor ihre Boomer in Aktion treten.«

»Was soll das schon wieder heißen?« Der Präsident war sichtlich verwirrt.

»Die russischen Unterseeboote liegen zum Großteil in Verteidigungsbastionen«, erklärte Admiral Dixon. »Das sind Operationsbereiche direkt vor den Häfen von Kalina und Murmansk in der Karasee, die durch Marineeinheiten und Einheiten der Luftstreitkräfte mit kombinierter Bewaffnung geschützt werden. Sie versuchen jedoch, heimlich ein paar Unterseeboote herauszuschmuggeln, um näher an uns heranzukommen und damit die Flugzeit zu verkürzen. Allerdings wissen wir genau, wo sich zwei Drittel von ihnen befinden. Unter DEFCON 1 werden die nicht einen einzigen Schuss abgeben können und genau auf dieser Alarmstufe befinden wir uns seit zwanzig Minuten. Um die Übrigen kümmern sich unsere P-3 und P-7, die mit einem Bauch voller Torpedos ausgelaufen sind und nur darauf warten, dass wir ihnen die Koordinaten durchgeben. Aufgrund der Explosionen im Wasser müssen wir jedoch warten, bis sie die Oberfläche durchbrechen, weil wir vorher nicht die entsprechende Auflösung erhalten.«

»Mr. President«, unterbrach Lambert, »wie lauten Ihre Befehle?«

»Unsere Röhren sind geflutet und einsatzbereit«, verkündete der CNO. »Ich würde vorschlagen, wir zerlegen die Mistkerle, die wir im Visier haben, in ihre Bestandteile.«

»Ich muss Schluss machen«, unterbrach ihn General Wilsons Stimme.

Der Präsident meldete sich zu Wort. »Bitte halten Sie

mich über die Vorgänge draußen auf dem Laufenden, General. Melden Sie sich, sobald die ersten Berichte eingehen.«

»Ich …« Die Stimme aus dem Lautsprecher klang ungewohnt zögerlich. »Ich fürchte, das war's für mich, Mr. President. Im Namen von uns allen darf ich sagen, dass es eine Ehre war, Ihnen zu dienen. Alles Gute für Sie alle. Wir sehen uns in der Hölle, Billy.« Es klickte in der Leitung, dann war die Verbindung tot. Offenbar wollte General Wilson den Zuhörern eine Antwort ersparen.

Starnes, der hinter dem Verbindungsoffizier stand, schien leicht zusammengesunken zu sein. *Wilson und er sind Freunde,* wurde Lambert plötzlich klar.

»Neun Minuten, Mr. President. Es ist Zeit – jetzt«, erklärte General Thomas entschlossen. »Auf jeden unserer ICBM-Silos, auf jede Abschussbasis sind etwa zwei Gefechtsköpfe gerichtet. Wenn wir diese Waffen nicht *jetzt sofort* einsetzen, haben wir sie verloren.«

»Ich habe meine Entscheidung bereits getroffen.« Der Präsident hob den Blick. »Wie sehen meine Optionen aus?«, erkundigte er sich nach einer langen Pause.

Hastig nahm General Starnes die drei schwarzen Ringbücher an sich, die der Verbindungsoffizier aus der Tasche – dem berühmten »Football« – genommen hatte und legte sie zwischen Lambert und dem Präsidenten auf den Tisch.

»Haben Sie Ihre Kode-Karte, Sir?«, erkundigte sich Thomas, während Lambert die Aufschriften auf den Deckblättern las. »Verfahrensanweisung für den Einsatz der Rundfunksysteme im Notfall«, »Präsidiale Einrichtungen für den Notfall« und dann das Buch, dessen Bedeutung alles andere in den Schatten stellte: »Nukleare Einsatzbefehle – SIOP-6C«.

»Hier ist eine«, meldete der Verbindungsoffizier, der in der nahezu leeren Tasche herumsuchte.

»Ich habe meine bei mir.« Der Präsident fischte seine Brieftasche aus der hinteren Hosentasche, entnahm ihr eine Karte, die in den Farben Blau, Rot und Schwarz gehalten war, und reichte sie General Thomas. Der entfernte das goldfarbene Klebeband am unteren Rand und las den Kode vor. »Alpha Tango fünf sieben sechs Bravo.« Der Stabschef der Air Force wiederholte den Kode in das »goldene Telefon« hinein, über das die Vereinigten Stabschefs ihre Leute in Alarmbereitschaft versetzten. Über den Lautsprecher des Telefons war zu hören, wie der Oberkommandierende des Lufteinsatzkommandos, dessen Zentrale sich an Bord eines Flugzeugs befand, den Kode an die leitenden Controller weitergab. Sein zum Tode verurteilter Stellvertreter auf der Galerie über dem riesigen Hauptquartier des ACC in Omaha folgte seinem Beispiel.

»Authentifiziert!«, meldeten beide nahezu gleichzeitig.

»Okay, Mr. President.« Mit bedächtigen Bewegungen öffnete General Starnes das »Schwarze Buch« mit den rot gedruckten Optionen für den Atomschlag. »Uns bleiben noch acht Minuten. Sie haben soeben die Freigabe der Atomwaffen durch die entsprechenden Kommandozentralen autorisiert. Nun benötigen wir eine Emergency Action Message, das heißt den Einsatzbefehl für die Atomwaffen. Der Single Integrated Operational Plan 6C beinhaltet zwölf nukleare Ausführungsanweisungen, die in die Optionen Angriff auf breiter Front, ausgewählte Ziele, begrenzte Ziele und regionale Ziele unterteilt sind. Diese Optionen untergliedern sich wiederum nach den ausgewählten Zielen: militärische Einrichtungen, andere militärische Ziele einschließlich der militärischen Führung und wirtschaftliche Ziele. Außerdem gibt es die Option ›Bevölkerung schonen‹. Von den im SIOP vorgesehenen sechstausend Gefechtsköpfen werden normalerweise nicht alle abgeschossen. Das klingt beeindruckend, Sir, aber vor den START-Verträgen arbeiteten wir mit ganz anderen Zahlen.«

»Was würden Sie empfehlen?«, fragte der Präsident.

»Einen Angriff auf breiter Front«, gab Starnes zurück. »Da weder unsere größeren Städte noch unsere wirtschaftliche Infrastruktur angegriffen wurden, empfehle ich, dass wir uns bei unserem Gegenschlag ebenfalls auf militärische Einrichtungen beschränken, also Counterforce. Wir sollten versuchen, jede einzelne Atomwaffe zu zerstören, aber dabei die russischen Städte schonen.«

»Okay«, erwiderte der Präsident. »Vernichten Sie so viele

von deren Atomwaffen wie möglich.« Neben dem Präsidenten stand nun ein Air Force-Soldat, der mehrere Zettel mit Nachrichten in der Hand hielt.

Starnes riss den Hörer von der Gabel und gab die Befehle weiter.

»Bei einem Angriff auf breiter Front werden etwa fünftausend russische Gefechtsköpfe zerstört«, erläuterte Thomas. »Möchten Sie sich die Liste der Ziele ansehen, Sir?«

»Nein, nein, das überlasse ich Ihnen.« Der Präsident erhob sich und ging zur Tür.

»Was ist mit den russischen Unterseebooten im offenen Wasser, Mr. President?«, rief Admiral Dixon ihm nach.

»Die Premierminister von Kanada und Großbritannien und der französische Präsident sind am Telefon, Mr. President«, meldete der Air Force-Soldat.

»Versenken – versenken, wenn Sie es für nötig halten.« Der Präsident zögerte einen Augenblick, als könnte er sich nicht entscheiden, nahm dann die Nachrichten an sich und ging.

Der CNO griff zum Telefon und erteilte seine Befehle. Thomas und der Verteidigungsminister sprachen ebenfalls in ihre Apparate. Zumindest sah Lambert, wie sich ihre Lippen bewegten, doch er konnte ihre Worte nicht hören. Alles erschien ihm wie ein Traum, nicht so, wie er sich einen Krieg vorgestellt hätte. Dazu geschah alles zu schnell, zu überstürzt. Lambert blickte General Fuller von den Marines an, den einzigen Offizier, der nichts zu tun hatte. Fullers Augen waren geschlossen, aber seine Lippen bewegten sich und formten Worte, die nur er selbst und sein Schöpfer hören konnten.

Obere Atmosphäre, über Mittelkalifornien
11. Juni, 0549 Uhr GMT (0549 Uhr Ortszeit)

Das aus einer Höhe von neunhundertsechsundsiebzig Kilometern fallende Post Boost Vehicle gewann rasch an Geschwindigkeit. Unmittelbar bevor die äußersten Atmosphäreschichten an ihm zu zerren begannen, erreichte es seine Höchstgeschwindigkeit von 19.456 Stundenkilometern.

Das Trägheitsnavigationssystem tat sein Bestes, um die tatsächliche Position des PBV im Raum zu bestimmen. Im Lauf der vergangenen Jahrzehnte hatten russische Satelliten hochkomplexe geophysikalische Messungen vorgenommen, um den Instrumenten der SS-18 präzise Informationen sowohl über ihren eigenen Abschusssilo als auch über das Ziel, den amerikanischen Air Force-Stützpunkt, zu vermitteln. Das komplexe mathematische Modell des Gravitationsfeldes der Erde war über die Jahre von wissenschaftlichen Teams immer weiter verfeinert und in den Computer vorne im PBV einprogrammiert worden. Auf Jahrzehnte im Voraus hatte man die exakten Positionen von Mond und Sonne berechnet, damit bei einem Abschuss zu einem beliebigen Zeitpunkt innerhalb dieser Jahrzehnte ihr ständig wechselnder Einfluss auf die Schwerkraft berücksichtigt werden konnte.

Allerdings gab es keine praktischen Erfahrungen mit Flügen über den Nordpol, da Tests auf dieser Route unmöglich waren. Daher hatte auch niemand berücksichtigt, dass sich das Gravitationsfeld über dem Nordpol leicht von der in Ost-West-Richtung verlaufenden Teststrecke zwischen Kasachstan und Sibirien unterschied. Ein riesiger Hügel aus dichtem, geschmolzenem Nickel tief unter dem unter der Polareiskappe verborgenem Meeresgrund verursachte eine Anomalie im Gravitationsfeld, die das PBV leicht nach unten ablenkte. Wie bei vielen anderen Raketen des Geschwaders, die den Nickelhügel überflogen, wurde die Flugbahn dadurch zu niedrig.

Ein Motor vorne im PBV schleuderte die kegelförmige Spitze zur Seite, so dass zehn Gefechtsköpfe mit einem Gesamtgewicht von vier Tonnen sichtbar wurden. Genau zum vorgesehenen Zeitpunkt wurde der erste Gefechtskopf abgeworfen. Gleichzeitig zündete vorübergehend der speicherbare hypergolische Flüssigtreibstoff in der vierten Raketenstufe hinten am PBV. Nachdem der zweite Gefechtskopf freigesetzt worden war, drehte sich die Rakete um ihre Achse und zündete erneut. Dadurch änderten sich Richtung und Moment so weit, dass der dritte Gefechtskopf tausendzweihundert Meter vom zweiten entfernt aufschlagen musste. Das Ballett in der dünnen oberen Atmosphäre setzte sich noch einige Sekunden lang fort, bis der letzte der pechschwarzen Kegel mit den nadelscharfen Spitzen frei flog.

Wie eine Mutter, die ihre Jungen schützt, begann das PBV mit Tarnmaßnahmen, um die zehn Gefechtsköpfe vor der geplanten, aber nie realisierten Raketenabwehr der Amerikaner zu schützen. Störstrahlen wurden ausgesandt und verstärkt, um die nicht existierenden Radaranlagen zu verwirren. Ein leistungsfähiger elektronischer Jammer wurde aktiviert, der das elektromagnetische Spektrum mit Lärm überlagerte, um nicht vorhandene ferngesteuerte Abfangflugkörper abzulenken. Aus Kanistern zu beiden Seiten des Rumpfes traten ganze Wolken winziger Streifen aus metallisierter Glasfaser aus, die imaginäre Abwehrraketen ablenken sollten.

In der sich verdichtenden Atmosphäre erhitzte sich die Oberfläche des nicht aerodynamisch gestalteten PBV durch die Luftreibung immer weiter. Die durch das Labyrinth von Befestigungen und Drähten strömende Luft riss an dem Flugkörper, bis er wie in Zeitlupe nach links gierte. In ungeschützten Bereichen wurden die Kabel abgerissen. Der Computer erhitzte sich über die vorgesehene Betriebstemperatur, was zu immer neuen Fehlfunktionen führte. Er begann, automatisch immer wieder neu zu starten – ein letzter Versuch, einen normalen Betrieb aufrechtzuerhalten. Sobald sie ihren spezifischen Brennpunkt erreicht hatten, flammten die nichtmetallischen Oberflächen am PBV eine nach der anderen auf und verglühten. Das Metall begann ebenfalls zu glühen.

Aus dem Gieren wurde ein Taumeln, die Temperatur stieg immer weiter an. Der Rumpf begann zu schmelzen, bis das flüssige Metall wie ein feiner weißer Sprühregen davonflog. Durch die Taumelbewegung beschleunigte sich der Prozess, weil sich immer neue Partien des brennenden PBV plötzlich an der Spitze befanden, wo sie sich schlagartig erhitzten und schmolzen. Noch bevor das Wrack eine komplette Umdrehung hinter sich hatte, war es in drei Teile zerbrochen, die wiederum in immer kleinere Trümmer zerfielen. Wie ein Kometenschweif hängte sich der Sprühregen aus Flüssigkeiten und Gasen, in den sich die Metallbauteile aufgelöst hatten, an die größeren Wrackteile. Einige Minuten später schlugen die Überreste des PBV, die inzwischen nur noch die Größe einer Murmel besaßen, in den Hügeln Mittelkaliforniens auf und gruben sich mehrere Meter in den trockenen Boden hinein.

4. KAPITEL

90th Strategic Missile Wing, Warren Air Force Base, Wyoming
11. Juni, 0553 Uhr GMT (2253 Uhr Ortszeit)

Obwohl Stuart das Alarmsignal erwartet hatte, fuhr er hoch, um nach der rotierenden roten Warnlampe an der Decke zu sehen. Alarm und Warnlicht konnten eigentlich nur durch einen verschlüsselten Uplink ausgelöst werden, der automatisch versandt wurde, sobald ein Senior Controller des ACC das rote Telefon abnahm. Er vermutete jedoch, dass oben in einem klimatisierten Großraumwagen ein Prüfungsausschuss saß, der sich in das System der Abschussbasis eingeklinkt hatte. Sein Blick fiel auf das rote Telefon auf seiner Konsole.

»Eingehende EAM!«, brüllte Langford.

Stuarts Herz setzte für einen Augenblick aus. Mit zugeschnürter Kehle griff er nach dem roten Telefon, das zum primären Warnsystem gehörte. In der Ecke begann ein Fernschreiber zu rattern. *Emergency Action Message,* dachte Stuart. Das bedeutete eigentlich den Notstand. *Wirklich ziemlich realistisch.*

Als er den Hörer ans Ohr hielt, gab der Senior Controller schon den Kode durch. »November Echo Victor zwei vier Bravo neun Zulu Break neun Golf Alpha Break sieben Lima Alpha Break drei Quebec Alpha.« Dann wiederholte der Controller den Steuerungskode, den Stuart auf seinem Notizblock mitschrieb.

Stuart hängte auf und drückte die Bestätigungstaste. Damit löschte er auf den Instrumententafeln der Senior Controller eines der beiden Lichter, die ihre Abschussbasis repräsentierten. Sobald neue Befehle erteilt wurden, würden die Lichter wieder aufflammen. Dann zog er die Kordel, die er um den Hals trug, über seinen Kopf und griff nach dem vertrauten flachen Metallschlüssel mit dem roten Griff. Ein elektronisches Klappern erfüllte die Kapsel: Langford hatte den roten Safe unten an seiner Konsole geöffnet.

Ich bin zu langsam, ich bin zu langsam, dachte Stuart. Er rammte den Schlüssel in das Schloss, während Langford bereits zu lesen begann: »November – Echo ...« Dann hatte auch Stuart seinen roten Safe geöffnet, was ebenfalls durch lautes Klappern angezeigt wurde. Damit sollte verhindert werden, dass jemand heimlich agierte. Er fühlte sich wie bei einem Feuerprobealarm in der Schule.

Er holte das versiegelte Authentifizierungspaket aus dem Safe und riss es auf. Aus dem undurchsichtigen Plastikumschlag fielen eine Metalltafel, ein Ringbuch und ein runder Schlüssel heraus. Langford wiederholte immer noch Zahlen- und Buchstabenfolgen, als Stuart den Filzstift aus der Halterung nahm und die Metalltafel zum Vergleich neben seine Notizen hielt.

Plötzlich verstummte der Alarm. »Meine Herren«, sagte eine ruhige, klare Frauenstimme aus dem Lautsprecher, »Sie haben einen autorisierten Abschussbefehl vom nationalen Oberkommando erhalten. Meine Herren, Sie haben einen autorisierten Abschussbefehl vom nationalen Oberkommando erhalten.« Viermal wiederholte »Betty«, wie die Sprecherin genannt wurde, die Nachricht.

»November!«, sagte Stuart laut, während er ein *N* in das erste leere Kästchen auf der Tafel eintrug. Direkt darüber befand sich ein vorgedrucktes *N*. «Echo!« Damit schrieb er ein *E* unter das große schwarze *E* über dem Kästchen. »Victor !« Er wiederholte die Prozedur.

»Ich habe eine gültige EAM! Bestätigen!«

»Zwei! Vier! Bravo! Neun! Zulu!«

Stuart starrte auf die Tafel. Alle acht Buchstaben und Zahlen entsprachen genau dem Vordruck, anhand dessen sie authentifiziert werden sollten. »Ich bestätige gültige EAM!« Erste Zweifel stiegen in ihm auf. Was, wenn er sich vorhin getäuscht hatte? Es lief ihm eiskalt den Rücken hinunter. Unruhig rutschte er auf seinem Stuhl hin und her. *Bestimmt wurde das versiegelte Authentifizierungspaket eigens für diesen Test ausgetauscht. Die würden doch nie im Leben einen gültigen Kode ausgeben.*

«EWO-Checkliste!«, befahl Langford.

Sie begannen, die Checkliste für den Ernstfall durchzugehen und die Lade- und Abschussschaltungen der fünfzig Raketen des Geschwaders zu aktivieren, die online waren. Weit von ihnen entfernt gab es noch vier andere Abschussbasen. Stuart fragte sich, was dort wohl vor sich ging. *Die büffeln da bestimmt für ihren Abschluss als Betriebswirt, anders wird man bei der Air Force ja nichts.* Doch die Zweifel saßen tief und die ruhige Gelassenheit von vorhin wollte sich nicht wieder einstellen.

Wenn die Offiziere zweier Abschussbasen ihre Schlüssel herumdrehten, also vier Männer für den Abschuss »stimmten«, wurden die achtundvierzig generierten Raketen des Geschwaders auf ihren feurigen Weg durch den Raum geschickt. *Es sei denn, es ist doch ein Test,* dachte Stuart.

»Puffersystem für die Befehlsdaten klar!«, sagte Langford.

»Ist klar«, erwiderte Stuart angespannt.

»Abschussoption – neun Golf.«

»neun Golf bestätigt«, erwiderte Stuart. *Wie bin ich überhaupt darauf gekommen, dass es ein Test ist?* Er versuchte vergeblich, sich zu erinnern.

»Eingeben.«

Stuart gab »9 – G« in das Feld mit den Wähltasten ein, aber sein Gehirn versuchte angestrengt, die Welt zu rekonstruieren, in der nichts so war, wie es zu sein schien.

»Vorbereitender Abschussbefehl – Alpha. Bestätigen!«, sagte Langford.

»Vorbereitender Abschussbefehl – Alpha! Bestätigt.« *Was, wenn … wenn es doch kein Test ist? Alpha. Das bedeutet, sobald wir die Schlüssel umdrehen, erfolgt automatisch ohne Verzögerung der Abschuss.*

Der Aufruhr in Stuarts Gehirn wurde schier unerträglich, als sie das Verfahren für die übrigen beiden Abschussbefehle – sieben Lima und drei Quebec – wiederholten. Beide standen ebenfalls für automatischen Abschuss. Immer wieder sah er zu Langford hinüber, auf dessen hellblauem Hemd sich unter den Achseln und um den Hals dunkle Flecken abzeichneten.

»Persönlichen Abschusskode eingeben!«, las Langford von der Checkliste ab.

Nun musste Stuart seinen persönlichen Kode, den er zu Beginn seiner Wache auswendig gelernt hatte und den Langford nicht kannte, auf der Tastatur seiner Konsole eingeben. Durch den zwölfstelligen Kode wurde das System für den endgültigen Countdown zum Abschuss freigegeben. »Persönlicher Abschusskode eingegeben.« Sein Körper gehorchte mechanisch den so oft memorierten Anweisungen.

»Auf meinen Befehl Aktivierung zum Abschuss«, ordnete Langford an.

Stuart nahm den grünen Schlüssel aus dem Authentifizierungspaket und klappte die orange gestreifte Abdeckung in der Mitte der Konsole nach oben. VORSICHTIG BEHANDELN stand auf einem Aufkleber direkt über dem Schloss. Er schob den Schlüssel gerade so fest in den Schlitz, dass er richtig saß.

»Bereit?«, fragte Langford.

Am anderen Ende der Kapsel begann erneut der Fernschreiber zu rattern. Gleichzeitig schrillte eine Glocke und oben auf den Konsolen begannen zwei orangefarbene Lichter zu blinken.

Jemand anders hat einen Abschussbefehl eingegeben! Wenn wir unsere Schlüssel herumdrehen, ist das die Entscheidung!

«Bist du bereit?«, brüllte Langford, der sich in seinem Sitz halb herum gedreht hatte, über den Lärm hinweg, während ihm der Schweiß über das gerötete Gesicht lief.

Stuart schoss aus seinem Sitz und raste zum Fernschreiber.

«*Stuart!* Geh auf deinen Platz zurück!« Langford fuhr vollends herum. Die Hände auf der Armlehne seines Stuhls lagen nur knapp über dem Pistolenholster.

Stuart ignorierte ihn. Als er den ACC-Fernschreiber erreichte, erkannte er auf dem Stück Papier, das aus der Maschine ragte, die Buchstaben und Ziffern des EAM. Das war die erste Übertragung. Er ließ das Papier weiterlaufen und riss es ab. Während er zu seinem Stuhl zurückging, las er die zweite Nachricht.

BLITZBERICHT
VON: CINCACC/J3 NMCC WASHINGTON D.C.
AN: ALLE ACC-ABSCHUSSBASEN
AIG 9734
FJO//001/0547Z
SEA PLANE – APPLE JACK. RUSSISCHER ICBM-SCHLAG ERFOLGT. GESCH. GES. 055512Z. 1.062 RVS BESTÄTIGT. ZIELE CONUS.
GÜLTIGE EAM UND NCO DURCH NCA BESTÄTIGT.
WIEDERHOLE. GÜLTIGE EAM UND NCO DURCH NCA BESTÄTIGT.
VIEL GLÜCK.
RATHMAN
GEN, USAF
CINCACC

»Was zum Teufel steht da?«, brüllte Langford.

»Das … das ist keine Übung.« Stuarts Stimme schien von weither zu kommen.

»Was?« Langford legte den Kopf zur Seite, um besser hören zu können.

»Apple Jack«, Stuart starrte ihn an. »Wir … wir werden angegriffen!«

In dem Augenblick, bevor Langford mit seinem Stuhl herumwirbelte, sah Stuart, wie den anderen eine entsetzliche Wut packte. »Auf mein Kommando Abschussbefehl aktivieren!«, zischte er mit gefletschten Zähnen.

»Wir sollten den Controller anrufen!« Stuart zögerte immer noch. *Jetzt hast du es endgültig verdorben,* nörgelte eine Stimme in einem Hinterstübchen seines Gehirns. *Das gibt ein dickes »Unbefriedigend«! Als Launch Officer bist du erledigt.*

«Bist du *bereit?*«, brüllte Langford, um den Lärm zu übertönen.

Nach einem Augenblick des Zögerns griff Stuart entschlossen nach seinem Schlüssel und erwiderte: »Bereit!«

»Jetzt!«

Beide Männer drehten die Schlüssel herum. »Aktivierungsschalter ist aktiviert!« Stuart folgte jetzt genau den

Vorgaben der Checkliste. »In diesem Moment wird der Befehl an alle Raketen des Geschwaders übermittelt.«

»Affirmativ«, sagte Langford monoton. »Anweisungen abwarten.«

Beide Männer warteten schweigend. Sie mussten sich nicht lange gedulden. Ein einzelner Signalton erklang, der an eine Schulglocke erinnerte.

»Alarm Nummer zwei!«, verkündete Langford. »Die Raketen haben den Befehl akzeptiert. Einsatzbefehl wird aktiviert!«

»Check!«

»Auf mein Kommando Abschussbefehl aktivieren!« Langford wurde immer lauter. »Bereit auf mein Kommando?«, wiederholte er. Stuart sah, dass er in dem ovalen Spiegel über der Instrumentenkonsole zu ihm herüberblickte.

Einen Augenblick lang erwiderte er den Blick, doch als Langford unruhig wurde, rief er hastig »Bereit! Bereit!«, um der drohenden Schimpftirade zuvorzukommen.

Langford ließ ihn nun nicht mehr aus den Augen. Stuart drehte sich zu ihm um.

Plötzlich fühlte er unter seinen Fußsohlen eine schwache, aber anhaltende Vibration. Langford musste sie auch gespürt haben, denn er warf einen Blick auf seine Konsole. Da gingen Sirene und Blinklichter aus. Als Stuart auf seine Konsole sah, stellte er fest, dass die achtundvierzig kleinen grünen Lichter in schneller, zufälliger Folge rot wurden.

»Die wurden schon abgeschossen. Jemand ist uns zuvorgekommen«, meinte er, als das letzte der grünen Lichter rot wurde. Zwei der fünf Abschussbasen hatten bereits »abgestimmt«: Die Raketen verließen gerade ihre Silos.

»Auf mein Kommando Abschuss ausführen.«

»Das bringt doch nichts«, wandte Stuart ein. »Die sind längst weg. Hast du das nicht gespürt?«

»Sequenz beenden! *Bereit auf mein Kommando?*« Langford schrie so laut, dass Stuart zusammenfuhr. »Drei, zwei, eins – *jetzt*!«

Stuart drehte den Schlüssel mit einem hörbaren Klick nach rechts und Langford führte die gleiche Bewegung aus.

Eins eins tausend – zwei eins tausend – drei eins tausend – vier eins tausend – fünf eins tausend. Stuart ließ den Schlüssel in die neutrale Position zurückspringen. Die endgültige Verarbeitung durch den Großrechner der Abschussbasis, einen mit Titanium gepanzerten Hewlett-Packard LC5400, der direkt neben ihrem Aufzugschacht untergebracht war, nahm nach Aktivierung des Abschussbefehls noch fast eine volle Minute in Anspruch. Danach gab der Computer ein kurzes Energiesignal ab, aufgrund dessen sich die Silotüren öffneten und der Abschuss erfolgte.

»Schlüsselschaltung erfolgt, wird bei mir angezeigt«, meldete Langford. Die Glocke schrillte erneut. »Alarm Nummer drei, der Befehl wurde erhalten.«

Nicht, dass es in ihrem Fall noch von Bedeutung war. Stuart war sicher, dass er den Start der Raketen bereits gespürt hatte. »Die waren längst weg, das habe ich dir doch gesagt.«

»Du hättest nicht zum Fernschreiber gehen dürfen!«, fuhr ihn Langford an, während er das große schwarze Logbuch öffnete.

»Was zum Teufel *tust* du da?« Stuart war jetzt ebenfalls gereizt. Er beobachtete, wie Langford den Abschuss, das Ende der Welt, eintrug. Als er sein Buch mit einem Knall zuklappte, fuhr Stuart zusammen. Langford erhob sich und ging zu Stuarts Konsole, wo er nach dem Fernschreiben griff und es las.

Beim Klingeln des weißen Telefons, das für Gespräche innerhalb der Basis benutzt wurde, zuckte Stuart erneut zusammen.

»Stuart«, meldete er sich.

»Was zum Teufel ist hier los?«, fragte eine Stimme.

Großer Gott, was haben wir getan? Stuart geriet in Panik

»Captain Stuart?« Das war Kline.

»Wir … wir haben eine gültige EAM erhalten.«

»Wofür? Was ist das Ziel?«

»Weiß nicht«, gab Stuart zurück, verbesserte sich aber sogleich. »Russland.«

»Großer Gott! O mein Gott.«

»Ist das Kline?«, fragte Langford, dessen Stimme vor unterdrücktem Zorn bebte.

»Ja.«

»Frag ihn nach acht.«

Zuerst wusste Stuart überhaupt nicht, wovon Langford sprach, doch dann lichtete sich der Nebel in seinem Kopf. »Wann ist Nummer acht einsatzbereit?«

Kline seufzte. »Keine Ahnung, Captain.« Dann wandte er sich offenbar an die an der Rakete arbeitenden Männer. »He, schließt die Platte und fahrt das Ding hoch! Schnell!« Etwas leiser sprach er wieder ins Telefon. »Wie viel Zeit bleibt uns noch, Sir?«

»Ich weiß es nicht, Sergeant.« Stuart fiel das Fernschreiben ein und er blickte auf die Uhr. Die Antwort lohnte sich nicht mehr.

»Nun, wir versuchen es.« Das war wieder Kline. »Wir werden unser Bestes tun, Sir.«

»Danke, Sergeant.«

»Leben Sie wohl, Captain.«

»Leben Sie wohl.« Es klickte in der Leitung. Widerstrebend legte er den Hörer auf und ließ sich in seinen Ledersitz sinken. Das Telefon klingelte erneut. Es war der »Schuppen«, der oberirdische Teil der Abschussbasis.

»Captain Stuart, hier Airman Shackleford.«

»Komm endlich, Shack!«, brüllte jemand im Hintergrund über den Motorenlärm eines Humvee hinweg.

»Ich bitte um Erlaubnis … hier abzuhauen, Sir!«

»Erlaubnis erteilt.«

»Viel Glück, Sir«, stieß Shackleford noch hervor, bevor er auflegte.

Stuart wandte sich zu Langford um, während er den Hörer zurücklegte. »Ich … ich habe den Jungs oben die Erlaubnis erteilt zu verschwinden.«

Danach herrschte tödliches Schweigen. Stuart hörte ein metallisches Klicken aus Langfords Richtung. Als er sich umsah, hatte der andere den Kopf an die Rückenlehne gelegt.

Stuart griff unter sich, um die Sicherheitsgurte herauszuholen. Er steckte die Arme in das Geschirr, auf dem sich Haare und Krümel angesammelt hatten, die im Lauf der Zeit in die Sitzspalten gefallen waren. Dann zog er den Riemen zwischen seinen Beinen hindurch und ließ die drei Schließen mit einem lauten Klicken einrasten.

Die Riemen saßen so eng, dass er vorsichtshalber überprüfte, ob er mit der rechten Hand seine 9-mm-Beretta erreichen konnte. Er löste die Klappe des Holsters. Die Air Force hatte ihnen gesagt, die Waffen sollten die Sicherheit der Abschussbasis garantieren, während es in der Boulevardpresse hieß, sie seien für den Fall bestimmt, dass einer der Offiziere durchdrehe. Doch als sie nun, an ihre Sitze geschnallt, in der Metallkapsel dreißig Meter unter der Erde auf den Einschlag der feindlichen Raketen warteten, wussten beide genau, wofür die Waffen wirklich bestimmt waren.

NORAD, Cheyenne, Colorado
11. Juni, 0554 Uhr GMT (2254 Uhr Ortszeit)

General Wilson drehte eine letzte Runde, um den Männern und Frauen im Hauptraum die Hand zu schütteln. Kaum jemand hatte noch zu tun. Die Einzigen, die noch hektisch arbeiteten, waren die Leute, die versuchten, Daten von den zahlreichen Computern des Komplexes auszulagern. Er ließ sie in Ruhe ihren Job tun und ging zurück nach oben in sein Büro.

Durch die Glaswand blickte er nach unten auf das Gewühl von Männer und Frauen. Viele Abschiede. Hauptsächlich Händeschütteln, gelegentlich eine Umarmung. Einige saßen an ihren Konsolen und hatten, in Gedanken oder ins Gebet versunken, das Haupt geneigt. Andere kamen mit der Situation nicht zurecht. Um sie hatten sich kleine Menschentrauben gebildet, die versuchten, ihnen beizustehen.

Al Wilson schloss die Jalousie vor der Glaswand, ging zu seinem Schreibtisch und setzte sich. Er griff nach dem Foto von seiner Frau und den Kindern und nahm es aus dem

Rahmen. Mit der Hand fuhr er über die Gesichter der Jungen. Inzwischen waren sie schon größer, aber was für einen Unterschied machte das? Und seine Frau … seine Frau. Er sah zum Telefon. Sie schliefen jetzt. Er widerstand der egoistischen Sehnsucht, die schlaftrunkene Stimme seiner Frau zu hören, sie die Kinder wecken zu lassen. Nein, sie sollte in ihrem Traumhaus in den Bergen schlafen. Das Haus stand nur wenige Kilometer vom Eingang des Komplexes entfernt. Zu nah. Viel zu nah. Es war besser, wenn sie schliefen.

Inzwischen kannte er alle Einzelheiten des Angriffs auswendig. Wenn er gewollt hätte, dann hätte er die Schlagzeilen in den Zeitungen und die auf den Anzeigetafeln verzeichneten Kriegsschäden vorhersagen können. Doch sein Gehirn war wie leer gefegt. Seine Welt, alles, was er liebte, stand vor dem Untergang.

Er öffnete zwei Knöpfe an seinem Hemd und legte das kühle Bild auf seine Brust. Dann schloss er das Hemd und hielt das Foto mit gekreuzten Armen fest. Nach einer Weile hatte das Bild Körpertemperatur erreicht, so dass er es nicht mehr fühlen konnte. Doch vor seinem geistigen Auge sah er die jungen Gesichter seiner Söhne, seine vor Stolz strahlende Frau.

Das einzige Geräusch, das zu hören war, war das Ticken der Uhr auf seinem Schreibtisch. Al Wilson schloss die Augen und konzentrierte sich auf das Foto. Wie gut erinnerte er sich noch an den Tag, als es aufgenommen wurde. *Vater unser im Himmel, geheiligt werde dein Name …*

An Bord von Nightwatch, *über Maryland*
11. Juni, 0555 Uhr GMT (0055 Uhr Ortszeit)

Der Präsident, der Verteidigungsminister und die Stabschefs warteten wie Lambert in dem für den Gefechtsstab reservierten Bereich. In den Gängen an beiden Enden des Bereichs stand dicht gedrängt das Personal, das im Moment keine Aufgabe zu erfüllen hatte. Lambert lauschte General

Starnes, der dem Präsidenten gerade erklärte, welche Aufgabe jeder Einzelne zu erfüllen hatte. Es fiel ihm schwer, sich zu konzentrieren, ihm war übel und er wäre am liebsten zur Toilette gegangen.

»Eine ERCS ist in der Luft, Sir«, meldete ein Offizier in düsterem, nahezu ehrfürchtigem Ton von einer Konsolenreihe in der Nähe.

»Das ist das Emergency Rocket Communications System«, erläuterte Starnes dem offensichtlich desinteressierten Präsidenten. »Wir haben bei zehn alten Interkontinentalraketen vom Typ Minuteman II auf dem Air Force-Stützpunkt Whiteman in Missouri die Gefechtsköpfe durch Kommunikationssatelliten ersetzen lassen. In die Funkanlage einer dieser Raketen wurde vor dem Start ein vorab aufgenommener Abschussbefehl eingegeben. Von ihrer niedrigen Umlaufbahn aus wird sie den Befehl etwa dreißig Minuten lang an alle unsere Bomber und TACAMO-Flugzeuge senden.«

»TACAMO?«, erkundigte sich der Präsident plötzlich. Lambert biss die Zähne zusammen. Er musste den Blick abwenden, so sehr ärgerte ihn das Benehmen seines Chefs. *Ausgerechnet jetzt stellt er dumme Fragen, als wollte er nach dem Ende des Krieges an einem Quiz teilnehmen.*

«TACAMO steht für ›Take Charge and Move Out‹«, erwiderte Admiral Dixon. »Das sind E-6A-Maschinen, die sich im Luftraum über Atlantik und Pazifik aufhalten und den nuklearen Einsatzbefehl an alle Unterseeboote weitergeben, welche die Übertragungen, die von Land aus auf extrem niedriger Frequenz gesendet werden, nicht erhalten haben.«

»Und Sie haben Bomber gesagt?«, fragte der Präsident weiter.

General Starnes zögerte. »Äh, ja, Sir. Air Force und Marine haben im Moment etwas tausend Maschinen, die nach Russland unterwegs sind. Dabei handelt es sich hauptsächlich um ACC-Bomber aus den Vereinigten Staaten und Flugzeuge der Marine von den Flugzeugträgern im Pazifik und der Norwegischen See, aber auch Maschinen der schnellen Einsatzbereitschaft der Air Force in Europa.«

»Aaaah!« Männer und Frauen schrien auf und rissen sich

die Kopfhörer vom Kopf. Gleichzeitig gaben die Konsolen gedämpfte Warnsignale von sich.

»Ein Blackout«, meldet der Colonel hinter den drei Konsolen der am nächsten gelegenen Reihe an Brigadier General Sherman.

»Eine Explosion.« General Thomas flüsterte fast.

»FLASH OPREP-3 PINNACLE – NUDET!«, schrie die Frau an der Konsole vor ihnen. »NDDS meldet ein Ereignis. Koordinaten: 88 Grad, 47 Minuten, 17 Sekunden westlicher Länge, 43 Grad, 29 Minuten, 36 Sekunden nördlicher Breite. Höhe: 175 375 Meter.«

Müde sah der Präsident Thomas an. Offensichtlich wartete er auf eine Übersetzung.

»Das System für die Detektion nuklearer Detonationen hat soeben eine Atomexplosion in 175 375 Metern Höhe gemeldet. Wo war das noch gleich?« Thomas wandte sich fragend an General Starnes.

»Über Wisconsin, ungefähr Milwaukee«, gab der General der Luftstreitkräfte zurück.

»Ich dachte, sie hätten es nicht auf die Städte abgesehen!«, rief der Präsident aus.

»Mr. President«, erwiderte General Thomas, »bei dieser Höhe – über hundertsiebzig Kilometer – wird man in Milwaukee nur die EMP zu spüren bekommen.«

»Es sei denn, man sieht direkt in das Licht«, verbesserte ihn General Starnes.

»FLASH OPREP-3 PINNACLE – NUDET!«, sagte die Frau erneut. »NDDS meldet ein Ereignis. Koordinaten ...«

»Sie können sich die Koordinaten schenken, Lieutenant«, sagte General Starnes. »Geben Sie uns nur die Höhe und die geographische Lage im Klartext.«

»Höhe 170 800 Meter, Ort der Detonation« – sie warf einen Blick auf die Karte auf dem Bildschirm des Offiziers, der rechts von ihr saß – »Nordwest-Colorado, zwischen Boulder und Salt Lake City.«

»Warum explodieren die in so großer Höhe?« In der Stimme des Präsidenten schien ein Funken Hoffnung zu liegen.

»Weil sie EMP erzeugen sollen, Sir«, erwiderte Starnes

mit monotoner Stimme, ohne den Blick vom Bildschirm des Lieutenants zu wenden. »Elektromagnetische Impulse. In diesen Höhen wird der Großteil der Energie der Explosion als Gammastrahlung freigesetzt. Diese löst in der Atmosphäre sekundäre Reaktionen aus, bei denen Elektronen und Photoelektronen freigesetzt werden. Wellenleiter wie Antennen, Kabel, Stromleitungen, Erdungssysteme, ja selbst Abwasserleitungen bündeln die Energie und führen zu Überspannungen. Moderne Solid-State-Technik ist etwa zehn Millionen Mal anfälliger als die ältere Röhrentechnik und brennt durch die Spannungsspitzen aus. Die Armee schützt ihre kritischsten Schaltungen gegen Überspannung und ist daher gegen EMP relativ immun, aber diese beiden Detonationen dürften einen Großteil der zivilen Elektronik vernichtet haben. Wir können allerdings nicht feststellen, wie groß der Schaden tatsächlich ist.«

»FLASH OPREP-3 PINNACLE – NUDET!«, sagte die Frau erneut. Alle wandten sich zu ihr um und warteten. Sie blickte auf einen andern Bildschirm und sagte dann: »Multiple nukleare Detonationen – unbestimmte Anzahl – Warren Air Force Base. Höhe: knapp über dem Boden.«

Bevor jemand etwas sagen konnte, fuhr sie fort: »FLASH OPREP-3 PINNACLE …« Sie legte eine Pause ein, als wären ihr die Worte in der Kehle stecken geblieben. »NUDET! Drei … fünf Detonationen … unbestimmte Anzahl von Detonationen bei Minot Air Force Base. Höhe … Höhe bei allen knapp über dem Boden!«

General Sherman legte ihr die Hände auf die Schultern und sagte mit ruhiger Stimme etwas zu ihr.

»FLASH OPREP-3 PINNACLE – NUDET!«, schrie der Offizier neben ihr. »Nukleare Detonation …«

Plötzlich war der Arbeitsbereich des Gefechtsstabs erfüllt von Rufen, die an acht verschiedenen Workstations auf einmal ertönten: »… Multiple Detonationen …«

»FLASH OPREP-3 PINNACLE – NUDET!« Der weibliche Lieutenant klang nun ruhiger. Verschiedene andere Offiziere begannen die gleichen Worte zu wiederholen.

»Grand Forks Air Force Base. Knapp über dem Boden.«

»FLASH OPREP-3 PINNACLE – NUDET. Multiple Detonationen …«

»… Detonation in der Luft – Höhe fünfzehnhundert Meter – Sawyer Air Force Base.«

»FLASH OPREP-3 PINNACLE – NUDET. Nukleare Detonationen – unbestimmte Anzahl – Wurtsmith Air Force Base. Höhe: zweitauseneinhundert Meter.«

Die Hand vor den Mund gepresst, rannte Lambert zur Toilette. Sein Magen rebellierte endgültig.

March Air Force Base, Riverside, Kalifornien
11. Juni, 0555 Uhr GMT (2155 Uhr Ortszeit)

Wie ein Meteorit passierte der Gefechtskopf der SS-18 mit dem abgerundeten hinteren Teil eine Höhe von 38 000 Metern. Die spitze Nase war der Flugrichtung abgewandt, weil sich in den frühen Tagen der Raumfahrt herausgestellt hatte, dass die Ablation – der Prozess, durch den die hitzeresistente Keramikoberfläche eines Gefechtskopfs langsam durch die Reibung des Wiedereintritts verdampft – entlang einer stumpfen Oberfläche wesentlich langsamer verläuft als bei einer spitzen Form.

Die Schärfung des Gefechtskopfs war bereits komplett vorbereitet, ehe die Rakete ihr Silo verlassen hatte. Nun begann die letzte Sequenz. In die Messanlage für Umweltfaktoren waren Akzelerometer integriert, die die Belastung durch den Start, die Minuten der Schwerelosigkeit nach dem Abbrennen der drei Starttraketen und schließlich die Verzögerung in der Wiedereintrittsphase registriert hatten. Alle drei entsprachen genau den Erwartungen des winzigen Computers. Ein Druckschalter außen an der Messanlage für die Umweltfaktoren hatte zum erwarteten Zeitpunkt das fast vollständige Vakuum in der niedrigen Erdumlaufbahn registriert und verzeichnete nun das zunehmende Gewicht der Atmosphäre.

Als alles normal zu verlaufen schien, wurden die letzten

Sperren aufgehoben. Der Computer sandte ein kurzes, elektrisches Signal in einen Kreislauf, der zum Sicherungssystem des Gefechtskopfs führte. Damit war der Gefechtskopf geschärft. Nun begann das Sicherungssystem die Batterien für das Zündsystem zu laden.

Zwei Höhenmesser begannen, die Höhe des Gefechtskopfs zu schätzen. Der erste maß durch ein winziges Loch seitlich am Gefechtskopf den Luftdruck. Bei dem anderen handelte es sich um ein technisch komplizierteres Radargerät an der Basis. Der Computer verglich beide Werte mit den Schätzungen des Trägheitsnavigationssystems. Als alle drei Höhenmesser gleichzeitig eine Höhe von 24 400 Metern über Normalnull verzeichneten, sandte das Sicherungssystem ein Testsignal an das Zündsystem. Dieses wiederum schickte Niedrigenergiesignale an Dutzende von Zündkreisläufen, die an die Zünder angeschlossen waren, welche tief im Inneren des Gefechtskopfs in den hochexplosiven Sprengstoff eingebettet waren. Die Schaltkreisläufe antworteten mit einem positiven Testsignal. Alles war bereit. Das Zündsystem wartete auf das Sicherungssystem und dieses wartete seinerseits auf die drei Höhenmesser. Die Systeme waren auf den Aufprall vorbereitet.

In dem riesigen Hangar herrschte hektische Aktivität. Unteroffiziere erteilten den etwa tausend Soldaten, die noch auf ihre Transporter warteten, brüllend Anweisungen. Die Leute überprüften gegenseitig ihre Schutzanzüge oder bauten sich aus ihren Taschen und Rucksäcken kleine Schutzwälle. Die meisten verschanzten sich an den Wänden, wo sie sich auf dem kalten Betonboden zusammenrollten.

»Augen geschlossen halten!«, brüllte der Kommandeur der Basis, der seine Befehle in Hemdsärmeln erteilte, die Hände in die Hüften gestützt. »Mund auf und Finger in die Ohren!«

Er sah auf die Uhr. *Nicht mehr lange. Ich muss sie nur noch durch diese paar Minuten bringen.* Er blickte auf die Soldaten, die allmählich ihre endgültige Stellung fanden. Keiner war allein, alle drängten sich irgendwie zusammen. Dies war keine Zeit für Einzelgänger. Am liebsten hätte er sich ihnen angeschlossen, wäre zwischen die vielen Körper gekrochen und hätte sich zu ihnen auf den Boden gelegt. Ein merkwürdiges Gefühl stieg in seiner Brust auf. Mühsam schluckte er, während ihm die Tränen in die Augen stiegen. Er schluckte erneut, als er an der Reihe der Soldaten an der einen Wand entlangging. »Knie an die Brust! Gesicht auf die Knie!«

Der Vorgabe nach hätte der Gefechtskopf der SS-18 in einer Höhe von 1372 Metern direkt über dem Air Force-Stützpunkt explodieren sollen, aber die Flugbahn war durch den arktischen Nickelberg leicht verfälscht worden, so dass er mehrere hundert Meter seitlich von einem der Rollfelder der Basis auf den Boden zustürzte. Als er eine Höhe von fünfzehnhundert Metern erreichte, sandte das Sicherungssystem den endgültigen elektrischen Impuls an das Zündsystem. Dutzende von Zündkreisläufen öffneten sich und der in den inzwischen geladenen Batterien gespeicherte Strom floss in die Zünder, die mit nicht viel mehr Energie explodierten, als sie ein großer Feuerwerkskörper freisetzt.

Als der Gefechtskopf eine Höhe von 1371 Metern passierte, zündeten durch die Hitze der kleineren Explosionen die hochexplosiven Sprengladungen, in welche die Detonatoren eingebettet waren. Der Reaktionsbereich des Sprengstoffs dehnte sich mit Überschallgeschwindigkeit aus, die Verbrennung erfolgte so schnell, das ein Nicht-Wissenschaftler sie als Explosion bezeichnet hätte.

Lange bevor der Gefechtskopf einen weiteren Meter gefallen war, war die Hülle aus hochexplosivem Sprengstoff bereits verbrannt. Da der Sprengstoff so angeordnet war, dass sich seine Energie nach innen richtete, hätte ein Schnappschuss vom Äußeren des Gefechtskopfs in diesem Augenblick nichts Ungewöhnliches gezeigt. Die rücklaufende Druckwelle war nicht stark genug, um die Außenwände zu verformen. Dagegen raste die Druckwelle im Inneren der Sprengstoffhülle um den Kern des Gefechtskopfs mit Überschallgeschwindigkeit auf das Zentrum der Hohlkugel zu.

Die Druckwand schob das Uran 235 vor sich her, um die der Sprengstoff gewickelt gewesen war.

Mit jedem Zentimeter, den der Gefechtskopf fiel, wurde das Uran 235 stärker nach innen komprimiert. Während die Abstände zwischen den Atomen des komprimierten U-235 immer kleiner wurden, begannen die Neutronen, die durch die »Explosion« von inhärent instabilen und »zerfallenden« Uranatomen freigesetzt worden waren, gegen andere Atome zu stoßen. Immer mehr Atome zerfielen und schickten subatomares Schrapnell nach außen, das immer wieder Nachbaratome traf. Die Kernspaltung hatte begonnen. Nun bestimmten die Gesetze der Statistik das Geschehen. Je stärker das U-235 verdichtet wurde, desto geringer war die Chance, dass die Neutronen die Lücken passierten und den Gefechtskopf verließen, ohne ihre Nachbarn beschädigen zu können.

Bei einer Höhe von 1370 Metern hatte der U-235-Kern die kritische Masse erreicht. Von nun an war keine weitere Kompression notwendig. Jedes Mal, wenn nun ein U-235-Atom zerfiel, wurde durchschnittlich mehr als eines der umgebenden Atome aufgebrochen.

Die radioaktive Zerfallsrate begann, sich wieder und wieder zu verdoppeln, als subatomare Materie Atome zerschlug und immer mehr Materie nach außen flog. Das Wachstum erfolgte exponentiell, die Kettenreaktion hatte eingesetzt.

Jedes zerfallende Atom setzt eine winzige Menge elektromagnetischer Energie frei. Diese freigesetzte Energie wird durch die Temperatur gemessen. Bevor der Gefechtskopf noch weitere dreißig Zentimeter gefallen war, hatte die durch die Spaltung erzeugte Hitze im tiefsten Inneren des Gefechtskopfes eine Temperatur von mehreren Millionen Grad erreicht. Nun erst erfolgte die eigentliche Explosion.

Die Kernspaltung oder »atomare« Explosion hatte wiederum nur als Zünder fungiert, um die für die »thermonukleare« Reaktion erforderliche Temperatur zu erzeugen. Wo auch immer zwei Atome des allgegenwärtigen Wasserstoffs dieser Hitze ausgesetzt waren, verschmolzen die beiden

Atomkerne miteinander und es entstand das schwerere Element Helium. Da die Masse der beiden Wasserstoffatome geringfügig über der Masse eines Heliumatoms liegt, wird die Differenz bei der Fusion in Form von Energie freigesetzt. Die Wellenlängen dieser kurzen, aber kräftigen Energieimpulse gehören zu den kürzesten im elektromagnetischen Spektrum. Es handelt sich um Gammastrahlen, die bei der thermonuklearen Verbrennung Temperaturen erreichen, die die bei der Kernspaltung auftretenden Werte weit übertreffen.

Die thermonukleare Reaktion breitete sich, auf der Welle der zwanzig Millionen Grad heißen Gammastrahlen reitend, mit rasender Geschwindigkeit nach außen aus. Dabei stieß sie auf die einzige Barriere, die sie noch von der bis dahin unberührt gebliebenen Außenhaut des schwarzen Gefechtskopfs trennte: einen Mantel aus Uran 238, der um die Hohlkugel mit dem Spaltmaterial gewickelt war. Dieser Mantel absorbierte und reduzierte die Gammastrahlung beträchtlich und verringerte damit die »Sofortstrahlung« des modernen und relativ »sauberen« Gefechtskopfs. Als die Temperatur im Mantel selbst anstieg, setzte jedoch der Zerfall des normalerweise stabilen U-238 ein. Eine neue Kernspaltungsreaktion hatte begonnen.

Die dritte und letzte Phase der »Spaltungs-Fusions-Spaltungs«-Waffe begann mit der Explosion des Mantels, durch die sich die Sprengkraft des Gefechtskopfs mehr als verdoppelte.

Die Welt des Kommandeurs der March Air Force Base verglühte in einem grellen weißen Blitz, in dem Aluminiumwände und -dach des Hangars verdampften. Wie ein heißes Bügeleisen brannte sich die Hitze in die ungeschützte Haut an seinem Hals, während sich seine Augen in der immer unerträglicher werdenden Helligkeit reflexartig schlossen.

Ein sich ausdehnender Plasmaball aus Gasatomen, die in der Atmosphäre der künstlichen Sonne gewaltsam ihrer Elektronenhüllen beraubt und damit ionisiert worden waren, trieb die nicht-ionisierte Luft um ihn herum mit ungeheurer Geschwindigkeit vor sich her. Die Grenze der sich nach allen Seiten ausbreitenden Druckwelle war so klar umrissen wie die Haut einer Seifenblase. Zuerst traf sie auf den Boden direkt unter ihr, der Kreise warf wie ein stiller Teich, in den man einen Stein geschleudert hatte. Der Boden wurde so weich, dass er zu fließen begann, bis er sich wenige Augenblicke später erneut setzte.

Unterdessen pflanzten sich die Wellen im Boden schneller fort als in der Luft. Die geballte Kraft der in Längsrichtung verlaufenden Kompressionswelle, der so genannten P- oder Primär-Welle, und der quer dazu verlaufenden Transversal- und Oberflächenwellen erschütterte die Betonmauern der Umspannstation, die die Lichter des Rollfelds mit Strom versorgte.

Bevor die Betonblöcke auf der der Explosion abgewandten Seite des kleinen Bauwerks jedoch zu Boden stürzen konnten, raste die atmosphärische Druckwelle, eine Wand aus verdichteter Luft, über die Erde hinweg und löschte bis auf die Fundamente jede Spur der Gebäude aus.

Der Feuerball, der sich außerhalb des Plasmaballs gebildet hatte, begann, mit einer Geschwindigkeit von mehreren hundert Metern pro Sekunde in die Luft zu steigen. Seine anfänglich durch die leuchtende Grenze der Druckwelle klar umrissene Gestalt franste aus, als sich die Luft selbst rund um die Strahlungsfront entzündete und verbrannte.

Unterdessen bildeten sich hinter der Druckwelle starke Winde – der so genannte »dynamische Druck der Explosion« –, die mit Geschwindigkeiten von über vierhundertsechzig Stundenkilometern über die Erde rasten.

Der Boden bäumte sich zweimal kurz hintereinander unter dem Kommandeur der Basis auf. Der erste Erdstoß brach ihm beide Fußknöchel und ließ ihn dann hilflos in der Luft hängen, der zweite traf von unten mit solcher Gewalt gegen seine Fußsohlen, dass auf beiden Seiten Schien- und Wadenbein zerschmettert wurden. Der erste Stoß war direkt durch die Schockwelle verursacht, der zweite eine Reflektion der

Welle durch das Grundgestein rund fünfzig Meter unter der Erdoberfläche. Gleichzeitig fegte die Druckwelle über ihn hinweg. Durch den schlagartigen Anstieg des Luftdrucks auf mehr als 1,4 Atmosphären platzten seine Trommelfelle mit einem Schmerz, der sich anfühlte, als hätte ihm jemand Eispickel in die Ohren gerammt. Während der Druck immer weiter anstieg, packte ihn der heulende Sturm und riss ihn mit sich. Schreiend suchte er nach einem Halt, doch er griff ins Leere.

Als der Feuerball etwa anderthalb Kilometer vom Hangar entfernt in die Höhe stieg, fiel die Strahlung über die niedrigen Betonblockmauern des Hangars direkt auf die bloße Haut des Kommandeurs, deren Temperatur sich schlagartig auf mehrere hundert Grad Celsius erhöhte. Während er über den Betonboden geschleudert wurde, verbrannten Hände und Gesicht blitzartig. Jeder Aufprall verursachte neue Verletzungen, die allein schon tödlich gewesen wären. Von den Wänden des Hangars lösten sich schmelzende Aluminiumstreifen und kleine Betonteile, die sich wie Schrotkügelchen in seinen schmerzenden Körper bohrten.

Am vernichtendsten wirkte sich jedoch das erdrückende Gewicht der Atmosphäre aus. Als der Druck auf über zwei Atmosphären anstieg, wurde die Luft aus seinen Lungen gepresst, die inneren Organe zerbarsten und Blutungen setzten ein, die innerhalb kürzester Zeit zum Tod führen mussten. Gnädigerweise verlor er das Bewusstsein, bevor die glühende Hitze des Feuerballs, der sein Körper jetzt direkt ausgesetzt war, erst seine Haut und dann Knochen und Gewebe über ihren Brennpunkt hinaus erhitzte. Ehe die Druckwelle ihn vor sich her zur anderen Wand getrieben hatte, war er praktisch in seine Elemente zerfallen.

So schnell, wie die erste Welle über den Boden gefegt war, so schnell rasten die Rückwinde in umgekehrter Richtung über die Erde zum Ground Zero, dem Detonations-Nullpunkt, zurück. Die Betonblockmauern im unteren Bereich des Hangars, die der Explosion standgehalten hatten, fielen der Implosion zum Opfer, als der nukleare Feuerball wenige Sekunden später begann, Sauerstoff einzusaugen. Die durch den aufsteigenden Feuerball angesaugten Rückwinde nährten einen kurzen, aber heftigen Feuersturm um Ground Zero. Entflammbares Material, das über seinen Brennpunkt erhitzt, dem aber durch die Explosion der Sauerstoff entzogen worden war, wurde jetzt mit Sauerstoff überschwemmt und entzündete sich. Gras und Holz flammten auf und wurden als Asche in die Luft gesaugt. Da sie den Feuerball selbst jedoch nie erreichten, fielen sie unverstrahlt auf den Boden zurück.

Bei der relativ sauberen Explosion entstand so gut wie kein Fallout, doch die Sprengkraft des Gefechtskopfes erreichte genau die angegebenen fünfhundertfünfzig Kilotonnen. Das galt auch für die acht anderen Gefechtsköpfe, die innerhalb der nächsten fünfunddreißig Sekunden hoch in der Luft über der March Air Force Base explodierten und in einem Umkreis von fünfzehn Kilometern alles Leben vernichteten.

Interstate 10, vierzig Kilometer östlich der March Air Force Base
11. Juni, 0555 Uhr GMT (2155 Uhr Ortszeit)

Melissa Chandler hatte sich beinahe an das unheimliche Summen des Notfallsignals gewöhnt, das aus dem Autoradio drang. Im Rückspiegel sah sie sich nach dem Air Force-Stützpunkt um, von dem aus Davids Flug abgehen sollte. In dieser Richtung lag auch die Innenstadt von Los Angeles. War er bereits weg? Und wenn ja, wohin brachten sie ihn? Oder war er noch ganz in der Nähe und sie war in der Dunkelheit praktisch an ihm vorbeigefahren?

Nachdem der Sender, den sie gehört hatte, den Betrieb eingestellt hatte, suchte sie nach einem anderen, aber von der üblichen Vielfalt des Angebots war nichts mehr zu merken. Einzig das Summen des Notfallsignals drang aus dem Lautsprecher. Sie hielt das Lenkrad so fest umklammert, dass ihre Knöchel weiß wurden, während sie in dem zunehmenden Verkehr auf dem Highway ein Fahrzeug nach dem anderen überholte. Mit hundertdreißig Stundenkilometern hielt sie sich in der mittleren Spur, während links ein Porsche und Mercedes nach dem anderen vorüberraste. Nervös beobachtete sie, wie die Fahrer auf ihrer verzweifelten Flucht aus L.A. ganz dicht auffuhren, dann ausscherten und direkt vor ihr wieder einscherten. Während sie die freie Hand auf ihre schmerzende Lendenwirbelsäule presste, versuchte sie, den Verkehr rund um sich im Auge zu behalten. Am liebsten hätte sie angehalten, um zur Toilette zu gehen, aber sie wagte es immer noch nicht.

Plötzlich verstummte das Radio bis auf ein Knacken und Knistern, das an eine alte Schallplatte erinnerte. Dann ertönte eine Frauenstimme. »Achtung, an alle Nachrichtenagenturen. Achtung, an alle Nachrichtenagenturen. Hier ist die Bundesbehörde für Notfallmanagement mit einer landesweiten Warnung. Notfall. Notfall. Eine Angriffswarnung wurde ausgegeben. Wiederhole. Eine Angriffswarnung wurde ausgegeben.«

Das Radio verstummte und Melissa begann, unkontrolliert zu zittern. Als erneut das Notfallsignal zu hören war, fuhr sie zusammen. *Das ist alles?*, dachte sie wütend. Sie begann zu weinen, presste aber energisch die Zähne zusammen, bis sie schmerzten, um die Tränen zu unterdrücken. Sie brauchte ihre Augen für den Verkehr.

»David, David, David«, flüsterte sie nervös. *Warum muss ich das allein durchstehen?* «Niemand von unseren Bekannten gehört zur Reserve!«, sagte sie dann laut. »Du hast mir versprochen aufzuhören!« *Du hast es mir versprochen. Wenn du dein Versprechen gehalten hättest …*

Ihr Herz setzte aus, als sich ein riesiger Lkw mit hoher Geschwindigkeit von hinten näherte, dann drangen laute Statikgeräusche aus den Lautsprechern. Entsetzt sah sie in den Rückspiegel. Vermutlich stand der Aufprall unmittelbar bevor. Die Lichter in ihrem Spiegel waren so grell, dass sie die Augen schließen musste. Doch als sie einen Blick aus dem Beifahrerfenster warf, schien die Sonne aufgegangen zu sein. Die Überführung, unter der sie soeben durchgefahren war, warf bis in eine Entfernung von über hundert Metern ihren Schatten auf den Highway.

Aber das war kein Tageslicht, die Farbe stimmte nicht. Die Gartenanlagen des Gewerbeparks zu ihrer Rechten waren in ein kalkweißes Licht getaucht, wobei eine Seite in tiefem Schatten lag, während die andere von gleißender Helligkeit überflutet war. Der Himmel war pechschwarz, aber die Wolkenfetzen schienen zu leuchten. Wieder und wieder flammte das Licht mit der Intensität eines Stroboskops auf, insgesamt neunmal. Neun Sonnen.

Als die Helligkeit nachließ, begann sie, sich auf ihr bevorstehendes Ende vorzubereiten. Dennoch fuhr sie auf dem erneut im Dunkeln liegenden Highway immer weiter. Auf dem Parkplatz eines Einkaufszentrum ging die Beleuchtung an, deren Automatikschaltung sich durch die künstliche Morgendämmerung hatte täuschen lassen. Obwohl sie mehrmals in den Rückspiegel blickte, entdeckte sie nichts außer einem Glimmen am Horizont und einer merkwürdigen Rotfärbung der Wolken am Himmel, die aussahen, als stünden sie in Flammen. Am liebsten hätte sie es den zahlreichen Fahrern gleichgetan, die am Straßenrand angehalten hatten und in Richtung Air Force-Stützpunkt und Stadt sahen, doch sie entschied sich dagegen.

Abgesehen vom Knistern der elektrostatischen Entladungen im Radio, das jetzt wieder das Notfallsignal ausstrahlte, war kein Geräusch zu hören gewesen. Kein Laut, kein Wind, kein Feuer. Nichts. Nur neun kleine Sonnen, die sich auf der Erde entzündet hatten.

Melissa sah auf den Tacho. Fast hundertsiebzig. Sie nahm den Fuß vom Gas. Für einen Augenblick sorgte sie sich um David, die Frage, wo er war und wie es ihm ging, war nun dringlicher denn je. Plötzlich stellte sie fest, dass ihre Füße nass und kalt waren. Die Fruchtblase war geplatzt! Das stellte sie vor ganz neue Probleme. Erneut fühlte sie einen stechenden Schmerz im Taillenbereich. Dann wurde ihr Kopf klar und sie begann, nach einer Ausfahrt, einer Stadt Ausschau zu halten.

Suchend wanderte ihr Blick über die Ausfahrtschilder, die sich vor dem nächtlichen Himmel abhoben. Immer wieder sah sie dabei zu den Sternen hinauf, als ob sie jeden Augenblick explodieren könnten.

Über Banning, fünfundzwanzig Kilometer östlich der March Air Force Base
11. Juni, 0555 Uhr GMT (2155 Uhr Ortszeit)

Durch die kleinen Fenster des Delta-Jets drang gleißende Helligkeit. Sie tauchte die Kabine der Ersten Klasse und ihre Passagiere in ein Licht, welches so weiß war, dass alle anderen Farben wie ausgelöscht erschienen. Die Soldaten fummelten wild an den Rollos herum. Eines nach dem anderen wurde heruntergezogen, bis die Kabine wieder im Halbdunkel lag. Aus dem Cockpit drang ein zischendes Geräusch, das David Chandler an eine Klapperschlange erinnerte, jedoch immer wieder durch ein Knacken unterbrochen wurde: unkontrollierte Entladung von Elektrizität. Als er sich in den Gang beugte, bemerkte er, dass durch den Spalt unter der Cockpittür Licht fiel. In diesem Moment flog die Tür auf und er sah einen Mann, der die glimmende Konsole mit einem weißen Schaum besprühte. Ein stechender Rauchgeruch stieg ihm in die Nase und ließ seine Augen tränen.

Das Flugzeug schaukelte immer stärker. Die Vibrationen wurden so heftig, dass der Mann von der Deltabesatzung, der das Feuer zu löschen versuchte, auf den Rücken fiel. Dabei entlud sich eine kräftige Salve in die Luft und über mehrere in der Nähe sitzende Soldaten. Chandlers Magen wurde unruhig, Gurt und Sitz übertrugen die Vibrationen direkt an seinen Körper. Aus dem Cockpit drang ein lauter Summton, der die Anspannung wiederzugeben schien, unter der Pilot und Kopilot standen, deren Hände sich um die Steuerhörner gekrampft hatten. Das Flugzeug selbst begann zu ächzen. Plötzlich hatte er das Gefühl, sie wären über eine Klippe gefahren. Sie fielen.

Chandlers Herz schien stillzustehen, als die Nase des Jets abtauchte und die Maschine immer schneller zu sinken begann. Die Turbulenzen verstärkten sich. Gleichzeitig wurde ein Heulen laut, wie er es bisher nur aus Filmen gekannt hatte. Durch den Fall wurden seine Gliedmaßen in die Höhe gerissen, während gleichzeitig alles Blut in den Kopf drängte. Ungeachtet des Drucks auf seinen Ohren hörte er das Dröhnen der Triebwerke, die offenbar mit voller Kraft liefen. Trotzdem gelang es ihnen anscheinend nicht, die Maschine in der Luft zu halten. Aus der Decke fielen Sauerstoffmasken. Er löste seinen eisernen Griff um die Armlehnen gerade lange genug, um seine Maske anzulegen. Dankbar atmete er die frische Luft ein.

Langsam, ganz langsam, spürte er einen verstärkten Druck gegen seinen Hosenboden. Die Maschine hatte den Sinkflug verlassen. Als sich das Flugzeug aufrichtete, presste ihn die Schwerkraft von oben in seinen Sitz. Fast so schnell, wie sie begonnen hatten, fanden Lärm und Turbulenzen ein Ende. Alles war wieder ruhig. In seinem Kopf dagegen sah es ganz anders aus. Erst als er seinen Griff um die Armlehnen löste und seine verkrampften Finger ausstreckte, wurde ihm bewusst, welche Angst er ausgestanden hatte.

NORAD, Cheyenne, Colorado
11. Juni, 0555 Uhr GMT (2255 Uhr Ortszeit)

Der gepanzerte Penetrator des ersten Gefechtskopfs schlug in die lose Erde am Fuß des Cheyenne ein. Mit einer Geschwindigkeit von 27 200 Stundenkilometern grub er sich fast hundert Meter tief ein, bis ihn der Gefechtskopf, den er im Schlepptau hatte, einholte und detonierte.

Die Druckwelle des Fünfundzwanzig-Megatonnen-Gefechtskopfs schleuderte den gesamten NORAD-Komplex einen Meter weit zur Seite. Wer von den tausendsiebenhundert amerikanischen und kanadischen Air Force-Soldaten gestanden hatte, stürzte zu Boden. Viele brachen sich dabei die Fußknöchel oder zogen sich Schnitte und Prellungen zu. Ein Mann starb und drei wurden schwer verletzt, als sie mit Kopf oder Hals gegen scharfe Tischkanten oder Geländer schlugen. Die Vibrationen, die die auf dem Metallboden liegenden Menschen durchschüttelten, lösten heftige Übelkeit aus. Das mächtige Grollen des vernichtenden, von Menschenhand ausgelösten Erdbebens übertönte den Lärm der berstenden Glasteile und der Metallverkleidungen, die von den verbogenen Konsolen abgesprengt wurden. So blieb es General Wilson, der sich unter seinem umgestürzten Stuhl hervorarbeitete, erspart, seine Männer und Frauen schreien zu hören.

Sechs Sekunden nach der ersten Detonation folgten der zweite Penetrator und Gefechtskopf. Wegen des enormen, durch die erste Explosion ausgelösten Auftriebs verfehlten beide die Spitze des Granitberges und gerieten ins Taumeln. Die ungewöhnliche Belastung des Sicherungssystems führte zu einem Abbruch. Der Gefechtskopf rutschte seitlich am Berg hinunter, bis er an einem Vorsprung hängen blieb und sein giftiges, nukleares Material über den Abhang unter sich spie.

Drei Sekunden später gruben sich der dritte Penetrator und Gefechtskopf direkt in die Seite des Berges. Durch seine ungeheure Geschwindigkeit schmolz der Penetrator den Granit und jagte zwanzig Meter tief in den Berg, bevor der Gefechtskopf explodierte.

Die Schockwellen rissen die Gebäude des unterirdischen Komplexes vollständig von den Federn, auf denen sie ruhten. Tragende Teile wurden zerstört. Hunderte der rissigen Metallbolzen in der Höhlendecke wurden in zwei Teile gerissen. Eine vierhundert Tonnen schwere Granitplatte löste sich von der Decke der Kammer und begrub eines der Gebäude ganz unter sich, ein zweites wurde teilweise zerstört. Die Notbeleuchtung fiel aus. Hunderte Menschen starben in der Dunkelheit, die nur durch die explodierenden Funken der sich unkontrolliert entladenden elektrischen Leitungen erhellt wurde. Die hohe Frequenz, mit der die Atmosphäre in der Kammer vibrierte, wurde vom menschlichen Ohr wie ein unerträgliches Kreischen wahrgenommen. Unwillkürlich bedeckte Wilson die schmerzenden Ohren mit den Händen.

Nach einer Pause von nur vier Sekunden traf auch das vierte Gespann aus Penetrator und Gefechtskopf mit voller Wucht auf den Cheyenne. Durch die Hitze der Detonation verdampfte ein Hohlraum im Inneren des Berges, der sich hinter den explosionssicheren Türen auf den Eingangstunnel zum Komplex öffnete. Die sich ausdehnenden Gase des verdampften Granits schossen durch diesen Kanal in die Hauptkammer des Komplexes. Durch die Welle extrem heißer Gase entstand eine Druckwand, die mit fünffacher Schallgeschwindigkeit durch die Kammer raste und alles auf ihrem Weg mit einer bis dahin ungekannten Gewalt augenblicklich vernichtete. In wenigen Augenblicken hatte der Druck im Inneren der Kammer fast siebzigtausend Atmosphären erreicht, unvergleichlich viel mehr als die zwei Atmosphären, die der menschliche Körper ertragen kann. Das bedeutete die sofortige Auslöschung jeglichen Lebens im gesamten Komplex – Säugetiere und Bakterien wurden gleichermaßen verbrannt und zermalmt.

Erst nachdem die Druckwelle des nuklearen Feuers, das immer noch tief im Inneren des Granitberges brannte, jede Öffnung und Nische der Hauptkammer erreicht hatte, wandte sich ihre Kraft gegen die beiden explosionssicheren Haupttore am Eingang des Tunnels. Eines nach dem anderen wurde aus der Verankerung gerissen und auf einem zehntausend Grad heißen Gasstrom aus dem Tunnel in die Hölle draußen geschleudert. Die sechzig Tonnen schweren Tore überschlugen sich mehrfach und landeten schließlich mit einem gewaltigen Krachen mehrere hundert Meter weiter unten am Berg. Als sie zum Stillstand kamen, schlug der erste der vier verbleibenden Gefechtsköpfe ein, deren Einsatz inzwischen allerdings sinnlos geworden war. Von der zerklüfteten Felsspitze, die einst der Cheyenne gewesen war, war nicht mehr viel übrig.

90th Strategic Missile Wing, Warren Air Force Base, Wyoming
11. Juni, 0556 Uhr GMT (2256 Uhr Ortszeit)

Stuart fühlte den entsetzlichen Aufprall des ersten Gefechtskopfs durch seinen Rücken und die Fußsohlen. Ein Alarm schrillte: Das Doppler-Bodenradarnetz um die Abschussbasis an der Oberfläche hatte eine Bewegung im äußeren Sicherheitsbereich entdeckt. Als das Grollen begann, gingen die Lichter aus und wurden durch die rote Notbeleuchtung ersetzt, die durch die Batterien der Basis gespeist wurde. Abrupt verstummte der Alarm: Die Konsolen waren ausgefallen.

Immer wieder wurden die nahezu konstanten Vibrationen, die Stuart durch jeden Quadratzentimeter seines Stuhls spürte, von einem Stoß unterbrochen. Manche dieser Schläge waren kräftig, andere nur kurz und fern.

Mit geschlossenen Augen schätzte Stuart im Geist die Entfernung von den Detonationen. *Zweihundert Meter. Die Basis ist für knapp vierzehn Atmosphären ausgelegt. Das bedeutet* – ein heftiger Stoß ließ ihn zusammenfahren und er begann unkontrolliert zu zittern – *das bedeutet, bei einer Entfernung von zweihundert Metern kann sie fünfhundert … fünfhundert Kilotonnen aushalten. Oder … einen direkten Treffer mit einem Gefechtskopf von fünfunddreißig Kilotonnen.* Während er den Sturm aussaß, versuchte er, sich auf bewusste Gedanken zu konzentrieren, um das Chaos abzuwehren, das nur darauf lauerte, die Mauern einzureißen, die er mühsam errichtet hatte, um nicht den Verstand zu verlieren.

Unter einem mächtigen Stoß krampften sich ihm Magen und Brustkorb zusammen. Er versuchte, sich auf sein Ende vorzubereiten. Metall zerriss kreischend, es krachte entsetzlich, doch das Ende kam nicht. *Knapp,* dachte er seltsam distanziert. Es fiel ihm schwer, sich vorzustellen, wie mächtig die Explosion sein würde, die sie umbringen würde. Ein weiterer Stoß erschütterte die Kapsel und seinen durchgerüttelten Körper. Die Basis ächzte, doch es schienen keine weiteren Metallteile beschädigt worden zu sein. Erst als er spürte, dass ihm der Schweiß über das Gesicht lief, wurde ihm bewusst, wie heiß es in der unterirdischen Kapsel geworden war.

Hinter ihm flackerten Funken auf.

»Ein Elektrobrand!«, brüllte Langford, der durch das Grollen kaum zu verstehen war. Er löste seine Gurte und verschwand aus Stuarts Gesichtsfeld.

Giftiger Rauch stieg Stuart in die Nase, während er sich ebenfalls losschnallte. Kaum war er aufgestanden, als er auch schon von einer weiteren Schockwelle auf die Knie geworfen wurde, obwohl er wenige Augenblicke zuvor noch sicher gestanden hatte. Er spürte, wie sich die Aufhängung der Kapsel langsam beruhigte, nachdem sie die letzte Druckwelle ausgeglichen hatte.

Als er mit schmerzenden Knien aufblickte, sah er Langford auf dem Boden sitzen und die elektrische Schalttafel am Zugangstunnel mit dem Feuerlöscher besprühen. Da das Feuer so gut wie gelöscht war, kletterte er hustend auf seinen Sitz zurück und schnallte sich erneut an.

Eine neuerliche Druckwelle traf die Basis. Hinter sich hörte er klappernd etwas zu Boden fallen.

»Scheiße!«, brüllte Langford, der sich selbst und den Feuerlöscher vom Boden aufsammelte und hastig zu seinem Sitz zurückkehrte. Von den folgenden Druckwellen war keine so kräftig wie die vorangegangenen. Wenige Sekunden nach dem letzten Stoß kehrte Ruhe ein. Die Basis schaukelte sanft in ihrer Aufhängung, bis alles still war. Abgesehen von den blinkenden roten Lichtern auf der Notstromkonsole herrschte völlige Dunkelheit.

An Bord von Nightwatch, *über Maryland*
11. Juni, 0605 Uhr GMT (0105 Uhr Ortszeit)

»Wir wollen damit sagen, dass die Russen bis jetzt keines unserer Ballungsgebiete beschossen haben, Mr. President«, erläuterte Lambert. »Im Gegenteil, Ziele innerhalb von Ballungsgebieten, wie zum Beispiel der Marinestützpunkt San

Diego, wurden sorgfältig vermieden, seien sie auch noch so wertvoll.«

»Allerdings haben die Unterseeboote bis jetzt auch noch nicht gefeuert«, warf Admiral Dixon ein. »Nachdem ihre Treffsicherheit gewaltig zu wünschen übrig lässt, werden sie gegen die Städte eingesetzt werden. Der größte Teil ihrer Flotte befindet sich in ihrer Bastion in der Karasee. Die Russen bauen gute Unterseeboote, aber unsere Abwehr ist besser. Daher beschränken sie sich auf die Verteidigung. All diese Unterseeboote sind in der Karasee nördlich von Murmansk und Poljarni stationiert.« Der Admiral deutete mit den Händen an, wie klein dieser Bereich war. »Diese Zone wird von konventionellen Marinestreitkräften sowie einer großen Zahl landgestützter Flugzeuge der Luftstreitkräfte verteidigt.«

»Soll das heißen, wir können die Unterseeboote dort nicht versenken?«, erkundigte sich der Präsident.

»Wenn ich einen Monat Zeit und die nötigen Mittel zur Verfügung habe, erledige ich das für Sie, Mr. President. Aber es wird eine blutige Schlacht werden. Wir müssen damit rechnen, mehrere Schiffe, unter Umständen sogar einen Flugzeugträger zu verlieren.«

Der Präsident ließ den Kopf sinken. »Der Punkt ist, dass die Raketen, mit denen diese Unterseeboote ausgerüstet sind, nicht so genau sind wie die Interkontinentalraketen«, ergänzte General Thomas. »Je länger sie sich unter Wasser aufhalten, desto überholter die Daten der Navigationssysteme. Daher brauchen sie große Zielbereiche, bei denen es auf ein paar hundert Meter nicht ankommt.« Der Präsident blickte auf. »Ziel sind unsere großen Städte, Sir. Der Hahn ist gespannt und nach unserem Vergeltungsschlag können Sie sicher sein, dass scharf geschossen wird.«

»Was sollen wir also tun?«, fragte der Präsident.

»Das ist eine politische Frage«, erwiderte Thomas. Der Verteidigungsminister nickte. Langes Schweigen folgte.

»Damit sollten wir unsere Zwischenkonferenz beenden, Mr. President«, mahnte der Verteidigungsminister. »In etwa einer halben Stunde wird eine Einschätzung unseres Raketenschlags möglich sein. Außerdem werden uns dann die Schadensberichte über den russischen Angriff zur Verfügung stehen. Inzwischen haben wir zu tun, Sir, wenn Sie keine Einwände haben. Am besten erledigen wir unsere Arbeit von hier aus.«

Der Präsident erhob sich unverzüglich. »Ich werde mit London und unseren übrigen Verbündeten telefonieren und mich mit den Führern des Kongresses in Verbindung setzen.«

Kaum war er gegangen, wandte sich General Thomas an die übrigen. »Okay. Wie zum Teufel kommen die Chinesen dazu loszuballern?«

General Starnes schüttelte den Kopf. »Ich habe keine Ahnung, Andy. Ein Leck oder eine abgehörte Nachricht. Vielleicht haben sie ja Rasows Anruf bei Ihnen abgehört, aber ich nehme an, das übersteigt ihre technischen Möglichkeiten.«

»Der Präsident hat Außenminister Moore angewiesen, die Chinesen zu informieren.«

Aller Köpfe wandten sich zu Lambert. Seine Kehle war wie zugeschnürt, doch er schluckte und sprach weiter. »Auf dem Weg zum Crown Helo, über das Handy.« Lambert senkte den Blick. »Ich habe versucht …« Er öffnete den Mund, doch er brachte es nicht über sich zu erzählen, wie er vergeblich versucht hatte, den Präsidenten aufzuhalten. Dass es nicht seine Schuld war.

Als er aufsah, blickte er in die aufgewühlten Gesichter der anderen. »Großer Gott!« Fuller vergrub das Gesicht in den Händen und schüttelte den Kopf. »Was für ein verdammter Idiot! Dieser dämliche Trottel!«

Schockiert von dieser Respektlosigkeit, wartete Lambert, dass jemand Fuller zur Ordnung ruf. Stattdessen sah Thomas den Verteidigungsminister an. »Sir, ich empfehle, in Zukunft engeren Kontakt zum Vizepräsidenten zu halten.«

Der Minister überlegte kurz und nickte dann langsam. »Ach, Greg«, sagte er dann, zu Lambert gewandt, »an Ihrer Stelle würde ich dieses Gespräch in allen Einzelheiten festhalten, bevor die Erinnerung daran verblasst.« Er sah ihm direkt in die Augen, doch die übrigen wichen Lamberts Blick aus. »Haben Sie verstanden?«

Lambert nickte. *Ein Memo, um mich abzusichern.* Er schüttelte den Kopf. *Raketen regnen auf unser Land herab, Jane ist auf der Flucht und ich schreibe ein Memo.* Bei dem Gedanken wurde ihm übel. Darum ging es anscheinend immer, im Krieg und im Frieden: Hauptsache, man rettete seinen Arsch.

Fernost-Kommando der Armee, Kabarowsk
11. Juni, 0620 Uhr GMT (1620 Uhr Ortszeit)

General Rasow stand mit seinem Stab auf dem Dach des Gebäudes über dem Kommandobunker. Er hatte darauf bestanden, den Atomangriff auf sein Land von diesem Aussichtspunkt aus zu verfolgen. Da das Raketenfeld Swobodnij in fast vierhundert Kilometern Entfernung lag, erwartete er in der frühen Abenddämmerung keine spektakulären Szenen. Die Offiziere, die ihn begleiteten, wirkten bunt zusammengewürfelt. Jene schneidigen, hellwachen Männer in Galauniform, die die Nacht in ihren warmen Betten in Kabarowsk verbracht hatten, hoben sich krass von den schmutzigen, stinkenden Soldaten ab, deren Tarnanzug und müder Blick von einem fernen Leben im Feld zeugte, aus dem man sie soeben abberufen hatte.

»Da!«

Rasow folgte mit dem Blick dem ausgestreckten Finger. Im Nordwesten wurde der Himmel am Horizont eindeutig heller. Eine zweite Sonne schien hinter der ersten unterzugehen.

Welch ein Anblick! Hastig verdrängte Rasow den entsetzlichen Gedanken. Schweigend beobachteten die Männer, wie sich die dünnen Wolken in dem künstlichen Sonnenuntergang über dem Horizont rot färbten. Immer wieder flammte das gleißende Licht an scheinbar genau derselben Stelle auf, als schaltete jemand riesige Glühbirnen ein und aus. Als das letzte Glühen verloschen war, wandte sich Rasow zum Gehen.

Plötzlich erhellte ein neues Glühen den Horizont im Süden. Rasow erstarrte. Die Männer in seiner Begleitung blieben ebenfalls stehen. Vor dem viel dunkleren Himmel im Süden war nun eindeutig ein nukleares Feuer zu erkennen.

»Was zum Teufel ist das?«, fragte einer der Offiziere.

»Das muss Wladiwostok sein.« Die Stimme seines Kameraden klang ungläubig.

Ein weiterer Blitz zuckte in wesentlich größerer Nähe über den Himmel zu ihrer Linken. Das war im Osten.

»Mein Gott!«, stieß einer der Offiziere mit leiser, aber durchdringender Stimme hervor.

»Was ist da los?«, fragte ein zweiter.

»Das ist ganz in der Nähe«, sagte jemand, während sie beobachten, wie das Glühen immer intensiver wurde, bis die Wand, die das Dach umgab, einen steilen, düsteren Schatten warf. »Das muss Sachalin sein.«

»Aber was geht da vor? Was tun die Amerikaner?« Der Offizier sprach laut die Frage aus, die sich Rasow selbst in den letzten Minuten immer wieder gestellt hatte.

Über Flagstaff, Arizona
11. Juni, 0625 Uhr GMT (2325 Uhr Ortszeit)

Chandler hörte ein »Ping« und sah, wie das Anschnallzeichen erlosch. »Meine Damen und Herren, die Sauerstoffmasken sind nun nicht mehr nötig«, meldete sich eine Stimme aus dem Lautsprecher. Abgesehen von den Notfall-Anweisungen an die Stewards war es die erste Durchsage seit dem Ausbruch des Feuers. »Sie können die Masken einfach wieder in das Fach über ihren Köpfen stecken. Der Sauerstoff bleibt allerdings aufgedreht; falls der Rauch für Sie zu stark sein sollte, ziehen Sie die Masken wieder herunter.«

Chandler nahm die Maske ab, löste den Sicherheitsgurt

und erhob sich. Seit der Sturzflug begonnen hatte, war bereits eine halbe Stunde vergangen, und seine Muskeln schmerzten von der Anspannung.

Als er sich zu den anderen Passagieren umwandte, stellte er fest, dass die meisten ihn erwartungsvoll ansahen. Mehrere Soldaten husteten und hielten sich immer wieder die Sauerstoffmaske vors Gesicht. Der Geruch von verbranntem Kunststoff lag in der Luft, doch Chandler störte das nicht. Als er den Blick senkte, sah er in die Augen von Barnes, der ihm gegenüber auf der anderen Seite des Ganges saß.

»Ich werde mich mal erkundigen, was da los war«, meinte Chandler. Barnes nickte zustimmend.

Er ging zur Cockpittür und klopfte; daraufhin öffnete sie sich einen Spaltbreit. Der Bordingenieur beäugte ihn misstrauisch. »Ein Passagier«, meldete er dann.

»Verschwinden Sie!«, dröhnte eine Stimme aus dem Inneren des Cockpits.

Der Bordingenieur zuckte entschuldigend die Achseln und schloss die Tür. In Chandler stieg kalte Wut auf. Energisch hämmerte er gegen die Tür, die sich daraufhin erneut öffnete. Der Bordingenieur winkte ihn herein.

»Verdammt noch mal, wir haben hier ein Flugzeug zu fliegen!«, schimpfte der Pilot, ohne sich umzuwenden. »Was zum Teufel wollen Sie?«

Der massige Avionics-Block links von Chandler war unter dem weißen Schaum aus dem Feuerlöscher schwarz verkohlt. Ganze Bauteilreihen waren herausgerissen, offenbar war in die Lücken Löschmittel gesprüht worden. Die linke Hand des Flugingenieurs steckte in einem Verband, auf seinem kleinen Tisch stand ein Erste-Hilfe-Kasten. Daneben lagen Zeichengeräte und eine Karte.

»Was war da los?«, erkundigte sich Chandler.

»Wie wär's, wenn Sie sich vorstellen, bevor Sie hier mit Fragen hereinplatzen?«, wies ihn der Pilot zurecht.

»Ich bin Major David Chandler, Reservist der US-Armee.«

»Kapitän Golding, Delta Airlines. Das hier ist mein Kopilot Mr. Frazier.« Der Mann mit den Kopfhörern winkte kurz mit einer Hand, während er mit der anderen weiter die

Funkfrequenzen absuchte. »Und das da ist Gator, seines Zeichens Bordingenieur und Navigator.«

»Da unten ist eine Stadt«, meldete der Kopilot. »Zwei Uhr, etwa sechzehn Kilometer.«

»Flagstaff«, erklärte Gator. Er trug eine Markierung auf seiner Karte ein, notierte die entsprechende Uhrzeit und zog mit Bleistift und Lineal eine Linie zu der vorhergehenden Markierung.

»Was soll denn das?«

»Gator verbindet Punkte auf der Karte«, erläuterte Captain Golding. »Sämtliche Navigationssysteme sind ausgefallen. Kennen Sie *Mein Flug über den Ozean* mit James Stewart? Ausgezeichneter Film!«

»Wollen Sie damit sagen, dass Sie dieses Ding anhand der Lichter da unten fliegen?«

»Na ja, wir haben auch noch einen Kompass und eine Uhr.« Gator hielt demonstrativ sein Handgelenk in die Höhe. »Außerdem haben wir bei Einreichung unseres Flugplans einen Ausdruck mit Windgeschwindigkeit und Windrichtungen erhalten. Im Westen wird es nicht mehr viele Lichter geben, aber wir werden uns schon durchschlagen.«

»Was ist passiert?«

Ein Schweigen trat ein, das nur durch das langsame Klicken unterbrochen wurde, mit dem sich der Kopilot durch das Funkspektrum tastete. Das Zögern der anderen war Antwort genug für Chandler.

»Der Luftangriff auf March, war das …?«

»Ich fürchte ja, mein Sohn.« Die Stimme des bärbeißigen Piloten klang überraschend sanft.

»Die *Russen*?«, fragte Chandler ungläubig.

»Sieht ganz danach aus.«

Er schüttelte den Kopf. »Warum? Was in Gottes Namen ist vorgefallen? Da muss ein Irrtum passiert sein, ein ungeheuerlicher Irrtum.«

»Wir verstehen es auch nicht«, sagte der Pilot bedächtig.

»Wurde L.A. getroffen?« Chandlers Herz klopfte und ihm drohte schwindlig zu werden.

»Das weiß ich nicht.«

Chandler spürte, dass er offenbar unter Schock stand. Am liebsten hätte er geweint, aber gleichzeitig wäre er fast in hysterisches Gelächter ausgebrochen. »Ich kann es nicht glauben.« Er musste unbedingt mehr erfahren, so schnell wie möglich. »Können Sie denn niemanden anfunken, um herauszufinden, was passiert ist? Vielleicht den Flughafen von Los Angeles?«

»Nein«, gab Kapitän Golding zurück. »Entweder ist unser Transceiver im Eimer oder die regionalen Kontrollzentren sind zerstört beziehungsweise das Luftfahrtamt hat sie geschlossen, um den russischen Bombern, oder was immer sich da oben herumtreibt, keine Funksignale zu liefern, an denen sie sich orientieren können.« Golding sah auf allen Seiten aus den Fenstern, als erwartete er jeden Augenblick, ein russisches Flugzeug zu entdecken.

»Sollten Sie nicht landen?«, fragte Chandler mit einem Blick auf die verbrannten Instrumente. »So können Sie doch unmöglich fliegen.«

»Ich persönlich versuche mein Glück lieber hier oben«, gab Golding zurück.

»Aber wo fliegen wir hin?«

»Bevor sich die Flugüberwachung in L.A. abschaltete, hörten wir noch, die Russen hätten angegriffen und wir sollten uns an einen sicheren Ort begeben. Es waren ziemlich viele Leute in der Luft – die ganzen Maschinen von March – und alle wollten wissen, wo es denn sicher sei. Der Typ der Flugüberwachung hatte keine Ahnung, aber sein Vorgesetzter schaltete sich ein und empfahl uns Gander in Neufundland. Er sagte, sie wüssten auch nicht, was los sei, aber wir sollten nach Gander fliegen. Das wiederholte er bestimmt noch zehnmal für andere Charter wie uns, so ziemlich die einzigen Maschinen in der Luft, seit gestern nach der Invasion der Koreaner die Reserve der zivilen Luftfahrtflotte mobilisiert wurde.«

»Das ist also unser Ziel?«, fragte Chandler ungläubig. »Neufundland?«

»So lauten meine Anweisungen. Ich bin nur ein Angestellter.«

»Ja, aber … ausgerechnet Neufundland?«

»Major«, begann Golding in gereiztem Ton. Dann wandte er sich zum ersten Mal um. Über dem einen Auge trug er einen weißen Verband. Mit dem anderen blickte er Chandler einen Moment lang an, bevor er sich umwandte und erneut aus dem Fenster sah. »Major, ich habe keine Ahnung, was los ist. Ich weiß nicht, welcher Flughafen noch funktioniert, welcher zerstört ist, welcher möglicherweise zum nächsten Angriffsziel wird und welcher vielleicht durch radioaktiven Fallout verseucht ist. Ich weiß schlicht *gar* nichts. Wir haben ein paar Flieger passiert, die in entgegengesetzter Richtung unterwegs waren, aber die hatten auch nicht mehr Ahnung als wir. Frazier versucht, einen zivilen Sender zu finden, der vielleicht mehr Informationen hat, aber bis dahin fliege ich nach Gander, weil man mich dort hingeschickt hat und weil es sicher klingt. Wer zum Teufel würde einen Ort wie Gander in die Luft jagen wollen?«

»Was ist mit Ihrem Auge los?«, fragte Chandler.

»Nichts weiter.« Golding kratzte an dem Pflaster, mit dem der Verband befestigt war. »Wir waren etwa fünfundzwanzig Kilometer von March entfernt, als sich neun Detonationen ereigneten. Obwohl sich die Maschine von der Explosion wegbewegte, war die Helligkeit unerträglich. Alle Triebwerke fielen aus und dann packten uns Winde von hinten, die den Tragflächen sämtlichen Auftrieb nahmen. Ein paar Sekunden war unsere Geschwindigkeit fast bei Null, während die Druckwelle vorüberraste. Die Maschine fiel wie ein Stein. Außerdem brach ein Feuer aus und wir konnten aufgrund der Explosion in der Dunkelheit nichts mehr sehen.«

Zum ersten Mal wurde Chandler klar, mit was für ausgezeichneten Leuten er es zu tun haben musste. *Fünfundzwanzig Kilometer von einer Atomexplosion entfernt.* Plötzlich kam ihm Melissa in den Sinn, wie sie zu Hause im Wohnzimmer saß … Er schloss die Augen und versuchte, den Gedanken zu verdrängen. *Nicht jetzt, später.* Als er die Augen erneut öffnete, musste er sich am Tisch des Bordingenieurs festhalten.

»Alles in Ordnung?« Der Mann flüsterte fast.

Chandler nickte. Eine Welle der Übelkeit packte ihn, doch er zwang sich, sie zu ignorieren. Als er tief einatmete, stieg ihm der Geruch verbrannten Kunststoffs in die Nase. »Und warum das Pflaster?«

Der Kopilot sah zunächst Golding an und drehte sich dann nach Chandler um. »Falls es noch einmal passiert. Dann hat er wenigstens noch ein Auge übrig.« Plötzlich fuhr er herum und sah auf seine Hand, die immer noch auf dem Bedienknopf des Funkgeräts ruhte. »Ich habe was!« Hastig stellten Golding und Gator ihre Tuner ebenfalls auf die angezeigte Frequenz ein. Chandler beobachtete, wie der Bordingenieur den Kopfhörer fester gegen seine Ohren drückte.

»Was?«, fragte er, aber Gator bedeutete ihm mit einer Geste, sich ruhig zu verhalten. »Was ist los?«

Gator öffnete eine Schublade und reichte Chandler einen Kopfhörer, den er hinter dem Sitz des Piloten einsteckte. Zunächst vernahm er nur ein Zischen. Er drehte den Regler neben der Anschlussbuchse auf volle Lautstärke und presste den Kopfhörer fest gegen seine Ohren.

»… die schwärzeste Nacht in der Geschichte der Menschheit …« Das Signal wurde schwächer, doch die Stimme war unverkennbar gewesen: Präsident Livingston. »… können weinen, wir können trauern, doch jetzt ist nicht die Zeit für Rache. Mir wurde versichert«, sagte der Präsident, während das Signal wieder stärker wurde, »dass es sich bei dem russischen Angriff um einen Unfall handelte, der durch eine tragische Verkettung von Ereignissen im Rahmen eines russischen Atomschlags gegen China ausgelöst wurde.« Der Empfang verschlechterte sich erneut und Chandler presste den Kopfhörer so fest gegen seine Ohren, dass es schmerzte. »Obwohl unsere Streitkräfte in diesem Augenblick angemessene Vergeltungsmaßnahmen ergreifen, muss ich Ihnen, dem großen und weltoffenen amerikanischen Volk sagen, dass ich davon überzeugt bin, dass es sich bei dem Angriff um einen Irrtum handelte. Die Russen werden diesen Fehler ebenso teuer bezahlen wie wir. Dennoch befinden wir uns nicht im Krieg mit Russland und … einen Waffenstillstand erörtern … Gott segne die Vereinigten Staaten von Amerika.«

Chandler und die anderen schwiegen. Dann nahm er den Kopfhörer ab und lehnte sich gegen die Trennwand hinter ihm. Er war emotional völlig erschöpft. Mit einem Blick auf die Cockpittür sagte er: »Jemand muss die anderen informieren.«

Golding nahm das Mikrofon von der Instrumententafel, doch anstatt es an den Mund zu führen, reichte er es über die Schulter an Chandler weiter.

»Zum Einschalten drücken Sie einfach die Taste«, lautete sein einziger Kommentar.

ZWEITER TEIL

O Gott! O Gott! Wenn es nur möglich wäre,
Geschehnes ungeschehen zu machen,
den gestrigen Tag zurückzurufen.
Wenn doch die Zeit ihr eiliges Stundenglas wendete
und uns Tage und Stunden zurückgäbe.

Thomas Heywood,
A Woman Killed with Kindness,
4. Akt, 6. Szene

1. KAPITEL

An Bord von Nightwatch, über Maryland
11. Juni, 0630 Uhr GMT (0130 Uhr Ortszeit)

»Nein, Sir«, meldete die blecherne Stimme aus dem Lautsprecher, während im Hintergrund die Triebwerke heulten. »Ich kann sehen, wo Interstate 80 und 25 die Grenze von Cheyenne erreichen … vielmehr erreichten … aber das Verkehrskreuz selbst ist verschwunden.«

»Irgendwelche Brände?«, erkundigte sich General Starnes.

»Eigentlich nicht. Es scheint zwar Rauch zu geben, aber auf dem Boden ist alles ausgebrannt.« Offenbar fiel es dem Mann schwer, das Beben in seiner Stimme unter Kontrolle zu halten. »Das Licht ist zwar noch ziemlich schwach«, er räusperte sich, »aber ich habe die Linse an der Unterseite der Maschine auf volle Leistung eingestellt und sehe nur Trümmer. Nichts als verkohlte Trümmer.«

Mehrere der Anwesenden blickten sich an. Lambert war jetzt klar, was er vorhin in der Stimme des Piloten zu hören geglaubt hatte. Er selbst konnte kaum die Augen offen halten. Nach Washingtoner Zeit war es früher Morgen und die Nacht zuvor hatte er nur wenige Stunden geschlafen. Mit einem Ruck, der ihn sofort vollständig weckte, riss er den Kopf zurück, als er fühlte, dass sein Unterkiefer schlaff wurde. Die Kopfschmerzen, die Erschöpfung, das war nicht nur normale Müdigkeit. Es war die Anspannung – die vielen Stunden ununterbrochener Anspannung forderten ihren Tribut.

»Tut mir Leid, Sir.« Die Stimme war wieder da, klang aber schwächer. »Es ist immer noch ziemlich dunstig … aber die … die Wolke ist bereits etwa zwölf bis fünfzehn Kilometer weit über Orchard Valley nach Südosten weitergezogen. Alles in Cheyenne ist …«

Lambert und die anderen warteten einen Augenblick

lang vergeblich darauf, dass der Pilot seinen Satz vollendete. Ein Ton – eigentlich nur die Andeutung eines Tons – drang aus dem Lautsprecher. Von früheren Berichten her kannte Lambert das System gut genug, um zu wissen, dass das Mikrofon des Piloten durch jedes Geräusch aktiviert wurde.

»Ist ihm schlecht?«, fragte der Präsident so leise, dass die Freisprecheinrichtung es nicht registrieren konnte. »Die Strahlung?«

General Starnes schüttelte den Kopf. »Er weiß, was er tut«, flüsterte er zurück. »Unsere TR-1A-Piloten werden gut für diesen Fall vorbereitet. Er würde nie zu dicht an die Wolke heranfliegen.« Dann hob er die Stimme. »Major ... wo befindet sich Ihre Basis?«

»In Warren, Sir.« Die Stimme in der Ferne klang nun gefasster.

Der Präsident formte mit den Lippen eine stumme Frage. »Dort?« Er zeigte nach unten. Starnes nickte.

Ich frage mich, wie oft er wohl nach seinem Haus gesucht hat, dachte Lambert. Kopfschüttelnd stellte er sich den unbekannten Piloten vor. *Wie hält er das nur durch? Wie lebt man weiter?* Lamberts Frau war in Sicherheit – Washington war verschont geblieben –, aber was war mit diesem Mann?

»Was ist Ihr Ziel, Major?«, erkundigte sich General Starnes betont geschäftsmäßig, um die Spannung zu brechen.

Nach einem hörbaren Seufzer antwortete der Pilot. »Ich muss über Baffin Island auftanken. Dann werde ich ein paar Schnappschüsse von Thule aufnehmen. Wenn ich erneut aufgetankt habe, werde ich mit dem SLAR ein paar Bilder von Magnitogorsk machen.«

»SLAR heißt Side-Looking Airborne Radar, das ist ein in seinem Flugzeug installiertes Seitensichtradargerät«, erklärte Starnes dem Präsidenten in gedämpftem Ton. »Das ASARS-2-Radarsystem liefert Bilder, die so scharf sind wie ein Schwarzweißfoto, aber bei jedem Wetter aufgenommen werden können.« Dann sagte er laut in das Mikrofon: »Sie haben einen langen Tag vor sich, Major. Viel Glück.«

»Danke, Sir. Sir?«

»Ja?«

»Lassen Sie sie dafür bezahlen.«

Lambert fühlte, wie es ihm eiskalt den Rücken hinunterlief.

Außerhalb von Kabarowsk, Russland
11. Juni, 1030 Uhr GMT (2030 Uhr Ortszeit)

»Sie kommen«, meldete General Mischin über das BTR-80-Funkgerät aus dem Ausweichquartier des PVO-Strany an General Rasow. »Satelliten- und Raketenabwehr funktionieren noch, aber die Technischen Truppen haben alle ihre Langstrecken-Radaranlagen verloren. Sobald eine unserer IL-76 ihren Radar einschaltet, wird sie von F-111 oder F-14 abgeschossen. Die Marine versucht, die Lücken mit Ka-25 zu schließen, aber Hubschrauber geben eine ideale Zielscheibe ab. Wir bemühen uns, die mobilen Bodenradaranlagen in einem zusammenhängenden System zu organisieren, aber das dauert.«

»Also haben wir keine Ahnung, was los ist.«

»Nun, wir bekommen Momentaufnahmen. Sieht so aus, als wäre ihr gesamtes Arsenal unterwegs – B-52H, B-1B, FB-111, Cruisemissiles von in Reserve gehaltenen Flugzeugen sowie Systeme zur Ausschaltung der Luftabwehr und Tankflugzeuge. Einfach alles. Wir können nur vermuten, dass sich irgendwo da draußen auch B-2 und möglicherweise sogar F-117 herumtreiben, aber das sind Tarnkappenbomber, die wir nicht sehen können. Außerdem sind A-6-Bomber von den Flugzeugträgern vor der koreanischen Küste sowie F-16 der NATO-Streitkräfte in Europa unterwegs. Dazu kommen Cruisemissiles von Unterseebooten und Schiffen.«

»Wollen Sie damit sagen, dass wir über keinerlei Flugabwehr verfügen, die diesen Namen verdient?«

»General Rasow«, erwiderte Mischin bedächtig, »jede einzelne Verteidigungsanlage von Bedeutung wurde von atomaren Gefechtsköpfen getroffen, *jede*. Wir operieren nun von zivilen Flughäfen aus. Solange die Amerikaner ihren Angriff ungehindert von den USA aus durchführen können, haben wir keine Chance.«

»Was schlagen Sie vor?« Rasow war die Lage der Luftstreitkräfte nur allzu vertraut.

»Wir müssen uns wehren. Zurückschlagen. Zumindest ihre Flugzeugträgerkonvois und die Einrichtungen der NATO müssen angegriffen werden.«

»General, muss ich Sie daran erinnern, wer diesen Krieg begonnen hat?« Rasow bemühte sich um einen strengen Ton, um sich nicht anmerken zu lassen, wie deprimiert er war. »Tun Sie Ihr Bestes. Stellen Sie zunächst die Lufthoheit über russischem Territorium wieder her, dann kümmern wir uns um alles andere.«

»Vielleicht habe ich den Ernst der Lage nicht klar genug geschildert, General Rasow.« Mischin sprach betont langsam. »Bei unserer letzten Zählung waren siebzehn AWACS-Maschinen von der Halbinsel Kola über die Laptew-See bis zum Tscherskij-Gebirge weit im Süden im Einsatz.«

»Soll das heißen, ihre AWACS-Maschinen kreisen über russischem Territorium?«, fragte Rasow erstaunt.

Die Luke des BTR-Mannschaftstransporters öffnete sich und Rasows Adjutant stieg zu ihm herunter. Offenbar hatte er eine Meldung für den General, doch dieser bedeutete ihm mit einer Geste zu schweigen.

»Eine davon befindet sich im Moment mit einer kompletten Eskorte von Kampf- und Tankflugzeugen ein paar hundert Kilometer nördlich von Ihrer Position in der Luft. Wir besitzen höchstens noch über unseren Zivilflughäfen, von denen aus unsere Kampfflugzeuge operieren, die Lufthoheit und auch das könnte nicht von Dauer sein. Wenn wir nicht zurückschlagen, General, sollten wir uns überlegen, wie wir unsere Luftstreitkräfte erhalten.«

»Wofür erhalten?«

»Für das, was noch kommen könnte.«

Zum ersten Mal zog Rasow die Möglichkeit in Erwägung, dass es mit dem entsetzlichen Vergeltungsschlag der Amerikaner nicht getan sein könnte. »Was ist mit Zorin?«

»Wir haben den armseligen Lumpen«, erklärte Mischin angewidert. »Am liebsten würde ich ihm selbst eine Kugel in den Kopf jagen.« Dann diskutierten sie, wie sie am besten ihre Kommandos innerhalb des neu geschaffenen STAVKA organisierten. Rasow sollte Vorsitzender des Oberkommandos werden.

Als das Gespräch beendet war, meldete sich Rasows Adjutant zu Wort. »General, wir müssen hier weg. Der Wind hat sich gedreht.«

»Besorgen Sie mir ein Transportmittel nach Moskau. Ich kann die Dinge nicht von hier aus regeln.«

Palm Springs, Kalifornien
11. Juni, 1030 Uhr GMT (0230 Uhr Ortszeit)

»Ich will eine Epidural-Anästhesie!« Melissa schlug mit dem Kopf gegen das Kissen. »Das tut weh!«

»Sie bekommen ein Baby, da ist das völlig normal«, erklärte die Krankenschwester ruhig.

Melissa rang weinend nach Luft. »Ich will eine Narkose!«

»Mrs. Chandler, die Anästhesisten sind im Moment sehr beschäftigt.«

»Das ist mir egal!«, wimmerte Melissa unter dem Ansturm der nächsten Wehe. »Bitte, holen Sie mir einen Anästhesisten!« Sie hörte kaum zu, als die Frau ihr erklärte, warum die Narkoseärzte beschäftigt waren, und sagte, dass Melissa das sicher verstehe. Das Einzige, das sie verstand, war der unerträgliche Schmerz.

Als Melissa erwachte, sah sie zuerst ihr Baby, das eine viel zu große Windel trug. Irgendjemand hatte ihm mit Pflaster ein goldenes Herz auf den Rücken geklebt. Sie blinzelte, um die aufsteigenden Tränen zurückzudrängen, aber das Bild blieb gleich. Der rote Schimmer auf der frisch gewaschenen Babyhaut verstärkte sich. Als sie aufsah, entdeckte sie eine Lampe, die sie an die Speisewärmer von Fastfood-Restaurants erinnerte. Das Licht leuchtete für ein paar Sekunden auf und verlosch dann wieder.

Schniefend drehte sie sich auf den Rücken. Ihr gesamter Körper schmerzte. Am Fußende ihres Bettes stand, halb verdeckt durch einen Wandschirm, ein weiteres Bett. Eine Frau wälzte sich leise stöhnend hin und her, während ein Mann ihr ein nasses Tuch auf die Stirn legte. Links neben ihr Bett hatte man ein weiteres gezwängt, in dem eine andere Frau mit einem Neugeborenen an der Brust lag.

Die Frau lächelte Melissa zu und flüsterte: »Hübsches Baby.« Sie nickte ihr zu, bevor sie sich wieder ihrem eigenen Kind zuwandte, das die Brustwarze verloren hatte. »Ein Junge«, hatte die Krankenschwester gesagt, daran erinnerte sich Melissa noch. Nun lag er winzig klein in seinem Bettchen und der fleckige rote Rücken hob und senkte sich langsam unter seinen ruhigen Atemzügen. Ihr Kind schlief fest.

Draußen vor der Tür herrschte ziemlicher Lärm. Manche Geräusche klangen gedämpft und schienen aus weiter Ferne zu kommen, andere waren ganz nah. »Ich brauche eine Blutkonserve!«, schrie jemand. »Einen Liter und zwar sofort!«

Melissa wandte sich an die stillende Frau. »Was ist da los?«

Die Frau, die lächelnd auf ihr Baby einredete, während sie ihm mit der freien Hand die Brustwarze in den Mund steckte, sah Melissa an, als hätte sie etwas Unanständiges gesagt. Dann drehte sie sich mit einem zärtlichen Glucksen erneut zu ihrem Baby, ohne zu antworten. Melissa zog das dünne Laken von ihren Beinen. Der Schnitt zwischen ihren Schenkeln schmerzte und auf ihren Waden hatte jemand mit schwarzem Filzstift in riesiger Blockschrift eine Kennung vermerkt.

Draußen im Gang wurde ein lang gezogenes Stöhnen laut. »Jane-et!«, rief jemand anderes. »Hilf mir, den wieder ins Bett zu kriegen!«

Unter Aufbietung aller Kräfte gelang es Melissa, aus dem Bett zu gleiten. Langsam ging sie an der in den Wehen liegenden Frau vorbei.

Als sie die Tür öffnete, trat sie in eine hell erleuchtete Welt, in der Krankenschwestern, Ärzte und Sanitäter von Patient zu

Patient rannten. Fahrbare Krankentragen wurden durch ein Labyrinth anderer Tragen gerollt. Auf dem überfüllten Boden lagen Patienten, die sich Gaze über verstrahlte Hautpartien hielten. Darunter sah sie entsetzliche Brandwunden. Andere Personen in normaler Kleidung, die teilweise selbst verwundet waren, kümmerten sich um die Schwerverletzten oder hielten ihnen weinend die Hand. Blutbefleckte, verbrannte Kleidung lag auf dem Boden, wo man sie hingeworfen hatte, nachdem sie vom Körper geschnitten worden war. Auf der Trage neben Melissa lag eine Person, deren Gesicht vollständig mit Verbänden bedeckt war. Ob es sich um einen Mann oder eine Frau handelte, war nicht mehr zu erkennen. Der oder die Verletzte war völlig allein und stöhnte entsetzlich.

»Entschuldigen Sie bitte.« Mit diesen Worten schob jemand sie in den Gang hinaus. Der Ehemann der in den Wehen liegenden Frau schloss mit entschuldigendem Blick hinter ihr die Tür.

Melissa packte eine vorübereilende Krankenschwester in einem blutbefleckten OP-Kittel, der das verschwitzte Haar an der Stirn klebte, am Arm. »Ich will entlassen werden. Ich bin Melissa Chandler und ich will das Krankenhaus mit meinem Baby sofort verlassen.«

»Okay«, zischte die Krankenschwester und versuchte, sich loszumachen. »Gehen Sie.«

»Wo bezahle ich die Rechnung?« Melissa hielt den Ärmel der Frau fest umklammert.

»Die *Rechnung?*«, fragte diese ungläubig. Dann riss sie sich gewaltsam los und lief weiter. Das gesichtslose Wesen auf der Trage neben Melissa stöhnte erneut auf beinahe unmenschliche Weise.

An Bord von Nightwatch, *über Maryland*
11. Juni, 1100 Uhr GMT (0600 Uhr Ortszeit)

Durch das gleichmäßige Rauschen der Triebwerke, das auf Lambert merkwürdig einschläfernd wirkte, drang General

Starnes' Stimme an sein Ohr. »Unseren CAOSOP-Berichten zufolge – das sind zwölf verschiedene Berichte, die gemäß Verfahrensanweisung für die Koordination von Atomschlägen erstellt werden – verläuft Phase II der Aktion unserer Maschinen der schnellen Einsatzbereitschaft erfolgreich.« Er sprach laut genug, dass ihn Vizepräsident Costanzo über die Freisprecheinrichtung des Telefons hören konnte. »Obwohl der Einsatz schon relativ weit fortgeschritten ist, sind unsere Verluste minimal – zwei A-6, eine FB-111 und eine B-52. Natürlich müssen es unsere Leute noch bis nach Hause schaffen, aber die Russen haben im Moment mit den anfliegenden Maschinen alle Hände voll zu tun.«

»Was haben wir getroffen?« Der Präsident wirkte benommen.

Starnes blickte auf seinen Bericht. »Unsere Raketen haben vor allem die Unterseeboot-Stützpunkte von Petropawlosk, Wladiwostok, Ponoy, Murmansk, Poljarni, Pechenga, Dikson Ostrow, Kaliningrad, Matochin Shar und Archangelsk erwischt. In Wladiwostok und Murmansk wurden konventionelle Waffen eingesetzt, um die Verluste unter der Zivilbevölkerung so gering wie möglich zu halten. Allerdings wurden in Wladiwostok zusätzlich zwei nukleare Torpedos mit geringer Sprengleistung eingesetzt. Unsere Unterseeboote räuchern die Unterseetunnel vor den Piers einen nach dem anderen aus und nehmen sich dann die tiefen Fjorde vor, in die sich die Russen zurückgezogen haben könnten. Die ICBM-Felder von Jedrowo, Kartaly, Kostroma, Tejkowo, Joschkar-Ola, Perm, Tatischtschewo, Dombarowskij, Imeni Gostello, Alejsk, Uzhur, Gladkaja, Drowjanaja, Olowjannaja und Swobodnij wurden zu 99,7 Prozent zerstört. Bei Kozelsk hatten wir einen Fehlschlag, der mit B-1B-Bombern korrigiert wird. Unschädlich gemacht wurden außerdem die Bomberstützpunkte von Shimanaowsk, Gusinoozersk, Irkutsk, Pskow, Perm, Michurinsk, Prikumsk, Novaja Kazanka und Monchegorsk. Einige von ihren Backfires, Bisons, Bears, Badger/Blinders – wie die russischen Maschinen in unserem Sprachgebrauch heißen – und Tankflugzeugen befinden sich in der Luft. Vermutlich sind sie mit Atomwaffen ausgerüstet, aber wir holen sie herunter, wo immer wir können. Manchmal lohnt es sich auch zu warten, bis sie auf ihren Ausweichstützpunkten landen, um die Basis dann gleich mit auszuschalten. Schließlich haben wir zwanzig Frühwarnanlagen zerstört und nehmen uns jetzt mit A-6-Bombern vom Flugzeugträger *Carl Vinson* Juzhno-Sachalinsk vor.«

Lambert sah den Präsidenten an, der überhaupt nicht aufzupassen schien. »Was ist mit den C3?«, erkundigte er sich.

»Die haben wir weit gehend intakt gelassen«, erwiderte Starnes, der die Hoffnung noch nicht aufgegeben hatte, dass der Präsident ihm zuhören würde. »Die Kommunikation funktioniert relativ gut und Befehle und Steuerung dürften nicht beeinträchtigt sein. Nichts, was sich in der Nähe von Moskau befindet, einschließlich des PVO-Strany, haben wir angerührt.«

»Was ist mit unserer eigenen Luftabwehr?«, fragte Lambert, als das PVO-Strany, das Gegenstück zum amerikanischen NORAD, erwähnt wurde.

»Dazu kann ich nur sagen, dass Al völlig recht hatte, als er die Zielauswahl der Russen miserabel nannte«, erwiderte Starnes. »Unsere Satelliten sind allesamt unversehrt geblieben. Auf dem Boden ist von der BMEWS-Linie – dem Frühwarnsystem vor ICBMs – noch Fylingdales übrig; im Norden sind die alten DEW- und Pine-Tree-Linien erhalten und im Osten, Westen und Süden die vier Pave-Paws-SLBM-Systeme. Außerdem suchen die neuen Backscatter-Systeme den Horizont über Atlantik und Pazifik nach Bombern und Cruisemissiles ab. Unsere experimentelle Station in New Boston, New Hampshire, könnte durchaus repariert werden. Dann stehen uns noch die Radaranlagen der Navy zur Überwachung des Weltraums in Gila River, Arizona, Lake Kickapoo, Texas, und Jordan Lake, Kalifornien, sowie die Radaranlagen der FAA, die Aegis Cruiser vor der Ost- und Westküste und die AWACS-Geschwader zur Verfügung. Wir könnten uns eine weitere Runde mit den Mistkerlen liefern.«

»Wie arbeiten wir angesichts der Schäden an unseren C3?«, erkundigte sich der Verteidigungsminister.

»Alles läuft über das Hauptquartier der 23. NORAD-Region auf dem Air Force-Stützpunkt Tyndall in Florida«, erwiderte Starnes. »Das ist eine voll funktionsfähige Back-up-Anlage des NORAD. Sollten wir Tyndall verlieren, bleiben uns noch das Hauptquartier der kanadischen NORAD-Region in North Bay, Ontario, sowie die vier regionalen Kontrollräume des gemeinsamen Überwachungssystems. Danach stehen uns immer noch sieben AWACS-Flugzeuge zur Überwachung der nationalen Flugabwehr zur Verfügung.«

»Und Sie können die russischen Bomber wirklich aufhalten?«, fragte der Präsident.

»Gegen ihre Cruisemissiles können wir im Moment nicht viel unternehmen, aber wenn sich ein Bomber hier blicken lässt, wird er abserviert. Die Luftfahrt ist informiert, dass die Flugabwehrzone auf zweihundert Meilen ausgedehnt wurde. Falls der Flugplan nicht fünf Stunden im Voraus genehmigt wurde, wird bei der ersten Anzeige auf dem Radar gefeuert. Das ADACC – das Flugabwehrkommando für den Kriegsfall – schickt von allen sechsundzwanzig Warnanlagen aus Patrouillen. Die verfügen über fünf Divisionen mit insgesamt neunzig F-15C. Dazu kommen neun weitere Divisionen der Air National Guard mit einhundertzweiundsechzig F-15C sowie älteren F-4 und F-106. Wenn man dann noch die vierundfünfzig CF-18 Hornet der Kanadier und die F-15C der Zusatzkräfte des Lufteinsatzkommandos berücksichtigt, dürfen wir mit gutem Gewissen behaupten, dass wir ihnen kräftig eins auf die Mütze geben können, wenn ihre Koordination nicht um Größenordnungen besser ist als beim ersten Schlag.«

»Was ist mit den Unterseebooten?«, fragte Vizepräsident Costanzo über die Freisprecheinrichtung. »Sind aus der Bastion bereits Schüsse abgegeben worden?«

Admiral Dixon, der Oberkommandierende der Marine, meldete sich zu Wort. »Bis jetzt keine strategischen Raketen, Mr. Vice-President. Auf unsere Anti-Unterseeboot-Einheiten in der Gegend wurden ein paar nichtnukleare Oberflächenraketen abgefeuert. Außerdem wurden in zwei Fällen Torpedos abgeschossen. Die *U.S.S. Talbot*, eine Fregatte der Brooke-Klasse, und die *U.S.S. Dahlgren*, ein Zerstörer der Coontz-Klasse, wurden beschädigt. Ersten Berichten zufolge soll es mehrere Dutzend Tote und Verwundete gegeben haben. Ob die *Talbot* den Angriff übersteht, ist noch nicht klar, aber die *Dahlgren* läuft aus eigener Kraft weiter und wird nicht ins Trockendock müssen.«

»Wie viele russische Unterseeboote wurden zerstört?«, wollte Thomas wissen.

»Die Zerstörung von einundzwanzig Boomern ist bestätigt. Einer treibt brennend an der Oberfläche, sechs wurden vermutlich zerstört«, las der CNO mit der Brille auf der Nase vor. »Wenn sich die sechs ebenfalls bestätigen, dürfte das offene Meer, abgesehen von ein oder zwei verstreuten Unterseebooten, praktisch sauber sein. Unser SONUS-Horchsystem auf dem Meeresgrund ist unbeeinträchtigt geblieben und hat soeben ein Boot entlang der Linie Grönland-Island-Großbritannien identifiziert. Der Bursche ist so gut wie erledigt, so dass wir uns nur noch um die Bastion kümmern müssen.«

»Richten Sie unseren Jungs aus, dass sie gute Arbeit geleistet haben«, sagte General Thomas.

»Die Royal Navy hat ebenfalls ihren Beitrag geleistet«, erklärte Admiral Dixon. »Fünf der Unterseeboote geht auf ihr Konto und die Kanadier sind für zwei Kontakte verantwortlich, die schließlich zur Zerstörung führten.«

»Was ist mit unseren anderen Verbündeten?«, wollte der Präsident von Lambert wissen.

Lambert zog die Augenbrauen hoch und blickte den Verteidigungsminister an. »Wir haben ein paar … Schwierigkeiten mit den Deutschen. Zwei beschädigte Maschinen, eine FB-111 und eine B-1B, mussten auf Flugplätzen der deutschen Luftwaffe notlanden, die nach den Plänen der NATO im Kriegsfall Ausweichstützpunkte sind. Die deutschen Fluglotsen verweigerten ihnen die Landeerlaubnis.«

»Und was passierte dann?«

»Sie sind trotzdem gelandet. Statt die Maschinen zu reparieren oder ihnen zumindest den Flug nach Großbritannien zu ermöglichen, wo wir sie wieder instand setzen können, wollen die Deutschen die Maschinen wegen der nicht genehmigten Landung beschlagnahmen.«

»Und die Piloten?«

»Werden auf den Air Force-Stützpunkten festgehalten. Einer wird in einem Militärhospital behandelt, weil er im Kampf verstrahlt wurde. Ich muss Ihnen sagen, Mr. President« – Lambert schüttelte den Kopf – »dass die Deutschen damit ihren Verpflichtungen aus dem NATO-Vertrag nicht nachgekommen sind. Deutschland und ein paar andere NATO-Länder haben zwar mit der Mobilisierung begonnen, aber die Einheiten, die den amerikanischen NATO-Kommandeuren in Brüssel zugewiesen sind, haben auf die Einsatzbefehle nicht reagiert. Offenbar warten sie auf eine politische Entscheidung, aber so war das nicht vorgesehen. Es ist keine Entscheidung zu treffen. Ein NATO-Land wurde angegriffen und die übrigen Mitgliedsstaaten haben sich so zu verhalten, als handelte es sich um ihr eigenes Land.«

»Wir werden die Situation im Auge behalten müssen«, erwiderte der Präsident. »Ich tätige ein paar Anrufe.«

In diesem Augenblick betrat ein Captain der Air Force den Konferenzraum. Offenkundig hatte er nur General Starnes etwas zuflüstern wollen, aber durch die entstandene Pause richtete sich die gesamte Aufmerksamkeit auf ihn. »Der Glass-Eye-Bericht geht gerade ein«, meldete er.

»Dann holen wir besser die FEMA ans Telefon.« General griff zum Hörer und verlangte eine Konferenz mit den Beamten der FEMA am Mount Weather.

»Was ist ein Glass-Eye-Bericht?«, erkundigte sich der Präsident.

Thomas setzte zu einer Antwort an, doch in diesem Augenblick summte das Telefon. Er drückte eine Taste. »Ja?«

»Jack Sims, der Direktor der FEMA, ist am Apparat, Sir«, meldete die mittlerweile vertraute Stimme der Kommunikationsoffizierin.

»Mr. Sims«, begann Thomas mit lauterer Stimme.

»Äh, ja …«

Ein fürchterliches Kreischen schnitt den Rest des Satzes total ab.

»Großer Gott, bitte nicht!« Der Präsident war entsetzt aufgesprungen.

Über das Telefon hörte man den Vizepräsidenten im Hintergrund rufen: »Tür zu!« Das Kreischen hörte auf. »Tut mir Leid, das muss irgendeine Rückkopplung gewesen sein. Jack ist im Büro direkt neben meinem und die Türen sind offen. Jetzt müsste es funktionieren.«

Jeder wartete, bis sich der Präsident mit gesenktem Blick langsam wieder auf seinem Stuhl niedergelassen hatte.

»Mr. Sims, wir haben soeben Ihren Bericht erhalten und der Präsident hätte gerne eine Erklärung dazu.« General Thomas ließ den Präsidenten nicht aus den Augen.

»Hier ist Jack Sims, Mr. President. Geht es um den Bericht zur Situation der zivilen Einrichtungen?«

Der Präsident blickte General Thomas hilflos an. »Nein«, entgegnete dieser, »um den Glass-Eye-Bericht.«

»Entschuldigen Sie, aber wir sitzen an so vielen Berichten … Unsere Rechner arbeiten mit einem Datenkatalog mit Millionen von Einträgen – Silos, Banken, Krankenhäuser, Fernsehsender, Einzelhandelsgeschäfte, Bergwerke, Höhlen und so weiter sowie zwei Millionen Gebäude und ihre Fallout-Schutzvorrichtungen sind, in fünfundsechzig geographische Regionen unterteilt, gespeichert. Jedem Eintrag ist eine Verwundbarkeitsziffer zugeordnet. Außerdem sind genaue Länge und Breite registriert. Unser READY-Programm wird …«

»Bitte, Mr. Sims«, unterbrach ihn Thomas, »aber der Präsident hat sich nach dem Glass-Eye-Bericht erkundigt.«

»Ja, natürlich. Die vorläufigen Fallout-Schätzungen werden von unseren Beamten für Strahlenschutz vorgenommen. Jeweils um die Mittagszeit und um Mitternacht jeden Tages steigen von den hundertvierunddreißig – das heißt, jetzt sind es nur noch hundertelf – Stationen des nationalen Wetterdienstes Ballons auf, die meteorologische Messungen vornehmen und die Daten an unsere Computer weitergeben.«

Ein Sergeant der Air Force brachte einen Stapel Papiere herein und reichte sie dem Captain zur Verteilung.

»Erfolgt über Russland ebenfalls eine solche Aufklärung?«, wollte der Präsident wissen.

»Zum SIOP, dem Gesamteinsatzplan für den Ernstfall, gehört auch der Plan für strategische Aufklärung«, erläuterte Starnes. »Der Major in der Maschine über dem Cheyenne, mit dem wir vorhin sprachen, ist daran beteiligt.«

Lambert sah auf seine Kopie des Berichts. Zuerst sprang ihm die Karte ins Auge, die mit Kreisen übersät war: Jeder Einzelne von ihnen stand für das Ziel eines Raketenangriffs. Einige dieser dunklen Punkte besaßen riesige Schweife, die drohend über dem Land hingen.

»Die Karte zeigt die Ziele des Angriffs und die geschätzten Verluste durch direkte Einwirkung oder Fallout.«

»Genau über Norfolk.« Admiral Dixon schüttelte den Kopf. »San Diego ist zwar unversehrt geblieben, Mr. President, aber dieser Fallout über Norfolk wird sich katastrophal auf unsere Operationen im Atlantik auswirken.«

»Die Schäden sind relativ gering«, wandte Sims ein. »Natürlich sind die Auswirkungen an den Zielpunkten katastrophal und der Fallout ist schlimm, aber vor zehn oder zwanzig Jahren, vor der Abrüstung, als die meisten Waffen noch alte, ›schmutzige‹ Modelle waren …«

»Großer Gott«, stieß der Präsident hervor. »Wie … wie genau sind diese Zahlen?« Er stand eindeutig unter Schock. Sein gehetzter Blick glich dem eines in die Enge getriebenen Tiers.

»Bei jedem Zielgebiet sind bei direkten Einwirkungen Abweichungen von bis zu fünfzig Prozent möglich. Die Fallout-Zahlen sind noch unsicherer, Ungenauigkeiten von etwa fünfundsiebzig Prozent dürften vorkommen. Die Gesamtzahl der Toten müsste jedoch bis auf fünfzehn oder zwanzig Prozent genau sein. Wenn die Berichte von den örtlichen Stationen für Zivilschutz eintreffen, werden wir über bessere Daten verfügen. In ländlichen Gebieten gibt es für ein Gebiet von je zweihundertsechzig Quadratkilometern eine solche Station, in den Ballungsgebieten ist es eine auf dreiundzwanzig.«

Lambert fiel ein riesiger Schweif auf, der sich über die

Küste von Pennsylvania zog. *Direkt über Washington! Der liegt direkt über Washington!* Während alle den ersten Bericht mit einer Schätzung der Schäden studierten, versuchte Lambert, sich vorzustellen, was in seinem Viertel vorging, was mit seinen Freunden und Bekannten geschah. *Tod. Sie werden alle sterben. Der Pförtner in unserem Haus. Unsere Zugehfrau und ihre Familie. Meine Sekretärin, ihr Ehemann und ihre Kinder.* Bestürzt schloss er die Augen. *Inzwischen sind sie so gut wie tot, auch wenn sie faktisch noch am Leben sind. Was tun sie? Wissen sie Bescheid? Stopfen sie nasse Handtücher unter die Türen und binden sich Tücher vor das Gesicht, um die Partikel nicht einzuatmen, oder sitzen sie nur deprimiert da und warten auf den Tod?*

«Sie wollen sagen« – der Präsident blätterte in seinem Bericht, bis er gefunden hatte, was er suchte – »dass gerade zwischen viereinhalb und sieben Millionen Menschen ums Leben gekommen sind?«

Aller Augen richteten sich auf ihn. Die Stimme aus dem Lautsprecher war verstummt. *Er steht kurz vor dem Zusammenbruch,* dachte Lambert, während er erneut das Fallout-Muster über der Grenze zu West-Virginia studierte.

»Das sind die exakten Zahlen einschließlich der Toten durch Fallout innerhalb der nächsten sechzig Tage«, entgegnete Sims.

»Mr. Sims«, sagte Lambert, ohne den Blick von dem völlig verstörten Livingston zu wenden. »Mit wie vielen Toten ist langfristig zu rechnen?«

»Wie Sie aus dem Bericht ersehen können, wird es in den nächsten fünf Jahren etwa ein bis zwei Millionen zusätzliche Todesfälle durch Blutkrankheiten und Krebs geben. Uns stehen nicht genügend Daten für eine langfristigere Schätzung – zum Beispiel bezüglich der Krebsrate – zur Verfügung, aber statistisch gesehen dürfte die Zahl der Todesfälle darüber liegen. Der Studie des Kongressbüros für technologische Bewertung aus dem Jahre 1979 zufolge dürfte sich die Zahl der Krebstoten durch den 649-Megatonnen-Angriff der Russen und unseren 1092-Megatonnen-Angriff weltweit um zwischen 350 000 und 3 500 000 und die der genetischen Defekte um zwischen 600 000 und 6 000 000 erhöhen.«

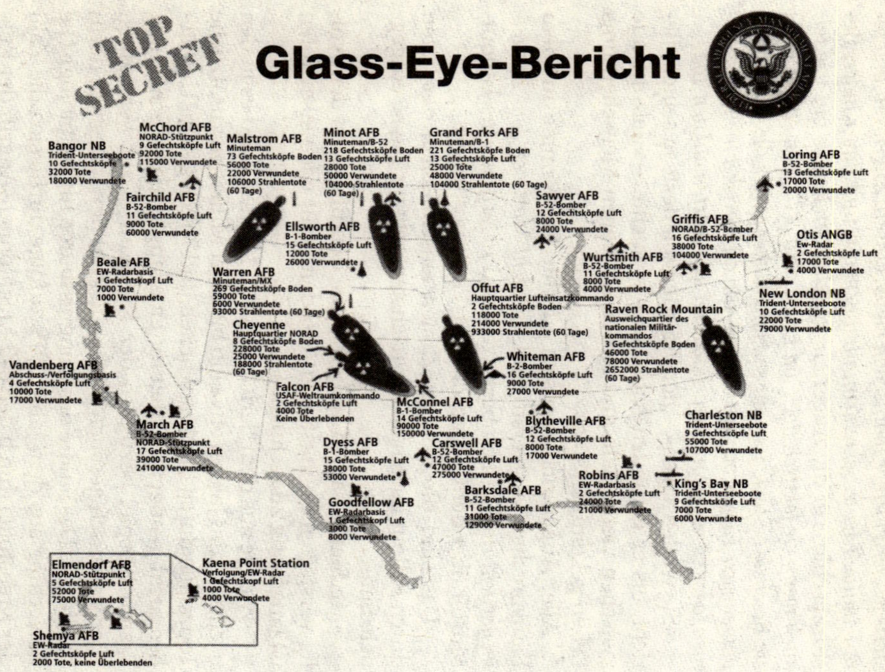
TOP SECRET
Glass-Eye-Bericht
Bangor NB
Trident-Unterseeboote
10 Gefechtsköpfe
32000 Tote
180000 Verwundete
McChord AFB
NORAD-Stützpunkt
9 Gefechtsköpfe Luft
92000 Tote
115000 Verwundete
Malstrom AFB
Minuteman
73 Gefechtsköpfe Boden
56000 Tote
22000 Verwundete
106000 Strahlentote
(60 Tage)
Minot AFB
Minuteman/B-52
218 Gefechtsköpfe Boden
13 Gefechtsköpfe Luft
28000 Tote
50000 Verwundete
104000 Strahlentote
(60 Tage)
Grand Forks AFB
Minuteman/B-1
221 Gefechtsköpfe Boden
13 Gefechtsköpfe Luft
25000 Tote
48000 Verwundete
104000 Strahlentote (60 Tage)
Loring AFB
B-52-Bomber
13 Gefechtsköpfe Luft
17000 Tote
20000 Verwundete
Fairchild AFB
B-52-Bomber
11 Gefechtsköpfe Luft
9000 Tote
60000 Verwundete
Sawyer AFB
B-52-Bomber
12 Gefechtsköpfe Luft
8000 Tote
24000 Verwundete
Ellsworth AFB
B-1-Bomber
15 Gefechtsköpfe Luft
12000 Tote
26000 Verwundete
Griffis AFB
NORAD/B-52-Bomber
16 Gefechtsköpfe Luft
38000 Tote
104000 Verwundete
Otis ANGB
Ew-Radar
2 Gefechtsköpfe Luft
17000 Tote
4000 Verwundete
Beale AFB
EW-Radarbasis
1 Gefechtskopf Luft
7000 Tote
1000 Verwundete
Warren AFB
Minuteman/MX
269 Gefechtsköpfe Boden
59000 Tote
6000 Verwundete
93000 Strahlentote (60 Tage)
Wurtsmith AFB
B-52-Bomber
11 Gefechtsköpfe Luft
8000 Tote
4000 Verwundete
New London NB
Trident-Unterseeboote
10 Gefechtsköpfe Luft
22000 Tote
79000 Verwundete
Offut AFB
Hauptquartier Lufteinsatzkommando
2 Gefechtsköpfe Boden
118000 Tote
214000 Verwundete
933000 Strahlentote (60 Tage)
Raven Rock Mountain
Ausweichquartier des nationalen Militärkommandos
3 Gefechtsköpfe Boden
46000 Tote
78000 Verwundete
2652000 Strahlentote
(60 Tage)
Cheyenne
Hauptquartier NORAD
8 Gefechtsköpfe Boden
228000 Tote
25000 Verwundete
188000 Strahlentote
(60 Tage)
Whiteman AFB
B-2-Bomber
16 Gefechtsköpfe Luft
9000 Tote
27000 Verwundete
Vandenberg AFB
Abschuss-/Verfolgungsbasis
4 Gefechtsköpfe Luft
10000 Tote
17000 Verwundete
Falcon AFB
USAF-Weltraumkommando
2 Gefechtsköpfe Luft
4000 Tote
Keine Überlebenden
McConnel AFB
B-1-Bomber
14 Gefechtsköpfe Luft
90000 Tote
150000 Verwundete
Charleston NB
Trident-Unterseebote
9 Gefechtsköpfe Luft
55000 Tote
107000 Verwundete
March AFB
B-52-Bomber
NORAD-Stützpunkt
17 Gefechtsköpfe Luft
39000 Tote
241000 Verwundete
Blytheville AFB
B-52-Bomber
12 Gefechtsköpfe Luft
8000 Tote
17000 Verwundete
Dyess AFB
B-1-Bomber
15 Gefechtsköpfe Luft
38000 Tote
53000 Verwundete
Carswell AFB
B-52-Bomber
12 Gefechtsköpfe Luft
47000 Tote
275000 Verwundete
Robins AFB
EW-Radarbasis
2 Gefechtsköpfe Luft
24000 Tote
21000 Verwundete
King's Bay NB
Trident-Unterseeboote
9 Gefechtsköpfe Luft
7000 Tote
6000 Verwundete
Barksdale AFB
B-52-Bomber
11 Gefechtsköpfe Luft
31000 Tote
129000 Verwundete
Goodfellow AFB
EW-Radarbasis
1 Gefechtskopf Luft
3000 Tote
8000 Verwundete
Elmendorf AFB
NORAD-Stützpunkt
5 Gefechtsköpfe Luft
52000 Tote
75000 Verwundete
Kaena Point Station
Verfolgung/EW-Radar
1 Gefechtskopf Luft
1000 Tote
4000 Verwundete
Shemya AFB
EW-Radar
2 Gefechtsköpfe Luft
2000 Tote, keine Überlebenden

Lambert sah erneut auf die Karte, um sicherzugehen, dass Snowshoe in Westvirginia, wo sich Jane und ihre Eltern aufhielten, nicht innerhalb des verseuchten Gebiets lag. Seine Eltern in New York und sein Bruder in Boulder, Colorado, schienen ebenfalls außer Gefahr zu sein. Aber seine Freunde in Washington ... Am liebsten hätte er sich hingelegt. Wenn doch nur alles vorüber wäre, er fühlte sich völlig erschöpft.

»Was ist mit dem Fallout?« Der Präsident fuhr mit dem Finger einen lang gezogenen Schweif nach. »Werden diese Gebiete evakuiert?«

»Nun, Sir«, erwiderte Sims, »diese Bereiche werden mit dem größtmöglichen Einsatz von Polizeikräften und Nationalgarde abgeriegelt. Allerdings handelt es sich um eine gewaltige Herausforderung und ich bin mir nicht sicher, ob wir den Verkehrsfluss kontrollieren können.«

Der Präsident legte den Kopf zur Seite. »Werden diese Leute evakuiert oder nicht?«

»Warum ... äh, nein, Sir, nein. Das wäre völlig unmöglich und auch nicht sinnvoll. Selbst in den Randbereichen ist es am besten, wenn die Leute in den Häusern bleiben.«

»Was meinen Sie mit ›den Verkehrsfluss kontrollieren‹?« Der Präsident war offenkundig verwirrt. Lambert war bereits vorher aufgefallen, dass sich der Präsident nach dem Ende eines Berichts offenbar nur so lange konzentrierte, bis er eine Frage zu einem Thema gestellt hatte, das sich ihm eingeprägt hatte, und dann wieder seinen Gedanken nachhing.

»Nun, es ist klar, dass sich nicht alle an unsere Anweisung halten werden, sich nicht von der Stelle zu rühren«, erklärte der FEMA-Beamte. »Die Ausfallstraßen der größeren Städte sind bereits völlig verstopft und das gilt nicht nur für die verseuchten Gebiete. Wir versuchen, zuerst die vom Fallout betroffenen Gegenden unter Kontrolle zu bringen und die Leute daran zu hindern, einfach davonzufahren. Mr. President, wenn jemand auch nur ein einziges mit Fallout bedecktes Auto auf einem Parkplatz stehen lässt, genügt das, um viele Menschen zu verstrahlen. Wir versuchen, den verseuchten Bereich zu begrenzen.«

»Und wie wollen Sie das tun?« Die Stimme des Präsidenten klang jetzt wesentlich konzentrierter. »Sie halten die Leute am Rand der verseuchten Gebiete auf – und dann?«

»Nun, wir nehmen sie in Quarantäne, beschlagnahmen ihr Eigentum und waschen sie. Wir sind gerade dabei, Flüchtlingslager zu errichten. Die Maßnahmen sind alle in unseren Plänen vorgesehen, Mr. President.«

Ohne irgendeine Reaktion zu zeigen, starrte der Präsident ins Leere.

General Thomas, dem der verwirrte Blick des Präsidenten aufgefallen war, griff ein. »Danke, Mr. Sims. Wir melden uns später wieder bei Ihnen.«

»Oh«, meinte dieser, »wo ich gerade mit Ihnen spreche, Mr. President, wir brauchen Ihre Unterschrift, damit die Notstandsgesetze wirksam werden. Ansonsten ist das, was wir hier tun, nämlich illegal.«

»Okay. Faxen Sie mir die nötigen Unterlagen. Gibt es an Bord ein Fax?«

General Starnes nickte. »Ja, Sir.«

»Sir, das Dokument befindet sich bereits in Ihrem Besitz. Es ist im ›Football‹.«

Der militärische Verbindungsoffizier, der, nachdem er seine Aufgabe erfüllt hatte, schweigend am Ende des Tisches gesessen hatte, erwachte plötzlich zu neuem Leben und begann, die Tasche zu durchsuchen. Schließlich fand er in einer Seitentasche die Dokumente und brachte sie dem Präsidenten.

»Es muss ein Blankoformular für die Verhängung des nationalen Notstands dabei sein«, erläuterte der Mann von der FEMA.

Der Präsident warf einen irritierten Blick auf die Unterlagen und schob sie dann über den Tisch Lambert zu, der sofort mit der Suche begann.

»Haben Sie es?«, fragte Sims aus dem Lautsprecher.

»Hier ist Greg Lambert«, meldete er sich, um Zeit zu gewinnen. »Da steht ›Kriegserklärung‹ und dann heißt es ›Die Vereinigten Staaten von Amerika erklären hiermit den Krieg‹. Dann kommt eine Lücke.«

»Nein, nein.« Sims beschrieb ihm, wie das Dokument auszusehen hatte.

»Ich hab's. ›Verhängung des nationalen Notstands‹. Geltungsbereich und Datum müssen noch eingetragen werden.«

»Mr. President, tragen Sie bitte ›Alle fünfzig Staaten und District of Columbia‹ sowie das heutige Datum ein«, empfahl Sims.

Als der Präsident nickte, füllte Lambert das Formular so sorgfältig wie möglich aus und reichte es ihm dann zur Unterschrift. »Okay, erledigt.« Sims bedankte sich, bat um eine Kopie und legte auf.

Lambert sammelte die Formulare wieder ein. Eines regelte die Nachfolge für den Fall, dass der oberste Befehlshaber sein Amt nicht wahrnehmen konnte, ein zweites die Ernennung neuer Minister, einige weitere waren für ähnliche Notsituationen vorgesehen. Sein Blick fiel erneut auf das Formular, nach dem er soeben zuerst gegriffen hatte. Es bestand aus einer einzigen Seite. Vorsichtig hielt er es mit beiden Händen hoch und las es erneut durch.

Der Präsident hatte sich bereits erhoben und zum Gehen gewandt, doch nach einem Blickwechsel mit dem Verteidigungsminister hielt Lambert ihn zurück. »Mr. President, ich glaube, Sie sollten eine Sondersitzung des Kongresses einberufen.«

Der Präsident sah den Verteidigungsminister an und blickte dann auf das Dokument, das Lambert in den Händen hielt. Die Militärs schwiegen. Hier ging es um eine politische Frage, das war Sache der Zivilisten.

An Bord einer B-1B, zweihundert Kilometer südlich von Moskau
11. Juni, 1100 Uhr GMT (1300 Uhr Ortszeit)

»Heizelemente für SRAM-Treibstoffzellen?«

»An«, erwiderte der Bomber-Navigator, der für die Angriffswaffen zuständig war.

»Positionsdaten?«

»Komplett.«

»Vordere Luken?«

»Auf Öffnen eingestellt.« Captain Edgar Solomon, der für Defensivwaffen zuständige Offizier der B-1B, spürte durch seine Fußsohlen, wie die sich öffnenden Türen an der in hohem Maße aerodynamisch gestalteten B-1B zerrten und mit einem harten Ruck einrasteten. Nach über einer Stunde im Niedrigflug, bei dem das Flugsystem des riesigen Bombers jeder Unebenheit im Gelände genau gefolgt war, war er körperlich erschöpft und froh, die erste Abwurfstelle erreicht zu haben. Während der Rest der Besatzung die Liste durchging, sah Solomon vor seinem geistigen Auge das mit Plastik überzogene Blatt mit den Fragen und den vorgesehenen Antworten. Jetzt mussten sie auf der letzten Seite sein.

»Anzeige für vordere Luken?«

»Anzeigelampe ist grün.«

Erneut wurde ein Dröhnen laut und ein Ruck ging durch die Maschine: Die rotierende Abschussvorrichtung wurde in Position gebracht. In einer Entfernung von hundertzwanzig Kilometern von der mobilen Radaranlage, die das Raketenfeld Kozelsk überwachte – dem Ziel der B-1B-Bomber, die ihnen in einem Abstand von mehreren hundert Kilometern folgten –, würde die Vorrichtung eine AGM-69A-Kurzstreckenrakete abfeuern. Danach würde sie eine Achteldrehung ausführen und einen Abschnitt der Fernstraße zwischen Moskau und Orel beschießen, der als Abfangbasis genutzt wurde. Die SRAM-Kurzstreckenraketen erreichten eine Geschwindigkeit von Mach 3, was bedeutete, dass ihre Mark-12A-Gefechtsköpfe innerhalb von zweieinhalb Minuten mit einer Sprengkraft von dreihundertfünfzig Kilotonnen am Zielort explodieren würden. Danach würde die Abschussvorrichtung in den Bombenraum zurückgezogen werden, die Türen würden sich erneut schließen und die B-1B würde ihr drittes Ziel, eine Produktionsstätte für Atomwaffen in Westrussland, anfliegen, die praktisch auf dem Heimweg lag.

Heim, dachte Solomon. *Wenn wir es schaffen und wenn wir überhaupt noch ein Zuhause haben.* Nach dem dritten Abwurf blieben der B-1B immer noch fünf auf der ersten Abschussvorrichtung montierte SRAM und weitere sechzehn in den beiden Bombenräumen dahinter, nur für den Fall, dass das ACC, das Lufteinsatzkommando, neue Ziele ausmachte. Entschlossen konzentrierte er sich erneut auf seinen Job: das elektromagnetische Spektrum nach Hinweisen abzusuchen, dass sie vom russischen Radar erfasst worden waren. Falls man sie entdeckte, würde er in die kostspielige Wundertüte der B-1B greifen. Auf den Radarschirmen der Russen würde es plötzlich schneien oder es würden Dutzende von Bombern auftauchen, die alle in dieselbe Richtung flogen. Vielleicht würden auch zwei Bomber zu sehen sein, von denen einer ein Phantom war.

»SRAM aktiv – nuklear«, meldete der Kopilot.

Solomons Haut kribbelte, als er die Worte hörte, die für ihn bislang undenkbar gewesen waren. Vor seinen Augen sah er die fett gedruckte Überschrift der Checkliste, deren grelles Rot sich krass von dem geschäftsmäßigen Schwarz der Routinechecks abhob.

»SRAM-Sperrtaste?«, fragte der Kopilot.

»Aus«, meldete der Mann hinter Solomon.

»Anzeige für Sperre?«

»Zeigt deaktiviert.«

»Schaltkreise für Abschuss?«

»Aktiv – Licht an.«

»SRAM-Abschuss-Schaltkreis?«

»Ausgewählt – Licht gedämpft.«

»SRAM-Hauptschalter?«

»An.« Die Stimme des für die Angriffswaffen zuständigen Offiziers brach und er räusperte sich. »Licht an«, sagte er schnell. Dann entstand eine Pause.

»Also gut, Jungs.« Das war der Pilot. »Zeit, ihnen eine Lektion zu erteilen. Lasst sie von der Leine.«

»Bomben los.« Mit diesen Worten entfesselte der Bombardier unter sich die Hölle.

An Bord von NIGHTWATCH, *über dem mittleren Nebraska*
11. Juni, 2145 Uhr GMT (1545 Uhr Ortszeit)

»D-d-er Nächste.« Präsident Livingston hatte das Kinn auf die Hände gestützt, was seine Worte leicht verzerrte. Lambert warf unauffällig einen Blick auf die Uhr. Der Präsident hatte sich angewöhnt, ihn selbst zu Besprechungen hinzuzubitten, bei denen es wie jetzt um Verwaltungsangelegenheiten ging. Dass er Lambert damit von seinen dringlicheren Aufgabe als Nationaler Sicherheitsberater fern hielt, schien ihm gleichgültig zu sein.

»Gesundheitsdienst, Sir«, meldete sich eine Stimme aus dem Lautsprecher. »Wir sind mit der Beseitigung der Leichen befasst. Plan D, der per Dekret bestätigt werden wird, erlaubt es, auf die Einbalsamierung, die Verwendung von Särgen, die Aufbahrung sowie individuelle religiöse Zeremonien zu verzichten.«

»Okay.« Das Kinn des Präsidenten lastete schwer auf seinen Händen, die Ellbogen hatte er auf den Konferenztisch gestützt.

»Entschuldigen Sie, Mr. President, ich war noch nicht fertig. Da wir Juni haben, erfolgt die Beisetzung am vierten Tag nach dem Tod beziehungsweise der Bergung der Leiche, je nachdem, was später eintritt. Die Toten werden in Chargen von jeweils zehntausend auf zwei Hektar zur öffentlichen Inspektion und Identifikation ausgelegt. Dreiköpfige Teams werden den persönlichen Besitz durchgehen, individuelle Merkmale dokumentieren, Polaroidfotos aufnehmen und so weiter. Die Bestattung erfolgt in durchgehenden Massengräbern – Seite an Seite, wenn wir Geräte finden, die einen ausreichend breiten Graben ausheben können, ansonsten Kopf an Fuß.«

Stille. Schließlich fragte der Präsident. »Soll ich das auch genehmigen oder was?« Er warf Lambert einen entsetzten Blick zu.

»Ja, Sir«, erwiderte der Mann am Telefon.

»Okay. Genehmigt.«

»Hier ist die Behörde für Wohnungsbau und Stadtplanung«, meldete sich eine neue Stimme. »Wir stellen Flüchtlingen und obdachlos gewordenen Arbeitern in Schlüsselindustrien Notunterkünfte zur Verfügung. Die Miete wird sich an den Vergleichsmieten vor dem Krieg orientieren, soll jedoch ausgesetzt werden, wenn der Bewohner durch nicht von ihm zu verantwortende Umstände zahlungsunfähig ist. Die Unterbringung wird anfänglich in beschlagnahmten Zelten, improvisierten Baracken oder Privathäusern erfolgen, deren Besitzer nicht mehr auffindbar sind. Sollten die Hausbesitzer wieder auftauchen, wird dem Mieter eine dreißigtägige Frist zur Räumung des Gebäudes gewährt. Die Vorschriften sollen gelockert werden, um auch Bauten ohne Fenster zuzulassen, solange die Öffnungen mit Papier, Brettern, Plastik oder ähnlichem Material verschlossen werden. Selbstverständlich werden wir die Gebäude auf radioaktive Verseuchung untersuchen und die Elektrik überprüfen, selbst wenn es im Moment keine Stromversorgung gibt, weil ...«

»Okay, okay, genehmigt. Der Nächste.«

»Landwirtschaftsministerium, Sir.« Diesmal war es eine Frauenstimme. »Die Ernteausfälle dürften im Mittleren Westen am gravierendsten sein, weil der Mais dort durch die radioaktive Strahlung organische Schäden erlitten hat. Wäre der Angriff im August erfolgt, hätte die Ernte noch gerettet werden können, aber die jungen Pflanzen werden nicht überleben. Was die Milch angeht, empfehlen wir, die verstrahlte Produktion zu Käse zu verarbeiten, der so lange gelagert werden kann, bis er durch den Zerfall der Strahlungsprodukte für den menschlichen Verzehr geeignet ist. Plan D sieht die Rationierung der Nahrungsmittel vor. Dabei soll die Versorgung mit zweitausendfünfhundert Kilokalorien pro Tag gewährleistet werden, das entspricht zwei Drittel des amerikanischen Durchschnitts vor dem Krieg. Nach Verordnung Nummer Zwei wäre die wöchentliche Zuteilung auf drei Pfund von Fleisch ohne beziehungsweise vier Pfund mit Knochen oder sechsunddreißig Eier oder acht Pfund Kartoffeln oder drei Pfund getrocknete Erbsen ...«

»Hören Sie auf!«, brach es aus dem Präsidenten heraus. »Für diesen Kleinkram habe ich wirklich keine Zeit. Genehmigt. Weiter, wer ist der Nächste?«

»Post, Sir«, meldete sich eine schüchterne Stimme. »Nach der Notfallverordnung für den Postdienst müssen alle Briefmarken verbrannt werden, damit sie nicht in Feindeshand fallen.«

»Warten Sie!«, schrie der Präsident. »Verbrennen Sie sie um Himmels willen *nicht*!«

»J-ja, Sir. Dürfen wir uns auf dringende Zustellungen beschränken?«

»Einverstanden. Der Nächste.«

»Äh, Moment«, sagte der Mann von der Post. »Was ist mit Zahlungsanweisungen für Russland, die Ukraine und Weißrussland? Sollen wir die sperren?«

Der Präsident holte tief Luft. »Ja.«

Eine Pause entstand, während aus dem Lautsprecher nur das Rascheln von Papier zu hören war. »Also, ich glaube, wir bräuchten dann noch die Genehmigung, das Formular 809 zu drucken, das ist so eine Art Benachrichtigungskarte über Adressänderungen im Notfall.«

»Genehmigt. Aber verbrennen Sie nichts. Jetzt hören Sie mir bitte alle zu: Verbrennen Sie kein Geld, zerbrechen Sie keine Münzplatten, tun Sie nichts Unüberlegtes. Ich weiß, dass sie alle mit einer ungewöhnlich schweren Verantwortung konfrontiert sind, aber bitte gebrauchen Sie Ihren gesunden Menschenverstand, unabhängig davon, was die Handbücher sagen. So, wer ist der Nächste?« Der Präsident stützte sich mit den Handflächen auf den Tisch. Offenbar wollte er den Konferenzraum so schnell wie möglich verlassen und ein paar Minuten schlafen, bevor ihn die Militärs in die nächste Sitzung schleiften.

»Ich bin Leiter des Rekonstituierungsteams B der allgemeinen Verwaltung«, erklärte ein weiterer Sprecher. »Die uns unterstellte Behörde für die Bewahrung des Kulturerbes wurde bis jetzt nicht erwähnt. Es geht um den Erhalt der nationalen Museen, Bibliotheken, Archive, Monumente und so weiter. Wir haben da ein Problem. Vor einigen Jahren schlossen wir mit der Underground Vault & Storage Company in Hutchinson, Kansas, einen Vertrag ab, in dem sich das Unternehmen verpflichtet, die fünfzig wertvollsten Gemälde der Nation in der Salzmine von Carey unterzubringen. Nun hat sich jedoch herausgestellt, dass die Firma bankrott ist und …«

»Dann suchen Sie eben eine Lösung!« Der Präsident hatte sich bereits erhoben.

»Kann ich Raum in einer Mine beschlagnahmen? Der Betreiber der Mine sagt, wir müssten uns zuerst an das Konkursgericht wenden, und ich mache mir Sorgen um die Ölgemälde, die unter freiem Himmel stehen.«

»Hören Sie, das ist mir völlig egal! Lassen Sie das Militär die Mine beschlagnahmen oder stecken Sie sich die Gemälde sonst wo hin. Wen interessiert das schon! Die Besprechung ist vertagt!« Damit wandte er sich zum Gehen.

»Aber, Sir!«

Lambert zuckte zusammen, als sich der Präsident erneut der Freisprechanlage zuwandte. »Wer immer Sie auch sein mögen, noch ein Wort und Sie sind Ihren Job los!«

»Aber das Nationalarchiv, Mr. President! Als der Krieg ausbrach, rief der diensthabende Offizier im Pentagon den Wachmann im Smithsonian an. Dieser ging vorschriftsmäßig in den Haupt-Ausstellungsraum und zündete über eine Schlüsselschaltung vier Sprengladungen, die den Hydraulikmechanismus über dem Hauptgewölbe zerstörten.«

»Worauf zum Teufel wollen Sie hinaus?«, knurrte der Präsident durch die zusammengebissenen Zähne, während er die Lehne seines Ledersessels so fest umklammerte, dass die Knöchel an seiner Hand weiß wurden.

»Das Gewölbe wiegt fünfundfünzig Tonnen. Wir benötigen schweres Gerät und Spezialisten, am besten Militäringenieure.«

»Großer Gott!« Der Präsident wandte sich erneut zur Tür. »Ich habe keine Zeit für diesen Schwachsinn!«

»Aber, Mr. President! Die Unabhängigkeitserklärung! Die Verfassung!«

Der Präsident erstarrte. Nach ein paar Sekunden wandte

er sich langsam um. »Was brauchen Sie?«, fragte er mit ruhiger Stimme, während er sich wieder auf seinem Stuhl niederließ.

Palm Springs, Kalifornien
11. Juni, 2145 Uhr GMT (1345 Uhr Ortszeit)

Melissa hatte Handtücher unter die Tür des Hotelzimmers gestopft und die Badewanne mit Wasser gefüllt. Obwohl es angeblich keine Radioaktivität gab, hatte sie nicht die Absicht, ein Risiko einzugehen. Sie traute dem Leitungswasser nicht. Sie traute nichts und niemandem mehr, sie war ganz auf sich gestellt.

Das Einzelzimmer war bereits höchst unordentlich und dem Schild an der Rezeption zufolge gab es keine Zimmermädchen, die sich um die Zimmer kümmerten. Während sie den Wetterbericht auf NBC verfolgte, schlief Matthew an ihrer Brust ein.

»Für Ostcolorado und Westkansas sind heftige Regenfälle angekündigt. Wir möchten Sie noch einmal daran erinnern, dass Regen, der eine radioaktive Wolke passiert, extrem gefährlich ist. Sollten Sie sich in einem der vorhin erwähnten Fallout-Gebiete aufhalten, müssen Sie sich bei Regen sofort unterstellen. Die durch Regen ausgewaschene Strahlung liegt zehnmal so hoch wie bei normalem Fallout. Der Regen löst winzige Partikel aus der Luft, die Träger der Radioaktivität oder vielmehr selbst radioaktiv sind. Vermeiden Sie nach einem Regenguss Pfützen oder Orte, an denen sich das Wasser gesammelt hat, sowie Stellen, an denen sich inzwischen getrocknetes Wasser gesammelt haben könnte. Einige Meter von dem radioaktiven Material entfernt sind Sie relativ sicher, aber tiefer gelegene Gebiete, in denen sich durch das Regenwasser die Strahlung konzentriert, sind besonders gefährlich.«

»Danke«, sagte der Sprecher im Studio. »Wir schalten jetzt zu Jim Luciano im Urlaubsort Greenbriar in White Sulphur Springs, Westvirginia. Hier versammelt sich in diesem Augenblick der Kongress in einem geheimen, unterirdischen Bunker mit dem Kodenamen Casper. Jim?« Auf dem Bildschirm erschien das Foto des Ferienorts.

»Der Kongress versucht noch, das nötige Quorum für eine Sondersitzung zu erreichen. Dem Senat fehlen nur ein paar Stimmen zu den vorgeschriebenen fünfzig, aber beim Kongress scheint die Lage wesentlich ungünstiger zu sein. Kongress und Senat haben jedoch bereits einen Sonderausschuss gebildet, der die Ursachen für den Atomkrieg untersuchen soll. Unseren Informationen zufolge wird der Ausschuss, sobald das jeweils erforderliche Quorum in beiden Kammern erreicht ist, gewisse Empfehlungen aussprechen, wie zum Beispiel, ob Russland der Krieg zu erklären ist.«

Eine eisige Hand schien nach Melissa zu greifen. *David!*, dachte sie. *Wo bist du?*

Sobald der Bericht aus dem Kongress zu Ende war, schaltete das Bild wieder ins NBC-Studio. »Einige unserer regionalen Sender haben nach dem Zufallsprinzip Befragungen auf der Straße durchgeführt«, sagte der Sprecher. »Hier die Ergebnisse, denen natürlich kein wissenschaftlicher Wert zukommt.«

Auf dem Fernsehschirm erschien ein schnurrbärtiger Mann mittleren Alters. »Atlanta« sagte die Bildunterschrift. »Ich finde, wir sollten diese« – ein Biep übertönte den ersten Teil des Wortes – »…kerle in ihrem eigenen Saft schmoren.«

Als Nächstes wurde eine Frau aus Los Angeles befragt. »Ich habe die Lichtblitze über Riverside gesehen. Es ist einfach entsetzlich, was da geschehen ist. Wir müssen etwas unternehmen, damit es nie wieder so weit kommt.«

»Meinen Sie, wir sollten Russland den Krieg erklären?«, fragte der Reporter aus dem Off.

»Nein, keineswegs. Ich will keinen Krieg. Die Sache ist schrecklich genug. Ich finde, wir sollten dafür sorgen, dass die Russen ihre Atomwaffen vernichten.«

»Wir melden uns alle freiwillig«, verkündete dagegen ein gut aussehender junger Mann aus Chicago mit Dreitagebart. Die Kamera zeigte eine Gruppe im Collegealter, zu der auch zwei Frauen gehörten. »Wir werden es den Russen schon zeigen!« »Nieder mit den Russen!«, rief ein Mädchen im Hintergrund. »Ja!«, stimmte ihr ein dritter Student zu und die ganze Gruppe begann »U-S-A! U-S-A! U-S-A!« zu rufen.

Als Melissa den Blick senkte, stellte sie fest, dass das Baby fest schlief. Seine Lippen saugten nur noch Luft. Sie drückte den kleinen, warmen Körper fest an sich und hoffte, dass ihr Schluchzen das Kind nicht wecken würde.

An Bord von Nightwatch*, über Südidaho*
11. Juni, 2300 Uhr GMT (1600 Uhr Ortszeit)

»Aber es war ein Unfall!« Der Präsident schrie geradezu, obwohl sich die Freisprechanlage direkt vor seinem Platz befand.

»Aber, aber, aber«, unterbrach ihn der Führer der Minderheit im Senat. »Kein aber! Russland hat unser Land, jenes Land, das uns gewählt hat, um es zu beschützen, ohne Provokation angegriffen. Es handelt sich um einen massiven Atomschlag, der Millionen von Menschen das Leben gekostet hat. Mein Heimatstaat ist zur Hälfte radioaktiv verseucht! Und diese Unterseebastionen bedrohen unser Überleben als Nation!«

»Bob …«, begann der Präsident, doch der andere schnitt ihm das Wort ab.

»Verdammt noch mal, wenn wir jetzt nichts unternehmen, können wir einpacken. Wir brauchen den Krieg doch gar nicht zu erklären, wir stecken mittendrin!«

Endlich gelang es dem Präsidenten, einen Satz anzubringen. »Bob, Sie müssten eigentlich bereits wissen, wie unsere Reaktion ausfallen wird. Wir legen den Russen in eben diesem Moment unser Angebot vor und dabei geht es in erster Linie um die Atomwaffen. Was soll ich denn noch tun?«

Aus dem Telefon drangen die Stimmen mehrerer Personen. »Atomare Entwaffnung! Atomare Entwaffnung!«

»Aber glauben Sie denn, die Russen würden ihre Atomwaffen einfach so abgeben?«, brüllte der Präsident.

»Mr. President, Mr. President!« Lambert erkannte die Stimme des Stabschefs des Präsidenten. Irving Waller hielt sich mit dem Vizepräsidenten am Mount Weather auf. »Entschuldigen Sie, aber könnte ich Sie für einen Augenblick auf der privaten Leitung sprechen?«

Die abgeschirmte Telefonkonferenz zwischen den Führern des Kongresses und dem Kabinett verwandelte sich schlagartig in eine Kakophonie widerstreitender Ansichten. Der Präsident nickte dem Air Force-Techniker zu, der für die Schaltung zuständig war. Der Lärm verstummte. Am anderen Ende der Leitung waren jetzt nur noch der Stabschef und der Vizepräsident zu hören.

»Sind Sie dran?«, erkundigte sich der Präsident.

»Ja«, entgegneten beide im Chor. »Okay, Mr. President, die Sache sieht so aus: Wir verlieren allmählich die Kontrolle und müssen dringend etwas unternehmen«, erklärte Waller. »Wir müssen die Initiative ergreifen, sonst drehen die Leute da draußen durch. Das Volk will Blut sehen und das meine ich wörtlich.«

»Hören Sie, jetzt ist nicht der Augenblick, an Meinungsumfragen und Wiederwahl zu denken.«

»Mr. President, ich spreche nicht von Ihren *Popularitätswerten*!« Der Stabschef war offenbar außer sich. »Es geht um Ihr *Überleben*! Ein kleiner Fehler und Sie sind erledigt. Im Augenblick brauchen wir einen wackeren Helden, der die Truppen in den Kampf führt. Der Quatsch mit der ›Zeit der Vergebung‹ muss warten. Glauben Sie mir, die Sache sieht katastrophal aus. Außerdem müssen Sie endlich im Fernsehen erscheinen. Es ist mir egal, was Ihre Militärs sagen, die Leute müssen Sie sehen. Radio hört doch kein Mensch mehr! CNN hat die Rundfunkansprache mit dem Bild einer 747 unterlegt, die über eine Karte fliegt, und dann Archivbilder von Ihrer Suite und der Loungebar an Bord der Air Force One gezeigt. Sah aus wie auf einer Cocktailparty!«

»Von hier oben ist keine Fernsehübertragung möglich.

Der Vizepräsident wird vom Mount Weather aus eine Rede an die Nation halten.«

»Alles gut und schön, aber Sie sehen besser zu, dass Sie selbst vor die Kamera kommen. Großer Gott, Walter, der Schaden ist unabsehbar!«

Der Präsident atmete tief ein. »Okay«, sagte er dann. »Zurück zur Telefonkonferenz.«

Aus dem Lautsprecher drang chaotischer Lärm.

»Das sagen Sie …«, schrie der Führer der Minderheit im Senat, wurde aber durch den Führer der Mehrheit unterbrochen.

»Sie können nicht …«

»Das sagen Sie einmal den fünfzig Prozent meiner Wähler, die die Strahlung überleben werden!«

»Genug!«, brüllte der Präsident zu Lamberts Überraschung. »Ich habe meine Entscheidung getroffen. Wir werden den Russen einen Waffenstillstand vorschlagen und Verhandlungen über eine beidseitige und strenge, kontrollierte Reduzierung unserer verbleibenden Atomwaffen beginnen.«

Ärgerliche Rufe wurden laut. Auch die Stimme des Stabschefs des Weißen Hauses war dabei, aber der Führer der Minderheit setzte sich schließlich durch, indem er lautstark die Worte »Mr. President! Mr. President!« wiederholte. Die nun eintretende Stille schien vor Spannung zu knistern. »Mr. President«, sagte er nun leiser, »ich werde dem Senat eine Entschließung vorlegen, Russland den Krieg zu erklären und den Präsidenten der Vereinigten Staaten anzuweisen, diesen Krieg zu führen, bis er gegenüber dem Kongress nachweisen kann, dass alle russischen Atomwaffen zerstört oder der Internationalen Atomenergiebehörde übergeben wurden.« Eine lange Pause trat ein. »Werden Sie als Oberbefehlshaber der Streitkräfte eine solche Kriegserklärung umsetzen, wenn sie von beiden Häusern des Parlaments verabschiedet wird?«

Lambert sah den Präsidenten an. Dieser starrte auf den Tisch, die Hände vor das Gesicht geschlagen. Dann ließ er sie sinken. »Nein, das werde ich nicht tun.«

Am anderen Ende der Leitung wurde es völlig still; nicht einmal der Führer der Mehrheitspartei, zu der auch der Präsident gehörte, meldete sich zu Wort.

»In diesem Fall, Mr. President«, fuhr der Führer der Minderheit fort, »lade ich hiermit in meiner Eigenschaft als stellvertretender Vorsitzender des Ausschusses zur Untersuchung des Atomkriegs Mr. Gregory Lambert für übermorgen neun Uhr nach Greenbriar, wo er vor dem Ausschuss aussagen wird.«

President Livingston blickte Lambert an, dessen gesamtes Nervensystem unter Strom zu stehen schien. Dennoch zwang er sich, dem Blick standzuhalten.

»Und warum, um alles in der Welt?«, wollte der Präsident wissen.

»Um die genaue Abfolge der Ereignisse zu ermitteln, die zu dem Atomangriff auf die Vereinigten Staaten führte«, erklärte der Sprecher des Weißen Hauses mit mitfühlender Stimme. »Tut mir Leid, Walter, aber wir müssen herausfinden, wieso es den Chinesen gelang, ihre Raketen abzufeuern, was wiederum den russischen Angriff auf uns auslöste.«

»Aber, aber ...«, stammelte der Präsident.

»Walter, als Ihr Freund rate ich Ihnen, zu diesem Zeitpunkt keine Aussage zu machen, bevor Sie sich nicht mit dem Rechtsberater des Weißen Hauses besprochen haben.«

Unterirdische Kommandozentrale im Kreml
11. Juni, 2345 Uhr GMT (0145 Uhr Ortszeit)

»Gibt es irgendwelche Hinweise darauf, dass sich das Tempo der amerikanischen Angriffe verlangsamt?«, erkundigte sich General Rasow bei den Offizieren. In dem Raum hing noch leichter Rauch von den Kämpfen, die Zorins Festnahme vorausgegangen waren.

Luftstreitkräftegeneral Mischin schüttelte den Kopf. »Im Augenblick gibt es über dreihundertundfünfzig Radarkontakte mit Richtung auf russisches Territorium. Die letzte nukleare Detonation wurde vor zehn Minuten gemeldet.«

General Karyakin, der neue Befehlshaber der strategischen Raketenstreitkräfte, ließ die Hand auf den Konferenztisch niedersausen. »Wie lange wollen Sie sich das noch mit ansehen?«, brüllte er die etwa zwanzig hochrangigen Offiziere an, die sich zur ersten Versammlung des neuen Oberkommandos STAVKA eingefunden hatten. »Also gut, uns ist ein Fehler unterlaufen! Zorin wurde verhaftet und befindet sich in Gewahrsam. Nach einem ordnungsgemäßen Gerichtsverfahren wird er mit Sicherheit hingerichtet werden. Trotzdem greifen uns die Amerikaner immer wieder an! Ich für meinen Teil habe die Nase voll!«

»Und was schlagen Sie vor?«, erkundigte sich Rasow.

Karyakin starrte ihn an und sagte schließlich: »Wir haben immer noch die Unterseeboote in der Kara-Bastion.«

»Und was wollen Sie mit denen anfangen?« Die Stimme des Befehlshabers für militärische Produktion klang ungläubig. »Die amerikanischen Städte beschießen?«

»Die wollen uns auf den Status eines Entwicklungslandes zurückbomben. Präsident Livingston hat uns angelogen! Er will nur Zeit für eine weitere Angriffswelle gewinnen.«

»Aus der Bastion werden keine Raketen abgeschossen«, stellte Rasow fest. »Ich habe die Absicht, die Boote zurückzurufen.«

An den gesenkten Blicken seiner engsten Freunde erkannte Rasow, dass noch nicht einmal sie voll und ganz hinter ihm standen. »Uns bleiben weniger als anderthalb Stunden. Genau zwanzig Stunden nach dem Abschuss – um null sieben zwei vier Uhr Moskauer Zeit – werden alle Unterseeboote in der Bastion die Antennen an ihren Periskopmasten für fünf Minuten ausfahren. Selbst das ist riskant, daher werden die Antennen keine Sekunde länger oben bleiben. Admiral Werkowenski hat mir erklärt, dass sie Luftproben nehmen und nach normalen, zivilen Radio- und Fernsehübertragungen suchen werden. Die Luftproben werden stark radioaktiv verseucht sein und die Radio- und Fernsehsender, nach denen sie suchen, haben den Betrieb eingestellt.

Wenn während dieses fünfminütigen Fensters kein Rückruf erfolgt, werden diese Unterseeboote in großer Tiefe auf Tauchstation gehen. Dann ist ein Rückruf unmöglich. Wenn ich mich nicht irre«, fuhr er mit einem Blick auf den Befehlshaber der Nordmeerflotte fort, »würden die Unterseeboote nach Verstreichen dieses Fensters keine Kommunikation außer einem Feuerbefehl mehr akzeptieren. Sie würden auf Tauchstation bleiben, bis ihre Vorräte so weit zur Neige gehen, dass sie ihre Häfen anlaufen müssen.«

»Die von den Amerikanern zerstört wurden«, grollte der Befehlshaber der Marine.

»Nachdem diese Unterseeboote alle gültige Steuerbefehle erhalten und unabhängig voneinander Tests durchgeführt haben, die den Atomschlag bestätigen, werden sie, wenn sie nach zwanzig Stunden keinen Rückrufbefehl erhalten, praktisch zu entsicherten Waffen. Wenn einer der Kommandanten den Eindruck hat, dass er angegriffen wird, wird er seine Raketen abfeuern, wie es in dem vorprogrammierten Plan, den Zorin durch seine nuklearen Steuerungsbefehle in Kraft gesetzt hat, vorgesehen ist. Feuert eines der Unterseeboote seine Raketen ab, wird gleichzeitig ein verschlüsselter, akustischer Steuerungskode ausgesandt, den die Sensoren am Grund der Karasee registrieren und über Kabel an die anderen Sensoren weitergeben werden. Diese wiederum werden den akustischen Steuerungskode weiterleiten, was bedeutet, dass alle anderen Unterseeboote in der Bastion ebenfalls feuern werden. Ist das korrekt, Admiral?«

Der Marineoffizier nickte bestätigend. »Das Unterwassergeräusch des Abschusses wäre für die anderen Unterseeboote in der Bastion unverkennbar.« Der Blick des Admirals schweifte in die Ferne, als er sich die Ereignisse vorstellte. »Selbst wenn die Amerikaner das Sensor-Relaissystem am Meeresgrund lahm legen würden, würden die Unterseeboote ihre Raketen immer noch abschießen. Das gilt insbesondere, wenn Angriffsgeräusche wie aufschlagende Torpedos oder Detonationen, Sprengladungen und Ähnliches eine offenkundige Erklärung für den Abschuss liefern würden.«

Die Tragödie, die dann folgen würde, war aus der Stimme des alten Mannes herauszuhören; seine Haltung, seine Miene verrieten, dass er vor seinem geistigen Auge entsetzliche Bilder sah.

Erneut blickte Rasow prüfend in die Gesichter der Männer am Tisch. Alle erkannten ihn als den obersten Offizier an: Er war der Chef des Oberkommandos. Doch Angelegenheiten von dieser Tragweite konnten nur gemeinsam entschieden werden. *Sie sind auf meiner Seite,* entschied Rasow.

»Aber die Amerikaner sind doch ein friedliebendes Volk«, begann General Karyakin plötzlich mit hoher, sarkastischer Stimme, während er mit den Händen eine Geste gespielter Verwirrung vollführte. »Deshalb wehren wir uns auch nicht gegen ihre ständigen Angriffe. Sobald sie es für richtig halten, werden sie damit aufhören, unser Land in Schutt und Asche zu legen.« Seine Hände hieben auf den Tisch. »Sollen wir wirklich unser einziges wirksames Abschreckungsmittel außer Gefecht setzen, solange der Krieg nicht vorüber ist? Wenn die Amerikaner ihre Angriffe fortsetzen, würden die Unterseeboote nicht einmal ihre Häfen erreichen. *Oder*«, er legte eine Pause ein, hob den Zeigefinger und blickte jedem Einzelnen der Anwesenden ins Gesicht, »sollen wir sie in der Bastion belassen, wo wir sie mit unseren konventionellen Luft- und Marinestreitkräften verteidigen können? Sie sind der letzte große Trumpf unserer Nation. Ich bin dafür, sie keiner Gefahr auszusetzen.«

Bei diesem »Kompromissvorschlag« nickten die übrigen Befehlshaber und Rasow spürte, wie ihm der sicher geglaubte Konsens entglitt. »Gibt es eine andere Methode, den Feuerbefehl zu einem späteren Zeitpunkt zu widerrufen?«, erkundigte sich Luftstreitkräftegeneral Mischin.

Rasow blickte den Admiral und Karyakin, die beiden Offiziere, die das strategische Arsenal des Landes befehligten, prüfend an. Der Admiral schüttelte den Kopf. Nein, da gab es keine verborgene Tagesordnung, entschied Rasow. Er entspannte sich. Keiner schien von seinem »Ass im Ärmel« zu wissen, wie General Thomas es genannt hätte. »Diese Unterseeboote befinden sich im Krieg. Ihre Kommandanten haben unter Vorbehalt gültige Abschussbefehle empfangen. Keiner von ihnen hat direkte Beweise für die Angriffe gesehen – wie Lichtblitze und Ähnliches –, aber sobald sie die versiegelten Kriegsbefehle für Zorins Abschussplan geöffnet hatten, wussten sie, dass diese Befehle den Abschuss des gesamten landgestützten Atomwaffenarsenals der RVSN auf die Vereinigten Staaten bedeutete. Was darauf folgte, musste ihnen ebenfalls klar sein. Ihre Heimat, ihre Familien … Bei der Planung der Zieloptionen wollte man für den Fall eines länger andauernden Atomkriegs nicht das Risiko eingehen, dass die Amerikaner den Unterseebooten einen falschen Rückrufbefehl erteilen und sie dann erledigen, wenn sie Ballast ablassen. Die Computer der Schiffe werden die Besatzung noch nicht einmal von eingehenden Nachrichten unterrichten, es sei denn, es handelt sich um einen Rückruf, der exakt zwanzig Stunden nach Erhalt des ursprünglichen Abschussbefehls eingeht, oder aber um einen gültigen, vorprogrammierten Befehl zum Abschuss von Atomwaffen.«

»Und wir haben keine Möglichkeit, mit den Unterseebooten Verbindung aufzunehmen?«, wollte Rasow wissen.

»Sie befinden sich im Krieg, General, und das wird, je nach Boot, auch für die nächsten neun bis zwölf Monate so bleiben. Das heißt, sie haben Befehl, keinerlei Kommunikation anzunehmen. Selbst wenn sie ihre Niedrigfrequenzempfänger wieder einschalten würden, bin ich davon überzeugt, dass jedes Einzelne von ihnen einen Rückruf nach Verstreichen des Zwanzig-Stunden-Fensters als List der Amerikaner verwerfen würde.«

General Karyakin beugte sich vor. »Ich schlage vor, dass wir den Unterseebooten gestatten, auf Tauchstation zu bleiben. Alle dafür?«, fragte er abrupt, wobei er seine eigene Hand hob.

Einer nach dem anderen folgte seinem Beispiel. Als Rasow klar wurde, dass er verloren hatte, hob er ebenfalls die Hand. *Es ist besser, der Mehrheit zu folgen und jeden unnötigen Konflikt zu vermeiden. Ich darf mein »Ass« nicht vorzeitig ausspielen.* Er bemerkte, dass Filipow, der an der Wand neben der Tür lehnte, ihn anstarrte und senkte seine Hand etwas hastiger als die anderen.

»Sehr gut«. Rasow wollte sich bereits dem nächsten Punkt der Tagesordnung zuwenden, als Filipow plötzlich die Stimme erhob.

»Welches sind die vorprogrammierten Ziele?« Generäle und Admiräle reckten den Hals, um die Stimme zuordnen zu können.

»Was?«, fragte der Befehlshaber der Nordmeerflotte.

»Welches sind die vorprogrammierten Ziele der Unterseeboote?«, wiederholte Filipow. »Wenn sie angegriffen werden und ihre Raketen abfeuern, welche Ziele sind dann in Zorins nuklearen Steuerungsbefehlen vorgesehen?«

Betretenes Schweigen entstand. Rasow starrte auf seinen ausgemergelten Adjutanten, dessen Aussehen ihm größte Sorgen bereitete. Eine solche Unterbrechung war ohne Beispiel.

General Mischin räusperte sich. »Äh, meine Herren, das ist Oberst Filipow. Möglicherweise kennen Sie ihn noch aus dem letzten Krieg als General Rasows Adjutanten.« Mehrere der alten Männer nickten.

»Welches sind die vorprogrammierten Ziele der Unterseeboote?« Zu Rasows Erleichterung und Überraschung klang Filipow erstaunlich ruhig.

Admiral Werkowenski wandte sich um und starrte Filipow unverhohlen an. Dann sah er auf seine Hände. Er öffnete den Mund, doch es dauerte einen Augenblick, bis die Worte kamen. »Nun«, begann er, ohne den Blick zu heben. »Offenbar hatte Admiral Grubow die Unterseeflotte vor dem Angriff der Chinesen und der Ermordung des gesamten Oberkommandos in erhöhte Alarmbereitschaft versetzt. Als Zorins Steuerungsbefehle ergingen, tauchten alle Unterseeboote ab, die sich nicht bereits auf Tauchstation befanden. Im Augenblick befinden sich in der Kara-Bastion zweiundzwanzig mit Langstrecken-Raketen ausgerüstete Unterseeboote verschiedener Klassen.« Er legte eine Pause ein, weil seine Gedanken abschweiften und er offenbar einen Augenblick brauchte, um sich zu sammeln. Dann fuhr er mit sehr ernster Stimme fort. »Die Flotte ist mit vierhundertsechzehn seegestützten Raketen mit insgesamt dreitausendsiebenhundertsechzig Gefechtsköpfen bewaffnet, von denen jeweils mehrere auf ein Ziel gerichtet sind.« Als er weitersprach, schien er im Sessel zusammenzusinken. »Das hat den Grund, dass wir davon ausgehen, dass weniger als ein Viertel die Abwehrmaßnahmen der Amerikaner überstehen würde.«

Als er aufsah, blickte er nicht Filipow, sondern Rasow an. »Nach dem von Zorin gewählten Abschussplan sind tausendsechshundertzehn Sprengköpfe für die fünfhundertsechsunddreißig amerikanischen Militäreinrichtungen weltweit vorgesehen, die unversehrt geblieben sind. Die übrigen zweitausendeinhundertfünfzig Gefechtsköpfe sind auf die dreihundertvier größten amerikanischen Städte gerichtet.«

2. KAPITEL

An Bord von NIGHTWATCH, *über Ostoregon*
12. Juni, 2400 Uhr GMT (1600 Uhr Ortszeit)

»Der SIOP-6C läuft nunmehr seit achtzehn Stunden, Sir«, verkündete General Thomas, der mit Lambert und den Vereinigten Stabschefs am Konferenztisch saß. »Im Augenblick haben wir vierhundertvierzig Einsätze über Russland, bei sechsunddreißig davon sind die Sperren für die Atomwaffen entsichert. Bei den meisten dürfte ein Abschuss erfolgen, aber einige werden ihr Ziel nicht erreichen oder den Einsatz aufgrund der Wetterbedingungen, wegen mechanischer Probleme, weil die Controller die Sicherheit beim Abschuss nicht für gewährleistet halten oder aus anderen Gründen abbrechen.«

Der Präsident hielt sich sehr gerade. Er war frisch geduscht und rasiert, und obwohl er nicht viel geschlafen haben konnte, schien er neue Kräfte gesammelt zu haben. Lambert wäre seinem Beispiel gern gefolgt. In dem Anzug, den er nun seit über dreißig Stunden ununterbrochen trug, fühlte er sich schmuddelig und das wirkte sich auf seine Stimmung aus.

»Also gut,« die Stimme des Präsidenten klang fest und sicher, »hier sind Ihre Befehle.« Er blickte jedem Einzelnen der Generäle und seinem Admiral ins Gesicht. Einige griffen zu Stift und Papier, um seine Worte zu notieren. »Alle Kampfhandlungen gegen Russland sind sofort einzustellen. Das gilt für nukleare und konventionelle, schlicht für alle Einsätze. Kein Eindringen in den russischen Luftraum, keine Provokationen, wo auch immer.« Alles schwieg. »Es ist vorbei, meine Herren. Dieser Krieg ist vorbei.«

Niemand sagte etwas. Schließlich begann Air Force General Starnes unruhig auf seinem Sitz hin und her zu rutschen. Er räusperte sich. »Soll das heißen ab jetzt, Sir? Mit sofortiger Wirkung? Wir haben doch all diese Leute in Russland und …« Kopfschüttelnd brach er ab.

»Ich meine damit, dass jede von mir erteilte Erlaubnis für offensive Militäraktionen gegen die russischen Streitkräfte hiermit widerrufen ist. Der Krieg – ist – vorbei, meine Herren. So einfach ist das.«

Lamberts Blick folgte dem der Militärs, die den Verteidigungsminister ansahen, der mit gefalteten Händen auf den Tisch starrte. Als Lambert die Hand hob, um sich den schmerzenden Nacken zu reiben, stellte er fest, dass General Thomas, der ihm gegenüber saß, ihn fixierte. »Ich fürchte, so einfach ist das nicht, Walter«, erwiderte der Verteidigungsminister. »Die Leute von der Air Force und der Navy, die sich in diesem Moment über Russland befinden, müssen sich den Rückweg freikämpfen.«

»Dann wird eben jedes weitere Eindringen in den russischen Luftraum untersagt.« Der Präsident klang immer noch zuversichtlich.

»Aber die Hilfstruppen, die sie vor der Luftabwehr schützen sollen, befinden sich teilweise noch gar nicht im russischen Luftraum.«

»Dann darf der russische Luftraum eben ausschließlich im Rahmen dieser Aktionen verletzt werden, alle anderen Einsätze werden abgesagt.«

Der Minister fühlte sich offensichtlich höchst unbehaglich, seine Hände griffen nach seinem Gesicht. Für einen Augenblick bedeckten sie die müden, blutunterlaufenen Augen, dann fuhr er fort. »Das ist nicht das eigentliche Problem, Sir. Unsere Schwierigkeit ist, dass in diesem Augenblick überall auf der Welt große und kleine Einheiten den Russen gegenüberstehen. Von den vier taktischen Bombergeschwadern in Osteuropa, deren Patrouillen fast ständig Kontakt mit russischen Kampfflugzeugen haben, bis zu den Unterseebooten beider Seiten, die in diesem Augenblick mit Sicherheit tief unter der Meeresoberfläche in der Arktis, im westlichen Pazifik, im Indischen Ozean, in der Nordsee, im Mittelmeer und in der Barentssee versuchen, in Schussposition zu kommen. Dann wären da noch die Bodentruppen in Osteuropa, die in bedrohlicher Nähe zu den russischen Streitkräften stationiert sind.«

»Ich verstehe.« Der Präsident erwiderte entschlossen den Blick des Ministers, dann sah er die Militärs an. »Aber wenn ich als Oberbefehlshaber der Streitkräfte der Vereinigten Staaten sage, der Krieg ist vorbei, dann ist er vorbei.« Er wandte sich erneut an den Verteidigungsminister. »Natürlich haben unsere Einheiten wie immer das Recht, sich selbst zu verteidigen, aber nicht mehr. Ist das völlig klar?« Seine Stimme klang lauter als sonst.

Als die Anwesenden nickten und bestätigend murmelten, wunderte sich Lambert über die Verwandlung, die mit dem Präsidenten vorgegangen war. Er schien sich gefangen zu haben und wirkte stärker denn je. Lambert wusste, dass er Krieg sein Leben lang verabscheut hatte. Daher war es logisch, dass er nur widerstrebend in den Kampf zog, sich bei den Bemühungen um den Frieden aber fest entschlossen zeigte. Als der Präsident ihm nun einen Seitenblick zuwarf, entdeckte er sogar die Andeutung eines Lächelns: Der Mann neben ihm war zu neuem Leben erwacht.

»Sir«, meldete sich General Thomas zu Wort, »nur damit die Regeln eindeutig klar sind – darf ich Ihnen eine Reihe von Szenarien präsentieren und Sie sagen mir, ob unsere Kräfte in einem solchen Fall in ›Notwehr‹ feuern dürfen?«

»Das halte ich für eine ausgezeichnete Idee, General.« Der Präsident lehnte sich in seinem Stuhl zurück.

General Thomas zögerte einen Augenblick, in dem nur das leise Rauschen der am Jet vorübergleitenden Luft zu vernehmen war. »Der Sonarmann in der Gefechtszentrale eines Flugzeugträgers im Indischen Ozean meldet einen Kontakt innerhalb des Verteidigungsraums des Kampfverbands und innerhalb der Reichweite der raketenunterstützten Torpedos des Flugzeugträgers. Darf der Kapitän des Flugzeugträgers in diesem Fall feuern?«

Der Präsident seufzte und wandte den Blick ab. Einen Augenblick später sah er Thomas an und erklärte mit autoritärer Stimme: »Ja, das darf er.«

Während der Befehlshaber der Marine begann, sich Notizen zu machen, fuhr Thomas fort. »Der Radar-Operator an Bord einer AWACS-Maschine über dem Japanischen Meer meldet einen großen Kontakt in niedriger Höhe, der sich mit hoher Geschwindigkeit Japan nähert. Der leitende Controller schickt zwei F-15 zur Überprüfung, die zwei atomwaffenfähige russische Su-27-Kampfflugzeuge ausmachen. Ein Radar-Operator berechnet einen Abfangpunkt und teilt dem leitenden Controller mit, dass es unter Berücksichtigung von Geschwindigkeit, Reichweite und Richtung der beiden Su-27 sowie des Treibstoffvorrats der F-15 nur einen einzigen Abfangpunkt zwischen der aktuellen Position der russischen Maschinen und dem Punkt des möglichen Abschusses von Raketen auf unsere Stützpunkte in Japan gibt. Darf der leitende Controller die Flugzeuge abfangen?«

»Mir ist klar, worauf Sie hinauswollen, General Thomas.« Zu Lamberts Überraschung verriet die Stimme des Präsidenten keinerlei Anzeichen von Ungehaltenheit. »Aber lassen Sie mich Ihnen sagen, was mein Ziel ist. Ich will einen Dritten Weltkrieg verhindern, einen Krieg, den niemand wollte und für den es nicht den geringsten Grund gibt.«

»Sechs Millionen Tote und Sterbende sind Grund genug«, knurrte General Fuller von den Marines, doch der Präsident ignorierte ihn.

»Ich verstehe, dass Sie Regeln brauchen, und ich bin bereit, mit Ihnen gemeinsam eine Vorschrift zu erarbeiten, die besagt, dass Kampfmaßnahmen erlaubt sind, wenn ein Kommandeur in gutem Glauben zu dem Schluss kommt, dass diese Maßnahmen notwendig sind, um Schlimmeres zu verhindern, selbst wenn dabei das Risiko des Verlusts von Menschenleben besteht. Was ihre hypothetischen Fälle angeht, General, so sollen sie mich dazu bewegen, den Einsatz von Gewalt zu billigen. Um diese Angelegenheit ein für alle Mal zu regeln, sage ich Ihnen allen klar und deutlich, dass es Einheiten geben wird, die Verluste hinnehmen müssen.«

Der Verteidigungsminister meldete sich zu Wort. »Äh, Walter, bei den von Andy vorgestellten Szenarien handelt es sich um direkt vor dieser Besprechung eingegangene Berichte. Die F-15 haben die beiden Su-27 abgeschossen, aber der Kapitän des Flugzeugträgers feuerte nicht. Offenbar hielt sich in der Gegend ein britisches Unterseeboot auf, von dem vorher nichts bekannt war. Ein russisches Unterseeboot traf eines seiner Versorgungsschiffe, das in Brand geriet. Es gab zahlreiche Tote.«

»Der betreffende Kapitän wurde seines Kommandos enthoben«, ergänzte Admiral Dixon.

»In Ordnung, Sie fassen die Vorschriften so weit, dass unseren Leute ausreichend Spielraum zur Verteidigung bleibt, und ich gehe sie noch einmal durch.« General Thomas nickte. Der Präsident wandte sich an Lambert. »Greg, ich denke es ist Zeit, die Russen anzurufen. Können Sie General Rasow an den Apparat bekommen?«

Obwohl er ebenso überrascht war wie jeder andere im Konferenzraum, erholte sich Lambert schnell und griff zum Telefon. Während die Vereinigten Stabschefs dem Präsidenten in gedämpftem Ton Bericht erstatteten, ließ sich Lambert von einem russischen Militärtelefonisten zum nächsten verbinden. Sein starker amerikanischer Akzent, wenn er Russisch sprach, den er nie hatte ablegen können, löste allgemeine Überraschung aus. Plötzlich vernahm er eine Stimme, die ihm seit Jahren vertraut war. »Hallo?«

»Filipow? Pawel, bist du das?«, frage Lambert erstaunt. Die Männer am Tisch unterbrachen ihre Berichte und sahen zu ihm hinüber.

»Ja, ich bin's, Greg.« Pawels Antwort kam durch die Übertragung leicht verzögert.

»Ist, äh, General Rasow da?« Lambert fühlte, wie ihn die Männer am Tisch anstarrten.

»Einen Augenblick, bitte.« Filipows monotone Stimme klang ebenso formal wie Lamberts Frage.

Greg bedeckte die Sprechmuschel mit der Hand. »Entweder ist Filipow nach Kabarowsk geflogen oder Rasow nach Moskau. Ich tippe auf Letzteres.«

»Rasow«, meldete sich eine heisere Stimme.

»Sekundohki, pozhal'sta – eine Sekunde, bitte«, sagte Lambert. Er drückte die Taste für die Freisprechanlage. Dabei leuchtete ein Licht auf, welches anzeigte, dass das Gespräch mitgeschnitten wurde. Lambert nickte dem Präsidenten zu.

»General Rasow?«

»Mr. President.« Den Gesichtern der Anwesenden entnahm Lambert, dass sie ebenso wie er selbst über den kaum noch höflich zu nennenden Ton Rasows überrascht waren.

»Ich will mit Ihnen über den Frieden sprechen«, erklärte der Präsident unbeirrt.

Aus dem Lautsprecher kam ein Laut, der sich nur als bitteres Lachen beschreiben ließ. »Frieden? Sie wollen über Frieden sprechen?« Rasow spie das Wort geradezu aus. Im Hintergrund waren hektische Stimmen zu hören, die in gedämpftem Ton Bericht erstatteten. Offenbar herrschte dort völliges Chaos. »Selbst in diesem Augenblick regnen Atomwaffen auf mein Land herab. Lassen Sie mich Ihnen eines sagen, Mr. President. Ich habe dafür gesorgt, dass Russland nicht feuert, wie ich es versprochen hatte. Nach dem ersten Vorfall wurde nicht eine einzige Atomwaffe abgeschossen. Aber ich kann Ihnen sagen, der Druck meiner Kollegen, den Krieg mit allen verfügbaren Mitteln wieder aufzunehmen, ist ungeheuer stark.«

»Das wird nicht nötig sein. Ich habe soeben alle Einheiten der Streitkräfte meines Landes angewiesen, alle Angriffe auf Ihr Land einzustellen, es sei denn ihre gegenwärtige taktische Situation schließt dies aus. Sie haben mein Wort dafür, General, dass dieser Krieg vorüber ist.«

«*Jadernij vzryv!*«, rief jemand im Hintergrund. »Nukleare Detonation«, übersetzte Lambert leise für die anderen im Raum.

»Binnenflughafen Saratow«, las Starnes leise von seinem Computerausdruck ab. Nach einem Blick auf die Uhr brachte er auf dem Papier einen Vermerk an.

»Mr. President, in mir sträubt sich alles dagegen, Ihnen zu vertrauen, nachdem Sie mein Land und mein Volk angegriffen haben. Als Russe, als Patriot, wie auch Sie es sind, erfüllt mich die sinnlose Zerstörung, die Ihre völlig überzogene Reaktion angerichtet hat und von der viele Unschuldige betroffen sind, mit brennendem Zorn. General Zorins Befehle ergingen aus Versehen, aber Sie handeln im vollen Bewusstsein dessen, was Sie tun.«

General Fuller schnaubte wütend.

»Ich habe Ihnen mein Wort gegeben, dass der Krieg vorüber ist. Geben Sie mir Ihres?«

Eine lange Pause folgte. »Wenn Sie die Wahrheit sagen, wenn sich Ihre Streitkräfte tatsächlich von der Front zurückziehen und Ihre Aggressionen einstellen, dann werde ich den Streitkräften der Republik Russland ebenfalls befehlen, die Waffen niederzulegen. Wie ich bereits bei unserem letzten Gespräch sagte, Mr. President, es hat keine feindlichen Handlungen unsererseits gegenüber Ihrem Land gegeben. Und wenn Sie Ihr Versprechen halten, wird das auch in Zukunft so sein.«

Ein Air Force Sergeant betrat mit einem Stapel Papieren in der Hand den Raum. »Also gut«, sagte der Präsident, während Lambert den zögernden Mann heranwinkte und ihm die Papiere abnahm. »Lassen Sie uns ein Gespräch in, sagen wir, zwölf Stunden planen. Bis dahin sollte unser guter Wille unverkennbar sein.«

Der Air Force Sergeant beugte sich zu Lambert, um ihm etwas ins Ohr zu flüstern. »Wir können den Lokalsender von Seattle empfangen. Der Vizepräsident wird in ein paar Minuten seine Rede halten.«

»Legen Sie sie, wenn möglich, in den Konferenzraum«, wisperte Lambert zurück.

Ein Knacken aus dem Lautsprecher verriet, dass sich Rasow unhöflich rasch verabschiedet hatte. »Nun, was meinen Sie?«, erkundigte sich der Präsident, während Lambert die Papiere durchsah. Es handelte sich um Faxe vom Mount Weather. »Entwurf der Ansprache von Vizepräsident Costanzo«, lautete die Überschrift auf der zweiten Seite.

»Entschuldigen Sie, Sir«, sagte Lambert, während sich der einzige Bildschirm im Raum einschaltete und die Beleuchtung leicht gedämpft wurde. »Die haben soeben das Signal für den Fernsehsender gefunden, der die Ansprache des Vizepräsidenten übertragen wird. Der Entwurf ist gerade hereingekommen.« Er reichte dem Präsidenten das Fax.

Der Empfang war schlecht und die Einstellung musste

ständig korrigiert werden, aber zumindest war ein leeres Podium zu erkennen, hinter dem zwei Flaggen standen.

»Was wird er sagen?«, erkundigte sich der Verteidigungsminister.

Der Präsident setzte seine Lesebrille auf und sah sich die erste Seite der Rede an. »Er wird allen sagen, Sie bräuchten sich keine Sorgen zu machen, die Regierung arbeite noch und …« Der Präsident brach ab. Als Lambert und die anderen sich nach ihm umblickten, erhob er sich gerade mit erstauntem Gesicht von seinem Stuhl. »Großer Gott«, sagte er nur.

»Meine Damen und Herren«, verkündete ein unsichtbarer Sprecher, als Paul Costanzo ans Podium trat, »der Vizepräsident der Vereinigten Staaten.«

Palm Springs, Kalifornien
12. Juni, 0015 Uhr GMT (1615 Uhr Ortszeit)

»Dieses ungeheuerliche Verbrechen, diese Sünde von biblischen Ausmaßen wird nicht ungestraft bleiben!« Melissa, die auf den Fernseher in ihrem Hotelraum starrte, fühlte sich von der dramatischen Rede des Vizepräsidenten gepackt. »Die Männer und Frauen unserer Streitkräfte stehen bereit, zu den Waffen zu greifen und die Schuldigen zur Rechenschaft zu ziehen! Sie sind bereit, ihr Leben zu opfern für die Sache des Friedens, auf dass die Pest der Atomwaffen nie wieder unseren Planeten heimsuchen möge! Doch wenn sich, was Gott verhindern möge, die Tore der Hölle erneut öffnen sollten, um das Feuer des Atomkriegs zu entfesseln, dann, das verspreche ich Ihnen, wird es nicht unsere verwundete, aber ungebrochene Nation sein, die zu leiden hat, dann werden nicht die Menschen *dieses* Landes sterben!«

Obwohl es kein Publikum und keinen Applaus gab, spürte Melissa, wie wirkungsvoll seine Worte waren. »Lassen Sie mich einen großen Mann zitieren, der diese Nation durch ihre letzte große Prüfung führte. Viele Jahre, bevor er das höchste Amt in diesem Staat innehatte, sagte Abraham Lincoln die folgenden Worte über die Kraft und Stärke unserer Nation:

›An welchem Punkt sollen wir die Gefahr erwarten? Wie sollen wir uns gegen sie wappnen? Sollen wir darauf warten, dass ein militärischer Riese den Ozean überschreitet und uns mit einem Schlag vernichtet? Niemals! Selbst wenn sich die Armeen Europas, Asiens und Afrikas vereinten, selbst wenn sie alle Schätze dieser Erde besäßen … würde es ihnen in tausend Jahren nicht gelingen, sich einen Schluck Wasser aus dem Ohio zu erkämpfen oder sich gewaltsam einen Pfad durch die Blue Ridge-Berge zu bahnen … Wenn Zerstörung unser Los sein soll, müssen wir selbst dieses Werk beginnen und vollenden. Als eine Nation freier Menschen müssen wir die Zeiten überdauern – oder durch Selbstmord untergehen.‹

Die letzte Nacht war eine Nacht der Schande, doch die vor uns liegenden Tage werden Tage des Ruhmes sein. Unsere Nation freier Männer und Frauen wird siegen und durch ihren Sieg die Welt ein für alle Mal von der russischen Bedrohung befreien. Unsere große Nation, die Vereinigten Staaten von Amerika werden überleben. Wir werden dem Feind auf dem Schlachtfeld entgegentreten und wir werden siegen! Jede Generation hat ihren Kampf zu führen. Folgen Sie mir in diesen! Lasst uns die Fahne erheben! Wenn wir aufstehen, um unseren Feind als ein Volk zu bekämpfen, dann kann uns keine Macht der Welt aufhalten. Gute Nacht, meine Landsleute. Gott segne die Vereinigten Staaten von Amerika und sei mit ihren Streitkräften!«

Als die Kamera zu den gekreuzten amerikanischen Flaggen hinter dem leeren Podium schwenkte, füllten sich Melissas Augen mit Tränen. Auf dem Bett neben ihrem schlafenden Baby sitzend, versuchte sie, sich für einen Krieg zu wappnen, in dem ihr Ehemann, sofern er noch am Leben war, zwar kämpfen würde, dessen Folgen aber letzten Endes sie zu tragen haben würde.

Flughafen Gander, Neufundland
12. Juni, 0030 Uhr GMT (2030 Uhr Ortszeit)

Nachdem er aus der unter freiem Himmel errichteten Messe zurückgekehrt war, setzte sich David Chandler in das niedergetrampelte Gras der niedrigen Hügel neben dem Rollfeld und öffnete den Reißverschluss seiner schweren Tasche aus Tarnstoff. Ihm tat immer noch jeder Knochen weh. Letzte Nacht hatte er versucht, auf dem nackten Boden zu schlafen, und den ganzen Tag über hatte er hart gearbeitet. Es galt, Vorräte zu entladen, Latrinen zu graben und andere körperliche Arbeiten zu verrichten, bei denen er es zwar seinen Männern gleichgetan hatte, an die er aber nicht gewöhnt war. In seiner Tasche befanden sich immer noch die geheimnisvollen Gegenstände, die Master Sergeant Barnes für ihn besorgt hatte, und die wollte er sich ansehen, bevor es dunkel wurde.

Ganz oben lagen eine Uniformjacke, Handschuhe, Schlafsack, Taschenlampe und ein Messer. Nein, es handelte sich vielmehr um ein Bajonett. Er konnte sich beim besten Willen nicht vorstellen, wann er es auf ein Sturmgewehr wie das M-16 aufstecken sollte. Wenn man im Handgemenge mit jemandem die Waffen kreuzte, spaltete sich vermutlich der Kunststoffschaft. Bei einem Riss am Schaftende würde die Feder beschädigt werden, die den entsetzlichen Rückstoß dämpfte. Ergebnis: vermutlich eine kräftig ausgerenkte Schulter beim nächsten Gebrauch. *Danke, US-Army,* dachte er sarkastisch, während er weitere Schätze auspackte. Ein Poncho, Tabletten zur Trinkwasserbereitung, eine Erste-Hilfe-Ausrüstung. Barnes war vermutlich der beste Kunde des Quartiermeisters auf der March Air Force Base gewesen.

March Air Force Base, dachte er, während er den Blick über die Männer und Frauen schweifen ließ, die sich in den niedrigen Hügeln die Zähne putzten oder rasierten. Offenbar waren sie mit dem Leben wesentlich zufriedener als er selbst. Die March Air Force Base gab es nicht mehr und alle, die sich dort aufgehalten hatten, waren tot. *Melissa.* Er schüttelte den Kopf, um die Gedanken zu verscheuchen. Ihr ging es gut. Sie war jetzt bestimmt zu Hause und ihre Freundin Lisa oder ihre Eltern oder sonst jemand leisteten ihr Gesellschaft, während sie darauf wartete, dass die Wehen einsetzten. *Es geht ihr gut, es muss ihr einfach gut gehen.*

Chandler holte das Gurtgeschirr heraus. Er hatte vorsichtig versucht, Barnes zu erklären, dass er nicht die volle Ausrüstung benötigen würde. »Wissen Sie, ich habe doch einen Job beim Stab«, hatte er gesagt. Ein Grinsen unterdrückend, setzte er den Pistolengurt und die gepolsterten Träger zusammen. *Na, wenn die Army das so will, dann verkleide ich mich eben als richtiger Soldat.*

Nachdem er ALICE, sein »Individuelles Allzweck-Leichtgewicht-Tragesystem«, wie die offizielle Bezeichnung für das Gurtgeschirr lautete, angelegt hatte, suchte er weiter. Feldflasche, Etui mit Kompass, zwei Munitionstaschen für die vier Magazine mit je vierunddreißig Schuss. Chandler befestigte alles einschließlich eines Klappspatens für das Ausheben von Schützengräben, seines eigenen Pistolenholsters, des Bajonetts samt Scheide und der Erste-Hilfe-Ausrüstung an dem Geschirr. Auch wenn es sich um die Standardausstattung der Army handelte, fühlte er sich höchst merkwürdig, als er sich zum ersten Mal voll beladen aufrichtete. *Wir müssen schließlich gegenüber den Einheimischen das Gesicht wahren,* dachte er mit einem Blick auf die Schlange an der Essensausgabe. Ältere Damen aus Gander, die den gestrandeten Amerikanern ihre Hilfe angeboten hatten, hatten diese Aufgabe übernommen.

Chandler wandte sich erneut seiner Tasche zu und zog einen leeren Tornister heraus, der für die »Überlebensausrüstung« bestimmt war. Er kam sich vor wie auf einem Privatlehrgang. Offenbar fühlten sich die eingezogenen Männer und Frauen in sicherer Entfernung von ihm, dem Major, wohler. *Der Tornister wird über dem Gurtgeschirr getragen und enthält zusätzliche Munition, Wasser, Notrationen, Kleidung, Schlafsack und so weiter.* Ihm fiel auf, dass Barnes ihm die mittlere Größe besorgt hatte, das einzige Zugeständnis an seine Position als Stabsoffizier. *Das Ding dürfte gepackt über zwanzig Kilo wiegen.* Damit war es allerdings noch zehn Kilo leichter als die Last, die die einfachsten Infanteristen zu tragen hatten.

Er ließ den Tornister zu Boden gleiten und blickte erneut in die Tasche, deren grünes Inneres unerschöpflich schien. Ein Helm. Im Lauf des Tages hatten die Sergeants bei ihren Privates und Corporals für Ordnung gesorgt, so dass immer mehr Soldaten ihre komplette Uniform trugen. Ohne Kopfbedeckung war er sich richtig nackt vorgekommen. Er holte den Helm heraus. Neue Standardausführung aus mit Tarnstoff überzogenem Kevlar, in der weit über die Ohren und den Hinterkopf reichenden neuen Form. Er stellte das Innenfutter passend ein und setzte den Helm auf, während er weiterstöberte.

Eigentlich hatte er gedacht, außer dem braunen Pappkarton mit den Notrationen wäre nichts mehr in der Tasche, doch ganz unten entdeckte er einen großen, flachen Gegenstand. *Was zum Teufel ist das?* Er zerrte daran, griff dann mit beiden Händen zu und holte es heraus. *Eine Flakjacke.* Melissa hatte ihn auf der Fahrt zum Air Force-Stützpunkt ausdrücklich über das Autotelefon danach gefragt, aber er hatte nicht gewusst, ob er eine »kugelsichere Weste« bekommen würde. »Wahrscheinlich«, hatte er angesichts des beunruhigten Schweigens am anderen Ende der Leitung gesagt. »Ich will, dass du dir eine besorgst«, hatte sie zum Schluss verkündet, aber er hatte keine Ahnung gehabt, ob sie zur Ausrüstung gehörte.

Melissa versprach sich wahre Wunder von ihrer Schutzwirkung und er hatte ihr bewusst nicht erzählt, wie beschränkt diese wahr. Eine kugelsichere Weste konnte vielleicht eine Pistolenkugel aufhalten, so dass man zwar umgeworfen wurde und keine Luft mehr bekam, aber höchstens eine gebrochene Rippe davontrug. Leider benutzte niemand mehr Pistolen. Beim Militär handelte es sich um einen reinen Schutz vor Verletzungen durch Schrapnell, das aufgrund der unregelmäßigen, nichtaerodynamischen Form eine relativ geringe Geschwindigkeit und Durchschlagskraft besaß. Gegen eine Kugel aus einem modernen Sturm- oder gar einem Maschinengewehr konnte eine kugelsichere Weste nichts ausrichten. Der Mantel würde beim Aufprall plattgedrückt werden, wobei sich die Geschwindigkeit von Tausenden von Metern pro Sekunde auf Hunderte verringerte. Das hieß, dass sich die kinetische Energie im menschlichen Körper entlud. Aus der Schule wusste er noch, dass das nicht gut ausgehen konnte. Kraft gleich Masse mal Geschwindigkeit im Quadrat. *Auf die Geschwindigkeit kommt es an. Nicht nur, dass die Kugel ihre volle Kraft behält, bei einer verzogenen oder sogar zersplitterten Patrone gibt es nicht einmal eine saubere Wunde.*

Nein, falls man wirklich von einer Patrone aus einem Gewehr oder Maschinengewehr getroffen wurde, war man ohne Schutzweste besser dran. Wenn das Geschoss nicht auf Widerstand traf, blieb der »Traumakanal« schmal. Solange es nicht ins Taumeln geriet, konnte man auf einen glatten Durchschuss hoffen, bei dem die potenzielle Energie beim Austritt noch vorhanden war und sich an anderer Stelle entladen konnte. Und mit ein bisschen Glück waren nur Weichteile wie Muskeln und Fett betroffen und die lebenswichtigen Organe blieben unversehrt. Irgendwie fühlte er sich beim Gedanken an diese Gefahren besser. Wenn er bedroht war und nicht Melissa, dann war seine Welt in Ordnung, dann konnte er sich auf seine eigenen Probleme konzentrieren. Zum Beispiel darauf, was er mit den etwa zweihundert Männern und Frauen aus seiner Maschine anfangen sollte.

Er legte seine komplette Ausrüstung an, erhob sich und vollführte dann einen kleinen Sprung. Die verschiedenen Metallteile klirrten und klapperten, aber seine Last saß fest, ohne zu verrutschen. Allerdings fühlte er sich immer noch ziemlich unbehaglich damit.

Aus dem Nichts tauchte Master Sergeant Barnes auf und bat ihn um seine Feldflasche, die er am Tankwagen der Feuerwehr von Gander bis zum Rand mit Wasser füllen wollte. Damit wollte er vermeiden, dass die Flüssigkeit lautstark hin und her schwappte, was er demonstrierte, indem er die halb volle Feldflasche kräftig schüttelte. Unterdessen legte Chandler die kugelsichere Weste an, die ausgezeichnet saß. Dann stellte er sein Tragegeschirr neu ein, legte es an und setzte den Helm auf, an dem er noch den Kinnriemen anpassen musste. Plötzlich spürte er, wie Barnes die gefüllte Feldflasche an seinem Gürtel befestigte. Als er sich umwandte, stellte er fest, dass der andere gerade mit dem Daumennagel dunkelgrünes Klebeband von einer Rolle abzog. »Einen Augenblick, Sir.« Fünfzehn Minuten und ein halbes Dutzend Luftsprünge später schepperte Chandlers Ausrüstung immer noch so laut, dass Barnes ihn bat, das Geschirr abzunehmen und »die Sachen ein bisschen umzusortieren«.

»Wollen Sie aus mir einen Ninja machen, Master Sergeant Barnes?«, meinte Chandler lachend, während er die schwere Ausrüstung abnahm. Barnes lächelte nur.

Ganz unten in der fast leeren Tasche fand er noch ein paar Gegenstände, die Barnes für ihn eingepackt hatte. »FM 19-21 – U.S. Army Panzeroperationen.« Nach einem Blick auf Barnes, der ihn nicht zu beachten schien, nahm Chandler die Handbücher und eine Taschenlampe und begab sich auf die Suche nach einem ruhigen Platz.

An Bord von Nightwatch, *über Ostoregon*
12. Juni, 0045 Uhr GMT (1645 Uhr Ortszeit)

»Verdammt noch mal, Paul!«, brüllte der Präsident außer sich vor Wut, als er den Vizepräsidenten am Telefon hatte. Er erhob sich und beugte sich über den Konferenztisch. »Welcher Teufel hat Sie geritten, diese Rede zu halten? Wie konnten Sie es wagen, das nicht vorher mit mir zu klären?«

»Walter, ich muss mit Ihnen reden.«

»Allerdings müssen Sie das! Ich bin bereits unterwegs zum Mount Weather! In der Zwischenzeit können Sie schon einmal ein Loch graben, um sich zu verkriechen. Keine Pressekontakte, keine öffentlichen Kommentare, keine Kontakte mit irgendwelchen Regierungsstellen der USA oder anderer Länder …«

»Walter …«, unterbrach ihn der Vizepräsident, aber der Präsident zischte nur:

»Ich bin noch nicht fertig!«

»Darf ich fragen, wer mit Ihnen im Zimmer ist?«, erkundigte sich der Vizepräsident.

Zum ersten Mal zögerte der Präsident. »Nur Greg Lambert … und der militärische Adjutant«, ergänzte er mit einem Seitenblick auf den Air Force Major, der mit steinernem Gesicht am Ende des Tisches saß und den Football hütete.

»Kann ich privat mit Ihnen sprechen?«

Lambert und der Major erhoben sich. »Greg, bitte bleiben Sie.«

Verwirrt sank Lambert auf seinen Stuhl zurück. »Was ist los?«, fragte der Präsident verärgert, als sich die Tür hinter dem Major geschlossen hatte.

»Walter, ich habe Ihnen schon gesagt, dass ich mit Ihrer Appeasement-Politik gegenüber den Russen nicht einverstanden bin.«

»*Appeasement!* Wovon reden Sie da? Es war ein Irrtum! Hier geht es nicht um Hitler und Chamberlain. Vor diesem Vorfall gab es keine Konfrontation, keine Feindschaft zwischen unseren Ländern.«

»Aber jetzt sehr wohl. Die Situation hat sich verändert.«

»Die Situation! Von welcher Situation reden Sie? Was schlagen Sie vor?«

»Das, was wir besprochen hatten.«

»Entwaffnung? Sie wollen, dass ich von den Russen verlange, ihre Atomwaffen abzugeben, nachdem wir gerade als Reaktion auf ihren Fehler fünftausend Atomsprengköpfe über ihnen abgeworfen haben? Bei unserem letzten Gespräch mit General Rasow waren Sie nicht dabei, aber ich kann Ihnen sagen, der war nicht in der Stimmung für solche Vorschläge.«

»Das wäre mein zweiter Punkt. Ich finde, Sie müssten mich bei Gesprächen wie militärischen Lageberichten, Besprechungen mit ausländischen Politikern und Ähnlichem verstärkt einbeziehen.«

»Ach, tatsächlich?« Ein ungläubiges Grinsen lag auf Livingstons Gesicht. Er schüttelte den Kopf.

»Das meinen übrigens auch der Sprecher des Weißen

Hauses und Jim Bailey«, ergänzte der Vizepräsident bedrohlich leise. Bailey war Vorsitzender des Nationalen Komitees der Demokraten. »Übrigens lässt Ihnen der Sprecher ausrichten, dass er Sie morgen um neun Uhr vormittags in Greenbriar, Westvirginia, erwartet, damit Sie Ihre Aussage machen können.«

Westvirginia, war Lamberts erster Gedanke. Jane war in Snowshoe. Morgen würde er sie sehen. Sein Herz tat einen Satz und seine Stimmung verbesserte sich schlagartig.

Livingston ließ sich auf seinen Stuhl sinken. Jeder Anflug eines Grinsens war verschwunden. »Darum geht es also, jetzt ist mir alles klar. Sie agieren hinter meinem Rücken«, meinte er mit einem Blick auf Lambert.

»Es waren zufällig alle hier, Walter, und so kam eins zum anderen.«

»Ab sofort sind Sie incomunicado!«

»Das wird nicht klappen, Walter«, entgegnete der Vizepräsident, ohne auch nur die Stimme zu erheben.

Noch nie hatte Lambert den Präsidenten so wütend gesehen. »Dann verlange ich Ihren Rücktritt.«

Eine lange Pause entstand. »Ich fürchte, das ist nicht möglich.«

Livingston hob den Zeigefinger und stach geradezu nach dem Knopf, mit dem er das Gespräch beendete. Anschließend drückte er die Taste daneben. »Landen Sie dieses Ding! Ich muss sofort zum Mount Weather!«

Internationaler Flughafen Philadelphia
12. Juni, 0600 Uhr GMT (0100 Uhr Ortszeit)

Lambert stieg die Treppe der E-4B hinunter. Unten angelangt, sah er sich nach der identischen Maschine um, die einige Meter entfernt mit laufenden Triebwerken bereitstand. Der Präsident und die First Lady verschwanden jedoch bereits in einem Hubschrauber, dicht gefolgt von dem Rechtsberater des Weißen Hauses, der den Präsidenten auf dem

Rollfeld erwartet hatte und, wie üblich, wie ein Maschinengewehr redete.

Noch bevor Lambert in die allgegenwärtige schwarze Regierungslimousine gestiegen war, hatte der Hubschrauber, der den Präsidenten zur entscheidenden Konfrontation mit dem Vizepräsidenten nach Mount Weather bringen sollte, abgehoben. Lambert wandte sich an seinen Begleiter, einen Kongress-Angestellten.

»Ich muss jemanden anrufen.«

»Im Auto ist ein Telefon.«

Während der Wagen davonraste, reichte der Mann Lambert ein Handy. Greg wählte die Nummer der Wohnung in Snowshoe.

»Jane Lambert, bitte.«

»Tut mir Leid, aber wir haben keine Jane Lambert hier«, entgegnete die Telefonistin.

Greg fühlte einen eisigen Schauer. »Vielleicht ist sie unter ›Collins‹ eingetragen? Möglicherweise reist sie mit ihren Eltern.«

Nach einer Pause meldete sich die Stimme erneut. »Nein, tut mir Leid. Wir haben hier auch keine Collins.«

»Sind die Wohnungen … ausgebucht?« Das schien ihm eine plausible Erklärung zu sein.

»Ja. Die ganzen Leute aus … also, die Flüchtlinge.«

Greg nickte. Ihre Wohnung war anderweitig vergeben worden und sie hatten sich eine neue Unterkunft suchen müssen. Aber dann kamen ihm Zweifel. »Seit wann sind Sie denn ausgebucht?«

»Seit ein paar Stunden.«

Lambert presste das Telefon ans Ohr. *Sie hätte innerhalb einer Stunde, nachdem ich abberufen wurde, dort sein müssen.*

«Hallo?«, fragte die Telefonistin.

»Vielen Dank.« Seine Kehle war plötzlich wie ausgedörrt.

»Viel Glück.« In der mitfühlenden Stimme der Frau lag tiefe Traurigkeit.

Lambert sah sich nach dem Kongress-Angestellten um, aber der junge Mann wich seinem Blick aus und starrte aus dem Fenster.

Von einer entsetzlichen Vorahnung gepackt, rief Lambert bei sich zu Hause an. Zu seiner Überraschung klingelte es. Wenn nun jemand antwortete? Ihn überlief es eiskalt. Doch beim dritten Klingeln schaltete sich der Anrufbeantworter ein. Hastig gab er den Geheimkode ein. »Sie haben drei neue Nachrichten«, meldete sich die vertraute Computerstimme.

Seine Nerven waren aufs Äußerste angespannt. »Schatz, falls Pawel anruft« – zu Gregs Erleichterung war Jane offenbar im Saab und mit ziemlich hoher Geschwindigkeit unterwegs – »sag ihm bitte, dass Irina bei mir ist. Bis bald.«

Er bemühte sich, ruhig zu bleiben, als ein Piepsen die zweite Nachricht einleitete. »Greg.« Entsetzt stellte er fest, dass sie anscheinend völlig verängstigt war. »Der Motor fing an zu rauchen und das Auto blieb einfach stehen.« Ihre Worte trafen ihn wie ein Schlag. Im Hintergrund konnte er das Summen des Notfallsignals aus dem Radio hören. Er schloss die Augen, für ihn existierte nur noch der Anrufbeantworter.

»Sag ihm das mit dem Radio«, hörte er Irina mit zitternder Stimme im Hintergrund sagen.

»Die Rundfunksender haben den Betrieb eingestellt. Ich habe Angst, Greg, ich habe solche Angst!« Das Beben in ihrer Stimme war nicht zu überhören. »Ich muss jetzt Schluss machen. Vielleicht versuchen Mutter und Vater anzurufen, sie holen uns ab. Bis bald«, sagte sie widerstrebend. »Auf … Wiedersehen, Schatz.«

Ein erneuter Piepston kündigte die dritte Nachricht an. Gregs Mund war völlig ausgedörrt und er hatte das Gefühl, als nähme ihm eine schwere Last auf seiner Brust die Luft zum atmen. Janes Stimme schien aus der Hölle zu kommen. »Greg, was geschieht mit uns?«, stieß sie hervor. Dann überwältigte sie ein Hustenanfall. Greg hörte, dass sich Irina im Hintergrund übergab.

Palm Springs, Kalifornien
12. Juni, 1400 Uhr GMT (0600 Uhr Ortszeit)

»Ich habe einen Anruf von meiner Schwester bekommen«, sagte die grauhaarige Frau, die neben Melissa in der Schlange stand und sich ein Taschentuch vors Gesicht hielt. »Sie sitzt in Kansas in ihrem Haus fest.«

»Aber das ist ja entsetzlich«, meinte Melissa, während die Schlange zentimeterweise vorrückte. »Kann man denn gar nichts tun?«

»Nein, alle sitzen im gleichen Boot. Das Telefon funktioniert, so ist sie zumindest nicht ganz allein. Sie wohnt in unserem Elternhaus auf dem Land, wissen Sie. Alles sieht normal aus, es gibt Strom, Kabelfernsehen und Wasser. Aber sie stirbt, sagt sie, sie fühlt es. Der örtliche Fernsehsender sagt, ihre Gegend hat einhundert von diesen … Sie wissen schon … diesen Strahlungseinheiten abgekriegt.« Die Tränen begannen zu fließen. Die Frau war so alt und ihre Haut wirkte so weiß und trocken, dass Melissa überrascht war, die Tränen über ihre Wangen strömen zu sehen.

»Sie hat einen Sturmkeller, weil es bei ihnen immer Wirbelstürme gibt. Ich habe ihr gesagt, sie soll sich da verkriechen, aber als die verdammten Russen ihre Bomben abgeworfen haben, schlief sie. Erst am nächsten Morgen hat sie aus dem Fernsehen von der ganzen Sache erfahren, aber da war schon alles voller Strahlung. Wenn man bis dahin noch keine Lumpen unter die Türen und so gestopft hatte, dann war es zu spät. Es war im Haus, im Keller, einfach überall, genau wie bei den Sandstürmen früher. Man atmet das Zeug direkt ein, sagt Edith.« Sie schüttelte den Kopf. »Nach Franks Tod – das war ihr Mann, wissen Sie – habe ich ihr immer gesagt, sie soll zu mir ziehen.«

»Kann sie denn das Haus nicht verlassen? Nicht einmal, um Lebensmittel einzukaufen?«

Die Frau schüttelte den Kopf. »Edith sagt, sie kann ohnehin nichts mehr bei sich behalten, deswegen versucht sie es gar nicht. Hat noch nie viel gegessen, war immer gertenschlank. Wissen Sie, wir sind Zwillinge.« Die Augen hinter den dicken Brillengläsern schienen zu lächeln. »Die hübschesten Mädchen in der Gegend, so sagte man damals.« Ihr Blick wanderte an der Schlange entlang, in der sie standen. »Es sind zu viele Leute hier. Ich komme besser später wieder.«

»Aber wir haben es doch fast geschafft.« Melissa wies mit dem Kopf auf die Tür direkt vor ihnen. »Vielleicht gibt es später nichts mehr.«

»Ich kann mir woanders was zu essen besorgen. In meinem Garten ist ein Gemüsebeet. Wenn nötig, kann ich das Zeug ernten, bevor es ganz reif ist.«

»Sind Sie wirklich sicher?« Melissa legte ihre Hand auf die knochige, zerbrechliche Schulter der alten Frau.

»Danke, meine Liebe. Ich glaube, ich gehe nach Hause und rufe Edith noch einmal an. Sie hat vorhin gesagt, das Gespräch kostet bestimmt ein Vermögen, und aufgelegt. Je mehr ich darüber nachdenke, desto unsinniger kommt mir das vor. Wen interessiert schon, was es kostet? Aber das sind eben alte Gewohnheiten.« Damit ging sie.

Melissa fühlte sich entsetzlich. An das Fenster neben der Glastür, auf die sich die Schlange zubewegte, hatte jemand ein großes Plakat geklebt. AUF ANORDNUNG DER US-REGIERUNG WERDEN BIS ZUM 16. JUNI NUR VERDERBLICHE LEBENSMITTEL VERKAUFT. Das hatte sich in der Schlange bereits herumgesprochen. Dagegen konnte sie ihren Blick nicht von der Schlagzeile der *Los Angeles Times* lösen, die der Wachmann angestrengt las, während sich die überraschend disziplinierte Schlange an ihm vorüberbewegte. Selbst als ein Mann sie vorließ, drehte sie sich noch einmal um. Kopfschüttelnd wiederholte sie lautlos die Worte, die fast ein Drittel der ersten Seite füllten. DER DRITTE WELTKRIEG.

Einrichtungen des Kongresses, Westvirginia
12. Juni, 1400 Uhr GMT (0900 Uhr Ortszeit)

»Ihren vollen Name, bitte«, begann der Führer der Mehrheit.

»Gregory Philip Lambert.«

»Ihre Position.«

»Sonderberater des Präsidenten für Nationale Sicherheit.«

»Nun, Mr. Lambert ...« Der Führer der Mehrheit blickte auf seine Notizen. »Ich ... habe von Ihrem tragischen Verlust gehört und werde mich kurz fassen. Standen Sie in der Nacht des 11. Juni in telefonischem Kontakt mit Präsident Livingston?«

»Ja.« Ohne sich um die grellen Scheinwerfer für die Fernsehkameras zu kümmern, hatte Greg seinen Platz vor dem Ausschuss eingenommen. Er war immer noch völlig benommen.

»Bitte entschuldigen Sie«, sagte der Kongressabgeordnete sanft, »aber könnten Sie direkt in die Mikrofone sprechen?«

Lambert beugte sich vor. »Ja«, sagte er mit monotoner Stimme in die Mikros.

Aus dem Augenwinkel warf der Führer der Mehrheit seinem republikanischen Kollegen einen Blick zu. »Es tut mir wirklich Leid, Mr. Lambert, aber wir müssen Ihnen diese Fragen stellen. Bat Sie der Präsident in der Nacht des 11. Juni, den verstorbenen Minister Moore ans Telefon zu holen?«

»Ja.«

»Und was sagte Präsident Livingston zu Minister Moore?«

»Darüber darf ich nicht sprechen« – Lamberts Stimme klang monoton, er füllte sich völlig ausgelaugt und leer – »weil dadurch in einer Notstandssituation die nationale Sicherheit der Vereinigten Staaten gefährdet werden könnte.« Diesen Satz hatte ihn der Rechtsberater des Weißen Hauses während der einstündigen Vorbereitung der unter Ausschluss der Öffentlichkeit stattfindenden Vernehmung dreimal am Telefon wiederholen lassen.

Seine ganze Konzentration richtete sich auf das grüne Tuch, das das Podium bedeckte, auf dem die Kongressmitglieder saßen. Plötzlich drang durch den Nebel seiner Gedanken die Stimme des Führers der Mehrheit zu ihm.

»Könnten Sie Ihre Frage bitte wiederholen?«

»Das war keine Frage, es war eine Feststellung. Ihnen wurde während einer ordnungsgemäß einberufenen Sitzung eines Ausschusses beider Häuser des Parlaments eine direkte Frage gestellt. Die Sitzung findet unter Ausschluss der Öffentlichkeit statt, alle Ihre Aussagen werden streng vertraulich behandelt. Ich werden Ihnen diese Frage jetzt noch einmal stellen. Was sagte Präsident Livingston zu Minister Moore?«

»Darüber darf ich nicht sprechen, weil dadurch in einer Notstandssituation die nationale Sicherheit der Vereinigten Staaten gefährdet werden könnte.«

»Ihnen ist doch klar, dass Sie wegen Missachtung eines Gerichts belangt werden können?«, fragte der Republikanerführer.

Lambert nickte, woraufhin sich die Ausschussmitglieder kurz besprachen. »Mr. Lambert, wir werden Sie für den Augenblick entlassen«, erklärte der Ausschussvorsitzende schließlich. »Sobald die rechtlichen Fragen geklärt sind, werden wir Sie erneut vorladen. Bis dahin halten Sie sich bitte zu unserer Verfügung.

Vor dem Vernehmungsraum traf Lambert auf General Thomas.

»Hallo, Greg.« Der General winkte Lambert zur Seite. »Ich soll hier Bericht zu diesem Krieg oder Konflikt oder wie auch immer die es nennen erstatten.«

Lambert nickte kurz.

General Thomas legte ihm die Hand auf die Schulter. »Greg, ich habe gerade davon gehört. Es tut mir sehr Leid.« Lambert nickte. Für einen Augenblick schwiegen beide. »Kann ich irgendetwas für Sie tun?«, frage Thomas dann.

»Ich muss sie finden.« Lambert wurde plötzlich ganz aufgeregt. Erwartungsvoll sah er Thomas an.

»Das ist eine ziemlich heiße Zone, Greg.«

»Aber es gibt Leute, die in den verseuchten Gebieten arbeiten«, protestierte Greg.

»Nur schichtweise und in Schutzkleidung. Sie werden ein- und ausgeflogen.«

Lambert ließ den General nicht aus den Augen. Dieser erwiderte den Blick für einen Augenblick. Dann nickte er. »Sprechen Sie mit Colonel Rutherford. Er wird das für Sie arrangieren.«

»Danke.« Greg schien erneut in sich zusammenzusinken.

»Greg?« General Thomas' Stimme klang geradezu streng. »Trauern dürfen Sie, aber Sie dürfen sich nicht selbst die Schuld geben. Wie Millionen anderer Männer und Frauen hatten Sie eine Aufgabe zu erfüllen, die es Ihnen nicht erlaubte, zu Hause zu bleiben und …«

»Sie fuhr unseren Saab.« Gregs Lippen bebten wie bei einem Kind. »Immer wieder hat sie mir gesagt, dass die Warnleuchte für die Motortemperatur brennt. Aber ich kam immer erst so spät nach Hause, dass ich keine Zeit hatte, den Wagen in die Werkstatt zu bringen. Sie hat sich nicht getraut, es selbst zu tun, weil sie von Autos nichts verstand.« Er schluckte die Tränen herunter, blinzelte und sah erneut in die Ferne. »Sie hat vom Auto aus auf unseren Anrufbeantworter gesprochen. Der Motor ist auf dem Weg zu den Bergen zu heiß geworden. Sie war bereits strahlenkrank.« Er brach in Tränen aus. General Thomas nahm den hoch gewachsenen Mann in die Arme, während ihm selbst das Wasser in die Augen stieg.

Pentagon, Washington, D.C.
12. Juni, 2200 Uhr GMT (1700 Uhr Ortszeit)

Die Kisten waren schwer. Schon nach der ersten schmerzte Lamberts Rücken. Seit er den Schutzanzug gegen chemische, biologische und radioaktive Verseuchung angelegt hatte, fühlte er sich irgendwie klebrig; inzwischen war er in Schweiß gebadet.

Nachdem er und der Soldat von der Helikopterbesatzung die Letzte der Kisten an die ähnlich gewandeten Männer weitergereicht hatten, die aus dem Pentagon zum Hubschrauberlandeplatz im Innenhof gerannt kamen, wandte sich der Soldat um und gab dem Pilot mit dem Daumen das OK-Zeichen.

Die Militärs hatten darauf bestanden, zuerst die Vorräte für die Leute im »Tank«, dem hermetisch abgedichteten Kriegsraum im dritten Stock des Pentagons, abzuliefern, bevor sie sich um die »Sekundärmission« kümmerten. Jetzt aber standen sie ganz zu Lamberts Verfügung. Es war ein Rennen gegen die Zeit. Die Rotorblätter wirbelten mit dreißig Röntgen pro Stunde strahlenden Fallout über sie. Eine kumulative Dosis von zweihundert Röntgen konnte beim Menschen zum Tod führen, bei sechshundert Röntgen war das Ende gewiss. Die Uhr lief, bis sie die Dekontaminierungsanlage in Dundalk, Maryland, erreicht hatten.

Während sie über der stillen Stadt auf eine Höhe von dreihundert Metern stiegen, bemerkte Lambert, dass ihn der Soldat hinter ihm beobachtete. Er hatte die Beschwerden der Crew gehört, als sie den Befehl erhielten, doch er konnte trotz seiner Schuldgefühle nicht anders.

»Halt die Klappe, Mann!«, hatte der Pilot gesagt. »Der ist irgendein hohes Tier im Weißen Haus.«

Auf dem Boden war keinerlei Bewegung zu erkennen. Der Soldat, ein Specialist 4th Class, lehnte sich aus der offenen Tür in den Wind hinaus und bürstete mit der freien Hand über seine Uniform, um so viel Radioaktivität wie möglich zu entfernen. Lambert fiel auf, dass er zwischen seinen Beinen begann und aufhörte.

Er blickte auf seinen eigenen dunkelgrünen Anzug. Zu erkennen war nichts und es war ihm auch so egal, dass er einfach sitzen blieb und die grüne Landschaft Virginias betrachtete, die unter ihnen hinwegzog.

Sie folgten dem Highway 193, der ungefähr entlang des Potomac verlief. Wie viele andere Flüsse und Ströme spülte auch der Potomac mit bedrohlicher Geschwindigkeit Radioaktivität in den Atlantik. Bei den Europäern herrschte Panik. Sie schickten ihre Marineschiffe nicht gegen die Russen, sondern zum Golfstrom, der entlang der amerikanischen Ostküste verlief. Damit hofften sie, den Weg des verseuchten Wassers über den Nordatlantik nach Europa voraussagen zu können. Die Kanadier hatten den Fischfang vor Neuschottland eingestellt und die Europäer empörten sich darüber, dass einige der in Russland detonierten Waffen in ihren Ländern Fallout verursachten. Hunderttausende, vielleicht Millionen außerhalb der Vereinigten Staaten und Russlands würden durch die erhöhte Krebsrate ums Leben kommen.

Die sorgen sich um ihre Fisch- und Milchprodukte und der Spezialist hier bürstet sich den Fallout von der Hose, dachte Lambert kopfschüttelnd. *Zum Teufel mit ihnen. Zum Teufel mit allem.*

Der Hubschrauber verlor an Höhe. Die Kopilotin wandte sich zu Lambert um und deutete mit dem Finger nach unten. Er sah aus dem Fenster und entdeckte nach wenigen Sekunden den Highway.

Überall waren Autos. Sie sahen so normal aus, als steckten sie im Stau. Viele waren an die Seite gefahren, aber die meisten standen ordnungsgemäß auf der Straße. Plötzlich fiel ihm auf, dass fast alle das Abblendlicht eingeschaltet hatten, obwohl es erst fünf Uhr nachmittags war. *Sie sind in der Nacht gestorben.*

Beim Anblick der vielen Fahrzeuge auf der Straße unter ihm verließ ihn der Mut. *Wir werden ihren Wagen nie finden.* Der Hubschrauber flog jetzt in geringer Höhe, aber ziemlich schnell. Offenbar war der Stau durch einen schweren Unfall verursacht worden.

Da er nicht jedes einzelne Fahrzeug hatte sehen können, ging er zum Cockpit.

»Sie fliegen zu schnell!« Weil sowohl er als auch die Kopilotin Maske und Kapuze trugen, musste er brüllen, um den Motorenlärm zu übertönen.

»Wir sind noch nicht da!«, schrie sie zurück, wobei sie erst auf ihre Karte und dann durch die Windschutzscheibe nach vorn sah. »Dort!« Wild fuchtelnd, wies sie mit dem Zeigefinger auf eine Kreuzung zwischen dem Highway und einer Straße.

Als Lambert den Kopf leicht drehte, weil die Linsen seiner Gasmaske reflektierten, sah er Janes Auto genau an der Stelle, die sie ihm angegeben hatte.

Der silberne Saab stand ganz allein mit geöffneter Motorhaube am Straßenrand. Die Scheinwerfer waren ausgeschaltet. Die Kopilotin wies mit dem Finger darauf und der Pilot nickte bestätigend. Lamberts Puls begann zu rasen.

Mein Gott. Er hatte nie wirklich geglaubt, dass sie den Wagen entdecken würden. Irgendwie hatte er in seinem tiefsten Inneren geglaubt, sie würde einfach nicht da sein. Damit, dass er sie tatsächlich finden würde, hatte er nicht gerechnet. Plötzlich geriet er in Panik.

Der Hubschrauber flog jetzt sehr niedrig. Als er für die Landung in Schräglage ging, wirbelte er weiße Asche auf: Fallout.

Kaum hatten die Kufen den Boden berührt, als der Spec 4 auch schon »Los!« brüllte. Lambert folgte seinem Beispiel und sprang aus dem Hubschrauber. In seinem Schutzanzug kam er sich vor wie auf einem anderen Planeten. Die einzigen Geräusche waren der Rotorenlärm des Hubschraubers und sein Atem, der durch den Filter in der Gasmaske strömte. Er fühlte sich wie ein Taucher ... er hätte nie hier sein dürfen ... er war ganz allein.

»Leer!«, schrie der Spec 4, der die Fenster mit der behandschuhten Hand frei gewischt hatte. Greg sah ins Wageninnere: keine Spur von Jane und Irina.

»Weg hier!« Der Mann war schon auf dem Rückweg zum Hubschrauber. Lambert wandte sich ebenfalls um. Auf ein Zeichen des Mannes begann er zu laufen. Weit und breit war niemand zu sehen.

Kaum war er an Bord, als der Hubschrauber auch schon abhob. Der Soldat saß keuchend neben ihm, aber Lambert zwang sich, sofort zum Cockpit zu gehen.

»Fliegen Sie den 193 noch ein Stück Richtung Leesburg entlang!«

Kopilotin und Pilot sahen einander an. Die Frau deutete auf die Uhr, die sie über dem Schutzanzug trug. Lambert packte ihren Arm und warf selbst einen Blick darauf.

»Wir haben noch Zeit! Lassen Sie uns weiterfliegen!«

»Fünfzehn Minuten!«

»Halten Sie nach einem großen, schwarzen Mercedes

Ausschau!« Jane hatte gesagt, sie warte auf ihre Eltern; aber sie fürchtete, sie könnten zu spät kommen. *Sie hat solche Angst gehabt.* Seine Gefühle drohten ihn zu überwältigen, aber er zwang sich, ruhig zu bleiben.

Links von Lambert steckte der Spec 4 den Kopf in den Raum. »Was ist denn jetzt schon wieder los?«

»Wir suchen nach einem Mercedes!«, erwiderte der Pilot.

»Scheiße!«, stöhnte der Spec 4, hieb mit der Hand gegen die Trennwand und ging erneut zur offenen Tür, um seinen Lendenbereich abzubürsten.

Unter ihnen glitten vereinzelte Fahrzeuge vorbei. Die meisten standen am Straßenrand, als hätte sie ein mächtiger Sturm weggefegt. Es wirkte wie eine Szene nach einem Schneesturm mitten im Sommer. Lambert versuchte, nicht darüber nachzudenken, wie es im Inneren der Fahrzeuge aussah.

»Da!« Die Kopilotin deutete auf ein Auto, das in einem merkwürdigen Winkel in der falschen Richtung am Straßenrand stand. »Ist es das?«

»Das kann ich so nicht sagen! Lassen Sie mich nachsehen!«

»Einmal noch, dann ist Schluss!«, erklärte der Pilot. »Danach fliegen wir zurück.«

Der Hubschrauber landete wie zuvor. Lambert und der Spec 4 rasten los. Schon bevor er das Auto erreicht hatte, wurde ihm klar, dass es der Wagen von Janes Eltern war.

Er schluckte, als er das Fenster erreichte, auf dem der Spec 4 bereits einen kleinen Fleck frei gewischt hatte. Der Spezialist warf einen Blick ins Wageninnere, sah Lambert an und trat zurück. Gregs Herz raste. Mit weichen Knien beugte er sich vor.

Janes Mutter war nach rechts gesunken. Ihr Vater war vom Beifahrersitz auf den Fußboden gerutscht. Sein Rücken hing merkwürdig gekrümmt über die vordere Sitzkante, Kopf und Schultern hingen in der Luft.

Janes Mutter ist nie gefahren. Wahrscheinlich ging es Vater bereits zu schlecht. Mühsam atmend, eilte er zur Heckscheibe und wischte mit seinem Handschuh darüber. Seine Finger hinterließen Streifen in der weißen Asche, doch er rieb mit der Handfläche einen großen Kreis frei. Irina saß auf dem Fahrzeugboden, ihr Kopf ruhte auf den gekreuzten Armen, die sie auf das Sitzpolster gelegt hatte. Jane lag quer auf der Rückbank. So musste sie als kleines Mädchen bei langen Fahrten mit ihren Eltern geschlafen haben.

Außerhalb von Dundalk, Maryland
12. Juni, 2230 Uhr GMT (1730 Uhr Ortszeit)

Der heiße Wasserstrahl warf Lambert fast um. Er stand auf dem Beton direkt vor der Autowaschanlage, in der im Augenblick Menschen gesäubert wurden. Wegen der Tropfen auf den Gläsern seiner Gasmaske sah er nur verschwommen. Langsam drehte er sich mit erhobenen Armen um sich selbst, um sich von allen Seiten abspülen zu lassen. Der Strahl stand unter solchem Druck, dass seine Haut zu brennen und zu jucken begann.

Zuerst sah er den Mann in Schutzkleidung, der ihn abspritzte, dann die anderen von seinem Flug, die vor weiteren Kabinen abgespritzt wurden. Danach kamen Wälle aus nasser, schwarzer Erde in Sicht, die der Bulldozer zusammengeschoben haben musste, der seitlich neben der Dekontaminierungsanlage stand; schließlich entdeckte er eine Art Teich, in dem sich das Wasser sammelte, mit dem sie gesäubert wurden. Schwarzgelbe Schilder, auf denen das Wort RADIOAKTIV prangte, steckten in dem Erddamm um die gefährliche Pfütze.

Noch bevor Greg sich ganz gedreht hatte, richtete der Wäscher den Strahl auf den Zement, um den Schmutz zu entfernen, den Lambert eingeschleppt hatte.

»Da rüber!« Der Soldat winkte ihn mit der Spraydüse weiter, während er die von der ungewohnten Anspannung schmerzende Hand mehrmals öffnete und schloss. Im Hintergrund wurde ihr Hubschrauber von einem anderen Reinigungstrupp in Schutzkleidung mit großen, auf Stangen montierten Bürsten geschrubbt. Der Hubschrauber hatte ein eigenes, wesentlich größeres Deichsystem. Daneben stand ein Feuerwehrwagen, dessen Schläuche bereits für den Spülvorgang bereitlagen.

Am Rande des Damms stand ein Soldat, der nur mit Maske und Handschuhen ausgestattet war. In der einen Hand hielt er einen langen Stab, von dem ein Kabel zu dem Kasten in seiner anderen Hand führte. Langsam führte er den Stab vorn über Lamberts Körper. »Drehen Sie sich um!« Die restliche Helikopter-Crew kam nun ebenfalls.

»Sie sind sauber!« Lambert drehte sich wieder um und stieg ungeschickt über den Damm. Statt ihm zu helfen, trat der Mann mit dem Geigerzähler eilig zurück.

»Sie können die Maske außerhalb der Absperrung abnehmen und ihren Anzug auf den Stapel werfen.« Dabei deutete er auf einen Berg nasser, dunkelgrüner Schutzkleidung hinter einem dünnen, zwischen zwei orangefarbenen Kegeln aufgespannten Seil. »Die Handschuhe zuletzt.«

Lambert ging zu dem Stapel und zog seinen Anzug aus. Als er die Maske abgenommen hatte und die kühle, frische Luft auf seinem Gesicht und in seinen Lungen spürte, schien die Welt plötzlich wieder normal zu sein. Er nahm das Geräusch des Wassers und die Rufe der Soldaten, die in der Nähe des improvisierten Hubschrauberlandeplatzes Kisten entluden, intensiver wahr als je zuvor. Eine neue Crew in Schutzanzügen wartete auf die Dekontaminierung. Mechaniker trugen den Luftfilter des Motors vorsichtig mit einer überdimensionalen Metallzange vor sich her. Eine leichte Brise fuhr durch sein schweißverklebtes Haar und kühlte seinen Nacken.

»Entschuldigen Sie bitte!« Ein Mann in Tarnuniform, der auf der anderen Seite eines Lastwagens ein paar Meter links von Lambert stand, winkte ihn zu sich.

Auf dem Aufbau des Lastwagens prangte ein rotes Kreuz auf weißem Grund. Der Mann, der ihn angesprochen hatte, hielt ein Klemmbrett in der Hand. Sein graues Haar und der kräftige Bauchansatz wollten nicht recht zu der Militäruniform passen.

Als Greg um das Fahrzeug herumging, sah er eine Frau in hellblauer Krankenhauskleidung und einem weißen Kittel. Wortlos clipste der Mann das bleistiftdünne Röhrchen an Lamberts Hemdtasche aus. Greg hatte das Dosimeter ganz vergessen.

»Wow!« Der Mann hielt das Röhrchen gegen das Licht. »Wer sind Sie, bitte?« Er reichte der Frau das Dosimeter und hob das Klemmbrett.

»Lambert. Greg Lambert.«

Der Mann machte einen Vermerk. »Ja, natürlich, Mr. Lambert.« Offenbar hatte er ihn erkannt. »Ich bin Dr. Gray, Major der Army Reserve. Das ist Samantha James, meine Krankenschwester in Baltimore. Ich dachte, sie könnte hier nützlich sein.«

Hinter ihm näherte sich die Kopilotin, die Lambert mit einem Nicken begrüßte.

»Ich bin gleich bei Ihnen«, sagte der Doktor. »Mr. Lambert, Sie haben soeben Ihre Lebensdosis an Strahlung erhalten. Nach den Erfahrungen mit den Arbeitern, die am Bau des Sarkophags in Tschernobyl beteiligt waren, stellt das statistisch gesehen keine Gefahr dar, aber es ist das Dreifache der für Arbeiter in amerikanischen Atomkraftwerken zulässigen Dosis. Noch mehr davon und Sie bekommen Probleme. Haben Sie das verstanden?«

Lambert nickte.

»Sie sind über fünfzehn RAD, daher muss ich Sie der Gesundheitsbehörde melden. Diese wird die Daten für ihre eigenen Zwecke, zum Beispiel eine bestimmte Selektierung, festhalten. Im Moment haben Sie jedoch noch Anspruch auf alle Medikamente. Sollte die Dosis um weitere achtzehn RAD ansteigen, erhalten Sie bis zum Ende des Ausnahmezustands keine medikamentöse Behandlung mehr. So, nehmen Sie jetzt bitte diese Tabletten, die die Konzentration radioaktiver Substanzen in der Schilddrüse verhindern. Dann dürfte alles soweit in Ordnung sein.«

»Was ist mit … wir haben meine Frau und ihre Eltern mitgebracht. Und eine Freundin.«

»Holen Sie sie her, dann sehe ich sie mir an.«

»Sie sind tot.«

»Oh! Das tut mir Leid. Sind sie verseucht?«

Lambert nickte.

»Die Registrierung der Gräber ist da drüben, aber man wird Sie sie nicht sehen lassen. Wahrscheinlich sind sie bereits begraben. Aber die Namen werden festgehalten und der ganze Papierkram wird auch erledigt.«

Lambert wandte sich zum Gehen, als er die Crew entdeckte, die ihn wortlos anstarrte.

»Danke«, sagte er und ging mit hängendem Kopf davon.

Jemand packte ihn am Arm. Als er aufsah, erkannte er den Spec 4, einen gut aussehenden Schwarzen mit kurz geschnittenem Haar, der höchstens neunzehn sein konnte. »Es wird schon wieder, Sir.«

Lambert wusste, dass das nicht stimmte, aber er dankte dem Jungen. Dann ging er zu dem abgesperrten Bereich, wo er auf die von den Dämmen zurückgehaltenen Pfützen radioaktiven Seifenwassers blickte. *Es tut mir Leid, Jane, es tut mir so Leid.* Doch die Worte klangen hohl in seinen Ohren. Sie bedeuteten nichts.

Kreml, Moskau
12. Juni, 2345 Uhr GMT (0145 Uhr Ortszeit)

»Ich halte das für absoluten Wahnsinn und das wissen Sie«, teilte Rasow der Vollversammlung des STAVKA mit zusammengebissenen Zähnen mit. Es fiel ihm schwer, nicht die Beherrschung zu verlieren. »Alles, was wir bis jetzt getan haben, lässt sich durch Zorins Fehler erklären. Aber das hier« – er warf den Ordner mit den ihm vorgelegten Einsatzplänen wütend auf den Tisch – »ist *unser* Werk.«

»Was hat es uns denn genützt«, fragte General Karyakin achselzuckend, »dass wir den Amerikanern unsere Unschuld bewiesen haben? Vielleicht sind Sie nicht ganz auf dem Laufenden.« Er sah zu den Befehlshabern der Luftstreitkräfte und der Marine, deren Stimmen entscheidend sein würden. Dann griff er nach den Papierstreifen, die jedes der STAVKA-Mitglieder während der stundenlangen Debatten, die sich jetzt dem Ende näherten, erhalten hatte. »ORACLE«, las er vor und sah dabei den Leiter des GRU, der militärischen Aufklärung beim Oberkommando, an. »Wer ist das?«

»Das sind verschiedene menschliche Quellen überall in den Vereinigten Staaten«, gab der Mann zurück. »Botschafts- und Konsularbeamte, Studenten, Geschäftsleute, Handelsvertreter, Angehörige von Drittländern.«

»Nun, hier sind die ORACLE-Berichte.« Karyakin setzte seine Lesebrille auf. »Die Mobilmachung der Vereinigten Staaten geht weiter. Die zivilen Flughäfen von Denver, Dallas, Houston, Salt Lake City, St. Louis, Chicago, Atlanta, Philadelphia und New York werden als Ausgangspunkte für Flüge nach Europa und in den Fernen Osten genutzt. Die zivile Luftfahrt ist zum Erliegen gekommen, weil alle verfügbaren Maschinen für militärische Zwecke genutzt werden. Die Marine belädt weiterhin Schiffe in New Orleans, Galveston, San Diego, Seattle, Philadelphia und Jacksonville.«

Über die Brille blickend, griff er nach dem nächsten Bericht. »Das hier ist ebenfalls ein GRU-Bericht. ›Die Satellitenbilder deuten darauf hin, dass die Amerikaner Einheiten ihres 5. Korps in Nürnberg und Teile ihrer 1. Panzerdivision in Erlangen auf die Straße schicken, und zwar offenbar Richtung Osten.‹« Er sah auf. »Richtung Osten.« Dann griff er nach einem dritten Bericht. »›Die 4. Mechanisierte Infanteriedivision in Presow, Slowakei, wurde in höchste Alarmbereitschaft versetzt. Eine Brigade wurde bereits entlang der ukrainischen Grenze eingesetzt, die zweite Brigade hat Schätzungen zufolge vierzig Prozent ihrer Kampfstärke erreicht. Ihre Absichten sind unbekannt.‹ Diese Informationen stammen von unserer Verbindungsstelle beim Kommando der ukrainischen Armee in Kiew.«

Als er nach einem weiteren Zettel griff, meldete sich Rasow zu Wort. »Wir haben die Berichte gelesen, General.«

»Worüber diskutieren wir dann noch?«, brüllte Karyakin,

während er nach dem dicken Papierstapel griff. »Auch wenn es Ihnen und Livingston nicht gefällt, wir befinden uns im Krieg, General Rasow!« Er griff blind in den Papierstoß und zog ein Blatt heraus. »Stellvertretender Kommandeur der Luftabwehr, Poljarni: ›Der strategischen Aufklärung verdächtige TR-1 der amerikanischen Air Force dringt zwischen 0024 und 0059 Moskauer Zeit viermal in den russischen Luftraum ein. Bitte um Erlaubnis, Maschine in den finnischen und/oder norwegischen Luftraum zu verfolgen.‹ Erlaubnis verweigert!« Er funkelte Rasow an. »Kommando der Pazifikflotte, Wladiwostok: ›Drei amerikanische P-3-Kampfflugzeuge greifen die mit Langstrecken-Raketen ausgerüsteten Unterseeboote der Pazifikflotte sechsmal mit Torpedos an. Offenbar Kontakt mit verbleibendem Unterseeboot. Bitte um Erlaubnis, zwei Anti-Unterseeboot-Hubschrauber der U.S. Navy abzufangen, die sich von den Aleuten her nähern.‹ Erlaubnis verweigert!«

»Das genügt!«, rief Rasow, als Karyakin einen weiteren Bericht aus dem Stapel zog. Er sah in die nachdenklichen Gesichter der obersten Offiziere Russlands. Viele hielten die Berichte ebenfalls in der Hand oder lasen darin. In vielen Fällen – das wusste Rasow, weil er jede Meldung sofort nach Erhalt gelesen hatte – handelte es sich um verzweifelte Hilferufe aus der ganzen Welt, weil eine zufällige Begegnung und ein übereifriger Kommandeur, zumeist auf amerikanischer Seite, der Konfrontation neuen Zündstoff geliefert hatte.

Geräuschlos öffnete sich die Tür. Wie so oft während dieser Besprechung verteilten drei Männer einen Bericht an alle Anwesenden. Als Rasow nach seiner Kopie griff, sah er, dass Filipow durch die offene Tür hereinkam und sich direkt hinter Rasow niederließ. Die Meldung lautete folgendermaßen:

KOMMANDO DER SCHWARZMEERFLOTTE. KREUZER *SACHAROW*, KIROW-KLASSE, BEAUFTRAGT MIT DER BESCHATTUNG DES FLUGZEUGTRÄGER-KAMPFVERBANDS DER 6. FLOTTE DER U.S. NAVY VOR DER ISRAELISCHEN KÜSTE IM ÖSTLICHEN MITTELMEER STIESS 46 KILOMETER WESTSÜD-

WESTLICH VON *U.S.S. THEODORE ROOSEVELT* MIT FREGATTE DER PERRY-KLASSE, RUMPF-NR. 432, ZUSAMMEN. NACHDEM DIE *SACHAROW* IHREN FRÜHEREN KURS WIEDER AUFGENOMMEN HATTE, INITIIERTE DIE U.S.-FREGATTE UNGEACHTET BETRÄCHTLICHER SCHÄDEN BACKBORD IN HÖHE DER WASSERLINIE FEINDLICHE MANÖVER. ZWEI FUNKWARNUNGEN DURCH DEN KOMMANDANTEN DER *SACHAROW* – DIE ERSTE UM 0132 ORTSZEIT, DIE ZWEITE UM 0134 ORTSZEIT. AMERIKANISCHES SCHIFF BEHIELT KOLLISIONSKURS UND -GESCHWINDIGKEIT BEI. BEI EINER ENTFERNUNG VON 400 METERN FEUERTE DER KAPITÄN DER *SACHAROW* UM 0137 ZWEI OBERFLÄCHENRAKETEN AB. EIN GESCHOSS DETONIERTE, DAS ANDERE ZÜNDETE NICHT. AUFBAU DER FREGATTE STEHT IN FLAMMEN, SCHIFF HAT SCHLAGSEITE NACH BACKBORD. DIE LUFTKAMPFZENTRALE DER *SACHAROW* MELDETE VIER UM 0141 VOM DECK DER *THEODORE ROOSEVELT* GESTARTETE MASCHINEN, VERMUTLICH F/A-18, IM ANFLUG AUF DIE POSITION DER *SACHAROW*. KAPITÄN BITTET UM ERLAUBNIS, AUF DIE *THEODORE ROOSEVELT* FEUERN ZU DÜRFEN. [ERLAUBNIS VERWEIGERT.] KAPITÄN BITTET UM ERLAUBNIS, AUF ANFLIEGENDE MASCHINEN FEUERN ZU DÜRFEN. [ERLAUBNIS GEWÄHRT.] KAPITÄN BITTET UM ERLAUBNIS, TORPEDOS AUF UNBEKANNTEN SONARKONTAKT 400 METER ACHTERN ABSCHIESSEN ZU DÜRFEN. [ERLAUBNIS VERWEIGERT.]

Kaum hatte Rasow den halbseitigen Bericht gelesen, als man ihm schon auch schon eine zweite Meldung reichte. »Erster Offizier, Kreuzer der Kirow-Klasse *Sacharow,* bittet um Such- und Rettungsaktion. Position eins-eins-sechs Kilometer westsüdwestlich von Haifa, Israel. [Ende der Nachricht. Kommando der Schwarzmeerflotte hat den Kontakt zur *Sacharow* verloren.]

»Militärisch gesehen befinden wir uns in einer schwachen Position«, meldete sich Mischin, General der Luftstreitkräfte, zu Wort. »Wir konnten unsere Verluste aus dem ersten Chinakrieg im letzten Jahr noch nicht ausgleichen und brauchen alle unsere Kräfte für den neuen Konflikt. Unsere Streitkräfte stehen im Fernen Osten. Im Westen, in Europa, sind wir gefährlich schutzlos.«

»Dazu kommen die Schäden durch den Atomangriff«, gab Admiral Werkowenski zu bedenken. Also hatte Karyakin die entscheidenden Stimmen auf seiner Seite. »Die Zielplanung der Amerikaner war wesentlich breiter angelegt als unsere. Soweit ich weiß, ist unser Versorgungssystem völlig zusammengebrochen. Seit Jahren befindet es sich in einem miserablen Zustand. Während des Chinakriegs haben wir alles, was uns zur Verfügung stand, aus dem Westen in den Fernen Osten geschafft, aber jetzt können wir noch nicht einmal unser Schienennetz flicken, weil alles verstrahlt und durch Explosionen zerstört ist. Damit sind selbst Transporte innerhalb Russlands unmöglich. Niemand weiß, wo anfangen, welche Lücke zuerst gestopft werden soll.«

»Unsere Position ist schwach, Juri«, wiederholte Mischin. »Wir können nicht einfach hier sitzen und abwarten.«

Rasow holte tief Luft und blickte auf. »Also gut, wenn es sein muss, dann besser richtig.« *Und zwar unter meinem Kommando,* dachte er, während er sich an Admiral Werkowenski wandte. »Die Armee wird Ihnen eine Flugzeug-Division zur Verfügung stellen, und zwar die 104. Division der Garde in Krasnodar. Da es sich dabei um eine Division der schnellen Einsatzbereitschaft handelt, gehört die 105. Division in Omsk jetzt zur schnellen Einsatzbereitschaft.« Dann wandte er sich an den Kommandeur der Luftstreitkräfte der Armee, der unter den Anwesenden den niedrigsten Rang einnahm. »Die 104. wird im Süden Reykjavik und Hafnarfjodhur einnehmen« – er wirbelte zu Werkowenski herum – »während Ihre Marine östlich von Husasik landet und von dort nach Westen vorrückt, um die Städte an Islands Nordküste zu erobern. Dabei halten wir uns an den allgemeinen Einsatzplan.« Er deutete auf Mischin. »Sie stellen den beiden jede verfügbare AN-22 und IL-76 für den Transport zur Verfügung und stationieren, sobald der Flughafen von Reykjavik sicher ist, dort mindestens drei Geschwader, um die Lufthoheit zu sichern, sowie zwei Geschwader mit Angriffsflugzeugen. Diese haben die Erlaubnis, auf alle Kräfte der U.S. Navy und Air Force in ihrem Bereich zu feuern, und werden ausdrücklich angewiesen, alle Flüge in östlicher Richtung über dem Nordatlantik abzufangen. Das gilt auch für Linienflüge, die mit einer Frist von vier Stunden eine einmalige Warnung erhalten werden.«

Bevor jemand etwas sagen konnte, wirbelte er zum Befehlshaber der Strategie-Direktion West herum. »Sie werden in die Ukraine einmarschieren, um dort Defensivpositionen gegenüber der 4. Infanteriedivision der Amerikaner einzunehmen. Jeder Widerstand der ukrainischen Armee ist niederzuschlagen, aber ich werde persönlich Präsident Belatschuk anrufen, um ihn darüber zu informieren, dass ein solcher Widerstand als Kriegshandlung angesehen werden wird. Dann werde ich mich mit dem Fernost-Kommando der Armee in Verbindung setzen und befehlen, den Gegenangriff in Nordchina abzubrechen.«

»Aber die kleinen gelben Teufel, die erledigen wir doch noch im Handumdrehen!«, warf der alte Befehlshaber der Pioniere ein.

Rasow ignorierte ihn. »Das Fernost-Kommando der Armee wird angewiesen, alle verfügbaren Kräfte an strategisch zu verteidigenden Positionen einzusetzen. Das heißt« – Rasow legte eine Pause ein, um sicherzugehen, dass er die Aufmerksamkeit aller Anwesenden hatte – »dass sich niemand im Meer um Wladiwostok und nördlich davon aufhalten darf.« Die Offiziere, die sich eben noch so dringlich zu Wort melden wollten, sahen aus, als hätte er ihnen kaltes Wasser über den Kopf gegossen. »Von nun an werden alle Operationen mit dem vorhandenen und dem von den Chinesen eroberten Material durchgeführt. Alles produzierte Kriegsmaterial«, befahl er dem Direktor der militärischen Produktion, »geht ab sofort nach Europa.«

Es war ein radikaler Umschwung, eine völlige Neuorientierung seiner Politik. An den blassen, nachdenklichen Gesichtern seiner hohen Offiziere sah er, dass allen die Konsequenzen klar waren. Niemand sprach. Rasow hatte eine letzte Hoffnung: Vielleicht war ihnen die Realität nun bewusst geworden. »Sind Sie sicher, dass wir dazu bereit sind?«, fragte er langsam und bedächtig. Doch in diesem Augenblick öffneten sich die Doppeltüren und neue Berichte gingen ein. Seine Frage blieb ohne Antwort. Der Zauber war gebrochen, der Würfel gefallen.

Die Besprechung löste sich rasch auf. Rasow ordnete seine Papiere, er würde zurückbleiben und im Konferenzraum die Meldungen lesen, bei denen er nicht mehr ganz auf dem Laufenden war. Bewusst vermied er jeden Blickkontakt mit den Offizieren, die den Raum verließen. Es fiel ihm leicht, sich besorgt und höchst beschäftigt zu geben, um die notorischen Schwätzer, die seine kostbare Zeit verschwenden wollten, abzuschrecken. Als der letzte Offizier, der letzte Stabsangehörige den Raum verlassen hatten, entdeckte er, dass Filipow immer noch da war. Er sah aus wie der Tod.

»Pawel, haben Sie etwas von Irina gehört?«

Filipow blickte in eine Ecke des leeren Raumes. Sein Gesicht wurde zu einer Maske des Schmerzes und der Sorge. »Nein.«

Rasow hatte die radiologischen Berichte des GRU für Washington, D.C., gesehen. Dort starben Menschen. »Pawel.« Es dauerte eine Ewigkeit, bis sein Adjutant den Kopf so weit zu ihm gewandt hatte, dass er ihm in die Augen sehen konnte. »Haben Sie versucht, mit ihr Kontakt aufzunehmen? Gibt es jemand, der wissen könnte, wo sie ist? Was ist mit Ihrem Freund, diesem Lambert? Sie könnten die militärischen Kanäle nutzen.«

Pawel fixierte erneut eine leere Stelle im Raum. Sein Gesicht war so düster wie seine Stimmung. Er schüttelte den Kopf. »Ich habe keine Freunde in Amerika.«

DRITTER TEIL

Denke daran, dass nach den großen Zerstörungen
jedermann beweisen wird, dass er unschuldig war.

Günter Eich, *Träume*

1. KAPITEL

Spezialeinrichtung der Regierung, Mount Weather, Virginia
13. Juni, 0600 Uhr GMT (0100 Uhr Ortszeit)

Die schwarze Regierungslimousine folgte der gewundenen County Route 601 über Berryville, Virginia, hinaus. Auf dem Rücksitz saß Lambert allein und gab sich seinen Erinnerungen hin, während hinter der reflektierenden Scheibe draußen in der Dunkelheit geisterhafte Bäume vorüberzogen. Immer neue Dinge fielen ihm ein, die er an Jane geliebt hatte. Sein Gesicht war tränenüberströmt.

Kurz darauf verlangsamte der Fahrer an einem gelben Blinklicht, das eine Geschwindigkeitsbegrenzung auf fünfzehn Stundenkilometer ankündigte, das Tempo. Hinter der nächsten Biegung der verlassenen Straße entdeckte Lambert einen drei Meter hohen Drahtzaun, der von sechsreihigem Stacheldraht gekrönt wurde. Direkt vor ihnen öffnete sich ein Tor, an dem ein halbes Dutzend Männer stand. Einige waren Soldaten in voller Kampfausrüstung, bei anderen handelte es sich, Uniform und Kopfbedeckung nach zu urteilen, um Sheriffs. Alle waren mit M-16-Sturmgewehren bewaffnet. Sie überprüften die Ausweise der beiden Fahrzeuginsassen eingehend und leuchteten Lamberts hastig getrocknetes Gesicht fast eine Minute lang mit der Taschenlampe aus, bevor sie den Wagen passieren ließen.

Innerhalb der Anlage passierten sie sorgfältig gepflegte Rasenflächen und etwa ein Dutzend Gebäude aus weißen Hohlblocksteinen. Auf vielen davon waren ganze Wälder von Antennen und Mikrowellen-Relaisstationen installiert. Die Hubschrauberlandeplätze waren voll besetzt, zwischen den Helikoptern liefen Besatzungen und mit Gewehren bewaffnete Soldaten durcheinander. Mitten in der Chopperflotte stand ein kleiner Kontrollturm, durch dessen schräge Scheiben gedämpftes Licht fiel. Der Wagen fuhr auf einen Parkplatz, wo ihn der Chauffeur auf einem leeren Besucherplatz abstellte. Als Lambert ausstieg, herrschte pechschwarze Nacht. Es war völlig still.

»Hier entlang, Sir.« Der Fahrer geleitete ihn zu einer Betonrampe, die vom Parkplatz aus in die Tiefe führte. Am Ende der Rampe war undeutlich eine Wand zu erkennen, die offenbar den Schmutz zurückhalten sollte. In ihrer Mitte gähnte ein runder Tunnel. Oben an der Rampe wurden ihre Ausweise erneut überprüft. Einer der Wachmänner griff zum Telefon und meldete: »Mr. Lambert ist hier.« Danach musste er allein weitergehen. Seine Schuhe schrammten laut über den Beton, während er in die schwarze Leere über seinem Kopf sah. Es war eine warme, sternklare Sommernacht. Dann verdeckte das massive Gebäude vor ihm den nächtlichen Himmel.

»Hier entlang, Mr. Lambert«, sagte eine Stimme, als er den dunklen Tunneleingang erreichte. Ein rotes Licht erleuchtete die massive, explosionssichere Tür. Sie war wie der Zugang zu einem Bankgewölbe konstruiert, aber breit genug, um den Tunnel mit der zweispurigen Straße abzusperren. Im Moment stand sie einen Spalt weit offen. Lambert folgte einem Mann im blauen Overall in den hell erleuchteten Schacht. Wegen der sanften Neigung der aus dem Berg geschlagenen Straße war es unmöglich, ihre Länge zu schätzen. Der Mann heftete einen Ausweis an Lamberts Jacke, dann bestiegen sie den viersitzigen Elektrowagen, der sie ins Innere der Erde führen sollte.

»Waren Sie schon einmal am Mount Weather, Sir?«, fragte der Mann gut gelaunt. Links auf seiner Brust prangte das Abzeichen der FEMA, der für Notfallmanagement zuständigen Bundesbehörde.

Lambert schüttelte den Kopf.

Während der Elektromotor zu voller Leistung auflief, gab ihm sein Führer einige Erklärungen. »Wurde in den fünfziger Jahren direkt aus dem Fels gesprengt. Ursprünglich führte hier die Bergbaubehörde Tests durch. Die wollten ihre Bohrer am härtesten Gestein erproben, dass sie finden konnten.« Lambert betrachtete die nackten Steinwände, die an manchen Stellen mit Beton geflickt worden waren. Ab und zu ragte ein Bolzen hervor. In seinen Ohren knackte es und es wurde immer kälter, je tiefer sie kamen.

»Wir haben unsere eigene Stromversorgung mit Dieselgeneratoren, Kühlschränke für die Aufbewahrung von Lebensmitteln, eine Cafeteria, ein Krankenhaus, Rundfunk- und Fernsehstudios, einfach alles. Im Moment halten sich hier unten etwa tausend Menschen auf.« Lambert fühlte, dass der Mann ihn ansah. »Die sagen, der Nephrit, aus dem der Berg ist, könnte sogar einen direkten Treffer aushalten. Nephrit ist ein unglaublich hartes Gestein. Haben Sie die Tür gesehen, durch die wir hereingekommen sind?«

Lambert schluckte erneut, um den Druck auf seinen Ohren loszuwerden. Dann nickte er. Die leichte Brise im Gang war so kalt, dass er die Arme um den Körper schlang, um sich zu wärmen.

»Beim kleinsten Hinweis auf eine Explosion fällt die ›Guillotine‹ zu. Das Tor ist aus massivem Stahl, einen Meter fünfzig dick und über sechs Meter breit.«

Die Öffnung, durch die sie fuhren, verbreiterte sich etwas und die Straße wurde ebener. Der Untergrund war befestigt und völlig eben, nur der nackte Fels der Wände erinnerte daran, dass sie sich in einer Höhle befanden. Von hier aus führte die Straße in zwei verschiedene Richtungen. Lambert schluckte noch einmal, weil der Druck auf seinen Ohren einfach nicht nachlassen wollte. Dann bogen sie um eine Ecke und hielten vor einem einstöckigen Gebäude, das in einem aus dem Stein geschlagenen Seitentunnel untergebracht war. Als Lambert und sein Begleiter ausstiegen, raste ein anderer Wagen vorbei, in dem zwei Offiziere, ein Mann und eine Frau, saßen. Lambert kannte die beiden aus seiner jahrelangen Tätigkeit bei der Defense Intelligence Agency. Ein Nicken, ein halbherziger Gruß, das war alles.

»So«, sagte der FEMA-Angestellte, »jetzt wissen Sie, dass Sie sich keine Sorgen zu machen brauchen.« Lambert starrte ihn nur an. »Na, Sie wissen schon, es heißt ja, wir könnten hier sogar einen direkten Treffer überstehen.« Es fiel Lambert schwer, sich zu erinnern, wo er war und mit wem er sprach, obwohl der Mann direkt vor ihm stand. »Ich meine, nicht so wie am Cheyenne.«

Lambert nickte und wandte sich ab, um das Gebäude zu betreten.

Drinnen herrschte geschäftiges Treiben. Das Gebäude schien aus einem einzigen, langen Raum zu bestehen, der in ein Labyrinth aus Bürozellen unterteilt war. Ziellos wanderte er durch diesen Irrgarten. Er kam sich vor wie in einem gewöhnlichen Büro. Die einen telefonierten, die anderen arbeiteten am Computer, wieder andere saßen an einer Kaffeetheke und unterhielten sich.

»Guten Tag, Sir.« Eine Frau, an deren Namen er sich nicht erinnern konnte, quetschte sich an ihm vorbei.

In einem offenen Bereich etwa in der Mitte des riesigen Hauptraums standen Reihen von Klappstühlen aus Metall, die auf eine riesige Pinnwand ausgerichtet waren. Dort hingen Karten in verschiedenen Größen, Listen und Computerausdrucke. Soweit er sehen konnte, waren sie völlig ungeordnet.

»Guten Abend, Mr. Lambert«, begrüßte ihn ein junger Air Force Lieutenant.

Greg ging zu dem schwarzen Brett. Eine Karte zeigte die neuesten Strahlungsstärken an verschiedenen Orten im Land, eine andere die Strahlung, die von den Flüssen ins Meer gespült wurde oder direkt auf den Atlantik niederging. Der Golfstrom würde sie entlang der Küste nach Norden transportieren. Ganz oben war mit Reißzwecken ein mehrseitiger Bericht befestigt worden. Er enthielt eine Liste der noch funktionierenden Notfalleinrichtungen im Land mit Telefonnummern und Ansprechpartnern. »Weißes Haus« stach ihm ins Auge. Darunter standen »Situation Room« und eine Telefonnummer. Ansprechpartner war »Rogers, Lawrence, Maj., USAF«. Die einzige andere Nummer, die angegeben war, war die der Telefonzentrale, doch daneben entdeckte er einen handschriftlichen Vermerk, der besagte: »Betrieb eingestellt 2015 EST – 11.6.« *Mehr als neunzehn Stunden nach dem Angriff*, dachte er.

Lambert erinnerte sich an die grauhaarigen Damen in der

Zentrale, die er häufig aufgesucht hatte, wenn er auf der Suche nach einem hohen Beamten war. Häufig wussten sie besser Bescheid als der zentrale Suchdienst. Außerdem saßen sie direkt im Weißen Haus und das war praktisch. Ihre Arbeit war wichtig. *Sie sind bis zu ihrem Tod auf ihrem Platz geblieben.*

«Oh, da sind Sie ja.« Als Lambert sich umwandte, sah er, dass einer der jüngeren Adjutanten des Nationalen Sicherheitsrats auf ihn zukam. »Herzliches Beileid«, meinte der Mann verlegen. »Wir haben davon gehört. Es tut uns allen sehr Leid.« Er schüttelte den Kopf.

»Was ist das?«, erkundigte sich Lambert. Dabei deutete er mit dem Kopf auf die Papiere, die der Mann in der Hand hielt.

»Oh«, meinte dieser, ebenso erleichtert wie Lambert, dass er zur Tagesordnung übergehen konnte. »Das ist ein Bericht über die Reaktion ausländischer Regierungen auf unseren Vorschlag, Nordkorea mit dem Einsatz von Atomwaffen zu drohen, um den Rückzug aus der demilitarisierten Zone zu erzwingen.«

Als Lambert die Stirn runzelte, fuhr er fort: »Vermutlich wissen Sie noch nicht Bescheid. Während Sie ... vor einigen Stunden hat der Präsident den Einsatz taktischer Atomwaffen gegen die Nordkoreaner genehmigt.«

»Das kann doch nicht wahr sein.«

Der junge Mann nickte. »Wir werden sie erst warnen, dann folgt eine Explosion in großer Höhe über Pjöngjang, um zu zeigen, dass wir es ernst meinen. Auf jeden Fall sind das hier Zusammenfassungen der Reaktionen der verbündeten Regierungen. Unsere Informationen stammen aus Kontakten zu Sicherheitsdiensten und so.«

»Warum kümmern wir uns darum, wieso nicht das Außenministerium?«

»Das ist nicht funktionsfähig. Minister Moore ist in Raven Rock ums Leben gekommen und die Hälfte der Staatssekretäre ist unauffindbar. Also müssen wir die Angelegenheit übernehmen.«

»In Ordnung. Ich werde den Bericht lesen und den Präsidenten informieren. Wo ist er überhaupt?«

»Wer ist bei ihm?«, erkundigte sich Lambert bei der Sekretärin des Präsidenten.

»Der Rechtsberater des Weißen Hauses.« Offenbar hielt sie dies für eine Information von größter Wichtigkeit.

»Ich muss ihn sprechen.«

»Er will nicht gestört werden.« Sie schlug den dicken Terminkalender auf. »Mal sehen, ob ich Sie um …«

»Jetzt.« Lambert ließ die Frau, die zu den mächtigsten Personen im Weißen Haus gehörte, nicht aus den Augen. »Ich muss *sofort* mit ihm sprechen.«

Sie griff zum Telefon. »Mr. President, Mr. Lambert möchte Sie sprechen.« Einen Augenblick später sagte sie in eisigem Ton: »Sie können hineingehen.«

Noch bevor Lambert die Tür erreicht hatte, wurde sie vom Präsidenten geöffnet. »Greg.« Er legte ihm die Hände auf die Schultern. Einen Augenblick lang standen sie so im Eingang. Greg fühlte sich unbehaglich, der Präsident stand für seinen Geschmack viel zu dicht bei ihm. »Ich kann Ihnen gar nicht sagen, wie bestürzt Margaret und ich sind. Jane war eine einzigartige Frau, sie war für uns alle etwas Besonderes. Wir werden sie sehr vermissen.«

Seine Worte wirkten ganz anders auf Lambert, als der Präsident es beabsichtigt hatte. Niemand sollte über Jane sprechen. Er war der Einzige, der sie gekannt hatte, der Einzige, der wirklich um sie trauerte. Jeder andere war nur ein Eindringling.

Greg löste sich aus dem Griff des Präsidenten und betrat das Büro. »Ich trete als Nationaler Sicherheitsberater zurück – das wollte ich Ihnen sagen.« Da er mit dem Rücken zu Livingston stand, konnte der Präsident nicht in seinem Gesicht lesen. Am anderen Ende des Konferenztisches saß der Anwalt des Präsidenten, der Greg mit gelassener Aufmerksamkeit beobachtete. Sein Füller schwebte bewegungslos über einem gelben Notizzettel.

»Ich kann einfach nicht mehr.« Die Worte kamen ganz einfach, mühelos. Er musste unbedingt schlafen. Wenn er nur die Gelegenheit bekam, die Augen zu schließen, würde er tagelang schlafen.

»Greg …« Livingston sah seinen Anwalt an, der jetzt höchst besorgt wirkte. »Gibt es … gibt es politische Gründe?«

»Nein!«, platzte Lambert heraus. Aus dem Augenwinkel sah Livingston, dass sich sein Anwalt leicht entspannte. »Ich weiß einfach nicht … ich weiß nicht, ob ich überhaupt noch jeden Morgen aufstehen, mich rasieren und anziehen kann, von einer Tätigkeit als Nationaler Sicherheitsberater ganz zu schweigen.«

Livingston hörte die emotionale Anspannung in seiner Stimme. Lambert klang völlig erschöpft. Der Präsident streckte die Hand aus und legte sie dem jüngeren Mann auf die Schulter. »Ich brauche Sie, Greg. Wir befinden uns in einer heiklen Lage. Die Situation mit den Russen hängt in der Schwebe. Trotz aller Anstrengungen will es mir einfach nicht gelingen, die Streitkräfte unserer beiden Länder voneinander zu trennen. Es ist, als wären wir auf dem gesamten Globus in eine gigantische Umarmung verstrickt, bei der keiner das Risiko eingehen kann loszulassen. Sie haben Kontakte in Russland. Filipow ist inzwischen General Rasows Adjutant. Sie kennen ihn und er kennt sie. Möglicherweise vertrauen die Russen Ihnen und Vertrauen ist im Moment wichtiger als alles andere, Greg.«

Lambert stieß einen tiefen Seufzer aus. Es klopfte forsch an der immer noch offenen Tür hinter ihm und Colonel Rutherford, der Adjutant von General Thomas, steckte den Kopf herein. »Erneuter Kontakt in der Barentssee, Mr. President.«

»Großer Gott. Verluste unsererseits?«

»Nein, Sir. Aber eines unserer Angriffs-Unterseeboote hat ein russisches Unterseeboot versenkt. Es war kein mit Raketen bewaffneter Boomer, sondern nur ein Jäger.«

»Geben Sie Anweisung, das Gebiet zu verlassen. Jeder Einsatz dort ist abzubrechen.«

»Außerdem gab es einen Zwischenfall in Polen. Zwei Hubschrauber unbekannter Herkunft drangen in den polnischen Luftraum ein und wurden von einer F-16 abgeschossen. Die Wracks liegen auf polnischem Gebiet. Obwohl wir sie nicht identifizieren konnten, weil wir keinen Zugang zur

Absturzstelle haben, hat die polnische Regierung bereits bei den Russen protestiert und will den Vorfall auf die Tagesordnung des UN-Sicherheitsrates setzen lassen.«

»Ist das alles?«

»Ja, Sir. Wir haben Informationen über die Anzahl der Toten beim Abschuss des Hilfsschiffes vor New Orleans. Sieht nicht gut aus. Ungefähr vierhundert Tote und nur hundert Überlebende. Die Presse will Zahlen sehen. Dürfen wir sie weitergeben?«

»Scheiße«, sagte der Präsident. Kopfschüttelnd blickte er Lambert an. »Wir könnten in der Nordsee eine ganze Taskforce verlieren, das würde höchstens einen Zweizeiler geben. Aber wenn eine Kameracrew mit dem Hubschrauber dramatische Bilder von einem sinkenden Versorgungsschiff schießen kann, dann gibt das eine Titelstory.« Dann wandte er sich erneut an Rutherford. »Halten Sie sie noch ein wenig hin. Sagen Sie, die Zahlen seien vorläufig. Nein, nein – erklären Sie, wir müssten uns zuerst mit den Familien in Verbindung setzen.«

Als sich die Tür hinter Rutherford geschlossen hatte, ergriff der Rechtsberater das Wort. »Mr. Lambert, es wird Sie freuen zu hören, dass der Oberste Gerichtshof bezüglich Ihrer Aussageverweigerung vor dem Ausschuss zur Untersuchung des Atomkriegs zu Ihren Gunsten entschieden hat.«

»Ja«, mischte sich der Präsident ein, »die Richter sind alle hier am Mount Weather. Nur vier Stunden nach der mündlichen Verhandlung wurde die Entscheidung veröffentlicht. Unser Antrag lautete dahingehend, dass Gründe der nationalen Sicherheit gegen Ihre Aussage sprechen. Ihre Aussageverweigerung wurde allerdings nicht aus Verfassungsgründen anerkannt. Das Gericht hielt den Ausschuss nicht für rechtmäßig zustande gekommen, weil das Quorum im Kongress bei der Bildung des Ausschusses nicht erreicht war.«

»Wissen Sie, Greg … Ich darf sie doch so nennen?«, sagte der Rechtsberater. »Zu diesem Zeitpunkt wäre es höchst ungünstig, wenn Sie dem Präsidenten auf diese Weise den Rücken kehren würden. Es würde nicht gut aussehen, wenn Sie verstehen, was ich meine.«

Erneut klopfte es an der Tür und General Thomas kam herein. Nach einem kurzen Blick auf den Präsidenten wandte er sich an Lambert. Der General wirkte erschöpft, sein Blick war hart. »Mr. Lambert, wir beide wurden für morgen null neunhundert Uhr vor den Ausschuss der Streitkräfte geladen, der unter Ausschluss der Öffentlichkeit in den Einrichtungen des Kongresses in Greenbriar tagen wird. Man erwartet von uns einen Bericht zu den andauernden Kämpfen zwischen Russland und den Vereinigten Staaten. Sie müssen Ihre Berichterstattung vorbereiten und sind mit Sicherheit nicht auf dem Laufenden. Ich schlage vor, dass Sie mit mir an der Besprechung der Vereinigten Stabschefs sowie an der Vollversammlung des Nationalen Sicherheitsrates heute Nachmittag teilnehmen.«

»Dahinter steckt dieser Mistkerl Costanzo«, erklärte der Präsident mit einem Seitenblick auf seinen Anwalt. »Als ich hier eintraf, hatte er sich schon in die Einrichtungen des Kongresses abgesetzt. Jetzt nutzt er die Vorladungen durch den Kongress, um an die militärischen Informationen heranzukommen, von denen ich ihn ausschließen wollte.« Der Präsident sah zuerst seinen Anwalt und dann General Thomas an. »Zum Teufel mit ihm. Ich komme mit nach Greenbriar und zwar diesmal unangekündigt!«

Palm Springs, Kalifornien
13. Juni, 0830 Uhr GMT (0030 Uhr Ortszeit)

Das Baby, das neben Melissa in einer mit Kissen ausgepolsterten Schublade lag, warf sich unruhig hin und her. Sein Schlaf war leicht, und wenn es wach war, weinte es die meiste Zeit. Melissas Milch war ausgeblieben. Ihre angespannten Nerven und die schlechte Ernährung erlaubten es nicht, dass sie ihr Kind stillte. Sie stieg aus dem Bett und ging barfuss zu dem Frisiertisch im Badezimmer, in dem sie die magere Ausbeute dieses Tages aufbewahrte: zwei Eier und ein paar welke Salatblätter.

Sie schlug die Eier in ein Glas und trank sie. Dazu stopfte sie sich ein Salatblatt in den Mund. Der Würgereiz war so stark, dass sie die Augen schließen musste. *Drei Tage,* dachte sie, von Schluchzern geschüttelt. *In drei Tagen wird das Verbot aufgehoben.* Die Regierung hatte den Verkauf nichtverderblicher Lebensmittel während der ersten fünf Tage nach dem Angriff verboten. Damit sollte eine Inflation verhindert werden, hatte ihr der Inhaber des Letzten der sechs Geschäfte, die sie abgeklappert hatte, erklärt. Sie hatte ihm tausend Dollar für ein paar Dosensuppen geboten, doch er hatte abgelehnt.

Seit dem Angriff waren zwei Tage vergangen. *Noch vier Tage und ich kann nach Hause. Morgen besorge ich mir ein Heft mit Rationsscheinen für Benzin. Noch drei Tage und ich kann Essen und genug Benzin für die Heimfahrt kaufen.*

Schniefend ließ sie sich auf das Bett sinken. Bevor sie versuchte, wieder zu schlafen, würde sie noch eine Stunde lang Nachrichten sehen, beschloss sie.

Sie tastete in der Dunkelheit nach der Fernbedienung, die sie allmählich in- und auswendig kannte, und schaltete ein. Der Ton kam sofort, aber es dauerte ein wenig, bis sich der Raum durch das vom Bildschirm abgestrahlte Licht erhellte. Wie immer erschien zuerst die Auswahl der gebührenpflichtigen Sendungen, die das Hotel anbot. Sie schaltete auf CNN um.

»Na, endlich sieht es so aus, als hätten wir zur Abwechslung einmal gute Nachrichten«, verkündete die Sprecherin im Studio. »Wie wird es sich Ihrer Meinung nach auswirken, dass die Regierung Nordkorea mit dem Einsatz von Atomwaffen gedroht hat? Werden die Kämpfe sofort aufhören oder sich noch hinziehen?«

»Das lässt sich so nicht sagen«, erwiderte ein Mann. »Es ist nicht einmal sicher, dass die Nordkoreaner die Kampfhandlungen wirklich einstellen werden.«

»Aber die wollen doch bestimmt keinen Atomangriff durch die Vereinigten Staaten riskieren«, gab die Frau zu bedenken. »Das wäre reiner Selbstmord.«

»Ich bin ganz Ihrer Meinung, aber wir haben hier eine liberale, demokratische Regierung, die mit den Russen verhandelt, obwohl diese ihnen militärisch völlig unterlegen sind. Es ist durchaus möglich, dass die Nordkoreaner das Risiko eingehen.«

»Aha«, meinte die Sprecherin mit einem ungläubigen Kopfschütteln. Sie wandte sich einer anderen Kamera zu. »Wir schalten jetzt nach Philadelphia. Bob informiert uns über die neuesten politischen Entwicklungen hier in den USA.«

»Hallo, Christine.« Auf dem Bildschirm erschien eine Karte der östlichen Vereinigten Staaten, auf der Philadelphia, das vorübergehend als Hauptstadt fungierte, mit einem Stern gekennzeichnet war.

»Meine Damen und Herren, bitte entschuldigen Sie die anhaltenden Probleme mit der Bildübertragung«, erklärte Christine. »Bob, was ist heute Morgen aus den unterirdischen Einrichtungen des Kongresses in Westvirginia zu berichten?«

»Einiges.« Die Tonqualität war miserabel. »Zunächst einmal wird der gemeinsame Ausschuss zur Untersuchung des Atomkriegs seine Tätigkeit fortsetzen, obwohl seine Bildung durch juristische Manöver des Weißen Hauses für unrechtmäßig erklärt wurde. Damit sollte die Vorladung des Nationalen Sicherheitsberaters des Präsidenten, Greg Lambert, verhindert werden. Außerdem ist der kommissarische Außenminister Anderson soeben von einer Stippvisite in den NATO-Hauptstädten zurückgekehrt. Offenbar war der Empfang in Berlin und Paris eher frostig. Auf jeden Fall wird er sich vor dem außenpolitischen Ausschuss des Senats dazu äußern, warum es Präsident Livingston bisher nicht gelungen ist, nennenswerte Unterstützung von den Alliierten zu erhalten. Wirklich zur Sache geht es dann morgen, wenn der Verteidigungsausschuss mit seinen Sitzungen zu den andauernden Feindseligkeiten beginnt.«

»Gibt es Hinweise darauf, für wann die Debatte über eine eventuelle Kriegserklärung vorgesehen ist?«

»Schwer zu sagen, eine Voraussage scheint im Augenblick unmöglich. Es heißt zwar, sie könne bereits heute beginnen, aber die Erfahrung lehrt, dass die Versammlung beider Häuser des Parlaments sich wohl erst nächste Woche mit der entsprechenden Resolution der Republikaner befassen wird. Darin wird empfohlen, Russland den Krieg zu erklären und das gesamte verbleibende Atomwaffenarsenal durch militärische Aktionen zu zerstören. Bis auf vier haben alle republikanischen Kongressabgeordneten diesen Antrag unterzeichnet. Die Demokraten bereiten ihre eigene Resolution zur Kriegserklärung vor, die allerdings von Präsident Livingston nicht unterstützt wird. Der Apparat der Demokratischen Partci und der Vizepräsident stehen hinter dem Antrag, der debattiert werden wird, falls die Republikaner ihren nicht durchbringen oder falls die Abstimmung verschoben werden sollte.«

»Bob«, unterbrach die Sprecherin. »Ich möchte nur kurz sagen, dass wir neues, ungeschnittenes Filmmaterial aus Warner Robins, Georgia, mit Bildern der früheren Robins Air Force Base zeigen werden. Dazu muss ich darauf hinweisen, dass das Material Bilder enthält, die schockierend wirken könnten.«

Die Warnung kam zu spät. Eine Nahaufnahme zeigte eine große Gruppe von Verbrennungsopfern, die unter einem offenen, dreieckigen Sanitätszelt lagen.

»O nein.« Melissa stöhnte auf, schüttelte den Kopf und wandte den Blick ab.

»Wird damit gerechnet, dass die Republikaner mit ihrem Antrag Erfolg haben?«

»Schwer zu sagen. Der Präsident ist dagegen, aber niemand weiß, wie viele Demokraten es mit ihm halten und wie viele unter dem Druck ihrer Wähler für den ersten Antrag stimmen, der der gemeinsamen Versammlung beider Häuser vorgelegt wird. Das wird die Resolution der Republikaner sein. Allerdings ist der Präsident nach wie vor Oberbefehlshaber der Streitkräfte und nur er kann den Befehl zur Aufnahme der Kampfhandlungen erteilen.«

»Hauptsache, es geschieht bald etwas«, meinte die Sprecherin im Studio. »Wir scheinen uns in einem Niemandsland zu befinden. An den Grenzen beider Länder, eigentlich auf der ganzen Welt, kommt es alle paar Stunden zu Scharmützeln mit tödlichem Ausgang.«

Aus dem Augenwinkel sah Melissa, dass die Filmübertragung beendet war und erneut das CNN-Studio gezeigt wurde.

»Während der Präsident in seiner Luxusmaschine hoch über seinem Land schwebte, erlebte das amerikanische Volk einen Angriff, der in seiner Geschichte ohnegleichen ist. Alamo, die Bombardierung der *U.S.S. Maine*, der Untergang der *Lusitania* und Pearl Harbor scheinen dagegen zu verblassen. In der letzten Umfrage von CNN/Gallup« – auf dem Bildschirm erschien eine Grafik – »sprachen sich dreiundneunzig Prozent der Befragten dafür aus, Russland den Krieg zu erklären. Selbst bei einer Fehlerquote von plus/minus fünf Prozent ist das überraschend eindeutig.«

Während weitere Bilder über den Schirm flackerten, richtete sich Melissas Blick ins Leere. »Komm nach Hause, David. Bitte komm nach Hause.«

Spezialeinrichtung der Regierung, Mount Weather, Virginia
13. Juni, 1700 Uhr GMT (1200 Uhr Ortszeit)

»Seit der Präsident den Waffenstillstand verkündet hat, wurden mehr als dreihundert Kampfhandlungen gemeldet«, erklärte Colonel Rutherford, General Thomas' Adjutant, vor dem Nationalen Sicherheitsrat. Da sich der Verteidigungsminister in Philadelphia aufhielt, wo er versuchte, den riesigen Apparat seines Ministeriums neu zu organisieren, war Lambert, der neben dem Präsidenten am Kopf des Tisches saß, der höchste zivile Berater vor Ort. »Die Kontakte lassen deutlich nach, aber angesichts der Bewegungen der russischen Marine- und Bodentruppen bleibt die Situation im größten Teil Eurasiens angespannt.«

Rutherford stand im Lichtkegel eines altmodischen Diaprojektors, wie sie am Mount Weather immer noch verwendet wurden. Als er nun zur Seite trat, wurde eine Karte Osteuropas sichtbar, auf der überall Markierungen für Einheiten angebracht waren. Nach dem Militärschlag im März, der den langen Kampf zwischen Reformern und Hardlinern in Russland beendet hatte, war die 2. Gardearmee der Russen in Weißrussland eingerückt, während die 9. Armee in den baltischen Staaten einmarschiert war. Im Gegenzug waren in den letzten drei Monaten US-Divisionen in Polen und der Slowakei eingerückt. Besonders bedrohlich schien der eben erst entdeckte Einmarsch der 8. Gardearmee der Russen in die Ukraine, der durch einen dicken, gefährlich wirkenden Pfeil angezeigt wurde.

»Vor allem die russischen Truppenbewegungen in diesen beiden Gebieten bereiten uns größte Sorgen«, erläuterte Rutherford, wobei er mit dem Zeiger zunächst auf Osteuropa deutete. »Vor ein paar Stunden hat die 8. Gardearmee offenbar mit dem Einverständnis der Ukrainer mit dem Einmarsch in die Ukraine begonnen.«

»Ja, ich bin mir sicher, die Ukrainer waren absolut begeistert.« General Fullers Flüstern war so laut, das Rutherford eine Pause einlegte.

Nachdem das Gelächter verstummt war, sprach Rutherford weiter. »Die 8. Gardearmee gehört zu den besten Armeen Russlands und setzt sich aus der Strategie-Direktion West zugewiesenen Kräften zusammen. Sie untersteht dem unabhängigen Kommando des Heeresverbands des Militärbezirks Moskau. Zusätzlich zu den Streitkräften des Heeres verfügt diese Armee über die 22. Panzerdivision sowie vier motorisierte Schützendivisionen, nämlich die 9., die 16., die 47. und die 60. Gardedivision. Bis jetzt gibt es keine Hinweise darauf, ob der Befehlshaber des Verbands auch die 4. Artilleriedivision, die er östlich von Kursk in Russland in Reserve hält, mit der 8. Gardearmee in die Ukraine entsenden will.«

»Die 22. Panzerdivision und die 16. Gardedivision sind gut«, mischte sich Army General Halcomb ein, »aber bei den übrigen Schützendivisionen handelt es sich im Augenblick mehr oder weniger um Papiertiger. Praktisch die gesamte Ausrüstung und alle voll einsatzfähigen Bataillone wurden in den Chinakrieg geschickt. Die DIA bewertet ihre Effizienz mit unter fünfzig Prozent. Ehrlich gesagt würde es mich überraschen, wenn sie es überhaupt bis zur slowakischen Grenze schaffen würden.«

»Ich dachte, es wäre eine der besten Armeen Russlands?«, sagte der Präsident.

»Genauso ist es auch, Sir.« Halcomb sah ihm direkt in die Augen.

Nach einer Pause setzte Rutherford, den Lambert für einen ausgezeichneten militärischen Berichterstatter hielt, seinen Vortrag fort. »Angesichts dieser Truppenbewegungen und der vierzehn russischen Luft/Boden-Angriffe, die vom 1st Cavalry Regiment in Polen gemeldet wurden, haben wir das VII. Armored Corps in Krakau in Alarmbereitschaft versetzt.«

»Und das nachdem ich die Einstellung aller Feindseligkeiten angeordnet hatte!« Empört über diese Missachtung seiner Befehle ließ der im Halbdunkel sitzende Präsident seine Hand auf den Tisch niedersausen.

General Thomas wandte sich rasch zu ihm um. »Bei diesen Befehlen handelte es sich um eine reine Vorsichtsmaßnahme, Mr. President.«

Halcomb, der Stabschef der Armee, griff ein. »Sir, bitte sehen Sie sich einmal die Karte an. Meine Leute stecken in einer Zwangslage. Der Befehlshaber des VII. Korps steht einer russischen Armee mit kombinierter Bewaffnung gegenüber, während seine eigenen schweren Waffen entweder noch im Lager sind oder auf Abstellgleisen in Deutschland stehen. Er ist praktisch hilflos. Auch wenn die Russen ihre eigenen Probleme haben: Wenn diese Kräfte nicht an der Grenze Halt machen, steht der erste Kontakt zwischen unseren Truppen und zwanzig-, dreißig-, vielleicht sogar vierzigtausend russischen Soldaten in weniger als achtundvierzig Stunden bevor. Wenn wir jetzt vorbereitende Befehle erteilen, könnte die 4. Infanteriedivision in der Slowakei eine durch ein paar gemischte Einheiten verstärkte Brigade entsenden. Das wären sechstausend Mann.«

Ein langes Schweigen folgte. Schließlich schnaubte der

Präsident verärgert und meinte dann: »Also gut! Sagen Sie ihm, er kann auf *Defensiv*positionen vorrücken.«

Nach einer kurzen Pause nahm Rutherford seinen Bericht wieder auf. »Der zweite Problempunkt ist die Barentssee. Wir waren dabei, einen Flugzeugträgerverband mit der *United States* von der Norwegischen See für einen eventuell notwendigen Einsatz gegen die Unterseeboot-Bastion in der Karasee zu verlegen. Satellitenfotos zeigen jedoch Aktivität im Hafen von Archangelsk – nicht bei den Bunkern der Unterseeboote, die von unseren Atomwaffen getroffen wurden, sondern im konventionellen Hafen –, die auf die Vorbereitung eines Angriffs durch eine amphibische Sturmtruppe schließen lässt. Sollte diese Flotte auslaufen, empfehlen die Vereinigten Stabschefs einstimmig, sie vor der norwegischen Küste abzufangen, um eine eventuelle Landung in Norwegen oder Island auszuschließen.«

»Lassen Sie diese Schiffe in Ruhe«, befahl der Präsident. »Die Russen tun das Gleiche wie wir: Sie vollführen Drohgebärden.« Der Präsident war müde und seine Frustration darüber, dass es ihm nicht gelang, die kämpfenden Parteien voneinander zu trennen, wurde bei jeder Besprechung deutlicher. »Alles verhält sich ruhig, ich will keine nervösen Finger am Abzug. Ich weiß nicht, wie oft ich es noch sagen soll: Je mehr Zeit vergeht, desto besser die Chancen, dass sich die Gemüter abkühlen und die Sache nicht vollständig außer Kontrolle gerät.«

»Sir, wenn wir die Russen entlang unserer europäischen Versorgungslinien landen lassen ...«, gab General Thomas zu bedenken.

»Sie werden *nichts* unternehmen«, erklärte der Präsident entschlossen. »Verstehen Sie denn nicht, worum es geht? Sie denken nur daran, dass wir Island verlieren könnten, ich will den Dritten Weltkrieg verhindern. Welches der beiden Argumente zählt für mich wohl mehr?« Der Präsident fasste die Stabschefs fest ins Auge. »Welches?« Niemand antwortete. »Gut, dann können wir ja fortfahren. Was wollten Sie über den möglichen Einsatz biologischer Waffen sagen, Greg?«

»Wir hatten einen Bericht von unserem Ausweich-Air Force-Stützpunkt in Guam, dass ein ›Schnüffler‹, also ein Luftmessgerät, kurz nachdem ein von einem russischen Unterseeboot abgeschossener Cruisemissile das Rollfeld mit Streumunition vermint hatte, verdächtige biologische Stoffe in der Luft entdeckte. Es wäre ungewöhnlich, in ein Verminungssystem ein Untersystem für biologische oder chemische Waffen zu integrieren, aber im Bericht hieß es ›Verdacht auf biologische Wirkstoffe unbestimmter Natur‹.«

»Ein Einsatz auf einer Insel wie Guam wäre durchaus sinnvoll, Sir«, erklärte Air Force General Starnes. »Das Infektionsrisiko bliebe auf unsere Basis und die zivile Bevölkerung von Guam beschränkt und es bestünde nicht die Gefahr, dass sich Krankheiten unkontrolliert über ganze Kontinente ausbreiten.«

Der Präsident war entsetzt. »Sind diese Schnüffler denn zuverlässig?«, fragte er, an Lambert gewandt. Der zuckte die Achseln. »Sie halten also nichts von dem Bericht, Greg?«

»Nein, Sir.« Lambert sah General Starnes an. »Das Pazifikkommando hat ein Team vor Ort, das im Augenblick eine genauere Analyse durchführt. Meiner Meinung nach wurde der Schnüffler entweder lange nicht benutzt, kaum je geprüft oder er arbeitet generell so schlecht, dass er losging, sobald er eingeschaltet wurde.«

»Und wann war das?«, erkundigte sich der Präsident bei General Starnes. »Ist es so, wie Greg sagt: Gab das Ding gleich nach dem Einschalten Alarm?«

»Das weiß ich nicht, Sir«, erwiderte Starnes.

»Könnten Sie es bitte herausfinden?«, schlug der Präsident vor, worauf Starnes hastig zum Telefon griff. Der Präsident lehnte sich in seinem Stuhl zurück und verschränkte die Hände im Nacken. »Obwohl Rasow und ich alle Einheiten angewiesen haben, die Kampfhandlungen einzustellen, hat es in den letzten vierzig Stunden also mehr als dreihundert Konfliktsituationen gegeben. Sie sprachen, glaube ich, von ›Reibungen‹. Außerdem gehen Sie davon aus, dass die Russen die Invasion Norwegens oder Islands vorbereiten und uns bereits mit biologischen Waffen angegriffen haben.

Ich wage es kaum zu fragen: Was ist der nächste Punkt auf der Tagesordnung?«

»Die Aushebung von Truppen«, erklärte Thomas gewichtig. Er stützte die Ellbogen auf den Tisch und hielt den Plan für die Aushebung in die Höhe, den Lambert immer wieder gelesen hatte. »Ich habe bereits mit dem Verteidigungsminister in Philadelphia und mit Mr. Lambert gesprochen. Unsere Empfehlung lautet, mit der allgemeinen Aushebung von Truppen zu beginnen, wie sie unsere Notfallpläne bei einem Krieg mit Russland vorsehen, den Gott verhüten möge.«

»Also, Moment mal«, unterbrach der Präsident. »Ich habe mich schon bereit erklärt, den Mobilisierungsbefehl des Kongresses zu unterzeichnen. Das heißt, die Russen müssen mit ansehen, wie alle körperlich gesunden Jungen von achtzehn und neunzehn Jahren eingezogen werden. Gleichzeitig werden durch eine Lotterie fünfunddreißig Prozent der gesunden jungen Frauen aus dieser Altersgruppe bestimmt und ebenfalls eingezogen. Ich weiß, dass wir das Ganze so organisieren wollen, dass es aussieht, als ginge es um den Wiederaufbau Amerikas, aber tatsächlich erhalten diese Teenager doch zuallererst ihre Grundausbildung als Soldaten oder irre ich mich da? Wenn wir eine Rekrutierung durchführen, die unseren Plänen für einen Krieg mit Russland entspricht, muss das für den Kreml ein rotes Tuch sein. Besonders angesichts der forschen Töne, die Kongress und Vizepräsident von sich geben, könnten die Russen ein klein wenig beunruhigt sein«, schloss er sarkastisch.

»Nun, Sir«, erwiderte Thomas, »wenn unser optimistischstes Szenario für die Absichten der Russen beim Einrücken ihrer Truppen in die Ukraine und bezüglich der Manöver bei Archangelsk zutrifft, dann folgen wir eigentlich nur ihrem Beispiel. Falls sie aber dann doch Kriegshandlungen planen …«

Nach kurzem Schweigen beugte sich der Präsident vor und seufzte vernehmbar. »Wie sehen die Pläne aus? Ein Überblick genügt im Moment, besorgen Sie mir eine Kopie mit Einzelheiten, die ich später lesen kann.«

Thomas blickte auf die Tabellen und Zahlen, die die Blätter in seiner Hand füllten und holte tief Luft. »In Ordnung, Sir. Wenn Sie bitte den Indexstreifen Neun-A in Ihrer Kopie des Berichts aufschlagen und sich die Tabelle auf der ersten Seite ansehen. Die Überschrift lautet ›Zusammenfassung Rekrutierung USA, USMC und USAF‹.«

Die Lichter gingen an und alle blätterten zu der entsprechenden Markierung. Die Seite, an der der Indexstreifen befestigt war, trug die Überschrift »Allgemeiner Kriegsplan Russland«.

»Falls alle unsere Anstrengungen, einen Krieg zu vermeiden, fehlschlagen«, begann Thomas, »benötigen wir – wie in der Tabelle angegeben – die sechs Korps sowie die übrigen unabhängigen Bodeneinheiten der Armee, praktisch das gesamte Marine Corps und sechzehn taktische Kampfgeschwader der Air Force, um unsere aktuelle Version des Allgemeinen Kriegsplans umsetzen zu können. Allein die Aushebung dieser Truppen bedeutet eine ungeheure Anstrengung. Allerdings erfolgte ein Großteil davon – wie die Mobilisierung der zivilen Reserve-Luftflotte und der Reserveeinheiten des Military Sealift Command und so weiter – bereits während der Spannungen, die der Invasion der Nordkoreaner vorausgingen. Außerdem hatten wir natürlich im Rahmen unserer vertraglichen Pflichten große Truppenteile nach Europa verlegt.«

»Könnten wir den Krieg mit diesen Kräften gewinnen?«, fragte der Präsident, den offenbar die Neugier gepackt hatte, mit einem Blick auf Lambert.

»Wie der Rest des Landes befand sich auch der Großteil des russischen Militärs bereits vor unserem nuklearen Gegenangriff in verheerendem Zustand. Dazu kommen die beiden verlustreichen Chinakriege, die gegenwärtig den Großteil der Streitkräfte binden.« Lambert schüttelte den Kopf. »Ich würde eher auf unser Team setzen, Sir.«

Livingston sah in die ausdruckslosen Gesichter der Militärs am Tisch. *Sind sie zuversichtlich oder nur wild entschlossen, wenn notwendig aufs Ganze zu gehen?* Wenn hier die falsche Entscheidung getroffen wurde, würde sich niemand an die

Namen dieser Offiziere erinnern – aber der seinige würde in allen Geschichtsbüchern stehen. »Greg, meinen Sie das wirklich? Schließlich genießen die Russen ja einen gewissen Heimvorteil, um bei Ihrem Bild zu bleiben.«

»Wir haben es mit einer merkwürdigen Situation zu tun, Sir. Ja, wir haben die weiteren Wege, die längeren Versorgungsrouten. Dafür sind diese aber zum größten Teil durch den Atomkrieg nicht beschädigt worden und verlaufen, bis auf die Strecken in Osteuropa, über ein Netz aus Seewegen, Straßen und Schienen, das westlichen Standards gerecht wird. Dagegen hatten die Russen von Anfang an ein erbärmlich schlechtes Verkehrsnetz. Zweiundneunzig Prozent ihrer Straßen sind unbefestigt. Es gibt nur sechs wetterfeste Straßen von Moskau in den Westen, von denen die am besten ausgebaute acht Meter breit ist. Achtundneunzig Prozent der Fracht wird per Bahn transportiert und im Moment ist das Schienennetz löchrig wie ein Schweizer Käse und zudem teilweise von Fallout bedeckt. Das russische Militär ist Stückwerk ohne Zusammenhang. Seit dem Zusammenbruch der Sowjetunion hatte es unter Plünderungen, mangelnder Wartung, schlechter Moral und Disziplin und einer Zerstückelung der Einheiten, die nach und nach in den Fernen Osten geschickt wurden, zu leiden. Dazu kommen die enormen Verluste aus den beiden Chinakriegen. Die Russen sind einfach nicht in der Lage, Operationen in der Größenordnung durchzuführen, wie es das sowjetische Militär in den Achtzigerjahren konnte.«

»*So* gut waren die nie«, knurrte General Fuller von den Marines. Alles wandte sich nach ihm um. »Ihre Ausrüstung taugt nichts. Im Golfkrieg hatten die Iraker ein kleines Problem mit den T-72-Panzern: Die Türme klappten bei einem Treffer nämlich einfach weg. Bringt nicht viel, wenn man eine gute Panzerung und aufgeschraubte Verstärkungsplatten hat, einem dafür aber der Turm abhanden kommt.«

Bin ich denn der Einzige, der noch zur Vorsicht mahnt? Livingston war zunehmend verzagt. Seine Augen wanderten erneut zur Tabelle mit dem Einsatzplan. Er konnte nur beten, dass der Plan, den er sich zurechtgelegt hatte, der richtige Weg war. Als er aufsah, blickte er in Lamberts blaue Augen, in denen das Feuer eines wachen Verstandes brannte. *Aber besitzt er auch Urteilsvermögen?*

»Also gut, ich genehmige den Einsatzplan.« Am Tisch herrschte Totenstille. »Ich genehmige den gesamten Einsatzplan.« Der Präsident beugte sich vor und sprach in gemessenem Ton, als wären seine Worte für die Nachwelt bestimmt. »Soweit er mit der Vorbereitung – die Betonung liegt auf Vorbereitung – für die eventuelle Fortdauer der Feindseligkeiten zwischen Russland und den USA vereinbar ist.« Er sah jedem der Anwesenden ins Gesicht. »Ich möchte klarstellen, dass mein ständiger Befehl immer noch lautet, sich von jeder Konflikthandlung im Rahmen des Möglichen fern zu halten. Nach dem Ende dieser Besprechung werden ich die Einzelheiten des Einsatzplans mit Mr. Lamberts Unterstützung sorgfältig studieren, um für mich selbst zu entscheiden, ob der einzuhaltende Mindestabstand unterschritten wird oder ob die Russen durch einen Einsatz so provoziert werden könnten, dass dieser als kontraproduktiv anzusehen ist. Sollte dies nicht der Fall sein, dann dürfen, nein, dann sollen Sie Ihren Einsatzplan mit meiner Genehmigung umsetzen.«

Die Stabschefs waren auf diese Antwort ebenso wenig vorbereitet wie Greg. Stundenlang hatte sie in Rollenspielen ihre Argumente gegenüber jüngeren Offizieren gerechtfertigt, die die Rolle des »Advokaten des Teufels« übernahmen, wie man es Lambert gegenüber offiziell bezeichnete. Eigentlich, ließen sie Greg gegenüber durchblicken, hieß es »demokratischer Pazifist« und er vermutete, dass noch wesentlich deftigere Worte fielen, wenn er nicht zugegen war. Aufgrund dessen hatten sie ihre Pläne immer wieder überarbeitet, damit sie der Präsident nicht zu provozierend fand. Allerdings hatte keiner damit gerechnet, dass er nachgeben würde.

»Vielleicht«, begann Lambert zögernd, »könnten Sie uns mitteilen, Sir, warum Sie den Einsatzplänen so bereitwillig zustimmen, damit wir Ihre Anweisungen in dem Sinn interpretieren können, wie sie gemeint waren.«

General Fuller und der Präsident, die ansonsten nicht viel gemeinsam hatten, lachten plötzlich. Lambert stieg die Röte ins Gesicht. »Da spricht der Rechtsanwalt aus Ihnen, Greg«, meinte der Präsident, während Fuller Admiral Dixon offenbar eine scherzhafte Bemerkung zuflüsterte, die zu leise war, als dass Lambert sie hätte hören können. »War nicht ernst gemeint, Greg. Wenn ich Sie richtig verstanden habe, ist das wirklich eine gute Idee.« Livingston lächelte und dachte dann kurz nach. »Grund Nummer eins ist, dass ich als Oberbefehlshaber will, dass sich dieses Land in der bestmöglichen Ausgangsposition befindet, falls die Dinge doch außer Kontrolle geraten und ein Krieg unvermeidlich wird. Zum anderen möchte ich Rasow und seinen Freunden im russischen Generalstab zeigen, dass sie sich blutige Nasen holen werden, wenn sie sich mit uns anlegen. Eine Drohung mit dem Knüppel könnte eine neue Gesprächsrunde einleiten, sobald das Außenministerium wieder funktionsfähig ist. Das ist zumindest meine Hoffnung. Damit sollten wir den Russen einige Konzessionen abringen können, bevor auf beiden Seiten erneut das Wettrüsten beginnt, um die leeren Atomwaffenarsenale aufzufüllen.«

Der Präsident sah sich am Tisch um, ob alle mit seiner Antwort zufrieden waren.

In diesem Augenblick klingelte das Telefon, das vor General Starnes auf dem Tisch stand. Er lauschte einen Augenblick, während alle, wie immer aufs Äußerste angespannt, darauf warteten, was dieser Anruf für neues Unheil brachte. Dann sagte Starnes: »Also gut, Alarmstufe vier wird ausgesetzt. Schicken Sie an alle Kommandos eine Empfehlung raus, mit der unsere frühere Einschätzung revidiert und die Warnung widerrufen wird.« Nachdem er dem Anrufer noch einen Augenblick zugehört hatte, sagte er: »Tun Sie es einfach!« Dann hängte er auf. »Die Luftmessgeräte in Guam wurden erst nach dem Cruisemissile-Angriff eingeschaltet und der Alarm ging sofort los«, erklärte er dann, zum Präsidenten gewandt. »Die ersten Tests des CBR-Teams des Pazifikkommandos deuten auf Blütenpollen hin.«

Schweigen senkte sich über die Versammlung. »Wie bitte?«, fragte der Präsident schließlich ungläubig. »Haben Sie gerade Blütenpollen gesagt? *Pollen*?«

»Ja, Sir«, erklärte Starnes tapfer. »Der Alarm wurde durch Pollen ausgelöst. Offenbar hängt der überall in der Luft.«

Die Stimmung des Präsidenten verdüsterte sich zusehends, vermutlich war er verärgert, weil diese Fehlinformation fast eine Überreaktion ausgelöst hätte. »Also, jetzt möchte ich wissen, ob uns dieser Plan« – der Präsident hielt sein Exemplar des Berichts in die Höhe – »in die Lage versetzt, unsere vertraglichen Verpflichtungen gegenüber Osteuropa zu erfüllen. Und was zum Teufel ist diese ›Front Fernost‹, an der so viele Marines eingesetzt werden? Ich brauche eine konkrete Antwort, General Thomas. Wenn die Russen, die gerade in die Ukraine einmarschieren, nicht an der polnischen und slowakischen Grenze Halt machen und ich Ihnen freie Hand lasse, können wir sie dann aufhalten?«

Thomas zögerte. Offenbar überlegte er, womit er anfangen sollte. Schlagartig wurde Lambert klar, wie unvorbereitet sein Chef, der wie seine unmittelbaren Vorgänger nur wegen seines innenpolitischen Programms gewählt worden war, für diese rasche Entwicklung auf dem Gebiet des strategischen Denkens war. Das war Lamberts Versäumnis, schließlich war er der Nationale Sicherheitsberater des Präsidenten.

»Wenn wir in den Krieg gehen, Mr. President«, sprudelte es aus Lambert heraus, bevor Thomas zu Wort kam, »müssen wir ihn so schnell wie möglich gewinnen. Jeder einzelne Tag kostet das Land Milliarden Dollar.«

»Greg«, erwiderte der Präsident, verärgert über das lehrerhafte Gebaren seines relativ neuen jungen Beraters, »Sie wissen zu viel. Ich will eine einfache Antwort auf eine einfache Frage. Wie sehen die militärischen Endziele der Pläne aus, die ich hier genehmige?«

»Haben Sie jemals von der Lehman-Doktrin gehört, Sir?« Der Präsident schüttelte den Kopf. »Ronald Reagans Marineminister John Lehman war A-6-Kampfpilot der Reserve der Navy. Während seiner Amtszeit erarbeitete das Marineministerium einen Plan, wie man den Krieg vom Pazifik bis tief ins Innere Sibiriens tragen kann, um Russland dort zu treffen, wo es am schwächsten ist. Das war als Strafmaßnahme für Übergriffe im Westen gedacht. Dieser streng geheime Plan nannte sich Lehman-Doktrin.«

Das war zu viel für den Präsidenten. »Greg, wenn Sie nicht sofort auf den Punkt kommen, besorge ich mir einen Sicherheitsberater, der weiß, wie man mir eine Frage beantwortet!«

»Unser gegenwärtiger Plan heißt Operation ›Rächendes Schwert‹«, begann Greg leise unter den aufmerksamen Blicken der Stabschefs. »Falls es zu einem Krieg mit Russland kommt, Mr. President, ist unser Ziel im Fernen Osten, die transsibirische Eisenbahn durch Luftangriffe lahm zu legen, mit Truppen der Marines und der Army an der russischen Pazifikküste zu landen, das russische Fernost-Kommando auszuschalten und den Heimathafen der russischen Pazifikflotte in Wladiwostok einzunehmen. Damit würden wir den Russen die Kontrolle über Sibirien östlich einer Linie von der Karasee im Norden bis nach Tomsk und Nowosibirsk im Süden entreißen. Dieses Gebiet entspricht der Hälfte der russischen Landmasse.«

Der Präsident starrte Lambert an, als hätte er den Verstand verloren. Ein ungläubiges Lächeln trat auf sein Gesicht, das jedoch angesichts der grimmigen Gesichter am Tisch rasch wieder verschwand. »Sie meinen das tatsächlich ernst, was?«

Sein Blick richtete sich erneut auf Lambert, der es sich nicht nehmen ließ, seine Lektion zu beenden.

»Ziel der in Polen und der Slowakei stationierten Truppen, also der ›Front Osteuropa‹ mit drei Panzerkorps, Panzer-Kavallerie-Regimentern, sechs Mechanisierten Panzerdivisionen und zwölf der zwanzig taktischen Geschwader des Lufteinsatzkommandos und allen alliierten Truppen, die wir mobilisieren können – das ist die stärkste Konzentration von Feuerkraft in der Geschichte der Menschheit –, wäre es, durch Weißrussland und die Ukraine zu marschieren, die russische Armee im Feld zu vernichten und Moskau einzunehmen, bevor der erste Schnee fällt.«

Flughafen Gander, Neufundland
14. Juni, 1000 Uhr GMT (0600 Uhr Ortszeit)

»Auf dem modernen Schlachtfeld kommt dem Panzer eine entscheidende Rolle zu«, las David Chandler im Licht der Taschenlampe. »Jeder einzelne Soldat einer Panzereinheit muss vom Geist des Angriffs erfüllt sein, sein Denken muss an die Schnelligkeit und Brutalität der mobilen Kriegsführung angepasst sein. Er ist dafür ausgebildet, tief im feindlichen Territorium zu operieren. Mit der Anwesenheit des Feindes vor ihm, hinter ihm und seitlich von ihm muss er jederzeit rechnen. Er muss jene Tollkühnheit entwickeln, die allein eine erfolgreiche Auseinandersetzung mit dem Feind ermöglicht.«

Die Ausführungen des Handbuchs gingen endlos in diesem Ton weiter. Chandler war in seinem Element, er kam sich vor, als lernte er für eine Prüfung. Das war schon immer seine Stärke gewesen. *Damit kenne ich mich aus,* dachte er beruhigt, als er sich an immer mehr Punkte erinnerte. Kreuzweise Zuordnung von Einheiten, Kombinieren von Panzereinheiten und Infanterie. Mörser, Artillerie, taktische Luftunterstützung, Bodenüberwachung durch Radar. Es war bereits die zweite Nacht hintereinander, in der er es ihm nicht gelang, auf dem Erdboden einzuschlafen, während in den Hügeln um ihn herum seine Männer schnarchten. Schon bei den Pfadfindern hatte er dieses Problem gehabt. Die Gelegenheit, seine Selbstzweifel durch einen Ausflug in die geheimnisvolle und nur vage vertraute Wissenschaft der Kriegsführung zu beschwichtigen, war ihm daher höchst willkommen.

Der sechste Punkt einer Liste, die neun Einsatzmöglichkeiten von Panzern auflistete, besagte: »Wirkung von Massenvernichtungswaffen ohne Zeitverlust nutzen«. *Funktioniert wahrscheinlich wie geschmiert. Man löscht einen Bereich entlang der Frontlinie des Feindes mit nuklearen, chemischen oder biologischen Waffen aus und marschiert einfach durch. Schließlich herrscht innerhalb der Panzer Überdruck, so dass man unbeschadet sicheres Gebiet erreicht.* Allerdings kannten die Russen diesen Trick bestimmt auch.

Kleine Einheiten. *Abwechselnd feuern und vorrücken.* Entweder wechseln sich die Einheiten ab wie beim Bockspringen oder es bleibt stets die gleiche Einheit an der Spitze und die nachfolgende nimmt dann ihre alte Position ein.

Ein Terrain wählen, das Schutz bietet und in dem man nicht so leicht zu entdecken ist. Auffällige Landmarken wie Hügelkuppen und andere Orte meiden, die die Russen sofort bombardieren würden. Chandler fragte sich, ob die verräterischen Antennen und Kommandofahrzeuge des Divisionshauptquartiers russisches Feuer auf sich ziehen würden. Schaudernd erinnerte er sich an seine Ausbildungszeit, als er gelernt hatte, wie die Russen mit solchen Zielen verfuhren. *Ob sie immer noch so gut sind, wie sie uns die Ausbildungsoffiziere zur Zeit der Sowjetunion schilderten?* Er wandte sich erneut dem Handbuch zu.

Panzerbewaffnung. Feuerverteilung. Nützliche Hinweise wie »Beim Angriff auf ungeschützte Infanterie mit der größtmöglichen Geschwindigkeit und Kraft angreifen, um eine Störung zu verursachen.« *Störung,* dachte er kopfschüttelnd angesichts dieser Untertreibung. *Wenn das kein Euphemismus ist. Panik, Verzweiflung, Zusammenbruch und schließlich der Tod – nennen wir es einfach eine »Störung«.*

Er gähnte und legte den Kopf zurück, wobei er das Buch in die Höhe hielt und mit der Taschenlampe beleuchtete. Aufklärung und Sicherheit. Angriffsoperationen. Optimale Nutzung und Verfolgung. Verteidigungsoperationen. So müde er auch war, er zwang sich weiterzulesen. *Nur nicht an zu Hause, an Melissa denken.*

Allein ihr Name trübte seine Stimmung so, dass er sich nicht mehr auf die Handbücher konzentrieren konnte. Er kroch aus dem Schlafsack. Nach drei Tagen ohne Dusche juckte seine Haut, seine Muskeln schmerzten von dem Marsch, auf den er sein »Kommando« am Tag zuvor geführt hatte, und die Knochen taten ihm weh von dem erfolglosen Versuch, auf dem nackten Boden zu schlafen. Er warf sich Tornister und Gurtgeschirr über die Schulter, griff nach Gewehr und Flakjacke und machte sich auf den Weg zum Flughafen. Sobald er außer Sichtweite war, legte er die volle

Kampfausrüstung an, wobei er die Riemen sorgfältig so einstellte, dass die schwere Last richtig saß. Am Vortag hatte er seine Leute fünfzehn Kilometer durch Marsch- und Graslandschaften marschieren lassen, aber sie hatten die schwere Ausrüstung bei einer Wache zurückgelassen und nur Gewehre und eine leichte Traglast mitgenommen. Seine müden Beine protestierten gegen die über dreißig Kilo, die ihnen aufgebürdet wurden, und er stellte erstaunt fest, dass er in der kühlen Morgenluft bereits nach wenigen Metern außer Atem geriet und in Schweiß ausbrach.

Bis jetzt hatte er noch keine Gelegenheit gehabt, sich an den Umgang mit Tornister und Traggeschirr zu gewöhnen. Nachdem er den gelangweilten Soldaten mit seiner ulkigen Kostümprobe keinen Stoff für Witzchen liefern wollte, war die Zeit vor der Morgendämmerung für seine Exkursion am besten geeignet.

Sorgfältig umging er die Bereiche, in denen sich andere Truppenteile aufhielten, nicht nur, weil er sich wie eine Witzfigur vorkam, sondern auch weil sie möglicherweise bewaffnete Posten aufgestellt hatten. Doch alles war ruhig und die Dunkelheit sorgte dafür, dass er unerkannt blieb.

Als er sich den Lichtern des Flughafens näherte, hörte er ein rhythmisches Dröhnen, das immer lauter wurde. Hinter dem Terminal erschien eine breite Formation im Gleichschritt laufender Männer, die jedes Mal, wenn ihr linker Fuß den Asphalt des Rollfelds berührte, in die Hände klatschten. Das donnernde Geräusch, das er gehört hatte, rührte von den zweihundert Füßen her, die im Takt über den Boden stampften. Es waren so viele und sie bewegten sich so gleichmäßig, dass er beeindruckt stehen blieb.

Während sie ihn passierten, hörte er eine tiefe, raue Stimme »Kompanie!« brüllen. »Zu-u-ug«, antworteten mehrere Stimmen, »im Gleichschritt Marsch!« Als sie Chandler erreicht hatten, verlangsamten sie ihr Tempo und kamen zum Stehen. »Linksum kehrt«, befahl der Anführer mit der tiefen Stimme und die Stiefel stampften erneut im perfekten Gleichklang auf dem Boden.

»Hergehört, Kompanie Alpha!«, schrie eine neue Stimme.

»Ihr habt dreißig Minuten, um die Waffen zu putzen und aufs Klo zu gehen! Dann tretet ihr hier mit voller Last zur Überprüfung der Ausrüstung an und danach geht es ab ins Feld zum Training. Wegtreten lassen, First Sergeant!«

Nach einer Pause schallte erneut die tiefe Stimme durch die Nacht. Diesmal wiederholten hundert Männer im Chor die Worte des First Sergeant.

»Ich erkläre, dass ich mich freiwillig als Ranger gemeldet habe!«

»ICH ERKLÄRE, DASS ICH MICH FREIWILLIG ALS RANGER GEMELDET HABE!«

»Ich akzeptiere, dass ...«

»ICH AKZEPTIERE, DASS ...«

»... mein Land von mir als Ranger erwartet ...«

»... MEIN LAND VON MIR ALS RANGER ERWARTET ...«

»... dass ich weiter gehe ...«

»... WEITER ...«

»... schneller bin ...«

»... SCHNELLER ...«

»... und härter kämpfe ...«

»... HÄRTER ...«

»... als sonst ein Soldat auf dieser Welt!«

«RANGER VORAN! RAN-GER! RAN-GER!«, schrien die Soldaten.

Chandler trat in den Schatten zurück, um sie passieren zu lassen.

Einrichtungen des Kongresses, Westvirginia
14. Juni, 1400 Uhr GMT (0900 Uhr Ortszeit)

Trotz seiner beträchtlichen Größe war der Aufzug, der nach unten zu den Räumen des Senats führte, überfüllt. In seinem Inneren befanden sich außer dem Präsidenten die Stabschefs, Lambert, zwei Männer vom Nationalen Sicherheitsrat und die allgegenwärtigen Geheimagenten, deren

Stärke fast auf das Dreifache des Vorkriegsstandes erhöht worden war.

Als sich die Türen öffneten, stellten sie fest, dass sich eine große Gruppe im Halbkreis zu ihrem Empfang versammelt hatte. Ein Dutzend Blitzlichter flammte auf, als der Präsident den Aufzug verließ: Auch die Presse war vertreten. Eilig drängten sich die Geheimagenten zwischen ihre Schützlinge und die Menge, deren Absichten sich noch nicht recht einschätzen ließen. Nach und nach entdeckte Lambert hinter den Scheinwerfern der Kameras bekannte Gesichter: Nachrichtensprecher, führende Politiker aus Kongress und Senat, Parteileute und mittendrin Vizepräsident Costanzo.

»Was soll das bedeuten?«, fragte Präsident Livingston.

Ein Mann, der Lambert vorher nicht aufgefallen war, trat vor. Da sich die Scheinwerfer nun auf ihn richteten, blendeten sie Lambert nicht mehr und er erkannte sofort den Sergeant at Arms. Hinter ihm standen vier Männer in der Uniform der Polizei von Capitol Hill.

»Auf Antrag des Repräsentantenhauses«, las der Sergeant lautstark von einer Notiz ab, die er in der Handfläche hielt, »der am heutigen Tag in einer Sondersitzung beschlossen wurde, wird hiermit Gregory Philip Lambert als Zeuge vor besagtes Haus und die nach den Regeln des besagten Hauses zustande gekommenen Ausschüsse geladen. Da Grund zu der Annahme besteht, dass der Zeuge dieser Vorladung nicht Folge leisten wird, wird beschlossen, den Sergeant at Arms hiermit zu ermächtigen und anzuweisen, besagten Gregory Lambert, Sonderberater des Präsidenten für Nationale Sicherheit, in Beugehaft zu nehmen. Widerstand wird als Missachtung des Parlaments bestraft werden.«

Der Sergeant at Arms senkte das Papier, von dem er abgelesen hatte, und blickte Lambert an. »Der da ist es«, sagte er zu dem neben ihm stehenden Polizeibeamten, wobei er mit dem Finger auf Lambert deutete. »Der große Blonde in dem grauen Nadelstreifenanzug.« Die grellen Lichter der Fernsehkameras richteten sich erneut auf Lambert.

Die Polizisten begannen vorzurücken, doch die Geheimagenten schlossen ihre Reihen dichter und versperrten ihnen den Weg. Ihr Anführer wandte sich fragend zum Präsidenten um.

»Moment mal!«, rief der Präsident, worauf sich Kameras und Scheinwerfer sofort auf ihn richteten. »Mr. Lambert ist freiwillig hierher gekommen, um dem Verteidigungsausschuss in Angelegenheiten der Nationalen Sicherheit Bericht zu erstatten. Dieses Vorgehen ist unerhört!«

»Treten Sie beiseite«, befahl der Sergeant at Arms den Geheimagenten, die unter dem Druck der Polizei des Kapitols ein wenig zurückwichen. Ein Agent in der zweiten Reihe zog eine Uzi aus dem Holster an seinem Rücken und richtete sie mit angewinkeltem Ellenbogen nach oben.

Ein Raunen ging durch die Menge. »Mr. President!« Die Stimme des leitenden Geheimagenten klang nahezu flehend.

Lambert drängte sich durch die Stabschefs, bis er frei stand. Sofort hörte das Handgemenge zwischen Agenten und Polizei auf. Im grellen Licht der Fernsehkameras sah er den Sergeant at Arms auf sich zukommen.

»Werden Sie mir freiwillig folgen, Sir?«

Lambert nickte.

»Einen Augenblick!« Der Rechtsberater des Weißen Hauses drängte sich durch die Menge. »Dieser Mann ist nicht ordnungsgemäß vorgeladen worden. Außerdem befinden wir uns im Besitz einer Entscheidung des Obersten Gerichtshofs, durch die der Ausschuss zur Untersuchung des Atomkriegs für verfassungswidrig erklärt wird. Ihr Verhalten ist sowohl ungesetzlich als auch verfassungswidrig. Der Ausschuss zur Untersuchung des Atomkriegs ist nicht ordnungsgemäß zustande gekommen.«

»Vor dem soll er auch nicht aussagen«, mischte sich der Sprecher des Weißen Hauses ein, der am Rand der Menge stand. »Tut mir Leid, Walter, aber Mr. Lambert soll vor dem Rechtsausschuss aussagen.«

»Vor dem Rechtsausschuss?«, fragte der Präsident verwirrt.

Der Sprecher nickte. »Das Parlament hat beschlossen, ein Amtsenthebungsverfahren einzuleiten, Walter. Es tut mir wirklich Leid, aber ich kann nichts dagegen tun. Würden Sie bitte mit uns kommen, Mr. Lambert.«

Der Rechtsberater des Weißen Hauses stellte sich neben Greg und flüsterte ihm zu: »Sagen Sie kein Wort, ich komme mit Ihnen. Wir werden beim Bezirksgericht einen weiteren Antrag einreichen. Halten Sie durch.« Als Lambert gemeinsam mit dem Sergeant at Arms und dem Rechtsberater dem Sprecher folgte, sah er sich noch einmal nach dem Präsidenten um, der in die Menge starrte. Seinem Blick folgend, entdeckte er den Vizepräsidenten, der sich bereits zum Gehen gewandt hatte und in der lärmenden Menge neugieriger Abgeordneter und Beamter verschwand, die sich das Spektakel in der Lobby nicht entgehen lassen wollten.

»Mr. Lambert kann diese Frage aus Gründen der nationalen Sicherheit nicht beantworten«, sagte der Rechtsberater des Weißen Hauses.

»Hat der Präsident vor seiner Evakuierung aus dem Weißen Haus Außenminister Moore angewiesen, sich mit den Chinesen in Verbindung zu setzen?«, fragte der Vorsitzende des Rechtsausschusses.

»Mr. Lambert kann diese Frage aus Gründen der nationalen Sicherheit nicht beantworten«, wiederholte der Rechtsberater des Weißen Hauses.

»Gibt es außer Ihnen selbst, dem Präsidenten, dem mittlerweile verstorbenen Außenminister Moore und den inzwischen ebenfalls verstorbenen Telefonistinnen des Weißen Hauses eine Person, die Informationen über die Frage besitzen könnte, ob der Präsident nach Beginn der Evakuierung mit Minister Moore sprach?«

»Mr. Lambert kann diese Frage aus Gründen der nationalen Sicherheit nicht beantworten.«

Der Kongressabgeordnete, der den Ausschuss leitete, stieß einen tiefen Seufzer aus und beriet sich mit den neben ihm sitzenden Abgeordneten, die sich wiederum mit ihren Nachbarn besprachen, so dass schließlich der ganze Tisch auf dem Laufenden war. Dann räusperte er sich und sagte: »Wir werden Sie nicht wegen Missachtung des Parlaments festnehmen lassen, Mr. Lambert. Wir verstehen, dass Sie die Aussage auf Rat des Rechtsberaters und der Leitung des Weißen Hauses verweigern und dass Ihre Tätigkeit in diesen schwierigen Zeiten von größter Wichtigkeit ist. Wir werden die Entscheidung des Gerichts abwarten, aber Sie *werden* vor diesem Kongress aussagen, Sir. Hiermit gebe ich zu Protokoll, dass die unter Ausschluss der Öffentlichkeit stattfindende Sitzung des Rechtsausschusses des Repräsentantenhauses vertagt ist. Wir werden nun eine fünfzehnminütige Pause einlegen. Mr. Lambert, Sie können gehen.«

Lambert hatte keine Ahnung, was ihn im Konferenzraum erwarten würde. Als er das Zimmer betrat, in dem sich die Stabschefs, ihre Adjutanten und Lamberts Assistenten aufhielten, lief im Hintergrund leise ein Fernseher. Alle sahen ihm gespannt entgegen.

»Na, haben Sie alle Geheimnisse ausgespuckt?«, erkundigte sich General Fuller, während sich Lambert auf einem der freien Stühle am Tisch niederließ. »Sind Sie mit heißen Schürhaken traktiert worden oder hat man ihnen Bambussplitter unter die Fingernägel gejagt?«

Lambert schüttelte den Kopf. »Der Rechtsberater wird erneut das Bezirksgericht anrufen. Vermutlich geht alles noch einmal bis zum Obersten Gerichtshof, vielleicht schon morgen. Der Ausschussvorsitzende sagte, er wartet die richterliche Entscheidung ab.«

»Diese Scheißanwälte«, stieß Fuller hervor. »Oh, Entschuldigung«, meinte er dann, zu Lambert gewandt.«

Die Aufmerksamkeit richtete sich erneut auf den Bildschirm, der nun Lambert zeigte, wie er den Raum der Anhörung verließ und sich wortlos durch die Menge der Reporter und Fotografen drängte.

»... eindeutig niedergeschlagen. Dem Kongress nahe stehenden Quellen zufolge fand Mr. Lambert auf einer Versorgungsmission im verseuchten Washington die Leiche seiner Frau. Man kann sich vorstellen, welche Auswirkungen dies auf seine Aussageverweigerung hatte.« Die Kamera schaltete zu einem Bild des Vizepräsidenten, der, von den zu seinem Schutz abgestellten Geheimagenten und Beamten begleitet, durch einen der Korridore der unterirdischen Anlage schritt. »Hier einige Live-Bilder von Vizepräsident Costanzo nach der historischen Begegnung mit Präsident Livingston.« Ein Reporter trat dem Vizepräsidenten mit dem Mikrofon in der Hand entgegen. »Mr. Vice President, welches war der Inhalt der Gespräche, die Sie soeben mit Präsident Livingston geführt haben?«

Das Bild wackelte, als das gesamte Fernsehteam – dem Logo nach, das soeben am Rande des Bildschirms aufgetaucht war, CBS-Leute – dem Vizepräsidenten folgte. Der Reporter wurde von einem Geheimagenten beiseite gestoßen. »Wir haben uns mit politischen Themen befasst, zu denen ich mich im Moment nicht äußern kann.«

Der Reporter blieb hinter dem Vizepräsidenten zurück, der eilig davonging, doch die Kamera hielt mit ihm Schritt. »Was ist Ihr nächstes Ziel, Sir?«

»Ich muss in eine Besprechung mit dem Nationalen Sicherheitsrat zu Verteidigungsangelegenheiten«, sagte der Vizepräsident, während er um eine Ecke direkt in der Nähe des Konferenzraums bog, in dem sich Lambert und die anderen aufhielten. Die Polizei des Kapitols hielt die Presse zurück.

»Verdammt noch mal!«, fluchte General Fuller. »Warum laden wir die Presse nicht gleich zu uns ein? Noch besser, wir könnten unsere Pläne direkt an Rasow faxen!«

»Wie ich höre«, meldete der Reporter, der nun im Scheinwerferlicht stand und sich einen Kopfhörer ans Ohr hielt, »verlässt der Präsident soeben die Einrichtungen des Kongresses, um sich in seine geheime Zufluchtstätte am Mount Weather, zwölf Kilometer von Berryville, Virginia, entfernt, zurückzuziehen.«

»Gütiger Gott!«, stieß Fuller aus. »Kann ich den Kerl als Verräter erschießen lassen?« Am Tisch kam Gelächter auf, aber Lambert spürte, dass die Worte des Reporters über Janes Tod den mühsam errichteten Damm in seinem Inneren durchbrochen hatten. Er fühlte sich, als badete er in den Fluten einer Depression. Am liebsten hätte er einfach aufgegeben.

Die Tür flog auf und der Vizepräsident kam mit flottem Schritt herein. »Meine Herren«, sagte er, während sich alle erhoben. Er ging sofort zum Kopfende des Tisches, stellte seine Aktentasche auf den Tisch und setzte sich. Nachdem er verschiedene Berichte und einen Notizblock aus der Tasche genommen hatte, deutete er mit dem Kopf auf den Fernseher und befahl: »Schalten Sie das Ding aus. So!« Er schloss die Tasche und stellte sie auf den Boden. »Jetzt möchte ich, dass Sie mir sagen, wo die Schwachstellen der Russen sind und welche Mittel uns zur Verfügung stehen.«

Lambert wusste, wie der vorbereitete Text für diese Besprechung lautete. Die Militärs sahen einander an, offenbar wussten sie nicht, wie sie mit diesem Dilemma umgehen sollten. Lambert meldete sich zuerst zu Wort. »Mr. Vice President, der Präsident hat befohlen, mit der Vorbereitung des Einsatzes unserer wichtigsten Kampfformationen zu beginnen, aber gleichzeitig jede Konfrontation mit den Russen zu vermeiden. Die Bemühungen der Männer hier drehen sich in erster Linie um die Einhaltung beider Anweisungen und das werden sie Ihnen auch sagen.«

Der Vizepräsident nickte. Dann erhob er sich und begann, hinter seinem Stuhl auf- und abzugehen. »Ich habe soeben mit dem Präsidenten gesprochen. Wir stecken in einer politischen Sackgasse. Unsere Nation scheint auf die schlimmste Verfassungskrise seit dem Bürgerkrieg zuzusteuern.« Der Vizepräsident war so mit seiner Rede, seinen Argumenten beschäftigt, dass er seine Zuhörer nicht einmal anblickte. Stattdessen sah er auf seine Hände, die er vor sich gefaltet hatte. »Die Führer sowohl der Minderheit als auch der Mehrheit im Kongress haben mich darüber informiert, dass der Kongress innerhalb der nächsten vierundzwanzig Stunden eine Kriegserklärung an die Russische Republik verabschieden wird.«

Lambert konnte sein Herz pochen fühlen, als wollte es seine Brust sprengen. Er musste sich zwingen zu atmen, während er die Stabschefs ansah, die ebenso entsetzt zu sein schienen wie er selbst. »Der Präsident hat uns wissen lassen, dass er sich in seiner Eigenschaft als Oberbefehlshaber weigern wird, diesen Krieg zu führen.«

»Nun ...« Costanzo hatte die Wand erreicht, kehrte auf dem Absatz um und marschierte in die entgegengesetzte Richtung. »Ich verstehe durchaus, dass Sie unter keinen Umständen in politische Angelegenheiten verwickelt werden möchten, vor allem nicht, wenn es sich um Verfassungsfragen von dieser Bedeutung handelt. Leider muss ich Ihnen sagen, dass ich Sie aus dieser Angelegenheit nicht heraushalten kann. Hier braut sich eine nationale Krise zusammen und als Amerikaner sind Sie alle für deren Ausgang verantwortlich. Entweder befinden wir uns innerhalb weniger Tage im Krieg mit Russland oder nicht. Wenn es zum Krieg kommt, wissen Sie selbst am besten, welch weiter Weg bis zum Sieg auf dem Schlachtfeld noch vor uns liegt. Für diesen Fall empfehle ich Ihnen, sich und Ihre Kommandos ab sofort auf die Führung dieses Krieges vorzubereiten.«

Der Vizepräsident hatte nun die Hände auf die Lehne seine Stuhles gelegt, der ihm sozusagen als Pult diente. »Hat jemand von Ihnen die Ergebnisse der telefonischen Harris-Umfrage von gestern gesehen? Vierundneunzig Prozent – ich wiederhole: vierundneunzig Prozent – der amerikanischen Bevölkerung befürworten eine Fortsetzung der Feindseligkeiten gegen Russland, bis die Bedrohung durch Atomwaffen ausgeschaltet ist. Vierundneunzig Prozent!«

Am liebsten hätte sich Lambert erkundigt, wie er sich das vorstellte, aber er schwieg.

»Im ganzen Land finden Demonstrationen statt, bei denen Maßnahmen gefordert werden. Von zwölfhundert Faxen und Telegrammen ist höchstens eines *gegen* einen Krieg gerichtet. Als gewählte Vertretung des Volkes wird der Kongress den Krieg erklären. Und als ebenfalls vom Volk gewählter Vizepräsident der Vereinigten Staaten werde ich dieses Vorgehen unterstützen.«

»Wir haben keine Wahl«, unterbrach ihn General Thomas. In seiner Stimme lag eine Frustration, die seine ganze Sorge angesichts der Entwicklung verriet. Mit einem Blick auf die anderen Stabschefs fuhr er fort: »Wir können nur den gesetzmäßigen Befehlen unseres obersten Befehlshabers folgen.«

Der Vizepräsident hob den Zeigefinger und zog die Brauen in die Höhe. »Die Betonung liegt auf ›gesetzmäßig‹.«

»Sie können nicht von uns verlangen, dass wir uns auf juristische Haarspaltereien einlassen«, entgegnete Thomas ungewohnt emotional. »Ich finde es in höchstem Maß beunruhigend, wie sich diese Besprechung entwickelt. Sollte der Inhalt unseres Gesprächs öffentlich werden, ließe sich leicht darauf schließen, dass hier ein verfassungswidriger Staatsstreich geplant wird. Wenn dieses Thema weiter verfolgt wird, werde ich mich daher leider verabschieden müssen. In diesem Fall sähe ich mich gezwungen, umgehend den Präsidenten zu informieren.«

Der Vizepräsident stand immer noch hinter seinem »Podium«, doch er hatte sich vorgebeugt, so dass seine Arme locker über die Stuhllehne hingen. »Ich fürchte, Sie haben vollkommen recht, wenn Sie von einem Staatsstreich sprechen, General Thomas.« Lambert überlief es eiskalt. Die Adjutanten, die in zweiter Reihe hinter den Stabschefs saßen oder standen, wechselten entsetzte Blicke, während sich die Stabschefs auf den Vizepräsidenten konzentrierten. »Aber von Verfassungswidrigkeit kann keine Rede sein, wir werden uns an den Buchstaben des Gesetzes halten. Selbstverständlich wird der Kongress beim Obersten Gerichtshof einen Antrag einbringen, in dem vom Präsidenten verlangt wird, die Kriegsführung zu übernehmen, aber davon erwartet sich kaum jemand etwas.«

»Heißt das, Sie wollen Präsident Livingston seines Amtes entheben lassen und dann selbst die Kriegserklärung des Kongresses umsetzen?«, fragte Lambert.

Alle Augen richteten sich auf den Vizepräsidenten. »Genauso ist es«, erklärte dieser gelassen.

2. KAPITEL

Kreml, Moskau
16. Juni, 0750 Uhr GMT (0950 Uhr Ortszeit)

Mit höflicher Aufmerksamkeit lauschten die versammelten Generäle dem langatmigen Bericht des früheren Befehlshabers der 24. Gardearmee des Fernost-Kommandos.

»Eine Woche Grundausbildung und körperliche Ertüchtigung«, las General Abramow vor, der nur widerwillig nach Europa zurückgekehrt war, um das Kommando über die neu auszuhebenden Miliz-Einheiten zu übernehmen. Für Rasow zählte aber vor allem, dass der neue Mann seine Hausmacht innerhalb des STAVKA vergrößerte. »Grundausbildung an der Waffe, Erkennung von Abzeichen, Hygiene …«, fuhr Abramow fort, der eben den Ausbildungsplan für die Bürgermiliz vorstellte.

Der junge Hauptmann, der gerade den Raum betrat und auf Rasow zuging, war entsetzt. *Die taugen doch höchstens als Bautrupps und das nur mit viel Glück,* dachte er. Dann flüsterte er Rasow ins Ohr: »Die Abstimmung steht unmittelbar bevor.«

»Zweite Woche: Taktik der kleinen Einheiten, Arm- und Handsignale …«

»Entschuldigen Sie bitte, General Abramow«, unterbrach Rasow, »aber die Abstimmung im amerikanischen Kongress steht unmittelbar bevor.«

Der Hauptmann schaltete den Fernseher am anderen Ende des Konferenztisches ein. Auf der anderen Seite des Globus spielte sich im Bunker des Kongresses ein politisches Drama ab und wie immer war die ganze Welt Zeuge.

Bis sich die Röhren erwärmt hatten, war die Abstimmung schon in vollem Gang. Einer der älteren Generäle, der kein Englisch verstand, wollte wissen, was gesagt wurde. Rasow erklärte der Versammlung, es handle sich um eine offene Abstimmung und »Aye« bedeute so viel wie »Ja«.

»Cole?«, rief ein Mann. In der Ferne erklang ein »Aye«. »Cole stimmt mit Ja. Collins?«

»Aye.«

»Collins stimmt mit Ja. Cooper?«

Inzwischen war der Fernseher warm geworden. CNN zeigte einen Stand von hundertachtunddreißig Stimmen für und neun gegen die Resolution an.

»*Tschto snetschit* ›für‹?«, wollte der alte General wissen.

»›Für‹ *snetschit golos* ›Aye‹ *ili* ›Ja‹. ›Gegen‹ *snetschit* ›Nein‹ – *protiw«*, erklärte Rasow.

»Bose moi«, lachte der alte Mann. »Wie viele Arten, Ja oder Nein zu sagen, brauchen die denn?«

Einige lachten, aber die meisten betrachteten schweigend das Schauspiel auf dem Bildschirm. Dem alten General gefiel das Programm. Er versetzte Rasow einen jovialen Rippenstoß. »Und das ist das System, das Sie kopieren wollten, Juri?«

Rasow lächelte höflich. Der alte Mann war sein Mentor, der Einzige unter den anwesenden Offizieren, der mit ihm *na ti* - in vertraulichem Ton – sprach.

Doch die gute Laune des alten Generals ließ schlagartig nach, als Szenen gezeigt wurden, die offenbar früher am Tag in amerikanischen Städten aufgenommen worden waren. Während die mündliche Abstimmung weiter übertragen wurde, wobei unten am Bildschirm der aktuelle Stand erschien, zeigte CNN die riesigen Demonstrationen, die sich offenbar in allen Städten gebildet hatten.

Gespanntes Schweigen senkte sich über den Konferenztisch, als die Bilder auf die russischen Offiziere einströmten. Wütende Menschenmengen, die mit gefletschten Zähnen Fäuste in die Luft streckten. In Denver wurde eine Puppe, die eine Soldatenmütze trug und ein Schild mit der Aufschrift »Russland« umgehängt hatte, mit einer Schlinge an einen Pfosten gehängt und in Brand gesteckt. Die Menge stampfte die Überreste in Grund und Boden. Im Schaufenster eines ausgebrannten Lebensmittelgeschäfts mit dem Namen »Noviy Mir« in Brighton Beach, New York, hing ein Schild mit der Aufschrift BESITZER IST AMERIKANER. Eine großmütterlich wirkende Frau in Seattle schwenkte mit grimmigem Gesicht das Bild eines kleinen Mädchens mit blonden Locken. JESSICA, DREI JAHRE, VON DEN RUSSEN ERMORDET, stand darunter. Ein Hubschrauberbild aus Los Angeles zeigte eine vier- und fünfreihige Schlange junger Männer und Frauen, die um einen riesigen Häuserblock reichte. Eine gewaltige, durch Polizeikordons abgeschirmte Menschenmasse feuerte sie ununterbrochen an. Eltern hielten ihre Kinder in die Höhe, überall wurden Transparente und Flaggen geschwenkt. Als die wackelnde Kamera an das Gebäude, vor dem sich die Schlange gebildet hatte, heranzoomte, wurde ein Schild mit der Aufschrift REKRUTIERUNGSSTELLE DER US ARMY sichtbar. Das Bild wurde ruhiger und zeigte ein kleineres, handgeschriebenes Plakat, das jemand an die Wand neben der Eingangstür geklebt hatte. ES IST ZEIT ABZURECHNEN stand darauf.

Da das Abstimmungsergebnis eindeutig war und viele der Generäle die Szenen offensichtlich höchst beunruhigend fanden, begann man, praktische Maßnahmen zu erörtern.

»Was wird jetzt geschehen?«, fragte General Mischin.

»Ich weiß es nicht«, musste Rasow kopfschüttelnd zugeben. »Das Ganze ist verwirrender, als wenn sie es geheim gehalten hätten.«

»Das ist doch lächerlich«, sagte ein anderer General und wies mit der ausgestreckten Handfläche auf den Fernseher. »Zuerst werden wir durch einen Irrtum in einen Krieg verwickelt. Dann befinden wir uns nicht mehr im Krieg, werden aber angegriffen. Als Nächstes sind wir im Krieg, werden aber nicht angegriffen. Dann befinden wir uns wieder nicht im Krieg, aber die anderen heben Truppen aus. Und jetzt das!«

»Wir müssen selbst aktivere Verteidigungsmaßnahmen ergreifen«, meinte Admiral Werkowenski.

»Da stimme ich Ihnen zu«, mischte sich der neue Befehlshaber der Strategie-Direktion Ukraine ein. »Egal, was sie sagen, egal, welche politische Scharade sie aufführen«, fuhr er mit einem Blick auf die enge Betonkammer, in der sich eine überwältigende Mehrheit für die Resolution abzuzeichnen begann, fort, »militärisch gesehen ist die Sachlage einfach. Sie haben ein Armeekorps mit zwei Divisionen an unseren Westgrenzen stehen, während ein weiteres Korps sich über Ostdeutschland im Anmarsch befindet und teilweise bereits Polen und die tschechische Republik erreicht hat. Entlang der gesamten Front ist es bereits zu Kontakten gekommen. Eine Batterie ihrer multiplen Raketenwerfer hat eines meiner Panzerbataillone, das gerade in Straßenformation ging, mit über fünfzig Raketen mit Cluster-Munition beschossen. Es wurde so gut wie vollständig vernichtet, von über hundert Panzern sind gerade noch drei einsatzfähig.«

»Die sahen in weniger als vier Kilometern Entfernung von der Grenze ein Bataillon auf sich zukommen.« Rasow war zu müde, um eine Position, hinter der er selbst nicht mehr hundertprozentig stand, vehement zu verteidigen.

»Aber auf *unserer* Seite der Grenze!«

»Das war in Weißrussland«, korrigierte Abramow bedächtig, »nicht in Russland.«

»Tatsache ist«, warf Admiral Werkowenski ein, »dass sich die Amerikaner auf den Krieg vorbereiten. In wenigen Wochen werden sie drei Armeekorps in Europa und eine komplette Expeditionsstreitmacht im Japanischen Meer stationiert haben.«

»Die sich mit Korea befassen soll«, erklärte Rasow. »General Park hat mir fest versprochen, die Attacken gegen den Süden fortzusetzen.«

»Während ihm die Amerikaner mit einem Atomangriff drohen?« Werkowenski schrie jetzt geradezu. »Unsere Streitkräfte im Fernen Osten haben alle Hände voll damit zu tun, die Chinesen in Schach zu halten! Was könnten wir von ihnen verlangen, wenn ...?« Die Frage blieb unvollendet.

»Sie glauben doch nicht im Ernst, dass die Amerikaner in Korea Atomwaffen einsetzen?« Mischins Gesicht verriet, wie absurd ihm diese Vorstellung erschien.

»Meiner Meinung nach«, warf Karyakin lächelnd ein, »müssen wir uns auf das Unausweichliche vorbereiten.«

»Wir bereiten uns vor«, entgegnete Rasow. »Deshalb hebt General Abramow ja die Miliz aus.«

»Bei allem Respekt vor General Abramow«, erwiderte der Befehlshaber der Strategie-Direktion Ukraine so taktvoll wie möglich, »ich glaube, jeder der hier Anwesenden weiß, welche Risiken mit einem eventuellen Schlagabtausch mit den Amerikanern verbunden wären. Wenn wir Ihnen erlauben, den ersten Akt ihres gigantischen Opus zu inszenieren, dann könnten wir es bald mit einer Neuauflage des ›Unternehmens Barbarossa‹ zu tun haben.«

»Was schlagen Sie vor?«, wollte Rasow wissen. »Geht es wieder um die Unterseeboote in der Bastion?«

»Nein«, erwiderte der Armeegeneral. »Aber wir dürfen uns nicht so überrumpeln lassen. Wir müssen ihre Kräfte zermürben, bevor sie ihre Positionen eingenommen haben, und unsere eigenen Kräfte einsetzen, bevor unsere Einsatzfähigkeit noch weiter leidet. Wir haben die Modelle doch immer wieder durchgerechnet. Sie transportieren ihre Streitkräfte über offene See- und Luftwege nach Europa. Häfen, Flughäfen, Straßen und Schienenverbindungen, die von diesen Truppen genutzt werden, befinden sich in erstklassigem Zustand und wurden durch keinerlei Atomangriffe beschädigt. Mit jeder Woche werden ihre Streitkräfte auf dem Kontinent stärker, während wir an Stärke verlieren. Wir besitzen nicht einmal unverseuchte Verbindungslinien zu unseren Truppen im Feld. Dort haben sich Versorgungslage und Einsatzbereitschaft aufgrund dieser Situation bereits verschlechtert.«

»Aber können die Amerikaner die Versorgung ihrer Truppen über diese weiten Entfernungen gewährleisten?«, erkundigte sich der alte General, der für die Pioniere zuständig war.

»Wir schreiben nicht das Jahr 1812«, erwiderte Mischin, »oder 1941. Napoleon und Hitler waren im Prinzip auf dasselbe Transportmittel angewiesen: das Pferd! Erzählen Sie mir nicht, wir könnten die Amerikaner wegen logistischer Schwächen schlagen, wo sie diesen Aspekt der Kriegsführung doch geradezu erfunden haben.«

»Ein klares Ergebnis«, sagte der Studiosprecher im Fernsehen. »Man kann wohl sagen, dass das amerikanische Volk heute gesprochen hat. Vierhunderteinundsechzig dafür bei achtundzwanzig Gegenstimmen. Ein historischer Tag, nicht wahr?«

Der Kommentator, ein früherer Senator, schüttelte den Kopf. »Welch dramatisches Ende eines Tages, der mit Sicherheit zu den ereignisreichsten in der Geschichte des Kongresses zählt. Ich bin nur ... nur überwältigt, von dem Tempo, mit dem der Kongress diese Entscheidung getroffen hat.«

»Nun, offensichtlich haben die Meinungsumfragen eine ausschlaggebende Rolle gespielt«, erläuterte ein politischer Analyst aus Washington. »Mehr als siebenundneunzig Prozent der Amerikaner glauben jetzt, dass vor der Erklärung des Waffenstillstands durch Präsident Livingston einschneidende Konzessionen der Russen erforderlich gewesen wären. Über achtzig Prozent meinen, die Russen hätten sich als so verantwortungslos erwiesen, dass ihre vollständige und dauerhafte atomare Entwaffnung erforderlich sei.«

»Wie sich das Ergebnis der heutigen historischen Sitzung konkret auswirken wird, bleibt abzuwarten«, sagte der Studiosprecher, dessen Gesicht die Kamera nun in Großaufnahme zeigte. »Lassen Sie mich noch einmal die Ereignisse des heutigen Tages zusammenfassen. Heute Nachmittag um 16 Uhr 55 östlicher Sommerzeit erklärte der Kongress in einer Sondersitzung der Republik Russland den Krieg. Es handelt sich um die erste Kriegserklärung seit dem 9. Dezember 1941. Der Präsident reagierte sofort. In einer weithin kritisierten Fernsehansprache, die er vom Mount Weather aus binnen fünfzehn Minuten nach Ende der Abstimmung an die Nation richtete, erklärte er, als Oberbefehlshaber werde er diesen Krieg nicht führen. Unseren Quellen zufolge hatte er direkt zuvor mit dem Kreml telefoniert und diesem das Gleiche mitgeteilt. Nach unserer Zeit um drei Uhr morgens an diesem 16. Juni, gut fünf Tage nach dem russischen Angriff auf unser Land, hat das Repräsentantenhaus nunmehr das erste vollständige Amtsenthebungsverfahren gegen einen Präsidenten seit der Amtsenthebung von Präsident Andrew Johnson im Jahre 1868 eingeleitet. Nun wird der Fall vor dem Senat verhandelt. Sollte es zu einer Verurteilung des Präsidenten kommen, wird er seines Amtes enthoben werden.«

Spezialeinrichtung der Regierung, Mount Weather, Virginia
16. Juni, 2200 Uhr GMT (1700 Uhr Ortszeit)

Selbst durch die dicke Tür des Hauptkonferenzraums hörte Lambert die gedämpften Explosionen und das Sperrfeuer der automatischen Waffen. Ansonsten war es in dem unterirdischen Komplex völlig ruhig. Er öffnete die Tür und schlüpfte in den Raum. Es dauerte einen Augenblick, bis sich seine Augen an die Dunkelheit gewöhnt hatten.

Auf den Leinwänden, die die Wände bedeckten, spielten sich überall die gleichen Kampfszenen ab. Lambert war wegen der Krisensitzung spät dran, die er nach der Verlagerung russischer Truppen von der chinesischen Front, an der sich die Lage abzukühlen begann, zur Pazifikküste einberufen hatte. Vergeblich suchte er mit den Blicken nach einem Platz am Tisch. Alle Stühle am Tisch waren besetzt, aber eine Frau, die an der Wand gesessen hatte, sprang auf. »Nehmen Sie meinen«, flüsterte sie Lambert zu, der sich vage daran erinnerte, dass sie eine untergeordnete Stellung bei der UN-Mission in New York innehatte. Er ließ sich hinter dem Direktor der CIA nieder, während sich die Frau hinter den kommissarischen Außenminister am Ende des Tisches stellte.

Auf den vier neuen Rückprojektionsbildschirmen, die in die Wände des Informationsraums der Anlage eingelassen waren, waren Kampfszenen zu sehen. Rechts in der Ecke erschienen die drei Buchstaben ITN für International Television News, unten am Bildschirm verriet eine Datums- und Zeitanzeige, dass das Filmmaterial nur wenige Stunden alt war. Angesichts der schlechten Qualität und des geringen Informationsgehalts des Filmmaterials nahm Lambert an, dass es sich um Satellitenübertragungen handelte, die der Fernsehsender prüfen lassen wollte. Außer Leuchtspurmunition, die kreuz und quer durch die Hügel Koreas schoss, und einem gelegentlichen Lichtblitz war nicht viel zu sehen. Dennoch konnte sich niemand in dem dämmrigen Raum der Dramatik der hochauflösenden Bilder und des neuen Surround-Sound-Audio-Systems entziehen. Unter dem Tisch waren fünfzig Zentimeter hohe Subwoofer installiert, die für einen Klang sorgten, der selbst die abgebrühten Militärs nicht unberührt zu lassen schien. Bei jeder Explosion, deren Klangwelle den Kameramann erreichte, begannen die Kaffeetassen auf dem Tisch klirrend zu vibrieren. Gleichzeitig war auf dem Bildschirm deutlich zu erkennen, wie die Kamera von der Druckwelle erschüttert wurde.

Plötzlich verstummten die Lautsprecher und auf den Bildschirmen erschien ein buntes Muster vertikaler Streifen. Dann verschwand das Testbild und eine offenbar am helllichten Tag entstandene Luftaufnahme war zu sehen. Der Horizont über der fernen, dunklen Landschaft wirkte dunstig und die Farbe des Himmel wechselte schnell von Purpur zu Schwarz. In dem blauen Rahmen, der das Bild einfasste, standen Unmengen von Zahlen, während in einer Bildecke eine Uhr lief. Hundertstelsekunden verflogen mit rasender Geschwindigkeit.

»Das ist von einer TR-1 direkt vor der nordkoreanischen Küste aufgenommen worden«, sagte General Starnes in den stillen, stickigen Raum hinein. »Ungefähr in der Mitte des Bildes dürfte sich die Hauptstadt Pjöngjang befinden.«

»Auf dem Bild ist kaum etwas zu erkennen«, meinte der Präsident, während Lambert die Uhr beobachtete, die inzwischen 1:00:00 passiert hatte und weiter nach unten zählte. *Eine Minute,* dachte er. *Fast wäre ich zu spät gekommen.*

»Sie werden es sehen, Sir«, beruhigte Starnes.

»Greg, sind Sie hier?«, rief der Präsident in das Halbdunkel hinein.

»Ja, Sir.«

»Ist das Telegramm für das Ultimatum fertig?«

»Ja, Sir. Es ist bereits aufgesetzt und wird an die nordkoreanische Delegation bei den Vereinten Nationen gesandt, sobald der erfolgreiche Abschluss der Mission bestätigt ist.«

»Was ist als zweites Ziel vorgesehen, falls die Nordkoreaner nicht auf den vorgeschlagenen Waffenstillstand eingehen und sich weigern, sich zurückzuziehen?«, fragte der Leiter der Behörde für nationale Sicherheit.

»Der Hafen von Wonsan«, erwiderte General Thomas.

»Das bedeutet Verluste unter der Zivilbevölkerung.«

»Die Südkoreaner haben darauf bestanden«, gab der Präsident zurück. »Letzte Nacht ist es offenbar in Tongduchon direkt südlich der demilitarisierten Zone zu üblen Ausschreitungen der Nordkoreaner gekommen. Es begann mit Plünderungen – Videorekorder, Kleidung, westliche Artikel – und endete mit Vergewaltigungen und Morden. Berichten zufolge sind dabei Tausende, möglicherweise Zehntausende von Zivilisten ums Leben gekommen. Heute haben die Nordkoreaner einige ihrer eigenen Leute hingerichtet, um die Ordnung wiederherzustellen, aber …«

Der Uhr nach verblieben jetzt weniger als vierzig Sekunden und der Präsident verstummte. Alle Augen waren auf den Bildschirm gerichtet.

»Welche Waffenart werden wir verwenden?«, wollte der Direktor der CIA wissen.

»SRAM-Kurzstreckenrakete von einer B-1B«, erwiderte Starnes. »Dreihundertsiebzehn Kilotonnen.«

»Und es wird auch sicher niemand verletzt?«, vergewisserte sich der Präsident.

»Wenn die Leute nicht direkt in den Feuerball sehen, holen sie sich höchstens einen Sonnenbrand.«

»Wir wollten ursprünglich eine Unterseeboot-gestützte Tomahawk einsetzen«, erläuterte Admiral Dixon, »aber die wäre zu niedrig über dem Wasser geflogen. Wir hätten die geforderte Höhe von dreißigtausend Metern nicht einhalten können.«

»So realistisch hätte die Demonstration gar nicht ausfallen müssen«, scherzte Irv Waller, der offenbar seine Nervosität abreagieren wollte. Niemand antwortete.

Noch zwanzig Sekunden. Der Himmel wirkte unglaublich friedlich, dachte Lambert, beeindruckt von den scharfen Bildern, die so viel wirkungsvoller als die Aufnahmen von den nächtlichen Kämpfen waren. »Wie hoch fliegt ihre TR-1, Bill?«, wollte General Thomas wissen.

Starnes versuchte mit zusammengekniffenen Augen, die winzigen Zahlen in dem Rahmen um das Bild zu entziffern. »Zweiundzwanzigtausendfünfhundertsiebzig Meter«, verkündete er schließlich.«

Hoch oben war der Himmel pechschwarz. Zehn Sekunden, neun, acht, sieben, sechs, fünf, vier, drei, zwei, eins. Ein einziger weißer Lichtpunkt bohrte sich durch die purpurfarbene Grenzschicht zwischen Erdatmosphäre und All. Mit rasender Geschwindigkeit dehnte er sich immer weiter zu einer riesigen weißen Kugel aus, die direkt über der nordkoreanischen Hauptstadt hoch am Himmel hing. Obwohl sich die Geschwindigkeit der Ausdehnung etwas verlangsamte, wuchs der Lichtkreis immer noch unvorstellbar schnell. In der hohen, dünnen Wolkenschicht, über der sich die Explosion ereignet hatte, öffnete sich ein sauberes, rundes Loch.

Die Kamera wackelte, als der Kameramann im Cockpit des Aufklärungsflugzeugs so weit heranzoomte, dass die Kugel den gesamten Bildschirm füllte. An den Rändern der ansonsten makellosen Oberfläche erschienen erste Spuren von Gelb, das sich immer dunkler färbte. Wirbel und Muster bildeten sich, die an die Oberfläche der Sonne erinnerten. Plötzlich verschwand der Lichtkreis und die Kamera zeigte verwackelte Bilder vom nachtschwarzen Weltraum. Dann erschien die Erde unter der Maschine, die nur durch eine winzige weiße Küstenlinie vom blauen Ozean getrennt war. Das Wackeln hielt noch einen Augenblick lang an, dann kam das Bild zur Ruhe und stellte sich erneut auf die Kugel ein, die inzwischen in Auflösung begriffen war.

»Schockwelle.« Offenbar hielt General Starnes diese knappe Erklärung für ausreichend. Lambert wurde schlagartig klar, dass sich das Flugzeug, nicht die Kamera bewegt hatte, denn die war fest im Cockpit montiert. Die Druckwelle hatte die Maschine kräftig durchgeschaukelt.

»Können wir Ton empfangen?«, wollte der Präsident wissen.

»Auf jeden Fall vom Piloten«, erwiderte Starnes, wobei er dem Techniker, der in einer Ecke des Raumes stand, zunickte.

Einen Augenblick später erklang die verzerrte Stimme einer Frau, die offenbar sehr erregt war. »Das war wie auf der Achterbahn, Sierra Foxtrot! Ich habe über sechshundert Meter verloren.«

»Nur keine Aufregung, Indigo sechs!«, erwiderte die wesentlich deutlicher zu hörende Stimme einer anderen Frau. »Sie sind da oben ganz allein, also keine Gefahr, dass Sie mit jemandem zusammenstoßen.«

»Der Feuerball scheint sich aufzulösen«, meldete die Pilotin.

»Ich habe hier Video, fünf zu fünf«, gab die Controllerin zurück. »Fertig zum Tanz?«

»Fertiger geht's nicht«, antwortete die Pilotin, die sich offenkundig beruhigt hatte. »Ich werde die Handkamera jetzt in der Halterung bei zwölf Uhr befestigen.«

Das Bild wackelte und zeigte kurze Ansichten des Cockpitinneren, dann füllte der Kopf der Pilotin den halben Bildschirm. Sie trug einen Helm, der mit schwarzen Sichtgläsern ausgestattet war, und eine schwarze Sauerstoffmaske. Mit einem Ruck kam die Kamera zur Ruhe. Dann waren die Hände der Pilotin zu sehen, die offenbar Schrauben festzog. Jetzt zeigte die Kamera über den oberen Rand der Instrumententafel direkt durch die vordere Windschutzscheibe.

»Wie ist das Bild?«, fragte die Pilotin.

»Gut genug für ein Hochzeitsfoto«, gab die Controllerin zurück. »Sie können loslegen.«

»Gehe in Seitenlage«, meldete die Pilotin und ließ das Flugzeug abkippen. Das Bild in dem Raum, der erst am Vortag bezüglich Auflösung und Tonqualität den Standards von Pentagon und Situation Room angepasst worden war, wirkte so realistisch, dass sich Lambert dabei ertappte, wie er die Armlehnen seines Stuhles umklammerte, als der Horizont plötzlich schräg vor der Windschutzscheibe der TR-1 erschien. Als sich das Flugzeug wieder aufrichtete, füllte der zwar in Auflösung begriffene, aber immer noch riesige

Rauchball das Bild hinter der Windschutzscheibe. In seiner Mitte brannte eine rot glühende Kugel.

»Ich gehe rein. Geschwindigkeit fünf sechs null Knoten und ansteigend.« Das Heulen der Triebwerke war jetzt viel lauter und im Hintergrund deutlich zu hören.

»Was treibt die denn da?«, fragte der Präsident besorgt.

»Sie nimmt Luftproben und fertigt einen Bildstreifen vom Detonations-Nullpunkt an«, erwiderte Starnes nüchtern.

»Es sieht so aus, als würde sie direkt auf das Zentrum zuhalten«, sagte der Präsident, der den Gedanken, dass sich die Maschine diesem Inferno näherte, offenbar in höchstem Maße beunruhigend fand. Auch Lambert war nicht recht wohl, als er die Kugel immer größer werden sah.

»Ja, genau das tut sie, Sir«, gab der Air Force General zurück. »Sie fliegt mitten durch das Zentrum.«

»Das ist wohl ein Witz!«, rief der Präsident aus, während Lambert den Blick nicht von den Flammen wenden konnte, die nun dunkler und diffuser wurden. »Stoppen Sie diesen Irrsinn. Rufen Sie die Frau auf der Stelle zurück!«

»Sir, das Unternehmen ist genau geplant«, erwiderte Starnes, während sich die Tür öffnete und der Raum kurz durch das vom Gang hereinfallende Licht erhellt wurde. »Bis sie die entsprechende Stelle erreicht, besteht keine Gefahr mehr. Größer ist die Bedrohung durch Boden-Luft-Raketen, obwohl sie von unten durch zwei Wild-Weasel-Geschwader gedeckt wird. Jedes überwacht eine Küste und stört sofort den Radar der Nordkoreaner, wenn sie versuchen, ihren Weg über die Halbinsel zu verfolgen.«

»Und was ist mit der Strahlung?«

»Sie wird so schnell durch sein, dass die Wirkung mit einer Röntgenuntersuchung vergleichbar ist. Nachdem wir selbst unsere oberirdischen Versuche vor vierzig Jahren eingestellt haben, ist dies eine einzigartige Gelegenheit, wissenschaftliche Erkenntnisse zu sammeln.«

Der Präsident starrte immer noch auf das eindrucksvolle Bild des rasch größer werdenden Balls aus sich auflösendem Rauch. In der Hand hielt er noch immer die Botschaft, die ihm der Navy Lieutenant, der noch hinter ihm stand, übergeben hatte.

Der Anblick des Mannes, der in ihren kleinen Kokon aus Bild und Ton eingedrungen war, brach den hypnotischen Zauber, den die Geschehnisse auf den Bildschirmen auf Lambert ausübten. »Sir, soll ich das Telegramm an die Nordkoreaner jetzt abschicken?«, erkundigte er sich.

Der Präsident las die Nachricht auf dem schmalen Papierstreifen im Licht der Mini-Taschenlampe, die der hinter ihm stehende Lieutenant hielt. »Nein«, sagte er, worauf sich mehrere Köpfe nach ihm umwandten. »Der nordkoreanische Botschafter bei den Vereinten Nationen hat sich mit unserer Delegation in Verbindung gesetzt und bittet um einen Waffenstillstand. Bis jetzt wurden keine Bedingungen genannt, aber ich würde sagen, wir sollten ihnen unseren Wunschzettel präsentieren.«

»Das ging aber schnell«, kicherte der Direktor der National Security Agency.

»Die Vorteile der modernen Wissenschaft«, meinte General Fuller von den Marines amüsiert, während sich die Aufmerksamkeit erneut auf den Bildschirm richtete. »Mehr Lebensqualität durch Physik.« Die ersten Rauchschwaden schossen an der Windschutzscheibe vorbei, dann wurde es um Pilotin und die im Raum Anwesenden dunkel. Doch so schnell die Maschine in das Herz des Infernos eingedrungen war, so schnell hatte sie es auch wieder verlassen und das helle Tageslicht dahinter erreicht. In der Ferne schimmerte jenseits der gegenüberliegenden Küste das tiefe Blau des Ozeans.

»Sierra Foxtrot, hier Indigo sechs«, meldete die Pilotin, die wesentlich gelassener klang, als es Lambert an ihrer Stelle gewesen wäre. »Auftrag erledigt. Ich bin durch.«

»Herzlichen Glückwunsch, Indigo sechs. Ihr erster Flug in eine Explosion hinein. Ich werde dafür sorgen, dass die Jungs in Yokota mit Farbspray und Schablone auf Sie warten, um diesen Erfolg gebührend auf Ihrer Maschine zu vermerken.«

»Mir reicht es, wenn Sie mich nach Hause bringen, Sierra Foxtrot.«

»Verstanden, Indigo sechs. Richtung eins null sieben. Gegenwärtigen Kurs und aktuelle Höhe beibehalten. Over .«

Kreuzung Interstate 10 und Highway 91, San Bernardino, Kalifornien
17. Juni, 1700 Uhr GMT (0900 Uhr Ortszeit)

»Hier ist ABC Radio«, hörte Melissa aus dem Autoradio, als sie den Freeway hinunterraste. Reflexartig griff sie zum Lautstärkeregler und stellte den Ton lauter. »Inzwischen haben wir die offizielle Bestätigung dafür, dass Nordkorea heute erklärt hat, es werde sich auf seine früheren Positionen entlang des achtunddreißigsten Breitengrads zurückziehen und mit sofortiger Wirkung alle Feindseligkeiten einstellen. Dieser Verlautbarung ging gestern die Detonation einer von Bombern der US Air Force abgeschossenen, nuklear bestückten Rakete über der nordkoreanischen Hauptstadt Pjöngjang voraus. Bis jetzt gibt es keine Informationen über weitere Bedingungen der Vereinbarung, aber aus regierungsnahen Quellen verlautet, dass die Vereinigten Staaten auf einer kontrollierten Demontage der nordkoreanischen Atomwaffeneinrichtungen bestehen werden. Außerdem sollen Stärke und Einsatzorte der konventionellen Truppen der Nordkoreaner durch Auflagen eingeschränkt werden. Die ursprünglich für den Herbst vorgesehene Wiedervereinigung von Nord- und Südteil des Landes scheint jedoch auf unbestimmte Zeit verschoben zu sein.«

Melissa trat auf die Bremse: Den Rücklichtern der Fahrzeuge vor ihr nach zu urteilen, näherte sie sich wieder einem Stau. »Nun zur Innenpolitik. Ein Sprecher der Steuerbehörde hat soeben in Philadelphia die Einführung einer nationalen Umsatzsteuer in Höhe von fünfzehn Prozent bestätigt. Die Livingston-Regierung beruft sich bei dieser Maßnahme auf die Notstandsgesetze. Mit der neuen Steuer, die ab dem ersten Juli in Kraft tritt, sollen zunächst die Katastrophenhilfe für die Kriegsschauplätze sowie die drastisch gestiegenen

Militärausgaben für den Einkauf von Treibstoff und anderen Materialien von Stiefeln bis zu Munition finanziert werden, deren Kosten auf eine Höhe von achtzig Milliarden Dollar geschätzt werden.«

Melissa fuhr dicht auf den Lkw vor ihr in der Schlange auf und schob sich zentimeterweise hinter ihm durch die Engstelle.

Als sie ihr Fenster herunterließ, entdeckte sie an der Kreuzung zwischen der Interstate 10 und einer anderen Schnellstraße das Blaulicht von Polizeifahrzeugen. Offenbar hatte eine Straßensperre den Stau verursacht. »Nun zu den Nachrichten des Tages. ›Wir befinden uns nicht im Krieg‹, so der Präsident bei einem Fototermin in seinem unterirdischen Bunker in Virgina. Offenbar teilen die Russen diese Überzeugung nicht. Quellen im Verteidigungsministerium zufolge hat die massive Invasionsflotte der russischen Marine, die gestern in eine Auseinandersetzung mit der norwegischen Marine verwickelt war, inzwischen die Norwegische See erreicht. Auf ihrem Weg passierte sie in einem Abstand von wenigen Meilen die Schiffe der US Navy, die in entgegengesetzte Richtung zur Barentssee unterwegs waren. Deren Zielort liegt direkt außerhalb der berühmt-berüchtigten Bastion der mit Langstreckenraketen bestückten Unterseeboote in der Karasee. Ungenannten Quellen im Verteidigungsministerium zufolge hatten die amerikanischen Schiffe strikte Anweisung, jeden Kontakt mit den Russen zu vermeiden. Das galt jedoch nicht für die norwegische Marine, die sich in zwei Fällen ein Feuergefecht mit den russischen Geleitschiffen der amphibischen Landungsschiffe lieferte. Dabei wurden beide Male Raketen abgefeuert. Zwei norwegische und drei russische Schiffe wurden versenkt, ein russisches Schiff geriet in Brand.«

Während sich der Wagen nur zentimeterweise fortbewegte, wurde Matthew in seinem Sitz unruhig. *Er wird hungrig,* dachte Melissa. *Ich muss irgendwo Babymilch auftreiben.* «Unterdessen kommt es in Osteuropa erneut zu Zusammenstößen zwischen den Bodentruppen, diesmal in der Slowakei, wo die russischen Streitkräfte offenbar zumindest mit stillschweigender Billigung der ukrainischen Regierung an der ukrainischen Grenze Positionen direkt gegenüber den Stellungen der US Army bezogen haben. Wir schalten jetzt zu Allison Tinsley, die sich in der Slowakei bei den amerikanischen Truppen an der ukrainischen Grenze aufhält.«

»In den frühen Morgenstunden«, meldete die Berichterstatterin über eine Telefonverbindung, »entdeckte eine mit Nachtsichtgeräten ausgerüstete amerikanische Patrouille der 4. Infanteriedivision mit fünf M-3-Bradley-Panzerkampfwagen ein Dutzend russischer Panzer, die einen kleinen Bach überquerten. Der Vorfall ereignete sich auf slowakischem Gebiet, mehr als acht Kilometer von der Grenze entfernt. Bei einer soeben zu Ende gegangenen Pressekonferenz erklärte Brigadier General Simmons, der Befehlshaber der einzigen gegenwärtig einsatzbereiten Brigade der 4., er sei zu dem Schluss gekommen, dass die russischen Einheiten eine Bedrohung der seit kurzem in der benachbarten Slowakei stationierten tschechischen Truppen darstellten. Daher wies er die amerikanischen Panzerkampfwagen an, ihre TOW-Panzerabwehr-Raketen sowie die 25-mm-Kanone abzufeuern. Bei der kurzen, aber heftigen Auseinandersetzung, die darauf folgte, wurden ein amerikanischer M-3 und sieben russische Panzer zerstört. Dabei kamen drei Amerikaner ums Leben, zwei wurden verletzt …«

Während die Nachrichten zu den Vorbereitungen für das Amtsenthebungsverfahren im Senat wechselten, näherte sich Melissa der Straßensperre. Verkehrspolizisten mit Gasmasken hielten die Fahrer an, sprachen kurz mit ihnen und winkten sie dann weiter. Polizeiwagen mit eingeschaltetem Blaulicht und Fässer mit orange blinkenden Markierungen blockierten die Ausfahrt zum Highway 91 South, der den Schildern zufolge nach Riverside führte. *Zu David,* schoss es ihr durch den Kopf, doch sie verbannte den unsinnigen Gedanken sofort wieder.

Ein lautes Klopfen an der Fensterscheibe ließ sie zusammenfahren. Als sie aufsah, blickte sie in die Reptilienaugen einer Gasmaske. Der Polizist bedeutete ihr, das Fenster zu öffnen.

»Wo wollen Sie hin?«, fragte er mit durch die Maske verzerrter Stimme.

»L.A., ich lebe dort.« Er warf einen Blick auf Matthew, der ihr so winzig vorkam, als hätte er die Sicherheit des Mutterleibs viel zu früh verlassen. »Ist denn weiter vorne alles in Ordnung?«

»Alle Ausfahrten zwischen hier und der Interstate 15 etwa fünfundzwanzig Kilometer von hier sind gesperrt.« Seine Brust hob sich stoßweise, offenbar kostete es ihn größte Anstrengung, sich durch die Maske hindurch verständlich zu machen. »Haben Sie genug Benzin bis dahin?«

Die Anzeige stand auf ein Viertel. »Ich glaube schon.« In diesem Augenblick stiegen vor ihr auf dem Mittelstreifen Staubwolken auf. Einige Autos fuhren die Interstate 10 in der entgegengesetzten Richtung zurück. »Ist es denn da vorne sicher?«

»Ja, Ma'am, aber wir empfehlen für diesen Streckenabschnitt eine Mindestgeschwindigkeit von hundertzwanzig Kilometern. Verringern Sie Ihr Tempo nicht und halten Sie auf keinen Fall an, um die durch den Angriff verursachten Schäden zu begutachten. Außerdem sollten Sie die Lüftungsschlitze schließen und die Klimaanlage abschalten. Am anderen Ende warten Feuerwehrwagen, die die Fahrzeuge abspritzen.« Melissa sah, dass über ihnen auf dem Highway 91 Feuerwehrwagen standen, die den Verkehr in östlicher Richtung der gleichen Prozedur unterzogen. »Man wird Ihnen sagen, Sie sollen das Gebläse voll aufdrehen und die Fenster öffnen, um eventuelle Radioaktivität loszuwerden, aber die Werte sind nicht schlecht.«

Er ging zum nächsten Auto. »Warten Sie!«, rief ihm Melissa nach und steckte den Kopf aus dem Fenster. »Soll das heißen, dass das Gebiet da vorne verstrahlt ist?«

»Nicht sehr, Ma'am«, sagte er durch die Maske hindurch. »Die Bomben über Riverside sind in großer Höhe explodiert und haben daher kaum Staub aufgewirbelt, der als Fallout niedergehen könnte. Es heißt, die Gegend sei sicher. Halten Sie sich an die Instruktionen, dann passiert Ihnen nichts.« Damit ging er weiter. Melissa drückte sämtliche Schalter für die Fensterheber, um sicherzugehen, dass alle Fenster fest geschlossen waren, und rollte langsam weiter. Dann stellte sie den Schalter für die Lüftung auf null – zumindest hoffte sie, dass es der richtige Schalter war. Sie schaltete die Klimaanlage aus. Inzwischen standen nur noch zwei Autos vor ihr in der mittleren Spur.

Die Verkehrspolizisten oben auf dem Highway winkten die erste Reihe weiter. Die drei Fahrzeuge beschleunigten und Melissa rückte langsam vor. Nachdem die Polizisten den davonfahrenden Autos ein paar Sekunden lang nachgesehen hatten, bedeuteten sie den Fahrern direkt vor ihr loszufahren. Alle drei traten aufs Gas, doch der Lkw blieb schnell hinter den anderen beiden zurück. Nun war Melissa an der Reihe. Vor ihr lag eine lange, gerade Straße, auf der die drei Fahrzeuge schnell in der Ferne verschwanden. Als sie unter dem Highway 91 durchfuhren, gaben ihr die Polizisten das Zeichen und sie trat aufs Gas.

Der Mazda beschleunigte rasant. Schnell hatte sie die beiden älteren Fahrzeuge neben ihr hinter sich gelassen. Als sie das Verkehrskreuz passiert hatte, kam sie sich vor, als beträte sie fremdes Territorium. Ohne den Fuß vom Gas zu nehmen, beschleunigte sie auf über hundertvierzig. Sie überholte den Lkw und begann, sich durch den dünnen Verkehr zu schlängeln. Die Landschaft um sie herum war völlig verlassen.

Die abgebrochene Fernsehantenne einer Tankstelle war das erste Anzeichen dafür, dass etwas nicht stimmte. Mehrere Kilometer lang blieb es das einzige, so dass sie schon hoffte, mehr werde sie von der großen Zerstörung nicht zu sehen bekommen.

Doch als sie über eine niedrige Hügelkuppe fuhr, entdeckte sie, dass im Tal vor ihr Gras, Buschwerk und Bäume verbrannt waren. Glasscherben ragten in die ansonsten leeren schwarzen Fensteröffnungen eines Cafés und Motels hinein, viele Zimmertüren waren weit aufgerissen. Doch es sollte noch schlimmer kommen. Auf einem kleinen Campingplatz waren die Wohnwagen umgestürzt und verkohlt. Häuser ohne Dächer zeugten von der Gewalt des Sturms, der dem Feuer vorangegangen war. Sie zwang sich, sich auf die Straße zu konzentrieren, wo immer wieder Fahrzeuge das Tempo verlangsamten. Am Straßenrand tauchten jetzt fensterlose, zum Teil umgekippte Autos auf.

Auf der nächsten Kuppe nahm Melissa unwillkürlich den Fuß vom Gas. Obwohl sie fühlte, wie der Wagen an Geschwindigkeit verlor, konnte sie die Augen nicht von dem Bild abwenden, das sich ihr bot. Ein alter blaugrüner Bus war seitlich auf den Mittelstreifen gestürzt. Rund herum lagen Campingausrüstung, Kleidung und andere Gegenstände verstreut. AFRIKANISCH-METHODISTISCHE SCHULE stand in Druckbuchstaben hinten auf dem Bus. In der Erde zwischen beiden Fahrtrichtungen steckte schief ein kleines Holzkreuz aus Stöcken.

Kreml, Moskau
18. Juni, 0600 Uhr GMT (0800 Uhr Ortszeit)

Als er die Tür zum Konferenzraum öffnete, hörte Filipow zu seiner Überraschung englische Worte. Der Sprecher, ein dickbäuchiger Endvierziger mit Glatze, beantwortete die Fragen des vollständig versammelten STAVKA.

»Haben Sie denn den Text der Entschließung zum Amtsenthebungsverfahren gelesen?«, fragte er und begann in seiner abgetragenen Aktentasche zu wühlen. »Ich … ich habe hier irgendwo eine Kopie davon.« Die Übersetzung des Dolmetschers erfolgte nahezu simultan.

Filipow ging zu Rasow und reichte ihm die endgültigen Pläne für die Invasion Islands. »Wer ist das?«, fragte er mit gedämpfter Stimme.

»Irgendein amerikanischer Juraprofessor, der im Rahmen eines Austauschprogramms an einer Moskauer Universität tätig war. Er war ganz wild darauf, uns über das Impeachment-Verfahren aufzuklären.«

»Ein dreckiger Pazifist ist das«, flüsterte Admiral Werkowenski. »Der hätte mich zur Begrüßung fast auf den Mund geküsst.«

»Ah, hier haben wir es ja.« Der Professor räusperte sich. Während die meisten Militärs auf die Übersetzung warteten, konzentrierten sich Filipow, Rasow und einige andere auf die englische Version.

»Es wird beschlossen, Walter N. Livingston, Präsident der Vereinigten Staaten, wegen Verrats und anderer Kapitalverbrechen und Vergehen seines Amtes zu entheben und die folgenden Artikel zur Amtsenthebung dem Senat vorzulegen.« Er blickte auf. »Wie Sie vielleicht wissen, bringt ein Kongressabgeordneter die Resolution ein, die dann vom Rechtsausschuss untersucht und vom Kongress beschlossen werden muss. Wenn wie in diesem Fall die Mehrheit dafür stimmt, wird die Angelegenheit an den Senat weitergeleitet, der darüber befinden muss. Die Resolution besteht aus verschiedenen Artikeln, aber am wichtigsten ist Artikel II.«

Er senkte erneut den Blick und räusperte sich. »Artikel II. Bei der Ausübung seines Amtes als Präsident der Vereinigten Staaten hat Walter N. Livingston gegen seinen verfassungsmäßigen Eid verstoßen, das Amt des Präsidenten der Vereinigten Staaten nach bestem Wissen und Gewissen wahrzunehmen und die Verfassung der Vereinigten Staaten zu erhalten, zu schützen und gegen ihre Feinde zu verteidigen. Er hat seine verfassungsmäßige Pflicht, die ordnungsgemäße Anwendung der Gesetze sicherzustellen, verletzt, indem er die Kriegsführung gegen Feinde der Vereinigten Staaten verhinderte und weiterhin verhindert. Obwohl am 16. Juni dieses Jahres eine ordnungsgemäße Kriegserklärung durch den Kongress der Vereinigten Staaten erfolgte, wies er die Vereinigten Stabschefs der Streitkräfte unserer Nation an, von jeder militärischen Angriffshandlung gegen die Streitkräfte der Republik Russland Abstand zu nehmen.«

Der Professor sah auf. »Dann folgen weitere Artikel, die sich mit verschiedenen Tatbeständen befassen, zum Beispiel damit, dass die Chinesen von dem bevorstehenden Angriff unterrichtet wurden. In den Schlusssätzen heißt es: ›Bei all diesen Handlungen hat sich Walter N. Livingston in einer Weise verhalten, die nicht mit seiner Vertrauensstellung als Präsident der Vereinigten Staaten vereinbar ist und gegenüber der verfassungsmäßigen Regierung subversiv wirkt. Damit hat er der Sache des Gesetzes und dem Volk der Vereinigten Staaten großen Schaden zugefügt. Das Verhalten von Walter N. Livingston rechtfertigt daher ein Amtsenthebungsverfahren.«

»Heißt ›Impeachment‹ denn nicht, dass er sofort aus seinem Amt entfernt wird?«, erkundigte sich einer der Offiziere.

»Nein«, erklärte der amerikanische Jurist, nachdem er die Übersetzung der Frage gehört hatte. »Es geht zunächst nur um die Einleitung des Verfahrens. Der Präsident wird vor eine Art Gericht unter Leitung des Vorsitzenden Richters des Obersten Gerichtshofs gestellt, wobei der gesamte Senat als Geschworenenjury fungiert. Um den Präsidenten seines Amtes zu entheben, müssen zwei Drittel der anwesenden Senatoren für eine Verurteilung stimmen.«

»Und reicht diese Vorlage für eine Verurteilung aus?«

»Das lässt sich so nicht sagen«, meinte der Professor nach kurzem Zögern. »Das Impeachment ist im Grunde ein rein politisches Verfahren. Wie der frühere Präsident Gerald Ford sagte: ›Ein Vergehen im Sinn des Impeachment ist, was die Mehrheit des Repräsentantenhauses dafür hält.‹ Nixons Generalstaatsanwalt beschrieb es folgendermaßen: ›Für die Amtsenthebung eines Präsidenten braucht man keine Tatsachen, sondern Stimmen.‹ Es ist erwiesen, dass man kein Verbrechen begangen haben muss, um seines Amtes enthoben zu werden. Wie die Entscheidung ausfallen wird, ist völlig offen.«

»Danke, Professor«, erklärte Rasow, während er nach den Invasionsplänen für Island griff. Dabei nickte er dem Hauptmann zu, der hinter dem Professor an der Wand lehnte.

»Ich … ich wollte noch ein paar Worte …« Der Hauptmann ließ dem Amerikaner gerade genügend Zeit, um seine Dokumente in die Aktentasche zu stopfen, aber nicht, um diese zu schließen, bevor er den Juristen mit festem Griff zur Tür geleitete. »Lassen Sie mich im Namen aller Amerikaner sowie des Komitees der Universitätsdozenten gegen Gewalt sagen, dass das amerikanische Volk an diesem Krieg keinen

Anteil hat. Wir sind gegen jeden Krieg. Wir wollen alternative Wege zur Konfliktlösung ...« Die letzten Worte sagte er über die Schulter gewandt, kurz bevor sich die Tür vor seiner Nase schloss.

Viele der Offiziere lächelten belustigt. General Karyakin, der Befehlshaber der strategischen Raketenstreitkräfte, verlieh der allgemeinen Stimmung Ausdruck. »Und das war ein Vertreter der Nation, vor der wir uns so fürchten?«

Allgemeines Gelächter folgte dieser Bemerkung.

»Was meinen Sie als Amerikaexperte, Oberst Filipow?«, erkundigte sich Admiral Werkowenski, der damit Filipow abrupt von seiner imaginären Suche nach Irina zurückholte. »Ist dieser Mann exemplarisch für die Leute, mit denen wir es zu tun haben?« Die Frage stachelte die anderen zu erneuter Heiterkeit an.

»Nein«, verkündete Filipow laut genug, um das Gelächter zu übertönen – lauter, als er eigentlich beabsichtigt hatte. Er selbst war ebenso überrascht, wie die hohen Offiziere, denen er damit die Stimmung verdarb. Eigentlich hatten sie keine Antwort erwartet, aber jetzt blickten alle erwartungsvoll auf den jungen Oberst. Das Lächeln erstarb allmählich auf den Gesichtern, während sie auf eine Erklärung warteten. »Ich will damit nur sagen, dass ich weiß, was die meisten von Ihnen von den Amerikanern halten.« Filipow blickte in die Gesichter der hohen Offiziere, die offenbar keine Ahnung hatten, worauf er hinauswollte. »Sie halten sie für faule, gierige Hedonisten, die den Kadaver eines Landes aussaugen, in das sie durch einen glücklichen Zufall hineingeboren wurden.« Ein vereinzeltes Lächeln zeigte ihm, dass er ins Schwarze getroffen hatte. »In normalen Zeiten reicht dies als Arbeitshypothese aus, aber dies sind keine normalen Zeiten.«

Filipow spürte Rasows Hand auf seinem Unterarm, aber er beschloss, ihn zu ignorieren. Lange genug hatte er sich über die vollständige Ignoranz seiner Vorgesetzten geärgert, wenn es um die Amerikaner ging. Endlich hatte man ihn nach seiner Meinung gefragt, und zwar zu einem Zeitpunkt, zu dem die Wahrheit über den amerikanischen Charakter von ausschlaggebender Bedeutung sein konnte. »Die Amerikaner sind ein merkwürdiges Volk. Als Einzelpersonen sind die meisten großzügig und freundlich, aber als Volk schicken sie ihre Streitkräfte mit einer bemerkenswerten Gleichgültigkeit an entfernte Orte der Erde. Wenn sie glauben, für eine gerechte Sache zu kämpfen, töten, verstümmeln und zerstören sie ihre Feinde erbarmungslos. Die Energie, die sie aufbringen, wenn sie meinen, im Recht zu sein, hat schon ganze Völker vernichtet. Diese freundliche Nation, diese riesige, ›schweigende‹ Mehrheit gütiger, auf Fairness bedachter Menschen zerstört alles, was sich ihr in den Weg stellt, mit dem selbstgerechten Eifer eines Kreuzfahrerheeres, wenn sie glaubt, Recht zu haben.«

Rasow lehnte sich zurück und beobachtete Filipow ebenso fasziniert wie die anderen. Dieser beugte sich über den Tisch aus poliertem Holz, an dem er bis dahin kaum jemals gesessen hatte.

»Ich beschäftige mich praktisch mein ganzes Leben lang mit Amerika. Obwohl ich jahrelang dort gelebt habe, habe ich niemals Presseberichte gesehen, wie sie zur Zeit kursieren. Dieser Atomkrieg war für unsere beiden Völker ein Schock, aber für die Amerikaner … Seit dem Ende des Bürgerkriegs im Jahre 1865 hat es nichts Vergleichbares mehr gegeben. Sie haben vergessen, was Krieg ist. Statt wie der Großteil der restlichen Welt zu dem Schluss zu kommen, dass Krieg immer eine menschliche Katastrophe unvorstellbaren Ausmaßes ist, glauben die Amerikaner, dass ihre Zivilisten auf verbrecherische Weise ermordet wurden. Und sie halten uns für die Schuldigen! Sie, mich, die Russen. Als hätten wir irgendwelche Verhaltensregeln für den Krieg verletzt! Haben Sie nicht gesehen, wie sie uns dämonisieren? Dieser Mann, der Professor, der gerade hier war, ist keineswegs repräsentativ. Offenbar sieht er die Entwicklung nicht. Aber mir ist völlig klar, was passieren wird, so unaufhaltsam wie eine Flutwelle.« Im Raum war es totenstill, aller Augen hingen an Filipow.

»Diesmal meinen sie das Recht auf ihrer Seite zu haben. Die schweigende Mehrheit der Amerikaner glaubt, es ginge um eine gerechte Sache.«

Flughafen Gander, Neufundland
18. Juni, 2300 Uhr GMT (1900 Uhr Ortszeit)

Die weiche Erde fühlte sich köstlich an. David Chandler fiel das Handbuch mehrfach aus der Hand, bevor er es schließlich zur Seite legte. Cartoonähnliche Bilder von Panzergefechten, wie er sie im Handbuch gesehen hatte, schossen ihm durch den Kopf. Panzerkolonnen, die wie in einem Videospiel in Linienformation gingen, nur um sich dann erneut als Kolonne zwischen zwei Hindernissen hindurchzuquetschen. Eine Formation jagte die andere über das Gelände, das auf der Karte unter ihnen hinwegrollte. Immer vorwärts, wie er es gelernt hatte. Panzer, die Bockspringen übten und zur Musik tanzten.

Die Musik weckte ihn und er öffnete die Augen: Er war über dem Buch eingeschlafen. Ein schweres, rhythmisches Stampfen, das von direkt hinter dem Hügel kam, durchbrach die Stille. Merkwürdig, wie er schnell er sich an die Geräusche unter freiem Himmel gewöhnt hatte, an das Heulen des Windes, die Stimmen der Soldaten, die sich überall unterhielten oder einander etwas zuriefen, ohne dass Wände den Schall aufgehalten hätten. Aber Musik war ungewöhnlich geworden. Er stand auf und griff nach seinem Gewehr. Nachdem es Munition im Überfluss gab und sich die Russen den neuesten Gerüchten zufolge irgendwo draußen auf dem Atlantik herumtrieben, hatten alle Soldaten ihre persönlichen Waffen immer und überall bei sich zu führen. Er legte die inzwischen vertraute M-16 in die Armbeuge und marschierte auf die Musik zu, die aus der Mitte seiner Kompanie zu kommen schien.

Zwischen den einzelnen Trupps hatten sich kleine Lücken gebildet, durch die er jetzt ging. Die Gruppen erinnerten Chandler an lebende Zellen: Jeder Soldat war Teil eines Organismus. Im Zentrum der Kompanie fühlte er sich wie im Inneren eines lebenden Tieres.

Die psychologische Dynamik, durch die zufällig zusammengewürfelte Männer und Frauen zu Korporalschaften und Zügen zusammengeschweißt wurden, fand er faszinierend. Es gefiel ihm, durch die Menge zu gehen, und er tat es so häufig, dass er keine besondere Aufmerksamkeit erregte. Gelegentlich blieb er zu einem kurzen Gespräch stehen, aber im Großen und Ganzen genoss er die Anonymität, die ihm die Menge bot.

Als er eine niedrige Anhöhe erreichte, sah er, dass sich um einen Gettoblaster eine Menschentraube gebildet hatte. *Bei dem Lufttransport von vorhin müssen Batterien dabei gewesen sein*, dachte er. Die lärmenden Soldaten waren offenbar bester Stimmung. Wahrscheinlich hatte es etwas damit zu tun, dass sie in den transportablen Duschen, die mit dem Flugzeug gekommen waren, ihre erste Dusche seit der Ankunft in Neufundland genommen hatten. Oder sie waren aufgeregt, weil das Telefonsystem bald wieder funktionieren sollte und jeder das Recht auf einen Anruf hatte. Der Gedanke daran ließ auch ihn nicht kalt. Chandler ging in Richtung des Geräts, wo ein Soldat gerade eine neue CD einlegte. Rap-Musik mit dröhnendem Bass. *«Can't touch this …«*

Die Szene erinnerte ihn an alte Dokumentarfilme. Musik. Soldaten, die allein tanzten. Das Gefühl war ansteckend, irgendwie berauschend. Die Gruppen in der Nähe schlossen sich an, als der Soldat die Musik lauter drehte. Ein guter Klang.

«Hammer time!« Handflächen wurden gegeneinander geschlagen, wie auf den Bildern aus Vietnam. Aber etwas war anders: Etwa die Hälfte der Männer war schwarz, die andere Hälfte weiß. Man schlug die Handfläche gegen die des Nachbarn, gleich welche Hautfarbe er hatte. Anders als in der Gesellschaft, aus der diese Männer kamen, gab es hier keine Rassenschranken. Es war weniger Integration, die hier stattfand, als eine Verschmelzung. *«Hammer time!«* Jeder kannte den Text, Schwarze und Weiße, Männer und Frauen. Sie fühlten sich wohl mit ihren kleinen Ritualen, in der Gesellschaft ihrer Zelle.

Der Song war zu Ende und der selbst ernannte Diskjockey suchte einen Moment nach einem weiteren Stück. Dann hielt er den CD-Player in die Höhe. Männer und Frauen sprangen auf die Füße, sangen, rappten, schrien den Text hinaus. Der

Rhythmus der Musik war überall körperlich zu spüren. *«Yo-sweet-ness, is for weakness! Yo-sweet-ness, is for weak me-e-en !«*

Die Menge sprühte nur so vor Energie. Bald würden sie Waffen in den Händen halten. Vielleicht ein schweres, oben auf einem Fahrzeug installiertes Maschinengewehr oder eine Minigun, die in der Türöffnung eines Hubschrauber montiert war. *Werden sie dann einen Rhythmus hören? Vielleicht im Feuer ihrer Waffen?* Wenn, dann würde es der Takt dieser Musik sein, das wusste Chandler. Das war ihr Kriegslied. Sie würden bereit sein und ihm taten die armen Kerle Leid, auf die ihre Waffen gerichtet sein würden. Diese Soldaten stammten aus der Mittelschicht, aus den Vorstädten Amerikas, aber ihre Musik war auf den brutalen Straßen eines gewalttätigen Landes geboren worden. Wen sie ins Visier nahmen, der war dem Tod geweiht.

Spezialeinrichtung der Regierung, Mount Weather, Virginia
19. Juni, 2200 Uhr GMT (1700 Uhr Ortszeit)

Lambert ging zu dem langen Tisch auf der etwas erhöhten Plattform, hinter dem die neun in Roben gewandeten Richter saßen. Dort stehend, wandte er sich um und wartete, bis der Rechtsberater des Weißen Hauses, der Generalstaatsanwalt und der Sonderanwalt des Rechtsausschusses den Raum verlassen und die Tür hinter sich geschlossen hatten.

»Mr. Lambert«, begann Rehnquist, der Vorsitzende Richter. »In diesem Saal befindet sich jetzt niemand mehr außer Ihnen und dem Gericht. Wir haben uns zu diesem ungewöhnlichen Schritt entschlossen, weil Sie selbst Anwalt sind und sich damit einverstanden erklärt haben, sich bei dieser Aussage selbst zu vertreten. Ist das richtig?«

»Ja, Euer Ehren.«

»Herzlichen Glückwunsch, Sie sind soeben als Anwalt vor dem obersten Gericht dieses Landes zugelassen worden. Um die Gedenkplakette kümmern wir uns später.«

Einige der beisitzenden Richter lachten. Lambert zwang

sich zu einem Lächeln, während er unbehaglich von einem Fuß auf den anderen trat.

»Möchte sich der Zeuge lieber setzen?«, erkundigte sich Richter Scalia.

»Äh, nein danke. Ich stehe lieber.«

»Also gut.« Richter Rehnquist warf einen Blick auf seine Notizen. »Ihnen ist selbstverständlich klar, dass Sie immer noch unter Eid stehen?«

»Ja, Euer Ehren.«

»Nun, Mr. Lambert, alle Angehörigen dieses Gerichts haben die von Ihrem Anwalt, dem Rechtsbeistand des Weißen Hauses, vorgelegten Unterlagen sowie den vom Generalstaatsanwalt im Namen der Vereinigten Staaten eingereichten Amicus-Curiae-Brief einerseits sowie das Schreiben des Sonderanwalts des Rechtsausschusses sowie die Amicus-Curiae-Schreiben verschiedener anderer Gruppen andererseits vorliegen. Besonders gründlich scheint die ›Vereinigung für den American Way‹ gearbeitet zu haben.« Er hielt einen mindestens zehn Zentimeter dicken Stapel in die Höhe und sah die anderen Richter an, die belustigt wirkten. Dann fasste der Vorsitzende Lambert ins Auge, nahm seine Brille ab und hielt sie, an einem Bügel baumelnd, in der Hand. »Bei unserer Zusammenkunft, die dieser Anhörung unmittelbar vorausging, gab es unterschiedliche Auffassungen über das gesetzliche Recht, auf das Sie sich berufen. Allerdings kamen wir zu dem Schluss, dass eine Tatsache, die für eine Mehrheitsentscheidung der Richter und damit für den Ausgang der Sache ausschlaggebend sein könnte, in dem Bericht, den wir vom Bezirksgericht erhalten haben, nicht erwähnt ist. Aufgrund der eiligen Natur des Verfahrens, mit dem wir hier befasst sind, haben wir uns entschlossen, die Sache nicht an das Bezirksgericht zurückzuverweisen, das, wie Sie wissen, in unserem Rechtssystem in erster Linie für die Ermittlung der Tatsachen zuständig ist. Ich fordere Sie nun auf, uns unter Ausschluss der Öffentlichkeit« – er wies auf den leeren Saal – »diese Tatsache mitzuteilen, und erwarte, dass Sie meiner Aufforderung nachkommen.«

Der Vorsitzende Richter sah auf seine Notizen und blickte dann erneut Lambert an. »Hat Präsident Livingston Außenminister Moore während der Evakuierung des Weißen Hauses angewiesen, Vertreter der Regierung der Volksrepublik China von dem bevorstehenden Atomangriff durch die Russen zu informieren?«

»Ja, das hat er«, erwiderte Lambert, ohne zu zögern.

»Und haben Sie Grund zu der Annahme, das Minister Moore die Chinesen nicht wie vom Präsidenten angeordnet benachrichtigt hat?«

»Nein, habe ich nicht.«

Richter Rehnquist sah sich nach beiden Seiten um. Als keiner der anderen Richter etwas sagte, verabschiedete er Lambert zu dessen Überraschung mit den Worten: »Danke, Mr. Lambert. Zum gegenwärtigen Zeitpunkt haben wir keine weiteren Fragen.«

Als Lambert das kleine Büro neben dem Saal, in dem der Oberste Gerichtshof tagte, betrat, saß Präsident Livingston, von seinen engsten Beratern umgeben, auf einer billigen Kunststoffcouch. Alle Blicke richteten sich auf Lambert.

Es fiel ihm schwer, die richtigen Worte zu finden. Während er langsam durch die plötzlich ruhig gewordene Gruppe auf den Präsidenten zuging, kam er sich vor wie Brutus. Walter Livingston saß vor ihm, ein anständiger Mann, dem man jede nur vorstellbare Bürde seines Amtes aufgeladen hatte und der nun für den Tod von Millionen Menschen verantwortlich sein sollte. Lambert versuchte, einen Weg zu finden, wie er diesen letzten Schlag abmildern konnte.

Er öffnete den Mund, um zu erklären, was sich abgespielt hatte, nachdem alle anderen den Saal verlassen hatten, doch schließlich beschränkte er sich auf den Satz: »Ich habe ihnen gesagt, welche Instruktionen Sie Außenminister Moore gegeben haben.«

Livingston nickte, als handelte es sich um ein zweitrangiges Detail, und drückte dann kurz Lamberts Arm. Nach den Vorfällen der letzten Wochen schien ihm diese Nachricht offenbar wirklich nicht mehr von weltbewegender Bedeutung zu sein.

»Ist diese Aussage denn tatsächlich ausschlaggebend?«, wollte der Pressesekretär des Präsidenten wissen.

»Unsere Leute in Greenbriar sagen, es steht auf der Kippe«, erklärte Irv Waller ungewöhnlich vorsichtig. »Senator Albrittons Leiche wurde inzwischen identifiziert. Die Elektrik an Bord seiner Maschine geriet durch den Impuls von einem der russischen Sprengköpfe in Brand und das Flugzeug stürzte über Missouri ab. Nachdem Senator Shavers bei dem Angriff auf Colorado Springs ums Leben gekommen ist, hat der Senat im Augenblick nur achtundneunzig Mitglieder. Für eine Verurteilung ist eine Zweidrittel-Mehrheit erforderlich, das wären sechsundsechzig. Aber Barney Clark hing im Marinekrankenhaus von Bethesda an der Herz-Lungen-Maschine und war erst gestern transportfähig. Bethesda hat ziemlich viel Fallout von dem Angriff auf Raven Rock abgekriegt. Die Marine hat alle paar Stunden Freiwillige im Krankenhaus abgesetzt, die sich um Leute wie Barney kümmerten, die nicht transportfähig waren. Können Sie sich das vorstellen?« Waller schüttelte gedankenverloren den Kopf und Lambert revidierte im Stillen sein Bild von dem Mann, den er immer für eine herzlose Nervensäge gehalten hatte.

»Was, so knapp steht es?«, fragte der Pressesekretär. Der Präsident ließ den Kopf hängen.

»Mr. President ...«, begann Lambert, der direkt vor seinem Chef stand.

In diesem Moment wurde die Tür aufgerissen. »Das Gericht ist zurück«, meldete ein untergeordneter Angestellter aus dem Gang.

Der Präsident erhob sich, rückte Jackett und Krawatte zurecht und klopfte Lambert leicht auf den Arm. Er nickte und zwinkerte ihm zu, doch das halbe Lächeln in seinen Mundwinkeln erreichte seine Augen nicht. Dann führte er die kleine Prozession hinaus. Wie Judas hatte Greg von Livingston Vergebung empfangen.

»Mr. Lambert, würden Sie sich bitte erheben?«, sagte Richter Rehnquist. Lambert und der Rechtsbeistand des Weißen

Hauses standen auf. »Mr. Lambert, das Gericht hat seine Entscheidung getroffen. Richter Ginsburg wird für die Mehrheit sprechen.«

Richter Ginsburg beugte sich vor. »Mr. Lambert, sowohl die Mehrheit als auch die anderen Angehörigen dieses Gerichts sind zu dem Schluss gekommen, dass es während eines nationalen Notstands in hochsensiblen Fragen der nationalen Sicherheit ein Aussageverweigerungsrecht gibt. Mit einer Mehrheit von sieben zu zwei ist das Gericht jedoch zu der Ansicht gekommen, dass es keinen Präzedenzfall dafür gibt, dass ein solches Verweigerungsrecht unantastbar ist, und dass dies auch nicht aus den vorgelegten Unterlagen schlüssig hervorgeht. Daher kam die Mehrheit von sieben Richtern zu dem Schluss, dass die Interessen der Exekutive bezüglich der Geheimhaltung durch die Berufung auf ein Aussageverweigerungsrecht abzuwägen waren gegen das Interesse des Senats, im Anschluss an ein Amtsenthebungsverfahren im Repräsentantenhaus ein Verfahren gegen den Präsidenten der Vereinigten Staaten durchzuführen. Bei der Abwägung dieser widerstreitenden Interessen kam eine Mehrheit von sieben Richtern zu der Überzeugung, dass bei der vorliegenden Sachlage das Interesse an einer ordnungsgemäßen und fairen Durchführung des Verfahrens im Senat Vorrang haben muss. Das Gericht weist daher Gregory Philip Lambert, Sonderberater des Präsidenten für nationale Sicherheit an, alle Fragen zu beantworten, die ihm der Senat der Vereinigten Staaten in öffentlicher Anhörung bezüglich einer Anweisung von Präsident Livingston an den verstorbenen Minister Moore stellt, sich in der Nacht vom 11. Juni dieses Jahres mit der Regierung der Volksrepublik China in Verbindung zu setzen.«

»Die Minderheit verzichtet auf eine Erklärung«, verkündete der Vorsitzende Richter. »Das Gericht vertagt sich.« Damit sauste der Hammer nieder und alles erhob sich, als die Richter den Saal verließen.

Los Angeles, Kalifornien
20. Juni, 2400 Uhr GMT (1600 Uhr Ortszeit)

Melissa Chandler legte Matthew in sein Bettchen. Ihr Gesicht war verzerrt vor Anspannung und ihr Mund stand offen, so sehr konzentrierte sie sich darauf, seinen Kopf möglichst vorsichtig auf die Matratze zu betten. Zweimal war er bereits aufgewacht, als sie versucht hatte, ihn hinzulegen.

In diesem Augenblick klingelte lautstark das Telefon. Sie zog eine Grimasse, deckte Matthew hastig zu und eilte auf Zehenspitzen zur Tür, die sie so leise wie möglich hinter sich schloss. Erleichtert ging sie in Richtung Schlafzimmer, wobei sie überlegte, ob sie den Apparat nicht ausstecken sollte, um nicht ständig mit irgendwelchen Kusinen oder Tanten reden zu müssen. *Die Telefongesellschaften müssen im Moment ein Vermögen verdienen,* dachte sie, während sie die Tür zu ihrem Schlafzimmer hinter sich zuzog. *Ein Atomkrieg ist noch besser fürs Geschäft als Muttertag.*

«Ja, hallo?«, meldete sie sich in Erwartung eines langatmigen Gesprächs.

»Melissa?«

Ihre ganze Welt schien sich auf das leise Rauschen zu reduzieren, das aus dem Telefonhörer drang. Sie hielt den Atem an, um nur ja nichts zu verpassen. Ihr Herz schlug heftig. »D-david?« Tränen traten ihr in die Augen und sie presste die Hand auf die Lippen.

»Gott sei Dank!« Seine Stimme brach.

Sie ließ sich auf den Stuhl fallen und begann zu lachen, während ihr gleichzeitig Tränen über das Gesicht strömten. »Geht es dir gut?«, war alles, was sie unter äußerster Anstrengung hervorbrachte.

»Ja … ja.« Auch er schien gleichzeitig zu lachen und zu weinen.

Melissa war so aufgelöst, dass sie nicht mehr sprechen konnte.

»Was ist mit dir?«, wollte David wissen.

Sie versuchte es, aber die Worte wollten einfach nicht kommen.

»Melissa? Ist etwas nicht in Ordnung?«

»Nein, nein«, stieß sie schließlich hervor. »Uns geht es gut!«

In der Leitung war nur ein schwaches Rauschen zu vernehmen. »*Uns*?«, fragte er dann.

Melissa zwang sich weiterzusprechen. »Wir haben ein Baby.« Erneut packte sie ein Weinkrampf, aber dann beruhigte sie sich. »Er ist einfach perfekt. Keine Sorge, er ist wunderschön.«

»Ein Junge.« Davids Stimme schien aus weiter Ferne zu kommen und die Verbindung war sehr schlecht. »Heißt er Matthew?«

»Ja«, schniefte sie, »Matthew.«

»Wir haben ein Baby!«, lachte er. Sie lächelte, als sie hörte, wie aufgeregt er war. So dringend hatte sie sich gewünscht, ihre Freude mit ihm teilen zu können. Sie hatte keine Ahnung, wo er war, aber sie hörte ihn rufen und schreien. »Ein Junge! Ich habe einen Jungen!« Im Hintergrund waren Männerstimmen zu hören. »Wie geht es den anderen? Ist niemandem etwas passiert? Was ist mit unseren Eltern?«

»Alles in Ordnung.«

»Unglaublich. Ich meine, einfach unglaublich. Matthew.« Er schniefte und lachte dann wieder. »Matthew!«

»Gesund wie ein Pferd!« Auch Melissa musste jetzt lächeln. »Dreitausendsiebenhundert Gramm. Er sieht irgendwie rot und picklig aus und ist so hässlich, dass es schon wieder süß ist.« Dann musste sie ihm alles über die Entbindung berichten. »Wo bist du?«, fragte sie schließlich.

»Äh … das darf ich nicht sagen.« Sein Lachen brach abrupt ab.

»Komm schon, das ist doch ein Witz.«

»Nein. Die wollen nicht, dass wir solche Informationen weitergeben.«

»Glaubst du … besteht die Möglichkeit, dass du nach Hause kommst?«

Eine lange Pause folgte. »Das weiß ich nicht.«

»Bist du in der Nähe der Kämpfe?«

»Von welchen Kämpfen redest du?«

Melissa überlegte einen Augenblick. *Wo um alles in der Welt kann er nur sein, dass er keine Ahnung hat, was los ist?* «Es ist kein richtiger Krieg, eher so wie damals in Europa vor 1940, aber jede Stunde gibt es eine Sondersendung über einen Konflikt, der irgendwo ausgebrochen ist. Vor allem Osteuropa ist betroffen, aber manchmal ist es auch das Mittelmeer, der Indische Ozean oder Hawaii. Und dann ist da noch die große russische Invasionsflotte in der Nähe von Island, von der niemand weiß, was ihr Ziel ist.«

Melissa wartete auf Davids Antwort, aber er schwieg. Verzweifelt überlegte sie, wie sie ihn verschlüsselt danach fragen konnte, wo er sich aufhielt, doch er kam ihr zuvor. »Schatz, ich habe nicht viel Zeit. Insgesamt nur fünf Minuten. Kannst du mir sagen, was überhaupt los ist?«

Er ist außerhalb des Landes, sonst wüsste er es. Aber wo? «Was meinst du? Sprichst du von den Kriegsgebieten? Das Weiße Haus nennt sie ›Katastrophenschauplätze‹, aber jeder andere – Medien, Kongress – spricht von Kriegsgebieten. Weißt du von der Kriegserklärung?«

»Ja.«

»Und vom Amtsenthebungsverfahren im Senat?«

»Was ist mit den Amphibientruppen der Russen?«

»Womit?«

»Mit der russischen Invasionsflotte vor Island.«

Island! Wie kommt er da bloß hin? Plötzlich wünschte sie sich, sie hätte den Nachrichten mehr Aufmerksamkeit geschenkt. »Man weiß nicht, was ihr Ziel ist. Zuerst dachte man, es wäre Norwegen, und die Norweger haben sie sogar beschossen, aber die Russen fuhren immer weiter. Inzwischen befinden sie sich in der Norwegischen See, daher glaubt man, ihr Ziele könnte Island sein.« Ein Angstschauer lief ihr eiskalt den Rücken hinunter.

»Und die Navy sieht dabei einfach zu?« Davids Stimme wurde plötzlich lauter.

»Das weiß ich nicht.« Er klang so beunruhigt, dass sie erneut in Tränen ausbrach. »David, wo bist du?« Irgendetwas musste sie doch wissen, irgendwie musste sie sich für den Kampf mit den Dämonen wappnen, die sie heimsuchten, wenn sie allein war. Natürlich waren ihre Ängste unbegründet. Er gehörte doch zur Reserve, nicht zur richtigen Army. Einmal im Monat legte er seine Uniform an und ging zu ein paar Besprechungen. Abgesehen von den paar Wochen, in denen er bei der Reserve einen Bürojob in Atlanta wahrnahm, war das alles.

»Wird der Präsident seines Amtes enthoben werden?«, erkundigte sich David, ohne auf ihre Frage einzugehen.

Melissa schloss die Augen. Eine tiefe, tränenlose Melancholie erfasste sie, als sie die endlosen Tage und Wochen vor sich sah, in denen die Ängste, ihre Dämonen, sie in ihrer angeschlagenen Verfassung vollends niederdrückten.

»Schatz? Wird Präsident Livingston seines Amtes enthoben?«

»Ich weiß es nicht«, erwiderte sie mit geschlossenen Augen und monotoner Stimme. »Die Verhandlung beginnt morgen. Angeblich soll sie kurz sein, vielleicht nur einen Tag.«

»Liebling, ich muss auflegen.«

Plötzlich fiel ihr auf, dass nur sie geredet hatte, während er Fragen gestellt hatte. Irgendetwas musste sie haben, das ihr half, die schwere Zeit, die vor ihr lag, durchzustehen. »David, bitte, kannst du mir denn gar nichts sagen? Überhaupt nichts?«

Eine Pause folgte. »Ich liebe dich und Matthew.« Bevor sie antworten konnte, wurde die Verbindung unterbrochen.

90th Strategic Missile Wing, Warren Air Force Base, Wyoming
23. Juni, 1100 Uhr GMT (0400 Uhr Ortszeit)

An die Wand neben dem Hauptlüftungsschacht gelehnt, stocherte Chris Stuart in seinen Shrimps und dem Schokoladenpudding aus den Notrationen herum. Er saß in der Dunkelheit und beobachtete das wackelnde Lichtsignal, das Langfords Rückkehr aus dem Fluchttunnel ankündigte. Dabei atmete er in tiefen Zügen die warme Luft ein, die durch das Metallgitter hereinströmte. Sie war zwar nicht frisch, aber doch eine Abwechslung nach der stickigen, abgestandenen Luft, die sich im Kontrollraum bildete, wenn das Lüftungssystem abgeschaltet war.

Der Lichtkegel vergrößerte sich, fiel in den Raum und erschien dann im Eingang. Er erhob sich, um Langford Taschenlampe und Geigerzähler abzunehmen. Als er mit dem Zähler über Langfords Schutzkleidung fuhr, hörte er nur gelegentlich ein Ticken.

»Du bist sauber«, sagte er, worauf Langford begann, die Schutzkleidung abzulegen. »Wie sieht es aus?«

Langford nahm Kapuze und Gasmaske mit einem Griff ab und stieß einen tiefen Seufzer aus. »Ab der fünften oder sechsten Stufe von oben wird es heiß. Draußen muss die Suppe noch kochen.«

»Was ist mit der Fluchtluke?« Stuart war zu erschöpft, um seiner Besorgnis wirklich Ausdruck zu verleihen.

»Erst schien sie festzusitzen, aber dann konnte ich sie doch drehen.« Einen Augenblick lang herrschte Stille, schließlich meinte er: »Ich finde, wir sollte es versuchen.«

»Du hast doch gesagt, da oben ist es noch heiß. Die ganze Sache ist weniger als zwei Wochen her, vergiss das nicht. Bevor wir die Basis verlassen, werden wir gegrillt.« Langford antwortete nicht. »Schau mal, wir können es hier noch einen Monat lang aushalten, denke ich. Bis dahin werden die Werte drastisch zurückgegangen sein. Wir dürfen nicht in Panik verfallen. Lass uns ganz vernünftig an die Sache herangehen.«

In der Dunkelheit hörte er, wie sich Langfords Magen mit einem feuchten Geräusch zusammenkrampfte. »Oh, Mann, ich muss weg«, stieß Langford unter Schmerzen hervor. Er griff nach der Taschenlampe und rannte ans Ende des Raums, wo er sich übergab, wie des öfteren, wenn ihm von dem Gestank seines eigenen Stuhls übel wurde.

Stuart ließ sich erneut in der pechschwarzen Finsternis neben dem Lüftungsschacht nieder. Nur noch ein paar Minuten, dann mussten sie das System wieder ausschalten, um Batterien zu sparen. Wie immer strich er leise über das glatte, kühle Metall seiner Beretta. Es war der einzige sichere Ausweg, der ihm blieb.

Spezialeinrichtung der Regierung, Mount Weather, Virginia
23. Juni, 1100 Uhr GMT (0600 Uhr Ortszeit)

Lambert klopfte an die Tür, die zu den Räumen des Präsidenten führte.

»Herein!« Als er die Tür öffnete, hörte er den Sohn des Präsidenten lachen. Livingston selbst grinste breit.

»Oh, Greg!« Präsident Livingston wischte sich den Mund ab und erhob sich.

»Ich will Sie nicht stören«, sagte Lambert mit einem Blick auf die First Lady und ihre beiden Kinder, Nancy und Jack, die offenbar während der Nacht eingetroffen waren.

»Unsinn«, sagte der Präsident, der um den kleinen Tisch herumging, um Greg zu begrüßen. »Danke, dass Sie gekommen sind.«

Die First Lady folgte Livingston auf dem Fuß. Sie blieb einen Augenblick lang stehen, so dass er die tiefe Traurigkeit auf ihrem Gesicht sehen konnte, dann schloss sie ihn in die Arme. Zuerst fühlte er sich unbehaglich, doch als er ihre Hand auf seinem Rücken spürte und sie sagen hörte, wie Leid es ihr tat, entspannte er sich. Schließlich ließ sie ihn los und legte ihre kühle Hand voller Mitgefühl an seine Wange.

»Danke«, murmelte er verwirrt. Seine soziale Gewandtheit hatte ihn völlig verlassen. Sie hatte die Barriere durchbrochen, die er um sich herum errichtet hatte, und nun wusste er nicht mehr, wie er sich verhalten sollte.

»Würden Sie bitte einen Augenblick lang mitkommen, Greg?« Der Präsident führte ihn am Frühstückstisch vorbei zum Schlafzimmer. Die beiden Kinder – Jack, der ordentliche Collegestudent, und die hübsche Nancy, die ihr Haar auf einer Seite kurz geschoren, auf der anderen lang trug und deren Ohr durch eine lange Reihe von Ringen verschönt wurde – sahen ihn mit misstrauischem Interesse an. Er nickte ihnen zu, erhielt aber keine Antwort.

Ich bin der Mann, der gegen ihn aussagen wird. Ich bin der Feind.

Der Präsident schloss die Tür zum Schlafzimmer hinter ihnen. »Setzen Sie sich«, sagte er und deutete auf den einzigen Stuhl im Raum. Er selbst ließ sich auf dem ungemachten Bett nieder und stützte die Ellbogen auf die Knie.

Den Blick auf den Boden gerichtet, fuhr er sich mit den Händen über den Kopf. Wie sehr sich der Mann vor ihm verändert hatte, wurde Lambert klar, sobald sich die Tür hinter ihnen geschlossen hatte.

»Ich frage mich, was er gerade tut«, begann der Präsident.

»Wer, Sir?« Unwillkürlich übernahm Lambert den leisen, gemessenen Ton des Präsidenten. So sprach man mitten in der Nacht, wenn alles schlief – oder bei einer Beerdigung.

»Rasow. Ich frage mich, was er gerade tut. Hält er sich in einem Bunker wie diesem auf?« Beide blickten auf die nackten Wände des kleinen Raumes. Obwohl der schwere Fels dahinter unsichtbar war, erinnerten die niedrigen Decken und die niemals ausreichende Beleuchtung an das gewaltige Gewicht, das auf den Räumen lastete.

»Auch der Kreml hat eine unterirdische Kommandozentrale, Sir.«

Der Präsident nickte, als wäre er Lambert für diese Erklärung dankbar. Dann stieß er einen tiefen Seufzer aus. »Greg, die Sache sieht folgendermaßen aus. Es ist durchaus möglich, dass ich morgen oder übermorgen als gewöhnlicher Staatsbürger nach Hause fahre.«

»Die haben nichts gegen Sie in der Hand, Sir. Sie haben nichts getan …«

Präsident Livingston bedeutete ihm mit einer Handbewegung zu schweigen. »Warten wir's ab. Aber für den Fall, dass das Schlimmste eintritt … habe ich Sie hergebeten.« Er richtete sich auf, streckte seinen Rücken und legte die Hände auf die Oberschenkel. »Wenn ich verurteilt werde und der Vizepräsident mein Amt übernimmt, bedeutet das Krieg. Sind wir dafür bereit?«

Lambert öffnete den Mund, zögerte jedoch. Die Frage war nicht so aus dem Handgelenk zu beantworten. »Wir … wir werden Verluste hinnehmen müssen. Wie Sie wissen, kommt es bereits jetzt immer wieder zu Übergriffen der Russen an den Grenzen in Europa. Sie kennen unsere Stellungen genau und werden gegebenenfalls bereit sein. Ihre Unterseeboote geben immer wieder aufs Geratewohl Schüsse auf die 7. Flotte im westlichen Pazifik ab, also wissen sie auch dort, wo wir uns aufhalten. Die Kampfhandlungen nehmen zu, aber das ist nichts im Vergleich zu dem, was geschehen wird, wenn sie das Startsignal erhalten.«

»Und das wird in dem Augenblick geschehen, in dem klar wird, dass zwei Drittel des Senats für meine Amtsenthebung stimmen.« Der Blick des Präsidenten schweifte in die Ferne. »Daher habe ich gemeinsam mit Vizepräsident Costanzo und den Führern des Senats beschlossen, vorab eine geheime Abstimmung durchzuführen. Sollte deren Ergebnis darauf hindeuten, dass ich mein Amt verliere, wird die echte Entscheidung mit einer vierstündigen Verzögerung erfolgen.« Er war jetzt voll konzentriert. »Vier Stunden, verstehen Sie mich?«

Lambert nickte.

»Setzen Sie sich mit General Thomas zusammen. Ich würde es selbst tun, aber meine Berater meinen, dass könnte als Zeichen von Schwäche ausgelegt werden. Offiziell habe ich von meinem Sieg überzeugt zu sein.«

»Und sind Sie das?«

Der Präsident warf einen Blick zur Tür. »Nein, natürlich nicht.« Mit zusammengebissenen Zähnen starrte er in die Ferne. »Vielleicht wird es eine knappe Entscheidung, aber wir haben seit Tagen keine aussagekräftigen Zahlen mehr gehabt.« Er seufzte noch einmal tief und blickte auf. »Deshalb habe ich auch meine Anwälte angewiesen, die Sache nicht durch immer neue Eingaben beim Obersten Gerichtshof zu verzögern. Die Führer des Senats haben Recht: Wir müssen es hinter uns bringen, sonst kommen wir wirklich nicht weiter.«

Ein langes Schweigen senkte sich über die beiden. Nach

einer respektvollen Pause erhob sich Lambert langsam zum Gehen.

»Noch etwas, Greg«, sagte der Präsident, ohne ihn anzublicken. Lambert ließ sich auf seinen Stuhl zurücksinken. »Wenn ich verliere und tatsächlich Krieg ausbricht ...«

Lambert wartete, doch der Präsident vollendete den Satz nicht. »Ja, Sir?«

Erneut schweifte der Blick des Präsidenten in die Ferne. »Ich habe Angst.«

Lambert fuhr sich mit der Zunge über die Lippen und fragte so leise wie möglich: »Wovor, Sir?«

Nun sah der Präsident den direkt vor ihm sitzenden Lambert an. »Vor den Raketen auf den Unterseebooten in der Bastion.«

Verwirrt fragte sich Lambert, warum er selbst sich deswegen nicht sorgte, warum niemand davor warnte. Schließlich zuckte er die Achseln. »General Rasow hätte nichts zu gewinnen, wenn er die Raketen auf uns abfeuern würde. Wir würden zurückschießen und das weiß er.«

»Ich habe auch nicht gesagt, dass Rasow uns beschießen würde. Die gesamte Angelegenheit war ein Unfall. Wer garantiert uns, dass es nicht wieder geschehen wird, nur tausendmal schlimmer? Unsere entsetzlichsten Alpträume könnten wahr werden.«

Darauf wusste Lambert keine Antwort. Der Präsident rieb sich mit den Handflächen über die Hosenbeine. »Ich wollte nur sagen, tun Sie, was Sie können. Costanzo hat gesagt, er will Sie und den Rest des Teams für nationale Sicherheit behalten, wenn ... wenn er gewinnt. Ich habe Ihnen ganz bewusst von meinen Ängsten erzählt, Greg, von dieser Furcht, die mich verfolgt, seit ich zum ersten Mal in der Nacht, in der alles begann, das Wort Bastion gehört habe. Ich sage Ihnen dies, weil ich Ihnen vertraue. Sie sind ein aufrichtiger Mann.« Livingston senkte den Blick und schüttelte den Kopf. »Bastion – allein das Wort klingt mittelalterlich ... wie eine Erinnerung an die dunklen Zeiten, aus denen wir kommen.«

Lambert hatte keine Ahnung, wie er sich verhalten sollte.

Er wusste, dass der Präsident jemanden brauchte, der ihm half, diese Last zu tragen. »Wir können nur beten, Sir«, war das Einzige, das ihm einfiel.

»Aber zu wem?«, fragte Präsident Livingston zurück, als hätte Lambert ein wichtiges Thema angesprochen, das ihn in höchstem Maße beunruhigte. »Zu wem sollen wir beten, Greg? Ich kann mich des Gefühls nicht erwehren, dass alle Götter tot sind. Alle, bis auf die Götter von Armageddon.«

3. KAPITEL

Einrichtungen des Kongresses, Westvirginia
24. Juni, 1700 Uhr GMT (1200 Uhr Ortszeit)

»Hört, hört!«, las der Sergeant at Arms durch seine Lesebrille blinzelnd von einer 7,5 mal 12,5 Zentimeter großen Karte ab. »Es soll nunmehr die Verhandlung über die Parlamentsklage gegen Walter N. Livingston, den Präsidenten der Vereinigten Staaten von Amerika, folgen! Die Sitzung leitet der ehrenwerte William H. Rehnquist, Vorsitzender Richter am Obersten Gerichtshof.«

Mit einem Hammerschlag begann der Vorsitzende die Verhandlung. Die Richterbank war in aller Eile an Stelle des Sprecherpodiums errichtet worden. Die Senatoren, die Jury, saßen in drangvoller Enge zu dritt an einem Tisch, um Raum für die »Galerie« zu schaffen, auf der sich Kongressabgeordnete, Presseleute, die Botschafter mehrerer Dutzend Länder und andere wichtige Persönlichkeiten niedergelassen hatten, die sich zu diesem bedeutenden Anlass in den unterirdischen Komplex begeben hatten. Ganz vorne standen die Tische der Anwälte. Rechts saßen die Vertreter des Kongresses und ihre Experten für Verfassungsrecht. Es handelte sich um sechs Kongressabgeordnete – drei Demokraten, drei Republikaner. Sie waren ausgewählt worden, um die Anschuldigungen vorzutragen, die in der vom Kongress beschlossenen Resolution enthalten waren. Auf der linken Seite hatten sich die Männer des Präsidenten niedergelassen, zu denen auch der Generalstaatsanwalt gehörte, der am Morgen von seinem Amt zurückgetreten war, um die Verteidigung zu übernehmen.

Lambert saß ganz außen in der ersten Reihe, neben General Thomas und zahlreichen anderen potentiellen Zeugen. Sogar die Geheimagenten, die den Präsidenten in der Nacht des Atomangriffs begleitet hatten, waren geladen worden. Man hatte Lambert allerdings gesagt, dass wahrscheinlich nur einige wenige Zeugen wirklich aussagen mussten. Die Tatsachen waren unstrittig, daher wurden die sonst bei Gerichtsverfahren geltenden Regeln für die Beweisaufnahme nicht so streng gesehen.

Der Sergeant at Arms hatte die Verlesung der Einleitung beendet und nahm nun unterhalb der Richterbank Platz. »Es wird festgestellt«, begann Richter Rehnquist, »dass der Senat diese Parlamentsklage erhalten hat und dass der Vorsitzende Richter des Obersten Gerichtshofs von dieser Tatsache unterrichtet wurde. Weiterhin wird festgestellt, dass der Senat den Präsidenten der Vereinigten Staaten, Walter N. Livingston, ordnungsgemäß vorgeladen hat, wobei die Parlamentsklage zitiert wurde und eine Erwiderung bezüglich der Anklagepunkte gefordert wurde. Der Präsident hat sich dafür entschieden, nicht persönlich zur Verhandlung zu erscheinen, es ist jedoch festzuhalten, dass er eine Erwiderung abgegeben hat und durch seinen Rechtsbeistand hier vertreten wird.«

Der frühere Generalstaatsanwalt erhob sich und nickte dem Vorsitzenden Richter zu. Die Kameras richteten sich kurz auf ihn und wandten sich dann erneut der Richterbank zu. Lambert wusste, dass der Präsident im Kreis seiner Familie vom Mount Weather aus beobachtete, wie Richter Rehnquist nun die Papiere auf seinem Tisch durchblätterte.

»Würden sich die anwesenden Senatoren bitte erheben und die rechte Hand heben?«

Stühle scharrten über den Boden, als sich die siebenundneunzig Senatoren erhoben. Den letzten Berichten zufolge war der achtundneunzigste, Senator Clark, schwer strahlenkrank. Lambert sah zu den Männern und Frauen, die mit erhobener rechter Hand in dem an ein Auditorium erinnernden Saal zu seiner Rechten aufgestanden waren.

»Schwören Sie feierlich, Ihre Pflicht als Senatoren der Vereinigten Staaten angemessen und aufrichtig wahrzunehmen und in dem nun folgenden Verfahren für unparteiische Gerechtigkeit zu sorgen?«

»Ich schwöre«, erfolgte die vielstimmige Antwort.

»Setzen Sie sich bitte.« Geräuschvoll ließen sich die Senatoren auf ihren Plätzen nieder, doch dann kehrte endgültig Ruhe ein. »Da sich unser Land und die Republik Russland im Krieg miteinander befinden« – ein Mann in Bluejeans baute sich mit seiner Minicam, an der das rote Licht blinkte, vor General Thomas auf – »wurden viele der Regeln für die Durchführung eines Amtsenthebungsverfahrens durch eine vorherige Abstimmung des Senats außer Kraft gesetzt, um das Verfahren zu beschleunigen und die Angelegenheit so schnell wie möglich beizulegen.«

»Ich protestiere gegen dieses Vorgehen, Euer Ehren. Der Präsident hat dem Gesetz nach ein Anrecht auf einen ordentlichen Prozess und ...«

»Der Oberste Gerichtshof hat über Ihren Antrag bereits entschieden und ist mit einer Mehrheit von acht zu eins zu dem Schluss gekommen, dass die Entscheidungsgewalt des Senats mit Ausnahme weniger, in der Verfassung ausdrücklich genannter Verfahren und Rechte absolut ist. An dieser Stelle möchte ich für Sie und alle anderen, die dieses Verfahren hier im Saal und draußen beobachten, klarstellen, dass es sich nicht um einen Prozess im Sinne des Strafrechts der Vereinigten Staaten handelt, sondern um ein von der Verfassung geregeltes Verfahren. Daher gelten die Regeln für Beweisaufnahme und Verfahren eines Strafprozesses nicht. Auch spielen die Rechte, die ein eines Verbrechens angeklagtes Individuum in unserem Land hat, hier keine Rolle. Sollte der Präsident in diesem Verfahren vom Senat verurteilt werden, könnte er strafrechtlich in vollem Umfang zur Verantwortung gezogen werden, wobei dieses Verfahren keinerlei Einfluss auf den Ausgang eines eventuellen Strafprozesses hätte. Hier geht es nicht darum, ob der Präsident gegen Gesetze verstoßen hat, sondern darum, ob die vom Repräsentantenhaus in der Impeachment-Resolution gegen ihn erhobenen Vorwürfe nach Ansicht von zwei Dritteln der hier vertretenen Senatoren seine Amtsenthebung rechtfertigen.«

Der Vorsitzende Richter fuhr mit der Verlesung der Verfahrensregeln fort, die, wie die Zulässigkeit von Beweismitteln, grundsätzlich vom Vorsitzenden Richter festgelegt wurden, der allerdings durch die Vollversammlung des Senats überstimmt werden konnte. Die Senatoren konnten Fragen unterbreiten, die vom Vorsitzenden Richter gestellt wurden, dieser konnte aber auch selbst fragen. Während des Verfahrens würde es keine Debatte der Senatoren geben, doch kurz vor der Abstimmung würde eine Sitzung stattfinden, von der Presse und Öffentlichkeit ausgeschlossen waren. Um Dauerreden zu verhindern, war diese auf fünfzehn Minuten begrenzt.

Lambert vermied es bewusst, General Thomas anzusehen. In dieser Sitzung unter Ausschluss der Öffentlichkeit würde die Vorabstimmung erfolgen. Sollte sich eine Zweidrittelmehrheit gegen den Präsidenten aussprechen, würde der Krieg beginnen. Bei dem Gedanken an all die Pläne, die im Moment vorbereitet wurden, drehte sich Lambert der Kopf.

Das Verfahren begann, aber Lamberts Gedanken gingen immer wieder zu seinem Amt, das in den letzten Wochen jede einzelne Sekunde seiner Existenz in Anspruch genommen hatte. Vor sich sah er riesige Schlachtfelder. Tod und Zerstörung lauerten wie in einer gewaltigen Sprungfeder, die langsam bis zum Äußersten gespannt wurde, einer Feder, die durch die Stimmen von sechsundsechzig Männern und Frauen in diesem unterirdischen Saal ausgelöst werden würde.

Los Angeles, Kalifornien
24. Juni, 2200 Uhr GMT (1400 Uhr Ortszeit)

»Nein, Mutter, ich trage ihn nicht zu viel herum.« Melissa, die mit Matthew im Arm zu telefonieren und gleichzeitig den Prozess im Fernsehen zu verfolgen versuchte, rollte die Augen.

»Ich dachte immer, du wärst jemand, der sein Kind rund um die Uhr herumschleppt«, verkündete ihre Mutter mit einem Lachen, das die versteckte Kritik versüßen sollte. Melissa knirschte mit den Zähnen, sie hasste dieses Getue. »Ich weiß nicht, ob ich dir das schon gesagt habe, aber wenn du ihn immer gleich hochnimmst, verwöhnst du ihn nur. Manchmal ist es besser, ein Kind weinen zu lassen. Das hat noch keinem geschadet.«

Melissa hatte es aufgegeben, ihrer Mutter zuzuhören. Stattdessen konzentrierte sie sich jetzt ganz auf den großen blonden Mann, den die Kamera zeigte. Er saß unter all den Generälen in der ersten Reihe des Raums, in dem sich der Senat versammelt hatte, und wirkte unendlich traurig.

»Ich wünschte nur, der Flugverkehr würde wieder funktionieren. Dein Vater und ich würden sofort kommen und uns um das arme Würmchen kümmern.«

»Mutter«, sagte Melissa, während sie an der Fernbedienung herumfummelte, »ich will den Prozess sehen.«

»Was?«

»Den Prozess. Im Fernsehen.«

»Oh, diesen Prozess.« Sie lachte. »Du achtest doch darauf, dass seine Windeln sauber sind?«

»Ich rufe dich später zurück.« Melissa drückte die Stummschaltung und der Ton, den sie vorhin abgestellt hatte, war sofort wieder da.

»Diese Entscheidung machte den Weg für die Aussage von Gregory Lambert, dem Nationalen Sicherheitsberater, vor dem Senat frei. Es handelt sich mit Sicherheit um den dramatischsten Augenblick dieses Verfahrens«, erklärte der Kommentator von ABC mit gedämpfter Stimme, bevor die Kamera erneut den Richter zeigte.

»… Ausschlag kann ganz fürchterlich sein, merk dir das. Hörst du mir zu, Schätzchen?«

»Auf Wiederhören, Mutter.« Melissa hängte ein, aber sie wusste, dass sie für diese Kühnheit würde bezahlen müssen.

»Auf Antrag von Senator Stern, der ordnungsgemäß beschlossen und unterstützt wurde, ruft das Gericht Gregory Philip Lambert in den Zeugenstand.«

Einrichtungen des Kongresses, Westvirginia
24. Juni, 2200 Uhr GMT (1700 Uhr Ortszeit)

»Nun ...«, sagte der Kongressabgeordnete, einer der Vertreter der Abgeordneten, die mit der Klage gegen den Präsidenten beauftragt waren, mit einem Blick auf seine Notizen. »Sie haben ausgesagt, dass Sie in der Nacht vom 11. Juni bis spät im Weißen Haus tätig waren.«

»Ja.« Lambert bemühte sich, sich von den grellen Lichtern der Fernsehkameras und den riesigen Mikrofonbündeln vor ihm, auf denen die Kürzel der Sender prangten, nicht beeindrucken zu lassen.

»Welche Stellung haben Sie inne?«

»Ich bin Sonderberater des Präsidenten für nationale Sicherheit.«

»Mr. Lambert, Sie haben ausgesagt, dass der Präsident in der Nacht vom 11. Juni mit dem inzwischen verstorbenen Minister Moore telefonierte. Was sagte Präsident Livingston zu Minister Moore?«

»Er wies den Minister an, die Chinesen von dem bevorstehenden Atomangriff der Russen zu unterrichten.« Lambert hörte, dass einige nach Luft schnappten, andere leise zu sprechen begannen. Aus dem Augenwinkel sah er Reporter, die an den Seitenwänden gestanden oder gesessen hatten, zur Tür hinauslaufen.

Richter Rehnquist ließ den Hammer dreimal niedersausen. »Ordnung bitte oder ich lassen den Saal räumen!«, verkündete er dann mit lauter Stimme.

Nachdem sich der Tumult gelegt hatte, setzte der Kongressabgeordnete seine Befragung fort. »Können Sie sich an den exakten Wortlaut der Anweisung des Präsidenten an den Außenminister erinnern?«

»Er sagte ›Ich will damit nichts zu tun haben‹ oder etwas in der Art.«

»›Ich will damit nichts zu tun haben?‹«, wiederholte der Fragesteller, zur Senatoren-Jury gewandt, als stünde er vor einem Bezirksgericht. Lambert nickte. »Und was sagte Minister Moore darauf?«

Lambert überlegte einen Augenblick. »Nichts.«

»Hat er irgendwelche Einwände erhoben? Hat er dem Präsidenten gesagt, er halte das für einen Fehler?«

Lambert rief sich erneut jene Nacht in Erinnerung. Damals war Jane noch am Leben gewesen. Er schluckte und sagte: »Es klang, als wollte er protestieren, aber der Präsident schnitt ihm das Wort ab.«

»Er schnitt ihm das Wort ab.« Angesichts dieser Niedertracht schüttelte der Kongressvertreter empört den Kopf. »Wie schnitt ihm der Präsident das Wort ab? Wie drückte er sich aus?«

»Daran kann ich mich nicht mehr erinnern. Er sagte ihm, er solle es einfach tun.«

»›Tun Sie es einfach?‹«, wiederholte der Kongressabgeordnete.

»So in der Art.«

»Ohne Fragen zu stellen?« Er fuchtelte mit der Hand in der Luft herum, wobei er Lambert den Rücken zuwandte und auf die Galerie zuging. »Keine Diskussion? Keine Konsultation von Militärexperten, die er ohne Probleme hätte kontaktieren können, um zu erörtern, wie sich dieser ungeheuerliche Fehler auswirken würde?«

»Nein«, sagte Lambert zum Rücken des Kongressabgeordneten.

»Haben *Sie* versucht den Präsidenten aufzuhalten, Mr. Lambert? Haben Sie etwas gesagt?«

»Ja.«

»Und was hat der Präsident geantwortet?«

»Er konnte mich nicht hören. Wir standen auf dem Rasen vor dem Weißen Haus. Der Lärm des Helikopters, der uns nach Andrews bringen sollte – Crown Helo heißt die Maschine –, machte jedes Gespräch über Handy unmöglich.« Wieder und wieder hatte ihn dieser Gedanke gequält. Wenn es ihm gelungen wäre, den Präsidenten aufzuhalten, hätte er ihr Leben retten können.

»Sie versuchten es, aber er konnte Sie nicht hören?« Sie lebte, ihr ging es gut, sie war gesund und munter, sonnengebräunt von den Tennisstunden, die sie nahm, damit sie gemeinsam Sport treiben konnten. Gemeinsam. Zusammen für den Rest ihres Lebens, so hätte es sein sollen. »Nur weil der Hubschrauber zu laut war?« Ihre Augen waren blau, aber wenn sie ihr grünes Sommerkleid trug, schimmerten sie grün. Sie war einfach bezaubernd. »Mr. Lambert?«

»Äh, ich … ich rief über mein Handy nach ihm« – seine Gedanken drifteten erneut ab und er musste sich zur Konzentration zwingen – »und rannte über den Rasen, aber als ich den Hubschrauber erreichte, hob dieser sofort ab.« *Wie konntest du das zulassen, Gott? Wie konntest du das tun?* «Ich schaffte es kaum bis zum erstbesten Sitz. Der Flug war … sehr turbulent. Wir flogen sehr niedrig.« *Genau wie auf dem Rückflug von der Suche nach Janes Leiche.* Er hatte ihren Körper in seinen Armen gehalten, aber es war anders gewesen als sonst. Sie fühlte sich schwerer an als in seiner Erinnerung, weil sie sonst immer ihre Arme um seinen Hals geschlungen hatte, um sich leichter zu machen. Sie war bezaubernd.

»Mr. Lambert«, fragte der Kongressabgeordnete in nachsichtigem Ton, »ich habe nur noch eine weitere Frage an Sie. Sie befanden sich doch während des Atomangriffs gemeinsam mit den Vereinigten Stabschefs an Bord des Flugzeugs mit der Kommandozentrale des Präsidenten?«

»Ja.«

»Und wurde dort dieses Thema angesprochen?«

»Ja. Die Stabschefs spekulierten darüber, wie es den Chinesen gelungen war, ihre Raketen abzufeuern, und ich berichtete ihnen von dem Gespräch des Präsidenten mit Minister Moore.« Aus dem Augenwinkel sah er, dass Colonel Rutherford, General Thomas' Adjutant, diesem etwas ins Ohr flüsterte.

»Und wie reagierten sie darauf?«

»Sie waren überrascht – schockiert könnte man wohl sagen.«

»Was war Ihrer Ansicht nach der Grund dafür?«

»Dass es den Chinesen nur aufgrund dieser Warnung möglich war, ihre Raketen abzufeuern. Der chinesische Angriff wiederum veranlasste die Russen irrtümlicherweise, uns zu beschießen.«

Aus der Menge stieg aufgeregtes Stimmengewirr auf und füllte den Saal.

»Keine weiteren Fragen.« Damit kehrte der Abgeordnete zu seinem Tisch zurück.

»Mr. Dodson?«, fragte der Vorsitzende Richter. Ein alter Herr, seit vielen Jahren Präsident Livingstons Anwalt, erhob sich und knöpfte sein Jackett zu.

»Ich habe nur eine einzige Frage, Euer Ehren.« Er blickte Lambert an. »Was ist Ihre Meinung von Präsident Livingston?«

Bei dieser Frage war im Saal unterdrücktes Flüstern zu vernehmen. Lambert suchte verzweifelt nach einer Antwort. Nach einer langen Pause, während der der Anwalt geduldig wartete, meinte er: »Präsident Livingston ist der anständigste Mensch, der mir je begegnet ist.« Er wollte etwas über Livingston als Präsidenten sagen, brach jedoch ab und verstummte.

Dodson nickte. »Keine weiteren Fragen, Euer Ehren.« Damit knöpfte er sein Jackett wieder auf und setzte sich.

»Sie sind entlassen, Mr. Lambert«, erklärte der Vorsitzende Richter.

Benommen ging Lambert zu seinem Platz zurück. Die Erinnerung an sie war so frisch, dass er das Gefühl hatte, er bräuchte nur die Hand nach ihr auszustrecken. Thomas hieb mit dem Handballen auf die ausgestreckte Handfläche, während er schnell und aufgeregt auf Rutherford einsprach. Rutherford nickte und erhob sich, aber Thomas packte ihn am Arm und sagte noch etwas. Der Colonel nickte erneut und ging dann eilig zur Seitentür. Sobald er den Gang erreicht hatte, begann er zu laufen.

Während die Vertreter des Repräsentantenhauses ihren nächsten Zeugen aufriefen, sah Lambert Thomas an, dessen Stirn sich in Falten gelegt hatte, die nichts Gutes verhießen. Thomas legte seine Hand auf Lamberts Unterarm und Lambert beugte sich zu ihm.

»Die Russen landen auf Island«, flüsterte der General, der offenbar im Stillen fluchte, zähneknirschend. »Die kommen einfach mit ihren Schiffen angefahren und setzen ihre

Truppen an Land.« Er schüttelte den Kopf. »Überall in Reykjavik werden Luftlandetruppen abgesetzt. In ein paar Stunden werden von dort aus Flugzeuge starten.« Diesmal konnte er ein hörbares »Scheiße« nicht unterdrücken.

Militärisch war es eine Katastrophe, aber das war noch nicht alles. Lambert blickte erneut zu den Senatoren auf. Bis zur Abstimmung blieben nur noch wenige Stunden. Wenn es so aussah, als würde Island ohne großen Widerstand fallen, nachdem Zeitungen und Fernsehen seit Tagen von nichts anderem sprachen, dann würde jemand teuer dafür bezahlen müssen. Und dieser jemand würde Livingston sein.

Flughafen Gander, Neufundland
25. Juni, 0200 Uhr GMT (2200 Uhr Ortszeit)

Überall wimmelte es nur so von Army- und Air Force-Soldaten. Ingenieure verlegten neben dem Beton-Rollfeld Metallgitter, um zusätzlichen Raum für Parkplätze zu schaffen. Von den hell erleuchteten rückwärtigen Rampen der riesigen C-5A- und C-17-Transportmaschinen wurden Kraftstoffbehälter und Paletten mit Ausrüstung gerollt. Mit erstaunlicher Geschwindigkeit wuchsen Zeltstädte aus dem Boden, während immer wieder Kampfflugzeuge, aus deren donnernden Triebwerken Flammen schossen, paarweise in die Luft stiegen. Chandler hatte gehört, dass Island, das von russischen Fallschirmjäger- und Marineeinheiten angegriffen wurde, kurz vor dem Fall stand. Die Schlacht war in vollem Gange, aber an der Routine, an die sich Chandler und seine Leute in den letzten beiden Wochen gewöhnt hatten, hatte sich nichts geändert. Niemand wusste, was mit ihnen geschehen sollte.

»Glück gehabt, alter Junge!« »Nur weiter so!« »Halt die Ohren steif!« Chandler, der den Korridor entlangschlenderte, näherte sich dem Ort des Aufruhrs. In der großen Gruppe, die in der fensterlosen Halle auf ihren Taschen lag, hatte sich eine kleine Traube von Soldaten gebildet. Sie standen im Halbkreis um einen langen, schlaksigen Mann, lachten gutmütig und klopften ihm auf die Schultern. Der Soldat, der Chandler vorkam wie ein Teenager, sammelte sein Gepäck ein und folgte einem Gefreiten zur Tür. Vermutlich hatte er endlich seinen Einsatzbefehl erhalten. Hatte der es gut!

Hinter der offenen Tür entdeckte Chandler eine weitere Gruppe von Soldaten, die inmitten ihres Gepäcks im grellen Kunstlicht des Rollfelds knieten. Fasziniert blieb er stehen. Alle blickten in die gleiche Richtung. Ein Arm, der offenbar zu einem durch die Wand verdeckten Körper gehörte, senkte sich zum Mund des Soldaten direkt vor der Tür, dessen Gesicht mit schwarzer Tarnfarbe beschmiert war. Der Soldat streckte die Zunge heraus und zog die kleine Oblate in seinen Mund. Dann senkte er den Kopf zum Gebet. Der körperlose Arm schlug ein Kreuz und legte einen Augenblick lang die Handfläche auf den stoppeligen Kopf des Mannes.

Als der Junge von vorhin durch die Tür ging, setzte er seine Mütze auf. Chandler sah, dass er seine Kopfbedeckung mit der Hand fest hielt, damit sie nicht vom Luftstrom der Jet-Triebwerke weggerissen wurde.

So eine Mütze verliert niemand gern, dachte er. *Für ein Green Beret ist ein einjähriges Training erforderlich.*

Er wanderte weiter durch die Halle und ließ die Gedanken schweifen, bis er in einen verglasten Bereich gelangte. In dem schwachen Licht der untergehenden Sonne sah er auf dem Rollfeld Spezialeinheiten, die vor der hinteren Rampe einer Transportmaschine Schlange standen. Selbst diese starken Männer konnten das Gewicht von Waffen, Zusatzausrüstung und Fallschirm kaum tragen. Als er sich vorstellte, welches ihr Ziel war und was sie dort erwartete, überlief Chandler eine Gänsehaut.

»Suchen Sie jemanden, Major?«, fragte eine heisere Stimme rechts hinter ihm.

»Ja …« Chandler hatte nach dem »Top«, dem First Sergeant, fragen wollen, dem höchsten Unteroffiziersgrad einer Kompanie, als er feststellte, dass er genau diesen vor sich hatte. »Ich versuche herauszufinden, wann meine Männer und ich hier wegkommen. Wir sitzen bereits seit zwei Wochen in Gander fest.«

»Da fragen Sie am besten die Jungs von der Air Force in der Kommandozentrale in der Stadt.« Der Top zog seinen Pistolengurt hoch, an dem eine 9-mm-Beretta hing.

Chandler lächelte und schüttelte den Kopf. Seit Stunden, seit am frühen Nachmittag immer mehr Transportmaschinen eingetroffen waren, wanderte er herum. *Sehr sinnvoll,* dachte er. *Die Armee sitzt am Flughafen und die Air Force in der Stadt.* »Was ist in Island los?«

»Oh«, meinte der Top und wippte von der Ferse auf die Ballen, »unser furchtloser Boss hat es den Russen überlassen und jetzt sollen wir es für ihn zurückholen.« Bei den meisten Soldaten hatte Chandler eine gewisse Steifheit im Umgang mit ihm, einem Major gefühlt, aber beim First Sergeant war das anders. Sein Job war es, auf der einen Seite den Sergeants Befehle zu erteilen und auf der anderen den Offizieren zu berichten. Er war das Bindeglied zwischen Soldaten und Offizieren und fühlte sich in beiden Welten zu Hause.

Obwohl er keine Zeit verlieren wollte, erkundigte sich Chandler höflich, wann der First Sergeant Gander verließ. Dessen Reaktion fiel heftiger aus als erwartet.

»Wissen Sie, Major«, gab er voller Bitterkeit zurück, wobei sein Lächeln die Augen nicht erreichte, »ich bleibe hier.« Aufgeregt wippte er auf den Zehen auf und ab und rückte erneut seinen Gürtel zurecht. »Ich bin nämlich zu wertvoll.« Er fletschte geradezu die Zähne. »Schließlich haben wir ja nur den Dritten Weltkrieg! Sie wollen mich nicht in Gefahr bringen, Sir. Das Risiko ist zu groß – sie brauchen mich hier!« Mit feierlicher Geste wies er auf den Hangar, in dem überall Soldaten auf dem Boden lagen, die nichts zu tun hatten. Als Chandler den Top ansah, wurde ihm klar, dass der Mann vor Wut kochte. Trotzdem entging ihm nichts. Ein Zucken seines Kopfes verriet, dass er ein verdächtiges Objekt entdeckt hatte – bei zwei Uhr, in Bewegung, zwanzig Meter Entfernung.

»*He, Soldat!*« Chandler fuhr unwillkürlich zusammen, als

hätte jemand überraschend eine Tür zugeschlagen. *»Ja, genau du! Du mieser kleiner Drecksack!«*

Chandlers Reaktion war gar nichts im Vergleich zu der der am Boden liegenden Soldaten. Im Umkreis von fünfzig Metern hingen alle Augen am Top. Selbst wer zuvor fest geschlafen hatte, hob jetzt den Kopf. Jedes Gespräch verstummte, jede Bewegung erstarrte. Es herrschte allgemeine Alarmstimmung, aber nur so lange, bis jeder herausgefunden hatte, dass nicht er gemeint war. Dann war nur noch mildes Interesse oder gar ein perverses Vergnügen zu spüren.

»Entschuldigen Sie mich kurz, Sir«, erklärte der Top höflich. »Ich versuche nur, die Jungs auf das vorzubereiten, was sie erwartet.« Chandler nickte.

Der Top erhob seine fürchterliche Stimme, diese Urgewalt in seinem weiten Brustkorb, die er in Jahren des militärischen Drills geschult hatte, nicht noch einmal. Das war auch nicht nötig. Der Soldat, ein Private, zitterte sichtbar, obwohl er sich bemühte, so stramm wie möglich zu stehen. Offenbar hatte ihn angesichts der geflüsterten Drohungen des First Sergeant das blanke Entsetzen gepackt.

Wie viele Unteroffiziere schien auch dieser den Soldaten körperlich zu bedrohen, ohne ihn tatsächlich zu berühren. Vor allem Ausbilder hatten diese Technik perfektioniert. Überhaupt erinnerte sein Verhalten an einen Ausbilder, was ansonsten in einer Einheit unüblich war. *Ein Crashkurs in Disziplin,* dachte Chandler. *Schluss mit den Paraden, jetzt geht es zur Sache.*

Es sah nie so aus, als würde der Top tatsächlich die Hand gegen den Unglückseligen erheben, aber der Soldat zuckte immer wieder zusammen, als hätte ihn ein Schlag getroffen. Im Gegensatz zu den meisten Zivilisten war Chandler klar, dass es das Ende jeder militärischen Karriere – und unter Umständen sogar eine Gefängnisstrafe – bedeutete, einen Untergebenen zu schlagen. Doch die körperliche Bedrohung durch den weit überlegenen Unteroffizier stand immer im Raum. »Leg dich nicht mit mir an!«, diese Worte waren der Inbegriff der Rolle des First Sergeant, auch wenn sie so gut wie nie ausgesprochen werden mussten.

Zu hören war nur die Stimme des Private. »Ja, First Sergeant!« »Jawohl, First Sergeant!« Nicht »Sir«, das war die Anrede für Offiziere und niemand beging einen solchen Irrtum öfter als einmal in seiner militärischen Karriere. Natürlich auch nicht »Sergeant«. Die Abzeichen eines Sergeant waren drei auf dem Kopf stehende Vs, nicht mehr. Durch eine Beförderung erhielt man das Anrecht auf einen neuen Titel und Bogen, die unterhalb der Winkel angebracht waren, und die ließ sich niemand durch die schlampige Anrede eines kleinen Private nehmen. Ein Bogen: Staff Sergeant. Zwei Bogen: Platoon Sergeant. Drei: Master Sergeant. Und drei mit einer Raute in der Mitte: Top.

»Ja, First Sergeant!«, bellte der Private zackig. Chandler beobachtete, wie der Top dem Jungen aus einer Entfernung von höchstens drei Zentimetern die Leviten las. Er steckte ihm geradezu die Nase ins Gesicht, dann hielt er ihm das Ohr hin, um die Antwort des Soldaten zu hören, der mit aller Kraft »Ja, First Sergeant!« brüllte. Schließlich kehrte er zu Chandler zurück.

»Tut mir wirklich Leid, Sir.« Kopfschüttelnd blickte der Top dem abziehenden Soldaten nach. Chandler war überhaupt nichts aufgefallen, aber der First Sergeant schien den Jungen für einen hoffnungslosen Fall zu halten. Der Private ging nicht mehr in die Richtung, die er vorhin eingeschlagen hatte, sondern ließ sich nach ein paar Schritten gegen die Wand sinken. *Mission abgebrochen, was immer sein Ziel gewesen sein mochte.*

»Ich glaube, ich gehe jetzt besser.«

»Sir.« Chandler, der sich schon abgewandt hatte, drehte sich zu dem älteren Mann um. Der Top, der den Helm abgenommen hatte und sich mit der Hand über die grauen Stoppeln auf dem sonnengebräunten Kopf fuhr, wirkte besorgt. Blinzelnd blickte er Chandler an, während er den Helm aufsetzte. »Haben Sie Kinder, Sir?«

Chandler erstarrte bei der unerwarteten Frage. »Ich habe einen Sohn.« Es war das erste Mal in seinem Leben, dass er diese Wörter aussprach.

Der First Sergeant ließ den Blick über die Reihen der

Männer schweifen, die auf ihrem Gepäck lagen. »Gut. Ich halte nicht viel von Offizieren, die keine Söhne haben.« Die Augen des Tops bohrten sich in die seinen, bis Chandler den Blick abwenden musste. Er betrachtete die Männer in seiner Nähe. Große, verschwitzte, schmutzige Männer. Alles Söhne. Über ihnen wirkte das Fenster vor dem fast völlig dunklen Rollfeld wie ein Spiegel, in dem Chandler sein eigenes Bild sah.

Vor ihm stand ein Mann in grün-braun-schwarzem Tarnanzug und Kampfstiefeln mit Helm und Kampfausrüstung. Über seiner Schulter hing ein M-16, doch sein Gesicht war kaum zu erkennen.

Ziemlich gute Imitation, dachte Chandler. *Sogar der Top ist darauf reingefallen.*

Einrichtungen des Kongresses, Westvirginia
25. Juni, 0300 Uhr GMT (2200 Uhr Ortszeit)

Henry Dodson, der Anwalt des Präsidenten, erhob sich, um eine Ansprache an den Senat zu halten. Er hatte das gütige Lächeln eines alten Mannes, den die Jahre milde gestimmt haben. Seine leicht gebeugte Haltung, das kurze silberfarbene Haar und die Fliege legten den Gedanken nahe, dass seine besten Tage vorüber waren, doch das Feuer in den blauen Augen brannte hell wie eh und je.

Lächelnd verbeugte er sich kurz vor dem Vorsitzenden Richter und wandte sich dann an die Senatoren. »Sie halten die Welt in Ihren Händen.« Das einzige Geräusch im Raum war das Surren der Fernsehkamera, die kaum einen Meter von Lamberts Kopf entfernt war. »Sie können mit ihr nach Belieben verfahren. Wird es Krieg geben? Frieden? Nukleare Vernichtung? Wird es eine Zeit der Heilung sein oder steht das Ende der Welt bevor? Das sind die großen Fragen, die Sie im Augenblick beschäftigen, Fragen, angesichts derer einem schwindlig werden könnte. Doch zum Glück ist es nicht die Frage, die Ihnen heute gestellt wird.

Hier geht es um ein Verfahren gegen einen einzelnen Mann, gegen Walter Nathaniel Livingston, den Präsidenten der Vereinigten Staaten. Genau betrachtet gibt es nur zwei Tatsachen, die überhaupt von Bedeutung sind. Präsident Livingston erfuhr von einem niederträchtigen Angriff der Russen auf China, von einem atomaren Überraschungsangriff, der der bevölkerungsreichsten Nation dieser Erde Tod und Zerstörung bringen musste. Von diesem Augenblick an blieben ihm nur zwei Alternativen: zu schweigen und damit zum Mitschuldigen an diesem tragischen Verbrechen zu werden oder dieses für ihn persönlich und für sein Land unwürdige Verhalten abzulehnen. Das hieß, den Idealen dieses friedliebenden Landes gerecht zu werden und ein Mitglied der großen Völkerfamilie vor dem bevorstehenden tödlichen Feuersturm zu warnen.« Er legte eine Pause ein und fügte dann fast beiläufig hinzu: »Er entschied sich für Letzteres und das, meine Damen und Herren, ist die erste Tatsache.

Wir alle wissen, was dann geschah. Die Russen feuerten auf die Chinesen, die Chinesen erwiderten das Feuer und ein obskurer russischer General, der sich insgeheim der Kontrolle über die Atomwaffen bemächtigt hatte, schoss eine verheerende Salve auf die Vereinigten Staaten ab. So entsetzlich dieser Angriff auch war, es handelte sich um einen Irrtum.

Nach solchen Katastrophen schlagen die Gefühle hohe Wogen. Für eine Überschwemmung lässt sich nur schwer ein Schuldiger finden, für Hurrikans, Erdbeben und Tornados kann man höchstens Gott verantwortlich machen. Aber wir Amerikaner haben einen Präsidenten, einen Menschen aus Fleisch und Blut, dem wir die Schuld an allem geben können. Wir wurden angegriffen! Tausend Atomsprengköpfe regneten auf unser Land nieder! Sein Fehler! Seiner! Der Präsident ist schuld, Walter Nathaniel Livingston!«

Mit einer einzigen verneinenden Bewegung seines Kopfes schlug der alte Anwalt, die Lippen geschürzt, den gesamten Saal in seinen Bann. »Diese Wut, dieser stetig wachsende Druck brauchte ein Ventil und er fand es.

Demonstrationen. Plünderung und Zerstörung von Geschäften, deren Besitzer russische Namen trugen. Die Plünderung beschlagnahmter russischer Frachter. Die Kriegserklärung« – er warf einen Blick auf den Senat – »das letzte Ventil für unsere kollektive Wut!«

Offenbar erschöpft von seinem einsamen Kampf, senkte er die Stimme. »Dies könnte für lange Zeit die letzte Stimme sein, die zum Frieden mahnt. Was liegt zwischen meinen Worten von heute Abend und dem nächsten Anwalt, der sich aus der verbrannten Landschaft erhebt wie ein grüner Keim, um ›Genug‹ zu rufen? Tod und noch mehr Tod und, wenn wir nicht alle großes Glück haben, das Ende der Welt, wie wir sie kennen. Bei diesem Krieg geht es nämlich nicht darum, wer Recht hat, was für die menschliche Rasse immer das Recht des Siegers ist, sondern schlicht und einfach um Bestrafung.

Aber haben die Russen nicht bezahlt? Sie haben bezahlt, meine Damen und Herren, und hier und heute ist es an der Zeit, Tod und Zerstörung Einhalt zu gebieten. Was, wenn dies nicht geschieht? Was, wenn der Krieg weitergeht? Auch für die Russen regnet der Tod vom Himmel. Glauben Sie wirklich, sie würden uns in dieser Situation die Füße küssen? Das ist doch Wahnsinn, gefährlicher Wahnsinn.

Präsident Walter Livingston weiß genau, was uns erwartet, wenn wir uns für den Krieg entscheiden. Wir werden unsere Männer und Frauen in den Kampf schicken, aber wofür? Wenn wir erfolgreich sind, kann es nur einen Ausgang geben. Wenn wir ihr Land überrollen, jeden, der sich zu seiner Verteidigung erhebt, vernichten, die Erde verbrennen, die unter unseren mächtigen Kriegsmaschinen erbebt, vom Himmel wie Raubvögel auf sie herabstoßen – was erwartet uns dann? Ein glorreicher Sieg? Eine Parade, bei der wir General Rasows Kopf im Triumph auf einer Stange vor uns hertragen?«

Bedächtig schüttelte er den Kopf. »Wenn ihre Patrioten auch nur im Geringsten den unseren ähneln – und ich fürchte das tun sie, meine Damen und Herren Senatoren –, dann wissen wir doch alle, wie der letzte Akt dieser Tragödie aussehen wird. Wenn unsere Eroberungstruppen den Ring schließen, wird im Augenblick ihres größten Triumphs die Hand eines sterbenden russischen Patrioten tapfer nach dem letzten Mittel des Krieges greifen, das ihm zur Verfügung steht. Im Todeskampf wird er die vier apokalyptischen Reiter loslassen und die Feuer der Hölle werden uns alle verzehren.

Walter Livingston weiß dies. Zwischen uns und dem Ende steht einzig und allein Walter Livingston. Belassen Sie ihn in dem Amt, in das er gewählt wurde. Soll er doch als größter Feigling aller Zeiten in die Geschichte eingehen, aber belassen Sie ihn im Amt – um uns zu retten. Um unsere Nation, um die Welt vor der Vernichtung zu bewahren.«

U.S.S. NASSAU, *Japanisches Meer*
25. Juni, 0300 Uhr GMT (1300 Uhr Ortszeit)

»... sechs, sieben, acht, neun, zehn! Geschafft, Kumpel! ich wusste ja, dass du das kannst!«

Lance Corporal Terrence Monk von den Marines schwang sich von der Bank, auf der er soeben hundert Kilogramm gestemmt hatte. Das Klicken der Gewichte und das Stöhnen der Männer, die von ihren Kameraden angefeuert wurden, füllte den großen offenen Bereich des amphibischen Angriffsschiffs.

»Nicht schlecht, Mann!«, verkündete Mouth lautstark. »Da kommt keiner außer ›Bone‹ ran!«

Als sich Monk von der Bank erhob, strömte ihm der Schweiß aus jeder Pore und durchnässte sein rotes USMC-T-Shirt, bis es schwarz aussah. Der Fitnessraum des Schiffes war sehr feucht. Durch eine spezielle Klimaanlage wurden genau die Temperatur und Luftfeuchtigkeit erreicht, die im Juni an der fernöstlichen Pazifikküste herrschten – ein Teil des Akklimatisierungsprogramms.

Ein massiger Junge aus Oklahoma, der den Spitznamen »Bone« – von *bonebreaker*, »Knochenbrecher« – trug, baute sich drohend vor Monk auf, bevor er sich selbst auf die Bank legte. Die anderen Soldaten von der First Squad befestigten an jedem Ende der Stange zusätzlich ein abgenutztes Zwei-Kilo-Gewicht.

»Jetzt kriegt ihr gleich was zu sehen«, sagte Bone zu den Männern, die grinsend um ihn herumstanden. Andere beim Workout zu beobachten, das zweimal täglich stattfand, war ein geradezu masochistisches Vergnügen.

Zwei Männer hoben die schwere Stange aus ihrer Halterung. »Hast du sie?«, fragte ein großer, schlaksiger Bursche, der den Spitznamen »Stick«, »Stange«, trug. Bone nickte stumm: Er wollte keine kostbare Atemluft für überflüssige Wörter verschwenden.

Seine Arme beugten sich und die Stange senkte sich. Langsam presste er sie wieder nach oben. »Eins!«, zählten die Männer. »Zwei!«

Ohne sich an den Anfeuerungsrufen zu beteiligen, beobachtete Monk, wie sich Bone langsam den Sieg erkämpfte. Seine Gedanken schweiften in dem allgemeinen Stimmengewirr in die Ferne. »Zehn! Du hast es geschafft, Bone!«, brüllte Mouth.

Aber Bone war noch nicht fertig. Mit größter Anstrengung ließ er die Stange erneut sinken. Sein Gesicht war puterrot und an den Schläfen traten die Adern hervor.

»Irre!«, schrie Mouth, das Großmaul, aufgeregt wie immer. Bone stemmte die Stange nur mit Mühe und sehr langsam. Einmal hielt er inne und die Männer neben ihm wollten schon nach der Hantel greifen, doch Bone atmete ächzend aus und holte noch einmal tief Luft. Die Gewichte hoben sich weiter.

»Elf!«, grölte die Gruppe, während die Helfer die Stange zurück in die Halterung legten. Bone erhob sich mit dunkelrotem Gesicht. Vom Kinn tropfte ihm der Schweiß. Noch einmal pflanzte er sich drohend vor dem wesentlich kleineren Monk auf, starrte ihm einen Augenblick lang ins Gesicht und ging dann an ihm vorbei in Richtung Duschen.

Monk und die übrigen Männer der Rifle Squad griffen nach ihren Handtüchern und folgten ihm.

»Und, habt ihr jetzt den ganzen Dreck rausgeschwitzt?«, dröhnte ein breitschultriger Mann, der links von der Gruppe stand. Sofort standen die Marines stramm. Da er den höchsten Rang hatte, wandte sich Monk vorsichtig nach dem Lieutenant Colonel um, dessen graue Stoppeln vor Schweiß glänzten. Sein Trainingsanzug war ebenfalls völlig durchnässt.

»Ja, Sir!«, bellte Monk, wie es sich gehörte.

»Ausgezeichnet, das ist nämlich das letzte Fitnesstraining für eine ganze Weile. Weitermachen.«

In gedämpfter Stimmung gingen sie zu den Duschen. Niemand sprach, bis sie sich weit genug von dem Offizier entfernt hatten. Einer der Neuzugänge der Truppe, die erst nach dem Atomangriff auf volle Stärke aufgestockt worden war, kam ihnen nachgelaufen. »He, Leute! Ich habe gerade gehört, dass die gesamte Mannschaft um 2100 auf dem Welldeck antreten soll. Vielleicht geht es wirklich los!«

»Wie bitte?«, nörgelte Mouth. »Wer bist du Arsch überhaupt? Du hast doch keine Ahnung. Ich habe gerade mit dem Colonel geplaudert, der hätte doch bestimmt …«

»Wo hast du das gehört?«, unterbrach ihn Monk.

»Ein paar Typen im Hauptquartier der Kompanie sagen, der Kommandant habe die ganze Nacht über den Plänen gesessen.«

»Das heißt gar nichts, du Saftsack«, tönte Mouth.

»Na ja, der Militär-Radiosender in Japan sagt, die Abstimmung im Senat steht unmittelbar bevor. Alles Personal, das nicht im Krankenstand ist, soll auf seine Stützpunkte zurückkehren. Wenn der Präsident des Amtes enthoben wird, dann befinden wir uns im Krieg, heißt es.«

»Und das soll das Militärradio verbreitet haben?«, quäkte Mouth so skeptisch wie möglich.

»Ja … also das über die Abstimmung und dass jeder auf seinen Stützpunkt zurückkehren soll.«

Die älteren Männer – die in den frühen Zwanzigern, die schon einige Jahre beim Korps hinter sich hatten – waren geteilter Meinung darüber, ob es wirklich zu Kampfhandlungen kommen würde oder ob die Russen nachgeben würden.

Monk überließ sich seinen Gedanken. Am anderen Ende des riesigen Fitnessraums entdeckte er einen Trupp von Seeleuten, die, unbemerkt von den meisten anderen, in aller Ruhe die Geräte abbauten und entlang eines Schotts verstauten. Ein zweiter Trupp schraubte senkrechte Metallrahmen paarweise in die Halterungen auf dem Deck. Die zusammengehörigen Rahmen standen jeweils knapp zwei Meter voneinander entfernt. Als er und die anderen die Duschen erreicht hatten, blieb Monk zurück, um den Aufbau zu beobachten. Ganze Reihen dieser Rahmen wurden aufgestellt. Aus jedem Rahmen ragte eine mit vier Haken versehene Stange. An den Haken würden Beutel für Infusionen hängen, während in die Rahmen Tragen eingehängt werden konnten. Mit den Augen folgte er dem regelmäßigen Muster der Halterungen, die sich über die gesamte Länge des riesigen Raumes zogen.

Flughafen Gander, Neufundland
25. Juni, 0500 Uhr GMT (0100 Uhr Ortszeit)

»Können Sie mir zumindest sagen, wo die Toilette ist?«, fragte Chandler.

Der Air Force Lieutenant blickte auf. Unter seinen blutunterlaufenen Augen zeichneten sich dunkle Ringe ab. »Männergarderobe.«

Chandler hatte es satt, nach jemandem zu suchen, der ihm aus seiner misslichen Lage helfen konnte, und musste zu seinen Leuten zurück, doch offenkundig war er hier an der richtigen Stelle. Noch wollte er nicht aufgeben.

Seine Schuhe quietschten auf dem Hartholzboden des zur Kommandozentrale umfunktionierten Basketballfeldes, auf dem das Kondenswasser stand. Vermutlich wurde es durch die Eislaufbahn im Stockwerk darunter verursacht. Als er den Umkleideraum betrat, hörte er Stimmengewirr. Offenbar wurde hier dem Nationalsport des männlichen Amerikaners gefrönt: große Reden zu schwingen.

In einer der Kabinen entdeckte er auf dem Boden eine aufgequollene, in der Mitte aufgeschlagene Zeitung, die nass geworden und dann getrocknet war. Aufgeregt griff er danach und suchte nach der Titelseite. Es war die *New York Times*!

Die mit fetten Schlagzeilen übersäte Titelseite erwies sich, was den Informationsgehalt anging, als wahre Goldgrube. Die Welt veränderte sich mit rasender Geschwindigkeit. LÖST PRÄSIDENT LIVINGSTON DIE NATO AUF?, lautete der Titel über zwei Artikeln, die mit »USA ziehen neues Bündnis mit Briten und anderen in Betracht« und »Frankreich und Deutschland verweigern den USA Unterstützung« überschrieben waren.

Hastig überflog Chandler den ersten Artikel. »Außenminister Anderson begann letzte Nacht mit seinen Amtskollegen aus Großbritannien, Italien, Kanada, Polen, Tschechien, der Slowakei, Ungarn, Island, Griechenland und der Türkei Verhandlungen über einen neuen ›Vertrag zur euroamerikanischen militärischen Sicherheit‹, TEAMS. Sollte der TEAMS von dem sich in letzter Zeit sehr kämpferisch gebenden Kongress (siehe Seite 17) gebilligt werden, würde dieses politische und militärische Bündnis Nachfolger der NATO werden, die unmittelbar vor dem Zusammenbruch zu stehen scheint.«

»Präsident genehmigt vollständige Mobilmachung«, lautete eine weitere große Schlagzeile. »Allgemeine Wehrpflicht für Männer«, hieß es in kleineren Buchstaben darunter. »Trotz der Kontroverse mit dem Kongress hat der Präsident einen Befehl unterzeichnet, der die Einberufung aller Männer und von bis zu fünfunddreißig Prozent aller Frauen zwischen achtzehn und zwanzig gestattet. Die Sprecher der Regierung bemühen sich, der russischen Regierung zu versichern, dass es sich bei dieser Verstärkung der Truppen um bis zu 2 750 000 Männer und fünfhunderttausend Frauen keineswegs um eine Androhung fortgesetzter Feindseligkeiten handelt. Ranghohe Vertreter der Livingston-Regierung erklärten, die Einberufung würde sich über Monate, wenn nicht sogar Jahre, hinziehen und die Rekruten würden nach der Grundausbildung nicht notwendigerweise bei einer Kampfeinheit eingesetzt, sondern könnten stattdessen beim Wiederaufbau der zerstörten Gebiete Verwendung finden. Trotz dieser Versicherungen sehen Verteidigungsexperten in aller Welt in der angekündigten Aushebung von Rekruten ein weiteres Zeichen dafür, dass für Washington der Beginn allgemeiner Feindseligkeiten offenbar bevorsteht.«

Mitten auf der Seite stand unter einem körnigen Foto »*U.S.S. Fife* erreicht nur mit Mühe Yokohama. Dutzende von Toten befürchtet. Die Japaner demonstrieren an den Docks gegen die Anwesenheit des Schiffes.« Chandler studierte das Foto des beschädigten Schiffes. Es war klein – ein Zerstörer – und hatte deutlich Schlagseite. Aus einem Riss an der Seite quoll schwarzer Rauch, während ein Feuerlöschboot die Aufbauten mit Wasser bespritzte. Was hatte es wohl für Treffer hinnehmen müssen?

Erst jetzt bemerkte er, dass der Lärm in der Garderobe verstummt war. Ein paar Leute begrüßten einen Neuankömmling. Danach wurde es bis auf das Geräusch laufenden Wasser totenstill.

»Du hättest nichts tun können, Mann«, sagte einer, »rein gar nichts.«

»Danke.«

Chandler wandte sich erneut seiner Titelseite zu. Ein kleiner Kasten verkündete das vorzeitige Ende der Baseball-Saison.

Zögernd fragte eine andere Stimme: »Wie war es?«

In der nun folgenden Pause studierte Chandler die linke untere Ecke der Titelseite. Zwei schwarz eingerahmte Artikel gehörten offenbar zu einer Sonderserie über den Atomkrieg. »Der Untergang von Great Falls, Montana« und »Ich sah nur einen Blitz«. Letzteres hatte ein Mann in Rome, New York, gesagt. Die March Air Force Base schien nicht erwähnt zu werden.

Schließlich erregte die Stille seine Aufmerksamkeit. Wenn sich so viele Menschen in einem Raum aufhielten, konnte Schweigen ohrenbetäubend sein.

»Wir wurden wild durcheinander geschleudert. Überall

flogen Sachen rum. Ein paar Leute, die gerade auf dem Klo waren, wurden auch rumgewirbelt, wie im Weltraum war das.«

»Wie haben sie euch erwischt?«, fragte der erste Mann mit mitfühlender Stimme.

»Ein Aufklärungsflug von Foxbats, die sich vom Süden Islands hochgearbeitet hatten, und wir kommen nichts ahnend daher. Wir hatten gerade Spezialeinheiten auf den Lavafeldern außerhalb von Reykjavik abgesetzt. Kaum waren alle abgesprungen … Ich hatte meinen Fallschirm angelegt, weil ich für den Sprung verantwortlich war. Plötzlich begann die Maschine sich zu drehen. Captain Ames ist mit voller Kraft in die Drehung gegangen. Das muss man sich mal vorstellen, eine komplette Backbordrolle mit einer C-141. Man konnte es in den Beinen spüren, die sich irgendwie selbständig machen wollten. Dann brach die Hölle los. Ich rief den Bordingenieur an und der sagte nur: ›Diese Verbrecher! Sie haben uns. Scheiße, Mann, die haben uns.« Dann waren aus dem Cockpit nur noch Alarmsignale und Summer zu hören – Warnung vor Strömungsabriss, Radar, alles.«

Diesmal legte er eine längere Pause ein, während der er stoßweise tief einatmete. »Uns wurde allen übel … wegen der Fliehkraft, ihr wisst schon. Er stellte uns praktisch auf die Schwanzspitze.« Die Worte schienen ihm in der Kehle stecken zu bleiben.

Chandler – und vermutlich auch die übrigen Zuhörer – hingen mit dem Erzähler an Bord der riesigen Transportmaschine in der Luft. Die Sekunden vergingen. Eine Rakete hätte inzwischen getroffen. Chandler konnte den Knall fast hören. *Wie laut? Wie kann das gewesen sein?*

«Der Schwanz – wurde einfach weggerissen. Ich drehte mich irgendwie nach hinten um, aber da war nichts mehr. Man konnte direkt auf die Erde sehen.« Der Mann legte erneut eine Pause ein, sprach aber dann mit gepresster Stimme weiter. »Alles flog raus und …«

»Ist ja gut, Mann«, sagte ein anderer.

»… da bin ich einfach gesprungen«, stieß der Erzähler

hervor. »Ich riss die Servicetür auf und sprang raus. Wir stiegen immer noch, aber alles ächzte und stöhnte und der Wind heulte. Ich wollte das Cockpit anrufen und ihnen sagen, was los war … aber …« Erneut setzte seine Stimme aus, aber er zwang sich weiterzusprechen. »Die Maschine trudelte seitlich, so was habt ihr noch nicht erlebt und dann … ach Scheiße!« Chandler saß mit gebeugtem Kopf da, das einzige Geräusch, das er hörte, war sein eigener Herzschlag. Der Stimme nach zu urteilen, war der Erzähler nicht mehr ganz jung, vielleicht eine Art Crew Chief. Es waren seine Männer gewesen und er hatte sie im Stich gelassen. Niemand unter seinen Zuhörer zweifelte daran, dass er das Richtige getan hatte. Er wusste das, aber es interessierte ihn nicht und war ihm auch kein Trost. Das Monster, das von seiner Seele Besitz ergriffen hatte, würde erst mit ihm selbst sterben. *Seine Männer – und er hatte sie im Stich gelassen.*

Los Angeles, Kalifornien
25. Juni, 0800 Uhr GMT (2400 Uhr Ortszeit)

»Was, glaubst du, wird passieren?«, fragte Lisa, Melissas beste Freundin, am Telefon. Melissa saß in dem Zimmer, das nur durch das flackernde Licht des Fernsehers erhellt wurde, und verabreichte Matthew seinen Mitternachtstrunk.

»Ich weiß es nicht. Vermutlich werden sie ihn seines Amtes entheben.« Melissa flüsterte praktisch, doch ihr Fernseher war ohnehin zu leise eingestellt, als dass sie den Kommentar hätte verstehen können, der im Hintergrund lief. Das war auch nicht nötig, denn sie konnte ihn laut und deutlich über das Telefon hören. Lisa, einer der letzten Singles in Melissas und Davids Freundeskreis, brauchte keine Rücksicht auf schlafende Babys zu nehmen.

»Aber die waren so lange da drin«, meinte Lisa. »Wer weiß? Vielleicht besteht noch Hoffnung.«

Melissa klemmte sich das Telefon zwischen Ohr und Schulter, um Matthew aufstoßen zu lassen. Nachdem sie sich eine Weile mit einer Milchpumpe herumgequält und ihre Milch in einer Frauenklinik auf Radioaktivität hatte untersuchen lassen, hatte sie schließlich begonnen, das Kind zu stillen. »Ich dachte, du hasst Livingston.«

»Stimmt, schließlich tut das jeder. Aber wenn seine Amtsenthebung bedeutet, dass wir uns geradewegs in den Krieg stürzen … vor allem in deiner Situation. Wo doch kein Mensch weiß, wo David ist.«

Matthew rülpste lautstark und wurde sofort unruhig. Eilig legte Melissa ihn an die andere Brust.

»Was war denn das?«, erkundigte sich Lisa.

»Matthew hat aufgestoßen.«

»Oh. Warte mal! Sieh doch nur.«

Melissa blickte auf ein Bild, das völlig verwackelt war, weil die Reporter den inzwischen allgemein bekannten Korridor des Kongressbunkers in Greenbriar hinunterliefen.

»General Thomas! Mr. Lambert!«, brüllte der Reporter, dessen Stimme ebenfalls verzerrt klang. Die Kamera näherte sich den Aufzügen. »Heißt das, dass es eine Entscheidung gegeben hat?«, fragte ein anderer Journalist. »Verlassen Sie den Bunker?«, brüllte ein dritter.

Melissa sah in die Gesichter der beiden Männer, die nur einen kurzen Blick auf die Kamera warfen, bevor sie in den Aufzug stiegen. Sie sprachen kein Wort, ihre Gesichter wirkten wie strenge Masken des Schweigens. Als sich die Aufzugtüren hinter ihnen schlossen, trat ein Kongressbeamter von der anderen Seite des Absperrungskordons ins Bild, um mit ausgebreiteten Armen Presse und Fotografen zurückzuhalten.

»Verlassen General Thomas und Mr. Lambert die Einrichtung?«, schrie ein Reporter.

»Nein, nein«, sagte der Mann. »Der Senat debattiert nunmehr seit geraumer Zeit in geschlossener Sitzung. Mr. Lambert und der General gehen nur zum Konferenzraum, um sich einen kurzen Überblick über die globale Lage zu verschaffen, das ist alles.«

»Wie lange noch?«, riefen mehrere Reporter gleichzeitig. »Stunden? Tage?«

»Ein paar Stunden wird es noch dauern«, erklärte der Kongressbeamte und wandte sich zum Gehen.

»Was hast du vor?«, erkundigte sich Lisa.

»Was meinst du damit?«

»Ich meine, wenn sie ihn seines Amtes entheben.«

»Ich verstehe dich immer noch nicht. Was soll ich denn tun?«

»Wirst du in der Stadt bleiben?«

»Ich bin gerade erst nach Hause gekommen.« Melissa gefielen Lisas Andeutungen überhaupt nicht.

»Ich weiß .. aber wenn es wirklich Krieg gibt.«

»Du bist doch sogar während des Angriffs hier geblieben.«

»Weil ich geschlafen habe. Ich habe erst am nächsten Morgen erfahren, was los war.«

»Genau das meine ich. Warum jetzt weggehen? Beim letzten Mal hattest du keine Ahnung, bis du die Zeitung gelesen hast.«

»Meine Fenster haben gewackelt«, berichtete Lisa. »Und als ich aufstand, schwappte das Wasser im Pool hin und her wie bei einem Erdbeben, das schwöre ich bei Gott.«

»Und dann bist du wieder eingeschlafen. Ich habe dir ja erzählt, wie es in diesem Hotelzimmer war. Ich bleibe, wo ich bin.«

Lisa verstummte, während das Fernsehbild nach Europa wechselte, wo bereits heller Sonntagmorgen war. Angestrengt starrte Melissa in die Gesichter der Soldaten, vielleicht entdeckte sie ja David. Es sah aus wie nach einem Zugunglück oder einer Massenkarambolage. Kleine Gruppen von medizinischem Personal kümmerten sich um die Männer, die überall auf der Straße und in einem angrenzenden Feld lagen. »Ostpolen« stand unten auf dem Schirm.

»Joni und Tom verlassen die Stadt«, fuhr Lisa fort. »Sie packen den Range Rover und fahren morgen ab.«

»Was ist mit dir?«

Lisa antwortete nicht sofort. Auf dem Bildschirm war jetzt ein Flüchtlingslager am Rande eines Kriegsgebietes zu sehen. Eine Krankenschwester in voller Schutzkleidung und mit Gasmaske stellte das Ventil einer Infusion bei einem Strahlenopfer ein. Wie alt der Mann war, ließ sich kaum sagen. Das Haar war fast völlig verschwunden und überall auf Gesicht und Händen, die ansonsten sehr weiß waren, waren rote Flecken und Punkte zu sehen. Bei dem Bericht ging es um die schwindenden Vorräte an Opiaten. Die Food and Drug Administration erwog die Genehmigung von Medikamenten für eine Euthanasie, die von zwei Ärzten mit Zustimmung des Patienten durchgeführt werden sollte.

»Warum kommst du nicht mit?«, fragte Lisa. »Wir könnten morgen packen, wir drei!«

»Ich gehe nirgendwohin, Lisa«, gab Melissa niedergeschlagen zurück.

»Ohne dich will ich auch nicht weg.«

»Meine Eltern sind unterwegs. Sie könnten jeden Tag einen Flug bekommen.«

»Bist du sicher?«

Melissa fühlte, wie eine allgemeine Niedergeschlagenheit von ihr Besitz ergriff. »David könnte anrufen.« Lisa seufzte. »Wann fährst du?«

»Weiß ich noch nicht. Sobald Wally seines Amtes enthoben wird, nehme ich an.«

»Rufst du mich vorher an?« Melissa strömten Tränen über das Gesicht.

»Natürlich! Es könnte allerdings mitten in der Nacht sein.«

»Ich stecke das Telefon nicht aus.« Melissa lachte und Lisa stimmte ein. Viele Leute schliefen mit eingeschalteten Radio- und Fernsehgeräten, um rechtzeitig gewarnt zu werden. Allein die Vorstellung, dass jemand sein Telefon aussteckte, war absurd. Melissa sah auf Matthew herab. Er war eingeschlafen und hatte ihre Brustwarze losgelassen.

Nachdem sie aufgehängt hatte, brachte sie Matthew nach oben und legte ihn in das Reisebett, das neben ihrem Bett stand. Dann ging auch sie schlafen. Nachdem sie sich in dem bis auf Matthews leise pfeifenden Atem völlig ruhigen Raum eine Weile unruhig hin und her geworfen hatte, stand sie auf und schaltete den Fernseher ein. Er war ihre einzige

Verbindung zur Außenwelt. Von jetzt ab würde sie ihn rund um die Uhr laufen lassen.

Einrichtungen des Kongresses, Westvirginia
25. Juni, 0800 Uhr GMT (0300 Uhr Ortszeit)

»Ich will diese Maschinen in der Luft haben«, erklärte Thomas. »Ich pfeife auf die deutschen Fluglotsen. Wenn nötig, setzen wir unsere eigenen Leute ein. Hauptsache, es geht schnell!«

»Büro des Befehlshabers«, sagte der Marine, den Lambert am Telefon hatte.

»Hier ist Greg Lambert. Ich möchte mit General Fuller sprechen.«

»Einen Augenblick bitte.« Unterdessen hörte Lambert wie General Thomas in seinen Apparat sagte: »Wie viele und wann?« Er lauschte auf die Antwort und formte stumm das Wort »Verdammt!« Dann sah er zu Lambert hinüber, wobei er die Sprechmuschel mit der Hand bedeckte. »Die Russen haben gerade die slowakische Grenze überschritten – Störangriff.«

»Mit Bodentruppen?«, fragte Lambert. Als Thomas nickte, wandte er seine Aufmerksamkeit wieder dem Telefon zu. »Natürlich kann er Gegenmaßnahmen ergreifen. Es geht los! Operation Rächendes Schwert hat begonnen.«

»Hallo, Greg«, meldete sich General Fullers tiefe Stimme.

»General Fuller, die Vorabstimmung ist vorüber. Das Ergebnis war nicht einmal knapp: sechsundachtzig zu neun, zwei waren unentschieden. Der Vizepräsident hat den Startbefehl gegeben.«

Lambert hörte, wie Thomas neben ihm die Beherrschung verlor, was völlig untypisch für ihn war. »Versenken Sie das Ding! Es heißt, Feuer frei für alle Bereiche außer der Bastion in der Karasee!«

»General Fuller, führen Sie Operation Rächendes Schwert aus!«

»Okay.« Es klickte in der Leitung und Lambert starrte auf die nächste Nummer auf seiner Liste: das Weltraumkommando, das mit speziell umgebauten F-15-Maschinen einen russischen Satelliten nach dem anderen ausschalten würde.

»Sollten Sie nicht den Präsidenten anrufen?«, fragte Thomas, der bereits die nächste Nummer wählte.

Lambert zögerte. *Was für ein entsetzlicher Anruf,* dachte er, aber er wusste, dass kein Weg daran vorbeiführte. Er wählte Mount Weather. »Hier ist Greg Lambert. Präsident Livingston bitte.« Nach einer kurzen Pause klingelte das Telefon erneut. Livingston selbst antwortete bereits nach dem zweiten Klingeln.

»Mr. President, hier ist Greg Lambert.« Eine unbehagliche Pause entstand.

»Ist schon gut, Greg. Danke für Ihren Anruf.«

»Es tut mir Leid, Sir.«

»Er hat schon angefangen, nicht wahr?«

Der Krieg, meinte er – das war Lambert klar. »Ja, Sir, das hat er.«

»Erinnern Sie sich an unser Gespräch, Greg, bitte vergessen Sie es nicht. Ich zähle darauf, dass Sie in all den vor Ihnen liegenden Besprechungen meine Stimme und mein Gewissen sind. Ich zähle auf Sie, Greg.«

Um die Welt zu retten, wollte er damit sagen. Am liebsten hätte Lambert gegen diese absurde Bürde protestiert. »Ich werde tun, was ich kann, Mr. President.«

»Nur noch Walter, Greg. Walter Livingston.«

VIERTER TEIL

Mord rufen und des Krieges Hund' entfesseln.

William Shakespeare,
Julius Cäsar,
3. Akt, 1. Szene

1. KAPITEL

Über der Ostsee, westlich von Kronstadt, Russland
25. Juni, 1000 Uhr GMT (1200 Uhr Ortszeit)

»Viper Two, bleiben Sie an mir dran«, hörte Captain Patrick O'Brian durch sein linkes Ohr. Als er in Richtung des Geräusches blickte, sah er durch den strömenden Regen die dunklen Umrisse der F-15E Strike Eagle, in der sein Staffelführer saß.

»Two«, erwiderte O'Brian knapp, ohne seine Aufmerksamkeit von der grauen Oberfläche des Ozeans abzuwenden, der sich unmittelbar unter seinem massigen Angriffsflugzeug befand. Mit dem Daumen der linken Hand am Steuerknüppel, riss er die Geschwindigkeitsbremse auf und schloss sie wieder, bis er zwanzig Knoten verloren hatte. Nachdem er sich hinter dem Staffelführer eingeordnet hatte, beschleunigte er wieder ein wenig.

»Zwanzig«, hörte O'Brian durch die Lautsprecher in seinem Helm von hinten. Der Ton war viel deutlicher als bei dem künstlich produzierten, blechernen Klang eingehender Anrufe. Das gerichtete Kommunikationssystem des Flugzeugs sorgte dafür, dass ihn Mitteilungen oder Warnungen immer aus Richtung der Quelle erreichten, unabhängig davon, wie er den Kopf hielt. Weit entfernte Quellen klangen auch so. Der Sprecher, den er gerade deutlich gehört hatte, war sein »Wizzo« – sein Weapons Officer – im Sitz hinter ihm, der die Meilen bis zum Ziel zählte.

Auf der Haube vor O'Brian leuchteten neue Symbole und Daten auf.

»Bomben auf Ziel«, sagte First Lieutenant Ramirez von hinten.

O'Brian fand den hellen Kasten, den er suchte, links von dem flachen Schirm des HUD, des Head-Up-Displays. Das Display selbst war auf der Haube unsichtbar und die Symbole waren auf unendlich eingestellt, so dass sie erst scharf wurden, wenn man durch sie hindurch in die Ferne blickte.

Eine Linie zog sich von der Mitte des Displays zur Mitte des Kastens und gab ihm die notwendige Kurskorrektur an. Der schnell größer werdende Kasten war die Stelle für den Abwurf der Bomben, durch die er mit seiner Maschine fliegen musste.

Ramirez saß nach vorn gebeugt, mit dem Kopf im »Futtersack«, dem gepolsterten Bildschirm in Brusthöhe, wo sich O'Brians Steuerknüppel befand. Er verfolgte die Landmarken, anhand derer sie trotz der schlechten Sicht über dem sturmgepeitschten Meer ihren Weg fanden. Der Pave Tack Forward-Looking Infrared Imager produzierte ein hochauflösendes Wärmebild der Küstenlinie vor ihnen, so dass Ramirez nur mit der Trackball-Maus das Fadenkreuz auf der Landmarke positionieren und mit der Leertaste eingeben musste. Der Computer berechnete dann die Position des Ziels im Verhältnis zur Landmarke und erzeugte auf O'Brians Display den Auslösepunkt. O'Brian beobachtete, wie der Computer leichte Veränderungen an Position und Größe des Kastens vornahm, während der Laser des Pave-Tack-Zielerfassungssystems die Entfernung entlang der Sichtlinie bis zur Landmarke maß – die Hypotenuse des Dreiecks. Der Höhenmesser verriet dem Computer, wie lang die Grundlinie des Dreiecks war. Davon ausgehend konnte er dann die kritische dritte Seite berechnen: die Entfernung über dem Boden bis zur Landmarke und von dort zum Ziel. Zusammen mit den vom Gyroskop des Trägheitsnavigationssystem des Flugzeugs registrierten Beschleunigungswerten und der vom Pitotrohr gemessenen Fluggeschwindigkeit reichte das für den Rechner, um die Bomben mit unglaublicher Genauigkeit abzuwerfen. Dazu musste O'Brian nur durch den Kasten fliegen.

»Viper Two, Korrektur um zwölf Grad nach links«, sagte die Stimme des Staffelführers direkt vor ihm in sein linkes Ohr.

»Verstanden.« O'Brian bewegte den Knüppel vorsichtig nach links und übte leichten Druck auf das linke Ruderpedal aus, um die angegebene Kurskorrektur auszuführen. Als die Richtungsangabe auf dem HUD von 272 auf 260 Grad zurückging, stellte er Knüppel und Ruder erneut auf Geradeausflug. O'Brian sah, dass die Linie ein wenig neben der Mitte des Kastens auf und ab tanzte. Solange sich das Ende der Linie innerhalb des Kastens befand, konnten die Bomben am Zielpunkt ausgelöst werden. Der Computer würde den Rest besorgen. *Wir haben es,* dachte O'Brian. *Viper One hat es auch gefunden.*

Bei den winzigen Bewegungen des rechten Arms und des linken Beins, mit denen er die Steuersysteme bedient hatte, hatte er gespürt, wie angespannt seine Muskeln waren. Zwei Stunden im Cockpit und dreißig Minuten davon in extrem niedriger Höhe forderten ihren Tribut. *Scheiße!*, dachte er. *Bloß jetzt nicht verkrampfen.*

Am liebsten hätte er sich ausgestreckt, die Schultern gerollt und Arme und Beine ausgeschüttelt, aber in einer Höhe von fünfzig Metern über dem Wasser, schlechtem Wetter und etwa derselben Entfernung bis zu den ersten Radarfächern, die nach ihnen suchten, hätte dies ein fast sicheres Todesurteil für sie beide bedeutet. Der Gedanke trug nicht gerade zur Entspannung bei. Er warf einen Blick auf die Fluggeschwindigkeitsanzeige im HUD: 512 Knoten. Bei einer Höhe von fünfzig Metern mussten die beiden großen Flugzeuge eine Kielwelle im Wasser hinterlassen. Er schluckte, um den Kloß in seinem Hals loszuwerden.

Bewusst gegen den Instinkt ankämpfend, der ihn dazu trieb die Steuerhebel fest zu umklammern, zwang er sich, seinen Griff zu lockern, so dass Blut und damit Sauerstoff in die Muskeln seiner Gliedmaßen gelangen konnten. Die Übung, die der Flugarzt seine Jet-Klasse hatte durchführen lassen, war ihm noch gut im Gedächtnis. Während der Stunde über Flugausdauer musste jeder ein paar Minuten lang einen Besenstiel fest umklammern. Danach hatte seine Hand aufgrund des Sauerstoffmangels unkontrollierbar gezittert.

»Zweiundzwanzig«, sagte Ramirez.

Rechts von sich sah O'Brian aus dem Augenwinkel eine helle Flamme, dann noch eine und schließlich ein halbes

Dutzend weitere am dunkelgrauen Himmel aufleuchten und den Vorhang aus Regen und Nebel durchdringen, der die Grenzlinie zwischen Himmel, Meer und Land völlig verwischte. »HARMs unterwegs«, sagte er für Ramirez, der sich noch immer nach vorne beugte.

O'Brian warf erneut einen kurzen Blick nach rechts, konnte aber die acht winzigen Lichtpunkte auf ihrem Weg zum Land nicht mehr sehen. Die 367 Kilogramm schweren AGM-88A High-Speed Anti-Radiation Missiles oder HARMs hatten die Radarsender des russischen Flugabwehrsystems aufgespürt, die sich jeden Augenblick abschalteten. Aber es würde zu spät sein. Die HARMs würden weiterhin mit atemberaubender Geschwindigkeit auf den Punkt zurasen, an dem zuletzt Strahlung registriert wurde. Die Sender waren bereits so gut wie zerstört. Falls einige davon erst nach der Angriffswelle eingeschaltet werden sollten, würden sich die Flugzeuge um sie kümmern, von denen die HARMs abgeschossen worden waren: als »Wild Weasels« konfigurierte F-16.

Die Wild Weasels, die immer als Erste vor Ort waren und als Letzte verschwanden, würden mit ihren M61A-1 Vulcan 20-mm-Kanonen alle hochfrequenten Strahlungsquellen geradezu pulverisieren. Mit hundert Schuss pro Sekunde aus sechs rotierenden Läufen klang die Vulcan wie eine Kettensäge. Kein Ziel konnte Hunderten von winzigen Explosionen lange standhalten.

»Zwanzig«, sagte Ramirez, während dort, wo O'Brian die Küste vermutete, die Explosionsblitze der HARMs aufzuleuchten begannen.

O'Brian war überrascht, wie schwer ihm das Atmen fiel. *Du bist nervös, Patty,* dachte er und atmete noch einmal tief durch. *Reiß dich zusammen, alter Junge.*

»Leopard Flight, Kobolde zwei Uhr – Engel sechs!« Die leise, aber deutliche Meldung von oben kündigte die bereits erwartete Ankunft der russischen Abfangjäger an, deren einziges Ziel O'Brians Staffel von acht F-15E sein würde.

»In Gefechtsformation ausschwärmen. Schalter scharf. Los geht's!«, befahl die ferne Stimme ihres Kommandeurs.

»Eins scharf.«

»Zwei scharf.«

»Ich habe einen!«

»Achtzehn«, meldete Ramirez, dessen deutlich vernehmbare Stimme angespannt klang. *Er hört auch zu,* dachte O'-Brian.

»Musik in meinen Ohren. Ich feuere«, verkündete ein Pilot über ihnen. Ein Summen verriet, dass sein Radar ein Ziel gefunden hatte. Im Hintergrund hörte O'Brian das vertraute Fauchen der zündenden Rakete.

O'Brian überprüfte seine Luft-Luft-Raketen: zwei Sidewinders, Kurzstreckengeschosse mit Infrarot-Suchkopf, sowie zwei radargesteuerte Sparrows-Mittelstreckenraketen. Als er nach unten blickte, fiel ihm plötzlich ein, dass er ganz vergessen hatte, auf die Instrumente zu sehen. Wie es für den letzten Check vor jedem Gefecht vorgesehen war, warf er schnell einen Blick darauf – da sie sich nur knapp achtzehn Kilometer von ihrem Ziel entfernt befanden, keinen Augenblick zu früh. Nacheinander begann er die Instrumente durchzugehen, wobei er immer wieder hochsah, um sicherzugehen, dass sie Kurs und Höhe hielten. *Triebwerktemperatur: rechtes Triebwerk immer noch heiß, aber okay. Blick nach vorne – Kurs und Höhe gehalten.*

«Erster Treffer!«, jubelte es über ihnen.

»Sechzehn Kilometer«, meldete Ramirez.

Nur sechzehn Kilometer! Wo war ich denn bloß? Kraftstoff: Kraftstoffanzeige im grünen Bereich. Blick nach oben … OH NEIN! O'Brians Herzschlag setzte aus, als er die Anzeige des Radarhöhenmessers auf seinem HUD-Display sah: *Dreißig Meter!*

Mit leichtem Druck gegen den Steuerknüppel zog er die Maschine nach oben, bis er erneut seine Position unterhalb des Staffelführers erreicht hatte. Vermutlich war dieser mit seinem eigenen Check beschäftigt und hatte O'Brians nahezu tödlichen Fehler deswegen nicht bemerkt. Dieser konzentrierte sich angestrengt auf den Höhenmesser, der nun um die fünfzig Meter schwankte. Sein Herz hämmerte wie wild und er spürte, wie die Arterie an seinem Hals gegen den Overall pulsierte. *Dreißig Meter!* Noch nie war er bei schlechtem Wetter so niedrig geflogen.

»Abstand halten!«, kam es von oben.

»Vierzehn«, meldete Ramirez.

»Waffen vorbereiten«, sagte die ferne Stimme von oben. O'Brian sah vor seinem geistigen Auge, wie die achtzehn konventionellen Bomben der Maschine auf dem HUD erschienen. »Geschärft – Detonationshöhe null.« *Oberflächenexplosion,* dachte O'Brian.

Er konzentrierte sich darauf, dass die Enden der Linie innerhalb des Kastens blieben. Gleichzeitig behielt er aus dem Augenwinkel das Flugzeug des Staffelführers im Auge. Kalter Schweiß strömte ihm aus allen Poren.

»Hochziehen! Brenner!«

»Zwölf Kilometer.« Bei Ramirez' lautem Countdown zuckte er zusammen.

O'Brian, der den Schock noch nicht ganz überwunden hatte, brach den Instrumentencheck ab. *Ich hab's vermasselt. Ich habe zu lange gewartet,* dachte er, fasziniert von den Geräuschen der Schlacht, die von oben kamen.

»Zweiter Treffer. Noch einer!«

»Bleiben Sie an mir dran, Viper Two«, sagte der Staffelführer von oben links. Mit fast unmerklichen Druck der linken Hand auf den Gashebel kippte O'Brian erneut nach links weg. Als er nahe genug an der anderen Strike Eagle war, nahm er erneut seine Position in der Mitte des Kastens ein.

»Zehn Kilometer.« Ramirez' Stimme lag eine Oktave höher als sonst. *Ramirez ist nervös,* dachte O'Brian. Ramirez, der das Gesicht gegen die Abschirmpolster um seinen Bildschirm gepresst hielt, sah mehr als O'Brian: nämlich die zerklüftete Küstenlinie, auf die sie zurasten.

O'Brian hörte vor seinem Flugzeug einen schwachen Ton, der wellenförmig anstieg.

»Auf SAMs achten«, warnte O'Brians Staffelführer, als sie in Reichweite der feindlichen Boden-Luft-Raketen kamen.

Die Haut ihrer Maschine wurde von den ersten schwachen Energieimpulsen eines Radarsenders bestrichen, der vermutlich soeben eingeschaltet worden war. Wenn der

Empfänger des Radarsystems auch nur eine Rückmeldung von ausreichender Qualität empfing, würden sie vor sich die grelle Abgasflamme einer Rakete aufleuchten sehen. Das Geschoss würde schnell auf einen Kurs parallel zur Wasseroberfläche gehen und direkt auf O'Brians Maschine zurasen. Bei den enormen Geschwindigkeiten, die im Spiel waren, würde das nur wenige Sekunden dauern. Der Proximitätszünder würde vor ihrer Maschine einen Schrapnellnebel ausstoßen, der das heranrasende Flugzeug zerfetzen würde. O'Brian positionierte die Linie erneut im Kasten.

»Sieben Kilometer. Siehst du die Hochspannungsleitung rechts von uns?«

O'Brian warf einen Blick auf seinen FLIR-Monitor, den Ramirez auf maximale Vergrößerung eingestellt hatte. Das Schwarzweißbild war erstaunlich deutlich. »Ich hab's.« O'-Brian sah wieder in den dunklen Himmel vor seiner Haube, wobei er versuchte, sich die Position der kalten schwarzen Metalltürme, an denen die Stromleitungen befestigt waren, in der realen Welt einzuprägen. *Wer in die hineinrast, ist sofort erledigt.* In diesem Augenblick verließen sie die Unwetterzone. Meer, Horizont und Staffelführer waren plötzlich deutlich zu sehen. Niedrige Wolken jagten über O'Brians Haube hinweg.

»Triple A.« Das war erneut der Staffelführer.

O'Brian sah nun, wie die Flugabwehr-Artillerie der Russen unter und in den Wolken vor ihnen tödliche goldene Schweife zog. Es war das erste Mal, dass er so etwas beobachtete.

Plötzlich fühlte er, wie die kalte Hand des Todes nach ihm griff. In einer Höhe von sechs Metern über dem Meer würden die Triebwerke der F-15-Jets beginnen, Wasser statt Luft anzusaugen. Wenn der Horizontalstabilisator des nur zehn Meter von O'Brians Plexiglashaube entfernten Führungsflugzeugs auch nur einen leichten Schlag erhielt, mussten sich beide Flugzeuge unausweichlich in der Luft in ihre Bestandteile auflösen. Vor ihnen tobte ein Feuerwerk, das Metallfetzen in den Himmel mitten in seinem Zielkasten jagte. Der warnende Summton verriet ihm, dass massige, radargesteuerte Raketen auf ihren Startvorrichtungen nur noch auf den richtigen Moment warteten. Kleine Raketen, die sich an der vom Zielobjekt abgestrahlten Wärme orientierten, würden sich ohne Warnung auf sie stürzen, es sei denn, er sah sie rechtzeitig. Stromleitungen, Hügel, ja selbst die von den beiden F-15-Kampfflugzeugen direkt vor ihm – deren rot glühende Austrittsdüsen er kaum noch erkennen konnte – aufgescheuchten Vögel waren zur tödlichen Bedrohung geworden.

»Äh, sechs … sechs Kilometer.« Ramirez klang, als wäre ihm übel. *So war das nicht geplant,* dachte O'Brian, der fühlte, wie sich eisige Kälte von seiner Brust über seinen gesamten Körper ausbreitete, während er allmählich die Hoffnung verlor.

»Leopard One, bei sechs Uhr! Aufpassen!«, drang es aus dem Luftkampf, der sich über ihm abspielte.

Nicht zu vergessen die feindlichen Abfangjäger, erinnerte sich O'Brian.

»Wo ist er?«, fragte eine ferne, von Panik erfüllte Stimme aus dem Kopfhörer.

»Bei sechs Uhr! Drei Kilometer hinter euch!«

»Ich habe ihn nicht! Ich kann ihn nicht sehen!«

»Der ist direkt hinter euch! Ich werde feuern! Nach rechts abdrehen!«

»Fünf Kilometer. Steuerknüppel übergeben.«

»Er ist immer noch an mir dran, Leopard Two! Abschießen! Er hat mich erfasst! Schießt doch!«

»Steuerknüppel übergeben, O'Brian!«, brüllte Ramirez. »Vier Kilometer!«

O'Brian riss sich von den Geräuschen der über ihm tobenden Schlacht los, fühlte mit dem Daumen oben über seinen Steuerknüppel und schob den Automatikschalter nach vorn. Damit übernahm der Bordcomputer während der letzten Phase der Bombardierung die Kontrolle über die Maschine. »Übergeben. Tut mir Leid.« O'Brian fühlte, wie der Steuerknüppel von selbst kleine Korrekturen vornahm. Allerdings ließ er, wie alle Piloten, die Hände leicht darauf ruhen, um, wenn nötig, eingreifen zu können.

Die Linie befand sich nun mitten im Zentrum des immer größer werdenden Kastens. *Mitten rein,* dachte O'Brian, während er den Bereich vor sich angestrengt nach dem grellen Blitz einer Rakete absuchte. Plötzlich fiel ihm ein, dass er auf keinen Fall nach links ausweichen durfte, weil er sonst mit dem Staffelführer zusammenstoßen würde.

»Drei Kilometer«, betete Ramirez sein Mantra herunter.

»Der hat gefeuert!« Trotz der Entfernung war die kippende Stimme des Piloten sehr laut.

«*O … Gott!*«, hörte er die Stimme des ins Visier genommenen Piloten, dem bei seinen abrupten Manövern die Luft wegblieb.

»Schleudersitz! Du musst sofort da raus, Rod! Sofort!«

»Zwei Kilometer. Waffen geschärft. Es geht los!«

Von oben kam eine kurze Statikexplosion, der Schatten eines Geräuschs, das für O'Brian ein Todesschrei gewesen war. »O Gott«, sagte eine Stimme von oben. »Nein …« Nach einer Pause meldete sich der Sprecher wieder. »Rimfire, hier ist Leopard Two. Leopard One wurde … abgeschossen, ich wiederhole, Leopard One wurde abgeschossen.«

»Noch ein Kilometer.«

»Brauchen Sie einen Rettungstrupp?«, fragte eine weit entfernte Stimme hinter O'Brians Kopf.

»Negativ. Negativ. Er … er ist nicht mehr rausgekommen.«

O'Brian sah vor sich das helle Orange von Explosionen, als die Bomben der beiden führenden Flugzeuge einschlugen. Plötzlich sprang der Steuerknüppel nach hinten. O'Brian wurde vorübergehend in seinen Sitz gedrückt, als seine Maschine zu steigen begann. Seine Sicht war plötzlich fast null, weil die Wolken seine Haube einhüllten. Obwohl sich der Steuerknüppel nicht bewegte, riss ihn eine zweite Welle erneut in die Höhe.

»Bomben los!«, brüllte Ramirez, und das HUD schaltete automatisch auf Luft-zu-Luft-Anzeige.

O'Brian übernahm den Steuerknüppel wieder, kippte wie das führende Flugzeug steil nach links weg und ging in Sinkflug. Da er dabei die Wolkendecke durchbrach, konnte er nicht verfolgen, wie die Röhre mit achtzehn Mark-83-Allzweckbomben mit einem Gewicht von vierhunderfünfzig Kilogramm fast dreihundert Meter hoch in die Wolken jagte, bevor sie den Rückweg zur Erde antrat. Damit das Kampfflugzeug sein Ziel nicht direkt überfliegen musste, hatte der Computer die Bomben mit einem Aufwärtsruck der Flugzeugnase in Richtung Himmel geschossen. Während die F-15-Kampfflugzeuge ihre weite Kurve fortsetzten, um sich über dem Meer in Sicherheit zu bringen, stürzten die Bomben auf die geschäftigen Werften des Marinestützpunkts Kronstadt zu.

Als die ersten Bomben auf ihr Ziel herabregneten, befand sich O'Brian über dem Land fast auf gleicher Höhe mit dem Zielpunkt, aber knapp zwei Kilometer weiter nördlich. In den nächsten anderthalb Sekunden schlug eine der achtzehn Bomben, die wenige Millisekunden nacheinander abgeworfen wurden, so dass sie eine lange Linie bildeten, nach der anderen ein. Die erste fiel etwa zehn Meter vor einer Reihe mit Raketen bestückter Patrouillenboote ins Wasser, die an der Werft festgemacht hatten. Die Druckwelle, die bei der Explosion von zweihundert Kilogramm Tritonal-Sprengstoff entstand, hätte den Rumpf des ersten Bootes zerdrückt und es damit versenkt, wenn die nächste Bombe es nicht mittschiffs voll getroffen hätte. Bug und Heck flogen drei Meter in die Luft und sanken dann auf den sandigen Meeresgrund.

Alle verbleibenden Bomben schlugen mit einem grässlichen, reißenden Geräusch entlang der Küste in einem steilen Winkel zur Wasserlinie ein. Jede der Explosionen riss über hundert Kubikmeter Beton und Erde hoch in die Luft und hinterließ sechs Meter tiefe und fünf Meter breite Krater. Die russischen Werftarbeiter, die sich zu Boden geworfen hatten, als die Bomben der beiden ersten Maschinen einzuschlagen begannen, wurden in die Luft geschleudert, als die Schockwelle durch die Erde jagte. Viele wurden dabei getötet, schließlich besaß der Stoß die Gewalt eines herabstürzenden Baumstamms. Bei anderen kollabierten die Lungen, als der durch die Explosion erzeugte Überdruck über sie hinwegfegte. Am schlimmsten erging es jedoch den Werftarbeitern, die zu fliehen versucht hatten. Jeder, der in einem Umkreis von zweihundert Metern rings um die Explosion aufrecht stand, fand den Tod, als die Bombenhüllen wie geplant zerplatzten. Unregelmäßig geformtes Schrapnell in den verschiedensten Größen jagte mit einer Geschwindigkeit von mehreren hundert Metern pro Sekunde durch ihre Körper.

Innerhalb von sechzehn Sekunden hatten die 144 von den acht F-15E-Maschinen abgeworfenen Bomben die Docks in ein Inferno verwandelt. Eine von Russlands größten Marinewerften war für Wochen lahm gelegt worden.

Während unter ihm die Feuerhölle tobte, bemühte sich O'Brian, nahe an Viper One zu bleiben und die glühenden Austrittsdüsen der beiden Nachbrenner-Zweistromtriebwerke nicht aus den Augen zu verlieren. Plötzlich entdeckte er helle Punkte, die in Sechser-Gruppen aus dem Schwanzende der Partnermaschine strömten.

»SAM! SAM! SAM!«, schrie der Staffelführer direkt vor ihm.

Als die F-15 vor ihm plötzlich steil nach links wegbrach, rechnete O'Brian damit, die kleine, wärmesuchende Rakete direkt in sein Abgasrohr hineinfliegen zu sehen. Bis er den eigenen Düppelwerfer ausgelöst hatte und die Maschine nach rechts wegkippen ließ, war sein Schicksal bereits besiegelt. Die von der Schulter abgefeuerte SA-7 Boden-Luft-Rakete, die auf den extrem heißen Auspuff eingestellt gewesen war, wurde zwar durch die noch heißeren Leuchtkugeln erfolgreich abgelenkt, die O'Brians Maschine ausstieß, detonierte aber nur gut zwei Meter hinter der F-15. Grell weißes Licht fiel auf die Instrumententafel vor O'Brian, während sich der aus Stahlstäben bestehende kleine Gefechtskopf der Rakete zu einer Kugel entfaltete und den hinteren Teil des Flugzeugs zerfetzte. Neun Anzeigen – unter anderem die für die Triebwerke – wechselten schlagartig von Grün auf Rot. Für Vorwarnstufe Gelb blieb keine Zeit: Da der Rumpf aufgerissen war, hatte die Maschine zu bocken begonnen und wurde unkontrollierbar hin und her geworfen. Warnende Gong-, Summ- und Pfeiftöne dröhnten O'Brian in den

Ohren, doch er hörte nur die automatisch aktivierte Frauenstimme: »Schleudersitz auslösen!«

Der JP-4-Supertreibstoff sprühte aus einer gebrochenen Kraftstoffleitung direkt auf das Triebwerk des Kampfflugzeugs. Durch die abgestrahlte Hitze entzündete er sich bereits, bevor er auftraf, in der Luft. »Schleudersitz auslösen«, wiederholte die ruhige Frauenstimme. O'Brian nahm die linke Hand vom Gashebel und griff mit geschlossenen Augen nach der Betätigung für den Schleudersitz. »Schleu ...«, begann die kühle Computerstimme, doch das Feuer war in Sekundenbruchteilen über das Leck auf das Kraftstoffsystem übergesprungen und hatte sich durch das Labyrinth der Leitungen in die Wabentanks in den Tragflächen gefressen.

Gott war gnädig. O'Brian und Ramirez spürten nichts.

Unterirdische Kommandozentrale, Kreml
25. Juni, 1200 Uhr GMT (1400 Uhr Ortszeit)

Filipow wurde klar, dass Rasow die Hoffnung auf eine ordentliche STAVKA-Besprechung aufgegeben hatte, weil die hohen Offiziere inzwischen fast ununterbrochen telefonisch Befehle erteilten, während das amerikanische Parlamentsfernsehen immer noch die Abstimmung übertrug.

»Die ukrainische Flugabwehr meldet anfliegenden Kontakt nördlich von Lwow. Vermutlich FB-111-Bomber, niedrige Höhe, hohe Geschwindigkeit, Kurs null sieben sieben Grad.«

Der Hauptmann, der diesen Bericht vorgelesen hatte, rannte zum Fernschreiber, um die nächste Meldung zu holen, während ein untergeordneter Offizier der Marine eine andere Nachricht verlas. »Unterwassersensoren im Finnischen Meerbusen melden Kontakt. Vermutlich amerikanisches Jäger-Unterseeboot, Kurs Ost vierzehn Kilometer nördlich von Tallinn. Mit Raketen bestückte Schnellboote sind aus Kronstadt ausgelaufen, um es abzufangen.«

Als er fertig war, warteten hinter ihm bereits zwei andere,

die mit ihren vorgesetzten Offizieren sprechen wollten. Diese waren jedoch in lebhafte Telefonate verwickelt und hörten sie, im Gegensatz zu Filipow und Rasow, gar nicht. Da Rasow keine Feldtruppen befehligte, war es seine Aufgabe, sich einen Überblick zu verschaffen, und Filipow war sein Adjutant.

»Meldung des Kommandanten der 103. Motorisierten Schützendivision: Erste Einheiten haben dritten Zielpunkt zehn Kilometer östlich von Michalovce in der Slowakei erreicht. Widerstand auf dem Boden nur schwach, Abwehrmaßnahmen aus der Luft werden jedoch intensiver. Bittet um Erweiterung des Zeitplans für Zielpunkt vier, das ist Michalovce selbst.«

»Abgelehnt«, fauchte der Befehlshaber der Strategie-Direktion Ukraine, die bald Ukrainische Front heißen sollte, und wandte sich sofort wieder seinem Telefongespräch zu. »Sprechen Sie weiter.«

»Das war eine gute Idee von Ihnen, General Rasow«, meinte General Karyakin, der neben Rasow saß. Für die strategischen Raketenstreitkräfte gab es im Moment ebenfalls nicht viel zu tun. »Ein Störangriff gegen ihre Truppen in der östlichen Slowakei, ausgezeichneter Gedanke.« Er wies mit dem Kopf auf die Abstimmungsergebnisse auf dem Bildschirm, wo sich eine deutliche Mehrheit für die Amtsenthebung abzuzeichnen begann. »Wenn die Amerikaner das Ergebnis nicht abwarten, warum sollten wir es tun?«

»Kommandeur der Island-Landungstruppen meldet Kontakt mit den Haupteinheiten der amerikanischen 82nd Airborne Division. Er hat seine Leute angewiesen, sich für den Augenblick auf taktische Verteidigung zu beschränken, und will wissen, wann der nächste Konvoi eintrifft beziehungsweise der nächste Fallschirmabwurf erfolgt.«

Rasow sah Admiral Werkowenski an, der zwar Telefonhörer an beide Ohren hielt, den Bericht aber offenkundig gehört hatte. Werkowenski erwiderte den Blick und schüttelte den Kopf.

»Weisen Sie den Kommandeur an« – Rasow erhob die Stimme, um den allgemeinen Lärm zu übertönen – »sowohl taktische als auch strategische Verteidigungsmaßnahmen zu ergreifen. Im Moment ... können wir leider keinen Nachschub liefern.«

Der junge Offizier blickte Rasow ein wenig länger an als üblich, nickte dann kurz und wandte sich zum Gehen. Als Werkowenski einen der beiden Hörer auflegte, fragte Rasow: »Was ist mit der Bastion in der Karasee?«

Bei dieser Frage fuhren mehrere der Befehlshaber herum. Werkowenski schüttelte den Kopf und bedeckte die Sprechmuschel mit der Hand. »Sie verstärken ihre Truppen in der Barentssee westlich von Novaja Zemlja. Ein Flugzeugträger-Verband befindet sich bereits vor Ort, ein zweiter ist unterwegs. Aber bis jetzt haben sie keinen Angriff versucht.«

»Vermutlich wollen sie nur Island von unseren nördlichen Häfen abschneiden«, meinte schnell der Befehlshaber der Pioniere.

»Dafür sind die eingesetzten Marine-Streitkräfte zu groß«, gab Werkowenski zu bedenken, musste sich jedoch sogleich wieder seinem Telefonat zuwenden. »Nein! Ich will, dass wir alle unsere Kräfte im Japanischen Meer zusammenziehen. Alle!« Er lauschte. »Ja, das beinhaltet auch den Petrosawodsk-Kampfverband.« Er lauschte erneut. »Dann geben wir eben die Kurilen auf. Sie sollen sich den Weg durch die La-Pérouse-Meerenge zwischen Hokkaido und Sachalin freikämpfen! Alles zurück ins Japanische Meer.«

»Noch zwei Stimmen, General«, flüsterte Filipow, der einen Schritt vorgetreten war, um Rasow zu informieren, wobei er mit einem Auge den Bildschirm beobachtete.

Rasow blickte auf. Vierundsechzig Stimmen für die Amtsenthebung bei nur drei Gegenstimmen.

»Also gut!«, verkündete Rasow laut, denn die Abstimmung war damit so gut wie entschieden. »Jeder kehrt auf seinen Kriegsposten zurück. Nächste STAVKA-Besprechung in sechzehn Stunden.«

Da alle Befehlshaber und Adjutanten so gut wie gleichzeitig aufsprangen, bildet sich an der Tür ein Stau. Im Raum selbst legte sich allmählich der Lärm, als einer nach dem anderen verschwand, wobei die Gespräche über Handy weitergeführt wurden.

»Sechsundsechzig!« Karyakin zielte mit dem Finger auf den Bildschirm wie mit einer Pistole und betätigte den imaginären Abzug, als die Zahl erschien. »Das wär's. Wir sind im Krieg.«

Rasow blickte Karyakin an, der Filipow geradezu erfreut über diesen Ausgang vorkam. Karyakin, der Befehlshaber der Pioniere und der Befehlshaber der militärischen Produktion erhoben sich und gingen zur Tür.

»Übrigens, ich weiß nicht, ob es Ihnen aufgefallen ist«, begann Karyakin, der bereits in der Tür stand, wobei er lässig mit dem Daumen und dem gekrümmten Zeigefinger schnippte, »aber wir haben die Dekontaminierung von neunundvierzig Silos abgeschlossen und beginnen heute Nacht, sie neu zu laden.« Er sah Rasow an. »Innerhalb einer Woche sollten sie online und einsatzbereit sein. Ich dachte, es würde Sie interessieren«, meinte er lächelnd und ging.

»Schließen Sie die Tür, Pawel«, sagte Rasow zu Filipow. Nun waren sie allein. »Ich habe einen Auftrag für Sie.« Filipow spürte, wie der General sein Gesicht zu erforschen suchte. Er versuchte, sich zu konzentrieren, was in diesen Tagen nicht immer ganz einfach war.

»Sie haben doch die Zeitungsausschnitte von unserem USA/Kanada-Büro erhalten, in denen vom Tod der Frau Ihres Freundes Lambert berichtet wurde.« Filipow nickte. »Von Irina wissen Sie immer noch nichts?«

Filipow schüttelte den Kopf. Er hatte sich den vollen Text der Artikel besorgt und jedes einzelne Wort der vagen Details studiert, wobei er sich schuldig fühlte, weil er seine offiziellen Pflichten vernachlässigte, aber nichts fand, was darauf hingedeutet hätte, dass Irina und Jane zusammen waren. Was bedeutete das? War sie in Washington? Lag sie als unbekannte Leiche auf einem der riesigen Felder zur Identifizierung aus oder war sie bereits in einem Massengrab verscharrt? Hielt sie sich in einem Fallout-Bunker versteckt? Bei einem Imbiss in der Cafeteria der National Gallery hatte sie Filipow einmal gefragt, was das schwarzgelbe

Zeichen im Untergeschoss bedeutete. Fallout-Bunker. Er hatte ihr damals erklärt, das Zeichen stehe für Fallout-Bunker. Wie ein Ertrinkender klammerte er sich an diesen Strohhalm.

»Pawel«, sagte Rasow leise und rief damit Filipow ins Gedächtnis, wo er war. Er richtete seine Aufmerksamkeit auf den General. »Das ist eine lebenswichtige Sache. Das Schicksal unserer beider Nationen könnte vom Ausgang Ihrer Mission abhängen.«

Filipow nickte.

»Ich möchte, dass Sie nach Amerika reisen.«

»Zu Befehl«, stieß Filipow hervor.

»Ich sage Ihnen das hier, weil es der einzige Raum ist, der mit Sicherheit nicht verwanzt ist. Sie werden nach Amerika fliegen, angeblich, um nach Ihrer Frau zu suchen, und sich dort mit diesem Lambert treffen. Informieren Sie ihn darüber, welche Befehle unsere Unterseeboote in der Bastion in der Karasee erhalten haben und mit welch tödlicher Sicherheit sie feuern werden.«

Wortlos erwiderte Filipow Rasows Blick. »Verstehen Sie, wie ungeheuer wichtig es ist, dass die Amerikaner begreifen, was geschieht, wenn sie ihre Angriffe auf die Karasee ausdehnen?« Rasows durchdringende graue Augen ließen Filipow nicht los.

Filipow erfasste ein eisiger Schauder. Er nickte.

»Dann verstehen Sie auch, dass dies keine STAVKA-Mission ist? Dass außer mir kein einziger Offizier hinter ihnen steht?« Filipow nickte. »Und Ihnen ist ebenfalls klar, dass es durchaus als Verrat betrachtet werden könnte, die Befehle, die für unsere verbleibenden Untersee-Streitkräfte im Falle eines Atomkriegs gelten, mit den Amerikanern zu erörtern?« Filipow nickte erneut. »Wissen Sie, welche Strafe auf dieses Verbrechen steht?«

Filipow hielt Rasows Blick stand. Er ließ ausreichend Zeit verstreichen, um den Eindruck zu erwecken, er hätte sich Rasows Auftrag gut überlegt, weil dieser das anscheinend so wünschte, doch sein einziger Gedanke war: *Irina, Irina.* Dann nickte er ein letztes Mal.

Einrichtungen des Kongresses, Westvirginia
25. Juni, 1600 Uhr GMT (1100 Uhr Ortszeit)

»Bitte sprechen Sie mir nach«, sagte Richter Rehnquist, als Costanzo die rechte Hand hob. Die linke hatte er auf die Familienbibel gelegt, die seine Frau hielt. Wie alle anderen in dem überfüllten Senatssaal erhob sich auch Lambert. »Ich, Paul Stephen Costanzo ...«

»Ich, Paul Stephen Costanzo«, wiederholte dieser, »schwöre feierlich ... dass ich das Amt des Präsidenten der Vereinigten Staaten ... getreulich und nach bestem Wissen und Gewissen ausüben ... und die Verfassung der Vereinigten Staaten von Amerika ... mit all meinen Fähigkeiten ... bewahren, schützen und verteidigen werde.«

»Herzlichen Glückwunsch, Mr. President«, sagte der Richter, als er Costanzo die Hand schüttelte. Der gesamte Saal explodierte in mehrere Minuten andauernden Standing Ovations.

Lambert und Thomas gingen zur Seitentür des überfüllten Saals, um die Vorgänge von dort aus zu beobachten. Lambert fühlte, wie sich die Fernsehkameras immer wieder auf ihn richteten, und bemühte sich, sich seine Ungeduld nicht anmerken zu lassen. Schließlich betrat der neue Präsident das Podium.

»Liebe Landsleute«, begann Costanzo. Er musste die Anrede mehrmals wiederholen, bevor Ruhe einkehrte. »Liebe Landsleute, ich werde mich kurz fassen. Wenn ich heute das Präsidentenamt übernehme, dann tue ich es in dem Wissen um die Wunden, die unserem Land zugefügt wurden. Millionen Amerikaner haben ihr Leben verloren, Millionen anderer werden nur noch kurz unter uns weilen, vernichtet durch eine Gewalt, die man weder sehen noch schmecken noch fühlen kann.«

Lambert ließ den Kopf sinken, hob ihn jedoch sofort wieder, als er das rote Licht auf einer Minicam entdeckte. Offenbar wollte ihn ein Fernsehregisseur der Nation als Inbegriff des trauernden Angehörigen präsentieren. Mit zusammengebissenen Zähnen und strengem Blick starrte er zum Podium.

»Zu unser aller Unglück trete ich mein Amt nicht in einer Zeit des Friedens, sondern im Krieg an. Es war nicht unsere Wahl, denn wir sind ein friedliebendes Volk. Doch wenn das Blut unserer jungen Patrioten einmal in Wallung geraten ist, wenn ihr Herz für eine große Sache schlägt, dann scheut unser mächtiges Land den Kampf nicht, wie groß die Opfer auch sein mögen. Und lassen Sie mich Ihnen versichern, meine lieben Landsleute, dass unsere Nation aus dieser Auseinandersetzung als Sieger hervorgehen wird.«

Erneut brauste zu beiden Seiten des Ganges, der Demokraten und Republikaner voneinander trennte, tosender Beifall auf.

»Jeder Amerikaner«, begann Costanzo, der sich bemühte, die Versammlung zum Schweigen zu bringen, »jeder Amerikaner … jeder Amerikaner erinnert sich an den 7. Dezember als den Tag des japanischen Angriffs auf Pearl Harbor. Damals sagte Präsident Franklin Delano Roosevelt, dieser Tag werde der Menschheit für immer als Tag der Schande im Gedächtnis bleiben. Waren nicht die Geschehnisse des 11. Juni viel schändlicher? Die Entscheidung darüber überlasse ich den Historikern, doch für uns alle, die wir ihn erlebt haben, war es wahrhaftig ein Tag der Schande. Morgen dagegen wird der Tag des Sieges sein, denn heute Morgen haben mein Vorgänger, Präsident Livingston, und ich gemeinsam den Befehl zur Durchführung von Operation Rächendes Schwert erteilt. In naher Zukunft werde ich mich detaillierter zu unseren Kriegsplänen äußern. Für den Augenblick will ich nur sagen, dass wir den Krieg nach Russland tragen werden. Wir werden mit Eifer, Überzeugung und Entschlossenheit kämpfen und unsere Waffen werden erst schweigen, wenn unsere Streitkräfte auf dem Schlachtfeld den Sieg errungen haben!« Erneut wurde tosender Beifall laut. »Möge Gott die Vereinigten Staaten von Amerika und ihre siegreichen Streitkräfte segnen!«

Der Jubel in dem engen Raum war ohrenbetäubend.

Als der Präsident, gefolgt von Lambert und General Thomas, den Konferenzraum betrat, herrschte dort allgemeine

Hektik, was für Lambert völlig unerwartet kam. »Wie zum Teufel …«

»Präsident an Deck!«, meldete einer der Marineadjutanten und stand stramm, wie auch Admiral Dixon. Die übrigen Stabschefs, Verteidigungs- und Außenminister sowie die CIA- und NSA-Direktoren waren auf den drei Bildschirmen an den Wänden des Raums zu sehen. Schlagartig trat völliges Schweigen ein.

Costanzo marschierte sofort ans Kopfende des Tische. »Setzen Sie sich, meine Herren, meine Dame.« Das galt einer von Lamberts Mitarbeiterinnen. Als er sich selbst mit vor sich auf dem Tisch gefalteten Händen niedergelassen hatte, erkundigte er sich: »Wie läuft der Krieg?«

»Ich fürchte, die Situation ist außer Kontrolle geraten«, meldete sich Air Force General Starnes von einem der Bildschirme zu Wort.

»Und welche Situation ist das genau, General?«

»Russische Bomber der Langstrecken-Luftstreitkräfte – das sind große Überschallmaschinen wie unsere B-1B – greifen soeben unsere Einrichtungen an, vor allem Marinestützpunkte, aber auch Treibstoffdepots und Kraftwerke. Diese Bomber sind atomwaffenfähig, verwenden aber konventionelle Waffen.«

»Nun, General«, meinte Costanzo mit lässigem Achselzucken, »wir befinden uns im Krieg.« Er zögerte, dann sagte er: »Moment, haben Sie gesagt, die greifen unsere Kraftwerke an?«

»Ja, Sir. Es war ein schneller, harter Schlag, aber wir haben Abfangjäger ausgeschickt. Die meisten von ihnen werden wir herunterholen, es sei denn, uns ginge der Treibstoff aus, bevor …«

»Einen Augenblick!«, unterbrach Costanzo. »Wo fand der Angriff denn statt? Um welche Anlagen handelt es sich?«

Starnes blickte auf das vor ihm liegende Papier. »Die Marinewerft San Diego, ein Chevron-Treibstoffdepot in New Jersey, das nur durch den Fluss von New York getrennt ist, sowie die zivilen Kohlenwasserstoff- und Atomkraftwerke, die New York, Boston, Philadelphia, Seattle, San Francisco und Los Angeles mit Strom versorgen.«

Los Angeles, Kalifornien
25. Juni, 1600 Uhr GMT (0800 Uhr Ortszeit)

»Kanal Vier unterbricht seine Sendung nun für eine Sondermeldung.«

Mit trüben Augen starrte Melissa, die sich Matthew auf die nackten Schenkel gesetzt hatte, auf den Bildschirm.

Die Szene wechselte zu einem gestresst wirkenden Lokalreporter, der seinen Ohrhörer gegen das Ohr presste und jemandem, der offenbar seitlich neben der Kamera stand, »Was?« zubrüllte. Dann wandte er sich wieder an die Zuschauer. »Kanal Vier hat soeben erfahren, dass die Luftfahrtbehörde FAA eine Warnung an alle zivilen Flüge von den Flughäfen Los Angeles und Orange County ausgegeben hat. Der Tower in Los Angeles hat uns vor wenigen Augenblicken mitgeteilt, zivile Radarsender im regionalen Kontrollzentrum der FAA hätten …«

Ein tiefes Grollen war zu vernehmen, das die Uhr auf dem Kaminsims beben ließ. Wie erstarrt wartete Melissa auf den grellen Blitz, der das Bersten der Scheiben, die Brände und Stürme, die das Ende bedeuteten, ankündigen würde.

»Ich weiß nicht, ob Sie das hören konnten!«, rief der Reporter. »Eine sehr, sehr laute Explosion, vielleicht auch mehrere. Hier im Studio war das ganz deutlich zu hören.«

Ein erneuter Donner ließ die Fensterscheiben in Melissas Wohnzimmer erbeben.

»Da! Schon wieder und noch lauter als zuvor!«

Melissa legte sich Matthew auf die Schulter und lief zur Hintertür. Von der am Hang gelegenen Terrasse sah man normalerweise auf die Smogglocke über Downtown Los Angeles.

»Die Feuerwehr von Los Angeles rät allen Bürgern, in ihren Häusern zu bleiben«, hörte sie durch die offene Tür, während sie zu dem hölzernen Geländer ging. Über den Hügeln zu ihrer Linken stieg in der Ferne schwarzer Rauch auf.

»Berstende Fensterscheiben oder zerstörte Stromleitungen ...« Eine laute Serie von Explosionen über den Hügeln schien die Luft um sie herum zu erschüttern. Flüchtig sah sie, wie ein roter Feuerball aufstieg, der sich schnell zu einer schwarzen Rauchwolke abkühlte. Dann fegten zwei riesige schwarze Flugzeuge durch die Hügel unter ihr, tauchten nach rechts ab und verschwanden hinter dem Haus des Nachbarn zu ihrer Rechten. Beim Brüllen der Triebwerke, das die Fensterscheiben vibrieren ließ, wollte ihr Herz stehen bleiben. Matthew fuhr zusammen und begann zu weinen; sein kleiner Körper wurde ganz steif vor Anstrengung.

Sie ging wieder nach drinnen, wobei es ihr schwer fiel, das Zittern zu unterdrücken, das ihren ganzen Körper gepackt hatte. Ihr Mund war vollkommen ausgetrocknet. »Ist ja gut, Matthew.« Sie klopfte dem Baby beruhigend auf den Rücken. Während der Lärm der Triebwerke immer leiser wurde, holte sie ein Fläschchen mit Muttermilch aus dem Kühlschrank. Dabei sah sie vor ihrem geistigen Auge immer wieder die riesigen schwarzen Jets, die in einer Entfernung von wenigen hundert Metern an ihr vorüberjagten.

Matthew schrie jetzt aus vollem Hals. »Ist ja gut«, wiederholte sie immer wieder, während sie das Fläschchen in die Mikrowelle stellte. Sie schloss die Tür und gab die Zeit ein, aber es kam kein Tonsignal. Als sie ins Wohnzimmer ging, um nach dem Fernseher zu sehen, war auch dieser tot. Im gesamten Haus war der Strom ausgefallen.

Flughafen Gander, Neufundland
25. Juni, 1600 Uhr GMT (1200 Uhr Ortszeit)

David Chandler, Lieutenant Bailey und Master Sergeant Barnes gingen über das Rollfeld zur Delta L-1011. Oben an der Treppe wurden sie von einer Stewardess in der grauen Delta-Uniform begrüßt: »Willkommen an Bord.«

Chandler nickte überrascht.

»Ich bin Rebecca Healy und das hier ist Jennifer Sims.«

»David Chandler«, sagte er, während er den beiden die Hand schüttelte und Barnes und Bailey vorstellte. Einen Augenblick lang hatte er geglaubt, es wäre der Jet, mit dem sie gekommen waren, aber die Stewardessen waren andere.

»Warum machen Sie es sich nicht in der Ersten Klasse bequem?«, schlug Rebecca vor. »Der Bordingenieur sagt, wir hätten ein Problem mit der Gewichtsverteilung und bräuchten mehr Passagiere im vorderen Teil.« Sie wandte sich zu Jennifer. »Fragen Sie doch, ob jemand unsere Frequent Flyer Card hat.«

Bevor Rebecca über ihren eigenen Witz lachen konnte, wollte Jennifer schon zum Mikrofon greifen. Rebecca nahm sanft ihren Arm. »War nur ein Scherz. Der Major wird ein paar Leute umsetzen. Etwa ein Dutzend dürfte reichen, der Bordingenieur sagt Ihnen dann noch genau Bescheid.«

»Lieutenant Bailey, warum holen Sie nicht Ihre Offiziere und die ranghöheren Unteroffiziere nach vorne?« Bailey zog ab, nicht ohne Jennifer einen letzten Blick zuzuwerfen. Sie lächelte ihm zu, woraufhin er fast mit der Wand des Kleiderschranks kollidiert wäre.

Chandler stand in der offenen Tür und sah auf das Flughafengebäude und den Horizont im Westen hinaus. *Noch weiter weg*, dachte er. *Ich entferne mich immer mehr von zu Hause.*

Nachdem sie etwa eine Stunde lang geflogen waren, löste Chandler seinen Sitzgurt, ging zur Cockpittür und klopfte.

Die Tür öffnete sich einen Spalt breit und Chandler sah ein breites Grinsen auf dem Gesicht Gators, des Bordingenieurs der Maschine, die sie nach Neufundland gebracht hatte. Dann schloss sich die Tür vor seiner Nase.

»Der Witz bekommt allmählich einen Bart, Golding!«, sagte Chandler durch die geschlossene Tür. »Machen Sie auf!«

»Geht nicht! Ist gegen die Vorschrift. Sie könnten eine Waffe haben und uns an einen gefährlichen Ort entführen wollen!« Im Cockpit war Kichern zu hören, aber noch bevor

Chandler mit der Faust gegen die Tür hämmern konnte, öffnete sie sich.

»Na, wie war's im sonnigen Neufundland?«

Chandler blickte auf die Reihen elektronischer Bauteile, die damals verbrannt waren. Sie wirkten funkelnagelneu. »Wie zum Teufel kommt es, dass ich wieder euch erwischt habe?«

»Sie haben einfach Glück, Major. Wir sind Konvois geflogen. Als sie die acht Maschinen, die nach Gander umgeleitet wurden, nach Newark zurückholten, blieben wir eben zusammen. Der gute Gator ist nämlich schwul und hat eine Affäre mit einem Kopiloten von American Airlines, also ...«

»Bei allem Respekt, Kapitän, Sie können mich mal ...«

»Da sehen Sie es, schon wieder sexuelle Belästigung.«

»Sie waren also in Europa?«, fragte Chandler. Schweigen. »Was geht da vor?«

»Das können wir Ihnen nicht sagen«, erwiderte Golding. »Es ist geheim und Sie könnten ein russischer Spion sein.«

»Verdammt noch mal, Golding«, fuhr Chandler ihn an, »beantworten Sie meine Frage. Neufundland ist nicht gerade das Zentrum internationaler Kommunikation. Ich habe keine Ahnung, was los ist. Haben Sie Kampfhandlungen gesehen?«

»Nein, haben wir nicht«, sagte Golding mit spöttischer Stimme, während er sich das Kinn rieb. Aber jetzt, wo Sie es erwähnen, ist es nicht komisch, dass uns gar nichts aufgefallen ist, wo wir doch den Dritten Weltkrieg haben, Leute?«

»Ich meine es ernst, Golding.«

»Ich auch, wenn ich Ihnen sage, dass wir nicht darüber sprechen dürfen.«

»Und daran wollen Sie sich halten? Sie, Kapitän Golding, lassen sich den Mund verbieten?«

Golding dachte einen Augenblick darüber nach. »Was meint ihr, Leute? Sollen wir es ihm erzählen?«

Den anderen beiden schien es gleichgültig zu sein. Chandler wartete geduldig.

»Lassen Sie mich nachdenken.« Schweigen senkte sich über das Trio, dessen Blicke bei der Erinnerung ins Leere schweiften. »Vor zwei Tagen flogen wir nach Frankfurt, das direkt zuvor von Cruisemissiles angegriffen worden war. Es war wie eine Szene aus Dantes *Inferno.* Als wir ankamen war es dunkel und überall brannten Feuer. Die Verbindung mit dem Lotsen war schlecht, es war, als hätte er ein Walkie-Talkie oder so etwas benutzt. Wir kannten weder Windgeschwindigkeit noch Luftdruck, so dass wir unsere Höhenmesser hätten einstellen können. Einfach gar nichts. ›Kommen Sie runter‹ sagte er nur.«

Golding sah zu Frazier, dem Kopiloten, hinüber. »Wir wären fast mit einem Chopper zusammengestoßen, der in die Höhe schoss wie eine Fledermaus. Die Landebahn war unbeleuchtet, aber überall arbeiteten Trupps daran, die Löcher zu flicken. Also flogen wir einmal über die Landebahn, um zu sehen, ob alles in Ordnung war. Wir befanden uns in einer Höhe von etwa dreißig Metern und stellten unseren Höhenmesser darauf ein, ohne uns um mittlere Meereshöhe und solche Lappalien zu kümmern. Gator sah zum Fenster raus und fand einen Windsack. Wir flogen also mit einer hundertsechzigtausend Kilo schweren Maschine, die die Kleinigkeit von hundert Millionen Dollar kostet, und zweihundertfünfzig Passagieren über die Landebahn, als wäre es eine Cessna.«

»Auf jeden Fall gelang es uns, am unzerstörten Ende der Landebahn aufzukommen. Zur Parkposition zu rollen war allerdings nicht ganz einfach, weil unser Passagierraum einem Irrenhaus glichen. Wir dachten schon, wir müssten die Rutschen aufblasen, um die Leute rauszukriegen. Das waren echte Rabauken, die die ganze Zeit herumbrüllten, als wollten sie die Russen schon an der Gepäckausgabe abknallen. Sie hingen von den Türen herab und ließen sich mit großem Geplärre fallen. Wenn sie sich dann auf dem Beton die Knöchel brachen, war das Theater groß. Schließlich tauchte das Bodenpersonal auf und wir ließen die etwas Schlaueren über die Treppen aussteigen. Nicht eine Minute zu früh – wir starrten die ganze Zeit auf die völlig verbrannten Überreste einer 747 und einer 767, die keine siebzig Meter von uns entfernt lagen.«

Waren die Maschinen voll oder leer?, war alles, was Chandler denken konnte. »Und das war vor zwei Tagen in Frankfurt?«, fragte er. »Vor zwei Tagen? Aber der Krieg hat doch erst heute angefangen.«

»Tja«, erwiderte Golding, »das scheint Ansichtssache zu sein und die Russen waren offenbar andere Meinung. Zumindest haben sie die Flughäfen in Deutschland und England durchlöchert wie Schweizer Käse. – Auf jeden Fall«, fuhr er nach einer Pause fort, »stand am Rand des Rollfelds eine Menschenmenge. Als wir ankamen, konnten wir sie nicht richtig sehen, weil sie draußen in der Dunkelheit standen, aber wir konnten sie hören. Und sie sahen uns, denn als wir begannen, die Leute aussteigen zu lassen, drängten sie vor. Frauen und Kinder. Die Militärpolizisten hatten Schwierigkeiten, sie zurückzuhalten, und mussten ein wenig grob werden, aber sie waren einfach nicht genug. Als die letzten Soldaten ausgestiegen waren, brachen sie durch. Stürmten die Maschine. Es war entsetzlich. Das waren Amerikaner und ein paar Briten – hauptsächlich Touristen. Die Militärpolizisten verschwanden einfach, während immer mehr Zivilisten heranströmten. Nicht, dass es zu Kämpfen gekommen wäre, aber sie drängelten ziemlich skrupellos. Die Kinder schrien wie am Spieß.« Golding schüttelte den Kopf.

»Keine Ahnung, was die erlebt hatten«, meinte er dann mit einem Seufzer, »aber ihre Augen waren so wild, dass man Angst bekam. Die Sitze waren sofort voll. Wir standen an der Tür und sagten, wir könnten niemanden mehr mitnehmen, aber die Erwachsenen senkten einfach den Kopf, um uns nicht ansehen zu müssen, und drängten sich an uns vorbei, als hätten sie uns nicht gehört. Schließlich waren selbst die Gänge so voll, dass die Leute auf den Treppen nicht mehr reinkonnten. Vermutlich hätten sie es trotzdem weiter versucht, wäre nicht noch ein Jet gelandet. Es war, als hätte man die Menge in zwei Hälften geschnitten – die drinnen rührten sich nicht von der Stelle, die vor der Tür rasten davon.

Wir schlossen gerade die Tür, als ein Soldat angerannt kam. Ich dachte, er hätte vielleicht eine Nachricht, bis er mir seine M-16 unter die Nase hielt und ›Warten Sie‹ schrie. Dann drehte er sich um und sagte, ›Komm, Schatz, es ist alles in Ordnung‹ und eine Frau mit einem Baby erschien. Ich wollte ihm sagen, dass die Maschine voll war, aber er wirkte ziemlich aufgebracht. Vermutlich hatte er seine Einheit ohne Erlaubnis verlassen. Also ließ ich ihn lieber in Ruhe.

Die beiden verabschiedeten sich voneinander. Sie bat ihn mitzukommen, aber er antwortete, ›Du weißt doch, dass das nicht geht, Schatz‹, und küsste sie und das Baby, das noch im Schlafanzug war. Muss eine ziemlich überstürzte Flucht gewesen sein. Dann rannte er in die Dunkelheit davon.«

»Wie konnten Sie denn mit all den Leuten an Bord starten?«, wollte Chandler wissen.

»Na ja, der Frachtraum war leer und wir hatten nicht mehr viel Treibstoff, weil wir die Triebwerke laufen ließen. Wir hatten Angst, dass wir keinen Generator finden, um sie wieder anzuwerfen. Aber Gator hier hatte alles durchgerechnet und meinte, wir könnten es schaffen. Also rollten wir ins Gras hinaus, weil die Startbahn allein zu kurz war, und hoben ab. Vermutlich jagten wir den deutschen Ingenieuren, die dort beschäftigt waren, einen Heidenschreck ein, aber wir hatten mindestens noch fünf bis zehn Meter Platz. Die Maschine flog sich wie ein schwangerer Wal.«

»Das gesamte Gewicht befand sich im Vorderteil«, erklärte der Kopilot. »Wir schafften es mit Müh und Not bis nach Heathrow. Mit dem Treibstoff sah es ziemlich übel aus.«

»Ich verstehe nicht, warum die alle unbedingt aus Deutschland raus wollten«, sagte Chandler. »Die Staaten sind doch auch nicht viel sicherer.«

Kopilot und Gator blickten Golding an, der unbehaglich auf seinem Sitz hin und her rutschte. »Hören Sie, wir sollen über die ganze Sache nicht sprechen. Das gilt vor allem für das, was ich Ihnen jetzt sage, also behalten Sie es gefälligst für sich, klar? Wissen Sie, was mit all diesen Zivilisten passiert, die wir ausgeflogen haben? Weiter als bis nach England kommen die nicht. Dort werden sie in Quarantäne gesteckt. Mehr weiß ich nicht. Was schließen Sie daraus, Mr. US-Army?«

Biologische Kriegsführung, dachte Chandler. Mit einem Schlag wurde ihm klar, warum so großer Wert auf Geheimhaltung gelegt wurde. *Wer wäre wohl in dieses Flugzeug gestiegen, wenn die Leute auch nur den leisesten Verdacht gehabt hätten?* Durch Kugeln oder Sprengstoff getötet oder verstümmelt zu werden, war eine Sache, aber Krankheitskeime als Waffe ...

»Technisch gesehen stehen auch wir unter Quarantäne«, erläuterte Golding. »In England wird die Maschine in einem hermetisch abgedichteten Hangar entgiftet. Wenn wir in die Staaten zurückfliegen, werden wir in Quarantäne gesteckt. Die Burschen, die uns das Essen bringen, sehen aus wie Astronauten. Willkommen in der Welt der Verdammten, Major. Jetzt sind Sie einer von uns.«

Das muss doch ein Irrtum sein. «Ist denn bis jetzt jemand krank geworden?«, erkundigte sich Chandler.

»Nein«, erwiderte der Kopilot. »Nicht dass ich wüsste.«

»Vielleicht sind das Keime, die mit Zeitverzögerung arbeiten«, meinte Golding, »oder die sich nur auf den Geschlechtstrieb auswirken«

»Hat bei mir nicht funktioniert«, witzelte Gator.

Alles lachte. *Galgenhumor,* dachte Chandler. Offenbar hatten sie ausreichend Zeit gehabt, darüber zu sprechen und sich ihre Theorien zurecht zu legen. Anscheinend hatten sie sich damit arrangiert. Für den Augenblick verdrängte er seine Sorgen.

Als er zu seinem Platz zurückkehrte, servierte Rebecca gerade Kaffee. »Hätten Sie gern eine Tasse, Major?«

»Nein, danke«, erwiderte er gähnend. Er war müde und würde versuchen zu schlafen.

»Alles in Ordnung?«, erkundigte sie sich mit einem Blick auf das Cockpit. »Ich habe Sie da drinnen reden sehen.« *Ich weiß Bescheid, will sie mir damit zu verstehen geben,* dachte Chandler. *Auch ich gehöre zu den Verdammten.*

«Ja, mir geht es gut. Danke.«

»Und Sie geben nicht auf?«, meinte sie lachend.

Grinsend schüttelte Chandler den Kopf. »Sieht aus, als wäre es zu spät, um die Meinung zu ändern. Aber was ist mit Ihnen und dem Rest der Besatzung? Warum sind Sie in aller Welt denn hier?«

»Als die Maschine beschlagnahmt wurde, hing im Büro der Dienstaufsicht am Flughafen von Dallas/Fort Worth ein Plakat, auf dem Freiwillige gesucht wurden. Wir wollten einfach etwas tun. Sie wissen, wie das ist.«

Chandler verstand sie, aber es kam ihm trotzdem sehr mutig vor.

Baileys dröhnendes Gelächter erregte seine Aufmerksamkeit. Er und Rebecca blickten zur Bordküche. Jennifer war zwar nicht zu sehen, aber Bailey, der die Augen kaum von dem Papier hob, auf das er seine Notizen kritzelte, unterhielt sich eindeutig mit ihr. Chandler hatte ihn mit der Zusammenstellung des Essensplans beauftrag, um den übereifrigen Lieutenant zu beschäftigen.

»Was ist mit ihr?« Chandler war aufgefallen, dass Rebecca viel Zeit damit verbrachte, Jennifer einzuweisen. »Ist das ihr erster Transatlantikflug?«

»Das ist ihr erster Flug überhaupt nach der Schule.«

»Und sie wusste von dem Krieg ... und meldete sich trotzdem freiwillig?«

Rebecca zuckte die Achseln. »Ein tapferes Mädchen.«

Durch die offenen Türen zum hinteren Teil der Kabine sah Chandler die eifrigen Gesichter der jungen Rekruten. Die ältesten von ihnen waren Anfang zwanzig, viele jünger. Während die älteren Offiziere und Unteroffiziere im vorderen Teil der Maschine die Gelegenheit zu schlafen nutzten, blieb der Lärmpegel hinten mehr oder weniger konstant hoch. Die Jugendlichen waren völlig überdreht. Mit aufgeregten Gesichtern knieten sie auf ihren Sitzen und duckten sich, um herumfliegenden Erdnusstüten auszuweichen. Sie benahmen sich wie bei einem Schulausflug. Wahrscheinlich war es für die meisten erst ein oder zwei Jahre her, dass sie diese Phase hinter sich gelassen hatten.

Auch wenn Rebecca es nicht gesagt, vermutlich noch nicht einmal gedacht hatte: Jeder Einzelne von ihnen war ein tapferes Kind, das sein Bestes geben wollte. *Jeder Einzelne von ihnen wäre ein Verlust.*

Chandler schaltete das Leselicht ein und holte seine Handbücher hervor, die inzwischen überall mit Eselsohren versehen waren. Als Rebecca zurückkam, bat er um eine Tasse Kaffee mit Milch und Zucker.

Spezialeinrichtung der Regierung, Mount Weather, Virginia
25. Juni, 1700 Uhr GMT (1200 Uhr Ortszeit)

»Was sagen Sie da?«, fragte Lambert in das schnurlose Telefon, das er an das rechte Ohr gedrückt hielt, während er hinter seinem Stuhl auf- und abging. Er musste dringend zur Toilette.

»Ich sage, dass sie von der Ukraine aus drei Störangriffe gegen die 4th Infantry in der Slowakei gestartet haben«, wiederholte der Mann vom Hauptquartier des V. Korps in Prag. Die Verbindung war miserabel. »Sie kamen über ...«

»Einen Augenblick«, unterbrach ihn Lambert und zog das Mundstück des anderen Telefons, das er am linken Ohr hielt, zu sich heran. »Das V. Korps meldet drei Störangriffe der Russen entlang der ukrainischen Grenze gegen die von der 4th Infantry gehaltene Linie.«

»Na wunderbar!«, sagte der Brite vom TEAMS-Hauptquartier in London. »Einfach wunderbar! Wie groß waren die angreifenden Einheiten?«

»Regimentsstärke«, erwiderte Lambert. »Das war vermutlich nur die Vorhut von mindestens zwei Divisionen motorisierter Schützentruppen«, hörte er dann den Mann aus Prag sagen, was er für den Briten wiederholen musste. Diese umständliche Art der Telefonkonferenz war im Moment ihr einziges Kommunikationsmittel.

Unterdessen warteten in seinem Büro drei verschiedene Gruppen auf ihn, die alle höchst besorgt wirkten. »Was bedeutet das für unseren Zeitplan?«, wollte Arthur, der Londoner Verbindungsoffizier wissen.

»Wie sieht der Zeitplan im Moment aus?«, fragte Lambert den US-Army-Offizier in Prag, während er gleichzeitig der wartenden Marineoffizierin bedeutete, ihm ihren Bericht auszuhändigen. »Wir rechnen mit einer Verzögerung von vierundzwanzig bis sechsunddreißig Stunden, bis die Truppen mit tschechischen und slowakischen Einheiten aufgefüllt sind und wieder ihre alten Stellungen erreicht haben.«

»Das hier sind drei Berichte«, flüsterte die Frau Lambert zu. »Einmal gab es russische Raketenangriffe auf Seetransporte, die von landgestützten Angriffsflugzeugen aus erfolgten – das ist der hier.« Sie zog den untersten Bericht hervor und hielt ihn vor seine Nase. »Ein Versorgungsschiff wurde getroffen. Das Magazin ging hoch und tötete die gesamte Besatzung.«

Lambert nickte und hob die Hand. »Das V. Korps rechnet mit einer vierundzwanzig- bis sechsunddreißigstündigen Verzögerung, Arty.«

»Arthur«, verbesserte ihn der britische Offizier gereizt. »Damit sitzen wir wohl ziemlich in der Patsche, was?«

»Dies ist der Bericht zum Fallschirmabsprung des 509th Combat Teams an den Ufern des Bosporus«, fuhr die Frau flüsternd fort, wobei sie auf den obersten Bericht deutete. »Das Absprunggebiet wurde kurz nach ihrer Landung von Spetsnaz-Sondereinheiten angegriffen. Die 6. Flotte nimmt an, dass sie mitten zwischen die Russen gesprungen sind, die dabei waren, die Meerenge zu verminen.«

»Mr. Lambert, sind Sie noch da?, erkundigte sich der Brite indigniert.

»Ja.«

»Ihnen ist doch hoffentlich klar, wie ernst das Problem hier ist?«

»Bei dem dritten Bericht geht es um einen weiteren Torpedoangriff im Golf von Mexiko – diesmal direkt vor Galveston, Texas. Bei unserem letzten P-3-Durchgang fanden wir Trümmer und zuvor war ein zerstörtes Unterseeboot registriert worden. Aber entweder gab es in der Gegend *zwei* russische Unterseeboote oder unser erster Durchgang war ein Fehlschlag. Auf jeden Fall hat es einen Diesel-Elektro-Antrieb – also kein Atom-Unterseeboot, sonst hätten wir es gehört. Das Versorgungsschiff wurde vor der kubanischen Küste versenkt, daher kann es nicht lange dauern, bis …«

»Ihr VII. Korps ist mit seinen Operationen von Polen aus zu früh dran«, nörgelte Arthur, während der Offizier vom V. Korps gleichzeitig fragte:

»Brauchen Sie mich noch, Sir?«

»Ja«, antwortete Lambert.

»Wenn der nördliche Arm des Angriffs weiter nach Osten vorrückt«, fuhr der Brite fort, »dann wird seine rechte Flanke entblößt, weil der südliche Arm, also der Angriff von der Slowakei aus, im Augenblick nicht einsatzbereit ist. Verstehe ich das Oberkommando Europa da richtig?«

Lambert hielt die beiden Telefone an seine Brust. Am liebsten wäre er wie ein Kind auf und ab gehüpft, so dringend musste er zur Toilette, nachdem er literweise Kaffee getrunken hatte. »Legen Sie alles auf meinen Tisch«, sagte er zu der Marineoffizierin. »Ich lese die Berichte später.«

Als sie verschwand, erhoben sich der finnische General und sein Adjutant. Beide hatten für den geheimen Besuch Zivilkleidung angelegt. Nach ihnen war der Beamte mit den Zahlen über die eingezogenen Rekruten an der Reihe, der bereits seit zwei Stunden wartete, weil ihm immer wieder eine wichtige Persönlichkeit zuvorkam.

»Was hält der Präsident von der Sache?«, wollte Arthur wissen. »Sollen wir den Vormarsch im Norden verlangsamen oder ganz aufhalten, bis der Angriff im Süden erfolgt, oder sollen wir ohne Unterstützung durch die parallel zu uns marschierende Kolonne weiter vorrücken? Das ist die Frage des Tages.«

Lamberts Sekretärin erschien. »General Thomas hat eine weitere Besprechung zum Thema Raketenangriff einberufen – Leitung sieben.« Es war die fünfte Meldung dieser Art in den neun Stunden seit Beginn des Krieges.

»Verdammt noch mal!« Lambert war eher verärgert als beunruhigt. »Was ist denn jetzt schon wieder?«, fragte er seine in der Tür stehende Sekretärin, die das Telefon noch am Ohr hielt und die Leitung so weit wie möglich in die Länge gezogen hatte.

Mit der Hand über der Sprechmuschel sagte sie: »Sieht so aus, als wäre CINCNORAD der Ansicht, es sei nur eine Gas-Pipeline infolge eines unserer Angriffe in die Luft geflogen und der Satellit habe dies als mobilen Start einer ballistischen Rakete registriert. Die Sache wird zurückverfolgt, aber Sie sollen auf jeden Fall online bleiben.«

Direkt hinter ihr tauchten Expräsident Livingston und seine Familie auf.

»Hier ist gerade Fliegeralarm ausgelöst worden!«, sagte der Offizier vom Hauptquartier des V. Korps. »Alles legt Schutzkleidung an und rennt zu den Bunkern. Ich würde zumindest gern meine Gasmaske herausholen, wenn Sie nichts dagegen haben, Mr. Lambert.«

Mr. und Mrs. Livingston winkten Greg zum Abschied zu, während aus dem Telefonhörer das schrille Geheul der Sirene drang. »Bringen Sie sich in Sicherheit.« Damit legte er auf. Wenn er dem Präsidenten nachlief, konnte er sich vielleicht noch richtig verabschieden.

Doch hinter dessen Familie tauchte Lamberts Sekretärin auf, die eine Grimasse zog und mit dem Finger auf das Telefon deutete.

Lambert ließ den Präsidenten ohne Abschied ziehen, warf den wütenden britischen Verbindungsoffizier aus der Leitung, ging zur Besprechung über einen eventuellen Raketenangriff und legte schließlich einen hastigen Zwischenstopp in der Toilette ein, wobei er das Risiko einging, am Vorabend der geheimen Aufnahme Finnlands in das TEAMS-Bündnis einen internationalen Zwischenfall heraufzubeschwören.

U.S.S. Nassau, *Japanisches Meer*
25. Juni, 1900 Uhr GMT (0500 Uhr Ortszeit)

Mouth hielt Monk seine Fäuste hin, während sie vor dem mächtigen LVTP-7A1 oder »Amtrac«, einem amphibischen Angriffsfahrzeug, standen. »Wird Zeit, dass wir denen in den Hintern treten.«

Monk tippte leicht mit seinen Fäusten dagegen.

»Ausnahmsweise hast du recht«, mischte sich Cool J. ein. »Denen müssen wir eine Lektion erteilen!« Er streckte Monk und Mouth die Fäuste hin.

Unterdessen stieß Bone mit seinem Helm gegen die der anderen wie ein Football-Spieler nach einem guten Match.

Als der Neue an der Reihe war, krachte es fürchterlich. Der Junge wartete eine Weile, bevor er den Helm abnahm. Über der Nasenwurzel hatte sich ein roter Streifen eingeprägt, der sogar im dämmrigen Licht des Welldecks zu sehen war. Mouth schob sein Kinn vor und zur Seite, um sicherzugehen, dass der Riemen fest saß.

»Bone, du hast wohl zu viel Tarnfarbe erwischt.«

Cool J. lachte und auch Monk musste grinsen. Jeder der Marines hatte Farbe im Gesicht, aber Bone war von einem zum anderen gegangen und hatte gefragt, wie gut seine Tarnung war. Das Resultat der von seinen Kameraden vorgenommenen Verbesserungen war eine dicke Schicht schwarzer, grauer und grüner Schminke, die in dem roten Licht des Welldecks grau wirkte und ihn wie einen Zirkusclown aussehen ließ.

Bone rammte seinen Kopf besonders kräftig gegen den von Mouth, der leise fluchend den Helm abnahm, um ihn wieder richtig zu positionieren.

Dann baute sich Bone vor Monk auf und sah auf ihn herunter. Unter den erwartungsvollen Blicken der anderen beugte er sich vor und berührte Monks Helm leicht mit der vorderen Kante seines eigenen. Dabei ließ er ihn keinen Augenblick aus den Augen.

Monk, der die Botschaft verstanden hatte, nickte leicht.

»He, willst du T-Man nicht küssen, Bone?«, meinte Mouth, während er den Helm wieder aufsetzte.

Bone warf ihm einen Blick zu, bei dem Mouth erschrocken zurückfuhr und beschwichtigend die Hände hob.

»Das Welldeck ist fast ganz geflutet«, sagte der neue Mann. Als seine Kameraden von der First Squad durch den Zwischenraum zwischen ihrem Amtrac und dem der Second Squad spähten, stellten sie fest, dass das schwarze

Wasser tatsächlich bis an die Ketten des ersten Amtrac, zwei Reihen vor dem ihren, reichte. Die Schiffspumpen verlagerten den Ballast nach hinten, so dass die Rampe am Ende des Welldecks tief im Wasser lag.

Weit hinten, im Bauch des Schiffes, hörte Monk die schweren Maschinen anlaufen, die das Förderband antrieben, das Proviant und Ausrüstung vom Laderaum zum Welldeck brachte. Den ganzen Morgen über hatten überall im Schiff die Lastenaufzüge gerumpelt und auf den schrägen Rampen, die sich kreuz und quer durch die *Nassau* zogen, hatte reger Verkehr geherrscht. Am inneren Ende des Welldecks, in der Nähe des Förderbands, übernahmen elf Karren, die in einer Schiene an der Decke liefen, die Versorgung der beiden großen LCU-Landetransporter, von denen jeder zwei M-1A1-Kampfpanzer und dreißig Tonnen Treibstoff und Ausrüstung trug.

Davor standen zwei LCAC-Luftkissenfahrzeuge, die mit vierzig Knoten auf den Strand rasen würden, um die vier LAV-25-Panzerfahrzeuge abzusetzen, von denen jedes mit einer automatischen 25-mm-Bushmaster-Kanone und einem 7,62-mm-Koaxial-Maschinengewehr ausgestattet war. Die Besatzung bestand aus drei beziehungsweise sechs kampfbereiten Marines. Ganz vorn standen acht Amtracs wie der von Monk, zweiunddreißig weitere Amtracs warteten dahinter. Es würde eine Landung in voller Bataillonsstärke werden, und wie sie in der Vorbereitungsbesprechung erfahren hatten, mussten sie mit Widerstand rechnen.

Dann folgen noch zwei LCUs und ein paar große LCM-Landefahrzeuge mit Ausrüstung, dachte Monk, um das eisige Gefühl in seinen Adern zu verdrängen. *Und das ist nur unser Schiff. Dann gibt es noch die* Iwo Jima, *die* Tripoli *und die* Portland. *Das sind noch mal dreitausend Marines, das müsste reichen. Angeblich soll es noch eine weitere Landung mit noch mal etwa viertausend Mann weiter oben an der Küste geben.* Als er schluckte, spürte er einen dicken Kloß in der Kehle.

Das Heulen der Düsentriebwerke eines Helikopters, der vom Flugdeck abhob, dröhnte durch das offene Ende des Schiffes herein und übertönte den konstanten Lärm der arbeitenden Matrosen. Manchmal erhaschte man einen Blick auf die Lichter der Chopper-CH-53E Super Stallion, die Truppen mehrere Kilometer weiter ins Binnenland brachten, oder gelegentlich auch ein AH-1 Super Cobra, ein Kampfhubschrauber, der sich, mit Munition und Kraftstoff versorgt, wieder in die Schlacht stürzte, die seit über einer Stunde an der Küste tobte. Viele der zweitausend Marines von seinem Schiff steckten bereits mitten im Schlamassel. Auch die ersten der acht AV-8B Harrier, die Fallschirmjäger abgesetzt hatten, mussten bald zurückkehren. Wie Hubschrauber würden sie vertikal auf einem Luftkissen, dass aus den Auspuffen ihrer Düsentriebwerke nach unten geblasen wurde, auf dem flachen Flugzeugträgerdeck der *Nassau* niedergehen. Für die große Landungsaktion würden sie wieder in Aktion treten.

»Alle Mann, alle Mann«, dröhnte es aus den Lautsprechern. Die Leute warfen ihre Kippen auf das Deck, eine davon landete direkt unter einem Rauchverbotsschild. »Achtung, aufgepasst!« Aus den Lautsprechern kam ein Knacken, als das Mikrofon weitergegeben wurde.

»1. Batallion, 3. Marines«, ertönte die Stimme des Bataillonskommandeurs, »ihr habt die seltene Gelegenheit, Geschichte zu schreiben! Noch in vielen Jahren wird über diese Schlacht berichtet werden! Wie diese Berichte aussehen werden, das hängt von euch ab. Ihr wisst, was von euch erwartet wird! Ihr wisst, was zu tun ist! Wenn ihr eure Aufgabe erfüllt, steht ihr dabei in der langen Tradition der Männer, die sich Marines nennen! ›Wir Glücklichen sind Brüder, denn der sein Blut für mich vergießt, der ist mein Bruder.‹ *Semper fidelis!*«

Die über tausend Mann, die sich auf dem Deck aufhielten, brachen in gutturale Rufe aus, versetzten sich gegenseitig gut gemeinte Knüffe und Puffe und klopften sich auf die Schultern. Monk fühlte, wie das Adrenalin durch seinen Körper pulsierte wie vor einem Football-Match. Seine grunzenden, stöhnenden Laute mischten sich in die Kakophonie männlicher Kameradschaft, während er mit den Schultern seine Kameraden rammte. Er fühlte es, er war bereit, ja, er wollte es sogar, um die Energie und Spannung loszuwerden.

Ein Typ von der Second Squad, den Monk unter der Tarnfarbe kaum erkannte, hielt seine Fäuste in die Höhe und brüllte: »Die machen wir fertig!«

Monk schlug seine Fäuste gegen die des anderen, schob das Kinn vor und nickte. Das Blut in seinen Adern schien zu kochen. Der Marine ging weiter zu Cool J. »Wir erledigen sie, Mann!«, sagte er, während sie ihre Fäuste gegeneinander schlugen. Dann war Mouth an der Reihe.

»Von denen bleibt nichts übrig«, erwiderte Cool J.

»Keine Gefangenen«, verkündete Mouth. Dann wandte er sich an die neben ihnen stehende Second Squad, die, wie die First Squad, neben ihrem eigenen Amtrac stand. Normalerweise waren sie Erzfeinde, die sich auf sportlichem Gebiet einen Kampf nach dem anderen lieferten, aber als Mouth brüllte, »Die machen wir alle!«, nahmen sie den Schrei auf. Monk und die anderen stimmten ein. Ein tiefes Brüllen erfüllte das Deck, das mehr aus dem Bauch der Männer als aus ihrer Kehle kam und sich in dem höhlenähnlichen Raum ausbreitete, bis alle tausend Marines eingestimmt hatten. Doch die geübten Lungen der Gunnery Sergeants waren nicht so einfach zu übertönen.

»*Einsteigen!*«, ertönte es an verschiedenen Punkten des Decks. Die Männer kletterten durch die offenen hinteren Luken in ihre gepanzerten Angriffsfahrzeuge.

2. KAPITEL

Vierhundertachtzig Kilomter südlich von Island
25. Juni, 1900 Uhr GMT (1500 Uhr Ortszeit)

Nachdem er Bailey endlich auf seine nächste Mission geschickt hatte, fischte Chandler ungeduldig das Handbuch, das er die ganze Zeit hatte lesen wollen, aus seiner Tasche. Barnes sah neugierig auf den Titel – »NBC-Handbuch«. Ihre Blicke trafen sich.

NBC, dachte Chandler, der Alptraum jedes Soldaten. *Nuklear-Biologisch-Chemisch.* Er öffnete das Handbuch und begann zu lesen.

»Biologische Wirkstoffe sind Mikroorganismen, die eingesetzt werden, um Krankheiten bei Menschen, Tieren oder Pflanzen hervorzurufen. Mit einem Minimum an Munition können ausgedehnte Gebiete abgedeckt werden, da für eine effiziente Dosis nur geringe Mengen biologischer Wirkstoffe notwendig sind. CB-Wirkstoffe werden im Allgemeinen als Aerosole freigesetzt, die durch die im Zielgebiet herrschenden Winde verbreitet werden.«

Das hatte er alles schon einmal gehört, aber er hatte nie besonders darauf geachtet. Im letzten Weltkrieg hatte es diese Substanzen zwar gegeben, sie waren aber nicht eingesetzt worden.

»Nervengift blockiert die normale Muskelentspannung, die aufgrund eines chemischen Prozesses an der Verbindungsstelle zwischen Muskeln und Nerven erfolgt. Aufgrund der Verkrampfung der Atemmuskeln tritt der Tod normalerweise durch Atemversagen ein.« Chandler warf einen Blick auf seine Ausrüstung. Seitlich an der Tasche waren die Atropinspritzen zu erkennen, die die Wirkung des Nervengifts verzögern sollte und einem unter Umständen sogar das Leben retten konnten. *Unter Umständen.*

Schwer zu entdecken, las er. Farb-, geruch- und geschmacklos. Die Wirksamkeit hing vom Wetter und Umweltbedingungen wie Temperatur, Wind, Feuchtigkeit, Bodenbeschaffenheit etc. ab. Besonders empfehlenswert – *empfehlenswert*, dachte Chandler kopfschüttelnd – ist der Einsatz in der Dunkelheit gegen ungeschützte Truppen, die sich in Mulden aufhalten, weil das Gas schwerer ist als Luft und in diese herabsinkt. *Insektizide, tödliche Insektizide. Natürlich ist der nächtliche Einsatz besonders effizient, weil die Verdunstung beschränkt ist. Außerdem sind die Männer in der Dunkelheit allein und haben Angst.*

Nervengas drang durch die Haut. Ein kleiner, ein einziger, unsichtbarer Tropfen auf Arm, Hand oder Gesicht bedeutete den sicheren Tod. Vielleicht blieben einem eine oder zwei Minuten, manchmal merkte man erst nach einer Stunde, dass etwas nicht stimmte, je nachdem welche der beiden wichtigsten Mischungen verwendet wurde – »GB« oder »VX«. Aber früher oder später verengten sich die Pupillen, die Haut rötete sich, Schweißausbrüche folgten, die Brust war wie zugeschnürt, man konnte nichts mehr sehen und dann traten die ersten Tremoranfälle auf. Chandler ließ das Buch sinken.

Bitte, lieber Gott, erspar mir das. Bailey kam von der vorderen Bordküche zu seinem Sitz zurück, wobei er im Gang stehen blieb, um lächelnd ein paar Worte mit Jennifer zu wechseln. Hastig steckte Chandler die Nase wieder in sein Handbuch, weniger um nicht mit Bailey sprechen zu müssen, als vielmehr, weil er in diesem Augenblick mit niemandem reden wollte. Bailey tat ihm den Gefallen. Offenbar war er zufrieden damit, auf seinem Platz zu sitzen und lächelnd auf die Trennwand vor sich zu starren.

Chandler fiel auf, dass Bailey einen hellrosa Notizzettel in der Hand hielt. Zwischen verschlungenen grünen Ranken und roten Blüten prangte der Briefkopf von »Jennifer M. Sims« mit ihrer Adresse in Dallas.

Was für ein Zufall, dass auf dem Zettel, den sie ihm gibt, ihre Adresse und Telefonnummer stehen, dachte Chandler amüsiert. Bailey faltete das leere Blatt zusammen und steckte es in seine Tasche. Kurz darauf tauchte Jennifer auf, die ihm mit einem breiten Lächeln im hübschen Gesicht Orangensaft einschenkte. Bailey lächelte zurück, senkte aber schnell den Blick. Der denkt, er hat eine erwischt, die es mit der Moral nicht so genau nimmt. Chandler schüttelte kaum merklich den Kopf. *Melissa hatte Recht, in einer solchen Situation sind die Frauen kaum zu halten.*

Er sah wieder in sein Buch. »Wirkstoffe, die Blasen verursachen.« Er las jetzt so schnell wie möglich. Warnzeichen für einen Angriff dieser Art: Bomben, die einschlagen, aber nicht explodieren.

Dann wurde die Schutzkleidung beschrieben, die es für vier verschiedene Klassen gab. Die Anzüge waren unangenehm und heiß und konnten nicht lange getragen werden. *Zumindest sind unsere ›luftdurchlässig‹*, dachte Chandler. Sie arbeiteten mit Aktivkohlefiltern und waren bequemer als die Gummianzüge der Russen. Allerdings sättigte sich die Aktivkohle mit der Zeit, wurde unwirksam und man brauchte einen neuen Anzug.

Überdruckfahrzeuge, in die die giftigen Dämpfe nicht eindringen konnten. Dekontaminierung, Erste Hilfe, Berichterstattung und Markierung von Gebieten, ja sogar die Zeichen, mit denen der ungenannte Feind – »die Bedrohung« – verseuchte Bereiche eingrenzte. Interessanterweise waren diese immer in russischer Sprache gehalten.

Als er mit dem Handbuch fertig war, war er so aufgewühlt, dass er aufstand und überlegte, was er tun konnte. Das Cockpit zog ihn magisch an. Auf sein Klopfen öffnete Gator einen Spalt breit die Tür. »Es ist der Major.«

»Verschwinden Sie.« Chandler war so nervös, dass er schon mit einer scharfen Bemerkung antworten wollte, als ihm auffiel, wie angespannt Pilot und Kopilot nach vorn starrten. Golding hatte beide Hände um das Steuerhorn gelegt, Fraziers linke Hand ruhte auf dem Gashebel. »Verschwinden Sie, Major«, wiederholte Golding. »Das ist kein Witz.« Er war ganz und gar auf seine Aufgabe konzentriert.

»Nach links ziehen.« Frazier duckte sich und starrte durch die Windschutzscheibe in den sonnigen Himmel hinauf, während Golding das Steuer leicht nach links drehte. »Okay, okay!« Frazier nahm mit einer vorsichtigen Bewegung Gas weg, ohne den Himmel über sich aus den Augen zu lassen. Golding steuerte nach links beziehungsweise rechts, während Frazier Gas gab oder den Schub reduzierte.

Im Vergleich zu den beiden schien der Bordingenieur nicht besonders beschäftigt zu sein, so dass Chandler eine geflüsterte Frage wagte. »Was tun die da?«

»Wir fliegen im Verband mit den sechs anderen Maschinen«, erklärte Gator. Chandler duckte sich, um aus der Windschutzscheibe zu sehen.

Direkt über ihnen entdeckte er die massigen Gestalten von zwei breiten Airlinern. »Großer Gott!«, stieß er beim Anblick der wellenförmig fliegenden Formation aus, bei der sich jede Maschine wie in Zeitlupe auf und ab bewegte, ohne ihre relative Position zu den anderen zu verändern.

»Klappe, verstanden?«, herrschte Golding, dem der Schweiß auf der Stirn stand, ihn an.

»Warum so nah?«

»Damit die nur eine Radarsignatur bekommen«, erklärte Gator. »Die kriegen zwar ein fettes Signal, aber ihre Geheimdienstleute können uns nicht zählen, wenn wir Island passieren.«

ORLANDO, las Chandler auf dem Namensschild des Bordingenieurs. *Orlando – »Gator« wie Alligator – Florida. Oder kam »Gator« von Navigator?*

»Wir sind ganz auf uns gestellt. Schluss mit der Eskorte, die Tomcats sind unterwegs nach Hause.«

Ein kleines Gerät, das notdürftig mit Klebestreifen direkt unterhalb der Windschutzscheibe an die Instrumententafel geklebt war, begann zu piepen. Als sich die Tonfolge zu einem beständigen, schnellen Alarm verstärkte, wurde Golding ungeduldig. »Ausschalten.«

Frazier streckte die Hand aus und stellte den Ton ab, der durch ein rotes Blinklicht ersetzt wurde.

»Was ist das?«

»Achtzig mehr«, befahl Golding. Fraziers Hand bewegte den Gashebel um einen Millimeter, was sich nur in einem etwas höheren Motorengeräusch niederschlug.

»Ist das …?« Chandler sah Gator an, der mit verdrießlichem Gesicht bewegungslos auf eine Karte des weglosen blauen Ozeans starrte, an dessen oberem Ende Chandler Island entdeckte. »Ist das ein Radardetektor, wie im Auto?«

»Genau«, erwiderte Gator ohne den Blick zu heben. »Wir werden angestrahlt wie ein Halloween-Kürbis.«

Er klang nicht besonders besorgt, doch beim Anblick seiner niedergeschlagenen Gestalt sank Chandlers Stimmung in den Keller. *Resignation – aber womit hat er sich abgefunden?* Er sah auf das hektisch pulsierende Licht auf dem einfachen Radardetektor.

»Was passiert, wenn wir angegriffen werden?«, erkundigte sich Chandler mit gedämpfter Stimme.

»Wir sterben«, erwiderte Golding.

»Nein, im Ernst.«

Aber Golding sagte nichts weiter.

»Die neuesten Anweisungen lauten zu wassern«, erläuterte Gator. »Hat bei einem Federal Express Jet funktioniert – vierzehn Überlebende wurden aus dem Wasser gefischt.«

»Von wie vielen insgesamt?« wollte Chandler wissen, doch Gator zuckte die Achseln. »Ein Glück, dass sich die Methode bewährt hat«, murmelte Chandler.

Im Cockpit herrschte absolute Stille, aber das blinkende rote Licht des Radardetektors trieb ihn schier zum Wahnsinn. »Soll das heißen, ihr fliegt einfach in den Ozean hinein?«

»Man zieht das Fahrwerk ein«, gab Golding zurück, »geht direkt auf dem Wellenkamm nieder und rutscht von dort auf dem Rücken der Welle ins Tal. Ein reines Glücksspiel. Wenn man die Vorderseite einer fünfzehn Meter hohen Welle erwischt, wie sie hier im Nordatlantik keine Seltenheit sind, könnte man genauso gut gegen eine Steilwand des Grand Canyon fliegen.«

»Die Gegend hier wird Island-Dreieck genannt, weil die Russen genau wissen, wo …«

»Ruhe!«, befahl Golding. »Verstanden, neun eins«, fuhr er dann fort. »Navaho sechs fünf sieben zwei sieben geht nach unten weg. Viel Glück. Ende.« Chandler zog es plötzlich die Füße unter dem Körper weg, als die Nase des Flugzeugs nach unten sackte. Halt suchend griff er nach einem Schott, während der Hintergrundlärm mit zunehmender Geschwindigkeit lauter wurde.

»Gator, Banditen – kleiner Kontakt – Kurs zwei neun eins, Engel eins Komma fünf bei hundertundfünfzehn Kilometern«, meldete Golding mit monotoner Stimme. Gator schrieb hastig mit. »Die haben die Brenner an, Geschwindigkeit neunhundertundfünfzig Knoten. Wir verlassen die Formation. Ich gehe auf hundertundfünfzig Meter, vielleicht noch niedriger. Gib mir einen Kurs.«

Chandler beobachtete in dem merkwürdig ruhigen Cockpit, wie Gators Bleistift in geraden Linien über die Karte flog, um Punkte, die er eben erst eingetragen hatte, miteinander zu verbinden. Während das Heulen des Sinkflugs immer lauter wurde, hielt Gator auf einmal eine merkwürdig geformte, durchsichtige Plastikkarte wie ein Lineal in der Hand. Er trug Markierungen ein und gab auf einer Tastatur an seiner Instrumentenkonsole Zahlen ein. »Zweiter Punkt?«, fragte er, während sein Bleistift noch über das Papier flog.

»Letzter Kurs war zwei acht neun bei hundert.«

Gator trug erneut Markierungen ein und stellte Berechnungen an. Dann lehnte er sich zurück. »Nach links auf null eins sieben gehen.«

»Wie bitte?«, fragte Golding.

»Null eins sieben!«, zischte Gator und Golding kippte seitlich nach links weg. Chandlers Beine schienen auf einmal bleischwer, seine Ohren schmerzten unter dem Druck.

»Äh, Gator«, mischte sich Frazier ein, »null eins sieben bedeutet, dass wir nach Norden fliegen, genau auf Island zu.«

Gator, der die Karten vor sich ausgebreitet hatte, warf sein Plastiklineal weg und fauchte: »Norden! Da wäre ich ja nie drauf gekommen!« Mit einem gereizten Seufzer massierte er sich den schmerzenden Nacken. »Es ist der schnellste Weg aus dem Abfanggebiet heraus, allerdings nur, wenn die noch eine Minute oder zwei mit den Nachbrennern ihren Kurs halten.«

Golding beugte sich vor und drückte einen Knopf auf der

Schalttafel, auf dem die Aufschrift SICHERHEITSGURTE aufleuchtete. Dann griff er nach dem Mikrofon. »Besatzung fertig machen zum Wassern«, murmelte er mit leiser Stimme. Offenbar hoffte er, die Passagiere würden ihn nicht hören, damit keine Panik ausbrach. *Davon haben die auch nichts mehr,* dachte Chandler, als er auf den grauen Ozean herabstarrte, wo weiße Gischt von den Wellenkämmen gefegt wurde, die sich jetzt nur noch wenige hundert Meter unter dem Bauch des Delta-Jets befanden.

»Einhundertsechzig«, meldete der Kopilot, aber Golding ging immer noch tiefer.

»Windrichtung scheint zwei acht null zu sein«, meinte Golding. »Was denkst du, Frazier?«

Der Kopilot lugte über die Instrumententafel auf die weißen Wellenkämme. »Scheint zu stimmen«, meinte er und ließ sich zurücksinken. »Einhundertfünfzig.« Seine Stimme klang ruhig, aber das Gesicht in dem dämmrigen Licht, das durch die Windschutzscheibe hereinfiel, zeigte, wie besorgt er war. »Hundert.« Das Wasser glitt mit atemberaubender Geschwindigkeit unter ihnen hinweg. »Achtzig, Larry.« Golding zog die Maschine gerade.

»Ich habe … ich habe die E-2-Bomber!«, brüllte Frazier. »Klingt … als hätten sie es auf Tomcats abgesehen!«

»Wo kommen die denn her?«, wollte Golding wissen.

»Das ist Tango Charlie sechs«, erwiderte Frazier mit einem Seitenblick.

»Können die getankt haben?«, fragte Golding leise, ohne den Blick von der Windschutzscheibe zu wenden.

»Unmöglich«, sagte Frazier in die nun folgende Stille hinein. »Die mussten den Weg von … Raketen los!«

»Aber die waren doch auf ›Bingo Fuel‹«, warf Gator mit einem Blick auf die beiden Piloten ein, die nicht antworteten.

»Was zum Teufel ist ›Bingo Fuel‹?«, erkundigte sich Chandler, der von dem Drama gefesselt war, das sich vor seinen Augen abspielte, wenn er es auch nicht recht verstand.

»Das heißt, dass sie gerade noch genug Treibstoff für den Rückweg zur *Eisenhower* hatten, als sie sich vorhin von uns trennten.«

»Ein Treffer!«, meldete Frazier. »Noch einer! Sie haben sie erwischt!« Dann verstummte er. Es wollte kein rechter Jubel aufkommen.

»Ich verstehe das nicht«, sagte Chandler. »Sie haben doch gesagt, wir hätten keinen Geleitschutz mehr.«

»Auf welcher Frequenz senden die?«, erkundigte sich Golding bei Frazier.

»Eins zwei zwei Komma fünf«, gab dieser zurück und Golding drehte an einem Knopf an seiner Armlehne.

»Tango Charlie sechs, hier Navaho sechs fünf sieben zwei sieben. Können Sie mich hören? Ende.«

Nach einer Pause sagte Golding: »Danke, Jungs. Ihr habt uns wirklich aus der Patsche geholfen.«

Nach einer weiteren kurzen Pause, lachten die beiden Piloten. »Entschuldigung, Ma'am«, erklärte Golding dann. »Ihnen natürlich auch vielen Dank. Ich wollte mich einfach nur … bedanken. Danke und … und viel Glück.«

Dann lauschten die beiden Deltapiloten erneut. »Roger, verstanden. Wird erledigt. Navaho zwei sieben Ende.«

Chandler hörte Golding tief durchatmen. Nach einem weiteren kurzen Gespräch über Funk wies er Gator an, einen neuen Kurs zu berechnen. Sie gingen langsam höher und höher. Das rote Licht am Radardetektor hatte aufgehört zu blinken.

Nach einer Minute des Schweigens sagte Frazier leise: »Gerade sind sie runtergegangen.« In der leicht reflektierenden Windschutzscheibe sah Chandler, wie Golding für einen Augenblick das freie Auge schloss.

»Sie werden von der Navy rausgeholt, stimmt's?«, sagte Chandler. »Die schicken einen Suchtrupp mit Rettungshubschrauber, schließlich wissen sie ja, wo die Leute sind.«

»Nein«, erwiderte Golding leise und bedächtig. »Das werden sie nicht tun. Die Russen kontrollieren mit ihren landgestützten Flugzeugen den Luftraum rund um Island. Die Navy kann nicht nahe genug herankommen, um einen Hubschrauber starten zu lassen.«

»Ja, aber … was dann?«, fragte Chandler, der durch die Fenster auf die endlose Weite des Nordatlantiks herabblickte. »Die können sie doch nicht ihrem Schicksal überlassen.«

»Diese vier Leute sind tot, Major«, zischte Golding und starrte ihn aus der spiegelnden Windschutzscheibe heraus an, als wäre es plötzlich wichtig, dass Chandler das verstand. »Sie können noch mit ihnen sprechen. Wir können Sie mit dem Funkgerät in ihrer Überlebensausrüstung verbinden, das heißt, wenn sie sich nicht den Schädel an der Haube eingeschlagen haben oder ihnen der Wind das Genick gebrochen hat, und vorausgesetzt, dass sich ihre Fallschirme geöffnet haben. Wenn alles in Ordnung ist, können die jetzt anfangen, sich unter ihrem Nylonschirm und Dutzenden von Riemen vorzuarbeiten. Haben Sie schon mal eine nasse Nylonplane auf einer Wasseroberfläche liegen sehen? Bei der Dünung ist es gar nicht so einfach, sich für einen letzten Atemzug darunter hervorzuarbeiten, vor allem, wenn man unter Wasser ein wenig desorientiert ist.«

»Das reicht, Larry«, unterbrach ihn Frazier.

Die Stille hing schwer über dem Cockpit. »Ich werde zusehen, dass ich Ihnen nicht mehr im Weg herumstehe«, meinte Chandler dann.

»Einen Augenblick. Der Pilot der einen Maschine hatte eine Nachricht an Ihre Männer«, Golding schaltete den Knopf mit der Aufschrift SICHERHEITSGURTE aus. »Ich will, dass Sie nach hinten gehen und ihnen mitteilen, was er gesagt hat.«

Chandler stand an der Tür und wartete bedrückt.

»›Schickt die Schweine in die Hölle, damit ich sie in die Finger bekomme‹, waren seine Worte und ...« Goldings Stimme versagte für einen Augenblick. »Und ›Sagen Sie Ihren Männern, meine Frau hieß Sandy. Sandy aus Norfolk‹.«

U.S.S. Nassau, *Japanisches Meer*
25. Juni, 2000 Uhr GMT (0600 Uhr Ortszeit)

In der Stille, bevor der Motor ansprang, hörten die Marines immer noch die Seeleute, die hoch über dem Welldeck an der Reling standen. Schmutzig und verschwitzt von der Arbeit hatten sie gejubelt und gepfiffen, die Daumen nach oben gereckt und die Fäuste geschüttelt. Solch eine Unterstützung hatte es noch nie gegeben. Zwei Männer hielten eine große amerikanische Flagge über die Reling.

»Wird Zeit, dass die alten Tintenfische ein paar Frauen zu Gesicht bekommen. Die waren ja geradezu verliebt in uns!«, verkündet Mouth zur Belustigung der vierzehn Mann von der First Squad und der vierköpfigen Mörserbesatzung, die an den Wänden des Amtrac saßen. Brüllendes Gelächter, in das sogar Bone einstimmte, quittierte die Bemerkung.

Plötzlich begann sich die Rampe des Amtrac zu heben. Langsam verschwand das Licht des neuen Morgens, das vom offenen Ende des Schiffs in das Fahrzeug gefallen war. Dann verstummte das Pfeifen des Elektromotors. Stille kehrte ein, die von dem anspringenden Hauptmotor durchbrochen wurde, dessen Lärm jedes normale Gespräch unmöglich machte. Durch seinen Rücken, der an der geschweißten Aluminiumpanzerung lehnte, spürte Monk die gewaltigen Vibrationen.

Er rutschte hin und her, um Gurte und Bajonett zurechtzurücken, und stieß dabei in dem engen Raum aus Versehen gegen Smalls, den Neuen.

»Pardon«, entschuldigte sich der Junge, was Monk mit einem Nicken quittierte. Smalls Stimme hatte zittrig geklungen und Monk stellte zu seiner Überraschung fest, dass ihm selbst der Atem in der Kehle stecken blieb. Er zwang sich, seine Lungen mit Luft zu füllen, und atmete tief ein, um die Blockade zu beseitigen.

Vor ihm spähte der Gunnery Sergeant – der »Gunny« –, der den überdimensionalen Helm eines Vehicle Crewman trug, durch das Sichtfeld des Fahrzeugkommandanten. Er griff nach oben, hielt das Boom-Mikrofon näher an seinen Mund und sagte etwas. Der Amtrac machte einen Satz nach vorne. Es ging los! Gleich würden sie das Schiff verlassen.

Nach ein paar kürzeren Starts und Stops trat der Fahrer das Pedal durch. Das riesige Fahrzeug reagierte mit solcher Gewalt, dass die Männer auf den beiden Seitenbänken nach hinten gegen ihre Sitznachbarn geschleudert wurden. Immer schneller wurde die rasende Fahrt. Der Amtrac kippte nach vorne und die Männer, die sich gerade erst wieder aufgerichtet hatten, wurden nun in die andere Richtung geschleudert.

Monk fühlte, wie das gewaltige Panzerfahrzeug in den Ozean stürzte. Wie immer überlief es ihn dabei eiskalt. Die überdimensionalen Amtracs fassten dreimal so viele Männer wie die Bradleys der Armee. Das riesige Volumen sollte ihnen Auftrieb verleihen, aber bei einem Gewicht von dreißig Tonnen schien es immer wieder ein Wunder zu sein, dass sie tatsächlich schwammen.

Um den Rumpf herum rauschte das Wasser, aber das graue Licht der ersten Morgendämmerung, das durch die Sichtfenster von Fahrer, Kommandant und Bordschütze hereinfiel, war Beweis genug dafür, dass sie nicht untergegangen waren.

Die Marines hinten im Fahrzeug verhielten sich ganz ruhig. Etwas war anders als sonst. Normalerweise schubsten und beschimpften sich die Männer, wenn der Amtrac zu Wasser gelassen und jeder gegen den anderen geschleudert wurde. Irgendein Redneck jubelte immer bei dem Fall ins Meer. Aber diesmal herrschte Schweigen. Monk fühlte, wie die Wirkung des Adrenalins nachließ. Ihm wurde kalt.

Er legte seinen Kopf nach hinten an den Rumpf. Der Helm übertrug die Motorvibrationen auf seine Kopfhaut wie eine Massage. Erneut atmete er tief ein, was in einem Gähnen endete. Obwohl er nach dem Raketenangriff in der vorangegangenen Nacht überhaupt nicht geschlafen hatte, fühlte er sich nicht müde. Für seinen verspannten Nacken waren die Vibrationen eine Wohltat. Plötzlich erschöpft, schloss er die Augen. Auf ihn wirkten der laute Lärm des Motors und das Zischen des Jetantriebs beruhigend und er beschloss, die Gelegenheit zur Erholung zu nutzen. Bis sie den Strand erreichten, würde es mindestens eine Stunde dauern.

Seine Gedanken schweiften ab. Wie immer vor dem Einschlafen dachte er an das Ferienhäuschen, das seine Familie jeden Sommer eine Woche lang am Mullet Lake gemietet hatte. Sein Vater angelte für sein Leben gern und hatte die gesamte Familie damit angesteckt. Am meisten liebte Monk jedoch die kühlen Nächte, wenn sie in dem einzigen Raum der einfachen Hütte ein Feuer anzündeten und sich in ihren Schlafsäcken darum herum niederließen, Geschichten erzählten und redeten.

Doch die Erinnerung daran, wie er sich mit seinen Brüdern unter den dicken Schlafsäcken gebalgt hatte, während sie den Erzählungen seines Vaters lauschten, schien sich plötzlich gegen ihn zu wenden. Zuerst versuchte er, den Gedanken zu verdrängen, wie die Furcht vor dem Wolf aus den Geschichten seiner Brüder. Sein Gehirn musste frei sein, wenn er Ruhe finden wollte. Doch er erinnerte sich genau, wie er, lange nachdem die anderen eingeschlafen waren, voller Angst auf die Fenster gestarrt und jeden Augenblick damit gerechnet hatte, dort die rot glühenden Augen des Wolfes funkeln zu sehen.

Er sah sich um. Die meisten Männer schienen zu schlafen. Er legte den Kopf erneut zurück, wobei der Helm klappernd gegen die Wand schlug, und schloss die Augen, doch der Schlaf wollte sich nicht einstellen. Was war es, das sich in der Geborgenheit dieses Ortes an ihn heranschlich und ihm wie ein Dieb den Schlaf raubte? Er beschloss, sich dem Gedanken zu stellen, der in den dunklen Tiefen seines Gehirns lauerte, ihm die Tür zu öffnen.

Da sah er die »Bestie«, die ihn bedrohte, aus den Schatten treten. Obwohl er die Augen immer noch geschlossen hielt, war Monk nun hellwach. Seine Gedanken überschlugen sich, die Kehle schnürte sich ihm zu. Nun war ihm wirklich eiskalt. Er versuchte, sein Zittern mit langsamen, tiefen Atemzügen unter Kontrolle zu bekommen. Doch die physische Reaktion auf die Konfrontation mit der Bestie war so stark, dass er die Tür der Ferienhütte zuschlug, um sie fern zu halten. Wenn sie nur noch ein wenig draußen in der Dunkelheit blieb. Die Konfrontation war nicht zu gewinnen, es brachte nichts, wenn er daran dachte, was sie am Strand erwartete.

Themawechsel, dachte Monk. *Football. Angriff oder Verteidi-*

gung? Der Trainer meinte, ich bin als Verteidiger besser, aber der Angriff macht einfach mehr Spaß.

«Die Landung wird auf Widerstand stoßen«, hatte der Bataillonskommandeur spät in der Nacht zuvor auf dem Welldeck gesagt. In seiner Stimme lag etwas ... Jeder hörte es. Die Männer sahen einander an und fanden in den Augen ihrer Kameraden Bestätigung. Zwar übten die Marines für einen solchen Fall, doch ihre Offiziere taten alles, um ihn zu vermeiden. »Ich möchte Ihnen allen für die Ehre danken ...« Geradezu entschuldigend klang der Kommandeur. Die Tür flog weit auf und die Bestie stürzte sich zähnefletschend auf Monk.

Mist! Sein Magen rebellierte. Obwohl er die Augen geschlossen hielt, raste das Blut in seinen Adern und sein Magen krampfte sich zusammen, als hätte er eine Kanne des von seinem Vorgesetzten gebrauten Kaffees intus. *Ausgerechnet jetzt wird mir schlecht.*

»Verdammt noch mal!«, brüllte eine Stimme direkt vor ihm.

Monk und die anderen rissen die Augen auf.

»Ist das Ihre Ausrüstung, Lance Corporal?«, schrie der Gunny direkt vor seiner Nase.

»Ja, Gunnery Sergeant!«

»Dann packen Sie sie gefälligst weg, zum Teufel noch mal!«

»Zu Befehl, Gunnery Sergeant!« Monk beugte sich vor, um seinen Tornister zehn Zentimeter weiter unter den Sitz zu schieben.

Der Gunny setzte seinen Rundgang fort, während jeder eilig mit den Hacken das Gepäck so gut wie möglich verstaute. An der hinteren Rampe, auf deren von der See gekühltem Metall das Kondenswasser stand, kniete er sich nieder und begann ein leises Gespräch mit dem Squad Leader, Sergeant Simmons, der direkt neben der Rampe saß und sie herauslassen würde. Warum hatte er bloß Gunnery Sergeant Dirk erwischt! *Da wäre ich mit dem Lieutenant besser dran gewesen.* Andererseits wirkte der Gunny irgendwie beruhigend. *Der ist so abgebrüht, den bringt keiner um.*

»Was meinst, wird es schlimm werden?«, fragte Mouth gerade laut genug, um den Motorenlärm zu übertönen.

Cool J., der irgendwie durch Smalls von seinen Freunden getrennt worden war, beugte sich vor, um seine Antwort zu hören. Der Neue presste den Helm fest gegen die Wand, um Cool J. nicht die Sicht zu nehmen.

Nun hielt die Bestie Monk so fest gepackt, dass er nicht antworten konnte. Stattdessen schloss er die Augen und ließ sich von seiner Erschöpfung einlullen, bis die Realität verschwamm. *Die Landung wird auf Widerstand stoßen.* Die Worte hallten durch seinen Kopf. *Eine Landung an der russischen Küste, die auf Widerstand stößt.* Nun war er wieder hellwach.

Spezialeinrichtung der Regierung, Mount Weather, Virginia
25. Juni, 2000 Uhr GMT (1500 Uhr Ortszeit)

»Erstens«, sagte Präsident Costanzo in das auf Lautsprecher geschaltete Telefon, das ihn mit den Führern der freien Welt verband. »Der Nordatlantikvertrag besagt, dass ein Angriff auf ein Mitgliedsland von allen anderen Mitgliedsstaaten wie ein Angriff auf sie selbst zu betrachten ist. Am 11. Juni ereignete sich ein massiver, durch nichts provozierter Angriff der strategischen Atomwaffen-Streitkräfte der Republik Russland auf das Festland der Vereinigten Staaten, doch die Mitgliedsstaaten Deutschland, Frankreich, Norwegen, Dänemark, die Niederlande und Belgien haben es abgelehnt, ihren Verpflichtungen aus dem Vertrag nachzukommen. Daher kündigen die Vereinigten Staaten den Nordatlantikvertrag hiermit auf, soweit er sich auf die Verteidigung dieser Länder durch die Vereinigten Staaten bezieht.«

Costanzo sah die am Tisch Sitzenden an – die Stabschefs und sein Kabinett, das er teils von Livingston übernommen, teils neu ernannt hatte. Aus dem Lautsprecher drangen empörte Stimmen. »Zweitens. Die Streitkräfte der Vereinigten Staaten werden weiterhin ihre Stützpunkte benutzen, unabhängig von deren Lage und ungehindert durch die Regierungen der Gastländer. Das gilt auch für alle Transporteinrichtungen, die für die Nutzung durch die NATO in Kriegszeiten vorgesehen waren. Falls« – er hob die Stimme – »unsere früheren Verbündeten in irgendeiner Weise versuchen sollten, uns an der Kriegsführung zu hindern, dann haben diese Verbündeten nicht nur die Russen zu fürchten!«

Der französische Präsident antwortete in seiner Sprache. Die monotone Übersetzung der aufgeregten Erwiderung folgte wie bei einer schlechten Film-Synchronisierung um eine Sekunde verzögert. »Mr. President, Sie werden von europäischem Gebiet aus ohne Zustimmung der Europäischen Union keine Kriegshandlungen ausführen. Die Tage, als Sie in Washington sitzen konnten und …«

»Jeder Versuch«, unterbrach ihn Costanzo, »unsere Operationen zu behindern, wird als Kriegshandlung gewertet.« Im Raum und am anderen Ende der Leitung trat Schweigen ein. »Sollten mich meine Kommandeure im Feld davon informieren, dass das deutsch-französische EuroCorps weitere Manöver in der Nähe unserer Stützpunkte durchführt, die als feindlich gewertet werden könnten, wird dies einen sofortigen Eingriff des Lufteinsatzkommandos zur Folge haben. Damit es keine Missverständnisse gibt: Sie haben den Nordatlantikvertrag gebrochen und sind damit kein Verbündeter der Vereinigten Staaten mehr. Durch Ihren Verrat in Zeiten der Not müssen wir Sie im Grund bereits als Feinde betrachten. Wenn Sie versuchen, uns aufzuhalten, werden wir Sie ausschalten müssen.«

Thomas, der rechts von Lambert saß, beugte sich vor. Von links kam ihm General Fuller entgegen. »Wie haben Sie den genannt?«, flüsterte Thomas. »Kalifornischen Umweltweichling?«

Fuller zuckte die Achseln und schüttelte verwirrt den Kopf. »Der Mann ist Politiker. Man muss kein Meteorologe sein, um zu wissen, woher der Wind weht.«

Als der Präsident fertig gesprochen hatte, legte er auf, bevor der französische Staatschef antworten konnte. Beide Hände auf den Tisch gelegt, sagte er: »Sehen wir mal, was die Briten von dieser Vorstellung halten.«

Die Antwort war klar, sobald die Techniker auf die andere Leitung geschaltet hatten, aus der herzliches Gelächter dröhnte.

An Bord des LVTP-7, Japanisches Meer
25. Juni, 2100 Uhr GMT (0700 Uhr Ortszeit)

Sergeant Simmons hockte sich vor Monk und die drei Männer um ihn herum. »Ihr geht nach rechts!«, brüllte er. »Monk, du gehst mit deinem Team ganz nach links! Seht zu, dass ihr so schnell wie möglich den Waldrand erreicht. Sobald ihr Kontakt mit dem 3. Platoon habt, das sich rechts von euch befinden sollte, rücken wir vor, alle drei Platoons nebeneinander. Geht auf keinen Fall hinter dem Amtrac in Deckung! Der Fahrer verlässt den Strand wieder, um die zweite Welle abzuholen, also setzt euch so schnell wie möglich ab. Klar?«

Monk nickte und Sergeant Simmons wartete, bis Mouth , Cool J. und der Neue seinem Beispiel gefolgt waren. Es war zwar Monks Fire Team, aber für den Fall der Fälle mussten alle Bescheid wissen. Simmons ging zum nächsten Team weiter.

Plötzlich schien etwas gegen die Außenhaut des Amtrac zu prallen. Das Echo dröhnte in dem hohlen Innenraum und ließ die Männer zusammenfahren. Monk sah Mouth an, der seinen Blick erwiderte.

Da! Sie zuckten erneut zusammen. Das Geräusch, im Grunde nur ein anhaltendes tiefes Jaulen, schien aus einer anderen Welt zu kommen.

»Was zum Teufel ist das, Mann?«, brüllte Mouth. »Klingt ja wie ein Strahlengewehr.«

Plötzlich war der Amtrac von einer ganzen Serie dieser Laute erfüllt, die völlig zufällig, aber ohne Unterlass über sie hereinbrachen.

»Scheiße, Mann!«, schrie Mouth. »Was zum Teufel ist das? He, Cheesebreath!« Der Bordschütze des Amtrac zog den Kopf aus der Kuppel, um sich nach Mouth umzusehen. »Was zum Teufel ist das?« Mouth schrie jetzt geradezu.

»Halt die Klappe!«, brüllte der Gunnery Sergeant, der sich ebenfalls nach Mouth umgedreht hatte. »Das ist Artilleriefeuer! Und jetzt halt den Mund!« Sowohl er als auch der Bordschütze nahmen erneut ihre Gefechtspositionen ein.

Monks Mund wurde trocken. Das waren Granaten, die um sie herum im Wasser landeten, ein Geräusch, das sie im Manöver nie gehört hatten. Er warf einen Blick auf die riesige, flache Decke des dünn gepanzerten Amtrac und stellte sich vor, wie er von einer Granate aufgeschlitzt wurde wie von einem Dosenöffner. *Wenn sie hier unterhalb der Wasserlinie in die Luft gesprengt wurden, würden sie vermutlich nicht einmal mitbekommen, was mit ihnen passierte.*

«Scheiße!« Mouth stieß ständig gegen Monk, weil er offenbar nicht ruhig sitzen konnte. Der Lärm war inzwischen unerträglich laut geworden. »Wir fahren direkt in eine Wand aus dem Scheiß, Mann!«

Monk warf einen Blick auf den Gunny, um zu sehen, ob er Mouth zur Ordnung rufen würde, aber er rührte sich nicht aus seiner Position und starrte angestrengt nach vorn.

Der Lärm wurde immer lauter, je näher sie kamen. Schließlich zuckten die Männer im Amtrac bei jeder einzelnen Explosion zusammen, von denen jede so laut war, dass sie wie ein Treffer klang. Es hörte sich weniger wie eine Detonation an, sondern mehr, als steckten sie in einem Mülleimer aus Metall und jemand hämmerte von außen dagegen. Monk konnte die Erschütterungen durch den gepanzerten Rumpf an seinem Rücken fühlen.

Schließlich ließ der Lärm etwas nach. Die Detonationen schienen sich von ihnen zu entfernen und wurden seltener.

»Ich wette, die Marine brät ihnen eins über!«, sagte der Neue.

Vor seinem geistigen Auge sah Monk die Artilleriestellungen, auf die jetzt ein tödlicher Regen niederging, während die zerstörten Gewehre, die man an ihren Stellungen eingegraben hatte, noch rauchten.

»Raketen!«, schrie Cheesebreath von vorn.

Mouth rollte die Augen. »Das ist doch lächerlich, Leute!«

»Cool bleiben, Mann«, sagte Monk gelassener, als er sich tatsächlich fühlte.

Aber Mouth konnte nicht still sitzen, er rollte seinen Kopf, schnaufte laut und rutschte auf seinem Platz hin und her. Dabei schimpfte er ununterbrochen vor sich hin.

Der Bordschütze in der ultramodernen Waffenstation des Amtrac eröffnete das Feuer mit dem M-279, das wie ein Maschinengewehr zwölf 40-mm-Granaten pro Sekunde spuckte und die relative Stille im Amtrac mit seinem Stakkato zerriss. Eine weitere Salve jagte ein halbes Dutzend der patronenförmigen Granaten über die Küste, die so langsam flogen, dass die Russen sie tatsächlich sehen konnten. Nachdem der Schütze offenbar einzelne Ziele am Strand ausgemacht hatte, wechselte er zu dem ratternden M-2-Maschinengewehr, das schwere Munition vom Kaliber 0.50 verschoss. Er bestrich die Küste damit und wechselte dann erneut zum Granatwerfer, um den tödlichen Hagel fortzusetzen.

»Die Navy wirft Rauchbomben! Auf Wärmesichtgerät umschalten!«, brüllte der Gunny.

Die Zeit schien wie in einem Traum vorüberzugleiten. Monk hätte nicht sagen können, ob Minuten oder Sekunden vergangen waren. Mouth war endlich verstummt. Monk warf ihm einen Blick zu, um zu überprüfen, ob alles in Ordnung war, aber Mouth starrte nur auf den Boden. Monk folgte seinem Beispiel und spürte plötzlich ebenfalls die Brandung.

Monk sah die anderen Männer an. Obwohl die See relativ ruhig war, schien einigen übel zu sein. Direkt neben ihm saß der Neue, der mit weit offenem Mund und zurückgelegtem Kopf das Kinn auf das Korn seines M-16 gestützt hatte. Monk klopfte dem Jungen mit dem Handrücken gegen das Bein, und als dieser ihn ansah, nickte er ihm kurz zu. Der Junge lächelte und fuhr sich mit der Zunge über die Lippen, wobei er sich umsah, um festzustellen, ob sonst noch jemand seine Existenz zur Kenntnis nahm.

Die Zeit der großen Worte und Gesten war vorüber, jeder kämpfte mit seiner ganz persönlichen Bestie.

»Ausrüstung anlegen!«, schrie der Gunny von vorn.

Allgemeines Gedrängel und Geschubse folgte dem Befehl, als alle Männer gleichzeitig in Bewegung gerieten. Monk wurde plötzlich klar, wie schwer es gewesen war, ruhig dazusitzen. Es war ein gutes Gefühl, ein Ziel zu haben und in Aktion zu treten.

Nachdem er den Tornister sicher auf seinem Rücken verstaut hatte, saß er unbehaglich auf der Kante der Bank. Ihm war immer noch eiskalt, sein Atem kam stoßweise. Irgendwie schien die Atmung nicht mehr automatisch abzulaufen.

Sie mussten jetzt ganz nah am Strand sein. Bei jeder ablaufenden Welle schienen sie anzuhalten, während die nächste Welle sie näher an ihr Ziel herantrug. *Vielleicht noch vier Wellen und wir sind auf festem Boden,* dachte Monk, der die immer stärker am Amtrac zerrende Strömung registriert hatte.

»Arretieren und laden!«, brüllte der Gunny, der sich vollständig zu den achtzehn Marines hinten im Amtrac umgedreht hatte. Sein prüfender Blick glich dem einer Mutter, die ihre Kinder an einem kalten Wintertag zum Schulbus schickt. »Waffen sichern! Entsichert wird erst am Strand! Halbautomatik. Wir sind hier nicht bei der Army!«

Das Klicken und Klacken von Metall auf Metall hämmerte in Monks Ohren, als er ein Magazin mit zwanzig Schuss aus seiner Munitionstasche holte. Nachdem er das Magazin kräftig gegen seinen Helm geschlagen hatte, um sicherzugehen, dass es voll geladen war und die Patronen unten bündig anlagen, ließ er es in die Führung des Gewehrs gleiten und klopfte gegen das Ende, bis er es einrasten hörte. Dann richtete er das Gewehr gegen die Decke und zog den Repetierhebel voll zurück. Als die Messingpatrone oben im Magazin in dem offenen Bolzen erschien, schob er den Repetierhebel nach vorn. Der Bolzen fasste die Patrone und ließ sie in die Kammer gleiten.

Mit dem Daumen tastete Monk nach dem Sicherungshebel, der ganz vorne auf »gesichert« stand. Dennoch sah er noch einmal nach. Über dem Abzug stand SEMI, Halbautomatik, die Einstellung, die jeder echte Marine bevorzugte. Ihre Ausbilder hämmerten den Rekruten ein, dass auch in der Zeit der vollautomatischen Waffen jeder einzelne Schuss zählte. Sie predigten ihnen, der wahre Soldat feuere diszipliniert, nicht wie die Army, wo man beim Knacken eines Astes die Augen schloss, alles rundum mit Sperrfeuer belegte und dann Artillerie und Air Force zu Hilfe rief. Monk hatte immer den Verdacht gehabt, der wahre Grund war, dass die Marines über das Meer mit Nachschub versorgt wurden und die Navy sich lieber in sicherem Abstand von den Idioten aufhielt, die sich an den Stränden festbissen. Wie jeder Marine hatte auch Monk gelernt, alles, was er brauchte, auf dem Rücken zu tragen. Unterstützung hatte ein Marine nicht zu erwarten.

»Keine Munition verschwenden«, erinnerte Monk den Neuen so laut, dass auch Mouth und Cool J. ihn hören mussten. Er spürte eine neue Welle unter sich. Genau in dem Moment, als der Amtrac von dem ablaufenden Wasser mitgerissen wurde, berührten seine Ketten knirschend den felsigen Boden. Ein Metallregen prasselte gegen die Aluminiumpanzerung an der Vorderseite. Widerstrebend gestand sich Monk ein, womit sie es hier zu tun hatten. Auch dieses Geräusch hatte er im Training nie gehört. Der Amtrac hielt 7,62-mm-Feuer und Schrapnell aus und Monk betete, dass sie es nicht mit schwererem Geschütz zu tun bekamen.

Plötzlich kam ihm die ganze Situation unrealistisch vor. Das war alles nicht wahr, er war gar nicht hier. Es gab keinen Krieg, niemand versuchte, ihn zu töten, und er musste auch den Amtrac nicht verlassen.

Der Granatwerfer verschoss eine ganze Schachtel Munition. Wie man es von den B-17-Schützen aus alten Filmen kannte, stand der Schütze über seine Waffe gebeugt und schwenkte sie langsam von links nach rechts.

Der Gunny betätigte den Abzug an dem Pistolengriff, der neben ihm von der Decke hing, und feuerte zwei Dutzend Rauchgranaten in den bogenförmigen Bereich ab, den der Schütze des Amtrac beschoss. Die Rampe hinten am Amtrac flog auf und der Lärm der Handfeuerwaffen, Maschinengewehre und Granatwerfer übertönte selbst die tosende Brandung.

Auch die Einschläge im Amtrac wurden davon übertönt. Ein Mann von der Mörserbesatzung schrie auf, griff nach seinem Tornister und sank Monk gegenüber auf die Knie. Ein weiteres schweres Kaliber durchschlug die Außenhaut. Rauch begann das Abteil mit den sich duckenden Marines zu füllen.

Konstantes Geschrei, dessen Bedeutung jeder Marine gleich zu Beginn seiner Ausbildung lernte, zeigte an, dass die Rampe weit genug geöffnet war, um das Fahrzeug zu verlassen. Dass einer der Schreie plötzlich abbrach, verhieß jedoch nichts Gutes.

Monk erhob sich und schloss sich der doppelten Reihe an. Dabei passierte er den verwundeten Mörsermann. Jeder Schritt kostete ihn eine ungeheure Willensanstrengung. Während er zum Ende der Bank trottete, fiel er in den Chorus, brüllte, um eine Realität zu verdrängen, in der seine Füße über die schräge Rampe und den Strand stapften. Aus voller Kehle schreiend, wandte er sich dem Gefechtslärm zu. Da stand er nun in der grauen Morgenluft, nichts trennte ihn von dem mörderischen Feuersturm aus den rauchenden Wäldern vor ihm. Sein Mund fühlte sich trocken an und er verstummte. Unter seiner schweren Last ächzend, fiel er in Laufschritt und folgte den undeutlichen Gestalten der anderen Marines, die im Pulverdampf in Richtung der kaum sichtbaren Bäume verschwanden. Seine Stiefel rutschten auf den nassen Steinen.

Plötzlich pfiff etwas um seinen Kopf. Er duckte sich, um sich auf die Felsen fallen zu lassen, stolperte jedoch und stürzte.

Bei der harten Landung stöhnte er auf und zog eine Grimasse. Sein Körper schmerzte an einem Dutzend Stellen auf einmal. Panisch tastete er nach Wunden, doch der Schmerz ließ rasch nach. Da griff von hinten eine Hand nach seinem Hosenbein.

Durch die Rauchschwaden entdeckte er Cool J., auf dessen Brust ein Sanitäter saß, der verzweifelt versuchte, den Blutstrom aus Cool J.'s Hals zu stoppen. Das Blut spritzte ihm ins Gesicht. Er spuckte es aus, wobei er mit der einen Hand nach dem Verband griff und mit der anderen die Arterie zusammendrückte. Seine Arme waren schwarz von Blut. Monk hörte Schreie: Viele seiner Kameraden lagen, halb im Wasser, unter ihren schweren Lasten am Boden und wanden sich vor Schmerzen.

Cool J. krallte seine Hand in Monks Hosenbein und öffnete den Mund, um etwas zu sagen. Seine glasigen Augen waren von Panik erfüllt. Monk drückte ihm den Arm, während der Sanitäter hektisch herumfummelte. Eine neuerliche Blutfontäne spritzte in die Höhe.

Ein gewaltiger Stoß, den eine Welle heißer Luft begleitete, erschütterte Monks Körper und er fühlte, wie ihm die Luft wegblieb. Ein lautes Pfeifgeräusch dröhnte ihm in den Ohren, so dass er unwillkürlich mit den Händen danach griff. Dann schien die Welt um ihn herum einzustürzen.

Von den dünnen, oberen Ästen eines umgestürzten Baumes zu Boden gepresst, fühlte Monk ein neuerliches Beben. Dann regnete eimerweise Wasser auf ihn nieder. *Schwere Artillerie!*, erkannte er trotz seiner Benommenheit und Verwirrung. Die Russen begannen, lückenlos den Strand damit zu bestreichen.

Durch die grünen Blätter sah er den Sanitäter, dessen Hände unterhalb von Cool J.'s Brustbein lagen. Er war mitten in der Wiederbelebungsmaßnahme überrascht worden und starrte nun völlig benommen vor sich hin. Als Monk aufstand, um durch die Zweige des zerfetzten Baumes zu spähen, sah er in dem abziehenden Rauch überall auf dem Strand bis zum Wald hinauf zerfetzte Körper liegen. Das waren seine Kameraden gewesen!

Er konnte den Einschlag der Granaten überall auf dem Strand nicht nur hören, sondern auch körperlich fühlen. Hinter sich spürte er eine Bewegung und sah gerade noch, wie der Sanitäter mit Verbandskasten und Gewehr davonlief.

»He!«, brüllte er ihm nach und krabbelte dann selbst zu Cool J., um die Wiederbelebung fortzusetzen.

Aber Cool J. war tot, das war (glücklicherweise?) bereits ihm auf den ersten Blick klar.

»Vorwärts!«, drang es durch den inzwischen vollkommen surreal gewordenen Gefechtslärm, so laut, dass selbst Monk, der noch halbtaub war, es hörte. »First und Second Squad – bewegt eure Ärsche!«

Der Gunny. Monk sah, wie er Leute packte, die auf dem Bauch im Sand lagen, und sie in Richtung der Russen schleuderte. Er versetzte einem Mann einen Fußtritt, der sich nicht mehr rührte, trat einen zweiten, der wie ein verschrecktes Tier aufsprang und in Richtung Kampfgeschehen lief. Von einem zum anderen arbeitete sich der Gunny vor, ließ die Toten an ihrem Platz, schickte die Lebenden mit Fußtritten und Flüchen in eine Schlacht, die sie bald mit den anderen vereinen würde.

Monk warf einen letzten Blick auf Cool J. und drückte ihm noch einmal den Arm. Dann sprang er auf und lief auf den Gunny zu. »Verdammt noch mal, Lance Corporal!«, brüllte der. »Schnappen Sie sich die Leute und sehen Sie zu, dass Sie ins Landesinnere kommen! Halten Sie auf keinen Fall an!«

»Aye, aye, Gunny!«, brüllte Monk instinktiv, obwohl sein ganzer Körper bebte, als er auf die brüllenden Geschütze zulief. Schwer fielen seine Füße auf die Erde, sein ganzer Körper verdrehte sich bei seinen unsicheren Schritten. Er zwang sich, gegen den ohrenbetäubenden Lärm der Kugeln anzulaufen, die ungezielt, aber tödlich, um seinen Körper pfiffen, und sich einzig und allein auf die Bewegung seiner Beine zu konzentrieren. Unwillkürlich verzog er das Gesicht in Erwartung der Kugel, die ihn jeden Augenblick treffen musste.

In den Wäldern um ihn herum krachte es alle paar Sekunden. Bei jeder Explosion zuckte er in Erwartung furchtbarer Schmerzen zusammen, aber bis auf das Stechen in seinen Ohren und ein Brennen auf der ungeschützten Haut von Armen und Beinen geschah nichts. Überall hielt der Tod fürchterliche Ernte. Von oben fiel ein glühender Stahlregen, der Menschen und Bäume zerfetzte. Zu allem Überfluss pfiffen ständig Kugeln durch das Unterholz, rissen die Rinde von den Stämmen und versetzten das Laub in ständige Bewegung. Es herrschte Krieg, Leben und Tod waren beliebig geworden, hingen von den wenigen Zentimetern ab, um die ihn ein Schuss verfehlte.

Überall lagen menschliche Überreste, Körperteile, ein Ausrüstungsgegenstand, an dem noch ein Rest Mensch hing. *Ein Mann oder zwei?*, fragte er sich unwillkürlich, wenn er über einen qualmenden Torso oder eine unkenntliche Masse stieg. Sein Gehirn weigerte sich zu registrieren, was da zu seinen Füßen lag. Stattdessen konzentrierte er sich angestrengt darauf, sich nicht die Stiefel zu besudeln.

Sein Atem ging nun ganz flach, nicht von der Anstrengung, sondern vor Angst. Die kalte, schleimige Bestie hatte sich in das Ferienhaus geschlichen, war in seinen Schlafsack gekrochen und hielt ihn von hinten fest umklammert, bis ihm der Druck fast die Luft nahm.

Stick! Monk hatte einen Mann von seinem Schiff erkannt. Sein Herz schlug wie wild, während seine Beine unwillkürlich das Tempo verlangsamten. »Verdammte Scheiße!« Er rannte weiter, floh vor dem beinlosen, zerfetzten Körper seines Squadkameraden. Zu furchtbar war der Anblick, nicht so sehr, weil sich seine Wunden von denen der anderen unterschieden, sondern wegen des papierweißen Gesichts, das unberührt auf den verstümmelten Überresten lag und keinen Zweifel daran ließ, wem diese Körperteile gehört hatten. Nur weg von Stick, von den langen Beinen des schlaksigen Jungen. Mit unglaublicher Geschwindigkeit pfiffen die Kugeln an ihm vorüber. Verzweifelte Laute drangen aus seiner Brust, die der Welt verrieten, wie es um ihn bestellt war. Doch niemand hörte ihn, denn er war umgeben von Toten und tödlich Verwundeten, die sich unter unerträglichen Schmerzen am Boden krümmten. Seine Unterlippe bebte unkontrollierbar und verwandelte die Laute in vibrierendes Stakkato.

Leichen und Bäume rasten an ihm vorüber – Amerikaner und nun die ersten Russen. *Tätowiert – was, ihr auch?*, meldete sich Monks Verstand zu Wort. Schmerzhaft stieß er gegen einen niedrigen Ast, als er versuchte, seinem Squad Leader,

Sergeant Simmons, auszuweichen, der neben zwei toten Russen über einem Krater lag. Sein Hinterkopf bestand aus einer glänzend roten, undefinierbaren Masse.

Jedes Mal, wenn er das Pfeifen einer Kugel hörte, duckte er sich – ohnehin viel zu spät, denn die Geschosse waren vorbei, bevor er sie überhaupt wahrgenommen hatte.

Der Gefechtslärm kam jetzt näher, wurde lauter, aber das Artilleriefeuer ließ nach. Allmählich kehrte sein Gehör zurück. Dafür pfiffen immer mehr Kugeln durch die Bäume. Im Zickzack, wie er es auf dem Confidence Course auf Parris Island gelernt hatte, raste Monk geduckt auf das vertraute Geräusch der feuernden Waffen der Marines zu, zurück ins Reich der Lebenden.

Als er durch ein dichtes Gebüsch auf eine kleine Lichtung brach, entdeckte er ein M-60, dessen in der Hitze verschwimmende Mündung in kurzen Garben Geschosse ausspuckte. Er warf sich neben die beiden auf dem Bauch liegenden Männer, die das Maschinengewehr bemannten, auf den Boden.

Es waren Bone und der Neue.

»Nachladen«, brüllte der Junge, als die letzte Patrone aus dem Gurt in die Kammer des Maschinengewehrs geschoben wurde.

»Monk! Gib uns Deckung, während wir die Läufe wechseln!«, schrie Bone.

Monk musste sich erst vergewissern, dass er sein Gewehr noch bei sich trug. Ohne zu überlegen, legte er es an die Schulter, stellte den Sicherungshebel nach Gefühl auf Halbautomatik und sah mit dem rechten Auge durch die runde, hintere Visiereinrichtung. Immer wieder verschwamm das Bild vor seinen Augen und er musste sich erneut konzentrieren, um ein geeignetes Ziel zu finden. Aus dem Augenwinkel sah er, wie Smalls, durch dicke Fäustlinge geschützt, den glühend heißen Lauf des M-60 abschraubte und einen neuen aufsetzte.

Mit zusammengekniffenen Augen zwang er sich, sein Gewehr auf den vor ihm liegenden Wald zu richten, in dem sich einen Augenblick lang ein Busch bewegt hatte. Er nahm ihn ins Visier. In dem Moment, in dem er die Spitze des Busches genau im Zentrum des vorderen Zielgeräts hatte, erhob sich dort ein Mann. Unwillkürlich geriet Monk in Panik, weil er ihn fast erschossen hätte. Der Russe ließ seine Waffe fallen, fuchtelte wild mit den Armen herum und rannte davon.

Aus einer Entfernung von achtzig Metern war der Schuss ein Kinderspiel. Der Mann lief in gerader Linie, nicht im Zickzack und geduckt, wie er es gelernt hatte. Monk brachte Kimme und Korn zwischen seinen Schulterblättern in Linie und drückte ab. Das Gewehr bäumte sich einmal kurz auf.

Als sich die Hitze von dem Feuerstoß verzogen hatte, sah er, wie der Mann mit gekrümmtem Rücken nach vorn stürzte. Blondes Haar wurde sichtbar, als ihm der Helm vom Kopf fiel.

Der Russe verschwand am Boden und Monk fühlte, wie ihm jemand auf die Schulter klopfte.

»Der ist erledigt, Mann!«, brüllte Bone und klatschte mit der Handfläche anerkennend gegen die seine.

Ich wollte ihn nicht töten, dachte Monk. Die Einheit der russischen Nationalgarde vor ihnen begann, sich aufzulösen. Überall rannten Männer durch den Wald, unter denen Bones M-60 und andere unsichtbare Maschinengewehre furchtbare Ernte hielten.

Verdammte Scheiße! Ohne groß zu zielen, betätigte Monk den Abzug seines M-16. Meistens ging der Schuss daneben, doch nach dem Gesetz der Wahrscheinlichkeit landete er immer wieder einen Treffer. Er schoss nie mehr als einmal auf einen Mann, verfehlte er diesen, nahm er einen anderen der Fliehenden ins Visier, die in ein paar hundert Metern Entfernung den kahlen Hügel gegenüber dem Strand hinaufkletterten. Das war nur fair, schließlich hatte er gegen keinen von ihnen persönlich etwas.

Als das Letzte ihrer Ziele gefallen war, ohne die Hügelkuppe zu erreichen, luden Bone und der Junge das Maschinengewehr erneut. »Wir schließen uns besser den anderen an«, meinte Bone dann. »Was glaubst du, wo die sind?«

Monk ließ das Gewehr sinken und legte den Kopf in die

Armbeuge. Er hielt die Augen so energisch geschlossen, dass es in seinen Ohren rauschte.

»He, T-Man, was ist los? Bist du getroffen?«, wollte Bone wissen.

Monk schüttelte den Kopf. Während Bone auf ihn einsprach und sanft versuchte, ihm die Arme vom Gesicht zu ziehen, ging Smalls auf die Suche nach ihrem Squad Leader. Monk hielt den Kopf in den Armen vergraben und versuchte zu schlafen. Er wollte alles vergessen und sich nie, nie wieder erinnern.

Presov, Slowakei
26. Juni, 1000 Uhr GMT (1100 Uhr Ortszeit)

Als er aus dem Fenster sah, fühlte Chandler einen Schauer der Aufregung über seinen Rücken laufen. Nach achtzehn Stunden an Bord des Flugzeugs, von denen sie fast die Hälfte auf dem ausgebombten Stuttgarter Flughafen am Boden verbracht hatten, um auf eine neue Treibstoffladung zu warten, die direkt von Tankwagen der Air Force angeliefert wurde, würden sie die Maschine in wenigen Minuten endgültig verlassen. Sie flogen sehr niedrig, nur wenige hundert Meter über dem Boden. Golding oder Frazier arbeiteten die gesamte Zeit mit dem Gas – ein wenig mehr, wieder zurück und dann wieder volle Kraft.

Jetzt hatte die Maschine den Flughafen erreicht und die Triebwerke gingen in den Leerlauf. Sie überflogen den üblichen hohen Drahtzaun und eine freie, ebene Rasenfläche. Etwa hundert Meter weiter innen folgten Stacheldrahtrollen, die parallel zum Hauptzaun verliefen. Dahinter war der grüne Rasen von hässlichen braunen und schwarzen Flecken durchzogen: Gräben und durch Sandsäcke geschützte Bunker, hinter denen die Helme der slowakischen Sicherheitskräfte auftauchten. Die Triebwerke erwachten kurz, aber dramatisch zu neuem Leben, brüllten kurz auf und wurden dann zu einem leisen Heulen zurückgefahren.

Unter ihnen raste die Landebahn vorbei. In einem steilen Winkel zu ihr zog sich eine Reihe von Kratern über den Rasen. Die Spuren, die die Bomben auf dem Rollfeld hinterlassen hatten, wurden von Bautrupps geflickt, die sich unter Chandlers Fenster wegduckten und sich die Ohren zuhielten. Das Flugzeug flog jetzt parallel zu dem beschädigten Abschnitt.

Plötzlich wurde der Schub komplett weggenommen. Die Maschine sank wie ein Stein, berührte einmal hart den Boden, machte einen Satz und setzte dann mit quälender Langsamkeit endgültig auf. Chandlers Puls begann zu rasen. Er stand am Anfang eines neuen Lebens.

Das Flugzeug löste sich erneut für einen kurzen Augenblick von der Landebahn, die mit atemberaubender Geschwindigkeit unter ihnen hinwegrollte. Dabei fiel Chandler auf, wie bedrohlich nah sie sich am Rand befanden: Die Tragfläche reichte weit über die blauen Begrenzungslichter hinaus in den Rasen hinein. Ein letztes Kreischen der Reifen, dann brüllten die Triebwerke auf, die nun mit vollem Rückwärtsschub arbeiteten, und die Maschine, die gleichzeitig mit voller Kraft abgebremst wurde, kam mit einem solchen Ruck zum Stehen, dass Chandler hart gegen den Sicherheitsgurt geschleudert wurde. Von der Bordküche war ein Krachen und Klirren zu hören, dem von weiter hinten ein dumpfer Schlag folgte: Einige lose Gegenstände hatten die abrupte Verzögerung nicht mitgemacht. Durch seine Fußsohlen spürte David, wie das gesamte Flugzeug ächzte und stöhnte.

»Bitte nehmen Sie Ihre persönlichen Gegenstände an sich und verlassen Sie die Maschine durch die Türen an der vorderen Bordküche«, sagte Rebecca. Sie sprach schnell, als wollte sie die Dringlichkeit der Situation verdeutlichen. »Sie können Ihre Sitze verlassen, aber die Maschine rollt noch, sorgen Sie also für festen Halt.«

Alles sprang auf. Ein letzter Blick aus dem Fenster zeigte Chandler die lang gestreckte Hülle eines Gebäudes, dessen Mauern mit Einschlaglöchern übersät waren. Die Wände über den leeren Fensteröffnungen waren geschwärzt von den Flammen, die das Werk der Zerstörung gründlich vollendet hatten.

Auf der Landebahn wartete bereits eine Treppe auf sie, die, als die Maschine nun mit einem Ruck zum Stehen kam, der die Soldaten nach vorn schleuderte, sofort an das Flugzeug gerollt wurde.

Chandler stand auf. Durch die offene Tür an der Bordküche drang das laute Heulen der Triebwerke.

Die Cockpittür flog auf.

»Alles raus, aber schnell!«, brüllte Golding. »Chandler, da draußen sollte es irgendwo ein Combat Control Team des Lufttransportkommandos geben.«

Chandler spürte, wie sich die Gepäckraumtüren unten am Flugzeug öffneten. Gefolgt von seinen Leuten, raste Barnes zur Tür hinaus.

»Was zum Teufel ist hier los?«, erkundigte sich Chandler bei Golding.

»Ihr müsst raus! Feindliche Maschinen im Anflug. An Ihrer Stelle würde ich dafür sorgen, dass die Leute so weit wie möglich von den Landebahnen wegkommen.«

Erst jetzt fiel Chandler das Heulen der Sirenen auf, das durch die offenen Türen drang. *Luftangriff!* Er drängte sich zur Tür und trat auf den schmalen Treppenabsatz. Unter ihm schickte Barnes seine Leute zu dem wachsenden Berg tarnfarbener Gepäckstücke, die slowakische Soldaten aus dem Laderaum auf den Beton warfen.

»Barnes! Feindliche Maschinen im Anflug. Sorgen Sie dafür, dass sich die Leute irgendeine Ausrüstung schnappen und bringen Sie sie so schnell wie möglich in Deckung.

»Sir!« Barnes salutierte bestätigend und wandte sich dann um, um den Befehl weiter zu geben. Unterdessen strömten weitere Soldaten die Treppe herunter.

Luftangriff, dachte Chandler erneut. »Barnes!«, brüllte er dann. »MOPP Stufe vier!« Volle chemische Schutzausrüstung. Wer wusste schon, welche Ladung die angreifenden Maschinen mit sich führten?

Er ging zurück, um seine Ausrüstung zu holen. Bailey stand hinten in der Schlange, die gerade die Erste Klasse verließ. Als Chandler seinen Sitz erreichte, sah er durch die offene Tür, dass die Cockpitcrew dabei war, die Startvorbereitungen abzuschließen. Er nahm Ausrüstung und Gewehr aus dem Gepäckfach über den Sitzen.

»Major!« Das war Golding, der sich bereits auf seinem Sitz angeschnallt hatte.

Als Chandler das Cockpit betrat, erwartete er einen von Goldings Witzchen.

»Ich wollte Ihnen nur Glück wünschen, mein Sohn.« Er reichte ihm über die Stuhllehne die rechte Hand, die Chandler schüttelte, bevor er sich von Frazier und Gator verabschiedete.

»Ihnen auch viel Glück«, gab Chandler zurück. »Das war übrigens die schlechteste Landung, die ich je gesehen habe. Fast hätten Sie die Landebahn verfehlt.«

»Ehrlich gesagt habe ich Sie verfehlt. Das war ein Taxiway, die Landebahn sieht nämlich aus wie Schweizer Käse.«

Chandler schnaubte und rannte zum Ausgang.

Dort küsste Jennifer gerade Bailey auf die Wange. *In Kriegszeiten geht eben alles schneller,* dachte er. Bailey folgte den letzten beiden Soldaten, zwei Frauen, die im Hangar der March Air Force Base in der Nähe von Chandlers Bank gesessen hatten, zur Tür hinaus.

»Viel Glück!«, rief Rebecca, während sie die Tür hinter ihnen zuschlug.

Der Lärm der Triebwerke des L-1011 war ohrenbetäubend. Auf der Startbahn hob gerade ein anderer Jet ab. Dem Brüllen der Triebwerke nach zu urteilen, wurde im Augenblick kein Gedanke an den Treibstoffverbrauch verschwendet. Im Laufen sammelte Chandler ein paar Taschen und Tornister ein, die noch auf dem Beton lagen. Die Türen das Laderaums waren bereits geschlossen und die slowakischen Soldaten rollten die Treppe gerade so weit zurück, dass sie die Tragflächen der Maschine nicht mehr behinderte, bevor sie in aller Eile zu dem ausgebombten Gebäude liefen.

Als Chandler die Tragfläche passierte, gab Golding Gas und ein heißer Abgasschwall riss Chandler fast von den Beinen. Während die Triebwerke mit einem knirschenden Stakkato beschleunigten, ließ Chandler alles fallen und ging mit einem Bein ins Knie, um sich die Finger in die Ohren zu stecken. Bailey und die beiden Frauen folgten seinem Beispiel. Als das Flugzeug wendete, ließen Lärm und Schmerz gleichermaßen nach. Chandler drängte die anderen zum Weiterlaufen, obwohl er seine Worte durch das Klingeln in seinen Ohren und das anhaltende Dröhnen der Triebwerke selbst kaum hören konnte. Die Luft stank furchtbar nach Abgasen.

Da er kein Gepäck mehr sah, führte er seine Gruppe in Richtung der Soldaten, die seitlich der betonierten Fläche auf dem Rasen verschwanden, immer im Wettlauf mit der unsichtbaren Uhr, die gegen sie tickte.

Von der anderen Seite des Flughafens hörte er Explosionen – eher ein lautes Knacken –, denen sofort ein unüberhörbares, kontinuierliches Zischen folgte. Als er im Laufen über die Schulter zurückblickte, entdeckte er ein halbes Dutzend Raketen, die sich, von weißen Rauchfahnen gefolgt, in einem flachen Bogen über die Erde erhoben und sich rasch vom Flughafen entfernten.

»Schneller!« brüllte Chandler. *Wir müssen unsere chemische Schutzausrüstung anlegen!*, dachte er plötzlich, von Panik gepackt. Auf dem Rasen winkte ihnen ein Mann mit Gasmaske, Schutzhaube und -anzug mit der behandschuhten Hand zu. Als sie ihn erreicht hatten, stellte Chandler fest, dass seine Leute in einem ausgetrockneten Entwässerungsgraben lagen. Er glitt hinunter, wobei er das Gewehr fallen ließ, um besser in seiner Tasche mit der Schutzausrüstung wühlen zu können. Die anderen folgten seinem Beispiel. Bis auf eine der Frauen, die sich selbst anfeuerte, während sie Schritt für Schritt den Anweisungen auf der Anleitung ihrer Ausrüstung folgte, sprach niemand ein Wort.

Maske, sagte sich Chandler in Gedanken vor, während er fieberhaft arbeitete. *Haube zur Seite falten, Maske auf das Gesicht drücken, ausatmen. Lufteinlass mit der Hand bedecken und einatmen.* Die Maske saugte sich vorgeschrieben an seinem Gesicht fest. *Dichtung ist in Ordnung.* Er holte den Anzug heraus, schlüpfte hinein und schloss den Reißverschluss. Dann zog er die Haube auf seine Schultern herab. *Handschuhe an, Überschuhe an. Fertig!*

Der Mann, der sie herangewinkt hatte, überprüfte in aller Eile Chandlers Anzug, zupfte ihn hier und da zurecht und wandte sich dann den übrigen Nachzüglern zu. Natürlich, das musste Barnes sein.

Chandler ließ sich gerade noch rechtzeitig zu Boden sinken, Barnes und die anderen folgten um den Bruchteil einer Sekunde später. Es hatte keine Warnung gegeben, nur die Andeutung eines Geräusches, ein immer stärker werdendes hohes Pfeifen.

Zwei Maschinen hatten so dicht nebeneinander das Zentrum des Flugplatzes überflogen, dass sich ihre Tragflächen nahezu berührten. Wegen der ungeheuren Geschwindigkeit war es Chandler unmöglich gewesen, ihnen mit dem Blick zu folgen, er hatte durch das Sichtfeld seiner Maske eine Art Schnappschuss erhascht, dann waren sie verschwunden. Sie waren aus der Richtung gekommen, in die die Raketen geflogen waren. Wie eine tosende Brandung brach der Fluglärm über ihn herein, der noch eine ganze Weile anhielt, nachdem sie aus seinem Blickfeld verschwunden waren, doch es folgte keine Explosion. Sein Herz schien immer wieder auszusetzen, während er angespannt wartete.

Auf dem Flugplatz entdeckte er zu seinem Entsetzen den Delta-Jet, der gerade erst auf der improvisierten Startbahn wendete. Am Himmel darüber sank unübersehbar eine ganze Reihe von Bomben unaufhaltsam auf die Erde zu.

Die Zeit schien stillzustehen. Der Jet, der sich immer noch mitten in der Wende befand, würde es nie schaffen. Die Bomben, die hinten vier flossenartige, kreuzweise angebrachte Luftbremsen ausgefahren hatten, schwebten langsam auf ihr Ziel zu. Sie waren von den russischen Jets, die sich nicht selbst durch die Explosion gefährden wollten, in hohem Bogen abgeschossen worden und fielen jetzt in einem steilen Winkel.

Der Delta-Jet mitten im Zielgebiet war nur ein Bonus, ein glücklicher Zufall. Glücklich für den Feind, schlecht für Golding, Frazier, Gator, Rebecca und Jennifer, das tapfere kleine Mädchen. Chandler zwang sich, das Ende der Kameraden mit anzusehen.

Beim Donnern der Explosionen zog er unwillkürlich den Kopf ein. Die Druckwellen rissen an seinem Anzug wie Schüsse aus einem Luftgewehr für Kinder und erschütterten die Erde, die die Stöße auf seinen Körper übertrug. Seine Ohren wurden von einem Lärm gepeinigt, den für ihn bis dahin unvorstellbar gewesen war. Als auf allen Hörfrequenzen das für seine Ohren erträgliche Dezibelniveau überschritten war, verzerrte sich der Ton zu einem lang gezogenen Krachen. Der Schmerz war fast nicht auszuhalten.

Als sich das Krachen in ein knatterndes Echo verwandelte, zwang er sich aufzublicken. Einen Moment lang dreht sich alles vor seinen Augen, doch das Schwindelgefühl war schnell vorüber. Mitten auf dem Flugplatz erhob sich eine nahezu undurchdringliche schwarze Wand pechschwarzer Geysire, aus der verstärkt rauchende Trümmer auf den Beton regneten. Eine oder zwei Sekunden lang starrte er auf das sich ihm bietende Bild, wobei er jeden Augenblick mit dem Schlimmsten rechnete. Plötzlich erschien rechts von der schwarzen Rauchwand die Nase des Jets, der der lange Rumpf und schließlich der Schwanz folgten. Trotz der zahlreichen Löcher in der glatten weißen Außenhaut beschleunigte er.

Aus der gleichen Richtung wie die ersten Kampfflugzeuge fegte ein weiterer feindlicher Bomber heran, der eine Schnur aus drei Bomben hinter sich herzog, die den sechs zuvor abgeworfenen glichen. Doch nun befand sich der Delta-Jet weit entfernt vom Zielbereich am Ende der Startbahn und gewann zunehmend an Geschwindigkeit.

Chandler bedeckte seine Ohren, um wenigstens das verbliebene Gehör zu retten. Er hatte nicht einmal die mit voller Kraft laufenden Triebwerke des L-1011 hören können, so stark war das Geräusch in seinen Ohren. Erneut fühlte er die Erde und seinen Körper unter den Druckwellen erbeben, aber der Lärm der Explosionen wurde durch seine Hände und das verminderte Hörvermögen gedämpft. Dem Ort der Explosionen nach zu urteilen, die sich ein wenig von den schwarzen Wolken der ersten Bombenserie entfernt ereigneten, war die improvisierte Startbahn inzwischen vermutlich auch zerstört.

Goldings Jet hob sich langsam vom Boden und verschwand, während Chandler einfach nur dalag. Er konnte sich selbst atmen und sein Herz schlagen hören, aber seine Ohren klingelten so laut, dass alle anderen Geräusche davon übertönt wurden. Gleichzeitig spürte er einen leichten Schmerz, ein Unbehagen, das sich von Zeit zu Zeit zu einem scharfen Stechen steigerte, welches ihn überrascht zusammenzucken ließ. Durch Anzug und Maske fühlte er sich vollständig von seiner Umgebung, der Welt, die er wenige Augenblicke zuvor verlassen hatte, abgeschnitten. In der Ferne vernahm er den lang gezogenen, allgemein gebräuchlichen Sirenenton für »Entwarnung«.

Barnes nahm Maske und Haube ab.

»Das müssen Spezialbomben gewesen sein, um die Start- und Landebahnen zu zerstören«, meinte er mit einem Blick auf den entschwindenden Delta-Jet.

Chandler zog die Maske ab und betrachtete den rauchenden Flugplatz. Dann nickte er. Das erklärte, warum der L-1011 entkommen konnte. Die Bomben explodierten mit Verzögerung, damit sie sich möglichst weit in die Erde gruben und tiefe Krater aufwarfen. Daher richtete sich die gesamte Energie in einem steilen umgekehrten Kegel nach oben. Hätte es sich um gewöhnliche hochexplosive Bomben gehandelt, die beim Aufprall oder, noch schlimmer, sechs bis zehn Meter über dem Boden detonierten, wäre der Jet allein durch die Druckwelle zerstört worden.

Bautrupps schafften ihre Ausrüstung von dem ausgebombten Gebäude zur Aufprallzone. In etwa hundert Meter Entfernung blieben sie stehen.

Barnes blickte Chandler erwartungsvoll an. »Geben Sie Entwarnung für MOPP vier, Master Sergeant.«

Barnes hielt seine Maske in die Höhe und schwenkte sie, woraufhin die Soldaten ihre Schutzausrüstung abnahmen.

»Alles zurück in die Taschen!«, brüllte er.

»Sieht aus, als hätten sie Angst«, meinte eine Soldatin mit

Blick auf den Bautrupp. Die Männer hielten sich untätig in sicherer Entfernung, viele lagen sogar auf dem Boden.

»Die warten, ob Bomben dabei waren, die mit Verzögerung detonieren, oder ob um die Krater herum Landminen-Submunition verteilt wurde«, erklärte ein Staff Sergeant. »Es kostet die Russen eine Menge Geld, diese Löcher zu schlagen, daher sorgen sie dafür, dass sie nicht so einfach geflickt werden können.«

»Sollen sich die Leute fertig machen, Sir?«, fragte Barnes. »Sie könnten ihre Ausrüstung in Ordnung bringen, während ein paar Unteroffiziere herausfinden, wo das Combat Control Team steckt.«

»Gute Idee.«

Chandler sah, dass Bailey seine Schutzausrüstung wieder verpackt hatte und jetzt auf dem Boden davor kniete. Gedankenverloren starrte er auf den schwarzen Fleck am Horizont, den der Auspuff des Delta-Jets hinterlassen hatte.

»Lieutenant Bailey.«

»Ja … ja, Sir?« Er erwachte abrupt aus seinen Träumen.

»Äh … Lieutenant«, begann Chandler, während er seine Umgebung ins Auge fasste. Der Zaun hinter ihrem Graben war unbewacht. »Warum finden Sie nicht heraus, wie sich die Sicherheitslage vor Ort gestaltet? Wir müssen uns verteidigen können, bis jemand auftaucht, der uns sagt, wie es weitergeht.«

Bailey blickte zum Drahtzaun und sagte: »Ja, Sir!« *Sein erster Kampfeinsatz!* Chandler unterdrückte ein Lächeln, als er sah, wie Bailey zu neuem Leben erwachte. *Meiner auch.* «Sollen wir unsere Gewehre laden, Sir?«

»Ich denke schon. Sorgen Sie aber dafür, dass keine Patrone in der Kammer und die Waffe gesichert ist.« Geradezu ehrfürchtig holte Bailey ein Magazin aus seiner Tasche und legte es in das M-16 sein. Dann schnappte er sich ein paar Soldaten, mit denen er sich auf der anderen Seite des Grabens umsah.

Als Chandler sich umdrehte, sah er die zwei Unteroffiziere, die Barnes losgeschickt hatte, mit ihren Gewehren in verschiedene Richtungen davonlaufen, während aus dem verkohlten Terminalgebäude Soldaten strömten. Eine besondere Ordnung war nicht zu erkennen. Sie schüttelten Chandlers Unteroffizier mit dramatischer Geste die Hand. Der sprach kurz mit ihnen, dann wies er in Chandlers Richtung und lief weiter. Die Männer begannen, langsam auf die dem Graben zugewandte Seite des Rollfelds zuzugehen. Vermutlich Soldaten von einem Flug wie dem ihren.

Erneut blickte er sich um auf der Suche nach etwas, das er tun konnte, doch Barnes sorgte bereits dafür, dass die Leute ihre Ausrüstung sortierten. Obwohl er den Horizont nach allen Richtungen hin überprüfte, entdeckte er niemanden, der sie hätte abholen können.

Auf der Startbahn war nach wie vor nur der slowakische Bautrupp zu sehen. *Vielleicht sollten wir die fragen.* Niemand hielt sich in der Nähe des Gebäudes oder auf der leeren Rasenfläche zwischen Rollfeld und Zaun auf, abgesehen von Bailey und seinen beiden Männern, die nach guter militärischer Art ausfächerten.

Das ist merkwürdig. Bei unserer Landung standen dort in regelmäßigen Abständen Sicherheitstrupps. Warum lassen sie diesen Bereich völlig unbewacht?

Schlagartig stand ihm die Antwort vor Augen. *»Bailey! Stehen bleiben!«*, brüllte er aus vollem Hals. Zwei der Männer erstarrten, aber der Mann ganz außen links wandte sich um, wobei er noch einen Schritt machte.

Die Explosion raubte Chandler fast den Verstand. Entsetzt beobachtete er, wie der Mann wie eine leblose Lumpenpuppe fast fünf Meter in die Luft geschleudert wurde. Langsam drehte sich der Hauptteil seines Körpers in der Luft und klatschte plump auf die Erde zurück, wobei sich das gesamte Innenleben im Gras verteilte. Bailey und der andere Mann waren umgeworfen worden oder hatten sich zu Boden geschmissen. Auf jeden Fall lagen sie nun dort und rührten sich nicht von der Stelle, außer um sich nach der Zerstörung umzusehen, die die Landmine angerichtet hatte.

Das Echo der Explosion hallte durch die Stille der umgebenden Gebäude. Das Opfer lag in einem unförmigen Haufen auf dem Boden. In einem einzigen Augenblick war der Mann vernichtet worden. Angesichts seines in der Wiese verteilten Körpers gab es kein anderes Wort dafür. Nicht »im Kampf gefallen«, sondern »im Kampf vernichtet«. Nicht nur sein Körper, sein ganzes Universum, sein Leben, alles was er gewesen war – für immer verloren, als hätte jemand einen Schalter ausgeknipst.

Ich habe doch alle Handbücher gelesen, dachte Chandler hilflos. *Besser hätte ich mich nicht vorbereiten können und dennoch …* Das hier war kein Manöver, das war die Realität. In weniger als zehn Minuten hatten sich Chandlers schlimmste Befürchtungen bestätigt: *Ich habe keine Ahnung, was ich tue!*

3. KAPITEL

Spezialeinrichtung der Regierung, Mount Weather, Virginia
26. Juni, 1000 Uhr GMT (0500 Uhr Ortszeit)

Lambert beobachtete, wie General Thomas zum Podium ging und wartete, dass Ruhe einkehrte. Im Raum wurde es fast schlagartig still. Mit einem Nicken wandte sich Thomas um. Auf dieses Zeichen hin zogen zwei Assistenten einen Vorhang vor der Wand hinter ihm zurück und enthüllten eine riesige Karte von Mitteleuropa. Die Beamten aus dem zweiten Glied der amerikanischen und alliierten Regierungen rangen nach Luft. Aufgeregtes Flüstern war zu hören, als Thomas einen silbernen Teleskopzeiger auf volle Länge auszog.

»Guten Morgen, meine Damen und Herren«, begrüßte er die Menge, die sich in der großen, an einen Hörsaal erinnernde Cafeteria der unterirdischen Einrichtung versammelt hatte. Neben und hinter Lambert hatten in den ersten beiden Reihen der Präsident und sein Kabinett, die Führer des Kongresses und die Richter des Obersten Gerichtshofs Platz genommen. Im Rest des Raumes saßen über zweihundert Diplomaten und Beamte von den Regierungen der TEAMS-Länder, die sich mit Amerika zu dem neuen Sicherheitsbündnis zusammengeschlossen hatten, dem Treaty on Euro-American Military Security.

»Lassen Sie mich mit dem europäischen Schauplatz beginnen«, sagte Thomas mit einer Stimme, die mit Leichtigkeit scharrende Füße und ein gelegentliches Hüsteln übertönte. »Unser Angriff von Westen her ist angelegt wie eine zweizackige Gabel, im Norden von Polen, im Süden von der Slowakei aus. Die Vereinigten Staaten haben in Europa folgende Einheiten stehen oder werden sie dorthin verlagern: drei Panzerkorps mit jeweils einem Panzer-Kavallerieregiment und einer Einheit der Special Forces sowie sechs schwere Divisionen. Das sind fast zwei Drittel der schweren

Einheiten der Vereinigten Staaten. Zusätzlich zu den amerikanischen Streitkräften wird die Koalition zwei Divisionen des I. Britischen Korps, drei Divisionen und zwei alpine Brigaden aus Italien und dreizehn Divisionen beziehungsweise äquivalente Einheiten aus Polen, der Slowakei und der Tschechischen Republik einsetzen. Ziel der Angriffe auf dem europäischen Kriegsschauplatz ist – Moskau.«

Unter den Zuhörern brandete Beifall auf, der General Thomas zu überraschen schien, aber dem Präsidenten ungeheuer gefiel, wie Lambert nicht entging. Mit einem breiten Lächeln wandte sich Costanzo zur Menge um, die teilweise aufgesprungen war und wild applaudierte. Als sich die Begeisterung gelegt hatte, erhob Thomas erneut die Stimme, um die aufgeregten Gespräche zu übertönen.

»Ich möchte an dieser Stelle nicht weiter auf die Ergebnisse unserer Operationen eingehen. Lassen Sie mich nur kurz erwähnen, was nach dem Unterstützungsangriff der gepanzerten und motorisierten polnischen Divisionen gegen die halbautonome russische Republik von Kaliningrad an der Ostsee geschah. Drei Stunden, nachdem die polnischen Truppen die Grenze überschritten hatten, und kurz nach dem ersten Kontakt mit den Einheiten der dort stationierten russischen Garnison, bat die Regierung von Kaliningrad um Aufnahme in das TEAMS-Bündnis.«

Das Publikum brüllte vor Lachen und applaudierte begeistert. Die gute Stimmung war ansteckend. Lambert sah an Thomas' Gesicht, dass er diesen Augenblick ebenfalls genoss.

»Wenden wir uns nun dem Mittelmeer zu. Einheiten der TEAMS-Allianz haben den Bosporus besetzt und den Zugang zum Schwarzen Meer für die Schiffe der amerikanischen 6. Flotte und der italienischen Marine gesichert. Ihr Ziel ist die Zerstörung der russischen Schwarzmeerflotte. Zudem sollen von Flugzeugzeugträgern aus Luftschläge gegen die russische Erdölproduktion im Kaukasus geführt werden.« Diesmal wirkte der Beifall eher höflich und legte sich rasch.

»Im Nordatlantik läuft parallel dazu unser Islandfeldzug.

Ostsee
9. Armee
Lettland
Litauen
Kaliningrad
Operation
Kaliningrad
2. Garde-
Armee
3. Stoß-
armee
(Panzer)
Moskau
20.
Garde-
Armee
41. Armee
Weißrussland
Russland
Nördlicher Arm
Polen
Kiew
8. Garde-
Armee
Tschech.
Republik
Slowakei
Südlicher Arm
Ukraine
Ungarn
Moldawien
Rumänien
Dnjepr
Asowsches
Meer
Sevastopol
Schwarzes
Meer
Südlicher Arm
USA
Slowakei
Tschech.R.
Nördlicher Arm
USA
GB
Polen

Die Einheiten der U.S. Army haben inzwischen Verstärkung durch eine kanadische Brigade erhalten und reduzieren die russischen Invasionskräfte rasch.« Kurzer Applaus brandete auf, für eine blutige Schlacht zwischen russischen, amerikanischen und kanadischen Infanterieeinheiten, deren schwerste Waffe normalerweise tragbare Mörser waren und die sich von Angesicht zu Angesicht bekämpften. »In der Barentssee nördlich von Skandinavien blockieren skandinavische, US-amerikanische, britische und kanadische Marineeinheiten den Zugang der Russen zum Atlantik von Murmansk und Archangelsk aus.« Die Bastion in der Karasee wurde nicht erwähnt.

Thomas ging nun zu einer Karte der russischen Pazifikküste. »Im Fernen Osten ist es das Ziel der U.S. Marines und der Army, die russische Marinebasis in Wladiwostok und ihre Atomwaffendepots zu sichern. Zusätzlich sollen die Bodentruppen gebunden werden, die sich aufgrund des russisch-chinesischen Kriegs vor Ort befinden. Durch die Unterbrechung der Transsibirischen Eisenbahn hier und hier« – sein Zeiger wies auf zwei Stellen entlang der sibirischen Südgrenze mitten in Russland – »hoffen wir, Russland in zwei Teile zu spalten. Damit säßen zwei Drittel der russischen Armee im Fernen Osten fest und könnten nicht gegen unseren Vormarsch in Europa eingesetzt werden.«

Als sich der Applaus legte, sah General Thomas auf und zögerte. Seinem Blick folgend, entdeckte Lambert im Gang einen Major der Army, der mit einem Stapel Papierstreifen in der Hand durch den Gang auf Thomas zuging. FLASH-Berichte direkt aus dem Drucker! Vor der Cafeteria sah er den Elektrowagen des Majors, der direkt vor der Tür auf der unterirdischen Straße parkte.

Unruhe kam auf, als sich die Pause in die Länge zog. Der Major stieg auf die Plattform, flüsterte Thomas etwas ins Ohr und reichte ihm dann drei Papierstreifen. Thomas las die erste Nachricht und überflog die anderen Berichte, während das Stimmengewirr im Raum immer lauter wurde. Dann ging er zum Präsidenten, wobei er mit dem Finger den Oberkommandierenden der Marine zu sich winkte. Nachdem der Major das Podium verlassen hatte, blieb er bei Lambert stehen und reichte ihm einen versiegelten Umschlag, der die Stempel der Schweizer Botschaft in Moskau und der US-amerikanischen Botschaft in Zürich trug. Ein großer »Persönlich«-Stempel mit Lamberts Namen verriet ihm, dass es sich um eine vertrauliche und persönliche Nachricht handelte. Er öffnete den Umschlag.

Es war eine knappe Mitteilung der Schweizer Botschaft. »Oberst Filipow von der Russischen Armee bittet Mr. Gregory Lambert von der Regierung der Vereinigten Staaten baldmöglichst um ein Treffen. Oberst Filipow wird morgen um null neunhundert Uhr Philadelphia-Zeit mit einem Flug der KLM von Amsterdam in Philadelphia eintreffen. Er wird Zivilkleidung tragen und bittet um äußerste Diskretion.«

Der CNO, der Oberkommandierende der Marine, räusperte sich. »Ich werde mich für den Augenblick auf einen kurzen Überblick beschränken.«

Lambert sah Thomas in ein geflüstertes Gespräch mit dem Präsidenten vertieft, der mit wütendem Gesicht nach einer der Nachrichten griff. Er erhob sich und überquerte den Gang, um ihnen von Filipows Ersuchen zu berichten. Neben Thomas und dem sitzenden Präsidenten ging er in die Knie.

»Diese Schweine«, stieß Costanzo aus. Thomas reichte Lambert einen der anderen Berichte. »Ein FLASH OVERRIDE«, erläuterte er.

CIC: JGAA//
TOP SECRET//
CHEMBERICHT/001
PLATG/4378N/0372W/094712Z//
VERLETZTE/22//
TOTE/5//
4. MECH MELDET RAKETENANGRIFF AUF ARTILLERIEBATT UM 0447Z/TROTZ VERWENDUNG VON MASKEN VERLUSTE/TOD INNERHALB WENIGER MINUTEN/SYMPT U.A. ENGEGEFÜHL IM BRUSTKORB/ERSTER SITBERICHT DEUTET AUF NERVENGAS

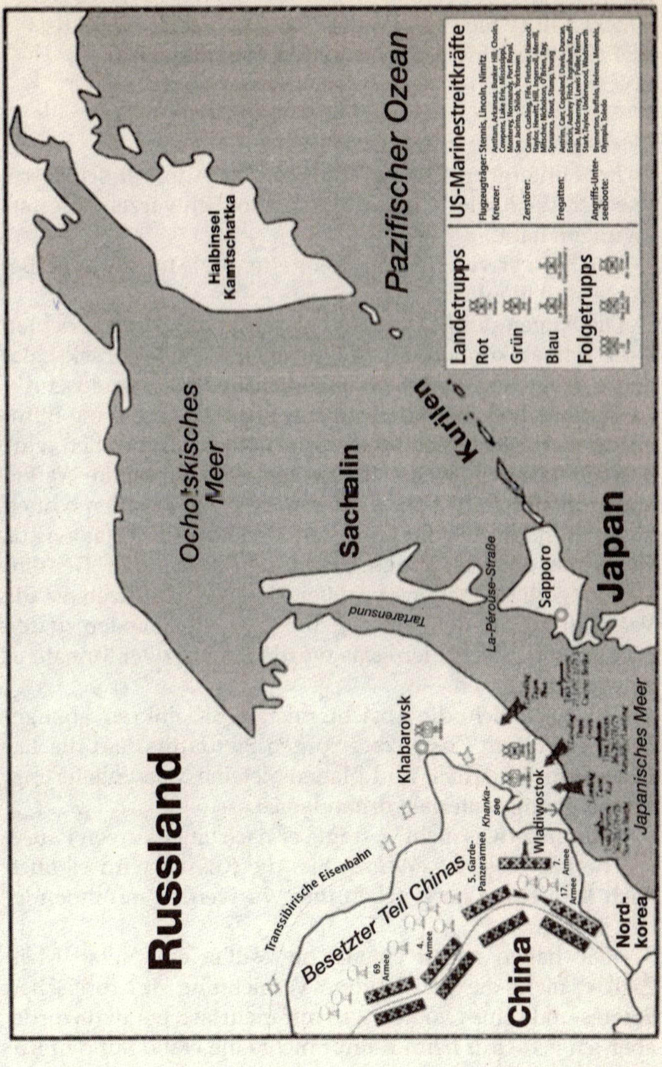

Russland
Ochotskisches Meer
Halbinsel Kamtschatka
Pazifischer Ozean
Sachalin
Kurilen
Tartarensund
La-Pérouse-Straße
Sapporo
Japan
Khabarovsk
Transsibirische Eisenbahn
Besetzter Teil Chinas
69. Armee
4. Armee
5. Garde-Panzerarmee
Khanka-see
Wladiwostok
7. Armee
17. Armee
China
Nord-korea
Japanisches Meer
Landetrupps
Rot
Grün
Blau
Folgetrupps
US-Marinestreitkräfte
Flugzeugträger: Stennis, Lincoln, Nimitz
Kreuzer: Antitam, Arkansas, Bunker Hill, Chosin, Cowpens, Lake Erie, Mississippi, Monterey, Normandy, Port Royal, San Jacinto, Shiloh, Yorktown
Zerstörer: Caron, Cushing, Fife, Fletcher, Hancock, Haylor, Hewitt, Hill, Ingersoll, Merrill, Mitscher, Nicholson, O'Brien, Ray, Spruance, Stout, Stump, Young
Fregatten: Antrim, Carr, Copeland, Davis, Duncan, Estocin, Aubrey Fitch, Ingraham, Kauffman, McInerney, Lewis Puller, Rentz, Stark, Taylor, Underwood, Wadsworth
Angriffs-Unterseeboote: Bremerton, Buffalo, Helena, Memphis, Olympia, Toledo

HIN/BESTÄTIGT DURCH DEKTEKTIONSGERÄT/5 KIA/17 WIA/WEITRÄUMIGE DEKONTAMINIERUNG VERZÖGERT SICH DA WEITERE ANGRIFFE ERWARTET/ZIVILE VERLUSTE WAHRSCHEINLICH// ENDE//

»Nervengas?«, fragte Costanzo.

Im Hintergrund hörte Thomas den Admiral schildern, wie sich die 6. Flotte den Zugang zum Schwarzen Meer erzwungen hatte.

»Ja, Sir«, erwiderte er. »Drei getrennte Angriffe. Alle Berichte sind identisch.

Die Augen des Präsidenten waren in die Ferne gerichtet. »Wie schnell können wir mit gleichen Mitteln zurückschlagen?«, fragte er, ohne sich aus seinen Gedanken zu lösen.

Thomas ließ das Kinn auf die Brust sinken, seine Stimmung verdüsterte sich schlagartig. »Sir, die Deutschen würden durchdrehen, wenn sie wüssten, dass wir binäre Waffen auch nur durch ihr Land *transportieren*. Wir könnten binnen zwölf Stunden ein paar Granaten direkt von den Staaten aus einfliegen, aber der Umfang wäre sehr beschränkt. Der einzige Weg, diese Waffen in großer Menge einzusetzen, ist die Verschiffung auf dem Seeweg direkt von den Staaten zu den polnischen Ostseehäfen. Das würde ein bis zwei Monate in Anspruch nehmen.«

»Ich habe nicht die Absicht, mich mit Kleinkram abzugeben«, erwiderte Costanzo. »Sorgen Sie dafür, dass die Ladung Priorität erhält, und planen Sie eine Massenlieferung, sobald genug Material vorhanden ist.«

»Stimmt etwas nicht?«, fragte er nach einer kurzen Pause.

Thomas zögerte. »Wissen Sie, die Russen wird es auch nach dem Krieg noch geben und wir werden mit ihnen leben müssen.«

»Die haben zuerst chemische Waffen eingesetzt! Mein Ziel ist nicht die vollständige Vernichtung des russischen Staates und seines Volkes, was mir mehrfach geraten wurde, aber ich lasse mir beim Kampf nicht eine Hand auf den Rücken binden.«

»Aber chemische Waffen bringen gegen die russische Armee nicht viel, Mr. President, dazu ist sie zu gut ausgerüstet. Wir würden nur Öl in die Flammen …«

»Dann setzen Sie sie gegen die Miliz ein, die die Russen im Moment ausheben. Haben die Schutzausrüstung?«

Thomas erwiderte den Blick des Präsidenten. »Nein, Sir.«

»Dann vergasen Sie die!« Damit wandte sich der Präsident dem finnischen Botschafter zu, dem er lächelnd die Hand schüttelte, um den Vertreter des neuesten Mitgliedslandes der TEAMS-Allianz willkommen zu heißen: eine Mitgliedschaft, die der strengsten Geheimhaltung unterlag.

Presov, Slowakei
26. Juni, 1400 Uhr GMT (1500 Uhr Ortszeit)

Der Humvee raste direkt auf Chandler zu und kam mit quietschenden Reifen zum Stehen. Zu beiden Seiten flogen die Türen auf.

»Wer hat hier das Kommando?«, erkundigte sich hektisch ein Captain.

Chandler sah den Colonel an, der mit der Menge von dem ausgebrannten Gebäude herübergekommen war. Betretenes Schweigen trat ein, bis der Captain die Leiche des Soldaten bemerkte, die slowakische Techniker aus dem verkohlten Loch im Boden geholt hatten. Er sah Chandler und dann den Colonel an. »Haben Sie hier das Kommando, Colonel?«, wandte er sich an Letzteren.

»Mit dieser Sauerei habe ich nichts zu tun!«, wehrte sich dieser.

Chandler trat vor. »Ich bin Major David Chandler und das sind meine Männer«, erklärte er, auf die Leute im Gras deutend. »Ich habe einen Mann verloren.« Der Captain sah erneut auf den Toten.

Unterdessen trat der Colonel ungeduldig von einem Fuß auf den anderen. »Wann zum Teufel geht es hier endlich weiter?«, fragte er schließlich. »Wir warten schon fast eine

Stunde! Kein Wunder, dass das V. Korps hier nichts zustande bringt, bei dieser Inkompetenz!«

Müde sah ihn der Captain an. »Und das sind Ihre Leute?«, erkundigte er sich mit einem Blick auf den bunt zusammengewürfelten Haufen.«

Der Colonel grinste wissend und schüttelte den Kopf. »Captain, mir ist völlig klar, was Sie hier für ein Spielchen treiben. Nein, ich übernehme keinerlei Verantwortung für diese Männer. Wir waren auf dem gleichen Flug, das ist alles.«

Der Captain rief den Leuten im Humvee zu, sie sollten einen Krankenwagen besorgen. »Was ist passiert?«, wollte er dann von Chandler wissen.

»Ich habe sie losgeschickt, um das Gelände zu sichern«, erwiderte dieser schlicht.

Barnes unterbrach ihn. »Entschuldigen Sie, Sir«, sagte er durch die zusammengebissenen Zähne zu dem Captain. »Warum zum Teufel war dieses Minenfeld nicht markiert?«

»Ich weiß es nicht, Master Sergeant«, gab der andere leise zurück.

»Verdammt!« Barnes' Ausbruch ließ Chandler unwillkürlich zusammenzucken. »Einer meiner Leute ist tot und weit und breit ist kein einziges Zeichen zu sehen! Was ist das für ein Saft…?« Mühsam schluckte er den Rest des Wortes herunter.

»Das Gebiet wurde gestern Morgen vermint, nachdem Spetsnaz-Leute sechs Wachposten die Kehle durchgeschnitten hatten. Hundertvierzig Männer und Frauen, die eben erst gelandet waren, wurden durch einen Angriff auf ihre Sammelpunkte getötet. Wir haben viele Leute verloren, aber ich bedauere diesen Vorfall.«

Ein vernünftiger Mann, erkannte Chandler, der so erschöpft war, dass er den Verlust von Menschenleben geradezu resigniert hinnahm. Seine Augen waren rot und geschwollen und um sein Gesicht lief ein ringförmiger Abdruck, der von Größe und Form her der Standard-Gasmaske entsprach.

»Wir werden uns um den Toten kümmern, Sir«, sagte der Captain. »Wie hieß der Mann?«

Jetzt erst fiel Chandler ein, dass er keine Ahnung hatte, er hatte noch nicht einmal gefragt. Der Colonel stieß erneut einen ungeduldigen Seufzer aus, während er mit den Augen den Himmel in Richtung des vorangegangenen Luftangriffs absuchte.

»Der Name des Toten, Sir. Wie lautet er?«

»Ich weiß es nicht.«

Der Captain nickte. »Egal, wir kümmern uns später darum. Im Moment müssen wir Ihre Leute erstmal hier durchschleusen.«

Nun meldete sich der Colonel erneut zu Wort. »Ich bin Lieutenant Colonel Mitchell«, verkündete er, »und möchte sofort zum Hauptquartier des V. Korps gebracht werden.«

Der Captain holte Notizbuch und Stift heraus. »Ihr Kommando und Fachgebiet, Sir?« Ohne die Antwort abzuwarten, brüllte er: »Rodriguez! Kümmern Sie sich um die Soldaten!« Dann wandte er sich erneut an den Lieutenant Colonel.

»Was für einen Unterschied macht das? Zivile Angelegenheiten! Und jetzt besorgen Sie mir sofort ein Transportmittel!«

»Sir«, erklärte der Captain geduldig, »bei der Abwicklung in den Staaten herrscht absolutes Chaos. Daher haben wir Befehl, zunächst dringend benötigte Lücken zu füllen, es sei denn, es handelt sich um einen Offizier, der bereits einer Einheit zugewiesen wurde oder auf ein benötigtes Fachgebiet spezialisiert ist. Da … keines von beidem auf Sie zutrifft, muss ich Sie bitten, mir Ihren Einsatzbefehl zu zeigen.«

»Hören Sie mal zu, Sie kleiner Scheißer«, fuhr ihn der Colonel durch die zusammengebissenen Zähne an. »Ich bin Lieutenant Colonel der Armee der Vereinigten Staaten und wurde von General Atkins persönlich dem Hauptquartier des V. Korps zugewiesen. Wissen Sie, wer das ist?«

»Nein, Sir.«

»Dachte ich mir. Er ist Verbindungsoffizier zum Verteidigungsausschuss des Kongresses und ich bin auf seinen ausdrücklichen Befehl hier! Daher interessiert mich nicht die Bohne, was für eine alberne Liste Sie und Ihre Leute sich ausgedacht haben. Bringen Sie mich zum V. Korps, aber dalli!« Sein Zeigefinger schien sich in die Brust des Captains bohren zu wollen.

Überraschenderweise ignorierte der Captain ihn einfach. »Major, was ist mit Ihnen? Für welchen Posten sind Sie vorgesehen?«

Bevor Chandler antworten konnte, meldete sich Mitchell erneut zu Wort. »Wie können Sie es wagen! Das wird Sie Ihre Karriere kosten! Sie sind erledigt!«

»Chopper im Anflug!«, rief einer der Soldaten vom Humvee herüber, der unter seinem Helm ein Funkgerät ans Ohr hielt. Der Captain warf ihm einen kurzen Blick zu, bevor er sich mit neuem Glanz in den Augen an den Colonel wandte. »Das Hauptquartier des V. Korps steckt im Moment ein wenig in Schwierigkeiten. Es ist nicht ganz einfach, die Leute überhaupt zu versorgen, aber vielleicht kann ich etwas für Sie tun. Wenn Sie einen Pilotenschein haben, kann ich herausfinden, wann die nächste Flugabwehr-Mission stattfindet.«

Mitchell verstummte, ließ sich aber seine üble Laune deutlich anmerken.

»4. Infanteriedivision«, sagte Chandler nun. »Aufklärung.« *Gehöre ich zu einer geschützten Art?*, fragte er sich, während der Captain seine Liste durchging.

Im Hintergrund hörte er Rodriguez brüllen: »Panzer und Panzer-Kavallerie links, Infanterie rechts, alle anderen folgen!«

»Dürfte ich Ihre Befehle sehen, Sir?«

Chandler reichte sie ihm zusammen mit seinem Personalbericht und seiner militärischen Laufbahn, die er für seinen kommandierenden Offizier mitgebracht hatte. »Panzerschule«, sagte der Captain nachdem er die Papiere kurz durchgesehen hatte. »Irgendwelche praktischen Erfahrungen?«

Ein Vorstellungsgespräch, dachte Chandler, *auf einer ausgebombten Landebahn an der ukrainischen Grenze. Für einen Job, für den ich nicht qualifiziert bin. Fragen Sie den Mann da unter dem Poncho, was er von meinen Fähigkeiten hält.* «Ein Einsatz«, sagte er laut, »direkt nach der Ausbildung.« Der Captain fummelte mit den Papieren herum, um den entsprechenden Vermerk zu finden. *Dann an die Uni, um Jura zu studieren. Eine Sondervereinbarung, weil damals so dringend Leute gesucht wurden.*

Offenbar las der Captain gerade Chandlers Lebenslauf, aus dem er immer wieder Stellen zitierte. »Akademie für Analyse in der Aufklärung. Panzerschule in Fort Knox – drei von hundertsechsunddreißig. Sehr eindrucksvoll, Sir. Wenn Sie bitte da drüben hingehen, dort wird man sich um Sie kümmern.« Barnes und Bailey standen bereits am Rand der Gruppe.

Chandler steckte seinen Einsatzbefehl in die Tasche und ging wie in Trance davon. Hinter ihm setzte der Colonel seine Tirade fort. Unterdessen wurde der Rotorenlärm der Hubschrauber immer lauter, bis eine lange Reihe von CH-47 Chinook-Transportern mit Zwillingsrotoren hinter dem ausgebrannten Gebäude auftauchten und mit der Nase nach oben gingen, um ihre Geschwindigkeit zu verringern.

Als er den Bereich passierte, an dem die Soldaten eingeteilt wurden, sah er den Mann, den der Captain vorhin mit Rodriguez angesprochen hatte. Er lauschte ungeduldig den Protesten einer kleinen Gruppe von Chandlers Leuten, die sich offenbar nicht aufteilen lassen wollten.

»Nein, ihr Vollidioten!«, überschrie er den Hubschrauberlärm. »*Ihr* kommt zum Hauptteil des Korps und *er* geht direkt an die Front.«

Der von Rodriguez ausgesonderte Mann, ein Sanitäter, der eine Armbinde mit rotem Kreuz trug, schüttelte seinen Freunden die Hand und griff nach seiner Ausrüstung.

»Folgen Sie dem Major«, wies Rodriguez den Sanitäter an.

An die Front, dachte Chandler. Hinter den Chinooks tauchte ein anderer Hubschrauber, ein Blackhawk, auf, der offenkundig nicht Teil der Transportmission war. Er landete direkt vor ihnen; Chandlers Gruppe, zu der auch Bailey und Barnes gehörten, wurde im Laufschritt von einem Unteroffizier dorthin geführt. Der Schütze an der Tür schwang seine sechsläufige Mini-Gun so, dass sie nicht mehr auf die Soldaten am Boden gerichtet war. Dann sprang er auf den Beton und legte sich auf den Rücken, um sich den Rumpf von unten anzusehen. Er zog an ein paar herabhängenden Metallfetzen, um dahinter zu blicken. Die Seite des Helikopters war von Einschlägen durchlöchert.

Chandler und sein Führer bogen um eine letzte Ecke und stiegen ein paar durch Sandsäcke gesicherte Stufen hinunter. Zwei Posten, die das Gewehr im Anschlag hielten, standen Wache. Hinter weiteren Sandsäcken war auf dem kleinen Platz mitten in der Stadt ein Maschinengewehr eingegraben. Überall standen ausgebrannte Militär- und Zivilfahrzeuge herum, die ebenso wie die geschwärzten Wände der Gebäude von Einschlägen durchlöchert waren.

Hinter einer halb im Boden verborgenen Tür herrschte die Hektik, die Chandler erwartet hatte. Das war seine neue Heimat. Karten, die auf den Tischen lagen oder an Ständern hingen. Funker, die in ihre Mikrofone sprachen, während sie gleichzeitig auf kleinen Laptops Nachrichten in Klartext übertrugen. Offiziere, die unruhig auf und ab gingen. Männer und Frauen, die, wie in einem ganz gewöhnlichen Büro, Papierstapel herumtrugen.

Auf einem lastete die ganze Verantwortung: auf dem Brigadekommandeur. Wer das war, wurde Chandler, der dem Private folgte, schnell klar.

Ein großer Mann mit kurzem, fast völlig ergrautem Haar hatte einen Fuß auf die Sitzfläche eins Holzstuhls gestellt. »Ist mir scheißegal, was Sie mit denen tun«, sagte der Brigadekommandeur. »Aber ich warne Sie: Wenn auch nur ein Reporter einen Fuß in die Kommandozentrale setzt, lasse ich ihn verhaften und Sie werden erschossen. Haben Sie das verstanden?«

Sein Gesprächspartner, der nur etwa halb so groß war wie der Brigadekommandeur und eine beginnende Glatze zeigte, schüttelte den Kopf. Mit einem Finger die Brille in die Höhe schiebend, so dass er sich die Augen reiben konnte, sagte er: »Colonel, ich verstehe Sie, aber … wir haben keine Wahl. Der Befehl kam von …«

»Das weiß ich selbst, Sie Idiot! Ich kann schließlich lesen!

Halten Sie mir diese Reporter schlicht und einfach vom Hals, verstanden?«

»Ich tue nur meine Arbeit, Colonel, wie jeder …« Das war die falsche Antwort.

»Raus hier! Sie stehlen mir meine Zeit!«

Der ganze Raum schien erstarrt, während alle die Szene beobachteten, die sich vor ihren Augen abspielte. Der Colonel wandte sich Chandler zu, während der andere zur Tür ging.

Chandler stand stramm. »Major David Chandler meldet sich zum Dienst, Sir.«

Der Colonel blickte ihn prüfend an. »Stehen Sie bequem, Major.« Sie schüttelten sich die Hände. »Colonel Harkness.« Weitere Grußworte hielt er offenbar für überflüssig. »Lassen Sie mich Ihren Einsatzbefehl sehen.« Nach einem kurzen Blick darauf begann er, Chandlers Lebenslauf zu studieren. Dann nickte er, rollte die Papiere zusammen und hielt sie wie einen Stab in der Hand. Offenbar waren sie in seinen Besitz übergegangen. »Ich werde Ihnen jetzt erklären, was ich von Ihnen will. Wissen Sie, was hier los ist, Major?«

»Nein, Sir.«

»Wir sollten gestern in die Offensive gehen und inzwischen gut sechzig Kilometer östlich von hier in der Ukraine stehen, doch wenige Stunden vor unserer Attacke starteten die Russen einen Störangriff. Wir waren gerade dabei, in Straßenformation zu gehen. Es war ein Desaster. Seitdem versuchen wir, uns von diesem Schlag zu erholen. Der Großteil der Kämpfe findet nun auf dieser Seite der Grenze in der Slowakei statt und nicht in der Ukraine. Im Moment ist nicht ganz klar, wer wen umklammert hält, aber die Lage hat sich stabilisiert. Inzwischen habe ich den Befehl zum Vorrücken erhalten, die Tschechen und Slowaken sollen die Russen endgültig erledigen. Kein guter Anfang und bestimmt nicht, was sich die hohen Herren beim Corps vorgestellt hatten.«

Plötzlich brach er ab und sah sich suchend um. »Haben Sie Ihre persönliche Ausrüstung bei sich?«

»Ja, Sir.«

»Sehr gut.« Harkness war müde. Aus der Nähe betrachtet

wirkte sein Gesicht alt, obwohl er dem Rang nach vermutlich erst Mitte vierzig war. Seine roten, geschwollenen Augen verrieten, dass er schon lange nicht mehr genug Schlaf bekommen hatte. Vermutlich war er in normalen Zeiten ein angenehmer Vorgesetzter, immerhin sorgte er sich um Chandlers persönliches Wohlergehen.

»Also gut. Sie übernehmen das Kommando über das sich soeben formierende 2. des 415. Armor.«

Chandler stand wie vom Blitz getroffen, während Harkness in den Papieren auf seinem Schreibtisch wühlte. Er musste den Satz sozusagen sezieren, um seine Bedeutung zu erfassen. *Kommando – Bataillonskommandeur. Nicht Stabsoffizier.* Das war ein Posten für einen Lieutenant Colonel und jemanden, der mindestens zehn Jahre älter war als er. Der Colonel blickte auf und Chandler klappte hastig den Mund zu. Er schluckte und fuhr sich mit der Zunge über die ausgetrockneten Lippen. Harkness erhob sich und pflanzte sich direkt vor ihm auf. *Womit fange ich an? Wie soll ich es ihm erklären? Muss ich es ihm sagen?«*

«Major, war an meinem Befehl etwas unklar?«, erkundigte sich Harkness schließlich bedächtig.

»Es ... es tut mir Leid. Es ist nur – ich bin auf Aufklärung spezialisiert. Ich sollte dem Divisionsstab der 4. Mech zugeteilt werden.«

»Aber Sie sind auf Panzern ausgebildet?« Chandler spürte, dass Harkness nahe daran war, die Geduld zu verlieren.

»Schon, Sir, aber ... ich meine ...« Chandler räusperte sich und versuchte, sich zu konzentrieren. »Ich war auf der Panzerschule, aber das ist schon eine Weile her. Seitdem habe ich keinen Einsatz im Feld mehr mitgemacht ...«

Gleich würde der andere explodieren. Harkness rieb sich den Kopf, fuhr sich mit der Hand über das kurze Haar. Dann wandte er den Blick ab und biss sich auf die Unterlippe. Als er weitersprach, war Chandler überrascht, wie ruhig seine Stimme klang. »Jetzt hören Sie mir einmal zu, Major. Ich brauche hier keinen Stabsoffizier. Ich brauche einen Bataillonskommandeur, weil ich nämlich ein Bataillon brauche, verstanden? Wir stückeln hier das 2/415 aus dem zusammen, was da ist. Das gesamte ursprüngliche Bataillon wurde bei einem Atomangriff auf einen Air Force-Stützpunkt in den Staaten getötet. Also schnappe ich mir alle Leute mit Panzererfahrung und stecke sie in das neue Bataillon. Fangen wir noch einmal von vorne an. Sie werden mein Bataillon für mich kommandieren. Ich würde es selbst tun, aber ich werde hier noch gebraucht. Klar?«

Chandler sagte nichts.

»Okay. Sergeant Estavez! Nehmen Sie den Major mit zum Rangierbahnhof. Ihre Männer sollten, zumindest teilweise, schon dort sein. In den nächsten Tagen werden wir volle Stärke erreichen. Sie haben zehn Tage Zeit, um sie auf die Straße zu bringen.«

Jetzt war es an Chandler, wütend zu werden. »Wollen Sie damit sagen, dass ich mir irgendwelche Leute schnappen soll, sie in Einheiten stecken soll, so dass alle Fachbereiche abgedeckt sind, hoffen soll, dass ich in den Eisenbahnwagons die richtige Ausrüstung finde, um alle ordnungsgemäß auszustatten, und innerhalb von zehn Tagen mit einem Panzerbataillon in die Schlacht ziehen soll?«

Die Situation kam ihm immer absurder vor. *Soll doch jemand anderer die Leute in den sicheren Tod führen.*

Harkness starrte ihn mit vorgeschobenen Kinn an. »Die Männer stammen zum größten Teil aus anderen Einheiten von Platoon-Größe. Mit den Papieren stimmt etwas nicht, weil die Abwicklung in den Staaten nicht funktioniert, aber das sind reguläre Armeesoldaten. Bei der Ausrüstung handelt es sich um hochwertiges Material aus den NATO-Lagern in Deutschland, das nur noch für den Kampf gepackt werden muss. Außerdem arbeiten eine Menge Leute seit ein paar Tagen daran und ihre Unteroffiziere lassen nicht mit sich spaßen. Es müsste alles einsatzbereit sein. Wahrscheinlich bleibt ihnen sogar Zeit für ein oder zwei Manöver, obwohl ich Ihnen im Augenblick nicht viel Treibstoff zur Verfügung stellen kann. Zudem müssen Sie ständig mit Luftangriffen und Attacken durch Sondereinheiten rechnen.«

»Sir, selbst wenn wir die benötigten Fachrichtungen und

die erforderliche Ausrüstung haben, selbst wenn alles auf wundersame Weise klappen sollte, wie kann man von uns erwarten ...«

«*Erwarten!*« Der Damm brach und der gesamte Raum erstarrte erneut. »Wollen Sie wissen, was erwartet wird? Es gefällt Ihnen nicht, dass ich Ihnen nur zehn Tage gebe? Ich habe im Augenblick nur zwei Bataillone im Feld stehen und keine Ahnung, ob ich diese Position überhaupt zehn Tage lang halten kann. Und trotzdem soll ich Richtung Russland vorrücken!« Sein Arm deutete in die Richtung, in der Chandler Osten vermutete.

»Ich werde Ihnen sagen, was erwartet wird. Um null neun dreißig Uhr heute Morgen bekomme ich einen Zettel mit einer Nachricht, dass eine Kompanie von Militärpolizisten, die ich an die Front geschickt habe, auf einem Hügel überrannt worden ist. Die hatten versucht, sich zur Kuppe durchzukämpfen, aber die Russen waren schneller. Und das war nicht die letzte Nachricht, ganz im Gegenteil. Die erste Welle, die sie überrannte, hielt nämlich nicht an, um sie alle zu erledigen. Dazu hatten sie keine Zeit, sie erschossen nur jeden, den sie im Vorbeifahren erwischten. Und was tun die MPs? Sie marschieren weiter bis zur Hügelkuppe und verschanzen sich dort!«

Jetzt stand er so nah vor Chandler, dass dieser seinen nach Kaffee stinkenden Atem roch.

»Ich bekomme also den ganzen Vormittag über eine Nachricht nach der anderen. Ein weiteres Echelon überrennt sie und knallt noch mehr Leute ab, das wollten sie uns nur mitteilen. Sie wollten wissen, wo die Hilfe bleibt, die sie angefordert hatten, während sie um ihr Leben gruben!« Er blickte auf den Wust auf seinem Schreibtisch und fuhr sich mit der Hand über den Nacken. Immer noch konnte Chandler die Augen der anderen geradezu körperlich auf seinem Rücken spüren. »Sie hatten nie auch nur die geringste Chance. Die dritte Welle hinterließ keine Überlebenden. Alle tot oder gefangen, ich weiß noch nicht einmal, was. Wenn ich keinen dieser Zettel mehr bekomme, habe ich keine Ahnung, was passiert. Sie sind einfach verschwunden! Eine gesamte Kompanie, die ausschließlich aus Frauen bestand!« Seine Augen funkelten wild. »Frauen, denn wir hatten aus etwa fünf MP-Kompanien alle Männer für die Infanterie abgezogen!« Seine Stimme wurde ganz leise. »Diese Frauen waren zu Fuß, Major. *Sie* bekommen immerhin Panzer.«

Philadelphia
27. Juni, 1500 Uhr GMT (1000 Uhr Ortszeit)

Filipows Fahrer hatte mit dem unauffälligen Fahrzeug die Hauptstraßen verlassen, um dem endlosen Stau auszuweichen, der sich dort gebildet hatte. Es war ein grauer Tag und vor den Fenstern zogen vor allem von Schwarzen bewohnte Slums vorbei. Irina hätte das nicht gefallen. Er hatte immer versucht, sie von solchen Dinge fern zu halten: Sie sollte Amerika lieben.

Das Auto kam jetzt überhaupt nicht mehr von der Stelle und er konnte auch nicht sehen, was vor ihnen passierte. Ein Wegweiser an der nächsten Kreuzung kündigte das Veterans-Stadion an und Filipow fragte sich, ob die amerikanische Baselball-Saison schon wieder begonnen hatte. Zu beiden Seiten des Wagens strömten Menschen über die Straße, deren Ziel offenbar weiter oben am Hang lag, weg vom Fluss. Eine Familie, das Jüngste saß auf Daddys Schultern. Drei lachende Jungen im Outfit der Streetgangs, die amerikanische Flaggen schwenkten, was ein wenig seltsam aussah. Ein ernstes, älteres Paar, das in aller Ruhe den Gehweg hinaufstrebte.

»Was ist hier los?«, erkundigte sich Filipow bei dem vor ihm sitzenden FBI-Agenten.

Der Mann zeigte auf die leere linke Fahrbahn. »Fahren Sie einfach um dieses Chaos rum«, wies er den Fahrer an. Dann wandte er sich Filipow zu. »Nur eine kleine Versammlung. Ich dachte, das würde Sie interessieren.« Seine Stimme klang höflich, aber nicht freundlich. Der Agent fuhr sein Fenster herunter, wobei das Surren der elektrischen Fensterheber im Lärm einer in der Ferne jubelnden Menschenmenge unterging.

Der Fahrer drehte sich halb um, blickte über die Schulter und fuhr dann in rasantem Tempo auf der Gegenfahrbahn den Hügel hinauf. Direkt bevor er die Abzweigung erreichte, die ihr Ziel war, trat ein Polizist auf die Straße und hielt ihn mit erhobenen Händen an.

»Mist!« Der Fahrer ließ sein Fenster herunter. Die gesamte abgesperrte Straße war voller Menschen. Über den Köpfen wurden amerikanische Flaggen in allen Größen geschwenkt. Offenbar handelte es sich um einen Querschnitt der amerikanischen Mittelschicht, hauptsächlich Familien, aber auch ein paar lärmende Gruppen von Jugendlichen. Alle blickten in Richtung des Sprechers, der irgendwo in der Ferne in dem riesigen Stadium stehen musste.

»He, Sie da!«, schimpfte der Polizist. »Was haben Sie sich dabei gedacht?«

Der Fahrer zog seine Marke. »FBI.«

Filipow öffnete die Tür, stellte sich auf das Trittbrett und beugte sich aus dem Wagen. »Moment mal!«, brüllte der Agent auf dem Beifahrersitz. Er öffnete seine Tür, wobei er mit der einen Hand nach der Pistole griff, die er unter der Achsel trug. Der zweite Agent war ebenfalls aus dem Auto gesprungen. Seine auf das Wagendach gestützte Pistole war direkt auf Filipow gerichtet. Verwirrt starrte der Polizist auf die sich vor seinen Augen abspielende Szene. Unterdessen interessierte sich Filipow nur für die Menschenmenge, die er von seinem erhöhten Standpunkt aus im Blick hatte.

Die Stimme aus dem Lautsprecher war so verzerrt, dass Filipow nicht verstehen konnte, was der Mann mit solcher Energie brüllte. Dutzende selbst gemachter Sternenbanner wurden von der Menge in die Höhe gehalten. Rauch stieg auf, als eine Puppe, die jemand an eine Stange gehängt hatte, verbrannt wurde. Überall wurden Fähnchen geschwenkt. Erneut brandete Beifall auf und dann begannen Zehntausende, ja Hunderttausende die Fäuste in die Luft zu recken.

»U-S-A! U-S-A! U-S-A!«, skandierte die disziplinierte Masse, als handelte es sich um ein Sportereignis. Die Menge, die die gesamte Strecke bis zum Stadion füllte, wiederholte den Slogan immer wieder. Die Ansprache war vorüber und plötzlich wurde Filipow klar, dass er nicht vor dem Stadion stand, sondern mitten in dem bis zum letzten Stehplatz gefüllten Stadion selbst.

Gesichertes Haus der CIA, Harrisburg, Pennsylvania
27. Juni, 1700 Uhr GMT (1200 Uhr Ortszeit)

»Ich bin James Anderson von der Central Intelligence Agency. Das hier ist Colonel Petry von der Defense Intelligence Agency. Mr. Lambert vom Weißen Haus kennen Sie ja. Setzen wir uns doch.« Anderson führte Filipow zum Sofa, so dass er in Kamera eins, die einzige Farbkamera in dem alten Haus, blickte.

Als Lambert und die Agenten eine Stunde zuvor in dem Haus eingetroffen waren, hatte es staubig und muffig gerochen. Hektisch hatten sie die Überzüge von den Möbeln gerissen, sogar einen der drei Agenten im Kameraraum zum Supermarkt geschickt, um neue Glühbirnen für das abgedunkelte Wohnzimmer zu besorgen. *Solche Häuser werden kaum noch gebraucht,* dachte Lambert bitter, *wo wir und die Russen doch jetzt so gute Freunde sind.*

Filipow wartete, bis Anderson ihm den richtigen Sitzplatz zugewiesen hatte, wandte den Blick jedoch nicht von Lambert. »Greg, ich weiß nicht, was ich sagen soll«, hatte er Lambert an der Tür begrüßt, doch die Antwort war nur ein unbehagliches Schweigen gewesen. »Das mit Jane tut mir unsagbar Leid.« Danach hatte niemand mehr gesprochen.

Als alle saßen, richtete Lambert den Blick auf Filipow. Dieser starrte mit besorgter Miene zurück und legte den Kopf zur Seite, als wollte er fragen, was das Problem war. Er gab auf und sah die beiden anderen Geheimdienstoffiziere an, bevor er erneut den Blick auf Lambert richtete. »Danke, dass Sie sich zu dieser Besprechung bereit erklärt haben«, begann er förmlich.

Anderson und Petry saßen da wie die Ölgötzen. Ihre Aufgabe war es zuzuhören, nicht zu reden.

»Die Angelegenheit, wegen der ich hier bin, ist von größter Bedeutung. Sie ist so sensibel, dass auf beiden Seiten äußerste Diskretion erforderlich ist.« Filipow schluckte und fuhr sich mit der Zunge über die Lippen. Lambert fragte sich, ob er ihm eine Erfrischung anbieten sollte, entschloss sich aber, dem Beispiel der beiden Agenten zu folgen, die sich nicht von der Stelle rührten.

»Zunächst einmal möchte ich Ihnen sagen, dass ich auf Anweisung von General Rasow hier bin. Keines der anderen STAVKA-Mitglieder weiß von meinem Besuch. Daher muss dieser absolut geheim blieben, weil sie mit Sicherheit nicht damit einverstanden wären, dass ich Ihnen meine Botschaft übermittle.«

Aus dem Augenwinkel sah Lambert, wie Anderson und Petry einen Blick wechselten. Er selbst konzentrierte sich auf Pawel, der zuerst Anderson anblickte, bevor er sich Lambert zuwandte.

Das Schweigen hing schwer im Raum.

Filipow senkte den Blick. Seine Handflächen lagen auf den Knien und die steifen Arme verrieten, wie unbehaglich er sich fühlte. »Wie Sie sicherlich wissen, sind die Unterseeboot-Raketenstreitkräfte unseres Landes weit gehend intakt geblieben. Im Augenblick werden Sie durch unsere Streitkräfte in einer Bastion in der Karasee verteidigt.« Als er Lambert ansah, nickte dieser kaum merklich. »Ihnen ist auch bekannt, dass diese Unterseeboote bei dem Schlagabtausch vom 11. Juni ihre Raketen nicht abfeuerten.« Lambert nickte erneut. Filipow sah zu Boden und öffnete nach Worten ringend den Mund.

Schließlich sprudelte er seine Botschaft hervor, um es hinter sich zu bringen. »Aber es gibt eine Tatsache, von der Sie vermutlich nichts wissen.« Nun blickte er Lambert direkt ins Gesicht. »Die Steuerungsbefehle für die Nuklearwaffen werden nach dem ›Fail-Deadly‹-Prinzip erteilt. Das bedeutet, dass die Kommandanten während des Konflikts sowohl die Zielkoordinaten als auch den Abschussbefehl erhielten. Der

Abschussbefehl tritt in Kraft, sobald eines von zwei Kriterien erfüllt ist. Gefeuert wird, sobald ein gültiger Befehl der Nuklearkommunikatoren des STAVKA eingeht oder aber wenn sich einer der Unterseeboot-Kommandanten angegriffen fühlt. Im zweiten Fall würde sich der Schlag gegen die von Zorin ausgewählten Ziele richten. Das sind US-Militärbasen auf der ganzen Welt … und die dreihundertvier größten Städte in den Vereinigten Staaten.«

Die Stille war so vollständig, dass Lambert unbewusst geradezu nach Geräuschen suchte. Ein tiefes Grollen, das kaum zu hören war, ein Zischen auf der Straße, das sofort wieder verstummte.

»Nun«, Filipow schlug mit den Handflächen auf seine Schenkel und rieb sich die Beine, bevor er sich erhob, »ich gehe jetzt wohl besser.«

Anderson und Petry wechselten einen verunsicherten Blick und standen dann ebenfalls auf.

»Nur eine Frage«, begann Lambert.

»Es tut mir Leid, ich bin nicht berechtigt, Fragen zu beantworten, und will es auch gar nicht tun.«

Filipows Englisch war wie immer fehlerfrei, aber die Antwort klang gestelzt. Kein Augenblick des Zögerns, keine Suche nach einem Wort: auswendig gelernt.

»Pawel, können diese Unterseeboote zurückgerufen werden?«

»Tut mir Leid, Greg, aber ich darf die Steuerungsbefehle nicht näher erörtern.«

»Wir sind im Krieg, Pawel. Wenn das stimmt, was du sagst, wenn die Unterseeboote praktisch mit ›gespanntem Hahn‹ in der Tiefe lauern, dann genügt ein einziger Fehler, eine irregegangene Waffe oder ein unabsichtlicher Kontakt …«

»So ist das Spiel.«

Lambert sah, dass Petry sich äußern wollte, doch Anderson kam ihm zuvor. »Vielen Dank, Pawel Sergejewitsch.« Sie schüttelten sich die Hand.

Filipow wurde zum Ausgang geführt. Alle warteten, dass Petry die Tür öffnete, als sich Lambert zu Wort meldete. »Kann ich dich kurz privat sprechen, Pawel?«

»Natürlich.« Filipow nahm die Gelegenheit sofort wahr. Lambert führte ihn in ein Vorzimmer und schloss die Tür hinter ihnen, wobei er es angelegentlich vermied, auf das Beistelltischchen zu sehen, unter dem das Mikrofon versteckt war.

»Wo ist Irina?«, stieß Filipow sofort hervor. »Ich habe überall herumtelefoniert, aber ich kann sie nicht finden.«

Lambert fühlte eine entsetzliche Last, die ihn niederzudrücken schien. »Was ist?« Pawel erbleichte sichtlich.

»Pawel, ich muss dich zuerst etwas fragen. Bitte vergib mir.« Es erschien ihm widerlich, den anderen warten zu lassen, aber das war sein Job. »Was du uns vorhin gesagt hast, ist das wahr? Ich muss das unbedingt wissen. Würden diese Unterseeboote bei einem Angriff ohne weiteren Befehl feuern?«

»Ja«, gab Filipow zurück. »Wo ist sie?«

Lambert sah ihn an. Pawel war mit den Nerven am Ende. Eigentlich hätte er ihn weiter unter Druck setzen sollen, aber er konnte es einfach nicht tun. Selbst wenn Pawel ihm nachher nicht mehr viel nützen würde, es war zu viel. »Sie ist tot, Pawel. Es tut mir sehr Leid, aber sie ist tot.«

Spezialeinrichtung der Regierung, Mount Weather, Virginia
27. Juni, 2100 Uhr GMT (1600 Uhr Ortszeit)

»Der Abschussbefehl tritt in Kraft, sobald eines von zwei Kriterien erfüllt ist«, sagte Filipow. Seine Nervosität war ansteckend, auch Lambert fühlte sich aufs Äußerste angespannt. Das sichere CIA-Haus, ein hoher russischer Offizier, der überlaufen wollte … Lambert fühlte sich an Szenen aus den Zeiten des Kalten Krieges erinnert. »Gefeuert wird, sobald ein gültiger Befehl der Nuklearkommunikatoren des STAVKA eingeht oder aber wenn sich einer der Unterseeboot-Kommandanten angegriffen fühlt. Dann würde sich der Schlag gegen die von Zorin ausgewählten Ziele richten. Das sind US-Militärbasen auf der ganzen Welt …

und die dreihundertvier größten Städte in den Vereinigten Staaten.«

Das Bild auf dem Monitor fror ein, wobei Filipow die Augenlider merkwürdig gesenkt hielt.

Das Licht ging an.

»Großer Gott!«, rief der kommissarische Außenminister aus. Lambert hatte mit dieser Reaktion auf die Aufnahmen gerechnet. »Ist der Kerl echt?«, wollte der Minister von Lambert wissen, der neben dem Präsidenten am Kopfende des Tisches stand.

»Er ist Oberst der russischen Armee und kommt direkt aus dem STAVKA-Hauptquartier, wo er Adjutant von General Rasow ist. Zuvor war er Militärattaché an der russischen Botschaft in Washington.«

»Und Sie kennen ihn gut?«, erkundigte sich der Präsident.

»Seit fünf Jahren, Sir. Er war … er war mein bester Freund. Ist es noch, würde ich sagen.«

Der Präsident sah ihn an. »Und? Spricht er die Wahrheit?«

Lambert zögerte. »Ja, Sir, ich glaube schon. Zumindest das, was er für die Wahrheit hält.«

Für einen Augenblick herrschte Stille im Raum. »Okay.« Der Präsident wandte sich dem Tisch zu. »Nehmen wir einmal an, die Entscheidung über den Abschuss der Raketen liegt tatsächlich bei den Kommandanten der Unterseeboote.«

»Das kaufe ich dem nicht ab«, mischte sich der Direktor der CIA ein. »Nur so ein Gefühl. Das wäre überhaupt nicht typisch für die Russen, zu dezentralisiert, zu viel Entscheidungsgewalt bei den einzelnen Kommandeuren. Bei denen muss doch alles durch die Zentrale kontrolliert werden.« Er schüttelte den Kopf. »Ich glaube, der blufft.«

»Es stellt sich die Frage, welchen Wahrheitsgehalt die Aussage dieses Mannes besitzt«, erläuterte Bill Weinberg, ein früherer Mathematikprofessor vom Massachusetts Institute of Technology, der die NSA leitete. »Wir sind bei unseren eigenen ›Fail-Deadly‹-Optionen die verschiedensten

Szenarios durchgegangen. Die Fehlerquote war immer zu hoch. Wenn genügend Zeit war, gab es immer jemanden, der unter falschen Voraussetzungen feuerte, ganz egal, wie detailliert die Kriterien und wie pedantisch die Abläufe waren. Wir nannten es ein instabiles System, bei dem die Wahrscheinlichkeit eines irrtümlichen Abschusses zwar gering, aber permanent vorhanden ist. Das Risiko, dass das System zusammenbricht, dass jemand aus Versehen schießt, ist zwar nicht groß, wird aber im Lauf der Monate immer größer. Berücksichtigt man den menschlichen Faktor, die selbstzerstörerischen Neigungen der Verantwortlichen unter den Bedingungen, die in Kriegszeiten an Bord eines Unterseeboots in der Bastion herrschen müssen – Luft und Wasser werden immer abgestandener, frische Lebensmittel durch Notrationen ersetzt, man muss sich ständig leise verhalten, man sorgt sich um die Familie zu Hause –, dann bin ich der Meinung, dass die Gefahr, dass das System versagt, im Lauf der Zeit ständig zunimmt. Das System, so es denn existiert, wird mit jedem Augenblick brüchiger.«

Der kleine, rundliche Mann legte eine Pause ein, um in ein Gebäckstück zu beißen, das vom Frühstück übrig geblieben war, und es mit Kaffee herunter zu spülen. Lambert überlegte, ob er sich ebenfalls ein Stück nehmen sollte, denn sein Magen knurrte, aber er ging lieber zu seinem Stuhl zurück. Essen interessierte ihn nicht besonders, er wollte Schlaf, tiefen, schmerzlosen Schlaf. Wenn er nur seine Bürotür schließen und sich auf das Sofa legen konnte, um sich von den quälenden Gefühlen zu erholen, die er nur mit großer Mühe unter Kontrolle hielt.

»Wenn die Russen lügen, was ist dann Sache?«, erkundigte sich der Präsident.

»Ganz einfach.« Der NSA-Chef leckte sich die Finger. »Eines ist doch sonnenklar. Die Botschaft lautet: Finger weg von Unterseebooten. Das ist auf jeden Fall sinnvoll, denn die Unterseeboote sind ein wichtiger ausgleichender Faktor. Ein Kampf zwischen unseren und ihren konventionellen Kräften mag zwar fair sein, aber der Ausgang steht von vornherein fest.«

»Also gut«, sagte der Präsident. »Aber ich weiß immer noch nicht, was Ihre Meinung ist. Könnten die Russen tatsächlich mit diesem ›Fail-Deadly‹-System arbeiten?«

»Klar könnten sie«, meinte der NSA-Chef achselzuckend. »Aber ich glaube es nicht. Die NSA schließt sich der Meinung der CIA an.« Dann wandte er sich an seinen Assistenten. »Können Sie mir bitte noch ein Gebäckstück mit Gelee besorgen?«

Nördlich von Partizansk, Russland
28. Juni, 2200 Uhr GMT (0800 Uhr Ortszeit)

»Alle Mann aufgepasst!«, brüllte Monk, dessen Worte in einer gewaltigen Erschütterung untergingen, als russische Artilleriegeschosse in einiger Entfernung von seinem Bataillon einschlugen. »Es geht wieder los. Graben ...!« Das letzte Wort blieb ihm in der trockenen Kehle stecken, so dass er husten musste. Nach drei Tagen permanenten Gebrülls und fast ohne Schlaf, während derer er versucht hatte, seine Männer durch das von der russischen Artillerie abgefeuerte Rauchgas zu ihren Stellungen entlang der Frontlinie zu bringen, war seine Stimme nahe daran zu versagen.

Sie ließen ihre Tornister fallen und holten die Grabwerkzeuge hervor. Monk zog das Blatt der nicht besonders stabilen Schaufel im Neunzig-Grad-Winkel zum Stiel fest und begann, die weiche Erde zu seinen Füßen auszuheben. Seit der Landung hatte er mindestens ein Dutzend solcher Löcher gegraben. Inzwischen waren seine Handflächen wund und sein Rücken schmerzte unerträglich.

Außer Mouth schaufelten alle schweigend vor sich hin. »Mann, hab' ich die Nase voll von dem Scheiß!«, schimpfte dieser, während er den Erdboden malträtierte. Seine Worte waren von der Anstrengung verzerrt. »Verdammte Wurzel!« Er hieb wütend auf das Hindernis ein, riss es mit beiden Händen heraus und grub weiter. »Mir reicht's! Aus die Maus. Jetzt ist Schluss.«

»Halt die Klappe, Mouth«, zischte Monk.

»Ihr müsst die Erde vor euch aufhäufen!«, brüllte der Gunny, der weiter unten an der Gefechtslinie stand. Monk verfluchte leise seine eigene Dummheit und begann, die dunkelbraune Erde zu einem Wall zusammenzuschieben, der sein einziger Schutz vor den tödlichen Geschossen sein würde.

»Schießt erst, wenn ich das Feuer eröffne!«, befahl der Gunny, dessen Stellung Monks First Squad und die neue Second Squad miteinander verband. Das war die neue Schlachtordnung des reduzierten Platoons. »Tornister ... vor die Kampflöcher!« Die Stimme des Gunny klang abgehackt, denn auch er schaufelte um sein Leben.

Weiter, weiter, weiter, feuerte sich Monk selbst an, während er verzweifelt eine Erdscholle nach der anderen zur Seite warf. Mit jedem Zentimeter, um den er sein Loch vergrößerte, wuchsen seine Überlebenschancen. Unwillkürlich vor sich hin stöhnend, grub er weiter, ohne den Schmerz zu beachten.

»Grenadiere, laden«, befahl der Gunny. »Mit dem ersten Schuss die Granaten abfeuern, dann die Gewehre! Verschwendet keine Zeit damit, die Granatwerfer nachzuladen! Gewehrschützen, Einzelfeuer! Automatikwaffen – keine Munition verschwenden!« Die Mulde vor Monk verwandelte sich allmählich in ein Loch. *Nur noch ein paar Minuten. Tiefer, tiefer, tiefer.*

«Alles runter – weitersagen«, meldete Mouth, der bereits neben Monk auf der Erde lag. Zwischen Mouth und dem Gunny waren alle seinem Beispiel gefolgt und hatten die Waffen auf ihre Tornister gestützt. Während er mit der einen Hand das Funkgerät unter seinen Helm hielt, führte der Gunny die andere Handfläche nachdrücklich zum Boden.

»Runter!«, zischte Monk Bone und Smalls zu, die neben ihm an einem Zwei-Mann-Loch arbeiteten, während er sich selbst in seine zwanzig Zentimeter tiefe Mulde warf. »Weitersagen!«

Der Rauch wurde dünner. *Die haben ihr Rauchgas zu früh eingesetzt,* dachte Monk, während er durch Kimme und

Korn seines M-249 blickte. Wie die meisten anderen hatte Monk das M-16 gegen das in Belgien hergestellte, schwerere Schnellfeuergewehr eines gefallenen Marines ausgetauscht.

Er überprüfte, ob das zweihundertschüssige Kastenmagazin mit 5,56-mm-Munition gefüllt war und richtig saß. Dann zog er den langen Bolzenhebel ganz zurück, bis er die Feder einrasten hörte. Er schob den Bolzen erneut nach vorne, um die erste Patrone in die Kammer einzulegen und den Verschluss zu verriegeln. Von jetzt an war er auf Automatik – *Rock ›n' Roll,* wie Bone es nannte.

Mit den Augen suchte er den Wald vor sich nach den Gestalten ab, die durch den Rauch auf sie zuströmen würden, aber im Augenblick sah er nur Bäume. Mehrmals richtete er das M-249 auf einen Baum, wobei er mit der bedächtigen Präzision eines Scharfschützen vorging. Über ihnen jagten Granaten durch die Luft. Sie kamen von hinter der Linie, von ihren eigenen Leuten. Trotzdem presste Monk die Wange gegen den Boden. Sobald Granaten den Lauf verlassen hatten, kannten sie weder Freund noch Feind.

Ein lautes Knattern drang durch die Wälder vor ihnen, in der Richtung, aus der die Russen kommen mussten. Jede Artilleriegranate, die über ihre Köpfe pfiff, löste eine Serie von siebzig kleinen Explosionen aus.

Clustermunition, dachte Monk. Winzige, runde Silberscheiben, Antipersonen-Bomben mit der Sprengkraft einer Handgranate, die über den Köpfen der Russen hinten aus den Artilleriegranaten flogen. Er wollte sich gar nicht vorstellen, wie es den Männern unter diesem Beschuss erging.

Neben ihm hielt Bone die Wange an den Lauf seines M-60 gepresst. Links von Bone lag Smalls, der einen frischen Patronengurt mit hundert Schuss 7,62-mm-Munition mit beiden Händen vor seinem Kopf in die Luft hielt.

Trotz seiner Erschöpfung spürte Monk, wie das Adrenalin durch seinen Körper jagte. Er fühlte sich unbehaglich; einerseits wollte er sich dringend ausruhen, andererseits war er zittrig und sehnte sich nach Aktion. In seinem Schädel begann es, direkt hinter den Augen im Rhythmus seines Herzschlags zu pochen: eine Folge des permanenten Schlaf- und

Nahrungsmangels, die sich durch Lärm und Stress des Gefechts weiter verstärkte. Mit den Fingern der Abzugshand rieb er sich die Augen und presste dann den rechten Arm gegen seine Seite, um den kalten Schweiß daran zu hindern, aus der Achsel über seine Brust zu laufen.

Kommt schon, dachte er, während er in den dunstigen Wald starrte. *Her mit euch.* Er legte die Wange gegen den kühlen Plastikschaft seiner Waffe und hob den Kolben an, bis Kimme und Korn in einer Linie auf die Bäume vor ihm gerichtet waren.

Tief im Wald links von Monk bebten einige niedrige Äste, dann tauchte ein rennender Mann auf. Der lief nicht nur – er war auf der Flucht, das wurde Monk klar, noch während er seine Waffe auf ihn richtete. Er hatte weder Waffe noch Helm und selbst aus dieser Entfernung war zu erkennen, dass sein Gesicht von panischer Furcht erfüllt war. »Bitte ich ergeben!«, schrie er oder so etwas Ähnliches.

Hinter ihm tauchten laufende Bewaffnete mit Helmen auf. Während der erste Mann sich ihrer Linie näherte, fragte sich Monk, ob der Gunny nicht zu lange wartete, denn der Russe kam immer näher.

Dann konzentrierte er sich erneut auf seine Waffe und richtete das Korn auf die Brust eines der Russen, die sich in der Ferne näherten. Etwa zwanzig bis dreißig Soldaten waren jetzt zu erkennen, die leicht geduckt im Laufschritt herankamen. Er hörte einen eindringlichen, aber gedämpften Befehl in russischer Sprache. Wie alle anderen wartete auch Monk auf den Gunny.

Aus dem Augenwinkel sah er, dass der Flüchtende jetzt fast ihre Linie erreicht hatte und direkt auf den Gunny zuhielt. Während er die letzten Meter des flachen Hangs hinauflief, stieß er immer wieder »Bitte ich ergeben« hervor. Ein einzelner Schuss löste sich und plötzlich brach rechts und links von Monk die Hölle los. Seine Waffe bäumte sich auf, ohne dass er überhaupt bewusst registriert hätte, dass er den Abzug betätigt hatte. Seine tagelang malträtierte Schulter schmerzte unter dem hämmernden Rückschlag von einem halben Dutzend Schüssen.

Er schwenkte die Waffe von rechts nach links. Vor seinen Augen bildete sich ein feuchter Film. *Scheiß drauf!*, dachte er. Gute Sicht war für ihn ebenso wichtig wie ein klarer Verstand. Ein Russe stürzte zu Boden, dann ein anderer, noch einer. *Scheißegal, Mann!*, redete er sich selbst ein, während er eine weitere tödliche Salve abgab.

Aus dieser Nähe konnte er deutlich die Wirkung der Kugeln beobachten. Überall wurden durch die Gewalt der taumelnden Projektile, deren harter Kupfermantel einen Bleikern umhüllte, in den wiederum ein Penetrationspfeil aus Stahl eingelassen war, Körperteile abgerissen oder Löcher in die Körper der Männer geschlagen. Alles war wissenschaftlich zur Vernichtung des Homo sapiens ausgelegt, die Krönung jahrhundertelanger Arbeit.

Das gesamte Platoon feuerte, was das Zeug hielt. Der Lärm war ohrenbetäubend. Mouth, der nun aus seinem M-16 schoss, war für einen Augenblick erstarrt, als er sah, welches Gemetzel der 40-mm-Granatwerfer angerichtet hatte. Eine Kartätsche im Stil eines Schrotgewehrs hatte einem Mann den Arm an der Schulter und einem anderen direkt dahinter den Kopf abgerissen. Monks Gesicht hatte sich zu einer höhnischen Grimasse verzerrt. Mit zusammengebissenen Zähnen feuerte er systematisch auf die immer weniger werdenden Ziele. *Scheiß auf jeden und alles!*, fluchte er vor sich hin, während sich seine Waffe immer wieder unter dem Rückstoß aufbäumte. Häufig stürzte sein Opfer bereits mit ausgebreiteten Armen zu Boden, bevor er einen Schuss abgeben konnte: Einer seiner Kameraden war ihm zuvorgekommen.

Er feuerte jetzt langsamer, damit sich die Waffe abkühlen konnte, wobei er sich hauptsächlich auf die am Boden kriechenden Überlebenden konzentrierte. Jedes Lebenszeichen nahm er aufs Korn – Mündungsfeuer, von den Gewehrgasen aufgewirbelte Blätter oder Grashalme, einen sich vor Schmerzen windender Körper, der sich kaum von einem herankriechenden Feind unterscheiden ließ.

Plötzlich zog er den Kopf ein: Die Russen hatten Gewehrgranaten auf die amerikanische Linie abgefeuert. Allerdings enthielten diese keinen hochexplosiven Sprengstoff, sondern Rauchgas, das das Zielfeld vor ihm verhüllte.

Ihm spritzte Erde ins Gesicht, als direkt vor ihm aufs Geratewohl abgegebene Schüsse einschlugen. Er drückte den Kopf ins Loch, während erneut ein Regen aufgewirbelter Erde auf ihn niederging.

»Feuer einstellen!«, drang die Stimme des Gunny durch Monks Gehörschutz. Die Sicht war inzwischen fast null, der gesamte Bereich vor ihnen verschwand hinter Rauchschwaden.

»Aufgepasst!«, brüllte der Gunny. »Gewehrschützen, nur gezielte Schüsse abgeben – Dreier-Salven!« Monk duckte sich erneut. Im Augenblick feuerten nur die Russen vor ihnen und die anderen Einheiten an ihren Flanken. Das dichte, aber undisziplinierte Feuer der Russen riss überall um sie herum Zweige und Rinde von den Bäumen.

»Grenadiere, Schrot laden und Feuer halten! Automatikwaffen, Zielbereich mit Feuer bestreichen – Fünfundvierzig-Grad-Winkel! Räuchert sie aus!«

Monk sah sich um und fand zwei trockene Stöcke. Ohne Deckung in seinem Loch kniend, rammte er einen davon rechts, den anderen links vor seinem Tornister in die Erde, wobei ihm ständig Kugeln um die Ohren pfiffen. Erleichtert kauerte er sich erneut in die relative Sicherheit seiner flachen Mulde, richtete das M-249 so aus, das er den Bereich vor sich parallel zum Boden bestreichen konnte, und hielt den Lauf in Höhe des rechten Stocks, wobei er blindlings in den Rauch zielte.

Knatternd löste sich eine Salve von fünf Kugeln, die innerhalb einer Drittelsekunde abgefeuert worden waren. Schmerzhaft grub sich die Waffe in seine wunde Schulter. Er bewegte das Gewehr leicht nach links und betätigte erneut den Abzug.

Durch die dünnen Rauchschwaden links von ihm entdeckte er den Rücken eines Russen, der auf die Linie zukroch. Da er sich jenseits von Monks linkem Stock befand, behielt dieser sein Schussmuster bei, wobei er den Lauf jetzt langsam nach rechts zurückschwang. Als sich der Russe aufrichtete, um eine Granate zu schleudern, blieb er wie erstarrt auf den Knien sitzen: Seine Beine hielten ihn aufrecht, obwohl sein gesamter Körper von Kugeln durchsiebt war. Die Granate, die er hatte werfen wollen, ging hinter ihm hoch und erleuchtete einen Augenblick lang seine Silhouette, bevor sein Körper in einem Feuersturm zerfetzt wurde.

Im letzten Augenblick entdeckte Monk ein rauchendes Objekt, das vor ihm über den Boden kullerte und direkt auf sein Loch zurollte.

Es gelang ihm gerade noch, den Kopf einzuziehen, bevor er von einer lärmenden Explosion durchgeschüttelt wurde.

Wieder und wieder wurde er herumgeworfen, ein unerträglicher Schmerz hatte sich wie ein Schraubstock um seinen Kopf gelegt. Während er immer weiter rollte, versuchte er herauszufinden, ob er auf dem Bauch, auf dem Rücken oder auf der Seite lag. *Auf dem Rücken, nein, doch auf dem Bauch.* Der Schmerz, der sich nun von den Ohren zur Stirn und den Augen ausbreitete, ließ seine Kopfschmerzen wie eine Lappalie erscheinen.

Er hatte keine Ahnung, wie lange er so gelegen hatte, aber um ihn herum war alles still. Der Kampf war vorüber. Trotz der unerträglichen Schmerzen, die jede Bewegung verursachte, versuchte er, den Kopf zu heben, um sich umzusehen. Sofort packte ihn eine Welle der Übelkeit und er erbrach sich in fürchterlichen Krämpfen, die ihn schließlich völlig erschöpft zurückließen.

Ich muss die Augen öffnen, sprach er sich selbst Mut zu. Wenn er ganz still lag, gelang es ihm vielleicht, die Augen zu öffnen. Nun sah er Mouth, aus dessen M-16 ein ununterbrochener Strom verbrauchter Patronenhülsen flog. Hinter ihm riss der Gunny eine Granate nach der anderen aus der Munitionstasche des Platoons und warf sie mit der Hand gegen den Feind, der ganz nah sein musste. Die würden ihn töten!

Er nahm seine ganze Kraft zusammen und blickte in die Höhe. Durch den immer dünner werdenden Rauch rannten Gestalten auf ihn zu.

Die Münder der angreifenden Russen waren zu Schreien

verzerrt, aus den Gewehren, die sie aus der Hüfte heraus abfeuerten, schlugen helle orangefarbene Flammen. Doch der zischende, pulsierende Schmerz in seinem Kopf übertönte den Lärm der tobenden Schlacht. Stöhnend schloss er die Augen, als sich ein stechender Schmerz wie ein Messer in seine Ohren bohrte. Mit jedem quälenden Stich wurde der Gefechtslärm lauter.

Er griff nach seinem M-16, stellte zu seiner Überraschung fest, dass es sich in ein SAW, ein Schnellfeuergewehr, verwandelt hatte und stützte es auf seinen Tornister. *Wir werden überrannt!*, dachte er beim Anblick der anstürmenden Männer. Zwischen ihm und Mouth explodierte eine Granate, nur wenige Meter von ihm entfernt spritzte dunkle Erde auf. Trümmer regneten auf ihn herab.

Aus nächster Nähe feuerte er auf die ersten Russen, wobei er den Finger ganz zurückzog und in dieser Position hielt. Einer, zwei, dann drei Russen wurden mit der gleichen Leichtigkeit niedergemäht wie die dünnen Stöcke zu beiden Seiten des Laufs. Er schwenkte den Lauf langsam im Halbkreis hin und her. Fünfzehn, zehn Meter vor ihm gingen sie scharenweise zu Boden, während sich sein SAW wieder und wieder in seine Schulter grub. Der Schmerz hatte sich in ein widerliches, permanentes Jucken verwandelt.

Es spielte keine Rolle mehr. Nichts war noch von Bedeutung. Monk sah, wie Gesichter in einem rosa Nebel explodierten und Fontänen schaumigen hellroten Blutes aus Brustkörben sprühten. Gebückte Männer wurden von der Gewalt seiner Kugeln in die Höhe gerissen, sicher befestigte Helme von Köpfen mit rot klaffenden Wunden gefegt.

Da ging ihm die Munition aus. Hastig ließ er sich zu Boden fallen, um das leere Kastenmagazin auszuwerfen. Sein Atem kam jetzt stoßweise und sein Kehlkopf gab unwillkürlich Laute von sich, während er fieberhaft daran arbeitete, ein volles Magazin einzulegen. Dabei zählte er ununterbrochen die Schritte, die ihn noch von den anstürmenden Russen trennten. Ein brennender Schmerz schoss durch seine Hand, als er nach dem glühenden Lauf des Gewehrs fasste.

Während er sich halb auf den Bauch rollte, um zu feuern, sah er nur noch einen rennenden Mann. Ruckartig setzte er sich auf, wobei er die Waffe mit in die Höhe riss. Der Russe hielt ein Sturmgewehr in Brusthöhe, feuerte aber nicht, weil er noch mit einem neuen Magazin hantierte. Sein gedrungenes schwarzes Bajonett befand sich in Höhe von Monks Augen, nur noch fünf, vier, drei Schritte von ihm entfernt.

Monk riss den Abzug einmal zurück und durchlöcherte den Mann lehrbuchmäßig vom Unterleib bis zum Kopf wie mit einer Nähmaschine. Bevor sein Gesicht in einer roten Wolke explodierte, entdeckte Monk einen Ausdruck von Überraschung – nicht von Schmerz oder Entsetzen. Die Wucht der vier Treffer hatte ihn mitten im Lauf aufgehalten.

Ein plötzlicher Schlag hieb wie ein Schmiedehammer gegen Monks Seite, so dass ihm die Luft wegblieb. Er fiel auf seinen Tornister und glitt dahinter.

Die Erde erbebte mehrmals und seine Ohren waren plötzlich frei, so dass er den tosenden Gefechtslärm um sich herum ungedämpft wahrnahm. Er sah in die Bäume über sich hinauf und versuchte verzweifelt, ein wenig Luft in seine Lunge zu saugen. Aus dem Augenwinkel entdeckte er eine Bewegung. Als er herumfuhr, sah er Mouth, der die Fersen in die Erde rammte und mit einer Miene äußersten Entsetzens auf dem Rücken von dem Loch wegrobbte, wobei er immer wieder Schüsse aus dem Gewehr abgab, das er zwischen seinen Knien hielt.

Ohne nachzudenken, ignorierte Monk den brennenden Schmerz zwischen seinen Rippen, rollte sich erneut auf die Knie und hob das SAW, wobei er den Abzug voll zurückzog. Der heiße Atem einer auf Vollautomatik gestellten Waffe streifte seine Wange, als er ihren Besitzer tötete. Der Russe stürzte über Monks Tornister, doch dieser feuerte weiter in die Masse der angreifenden Russen hinein. Zwei Männer direkt vor ihm – er betätigte den Abzug und tötete sie. Rechts, weiter unten an der Kampflinie – abdrücken und töten. »Ihr Schweine!«, brüllte er.

Die Stimme des Gunny drang gedämpft durch das Summen in seinen Ohren zu ihm. Monk ignorierte den Befehl, der alle freundlichen Streitkräfte aufforderte, sich zu Boden zu werfen und alles über Bodenhöhe mit Gewehrfeuer zu bestreichen. Er tötete im Knien, mit vor und zurück schaukelndem Gewehr.

Monk verbreitete Tod und Verwüstung, bis auch diese zweihundert Patronen verbraucht waren. Dann ließ er sich fallen, um erneut ein Magazin in das SAW zu laden, aus dessen Lauf stinkender Rauch aufstieg. In den Wäldern vor ihm explodierten Granaten. Immer noch stürmten Russen heran.

Sein Atem ging nun mühsam und schmerzhaft. Allmählich wurde ihm schwindlig. Er hob die Waffe an die rechte Hüfte und drückte ab. Durch das schmerzhafte Klingeln in seinen Ohren hörte er das knatternde Geräusch der Schüsse, das zeitgleich mit den Vibrationen in seinen Händen und seiner Seite erfolgte. Der Schmerz in seiner linken Brust war so stark, dass er aufschrie. Es war ein unmenschlicher Laut, der von einem Tier zu stammen schien, doch er ging in dem Lärm und dem Chaos des Massakers unter.

Ein Mann erhob sich und lief langsam hinkend auf ihn zu, wobei er aus der Hüfte feuerte. *Treffer!*, dachte Monk, als seine Salve ihn in der Mitte zerriss. Innereien strömten auf den Boden, während die Beine weiterliefen.

Schieß! Schieß! Schieß!, befahl er sich selbst. Immer wieder bäumte sich die Waffe auf, immer wieder stürzten Männer tot zu Boden. Monks Helm schlug schmerzhaft gegen seine Nase, während ein weißer Lichtblitz vor seinem Gesicht vorüberzuckte. Als er den Helm wieder nach oben schob, spürte er einen dünnen Blutstrom auf seiner Oberlippe.

»Mich könnt ihr nicht töten!«, brüllte er, während sein SAW eine lange Salve versprühte.

Aber sie stürmten immer noch heran. *Ich bring' sie alle um!* Monk nahm den Schmerz in seinen fest zusammengebissenen Kiefern kaum zur Kenntnis. *Einer von rechts – abdrücken – tot! Links – Gewehr klemmt – bäng! Ha!* «Du bist tot, Mistkerl!« *Direkt von vorne! Komm nur, du … ! Ha!* «Erledigt!«

Monk hob das SAW auf Schulterhöhe, um die davonkriechenden Russen zu erledigen. »Das ist der Rhythmus!«, brüllte er jedes Mal, wenn er abdrückte. »Der Rhythmus des Todes – ihr Schweine!« Immer wieder drückte er ab, immer wieder brüllte er »Tot!« Als sich nichts mehr bewegte und er seine Wut nicht mehr abreagieren konnte, ergriff ihn das Gefühl, vor Zorn zu platzen. *Wo seid ihr, Feiglinge? Kommt raus! Holt euch, was ihr verdient!* In blinder Wut begann er, auf die sich windenden Körper zu feuern. Als sie sich nicht mehr rührten, schoss er auf die bewegungslosen grüngekleideten Toten. Aber es half alles nichts, er fand keine Erleichterung. Sein Atem ging jetzt ganz flach und er hasste alles und jeden. Sein Kopf zuckte wie wild, aber er fand in dem dünner werdenden Rauch nichts, was er noch hätte töten können. Er biss die Zähne so fest zusammen, dass sie schmerzten, schloss die Augen und betätigte schreiend den Abzug. Den Lauf von rechts nach links schwenkend, bestrich er den rauchenden Wald vor sich mit Feuer, bis das Gewehr nicht mehr reagierte.

Eine Hand riss ihn herum, ein hinter den seinen gestellter Fuß warf ihn zu Boden. Erneut schoss der Schmerz durch die Rippen auf der linken Seite. »Feuer einstellen!«, brüllte der Gunny, der sich niedergekniet hatte und Monk an seinem Traggeschirr durchschüttelte. »Es ist vorbei! Verdammt noch mal, es ist vorbei!«

Monks Nase füllte sich mit dem Gestank verbrannten Schießpulvers. Jetzt hörte er auch das Knattern aus dem weiß glühenden Lauf seiner Waffe. Er löste den verkrampften Abzugfinger, den er ganz nach hinten gezogen hatte, obwohl die Waffe leergeschossen war.

Schluchzer lösten sich aus seiner Brust, während er die Tränen zurückdrängte, die ihm in die Augen stiegen. Unterdessen war der Gunny weitergegangen, um nach den anderen Männern zu sehen.

Über der Linie der Marines hing dichter Pulverdampf. Mouth lag mit offenem Mund und geschlossenen Augen flach auf dem Boden und weinte. Überall erhoben sich Marines aus ihren Kampflöchern, weniger von der körperlichen Anstrengung als von der geistigen und emotionalen Belastung erschöpft. Erneut richtete sich Monks Aufmerksamkeit auf den Waldboden vor ihrer Linie und seitlich davon. So weit der Blick in dem leichten Dunst reichte, lagen überall Leichen. Im Unterholz sah er Ellbogen, Schultern und Köpfe von Gefallenen. In der Luft hing immer noch der bittere Geruch des Schießpulvers, der morgen einem anderen Geruch weichen würde.

4. KAPITELL

Presov, Slowakei
30. Juni, 1300 Uhr GMT (1400 Uhr Ortszeit)

Chandler und Barnes gingen an den Reihen der M-1A1-Kampfpanzer entlang, die Rohr an Rohr unter Tarnnetzen standen.

»Wer hat angeordnet, die Panzer so dicht nebeneinander zu stellen?«, wollte Chandler wissen.

»Cap'n Loomis, Sir«, erwiderte Barnes und meinte damit den Battalion Executive Officer, den ranghöchsten Offizier nach dem Kommandeur. »Die Männer arbeiten nicht nach Panzern aufgeteilt, sondern als Teams. Ein Team reinigt die Geschützrohre, das nächste schmiert die Laufräder. Die Ketten müssen wir komplett abnehmen, weil sie im Lager waren und eine Weile nicht geschmiert worden sind. Mit denen würden wir nicht weit kommen.«

»Mir gefällt nur der Standort nicht besonders«, meinte Chandler. Durch die kleinen Löcher in den Tarnnetzen warf er einen besorgten Blick auf den Sommerhimmel.

»So geht es schneller, aber Sie haben natürlich recht, es ist ein Risiko.« Barnes blieb stehen. »Hier ist er.«

Chandler betrachtete das massige dunkelgrüne Fahrzeug. Der gedrungene Panzer – der Turm reichte kaum über seinen Helm hinaus – war länger und breiter als das Vorgängermodell, der M-60, den er von seiner Ausbildung vor einem Jahrzehnt her kannte. Er fühlte, dass Barnes' Augen auf ihm ruhten.

»Verteilen Sie die Panzer, Master Sergeant. Stellen Sie sie versetzt auf, mit einem Abstand von mindestens dreißig Metern. Jeder Panzer erhält sein eigenes Tarnnetz.«

»Jawohl, Sir.« Damit verschwand Barnes.

Chandler fuhr mit der Hand über die feinkörnige Panzerung – die Wabenstruktur aus Keramik und Metall fühlte sich völlig anders an als das glatte Metall der älteren Modelle. Am vorderen Stoßfänger fand er eine Trittstufe, über die er auf das Deck kletterte. Dabei hielt er sich an dem dicken Rohr der 120-mm-Kanone fest. Nach dem Feuern durfte er das auf keinen Fall tun: Schon nach einem einzigen Schuss würde das Rohr so heiß sein, dass seine Hand bis auf die Knochen verbrennen würde.

Als er sich unter den Halterungen des Tarnnetzes aufrichtete, sah er überall entlang der Linie Männer, die auf den metallenen Ungeheuern herumkrabbelten. Dabei war das nur eine von seinen vier Kompanien mit vierzehn von seinen achtundfünfzig Panzern. Ihm erschien das eine unüberwindliche Streitmacht. Niemals konnten die Russen sie aufhalten, nie im Leben würde er selbst sie kontrollieren können. Wie sollte er in der Hitze des Gefechts dafür sorgen, dass nicht eine Kompanie außer Kontrolle geriet, zurückgelassen wurde oder eigene Truppen zusammenschoss? Er blickte über das massige, flache Deck zum Turm des Panzers und wünschte sich, er hätte es nur mit diesem einen Exemplar zu tun. Wenn man ihm genug Zeit gab, würde er damit schon fertig werden.

Er kletterte auf den Turm hinter dem schweren M-2-Maschinengewehr, der »Ma Deuce«. Die daumendicken Geschosse vom Kaliber 0,50, die sie ausspuckte, konnten noch aus einer Entfernung von dreieinhalb Kilometern den Motorblock eines schweren Lkws durchschlagen. Jeder dachte, die Kanone wäre das Wichtigste am ganzen Panzer, aber in Wirklichkeit fürchtete die Infanterie das anderthalb Meter lange schwarze Maschinengewehr vor der Kommandantenluke viel mehr.

»Sechsundsechzig bereit zum Einsatz, Sir!«, meldete am nächsten Panzer ein schlanker Soldat, der schwitzend versuchte, mit einem klauenförmigen Brecheisen die Ketten zusammenzuhebeln, so dass er den Stift einführen konnte, der das letzte Glied hielt. Er drückte sein Werkzeug dem Nächstbesten in die Hand und ging zu Chandlers Panzer. Nachdem er sich die Hände abgewischt hatte, salutierte er. »Spec 4 Jefferson, Sir. Ich bin Ihr Ladeschütze.«

Chandler erwiderte den Gruß. »Scheint in guter Verfassung zu sein.«

»Ja, Sir. Der ist einsatzbereit.«

»He«, kam es ächzend vom Panzer neben ihnen, »könntest du vielleicht …?«

Jefferson warf dem Mann, der erfolglos mit dem Brecheisen kämpfte, einen Blick zu, und wandte sich dann erneut Chandler zu. »Mit dem Baby hier werden wir denen eine Lektion erteilen, die es in sich hat, Sir, wenn ich das so sagen darf.« Mit einem lässigen Gruß kehrte er an seine Kette zurück. Weiter unten sprühte ein Schweißgerät Funken. In dem weichen Boden hinterließ jede Bewegung der Panzer tiefe Fahrrinnen. Alles um Chandler herum arbeitete, aber es blieb noch viel zu tun.

Die Männer bildeten Menschenketten, um die schwere Munition für die Hauptkanonen weiterzureichen. Dicke schwarze Tankschläuche schlängelten sich über das hintere Deck. Am Boden waren sie durch orange Fähnchen markiert, um unaufmerksame Fahrer zu warnen und einen möglicherweise katastrophalen Unfall zu verhindern.

Chandlers Augen wanderten über die sanften Hügel hinter den Tarnnetzen. In etwa vierhundert Meter Entfernung sah er den nächsten Stopp: den Versorgungspunkt der Brigade. Es war den Logistikleuten der Army gelungen, das Problem zu lösen, dass die Schienen in Osteuropa eine größere Spurweite hatten als im Westen – ein Überbleibsel der strategischen Planung der Sowjetunion. Man hatte einfach das gesamte fahrbare Material in den früheren Warschauer-Pakt-Staaten gemietet und so den »Rotterdam-Korridor« geschaffen. Diese Versorgungskette reichte von den USA über Rotterdam – den alten NATO-Hafen, den die früheren Verbündeten widerstrebend offen gelassen hatten – und das deutsche Schienennetz bis in den Osten. Im Umkreis von Kilometern wuchsen an jedem Nebengleis Berge mit Holzkisten und Kartons in die Höhe, die mit geheimnisvollen englischen Buchstaben- und Zahlenkombinationen versehen waren.

Chandler schüttelte den Kopf. Als sie vor ein paar Tagen den Versorgungspunkt ausgewählt hatten, war die Wahl auf einen Platz in der Nähe eines Wäldchens gefallen, so dass die dunkelgrünen Tarnnetze auf den ersten Blick wie dessen natürliche Verlängerung wirkten. Inzwischen jedoch waren die Kisten zu einem wahren Berg angewachsen, der nur notdürftig von den Netzen bedeckt wurde. Er kicherte. Die Logistiker hatten die Kontrolle verloren. Ein Versorgungsoffizier der Brigade hatte ihm erklärt, es wäre einfacher, ein spezielles Teil in den Staaten anzufordern, als die Kistenstapel zu durchsuchen, die von Gabelstaplern und Kränen aufgeschichtet und mit jedem ankommenden Zug höher wurden. Wochen würde es dauern, so der erschöpfte Mann, um auch nur die bereits vorhandenen Kisten zu öffnen, und jeden Tag kamen neue hinzu.

Chandler sah erneut seinen Panzer an. Die offenen Luken für Kommandant und Ladeschützen wirkten so einladend, dass er die Füße auf den Turm setzte und sich in das schwarze Loch hinunterließ. Sich mit beiden Händen an den Lukenrändern festklammernd, tastete er mit dem Fuß nach Halt. Schließlich fand er den Kommandantensitz und blieb dort für einen Augenblick stehen. Direkt unter ihm wies ihm das dicke Rohr der Hauptkanone den Weg – niedrig, gerade, mächtig. Chandlers Maschinengewehr war von seiner Luke aus nach rechts geschwungen, während das kleinere M-60-Maschinengewehr des Ladeschützen, das 7,62-mm-Munition verschoss, symmetrisch dazu nach links geschwungen war. Er ließ sich in das Fahrzeug fallen.

Aber er kam nicht weit. Auf halbem Weg bohrte sich seine Ausrüstung schmerzhaft in seine Nieren: Feldflasche, M-16-Munition und ein paar andere Gegenstände hatten sich in der Luke verfangen. *Verdammt!* Hastig sah er sich um, ob von den Männern jemand etwas gesehen hatte. Ihm gegenüber zog ein Team mühsam die dicke Bürste aus dem Geschützrohr. Die Leute arbeiteten mit nacktem Oberkörper und waren zu müde, um etwas zu bemerken. Chandler nahm seinen Gürtel ab und ließ sich nach unten gleiten. Dort saß er mit dem schweren Pistolengurt in der Hand in der Dunkelheit. Es war heiß und still. Die Kabine war geräumiger, als es von außen den Anschein hatte. Er hatte keine Ahnung, wie man im Besatzungsraum das Licht einschaltete, daher nahm er die Taschenlampe vom Gürtel.

Vom erhöhten Kommandantensitz aus gesehen, beherrschte das riesige Unterteil des Hauptgeschützes links unter ihm das Zentrum der Kabine. Abgesehen davon waren die antiseptisch weißen Wände des Abteils so gut wie frei. Vor und ein wenig unterhalb seines Platzes entdeckte er den des Richtschützen, der wie seiner mit gepolsterten Zielvorrichtungen und Kontrollhebeln ausgestattet war. Er steckte die Taschenlampe in den Gürtel zurück. In dem dämmrigen Licht, das durch Tarnnetz und Luke drang, griff er lässig nach dem Joystick, mit dem er den Turm drehen und die Hauptkanone heben, senken und abfeuern konnte. Auf dem Platz direkt unter der Luke sitzend, presste er das Gesicht gegen die Polster des Zielgeräts. Der Bildschirm war dunkel, aber das Polster passte ausgezeichnet direkt über der Nase um seine Augen.

Ein kreischendes Geräusch erfüllte seinen gepanzerten Kokon, fegte über die offene Luke hinweg und ließ ihn mit klopfendem Herzen in der Dunkelheit zurück. Die Düsentriebwerke waren bereits verstummt, doch das Tarnnetz über seiner Luke hob und senkte sich noch sanft im Luftzug der Maschinen. In der Stille hörte er Schreie und dann in schneller Folge ein »Pop-Pop-Pop«. Eine Sekunde später heulte die Sirene des Detektors für chemische Waffen auf.

»Gas! Gas«, brüllte jemand. Chandler holte tief Luft und begann, in der Tasche zu wühlen, die Maske und Anzug enthielt. Mit angehaltenem Atem kämpfte er gegen den laufenden Countdown. Er stieß sich Ellbogen, Knie und Kopf in der engen Kabine, doch er gewann den Wettlauf. Von Panik erfasst, stieg er umständlich aus der Luke. Sein Atem zischte unter der Maske und die »beschlagfreien« Linsen vernebelten sich auf der Stelle. Eine kleine Gruppe von Männern in Schutzhauben hatten sich um etwas versammelt, das durch seine beschlagenen Linsen wie ein sich windender grüner Hügel wirkte, der direkt unter der Ramme lag, die noch immer aus dem Geschützrohr gegenüber von Chandler ragte. Als er aus dem Turm kletterte, sah er, wie die Männer in den Aktivkohle-Anzügen dem Verletzten verzweifelt Atropin-Injektionen verabreichten. Er erhaschte einen Blick auf den

Soldaten, um den sie sich bemühten. Der Mann trug nur eine Maske. Sein Oberkörper war käsig weiß und er wurde von Krämpfen geschüttelt, die unmenschlich, fast marionettenhaft wirkten.

Los Angeles, Kalifornien
30. Juni, 1700 Uhr GMT (0900 Uhr Ortszeit)

NACHKRIEGS-VIDEORECORDER!, hieß es auf dem Schild. Melissa schob Matthew, der zusammengesunken in seinem Buggy schlief, zum Fenster des Elektronikgeschäfts im zweiten Stock der Galleria. LIEFERUNG AUS JAPAN, KEINE SCHÄDEN DURCH ELEKTROMAGNETISCHE IMPULSE, ABSOLUTE GARANTIE!

ZWEITAUSEND DOLLAR, las sie ungläubig. EINE GASMASKE ALS ZUGABE ZU JEDEM FERNSEHGERÄT!, stand auf einem anderen Schild. Weil sich die Regierung nicht äußerte, waren die Nachrichten dürftig, aber die Medien ergingen sich in wilden Spekulationen. *Was für eine Welt ist das?*, dachte sie mit einem Blick auf ihr schlafendes Baby. Sie hatte gehofft, der Ausflug würde sie aufmuntern, aber das schien nicht der Fall zu sein.

Sie ging weiter. Das Einkaufszentrum war nahezu menschenleer, nur wenige Geschäfte hatten geöffnet. Sie kam an einem Laden für Accessoires vorbei, aus dem der Duft feinen Leders in die klimatisierte Passage drang. »Suchen Sie Arbeit?«, fragte die Inhaberin und kam, das Staubtuch noch in der Hand, hinter der Theke hervor.

Melissa schüttelte lächelnd den Kopf. »Nein, danke.«

»Oh.« Die Frau hatte Matthew entdeckt und lächelte traurig. Kopfschüttelnd blickte sie in das leere Einkaufszentrum hinaus. »Ich weiß nicht, wie lange ich das Geschäft noch offen halten kann.«

»Warum? Was meinen Sie damit?«

»Na ja, mit all diesen neuen Gesetzen – Bundesregierung, Staat und Stadt, alle wollen Steuern. Normalerweise führe ich selbst die Bücher und kümmere mich um die Bankangelegenheiten, aber mit den neuen Steuern ist das ein Vollzeitjob und ich komme einfach nicht aus dem Geschäft raus.«

Erst jetzt bemerkte Melissa, dass im Schaufenster ein Schild hing, auf dem AUSHILFE GESUCHT stand. »Warum?«

»Weil mich alle im Stich gelassen haben. Ein Mädchen kam zwei Tage nach dem Atomangriff zur Arbeit, weil Freitag war, Zahltag, aber die anderen haben sich noch nicht einmal blicken lassen.« Die Frau ließ den Kopf hängen und zuckte mit den Achseln. »Allerdings gehen die Geschäfte auch nicht besonders.«

Melissa blickte auf die Läden unmittelbar vor ihr, vor deren Schaufenstern die Metalltore herabgelassen waren. Ein Laden mit Orientteppichen hatte quer über das Schaufenster geschrieben: AUSVERKAUF WEGEN GESCHÄFTSAUFGABE – NUR NOCH EIN TAG! Das inzwischen geschlossene Geschäft schien immer noch voller Teppiche zu liegen. »Wo sind denn die Leute?«, fragte sie. »Ich dachte, an einem Sonntag wäre alles voll.«

»In den Hügeln. Die Wochenenden sind am schlimmsten. Jeder, der ein Auto hat, scheint seine Sachen zu packen und die Stadt zu verlassen.«

»Warum?«

Die Frau kicherte. »Wegen der Russen.« Es klang, als fände sie die Frage sinnlos. »Sie wissen schon, falls es am Wochenende passiert, sind sie wenigstens nicht in der Stadt.«

»Falls was passiert?« Kaum hatte sie die Frage ausgesprochen, wusste sie auch schon die Antwort.

»Sie kommen wohl nicht viel raus, was?«

»Nein, ich habe ununterbrochen ferngesehen, allerdings kaum Lokalnachrichten. Mein Mann ist irgendwo bei der Armee, daher habe ich mehr für das internationale Geschehen interessiert.«

»Oh, Sie Ärmste.« Die Ladeninhaberin legte Melissa die Hand auf die Schulter und sah auf das Kind herunter. »Da haben Sie natürlich ganz andere Sorgen. Tut mir Leid, dass ich so egoistisch war.«

Melissa schüttelte den Kopf und lächelte, wobei sie einen Blick auf die Handtaschen warf.

»Sehen Sie etwas, das Ihnen gefällt?«

»Ja.« Sie schob den Buggy in den Laden. Louis Vuitton. Allein bei dem Gedanken fühlte sie sich schuldig, aber seit dem Krieg hatte sie sich überhaupt nichts mehr gegönnt. Es war das erste Mal, dass sie sich nur zum Spaß angezogen und geschminkt hatte.

»Das ist eine schöne Handtasche«, sagte die Ladeninhaberin. »Ein sehr beliebtes Modell. Zumindest war es das.« Sie reichte Melissa die Tasche. Melissa sah sie an und blickte dann auf das leere Einkaufszentrum. Sie hatte gehofft, unter Menschen zu kommen, aber bis jetzt war diese Frau die Einzige.

»Ich nehme sie.«

»Schön.« Während Melissa nach ihrer Brieftasche griff, ging die Besitzerin um die Theke herum zur Kasse. Melissa legte eine Kreditkarte auf die Glasplatte, doch die Frau nahm sie nicht. Sie holte tief Atem, stockte. »Tut mir Leid«, sagte sie schließlich kopfschüttelnd. »Keine Kreditkarten.« Mit einem schwachen Lächeln deutete sie auf ein weiteres Schild im Fenster. »Ich sollte es wirklich an einer auffälligeren Stelle anbringen, aber ich dachte, jeder weiß Bescheid.« Peinlich berührt nahm Melissa ihre Goldkarte wieder an sich. »Wissen Sie, es geht nicht um mich. Viele Banken, die diese Dinger ausstellen, sind geschlossen. Außerdem arbeiten die Computer, bei denen ich die Genehmigung einhole, so langsam, dass sie praktisch unbrauchbar sind. Und meine Bank hat mir auch verboten, Kreditkarten zu nehmen.«

Melissa lächelte und nickte. »Schade, aber ich habe nicht genug Bargeld dabei.«

»Natürlich«, meinte die Frau mit einem Blick auf das Baby. Sie lächelte mitleidig.

»Ich arbeite, das heißt, im Augenblick bin ich im Mutterschaftsurlaub, aber ich bin Rechtsanwältin bei einer Firma in Downtown. Mein Mann übrigens auch. Der ist im Moment nur beurlaubt, allerdings erhält er nach ein paar Wochen kein Gehalt mehr.«

Die Frau lächelte und kam wieder hinter der Theke vor, um sich Matthew genauer anzusehen. »Auf jeden Fall haben Sie ein süßes Baby. Ein Junge?«

»Ja. Matthew.«

»Wenn Sie im Mutterschaftsurlaub sind und nicht in L.A. sein müssen, was tun Sie dann hier, wenn Sie mir die Frage gestatten?«

»Ich … ich wohne hier.«

»Schon, aber …« Sie blickte auf Matthew und sah dann wieder Melissa an. »Natürlich.«

Melissa wandte sich zum Gehen. Ihre Gedanken waren ein einziges Chaos. Alle anderen schienen aus der Stadt geflohen zu sein. Was sollte sie tun? Sich wieder auf die Flucht begeben? Es war so mühselig gewesen.

»Warten Sie«, sagte die Frau hinter ihr. Als Melissa sich umwandte, sah sie, dass sie das Sicherungsetikett von der Handtasche entfernte. »Bitte nehmen Sie das hier.«

»Nein.« Melissa schüttelte den Kopf, als die Frau ihr die Tasche hinhielt. »Das kann ich nicht.«

»Kommen Sie, nehmen Sie sie schon.«

»Das geht doch nicht!«

»Warum nicht? Ich mache mir doch selbst etwas vor. Dieser Krieg wird nur enden, wenn wir uns alle gegenseitig in die Luft jagen, und wenn er nicht bis Ende nächster Woche vorüber ist, kann ich meine Miete nicht bezahlen. Heutzutage machen die einem den Laden eine Minute nach Mitternacht dicht – wechseln einfach die Schlösser aus. Die Handtasche bin ich so oder so los.« Sie lachte nervös und hängte die Tasche an den Griff des Buggys.

»Danke«, sagte Melissa, während sie Matthew aus dem Laden schob.

»Passen Sie auf den Kleinen auf. Er ist unsere Zukunft.« Lächelnd beobachtete Melissa, wie die Frau erneut begann, die Taschen und Gürtel in dem leeren Laden abzustauben.

90th Strategic Missile Wing, Warren Air Force Base, Wyoming
30. Juni, 2200 Uhr GMT (1400 Uhr Ortszeit)

Stuart lag im Stockdunklen auf seiner Liege und sog die dicke, abgestandene Luft in seine Lungen, ohne sich auch nur im Geringsten erfrischt zu fühlen. Langford, dessen Liege am anderen Ende der Kapsel so weit wie möglich von Stuart entfernt stand, hustete zum millionsten Mal. Dieser Husten trieb Stuart fast zum Wahnsinn. Er setzte sich auf, um ihm zu sagen, er solle gefälligst damit aufhören. Mit zusammengebissenen Zähnen hielt er sich gerade noch zurück.

Langford hustete erneut. Es war ein schmerzhafter, quälender Anfall, der fast eine Minute lang anhielt. »Tut mir Leid«, sagte er, sobald er wieder zu Atem kam. Dann hustete er erneut.

Ich kann es nicht mehr ertragen, dachte Stuart. *Nicht einen einzigen Tag mehr, nicht eine einzige Stunde.* Er schwang seine nackten Füße auf den Boden. Wie Langford trug er nur Unterwäsche, aber in der erstickenden Atmosphäre schwitzten sie trotzdem ununterbrochen. Er würde Uniform und Schutzausrüstung anlegen und dieses Grab verlassen.

»Ich gehe«, sagte er in die Dunkelheit hinein. Er wartete, aber es kam keine Antwort. »Diesmal meine ich es ernst.«

»Dann geh doch! Geh!«

Wütend knipste Stuart seine Taschenlampe an und suchte in dem dämmrigen Licht im einstigen Kommunikationsbereich der Kapsel nach seiner Kleidung. Das Licht war schwach und sie hatten nicht mehr viele Batterien. Er schaltete die Lampe aus und warf sie auf die Liege, von der er genau wusste, wo sie stand. Dann ließ er sich daneben auf den harten, aber etwas kühleren Metallboden sinken und fuhr sich mit der Hand durch das verklebte, durchgeschwitzte Haar. Es war zu lang und fühlte sich merkwürdig an.

»Halt durch, Kumpel«, sagte Langford. Seine letzten Worte wurden von einem Hustenanfall unterbrochen. »Wir können es schaffen. Halte dich nur an den Plan. Wir sind jetzt« – er hustete erneut – »seit drei Wochen hier unten. Die Hälfte haben wir geschafft.«

Die Hälfte, dachte Stuart. *Nur noch drei Wochen. Nur noch drei Wochen.* Er stand auf und legte sich erneut auf die Liege, die nass und ein wenig kühl war. *Wo waren wir? »T« – wir waren beim »T«. Bei diesem Tempo …* Er rechnete kurz nach. Wenn sie beim zweiten Durchgang durch das Alphabet etwa bei P-Q-R-S angelangt waren, würden ihnen Lebensmittel und Batterien ausgehen. Wenn die Batterien leer waren, gab es auch keine Luft mehr. *Drei Wochen.*

»*T*«, dachte er. »Triathlon.«

»Temperatur«, gab Langford nach einem langen Augenblick zurück.

»Text.«

»Tuxedo«, stieß Langford hervor, der erneut von einem Hustenanfall geschüttelt wurde. Stuarts Gedanken schweiften ab, zu einem Thema, das ihn nicht mehr loslassen wollte, einem Zitat, das er vor langer Zeit gehört und das damals nichts für ihn bedeutet hatte. »Tuxedo«, wiederholte Langford. »Du bist dran.« Als Stuart nicht antwortete, verstummte Langford und ließ ihn in Ruhe.

Irgendwann hatte er in der Schule ein Zitat gehört, das ihn nun nicht mehr zur Ruhe kommen ließ. Vielleicht hatte er es auch in einem Buch gelesen, auf jeden Fall hatte er es früher nie verstanden, sondern es nur irgendwo gespeichert. Aber jetzt wusste er genau, was gemeint war. Das Zitat sprach mit einer Klarheit zu ihm, die man nur durch Erfahrung gewann.

Langford hustete erneut, ein langer, trockener Husten, der Stuart völlig sinnlos erschien. *Die Hölle ist ein sehr kleiner Ort*, dachte er. *Die Hölle ist ein sehr kleiner Ort.*

Spezialeinrichtung der Regierung, Mount Weather, Virginia
2. Juli, 1300 Uhr GMT (0800 Uhr Ortszeit)

»Wo zum Teufel sind die SIGINT-Berichte für Nordeuropa?«, brüllte Lambert durch die offene Tür, wobei er mit der Hand die Sprechmuschel abdeckte und hoffte, dass ihn seine Sekretärin hörte.

»Auf Ihrem Schreibtisch.« Sie eilte herein und wedelte ihm mit einem Stapel zusammengehefteter Papiere unter der Nase herum, bevor sie diese theatralisch mitten auf seinen Schreibtisch knallte. Er legte den Kopf schief und seufzte entnervt. »Ich schwöre, ich habe das Fax genau hier hingelegt«, verteidigte sie sich, während sie an ihm vorbei zu ihrem Schreibtisch zurückging.

»Moment, was ist denn das?«, fragte Lambert und wies mit dem Kopf auf den neuesten Papierstapel auf seinem Metallschreibtisch.

Immer noch beleidigt darüber, dass er sie verdächtigte, ein Fax verloren zu haben, drehte sie sich um und griff nach einem der Bündel. »Die Türken wollen von Süden her in Russland eine weitere Front eröffnen und bitten um einen sofortigen Kredit für den Kauf von Waffen. Dagegen haben die Griechen protestiert. Außerdem werden sie einen Kommentar des Außenministeriums finden, der darauf hinweist, dass die Armenier auf russischer Seite in den Krieg eintreten werden, wenn ihnen die Türken in die Quere kommen.« Sie warf das Bündel auf den Schreibtisch und griff nach einem anderen. »Mehrere deutsche Oppositionsgruppen planen eine Sitzblockade auf den Straßen nach Rotterdam, um gegen den Krieg zu protestieren. Die Befehlshaber der 8. Armee bitten um Erlaubnis, Militärpolizei einzusetzen, um die Demonstranten wegzuschaffen, falls es der deutschen Polizei nicht gelingt, die Straßen offen zu halten.« Sie warf den Bericht auf den Tisch.

»Vielleicht sollten Sie sich kurz hinlegen?«, schlug Lambert vor, aber bevor sie antworten konnte, drang eine blecherne Stimme aus dem Telefon. »Mr. Lambert, wären Sie wohl so freundlich, entweder mit mir zu sprechen oder später zurückzurufen.«

»Entschuldigung, Arty.«

»Mein Name ist Arthur«, korrigierte ihn der britische Militärverbindungsoffizier im Londoner Büro. Unterdessen tauchten an der Tür zu Lamberts Büro zwei untergeordnete Offiziere der Air Force auf. Lambert winkte sie herein. »Der MI-5 ist bereits durch eigene Ergebnisse zu dem Schluss gekommen …«

Die Air Force Offiziere reichten ihm einen Computerausdruck, der mit langen Reihen und Spalten von Zahlen und Symbolen gefüllt war. Die Überschrift lautete »Spektrographische Analyse von Luftproben.«

»… und wenn Sie daran denken, was die Deutschen und Franzosen bei den Vereinten Nationen von sich gegeben haben, müssen wir wohl das Schlimmste befürchten.«

»Was ist das Schlimmste, Arty? Wovon reden Sie überhaupt?« Lambert deckte die Sprechmuschel ab und flüsterte den Offizieren zu: »Was sind das, Liebesgedichte vom Mars?«

»Ich spreche davon, dass die Franzosen und Deutschen aktiv unsere Operationen behindern, indem sie die Benutzung ihrer Straßennetze immer weiter einschränken …«

»Wir haben einen zweiten Bericht von einem wahrscheinlichen Angriff mit biologischen Waffen, diesmal aus Okinawa«, meldete der Air Force Captain, der vor Lambert stand.

Als einer von Lamberts Assistenten mit einem dicken Papierstapel hereinkam, bei dem es sich nur um die Unterlagen für das morgendliche Briefing des Präsidenten handeln konnte, blickte Lambert auf die Uhr. *O nein!* Nur noch dreißig Minuten bis zum Briefing. »Okay, Arthur, ich werde Folgendes tun«, sagte er in das Telefon, während er seinem Assistenten bedeutete, den Bericht auf den Schreibtisch zu legen. »Ich werde dafür sorgen, dass der Präsident Kanzler Gerhardt anruft und mit ihm noch einmal ein ernstes Wörtchen redet. Ehrlich gesagt dachte ich aber, unsere beiden Außenministerien hätten sich darauf geeinigt, dass die Briten die Verantwortung für die Europäische Union übernehmen.«

»Ein bisschen viel für uns, finden Sie nicht?«, mäkelte Arthur, während Lambert den Assistenten beobachtete, der die inzwischen acht Stunden alten Karten mit den Positionen der Einheiten abnahm und die neuen aufhängte. Selbst von seinem Platz am anderen Ende des Raums aus konnte er sehen, dass der südliche Arm des Angriffs in Europa, der von der Slowakei ausgehen sollte, immer noch nicht von der Stelle gekommen war. »Scheiße!«, fluchte er leise.

»Das scheint für Sie ein höchst flexibel einsetzbares Wort zu sein, Gregory.«

»Was? Vergessen Sie's, das war wegen was anderem. Ich kümmere mich später darum.«

»Und wenn das zu spät ist? Wenn die Deutschen anfangen, unsere Konvois aufzuhalten?«

»Dann hauen wir sie in die Pfanne!«

»Warum bin ich da nicht selbst drauf gekommen, wie dumm von mir.«

Der Air Force Captain wedelte mit den Luftprobenanalysen vor Lamberts Nase herum, um seine Aufmerksamkeit zu erregen. Hinter ihm trat seine Sekretärin ein, ging um seinen Schreibtisch herum und begann, in dem Papierberg darauf herumzuwühlen.

»Ich rufe Sie später zurück, Arthur.«

»Sir, wir müssen unbedingt etwas wegen dieser Angriffe mit biologischen Waffen unternehmen«, sagte der Air Force-Offizier, als Lambert auflegte und sich an ihm vorbei zu den neu aufgehängten Karten drängte. »General Starnes sagte, eine Reaktion auf die vermuteten Angriffe wäre eine rein politische Entscheidung, und da dachten wir, na ja, weil Sie doch auf unserer Seite zu sein schienen und so …« Der von Polen ausgehende nördliche Arm war dem Zeitplan voraus, aber überall in der östlichen Slowakei kennzeichneten kleine Kreise und Ovale »Störangriffe« der Russen, die bereits Stunden, bevor Operation Rächendes Schwert anlief, begonnen hatten. Der Karte nach zu urteilen, gab es keinen südlichen Arm, der diesen Namen verdient hätte, eher eine südliche Beule, allerdings in der falschen Richtung, in die Slowakei hinein.

»Aha!«, verkündete seine Sekretärin triumphierend, während sie ein Papier voller Fettflecken aus Lamberts Papierkorb fischte. »Völlig verschmiert mit Butter und Käse von Ihrem Frühstück!«

»Sind Sie jetzt so weit, die Präsentation durchzugehen?«, fragte sein Assistent und nahm die Uhr heraus, um die Zeit zu stoppen.

»Was steht da?«, erkundigte sich Lambert, wobei er sich

hastig umwandte, damit seine Sekretärin wusste, dass er mit ihr sprach.

Sie räusperte sich. »Es ist vom Außenministerium. ›Das ukrainische Parlament hat heute Morgen um neun Uhr zwölf Kiewer Zeit beschlossen, das gegenseitige Sicherheitsabkommen mit der Republik Russland aufzukündigen und von elf Uhr Kiewer Zeit (null neunhundert Uhr Greenwich Mean Time) an einen einseitigen Waffenstillstand gegenüber allen Truppen des westlichen Bündnisses zu erklären. Klammer auf: Die Bedingungen sind die bereits erörterten – Einstellung der alliierten Angriffe auf Kiew und Umgebung, Odessa, Dnje-pro-pedowsk« – die Aussprache bereitete ihr offenbar Schwierigkeiten – »und Donezk, Zurückhaltung des strategischen Atomwaffenarsenals, Rückkehr der Schwarzmeerflotte in den Hafen und so weiter, Klammer zu. Die UN-Delegation erwartet innerhalb der nächsten Stunde eine Nachricht aus Minsk bezüglich der Entscheidung Weißrusslands, die vermutlich auf ein ähnliches Abkommen und einen Waffenstillstand hinausläuft.«

Inzwischen war der Stabschef des Präsidenten aufgetaucht. Am Türrahmen lehnend, stopfte er sich ein Bagel in den Mund, wobei er einen Pappteller darunter hielt, um die Krümel aufzufangen.

»Sir, die Luftanalysen«, drängte der Air Force-Offizier hinter ihm.

»Ist bereits jemand erkrankt?«

»Bis jetzt nicht, aber das könnte eine Weile dauern.«

»Dann informieren Sie mich, wenn es so weit ist«, sagte Lambert zur Enttäuschung der beiden jungen Männer, die meinten, einer großen Sache auf der Spur zu sein. Dabei ließ er den lächelnden Stabschef nicht aus den Augen.

»Kann ich Sie eine Sekunde sprechen, Greg?«, fragte Sol Rosen.

»Mehr als eine Sekunde habe ich wirklich kaum, Sol.« Greg deutete auf das mit Papieren voll gestopfte Büro, in dem hektische Betriebsamkeit herrschte.

»Ich meine unter vier Augen.«

Lambert sah die anderen an, die daraufhin an Rosen vorbeigingen und den Raum verließen. Dieser kam herein und schloss die Tür hinter sich.

»Was kann ich für Sie tun?«, fragte Lambert Costanzos mächtige rechte Hand.

»Ich bin froh, dass Sie mich fragen. Ich wollte Sie um einen Gefallen bitten.«

»Okay.« Lambert zuckte die Achseln. »Schießen Sie los.«

»Sie wissen doch, dass der 4. Juli für Paul politisch gesehen ein sehr wichtiger Tag ist?«

»Weil man da so schöne Fotos schießen kann?«

Rosen lachte. »Ich weiß, dass er das selbst gesagt hat, aber ihm ist die Bedeutung dieses Tages voll bewusst. Da Livingston sich nie aus der Umklammerung seiner Militärberater und später seines Anwalts befreien konnte, wird dies der erste Besuch eines Präsidenten am Ort der Katastrophe sein. Außerdem wird die US-Regierung am 4. Juli die Bunker verlassen und die provisorischen Büros in Philadelphia beziehen. Der Tag besitzt also eine große symbolische Bedeutung und ist für die Moral der Öffentlichkeit sehr wichtig. Wie Sie bestimmt gehört haben, gibt es massive Probleme, weil die Leute nicht zur Arbeit antreten. Sie meiden die großen Städte, haben Angst. Für die Zeitungen sind wir hier in unserem Bunker ein gefundenes Fressen. Haben Sie die letzten politischen Karikaturen gesehen?«

»Ich habe nicht viel Zeit für Karikaturen, Sol.« Lamberts ganzer Körper schmerzte von den vielen schlaflosen Nächten und er ärgerte sich, dass man ihm mit Banalitäten die Zeit stahl.

Das Lächeln verschwand von Rosens Gesicht. »Ich glaube, es wäre günstig, wenn Sie den Präsidenten auf seiner Tour begleiten würden.«

Lambert zog eine Grimasse. »Das muss ein Scherz sein!« Rosen starrte ihn nur an. »Das ist doch hoffentlich ein Witz, oder?«

»Greg, vielleicht interessiert Sie die politische Seite der Dinge nicht besonders, aber unterschätzen Sie ihre Bedeutung nicht! Denken Sie daran, wie es Livingston ergangen ist.« Als Lambert ihn unterbrechen wollte, hob er abwehrend die Hand. »Ich spreche hier auch von der öffentlichen Moral, Greg. Die letzten Meinungsumfragen« – seine Hand schoss erneut in die Höhe, wie um Lamberts Einwand abzuwehren – »ich weiß, dass Sie gerne so tun, als gehörten Sie zum Militär, aber das tun Sie nicht. Sie sind Teil der Regierung, Greg, nicht des Militärs. Davon abgesehen sind die Meinungsumfragen von militärischer Bedeutung. Die Gerüchte über Nervengas und biologische Kriegsführung und die Angst vor der Bastion in der Karasee haben die Unterstützung für den Krieg bereits deutlich geschwächt. Mittlerweile liegt sie nur noch bei um die achtzig Prozent.«

»Du lieber Himmel, Sol, achtzig Prozent, das ist doch ...«

»... weniger als die neunzig Prozent, die wir zu Beginn des Krieges hatten.« Rosen warf seinen Teller und die Serviette in Lamberts Abfalleimer. »Hören Sie, ich verlange nicht, dass Sie auf eine Ochsentour gehen, um Kriegsanleihen zu verkaufen. Ich will nur, dass Sie aus diesem Maulwurfshügel herauskommen und sich mit dem Präsidenten sehen lassen. Nur für einen Tag!«

»Aber wieso ich? Es muss hier Dutzende von Leuten geben, die nicht im Entferntesten so überlastet sind wie ich.«

»Wenn Sie es unbedingt hören wollen: Sie erfreuen sich großer Beliebtheit.«

»Wie bitte?«

»Großer Beliebtheit. Die Öffentlichkeit hat eine sehr günstige Meinung von Ihnen.«

»Seit wann weiß die Öffentlichkeit überhaupt, wer ich bin?«

»Sehr witzig!« Rosen grinste breit, blickte Lambert dann aber doch fragend an. Nachdem er dessen Gesicht ein paar Sekunden lang studiert hatte, meinte er: »Sie haben wirklich keine Ahnung, was? Seit Sie vor den Kameras der Fernsehsender in der Lobby der Einrichtungen des Kongresses in Greenbriar eine ›blutige Schießerei um die verfassungsmäßige Kontrolle über das Land‹ verhinderten, sind Sie zum Liebling der Medien geworden.«

Lambert wollte schon den Kopf schütteln, so lächerlich schien ihm der Gedanke. Natürlich hatte er gemerkt, dass ihn offenbar in der amerikanischen Regierung und in den Regierungen der Verbündeten mehr Leute kannten als früher, aber er hatte angenommen, dies läge daran, dass er seit Kriegsbeginn eine wichtigere Rolle spielte. Aber in einem hatte Rosen recht: Seit dem Atomangriff hatte er keine Ahnung mehr, was außerhalb des Bunkers vor sich ging. Er war neugierig. »Kommen Sie, Greg. Sie müssen doch wissen, was gespielt wird.« Rosens leise Stimme klang geradezu verschwörerisch. »Sie sind ein schlaues Kerlchen und kennen das Geschäft.«

Lambert fand die Andeutung, dass er gezielt an seinem Bild in der Öffentlichkeit arbeitete, abstoßend. Empört starrte er Rosen an.

»Sie haben echt keinen Schimmer? Paul hatte tatsächlich Recht. Also gut, dann werde ich Ihnen sagen, was Sache ist. Nehmen Sie es mir nicht übel, aber die Presseberichte sind alle in diesem Tenor gehalten: ›Früherer Sportler.‹« Rosen schien mit der Hand Schlagzeilen in die Luft zu malen. »Basketball, stimmt's?« Lambert nickte. »Früherer Basketballstar studiert in Harvard und steigt mit – achtunddreißig, nicht wahr? – zum Berater für nationale Sicherheit auf. Er versucht verzweifelt, Präsident Livingston davon abzuhalten, einen schweren Fehler zu begehen, der seine Frau das Leben kosten wird. Ungeachtet der Gefahr begibt er sich in die verstrahlte Hauptstadt, in der vagen Hoffnung, sie dort zu finden. Tragischerweise entdeckt er ihre Leiche. Trotz seines Kummers denkt der junge Held zuerst an sein Land und sagt tapfer vor dem Senat aus, um der Verfassungskrise ein Ende zu setzen.«

»Sind Sie fertig?«, erkundigte sich Lambert, dem es kaum gelang, seinen Abscheu zu verbergen.

Rosen seufzte. »Hören Sie, Greg«, meinte er entschuldigend, »ich wollte Sie nicht beleidigen. Ich tue nur meine Arbeit. Und dabei muss ich mich eben mit diesem Mist auseinandersetzen.«

Greg lachte und hob die Augen zur Decke.

»Sie finden das lustig? Sie denken, ich habe nichts als Mist im Kopf? Vielleicht haben Sie recht. Ich wate jeden Tag meines Lebens knietief darin. Aber wissen Sie, was mich beunruhigt? Dem Präsidenten geht es nicht anders. Sie denken, alles ist sauber und klar wie Ihre morgendlichen Briefings – die Wahrheit und nichts als die Wahrheit. Ich kann Ihnen sagen, dass neunzig Prozent von dem, was man dem Präsidenten erzählt, erlogen ist. ›Der Steuernachlass für die Erweiterung des Stahlwerks wird die Stückkosten für die neuen Schiffe der Marine deutlich senken, Mr. President‹ – und dann stellen wir fest, dass diese neuen Schiffe überwiegend aus Aluminium bestehen, nicht aus Stahl. ›Bei der Vergabe der Schürfrechte für dieses Gebiet gab es ein paar kleine Unregelmäßigkeiten. Kein Grund zur Beunruhigung!‹ – und am nächsten Tag müssen wir uns mit einem handfesten Skandal herumschlagen. ›Die Preise sind überzogen, Kriegsgewinnler treiben die Materialkosten in die Höhe, die Magnesiumpreise müssen unbedingt von der Regierung reguliert werden.‹ – Kaum haben wir die Preisgrenzen festgeschrieben, erfahren wir von den Bergwerksgesellschaften, die Magnesium abbauen, dass die Produzenten, die uns die Zahlen geliefert haben, einen Gewinn von zweihundertdreißig Prozent machen. Wir sehen bestenfalls wie Volltrottel aus, wenn man uns nicht gar der kriminellen Mittäterschaft beschuldigt.«

»Was wollen Sie damit sagen, Sol? Ich muss ein Briefing geben.«

»Ich will sagen, dass Sie ein großer, gut aussehender Bursche sind, der sich allgemeiner Beliebtheit erfreut! Wussten Sie, dass Sie bei der Nachfolge von Außenminister Moore ganz vorne im Rennen lagen? Der nationale Ausschuss der Demokratischen Partei hätte Sie fast auf die Liste für Pauls neues Kabinett gesetzt.« Rosen starrte ihn jetzt eindringlich an. »Ich will, dass Sie mit dem Präsidenten auf diese Tour gehen und wie eine Klette an seiner Seite bleiben. Finden Sie heraus, wo die Kameras stehen, so dass Sie direkt hinter dem Präsidenten oder seitlich von ihm stehen, aber nie vor ihm. Reden Sie, wenn der Präsident Sie ans Mikrofon holt. Es ist mir egal, was Sie sagen, aber seien Sie da, Greg.«

Lambert suchte verzweifelt nach einem besseren Ausweg. »Greg, ich will, dass Sie gehen, und der Präsident will es auch.«

Über Charleston, South Carolina
4. Juli, 1800 Uhr GMT (1300 Uhr Ortszeit)

Die ausgebrannte, in Trümmer gelegte Stadt glitt unter dem Hubschrauber der Küstenwache hinweg. Präsident Costanzo und Lambert, die einander an der offenen Seitentür gegenüber saßen – fest angeschnallt –, wechselten entsetzte Blicke. Jeder einzelne Baum war verkohlt, jedes Haus in Schutt und Asche gelegt, die Highways und Hauptstraßen waren mit Autos verstopft, die auf der der Marinewerft zugewandten Seite braun verbrannt waren, aber auf der geschützten Seite ihre ursprünglichen Farben behalten hatten.

»Und Sie sagen, da sind Leute lebend rausgekommen?« Der Präsident musste schreien, um den Lärm zu übertönen.

Der behelmte Crewchef nickte wild, während die von dem stehenden Kameramann gehaltene Minicam schräg von oben das gesamte Bild filmte: den Präsidenten, der Fragen stellte, den Kopf schüttelte, Lambert auf besonders stark zerstörte Kirchen und Schulen hinwies, während sie über die verbrannte Landschaft hinwegflogen.

Spätestens um fünfzehn Uhr dreißig, war alles, woran Lambert denken konnte. »Bis wann muss das Filmmaterial beim Sender sein, damit es in die Abendnachrichten kommt?«, hatte Rosen gefragt, bevor sie in den Hubschrauber stiegen. Um den Termin zu halten, musste ein Besuch bei Verbrennungsopfern aus dem Programm gestrichen werden. »Kein Verlust«, hatte Rosen gemeint. »Die Bilder wären ohnehin unbrauchbar gewesen. Niemand will so etwas zum Abendessen sehen.«

Der Helikopter schwenkte ins Landesinnere ab. Allmählich wurden die Bäume grüner, bei einem vereinzelten Haus waren nur die Fenster zerbrochen und die Straßen waren frei. Hinter einigen von oben deutlich erkennbaren Straßensperren begann das Leben. Die Bäume neigten sich alle in die vom Meer abgewandte Richtung, als wäre ein Hurrikan über sie hinweggefegt, aber auf den offenen Feldern, die der Hubschrauber mit großer Geschwindigkeit passierte, sah Lambert große Menschenansammlungen, die in zusammengewürfelten Armee- und Rotes-Kreuz-Zelten oder in notdürftigen Hütten hausten. Lambert fragte sich, warum sie sich nicht weiter vom Ort des Schreckens entfernt hatten, sondern direkt hinter den Barrikaden warteten. *Es ist doch nichts mehr übrig. Warum bleiben sie?* Aber er kannte die Antwort. Hier war ihr Heim – nicht das Haus, in dem sie gelebt hatten, sondern der Ort.

Der Helikopter ließ sich langsam auf einen großen, offenen Platz am Rande eines Lagers sinken. Während der Kameramann die Akkus wechselte, nutzte der Präsident die Gelegenheit, die Karteikarten mit Stichwörtern durchzugehen, die er aus der Jackentasche geholt hatte. Er winkte Rosen zu sich heran, hielt eine Karte in die Höhe und schrie: »Wie spricht man den Namen von dem Typen aus?«

»Rie-shou.«

»Und wer ist das, der neue Bürgermeister?«

»Bezirksdirektor!« Der Präsident nickte. »Ein Demokrat!«

Als der Hubschrauber aufsetzte, sah Lambert gereizt auf die Uhr. *Großer Gott, ich habe so viel zu tun.*

«Gehen wir, Greg.« Der Präsident versetzte ihm einen Klaps auf das Bein, während der Lärm der Rotoren allmählich nachließ.

Rosen ließ Lambert den Vortritt, so dass er direkt hinter dem Präsidenten aussteigen konnte. Die Menge, die sich zum Empfang des Präsidenten versammelt hatte, applaudierte dem Vorredner höflich, aber am Rande der Versammlung entdeckte Lambert Transparente mit der Aufschrift NAHRUNG, WOHNUNG, KLEIDUNG, MEDIZIN! und AMERIKA ZUERST!

Sie gingen auf eine kleine Plattform zu, auf der hinter einem Rednerpult eine Stuhlreihe aufgestellt worden war. Als die Motoren des Hubschraubers verstummten, vernahm

Lambert die aufwühlende Stimme des Sprechers. Der starke Südstaatenakzent war unüberhörbar.

»... weil wir alle Bürger der Vereinigten Staaten sind, der größten Nation der Welt!« Die Leute klatschten, ein paar Jubelrufe wurden laut, aber insgesamt wirkte die Menge überraschend deprimiert – kein Vergleich mit den Beifallsstürmen, die er als freiwilliger Helfer bei den Präsidentschaftswahlen gewohnt war.

Auch dem Präsidenten war dies nicht entgangen. »Gott sei Dank, dass die Wahlen nicht diesen November stattfinden«, bemerkte er lächelnd zu Lambert und Rosen, während er an das Rednerpult trat. Alle warteten auf die Vorstellung durch den Lokalpolitiker.

»Und jetzt will ich Sie nicht weiter auf die Folter spannen«, sagte der, was mit vereinzeltem Applaus und Gelächter quittiert wurde, »der Präsident der Vereinigten Staaten, Mr. Paul Costanzo!« Während das Publikum applaudierte, begann ein Orchester zu spielen. Für Lambert sahen die Musiker aus wie Schüler. Nur wenige trugen überhaupt so etwas wie eine Uniform – viele hatten noch nicht einmal ein Instrument –, und wie sie jetzt die Hymne »Hail to the Chief« spielten, war unter aller Kritik.

Lambert saß neben dem »Zeremonienmeister«, einem ständig grinsenden Mann, der ihn an einen Barockengel erinnerte und dem der Enthusiasmus aus allen Poren strömte. Begeistert schloss er sich dem rhythmischen Klatschen an, in das die mehreren tausend Zuhörer allmählich einstimmten.

Nun sprach der Präsident. Vereinzelt kam Beifall auf, dem sich Lambert pflichtbewusst anschloss. Aber er war so benommen, dass er gar nichts hörte. Schließlich erhob sich sein Sitznachbar, während wieder einmal Beifall geklatscht wurde, und stellte sich neben den Präsidenten ans Rednerpult.

»Vielen Dank, Mr. President«, erklärte der Südstaatler, »für diese treffenden Worte.« Dann wandte er sich um und sah Lambert erwartungsvoll an.

»Dürften wir wohl auch Sie um eine kurze Ansprache bitten, Mr. Lambert?«, fragte der Barockengel, während in der

Menge erneut Jubelrufe laut wurden. *Mist!* Schon winkte ihn der Präsident heran. Er fühlte, wie ihm die Röte ins Gesicht stieg, während Bezirksdirektor Ree-show vom Rednerpult zurücktrat. Dabei klatschte er, so schnell es seine teigigen Finger zuließen. Lambert erhob sich und trat ans Mikrofon, das er verstellen musste, weil es ihm nur bis zur Brust reichte. Der Kameramann hatte die Kamera bereits auf die Schulter gesetzt und das rote Licht leuchtete. Diesmal konzentrierte er sich nicht auf einen schmalen Ausschnitt der Menge, sondern filmte von der Bühne aus die volle Breite des Publikums.

Lambert stand nur da und wartete, dass die Jubelrufe von selbst erstarben, während der Präsident und Reeshow hinter ihm Platz nahmen. Als Ruhe einkehrte, fühlte sich Lambert an seinem Rednerpult mutterseelenallein. Tausende von Gesichtern blickten ihn an. Viele davon waren schmutzig und von tiefen Linien durchzogen, die von Kummer, vom Verlust eines geliebten Menschen zeugten. Auch er hatte Ähnliches erlebt, er wusste, wie ihnen zumute war.

»Ich war noch nie zuvor in Charleston«, begann er. Aus den Lautsprechern dröhnte seine Stimme viel lauter, als er erwartet hatte. »Ich bin wahrscheinlich noch nie einem von Ihnen begegnet. Ich bin kein Politiker, ich habe mich noch nie um ein Amt beworben, ich bin auch noch nie gewählt worden.«

Er schluckte, um den Kloß in seiner Kehle loszuwerden, während die Worte nun von selbst kamen. »Bis zur Nacht des 11. Juni war ich ein Mensch wie Sie alle. Ich lebte mein Leben von Tag zu Tag, ohne … ohne es wirklich zu schätzen.« Über die Lautsprecher war selbst sein Seufzer deutlich hörbar. »Im Gegensatz zu manchen von Ihnen« – ihm stieg das Wasser in die Augen und er kämpfte darum, die Tränen zu unterdrücken – »hatte ich jedoch das Glück, mich von meiner Frau verabschieden zu dürfen. Ich konnte sie in den Arm nehmen, sie küssen und ihr sagen, dass ich sie liebe. Dieses Glück verdanke ich meinem Amt, denn ich erfuhr von der drohenden Gefahr, während ich mit ihr beim Essen war. Aber ich muss gestehen« – sein Atem kam jetzt stoßweise und abgehackt – »dass ich mich seitdem immer schuldig gefühlt habe, weil ich weiß, dass viele Ihnen nicht diese Gelegenheit hatten. Vielleicht arbeitete Ihr Ehepartner in der Nachtschicht oder Ihre Eltern lebten am anderen Ende der Stadt oder die Kinder schliefen in ihren Betten, während Sie aus waren. Vielleicht wurden die letzten Worte mit Ihrem Ehepartner im Streit gesprochen oder sie schimpften mit Ihrem Kind, möglicherweise hatten Sie schon lange nicht mehr bei Ihren Eltern angerufen.«

Als Lambert aufblickte, sah er Männer und Frauen, die sich umarmten, und einsame Gestalten, die die Hände vor den Mund gepresst hatten und haltlos schluchzten. Aller Augen hingen wie gebannt an ihm.

»Wir alle haben mit unserem eigenen, ganz persönlichen Schmerz zu kämpfen. Wir müssen alle unser Kreuz tragen. Wenn ich auf der Liege in meinem fensterlosen unterirdischen Büro erwache, sage ich mir immer wieder, dass es vorübergehen wird, dass ich darüber hinwegkommen werde. Ich stopfe meine Tage und Nächte mit Arbeit voll, mit immer mehr Besprechungen, Telefonaten und Berichten. Doch die traurige Wahrheit ist, dass ich nie darüber hinwegkommen werde. Ich habe einen Menschen verloren, der mir viel wichtiger ist … war, als mir bewusst war, als ich ihn noch hatte.

Wenn ich heute hier stehe, nachdem ich gesehen habe, welches Schicksal Ihre Stadt erlitten hat, dann weiß ich, dass jeder Einzelne von Ihnen meine Gefühle versteht. Das hilft mir, stark zu sein. Ich kann nur hoffen, dass es auch Ihnen hilft, diese Worte zu hören, zu wissen, dass Millionen Herzen überall in diesem Land und auch jenseits des Ozeans im Land des Feindes so fühlen wie Sie. Ich kann nur hoffen, dass es Sie stärkt zu wissen, dass Sie nicht allein sind – denn Sie sind nicht allein. Ich danke Ihnen.«

Als Lambert vom Rednerpult zurücktrat, herrschte absolute Stille. Da er den Kopf gesenkt hielt, konnte er nur die Schuhe der hinter ihm Sitzenden sehen, die sich nun erhoben. Er blickte auf und sah, dass Präsident Costanzo die Arme ausstreckte, um ihn sanft an sich zu ziehen. Unterdessen begann die Menge zögernd zu applaudieren. Der Bezirksdirektor und die anderen Leute aus Charleston auf dem Podium drängten sich um ihn und klopften ihm auf die Schultern. Eine Frau strich ihm leicht über das Haar.

Der Applaus nahm immer weiter zu, bis er sich zu einem tosenden Crescendo ausgewachsen hatte. Keine Rufe, keine Pause, die den beständigen Rhythmus unterbrochen hätte. Als Lambert sich zu den Einwohnern von Charleston umwandte, fühlte er in seinem tiefsten Inneren eine große Erleichterung, dass er nicht so allein war, wie er sich unter den vielen Menschen, mit denen er zusammenarbeitete, gefühlt hatte. Niemand von denen schien einen geliebten Menschen verloren zu haben. Ihm war nicht klar gewesen, welche Spannung sich in den Wochen, seit er Janes Leiche gefunden hatte, in ihm aufgebaut hatte. Er hatte seine Gefühle verdrängt und war den wenigen ausgewichen, die tapfer genug gewesen waren, ihn in ruhigeren Momenten zu fragen, wie es ihm ging.

»Alles in Ordnung, Greg?«, fragte der Präsident, dessen Gesicht nur wenige Zentimeter von dem seinen entfernt war.

»Ja. Ja, Sir.«

Costanzo nickte und löste seinen Griff.

»Es war eine große Ehre für uns, Mr. Lambert«, sagte Reeshow, während er ihm die Hand schüttelte. Danach kam eine alte Dame, die eine Hand an seine Wange legte. »Armer Junge«, meinte sie kopfschüttelnd. Über der Nelke, die sie ans Kleid gesteckt hatte, sah er vier herzförmige rote Anstecker, wie sie die Leute jetzt trugen. Vier Tote in ihrer Familie.

Der Präsident hatte das Podium bereits verlassen, um sich, von einem Kordon misstrauischer Geheimagenten umgeben, durch die Menge zu arbeiten, während die örtlichen Würdenträger Lambert noch die Hand schüttelten, sich bei ihm bedankten und ihm ihr Beileid aussprachen. Unvermittelt tauchte Rosen auf. Mit einem knappen »Vielen Dank, meine Herrschaften« packte er Lambert und führte ihn mit eisernem Griff zum Präsidenten, der sich am vorderen Rand der Menge mit einer Gruppe von Männern und Frauen in schmutzigen weißen Arztkitteln unterhielt.

Als Rosen ihn neben den Präsidenten schubste, damit die Kamera die Szene filmen konnte, hörte Lambert, wie Präsident Costanzo sagte: »Bei dieser Gelegenheit möchte ich mich beim französischen Volk bedanken und sagen, dass Organisationen wie Médecins sans Frontières der lebende Beweis dafür sind, dass die Gefühle zwischen unseren beiden Völkern unverändert sind, auch wenn es Meinungsverschiedenheiten zwischen unseren Regierungen gibt.«

Mit breitem Lächeln schüttelte Costanzo einer kleinen, bebrillten Frau – vermutlich einer Ärztin – die Hand, die vergeblich versuchte, ihm in dem Lärm und Chaos etwas mitzuteilen.

»Wie bitte?« Der Präsident beugte sich zu ihr herab.

»Mr. President, wir haben ein Team in Grodno«, schrie sie auf Zehenspitzen stehend in sein Ohr. Ihr starker französischer Akzent erschwerte die Verständigung zusätzlich. »Unsere Leute sind durch den Belagerungsring, den Ihre Truppen um die Stadt gelegt haben, von jeder Versorgung abgeschnitten.«

»Sehr schön! Ausgezeichnet!« Damit ging der Präsident weiter, um in der Menge Hände zu schütteln. Ob er die Frau überhaupt gehört hatte, war Lambert nicht klar.

»Kann ich Ihnen helfen?«, fragte er und sie wiederholte ihre Botschaft. »An wen müssen wir uns wenden?«

»Können Sie mir eine Telefonnummer und eine Kontaktperson nennen?«, wollte Lambert seinerseits wissen.

»Ja, natürlich!«, gab sie begeistert zurück. Sie zog Stift und Papier hervor und schrieb beides auf, wobei sie ihm alles sorgfältig vorlas, falls er ihre Handschrift nicht entziffern konnte. Bevor sie ihm den Zettel geben konnte, fühlte er, wie ihn jemand am Arm in Richtung des Präsidenten zog. Energisch löste er sich aus dem Griff des Stabschefs, der ihn wütend anfunkelte und dabei mit dem Kopf in Richtung des Präsidenten und der Kamera wies.

Lambert nahm den Zettel entgegen. Als die Frau mit beiden Händen nach den seinen griff, hatte er das Gefühl, das dies die erste menschliche Berührung war, seit er sich damals im Restaurant aus Janes Armen gelöst hatte.

Südlich von Arsenjew, Russland
5. Juli, 2100 Uhr GMT (0700 Uhr Ortszeit)

»Sergeant Monk?«

Der Schmerz kehrte zurück. Als er die Augen öffnete, war es so hell, dass er nur nach unten, auf seinen eigenen Körper, blicken konnte, der zusammengekrümmt in dem kleinen Loch lag, statt in die Richtung, aus der die Stimme, aber auch das Sonnenlicht kamen.

Oh, Mann. Sein Herz klopfte und die Rippe, die ihm eine von seiner kugelsicheren Weste abgeprallte Kugel gebrochen hatte, ließ jeden Atemzug zur Qual werden. Wenn er sich rührte, schien jeder einzelne Muskeln zu schmerzen. Beine, Arme, Hals und vor allem sein Rücken waren so steif, dass er sie so gut wie gar nicht bewegen konnte. Als er jetzt den Rücken streckte, sah er am gesamten Hang Köpfe und Schultern aus den Kampflöchern ragen.

Stöhnend blickte er zu den fünf Männern auf. »Wer zum Teufel seid ihr?« Der Stahlgeschmack in seinem Mund ließ ihn sich noch elender fühlen.

»Man hat uns gesagt, wir sollen uns bei Ihnen melden, Sergeant«, erklärte der Mann an der Spitze, fast noch ein Kind.

Monk sah sie prüfend an. Frische Uniformen, jeder Ausrüstungsgegenstand ordnungsgemäß an seinem Platz, M-16 und SAW einsatzbereit.

Er schloss die ausgetrockneten Augen und rieb sich die Schläfen. *Es ist helllichter Tag,* dachte er. »Wie spät ist es?«

»Dreizehn null zwei Uhr, Sergeant.«

Mühsam rappelte er sich hoch, wobei er bei jedem neuen Schmerz fluchte und stöhnte. Als er endlich stand, wurde die Gruppe verlegen. Immer wieder warfen sie scheue Blicke auf seine Gestalt, vor allem aber auf sein Gesicht, und sahen dann schnell wieder weg.

»Wer seid ihr?«, fragte Monk den Wortführer, einen Private First Class. Die Jungs waren alle Privates oder Privates First Class.

»Man hat uns gesagt, wir wären in Ihrer Squad.« Monk sah sich den Hügel um sein Loch herum an. Von den Russen waren nur noch ein paar schwarze Blutflecken und ein paar Ausrüstungsfetzen übrig. Offenbar war der Hang in der Nacht von den Leichen gesäubert worden.

»He!«, rief einer der Neuen grinsend. Er hob einen russischen Helm auf, als wäre es ein wertvolles Andenken.

»Nichts anfassen, du Idiot!«, sagte Monk, der seinen Namen nicht kannte. »Du wirst noch eine Granate erwischen.«

Monk führte die kleine Gruppe zur Hügelkuppe, wo sie auf die erste Reihe von Kampflöchern stießen, aus denen sich die Marines zurückgezogen hatten. »Vorsichtig hier, der Abhang ist überall vermint«, warnte er die anderen, die ein oder zwei Schritte hinter ihm bewegungslos stehen blieben. Auch hier lagen überall russische Helme, aber in ihnen steckten russische Soldaten, die in merkwürdig verdrehten Stellungen den gesamten Hang bis unten in die Ebene bedeckten. Fette schwarze Vögel stolzierten zwischen ihnen herum, wagten sich jedoch noch nicht recht an die Beute heran. Die wenigen russischen Fahrzeuge brannten in der Ferne. Den letzten Teil ihrer Lebensreise hatten die Russen zu Fuß zurückgelegt.

Hinter ihm tauschten die Marines im Flüsterton Bemerkungen aus, während sie sich gegenseitig auf dieses oder jenes Detail des Schlachtfelds hinwiesen. Monk entdeckte sein Kampfloch, in dem überall leere Patronenhülsen lagen. Er erinnerte sich: Mündungsfeuer aus den Gewehren der laufenden Russen. Mündungsfeuer aus seinem SAW, das den Boden vor seinem Loch erhellte und damit seine Nachtsicht verdarb. Schwarze Gestalten, die sich in der Dunkelheit bewegten und sich nicht durch Mündungsfeuer verrieten und doch plötzlich vom tödlichen Licht der Phosphorgranaten erhellt wurden.

»Morgen, Sergeant Monk!«, begrüßte ihn Gunnery Sergeant Dirks. »Hat Ihnen der Schönheitsschlaf wohl getan?«

Die Neuen lachten, bis ihnen Dirks einen vernichtenden Blick zuwarf. Monk hob die Hand zum Gesicht und betastete die Schnitte und Stiche, die er sich ein paar Tage zuvor an einem zerschmetterten Fenster geholt hatte. Jetzt wurde ihm klar, was so lustig war.

Aus dem Wald hinter dem Hügelkamm war das tiefe Grollen von Panzerfahrzeugen zu vernehmen. Monks Herz setzte einen Augenblick aus, bis er feststellte, dass es sich um M-109-Panzerhaubitzen handelte, selbstfahrende 155-mm-Howitzer. Auf jedem der acht mächtigen Geschütze bemannte ein Soldat mit dem überdimensionalen Helm, der die Besatzungen der Kampffahrzeuge auszeichnete, und Sonnenbrille das Maschinengewehr vom Kaliber 0,50 vor seiner Luke. Als die Fahrzeuge in etwa vierzig Meter Entfernung am Fuß des Bergrückens zum Stehen kamen und sich die hinteren Türen öffneten, sprangen aus jeder Haubitze drei Mann heraus, um sich um die Munition zu kümmern. Der Section Leader lief zwischen den Haubitzen hin und her, um seine Befehle zu erteilen, aber Schütze und Fahrer blieben auf ihrem Posten. Sobald sie einen Schuss abgegeben hatten, würden sie die Stellung wechseln, bevor die Russen Gelegenheit hatten zurückzuschießen.

»Ich fürchte, das wird unsere Jungs aus ihrem Nickerchen reißen«, sagte der Gunny zu Monk, der kurz auflachte, während sie beobachteten, wie die Geschütze hochgefahren und in Position gebracht wurden.

Das Donnern des ersten Schusses, der einem Ziel in fast zwanzigtausend Metern Entfernung galt, ließ selbst den Gunny zusammenzucken. Obwohl nur eine Haubitze gefeuert hatte, wiesen alle Rohre in dieselbe Richtung. In der Ferne feuerte eine Haubitze aus einer anderen Achtergruppe einen einzelnen Schuss ab.

»Gunny!«, brüllte der Kommunikationsoffizier aus seinem Kampfloch. »Der Kommandeur ist in der Leitung!« Der Gunny ging den Abhang hinunter zu seinem Loch.

»Was stinkt hier so?«, wollte einer der Neuen wissen.

Allmählich wurde es warm. Monk fiel zum ersten Mal der schwache Geruch auf, der in der Luft hing. Die Neuen schnüffelten wie eine aufgescheuchte Herde. Dann sahen sie sich um. Der Geruch von Tod und Verfall umgab sie von allen Seiten.

»Ihr werdet euch daran gewöhnen«, sagte Monk.

Die acht M-109-Haubitzen feuerten gemeinsam eine Salve ab. Die Neuankömmlinge schlugen die Hände gegen ihre bis dahin unversehrten Ohren, während Monks misshandelte Trommelfelle nur mit einem leichten Jucken protestierten. Unter sich sah er, wie sich die Männer seiner Squad in ihren Löchern bewegten. »Scheiße!«, jammerte Mouth leise vor sich hin.

»Kommt ihr direkt aus den Staaten?«, erkundigte sich Monk.

»Ja, Sergeant. Aus Pendleton.«

»Wie schlimm ist es drüben?«

»Oh, Mann. Im Moment ist die Radioaktivität das größte Problem.« Bone, Mouth, Smalls und ein paar andere erhoben sich aus ihren Löchern und kamen schlaftrunken den Hügel heraufgewankt.

Monk wartete, bis das Feuer der M-109 nachließ. Da die einzelnen Besatzungen mit unterschiedlicher Geschwindigkeit arbeiten, fielen die Schüsse jetzt in einem gewissen Abstand.

»Wisst ihr was über Detroit?«

»Ein paar Orte in Michigan haben was abgekommen, aber Detroit sah ganz gut aus. Die haben jetzt Karten, so ähnlich wie Wetterkarten, die zeigen sie im Fernsehen. Da sieht man, wo es Fallout gibt und so. Der Wetterkanal im Kabelfernsehen hat im Moment wohl die höchsten Einschaltquoten von allen Programmen. Aber ich glaube nicht, dass es Detroit erwischt hat.«

»Nein«, mischte sich ein zweiter ein. »Ich habe da oben einen Cousin. Alles in Ordnung.«

»Was ist mit Tulsa?«, fragte Bone, während die Geschütze donnerten.

Keiner schien etwas zu wissen. »Irgendwas zog da von

Kansas und … von Colorado aus nach Südosten. Ist Oklahoma nicht da unten?«

»Da kannst du Gift drauf nehmen!« Bones Augen funkelten wild und er rieb sich nervös über die aufgeschürfte Haut an seinem Unterarm. Monk wandte die Augen nicht von ihm, ihm war klar, wie gefährlich der Mann aus Tulsa jetzt war. Bone begann einen der Neuen nach dem anderen auszuquetschen, wobei er sie mit beiden Händen an ihrem Traggeschirr packte und erst wieder losließ, wenn er alles, was sie über Oklahoma wussten, aus ihnen herausgeholt hatte.

»Arschloch!« Damit stieß er den letzten von ihnen grob von sich. Seine Augen waren weit aufgerissen, die Sehnen an den Unterarmen gespannt, als er die Fäuste ballte. Erleichtert registrierte Monk, dass die Neuen sich verhielten wie eine Herde in Gegenwart eines Raubtiers. Sie traten unruhig von einem Fuß auf den anderen – und zuckten zusammen, als eine weitere Salve aus den Howitzern unter ihnen donnerte. Der Abstand zwischen den Schüssen war groß genug für ein bruchstückhaftes Gespräch, das eher einem Frage- und Antwortspiel glich.

»Memphis?«

»Keine Ahnung« – BUMM – »vermutlich okay.«

»Columbus … Ohio?«

BUMM. »Okay. Ohio ist okay.«

BUMM!

»Kansas City, Missouri?«

BUMM!

»Was ist mit Kansas City?«, fragte Smalls erneut.

Niemand sprach ein Wort. Bone trat zu dem ihm am nächsten stehenden Mann und packte ihn an der kugelsicheren Weste. Der sah ihn herausfordernd an. »He! Lass mich los!«, sagte er, unternahm jedoch nichts.

»Du sagst dem Mann jetzt sofort, was mit Kansas City ist, Arschloch!«, drohte Bone mit leiser Stimme.

»Es ist … Die haben eine gewaltige Ladung Fallout erwischt. Und jetzt lass mich los.«

Bone löste seinen Griff. En paar Sekunden lang herrschte

Schweigen. Smalls' Gesicht sah man an, dass er soeben einen schweren Schlag erlitten hatte. Seine Oberlippe zog sich nach oben und begann zu beben. Es dauerte ein wenig, bis Monk klar wurde, dass er kurz davor stand, in Tränen auszubrechen. Bone ging zu ihm. »He, Mann!«, das war alles, was dem sonst so wortgewaltigen Okie einfiel.

Auch Monk ging zu Smalls. Mouth und er legten ihm kurz die Hand auf die Schultern, aber es war Bone, der für Aktion sorgte. »Hör zu, Mann«, sagte er, während er Smalls bei den Schultern packte. »Wir zerlegen diese Schweine zu Kleinholz. Wir beide mit unserem MG. Wenn wir hier fertig sind, bleibt keiner mehr übrig. Etwas von dem Dreck ist auch in Oklahoma gelandet. Mit Oklahoma legt sich keiner an. Du und ich und das MG, wir werden einen kleinen Waldspaziergang machen. Da nehmen wir uns dann die Russen vor und säubern den Wald.«

Während andere vortraten, um sich nach ihren Heimatstädten zu erkundigen, begannen die Feldhaubitzen, den Standort zu wechseln. Monk kam der Gedanke, dass die Russen vielleicht zurückfeuern würden, aber die Kampflöcher waren so nahe, dass er die Marines auf dem Bergrücken nicht warnte. Während er die grausige Szenerie am Hang und im Tal unter sich betrachtete, horchte er auf das Zischen in der Luft, das die Ankunft der russischen Geschosse ankündigen würde. In der Ferne erstreckte sich der Wald nach Norden, so weit das Auge reichte. Mit Sicherheit versteckten sich dort irgendwo russische Soldaten. Ihn schauderte. *In Wäldern geschehen schreckliche Dinge.*

5. KAPITEL

Ushgorod, Ukraine
6. Juli, 0800 Uhr GMT (0900 Uhr Ortszeit)

Chandler setzte den sperrigen Helm der Besatzungen der Kampffahrzeuge auf, steckte die Bedienkabel ein und drückte die Taste der Gegensprechanlage. Vom Kommandantenplatz aus fragte er: »Fahrer, hören Sie mich?«

»Fünf zu fünf, Sir«, kam es blechern zurück.

»Richtschütze?«

»Fünf zu fünf, Sir.«

»Ladeschütze?«

»Sir!«

Chandler hörte das elektrische Surren des Turmmotors, als der Richtschütze das Hauptgeschütz hoch- und runterfuhr und den Turm sodann nach links und rechts und wieder in die Mitte schwenkte. Von seiner Luke aus sah er, wie Barnes von Fahrzeug zu Fahrzeug ging, um sicherzugehen, dass sie sich nicht erneut verfuhren. *Fünf Stunden hinter dem Zeitplan zurück,* dachte er, während er die Verbindung zu den beiden Funkgeräten einschaltete. Über seinen linken Ohrhörer war er mit dem Brigadenetz verbunden, über den rechten mit dem seines Bataillons. Im Moment herrschte auf beiden Funkstille. Er nickte dem Specialist 4th Class Jefferson zu, seinem Ladeschützen, der in der Luke neben ihm saß, damit er wusste, dass Chandler wieder auf Empfang war und er selbst den Funkverkehr nicht mehr überwachen musste.

Bailey, der das Erkundungs-Platoon des Bataillons befehligte, hatte sich mit seinen sechs M-3 Bradley-Panzer-Kampffahrzeugen an die Spitze der sich neu formierenden Kolonne gesetzt. Die 25-mm-Kanonen waren abwechselnd im Fünfundvierzig-Grad-Winkel seitlich ausgerichtet, wie es sich gehörte. Die Fahrzeugkommandanten, Bailey eingeschlossen, spähten misstrauisch aus den Luken der Türme auf die Menge, die sich vor ihnen am Straßenrand versammelt hatte.

Obwohl sich die Ukraine und Weißrussland für neutral erklärt und ihre Streitkräfte zurückgezogen hatten, machte die Menge Chandler nervös. Beim letzten Briefing der Brigade hatte er gehört, dass eine fünftausend Mann starke amerikanische Spezialeinheit, die in Hunderte von A-Teams untergliedert war, zu Beginn des Krieges hinter den russischen Linien in der östlichen Ukraine abgesprungen war. Diese zu den Green Berets gehörenden Spezialisten für psychologische Kriegsführung organisierten einen höchst wirkungsvollen Widerstand unter den antirussisch eingestellten Ukrainern im Osten, hieß es. Es gab keinen Grund dafür, dachte Chandler, warum die russischen Spetsnaz in der westlichen Ukraine, in der seit den Zeiten der Sowjetunion Millionen ethnischer Russen lebten, nicht das Gleiche tun sollten.

Er beschloss, das schwere Maschinengewehr vor seiner Luke zu laden. Sicherungshebel in Feuerstellung. Ladehebel rechts nach hinten ziehen, Kammer öffnen. Sicherungshebel auf »gesichert«. Munitionskiste öffnen, Munitionsgurt herausholen. Zufuhrplatte oben am Maschinengewehr öffnen, Gurt in die Kammer einlegen, nach der ersten Patrone tasten.

Die schweren Patronen vom Kaliber 0,50 fühlten sich riesig an. Sobald der Anfang des Gurts sicher in der offenen Kammer saß, stellte er den Sicherungshebel auf »Feuer« und schob den Ladehebel nach vorne, so dass die Patrone in die Kammer glitt und der Bolzen gespannt wurde. Der Mechanismus arbeitete mit einem schweren, klackenden Geräusch, aber reibungslos. Chandler schloss die Zufuhrplatte und die Munitionskiste: Das MG war jetzt feuerbereit. Einhundert panzerbrechende Geschosse pro Sekunde konnte das achtunddreißig Kilogramm schwere Maschinengewehr ausspucken und einen Hubschrauber noch aus einer Entfernung von anderthalb Kilometern vom Himmel holen – vorausgesetzt, man traf aus dieser Entfernung.

Er sicherte das MG. Jefferson war seinem Beispiel gefolgt

und lud das kleinere M-60-Maschinengewehr vor seiner Luke links von Chandler. Drinnen im Panzer hörte Chandler den Richtschützen das achsparallel zum Hauptgeschütz montierte Maschinengewehr laden. Wie der Richtschütze konnte auch Chandler sein auf einem Ring befestigtes M-2-Maschinengewehr aus der Sicherheit des geschlossenen Panzers heraus bedienen.

»Juliet Lima eins, hier ist Sierra Alpha eins, hören Sie mich, over?«, vernahm Chandler an seinem rechten Ohr.

Chandler verdrehte die Augen. Bailey blödelte schon wieder mit dem Funk herum.

Chandler drückte die Sprechtaste an seinem Helm und wartete einen Sekundenbruchteil, während sich der Funk surrend aktivierte. »Sierra Alpha eins, hier Juliet Lima eins, ich höre Sie, over.«

»Funktest.«

»Laut und deutlich«, meldete Chandler so knapp wie möglich. Er hatte keine Lust, mehr Zeit als nötig damit zu verlieren. Als er nach vorne sah, fiel ihm auf, dass sich das Bataillon hinter Baileys Bradley drängte. So weit hinter den freundlichen Linien und bei ihrer allgemeinen Lufthoheit konnte er die Kolonnenformation riskieren, aber die Fahrzeuge standen dennoch zu dicht zusammen. »Sierra Alpha eins, einhundert vorfahren, over.«

»Bitte wiederholen, over.«

»Wiederhole, einhundert vorfahren, over.«

»Zu Befehl, over.«

Neben seinem Panzer entdeckte Chandler Master Sergeant Barnes, der ihm zurief: »Fertig für den nächsten Versuch, Sir?«

»In Ordnung! Los geht's!« Er hob den rechten Arm, ließ ihn in der Luft kreisen und senkte dreimal die geballte Faust. Dann rief er Bailey, der sich als einziger Kommandant vor ihm befand und daher das Signal möglicherweise nicht gesehen hatte, über Funk an und befahl ihm, langsam vorzurücken.

Hinter ihm begannen die Motoren der Panzer zu laufen. Ihr tiefes Grollen füllte die Straßenschluchten der Stadt und ging dann in das laute Heulen der Turbinen über. *Ich hoffe, wir haben keine leere Batterie wie damals am Rangierbahnhof.* Die hilflosen Riesen abzuschleppen war höchst peinlich gewesen. Die Versorgungstruppen hatten sich königlich amüsiert, als die Panzer hin- und herflitzten, um bei ihren Kollegen die Batterien zu laden. Seit damals hatte Chandler seine Panzerkommandanten stichprobenartig bei jedem Halt gefragt, wann sie das letzte Mal den Motor hatten laufen lassen, um die Batterie aufzuladen. Alle zwei Stunden zwanzig Minuten lang lautete die Regel im Gefecht.

Was noch?, fragte er sich mit einem tiefen Seufzen. Kopfschüttelnd erinnerte er sich, wie er letzte Nacht vergessen hatte, Horch- und Beobachtungsposten aufzustellen. *Fehler werden ab jetzt mit Menschenleben bezahlt.*

Er sah sich um. Sein Panzer stand am Straßenrand, von dem allerdings nicht mehr viel übrig war, nachdem die Ketten darüber gerollt waren. Die Motoren der Panzer liefen an und die Prozession setzte sich in Gang. An der Spitze fuhr die Alphakompanie, die aus vierzehn M-1A1 Abrams Main Battle Tanks wie dem, auf dem Chandler saß, bestand. Wie die viel kleineren Geschütze auf Baileys M-3-Panzern waren auch die vom Turm stabilisierten 120-mm-Glattrohrkanonen abwechselnd nach rechts und links ausgerichtet. Jeder von ihnen war mit den neuen Millimeterwellen-IFF-Transceivern ausgestattet, die unaufmerksame Schützen sofort warnten, wenn sie einen amerikanischen Panzer im Visier hatten. Reflektierende Streifen hinten und auf den Seiten der Panzer sollten die Einheiten warnen, die nicht über diese elektronische Ausrüstung verfügten. *Unsere eigenen Leute scheinen eine größere Bedrohung darzustellen als die Russen,* dachte Chandler. *Kein gutes Zeichen.*

Die Panzer fuhren an ihm vorüber, Kommandanten und Ladeschützen ragten mit Oberkörper und Kopf aus den Luken. Chandler erwiderte den militärischen Gruß des Kommandanten der passierenden Alphakompanie. Der Kommandant des nächsten Panzers salutierte ebenfalls. Es war wie bei einer Militärparade: Ein Fahrzeug nach dem anderen rollte vorbei, ein Kommandant nach dem anderen salutierte. Die Besatzung stand stramm an den Luken, drehte sich auf den geflüsterten Befehl »Augen links« zu ihm und grüßte zackig. Chandler fühlte sich wie ein Idiot. Ihm war die Sache peinlich, aber er wollte die Männer nicht enttäuschen und erwiderte daher den Gruß. Doch er kam sich zunehmend vor wie eine Zielscheibe: Aus den Türen und Fenstern der Gebäude beobachteten ihn von allen Seiten Zivilisten. Im Geiste nahm er sich vor, Barnes, der kommissarisch die Aufgaben des Command Sergeant Major wahrnahm, darum zu bitten, in Zukunft auf solche Aktionen im Feld zu verzichten. Es hatte keinen Sinn, den Russen eine Zielscheibe zu bieten.

Nun folgte die Deltakompanie, die einzige Infanterieeinheit seines Bataillons. Da er mit dem Infanteriebataillon der Brigade eine Panzerkompanie getauscht hatte, waren sie beide zur »Taskforce« geworden, wie es beim Militär hieß – also nicht mehr reine Panzer- oder Infanteriebataillons. »Taskforce in Bataillonsstärke«. Chandler hatte Panzer-Taskforce 2/415, während Lieutenant Colonel Honig Infanterie-Taskforce 3/415 befehligte.

Die beiden M-2 Bradleys der Infanterie passierten. Chandler versuchte, die Parade abzubrechen, indem er den Gruß des ersten Fahrzeugkommandanten bewusst nicht erwiderte, aber als die Besatzung des zweiten Schützenpanzers salutierte, gab er nach. Im Gegensatz zu den Panzerkompanien, die nur zweiundsechzig Mann umfassten, fuhren hundertelf Offiziere und Soldaten der Infanterie in ihren dreizehn M-2-Bradley-Schützenpanzern an ihm vorüber. Neun Bradleys transportierten die aus je neun Mann bestehenden Squads, die übrigen vier die drei Platoons und die Headquarters Company.

Die Bradley-Schützenpanzer starrten geradezu vor Waffen. Zusätzlich zu der M-242-Chain-Gun, die 25-mm-Munition verschoss, und dem achsparallelen Maschinengewehr, einem M-240C 7,62 mm, das von dem kleinen Turm des Bradley abgefeuert wurden, hatten die Besatzungen auch die beiden TOW-2-Antipanzer-Raketenwerfer links vom Turm in Feuerstellung gebracht. Wie die Borsten eines Stachelschweins ragten seitlich und hinten am Bradley auf Kugellagern montierte M-231 5,56-mm-Sturmgewehre in die Landschaft, insgesamt sechs an der Zahl, die von der Besatzung vom Inneren des Bradley aus gedreht und abgefeuert werden konnten. Auf drei der dreizehn Panzer saßen Schützen, die die gegen Flugzeuge eingesetzten Stinger-Flugkörper an die Schulter gesetzt hatten. Verborgen in jedem Panzer befanden sich, wie Chandler wusste, zudem ein M-60-Maschinengewehr, ein SAW, zwei 40-mm-Granatwerfer, vier M-16, ein Dragon-Antipanzer-Raketenwerfer und zwei kleinere AT-4-Antipanzer-Raketen.

Danach folgten die vierzehn sechzig Tonnen schweren M-1A1-Panzer der Bravokompanie, gegenüber denen die Bradley-Schützenpanzer geradezu zierlich wirkten.

Dahinter kamen die dreihunderteinunddreißig Männer der Headquarters Company, die allein mehr als doppelt so groß war wie ein komplettes russisches Panzerbataillon. Zu ihren Fahrzeugen gehörten M-113 Personentransporter für Spezialeinsätze, Krankentransporte, Wartungs- und Bergungszwecke, Bradleys, Tankfahrzeuge mit Kraftstoff, zweieinhalb Tonnen schwere Versorgungsfahrzeuge und Humvees. Die dreißig Männer in den sechs M-3 Bradleys von Baileys Scout Platoon an der Spitze der Kolonne gehörten ebenso zur Headquarters Company wie die sechs selbstfahrenden 4,2-Zoll-Mörser, Chandlers persönliche Artillerie.

Den Schluss machte die Charliekompanie: vierzehn weitere M-1A1, von denen die letzten drei ihre Geschütze nach links, nach rechts und direkt nach hinten gerichtet hatten, um ihren Rücken zu decken.

Als der letzte Panzer an ihm vorüberrollte, fühlte sich Chandler an einen zweitklassigen Film erinnert, den er als Kind gesehen hatte. Darin waren Skelette, deren Knochen am Boden verstreut gelegen hatten, zu neuem Leben erwacht. Diesmal stammten die Monster aus Eisenbahnwagons und waren aus Stahl. Vor zehn Tagen hatten sie noch leblos in Kisten und unter Planen gelegen, jetzt sahen sie zumindest aus, als wären sie Teil einer funktionierenden Panzereinheit.

Von der Höhe seines eigenen Ungeheuers aus blickte er auf die Straße herab, während sein Fahrer eilends seinen Platz in der Mitte der Kolonne einnahm. Plötzlich konnte er sich genau vorstellen, welches Entsetzen die Männer packen musste, die sich mit diesen Panzern konfrontiert sahen. Die meisten von ihnen würde nur winzige Waffen besitzen, die nicht in der Lage waren, die flachen Wabenstrukturplatten der Panzerung zu durchdringen, die aus Stahl-, Aluminium- und Keramik bestanden. Später, auf dem Schlachtfeld, musste er sich immer daran erinnern: an das Entsetzen des Infanteristen, der allein diesen feindlichen Ungeheuern gegenüberstand. Seinen eigenen Leuten durfte das nicht passieren, aber der Feind musste dieser Furcht ausgesetzt sein. Denn Panzer – Chandlers vierundvierzig M-1 ebenso wie die T-72 und T-80 der Russen – waren tatsächlich Ungeheuer. Doch gleichzeitig waren sie der Schlüssel zu dem Reich, das vor ihnen lag.

Philadelphia
7. Juli, 1500 Uhr GMT (1000 Uhr Ortszeit)

Die Delegation des Vorstands der amerikanischen Notenbank saß wartend im kunstvoll vertäfelten Konferenzraum des Präsidenten. Lambert folgte dem Präsidenten in das Besprechungszimmer, obwohl ihm nicht klar war, warum seine Anwesenheit bei diesem Treffen in letzter Sekunde verlangt worden war. Die Vorstandsmitglieder erhoben sich und schüttelten dem Präsidenten die Hand. Dann begrüßten sie den Handelsminister, den Arbeitsminister, den Direktor des Office of Management and Budget, den Vorsitzenden des Rates der Wirtschaftsexperten des Präsidenten und Lambert. Die Leute des Präsidenten blickten niedergeschlagen drein und der Vertreter des Budgetbüros des Kongresses, der sich an seinem Platz am Ende des Tisches erhob und vorstellte, konnte kaum jemandem in die Augen sehen. Irgendetwas war im Busch und Lambert war nicht eingeweiht.

Sobald alle Platz genommen hatten, sagte der Präsident: »Sie haben meine Aufmerksamkeit, meine Herren. Was ist das für eine wirtschaftliche Katastrophe, von der Sie reden?«

»Ich weiß es zu schätzen, dass Sie sich Zeit für diese Angelegenheit nehmen, Mr. President«, begann der Chef der Notenbank. »Wie Sie wissen, verfügen wir seit dem Atomkrieg über keinerlei zuverlässige Wirtschaftsindikatoren mehr und das wird sich auch in den nächsten Wochen nicht ändern. Um Anhaltspunkte für unsere Geldpolitik zu bekommen, mussten wir uns daher an unsere Regionalbanken wenden. Wir baten sie darum, für ihre Bezirke unter anderem Schätzungen hinsichtlich des Bruttoinlandsprodukts und der Groß- und Einzelhandelspreise anzustellen. Dabei hat sich herausgestellt, dass wir auf eine wirtschaftliche Depression nie gekannter Größe zusteuern.« Der ältere Mann, ein anerkannter Wirtschaftsexperte und Universitätsprofessor, saß sehr aufrecht auf seinem Stuhl und holte tief Atem.

»Wovon sprechen Sie?«, fragte der Präsident sehr langsam. Es klang geradezu herausfordernd. »Wovon redet der?«, wollte er mit Blick auf seine eigenen Leute wissen. Niemand antwortete. Alle sahen aus, als säßen sie auf glühenden Kohlen, bemühten sich aber angestrengt, nicht mit Block und Dokumenten herumzufummeln.

»Mr. President«, erklärte der Chef der unabhängigen Notenbank, »wir verfügen nur über grobe Schätzungen, die um fünf oder sogar zehn Prozent nach oben oder unten abweichen können, aber für diesen Monat erwarten wir einen Rückgang des Bruttoinlandprodukts um fünfundzwanzig bis fünfunddreißig Prozent, auf das Jahr hochgerechnet. Seit der Depression hat es in unserem Land nichts Vergleichbares mehr gegeben und diesmal könnte die Wirtschaftskatastrophe sogar noch schlimmer ausfallen. Der Index der führenden Wirtschaftsindikatoren liegt unseren Schätzungen zufolge irgendwo zwischen zwanzig und dreißig. Alles unter fünfzig bedeutet Rezession, unter dreißig bewegen wir uns in unbekannten Gewässern.«

Der Präsident sah aus, als würde ein Bus direkt auf ihn zurasen. Dann schüttelte er den Kopf. »Nein, das kann doch nicht sein.« Er sah seine Wirtschaftsberater an, deren Job nur noch an einem seidenen Faden hing. »Sie haben mir doch gesagt, aufgrund der Kriegsschäden und der atomaren Verseuchung wäre mit einem negativen Wachstum von ein bis zwei Prozent zu rechnen, aber das hier ist völlig unerwartet. Das kann doch nicht wahr sein!«

»Das Problem mit den Zahlen, die wir und Sie verwenden, die jeder verwendet hat, ist, dass sie nur die materiellen Schäden an den Fabriken und Geräten beziehungsweise die Verluste an Menschenleben erfassen«, erläuterte der Notenbankchef. »Die psychologischen Schäden wurden völlig ignoriert.« Er beugte sich vor, stützte die Ellbogen auf den Tisch und starrte auf seine gefalteten Hände. »Sir, niemand arbeitet mehr. Unsere Rüstungsindustrie funktioniert noch relativ gut, aber ansonsten ist die Produktion zusammengebrochen. Die Erhebungen nach dem Angriff hatten da eine riesige Lücke. Während die Schäden in den betroffenen Gebieten bewertet wurden, verschwand die Bevölkerung aus unseren größten Städten. Die Leute ließen ihre Häuser, ihre Jobs, einfach alles im Stich. Sie sind auf dem Land bei Verwandten untergekommen oder leben in Hotels und Motels von ihren Ersparnissen.« Er schüttelte den Kopf. »Es ist, als wollte die Bevölkerung unseres Landes kollektiven wirtschaftlichen Selbstmord begehen. Der Verbrauch ist mehr oder weniger stabil geblieben, aber die Einkommen sind drastisch gesunken. Die Differenz wird dadurch ausgeglichen, dass die Leute ihre Ersparnisse aufbrauchen. Dabei brauchen wir dieses Geld dringend für den Wiederaufbau in den zerstörten Gebieten.«

»Das verstehe ich nicht. Warum? Wie konnte es dazu kommen?«

»Angst, Mr. President. Die Leute haben Angst vor einem Atomkrieg, Angst vor der Bastion in der Karasee.«

Der Präsident vergrub das Gesicht in den Händen und rieb sich die Kopfhaut, als hätte er einen plötzlichen Migräneanfall erlitten. »Was ist die Schlussfolgerung aus diesen Erkenntnissen?«, fragte er niedergeschlagen, ohne seine blass gewordenen Berater zu beachten.

»Unter dem Strich heißt dies, dass wir die Leute bis September oder spätestens Oktober dazu bewegen müssen, an ihre Arbeitsplätze zurückzukehren. Danach dürften die Schäden irreversibel sein. Firmen, die bereits durch die neuen Steuern belastet sind, werden Bankrott gehen. Damit wächst die Arbeitslosigkeit weiter, während die Steuereinnahmen zurückgehen. Das Haushaltsdefizit wird explodieren. Das treibt wiederum die Zinsen in die Höhe, weil der Staat versuchen muss, zu immer höheren Zinssätzen Geld aufzunehmen. Damit werden noch mehr Firmen und Privatpersonen Pleite gehen. Schließlich müssen auch die Banken aufgeben. Der Staat wird den Anlegern unter die Arme greifen, was das Defizit immer weiter vergrößert.«

Der Präsident hob den Kopf und seufzte. »Was können wir tun? Was kann *ich* tun?«

»Reden Sie mit den Leuten. Überzeugen Sie sie davon, dass sie an ihre Arbeitsplätze zurückkehren müssen. Wenn nötig, üben Sie moralischen Druck aus.«

»Was soll ich Ihnen denn sagen, wenn sie panische Angst vor einem neuen Atomschlag haben? Dass er ausgeschlossen ist? Dass sie nach Hause fahren sollen, weil ich ja weiß, dass sie bei der nächsten Wahl ohnehin nicht gegen mich stimmen können, falls ich mich getäuscht haben sollte?«

»Sie könnten die Kriegsziele korrigieren«, meinte der Notenbankchef achselzuckend. Er hob die Hände. »Ich weiß, dass es nicht mein Job ist, aber die Spannungen scheinen immer weiter zuzunehmen, statt nachzulassen. Chemische Waffen, radioaktiver Fallout – mittlerweile scheint alles möglich, die Büchse der Pandora hat sich geöffnet. Wenn Sie die Forderungen zurücknehmen würden, gegen die sich die Russen am meisten sträuben, dann würden die Leute vielleicht allmählich zurückkehren, bevor es zu spät ist.«

Der Blick des Präsidenten schweifte ins Leere und er schüttelte langsam den Kopf. »Ich befinde mich offensichtlich in einer Zwangslage, aber ich kann mich nicht aus dem Krieg zurückziehen, nur damit die Leute wieder zur Arbeit gehen.« Erneut starrte er in die Ferne. Seine Stimme schien von weither zu kommen.

»Und wenn wir so schnell wie möglich gewinnen?«, meinte Lambert. Alle wandten sich nach ihm um. »Wenn es nur eine Zeitfrage ist, können wir es vielleicht in zwei Monaten hinter uns bringen.«

Für einen Augenblick herrschte Schweigen.

»Wäre das denn machbar?«, erkundigte sich der Notenbankchef.

»Wie schnell können wir mit den Russen fertig werden, wenn wir ein erhöhtes Risiko eingehen? Ist Ende September vorstellbar?«

»Wir haben im Stab die Strategie des ›schnellen Sieges‹ diskutiert, Sir«, erläuterte Lambert. »Karelische Variante« hatten die Planer es genannt. »Das Risiko ist beträchtlich, daher weigerten sich die Vereinigten Stabschefs einstimmig, Ihnen diese Strategie zu empfehlen. Wenn sie funktioniert, könnten wir den Krieg jedoch mit etwas Glück bis Ende August gewonnen haben.« Eine gewagte Hypothese, das war ihm selbst klar.

Der Präsident legte den Kopf fragend zur Seite und blickte den Notenbankchef an. Der zuckte die Achseln. Der Präsident legte die Handflächen auf den Tisch. »Also gut, ich werde den Leuten ernsthaft ins Gewissen reden und sehen, was ich tun kann. Ich werde versuchen, sie so weit zu beruhigen, dass sie in die Städte zurückkehren. Außerdem werde ich ein Team zusammenstellen, dass sich mit dem Problem befasst – das Thema ist ab sofort Chefsache. Und, Greg, in vier Stunden will ich eine Vollversammlung des Nationalen Sicherheitsrats mit einem umfassenden Briefing über diese Strategie des ›schnellen Sieges‹«.

Während sie nacheinander den Raum verließen, musste Lambert daran denken, wie wütend General Thomas sein würde, wenn er erfuhr, dass Lambert dem Präsidenten von der Karelischen Variante, dem riskanten Notfallplan, erzählt hatte.

Bei Rowno, Ukraine
10. Juli, 1400 Uhr GMT (1600 Uhr Ortszeit)

»Wer ist der Nächste?«, erkundigte sich Chandler, während er mit zwei anderen Offizieren – dem Captain, der die Alphakompanie befehligte, und dessen Lieutenant, der den zweiten Zug kommandierte – zum nächsten der in weitem Abstand aufgestellten M-1A1-Kampfpanzer ging.

»Zwei-drei«, antwortete der Lieutenant. »Adams ist Kommandant, Martinez Ladeschütze, Hartley Richtschütze und Ross fährt.«

Während sie auf den Panzer zumarschierten, wobei sich der Captain und sein Offizier Chandlers flottem Schritt anpassten, streifte Chandlers Blick über das unregelmäßige Fleckenmuster des Tarnnetzes. Das dunkle Grün entsprach genau der Farbe der Bäume, die sich bis zu den Hügeln in der Ferne erstreckten. Wären nicht das auf den Wald gerichtete dicke Geschützrohr, die offenen Luken und die beiden feuerbereiten Maschinengewehre oben auf dem Panzer gewesen, hätte man ihn selbst aus nächster Nähe für eine natürliche Erhebung halten können. Aber er war wärmer als der Boden der Umgebung und würde an diesem sonnigen Sommertag in der ewigen Dunkelheit der Wärmesichtgeräte der feindlichen Schützen deutlich zu erkennen sein.

»Wie geht's, Sergeant?«, erkundigte sich Chandler bei dem stiernackigen, muskulösen Mann, dessen nackter Oberkörper aus dem von ihm befehligten Panzer ragte. Zumindest trug er einen Helm, auf dem die drei Winkel seines Rangabzeichens prangten.

»Guten Tag, M-M-Major«, gab er verlegen zurück, als die drei Offiziere schon fast neben den Ketten standen.

»Das Ding klemmt«, meldete ein dürrer Soldat, der Kopf und schweißdurchnässtes T-Shirt aus der Luke des Ladeschützen gestreckt hatte. Er ließ einen schweren Schraubenschlüssel polternd auf das flache Deck des Turms fallen und salutierte unbeholfen mit den ölverschmierten Händen.

Chandler erwiderte den Gruß. Unterdessen versetzte der

Sergeant jemandem unten im Panzer einen Fußtritt. »He, rauf mit euch. Wir h-h-haben Gesellschaft.«

»Lass mich in Ruhe, Mann. Ich bin noch nicht mit dem Essen fertig«, lautete die Antwort von drinnen.

»Es ist der M-M-Major«, flüsterte der Sergeant und verlieh seinen Worten mit einem erneuten Fußtritt Nachdruck.

»Sehr witzig. Ist General Thomas höchstpersönlich auch dabei?«

»Rauf mit dir, Martinez!«, schrie der zweite Mann.

»Du auch, Ross!« Der Panzerkommandant hatte sich vorgebeugt und brüllte nach unten in den Panzer hinein.

Schließlich tauchten die beiden auf und salutierten überrascht, als sie das Komitee entdeckten, das sie draußen erwartete. Einer stellte einen Plastikbecher, in dem noch der Löffel steckte, sorgfältig auf dem Turm ab, um die Kopfhörer seines Walkman herunterzunehmen. Die grellen Töne der lauten Musik waren in der allgemeinen Stille das einzige Geräusch.

»Habt ihr Männer alles, was ihr braucht?«, wollte Chandler wissen.

»Jawohl, Sir«, kam es im Chor zurück. Chandler lächelte. Das war sein erster »Rundgang« bei der Alphakompanie. Diese Männer hatten bei seiner ersten Inspektion des gesamten Bataillons die Flanken gesichert, bei der zweiten waren sie bei einer »Parade« gewesen – das hieß, sie waren mitten durch ein kleines Dorf gerollt, das die Alliierten nicht ständig besetzten, um die Einheimischen einzuschüchtern.

»Haben Sie schon w-w-was zur Treibstoffsituation gehört, Sir?«, fragte Adams. »Wir haben kaum noch genug, um die Batterien zu laden.«

»Habe ich, morgen soll eine Lieferung kommen. Danach werden wir uns sofort auf den Weg machen.«

»Schwer zu verstehen, dass wir die Pipeline nicht anzapfen dürfen«, meinte Adams. Alles drehte sich nach den Amerikanern in Zivil um, die eine Leitung etwa parallel zu der Richtung verlegten, in der die Panzer vorrückten. Es handelte sich um eines von mehreren Großprojekten, Treibstoff von den Raffinerien in Rumänien und Italien direkt an die Front zu transportieren. Doch selbst so schrammten die mechanisierten Armeen des Westens nur knapp an der Katastrophe vorbei – zu groß war ihr Bedarf an Treibstoff, Öl und Schmiermitteln. Wie die übrigen Kommandeure im Feld war Chandler dazu übergegangen, Bestellzettel an selbständige osteuropäische Tanklastfahrer auszugeben, die ihre Rostlauben im Westen mit billigem Kraftstoff füllten, sich irgendwie durch die vom Krieg gebeutelte Ukraine kämpften und ihre Ladung mit ungeheurem Profit losschlugen. Er hatte keine Ahnung, ob die Armee diese Zettel jemals gegen Bargeld einlösen würde, aber der Kuhhandel verursachte ihm nicht die geringsten Gewissensbisse. Schließlich hatten sie ununterbrochen mit Problemen zu kämpfen, weil die Hightech-Turbinen der Panzer die Verunreinigungen im Kraftstoff nicht vertrugen.

»Wann werden wir endlich etwas von den Kampfhandlungen zu sehen bekommen, Major?«, wollte der dünne Ladeschütze wissen. »Ich dachte, wir sollten inzwischen schon auf halbem Weg nach Kiew sein.«

»Keine Ahnung. Der letzten Karte nach, die ich bei der Brigade gesehen habe, sind die Russen im Nordwesten gut sechzig und im Nordosten etwa fünfzig Kilometer von uns entfernt. Das heißt, es dauert noch eine Weile, bis wir mit Kontakt rechnen können.«

»Wir rücken doch Richtung M-M-Moskau vor, nicht wahr, Sir?«

»In die Richtung«, nickte Chandler. Er schlug mit der Hand auf den Stoßfänger. »Okay, Leute, weitermachen. Wenn ihr etwas braucht, lasst es mich wissen.«

Die Besatzung grinste bei diesen Worten über das ganze Gesicht, grüßte aber respektvoll. Chandler und seine Begleiter gingen zum nächsten Panzer weiter. Nach ein paar Metern flüsterte der Lieutenant: »Adams hat ein kleines Sprachproblem, aber normalerweise stottert er nicht so stark. Der war wohl nervös. Über Funk ist das gar kein Problem.«

»He, Major, Sir!«, kam es vom Panzer hinter ihnen. »Wie sieht's mit ein paar Bier aus?« Die Besatzung grölte vor Lachen.

»Wenn wir erst mal in Moskau sind!«, rief Chandler und drehte sich um.

Rechts in der Ferne hinter dem Panzer erhob sich eine kleine schwarze Scheibe über die Baumlinie. Die Kronen dahinter verschwammen in der Hitze der Abgase, bevor das Geschoss sanft zur Erde zurückglitt. Dahinter schwebte in einer Entfernung von über einem Kilometer kaum noch sichtbar hinter einem Hügel ein Helikopter.

»Verdammt ...!«, rief der Kommandant der Kompanie aus, als auch schon ein lautes Krachen von der anderen Seite des Panzers ertönte. Der Aufprall zwang Adams und Hartley, sich Halt suchend an ihre Luken zu klammern.

Blaue Flammen schossen zehn Meter hoch aus den Luken am Turm und aus der Fahrerluke vorne am Panzer, während eine tosende Wand aus Lärm und Hitze über Chandler hereinbrach. Harley wurde aus dem Panzer geschleudert, überschlug sich in der Luft und landete schlaff wie eine Puppe mit dem Kopf zuerst auf dem Boden vor ihnen, wo er sich in dem zerfetzten Tarnnetz verfing. Der Fahrer hing halb über seiner Luke, während das Feuer im Inneren des Panzers seinen Körper verzehrte. Der dritte Mann war irgendwo unter den Netzen verschwunden. Entsetzt starrten die Offiziere auf Adams, dessen hohe Schreie nichts Menschliches mehr an sich hatten.

Wahnsinnig vor Schmerzen kletterte er aus der Luke. Sein gesamter Oberkörper brannte, wurde von weißen, gelblich geränderten Flammen verzerrt – eine menschliche Fackel.

»Adams!« Der Lieutenant wollte auf den brennenden Panzer zustürzen, der unheilvoll zu knistern und zu knattern begonnen hatte.

Der Captain sprang vor, um den jungen Mann aufzuhalten. »Nein!«, schrie er, während er den um sich tretenden Platoon Leader zu Boden warf. Aus den Nähten am hinteren Deck des Panzers stieg weißer Rauch auf. Adams stürzte zu Boden, rappelte sich jedoch wieder hoch und taumelte davon, wobei er sich immer wieder gegen die Brust schlug, als würde er von einem Schwarm wilder Bienen angegriffen.

Nun stand das hintere Deck des Panzers in hellen Flammen. Chandler Kopf wackelte hin und her, während er um sein Gleichgewicht kämpfte. Erst jetzt merkte er, dass er auf dem Rücken lag und sich auf die Ellbogen stützte. Die Hitze brannte auf seiner Haut, seine Trommelfelle schmerzten vom Tosen der Flammen. Unwillkürlich schlossen sich seine Augen, als die Munition des Panzers explodierte und durch die Überdruckpaneele des hinteren Decks über dreißig Meter hoch in die Luft schoss.

In wenigen Sekunden hatte das Feuer die hochbrennbaren Stoffe wie Treibstoff und Sprengstoff verzehrt. Als der Lärm nachließ, war das Rattern der schweren Maschinengewehre zu hören, die von den Panzern in der Nähe abgefeuert wurden. Panzer 23 war nur noch ein schwelendes Wrack.

»O Gott!«, schrie jemand in Chandlers Nähe. Als er sich aufsetzte, entdeckte er den rauchenden, bewegungslosen Körper von Adams. »Mein Gott, mein Gott!« Es war der Lieutenant, der schrie. Der Kompaniekommandeur hielt ihn nicht länger am Boden fest, sondern saß neben ihm und hatte den Arm um den jungen Offizier gelegt, der das Gesicht in den Händen vergraben hatte. Das schwere Trommelfeuer der 0,50-Kaliber-Waffen von den anderen Panzern erstarb. Hastig ließ Chandler einen prüfenden Blick über die Baumlinie gleiten. Aus den Wäldern stieg auf halbem Weg zu der Stelle, an der er den Hubschrauber gesehen hatte, eine schmale Rauchsäule auf. Offenbar war die Helikopterbesatzung, die die zweite Rakete gesteuert hatte, vom Maschinengewehrfeuer vertrieben worden und das Geschoss war abgestürzt.

Chandler hockte sich auf die Stiefelabsätze und schlang die Hände um die Beine. *Alle tot,* dachte er mit einem Blick auf die drei Männer auf und neben dem Panzer. *Alle vier Männer tot.* Das war ihm klar, nachdem er noch in sechzig Meter Entfernung die Wucht der Explosion gespürt hatte, der sie voll ausgesetzt gewesen waren. Es schien völlig unwirklich. Wenn er jetzt »Alles hoch!« brüllte, wie vor kurzem geübt, würden sie aufspringen und sich den Staub von der Kleidung bürsten.

Adams Leiche rauchte immer noch und keiner der anderen Männer ließ das geringste Anzeichen dafür erkennen, dass er sich je wieder bewegen würde. Als Soldaten von den anderen Panzern heranliefen, stand auch Chandler auf und ging auf den Panzer zu. Je näher er kam, desto heißer wurde es. Die Realität holte ihn ein, denn nun waren die tödlichen Wunden der Männer immer deutlicher zu erkennen.

Chandler beobachtete, wie der erste Panzer die Brücke über den Fluss Goryn überquerte. In der einen Fahrbahn gähnte ein riesiger Bombenkrater, aber die andere war selbst für die breiten Panzer noch passierbar. Plötzlich bemerkte er, dass seine Schnürsenkel offen waren; als er sich bückte, hatte er keine Stiefel an, sondern schwarze Schuhe, wie er sie im Büro trug.

Als er aufblickte, hatte sich auf der Brücke ein Stau gebildet. Jeder einzelne Panzer, jedes Panzerfahrzeug, jeder Lkw in seinem Bataillon drängte sich Stoßstange an Stoßstange mit den anderen auf der Brücke.

»Einer nach dem anderen!«, brüllten Chandler und der Militärpolizist am anderen Ufer.

Als hätte er damit das Stichwort gegeben, tauchte vor seinen Augen ein russisches Kampfgeschwader auf und jagte über sie hinweg. Im schwarzen Wasser unter der Brücke spritzten Fontänen in die Höhe. Quälend langsam brach das Bauwerk zusammen und das ganze Bataillon begann zu fallen. »Nein!«, brüllte Chandler. Ein Mann, dessen Stimme er nicht erkannte, sagte »Major Chandler«. Offenbar wusste er nicht, welches Schicksal ihn erwartete.

»Nein!«

»Wachen Sie auf, Sir!«, sagte Barnes. Als er die Augen öffnete, entdeckte Chandler über sich den späten Abendhimmel. Sofort fand er seine Orientierung wieder. »Schlecht geträumt, Sir?«

Chandler blies die Backen auf und stieß einen Seufzer aus. Der Schweiß stand unangenehm kalt auf seiner Haut unter der Uniform, die er nun schon seit einigen Tagen trug. Er wischte sich mit dem Ärmel Stirn und Nacken ab.

Barnes ließ den Blick über die Tarnnetzhügel streifen, unter denen sich Chandlers Panzer verbargen. »Das wird schon wieder, Sir. Wir sind alle angespannt, aber das wird sich schnell ändern, wenn wir erst einmal etwas in den Magen bekommen.«

Chandler starrte auf die Baumlinie weiter unten am Abhang. Er stank immer noch nach dem verbrannten Panzer. Der Geruch hing in seiner Kleidung, seinen Haaren, seiner Nase. Und da war er, ein verkohltes Monument der Sinnlosigkeit, das von einem riesigen Bergungsfahrzeug auf einen Anhänger gehievt wurde.

»Wirklich erstaunlich«, sagte Barnes, der die Szene ebenfalls beobachtete. »In ein paar Tagen ist das Ding vermutlich wieder einsatzfähig.« Er schüttelte den Kopf. »Hier sind die Akten, um die Sie mich gebeten hatten, Sir.«

Chandler setzte sich auf und griff nach den Akten. Barnes ließ ihn allein.

Er öffnete den ersten Ordner: Barnes' Personalakte. Seine letzten Leistungsbeurteilungen und die Empfehlungen für die Beförderung zum Private First Class, Corporal und schließlich zum Sergeant waren überdurchschnittlich. Jeder schien ihn zu mögen.

Dann folgte sein Antrag auf Förderung eines Collegestudiums, der bereits den Genehmigungsstempel trug. »1. Juli« hatte Adams selbst handschriftlich auf dem Formular vermerkt. Vor zehn Tagen hätte er die Armee verlassen sollen, im Herbst wollte er sein Studium beginnen. Chandler seufzte tief und lehnte den Kopf gegen das harte Metall eines der Laufräder, mit denen die Panzer auf der Straße fuhren. Nach ein paar Augenblicken zwang er sich, die Augen erneut zu öffnen. Er holte sein Klemmbrett hervor und legte es als Schreibunterlage auf seinen Schoß.

»Sehr geehrte Mrs. Adams, sehr geehrter Mr. Adams, mit größtem Bedauern muss ich Sie vom Tode Ihres Sohnes« – er warf einen Blick auf die Akte – »William unterrichten. Ich möchte Ihnen mein tiefes Mitgefühl aussprechen, obwohl ich nicht viel Gelegenheit hatte, ihn kennen zu lernen. Ich begegnete William nur wenige Minuten bevor« – er blickte in den rasch dunkler werdenden Himmel hinauf, während er überlegte, was er schreiben sollte: *… er bei lebendigem Leibe schreiend unter fürchterlichen Schmerzen verbrannte* – «er ums Leben kam. Sein Panzer wurde während eines Routinestops zu Wartungszwecken« – *weil uns der Treibstoff ausgegangen war* – »von einer Rakete getroffen. Dabei fanden er und seine drei Kameraden« – er ging die anderen Ordner durch und schrieb die vollen Namen nieder – »den Tod.« Er fragte sich, ob er schreiben sollte, er sei sofort tot gewesen, aber für den armen Adams stimmte das nicht, also behielt er sich die Formulierung für die drei Briefe vor, die er als Nächstes schreiben musste.

»Ich will nicht behaupten, dass ich Ihren tiefen Schmerz angesichts dieser Nachricht, die Ihnen vermutlich bereits telegrafisch oder persönlich übermittelt wurde, nachempfinden kann, aber ich kann Ihnen sagen …« *Was kann ich ihnen denn sagen?* Er starrte auf die Worte, die er geschrieben hatte, und auf die Ordner, aber ihm fiel nichts ein, womit er die Lücke hätte füllen können. Um ihn herum senkte sich die Dämmerung über die ländliche Ukraine. Bevor er hierher kam, hatte er nichts über dieses Land gewusst und daran hatte sich nur wenig geändert.

Warum bin ich hier?, fragte er sich plötzlich. *Meine Frau und das Kind, das ich noch nie gesehen habe, sind zu Hause in einem vom Krieg verwüsteten Land und ich bin hier.* Das alles ergab einfach keinen Sinn.

Doch das Papier vor ihm verlangte, dass er weiterschrieb. »Aber ich kann Ihnen sagen, dass hier anständige Männer und Frauen wie Ihr Sohn sind, von denen jeder sein eigenes Leben, seine eigene Identität besitzt, eine Geschichte, die bis in ihre Kindheit und zu den Eltern, die sie großgezogen haben, zurückreicht. Für manche endet diese Geschichte in einer Tragödie, in der Obhut einer Person, die der Familie völlig unbekannt ist. Obwohl ich davon überzeugt bin, dass ich nichts hätte tun können, um Ihren Sohn zu retten, werde ich für den Rest meines Lebens diese Last mit mir tragen: zu wissen, dass ich das verloren habe, was für Sie das Wertvollste in Ihrem Leben war. Eines möchte ich Sie dennoch wissen lassen: Sie haben Ihre Aufgabe erfüllt. Ich weiß, dass

Sie nicht wollten, dass Ihr Sohn für sein Land sein Leben gibt, aber Sie haben ihn zu einem guten Mann und einem fähigen Soldaten erzogen. Er hätte länger bei uns sein sollen, doch Sie können Gott oder dem Schicksal dafür danken, dass er überhaupt unter uns weilte.«

Er sah auf den ausgebrannten, bewegungslosen Panzer, der langsam auf dem niedrigen Anhänger davonrollte. In ein paar Tagen würde er wieder repariert und so gut wie neu seinen Dienst versehen. Doch es würde nicht derselbe Panzer sein, denn die Besatzung würde eine andere sein und es waren die Männer in seinem Inneren, die dem Panzer Leben einhauchten.

»Mein herzliches Beileid.« Erneut legte er eine Pause ein, bevor er die nächsten Worte mit einem Ernst schrieb, der wenige Tage zuvor noch undenkbar gewesen wäre. »David W. Chandler, Major, 2/415 Armor, Kommandeur.«

Kreml, Moskau
11. Juli, 1900 Uhr GMT (2100 Uhr Ortszeit)

»Es wurde eine dritte Überschreitung des Dnjepr gemeldet«, sagte Filipow. »Zwei Kilometer nördlich der ersten. Es handelt sich um Einheiten der Armored Cavalry, aber am westlichen Ufer bereiten sich schwere Panzerformationen darauf vor, ihnen zu folgen. Mindestens sechs Pontonbrücken sind im Moment einsatzbereit, an drei weiteren wird noch gearbeitet, der Bau einer Brücke wurde verhindert.«

Rasow nickte nur.

»General«, sagte Filipow vorwurfsvoll, als wäre Rasow die Bedeutung seines Berichts entgangen, »im Süden hat bereits ein gesamtes Panzerregiment den Fluss überquert. Den *Dnjepr*!« Er betonte das Wort, als wüsste Rasow nicht, dass es sich um das letzte große Gewässer handelte, welches die feindlichen Truppen von Moskau trennte. »Wenn nun ein zweites an einem anderen Ort auftaucht, bestätigt das doch die Einschätzung des Geheimdienstes, dass …«

»… es ihnen gelungen ist, die Verbindung zwischen dem V. und dem III. Korps herzustellen«, beendete Rasow den Satz. »Thomas bevorzugt klassische Strategien. Er stärkt das Erreichte, indem er die beiden Arme seines Angriffs im nördlichen Arm, der größere Erfolge zu verzeichnen hatte, zusammenführt.«

»Aber die haben bereits zwei Armored-Cavalry-Regimenter und ein paar Panzerbrigaden übergesetzt«, meinte Filipow kopfschüttelnd. »Wie kann deren Logistik so schnell arbeiten?«

»Wir haben es hier nicht mit Chinesen zu tun!«, fauchte Rasow. »Mindestens zwei ihrer schweren Divisionen plus aller zugehörigen Elemente müssen sich diesseits des Flusses befinden, damit wir so viel von ihrer Kampfkraft wie möglich im Dnjepr-Sosh-Dreieck erwischen. Sonst treffen wir nämlich nicht ihre Flanken, sondern sie unsere!«

Während Filipow an seinen Schreibtisch zurückkehrte, studierte Rasow die Karte. Es war ein riskantes Spiel. Dem Feind ohne großen Widerstand Terrain zu überlassen, damit man ihn in eine günstige Position bekam, war eine Sache. Ein echtes Gambit dagegen war es, ihn eine wichtige natürliche Barriere überqueren zu lassen, die letzte vor der Hauptstadt. *Aber eine Barriere stellt immer in beiden Richtungen ein Hindernis dar. Sobald sie auf dieser Seite sind, werden wir ihre Brücken zerstören und taktische Gegenangriffe starten, um sie in die Defensive zu treiben und dann … ein rechter Haken.* Diesmal stammte der Ausdruck nicht aus seinem geliebten Schachspiel, sondern vom Boxsport.

Die breiten, geschwungenen Pfeile auf der Karte zeigten, wie Rasows Streitkräfte an der amerikanischen Speerspitze vorüber kühn nach Norden zogen. Der amerikanische Vormarsch war schmal angelegt und konzentrierte sich auf eine große Fernstraße. Ursprünglich hätte der Angriff offenbar breiter organisiert sein und langsamer voranschreiten sollen, mit zwei Armen, die sich gegenseitig unterstützten. Thomas und sein Feldkommandeur hatten diesen Plan jedoch aufgegeben und zielten nun direkt auf das Herz Russlands. Der Vormarsch war mit phänomenaler Geschwindigkeit vorangegangen. Dem hatte Rasow nichts Vergleichbares entgegenzusetzen gehabt, vor allem, da er die Lufthoheit an der Front verloren hatte.

Aber diese Strategie war nicht ohne Risiko. Der amerikanische Angriff war ein Kopf ohne Körper. Rasow war es gelungen, die verbleibende Masse seiner mobilen Streitkräfte unentdeckt in den Norden der amerikanischen Vormarschlinie zu verlegen. Sobald sich die amerikanische Speerspitze über den Dnjepr wagte, würde General Mischin sie mit seinen Kampfflugzeugen von den anderen abschneiden. Russische Einheiten würden sie dann im Dreieck zwischen Dnjepr und Sosh binden. Gleichzeitig würden Rasows eigene Truppen den Dnjepr im Norden in entgegengesetzte Richtung überqueren und dann entlang der amerikanischen Marschlinie einen schmal angelegten Vormarsch beginnen. Mit einem Angriff auf die Nordflanke der Amerikaner würden sie den dünnen »Hals« durchtrennen, der von polnischen Truppen verteidigt wurde, und den Großteil der schweren amerikanischen und britischen Streitkräfte direkt vor der russischen Grenze isolieren. Wenn die Amerikaner und Briten vom ständigen Nachschub abgeschnitten wurden, auf den sie angewiesen waren, war die Kampfkraft auf beiden Seiten annähernd gleich. Ein solches Patt würde Friedensverhandlungen ermöglichen.

Das Risiko? Dasselbe, das die Amerikaner eingingen. Rasow wurde ebenfalls durch einen dünnen »Hals« verwundbar, sein Vormarsch musste notwendigerweise schmal angelegt sein. Daher konnte er ebenso wie die Amerikaner von seinen Leuten abgeschnitten werden. Vom Schreibtisch aus gesehen, wirkte das Ganze wie ein fein abgestimmtes Ballet. Für die Menschen an der Front allerdings besaß dieser Kampf eine bisher ungekannte Grausamkeit.

An der Tür klopfte es zögernd. Eine Frau erschien, die Erste, die er seit Tagen sah. Sie hatte den Rang einer Gefreiten. Dass überhaupt Frauen Aufgaben in seiner Nähe übernahmen, war eine Konzession an den Krieg. Offenbar wollte sie hereinkommen, traute sich jedoch nicht.

»Treten Sie ein.« Fast wäre er aufgestanden, aber höfliche

Gesten waren in diesen Zeiten unangebracht. Unbehaglich blieb er auf seinem harten Stuhl sitzen. Statt zu seinem Schreibtisch ging sie sofort zu der Karte und begann, mit einem Lappen die alten Markierungen auszuwischen und mit blauem Fettstift neue einzutragen.

Rasow studierte erneut seine Papiere. Die Amerikaner hatten seinen letzten Satelliten zerstört, so dass er sich nun völlig blind fühlte. Mit einem schüchternen Blick auf Rasow wandte sich die Frau zum Gehen. »Moment«, sagte er, als er sah, was sie eingezeichnet hatte. »Was ist das?« Er zeigte auf die neue Frontlinie der Amerikaner. Alle amerikanischen Einheiten standen nun östlich des Dnjepr.

Verschreckt prüfte sie das Papier, von dem sie die Markierungen kopiert hatte. »Neue Positionsberichte von … von der militärischen Aufklärung … Fünftes Direktorat des GRU. Ich habe … habe das genau von der großen Karte im Lagezentrum kopiert.«

»Wann ist das hereingekommen?«, wollte Rasow wissen.

»Äh … erst vor ein paar Minuten, glaube ich«, antworte sie mit bebender Stimme.

Rasow fühlte sich plötzlich voll neuer Energie. Ein breites Lächeln erschien auf seinem Gesicht, während er auf die junge Frau sah – sie war hübsch, aber ein wenig zu weichlich.

Sie erwiderte sein Lächeln, senkte aber schnell den Blick.

»Wunderbar! Ausgezeichnet!« In seinem Kopf wirbelte es nur so von Plänen und Zeittafeln. »Pawel, kommen Sie her. Die amerikanische 4th Mechanized Infantry Division überquert den Fluss hier, die beiden Brigaden, die wir vorhin gesehen hatten, gehören zur 1st Armored Cavalry. Es ist so weit. Geben Sie den Befehl.«

Filipow rannte zur Tür, während Rasow das Lineal auf die Karte hielt, Entfernungen abschätzte und die Tageszeit eintrug, zu der jedes gemessene Objekt – Städte, Straßenkreuzungen, Flüsse – eingenommen werden sollte. Während er mit der einen Hand sorgsam das Lineal fixierte, setzte er mit der anderen Pins und schrieb Uhrzeiten entlang der geplanten Marschroute.

»Besorgen Sie mir eine Karte der Dnjepr-Sosh-Region im Maßstab eins zu zehntausend«, sagte er, ohne aufzublicken, als sich die Frau zum Gehen wandte. »Tragen Sie die letzten Positionen der Einheiten einschließlich Bewertung ein. Wir besitzen keine Erfahrung mit der 4th Infantry«, grummelte er mehr zu sich selbst als zu der Frau gewandt, »und ich will die Bedrohung für unsere Flanken keinesfalls unterschätzen. Alle Updates zu den Stellungen kommen unverzüglich zu mir. General Mischin soll mir sofort berichten, wenn die ersten Schläge gegen die Brückenköpfe am Dnjepr erfolgt sind. Von mir aus auch Pilotenberichte, ich will nicht auf die Aufklärungsberichte nach dem Schlag warten müssen.«

»General?«, piepste die Gefreite.

»Vergessen Sie den letzten Teil«, meinte Rasow kopfschüttelnd. »Besorgen Sie mir die Karte und stellen Sie sicher, dass sie sofort aktualisiert wird, wenn neue Daten eingehen. Verstanden?«

»Jawohl, Herr General.« Angesichts ihres Gesichtsausdrucks überlegte Rasow einen Augenblick, ob er zu grob gewesen war, doch dann erforderte die Karte seine gesamte Aufmerksamkeit.

Nun war er in seinem Element. Schluss mit dem Papierkram. Jetzt ging es nicht mehr um innere Sicherheit oder um atomare und chemische Kriegsführung. Nur noch die Armee zählte, Panzer, Infanterie und Artillerie, die in einem Kampf der Titanen auf dem Feld aufeinander stießen. *Und wir sind unentdeckt geblieben. Ihrer ganzen Satelliten-, Luft- und elektronischen Aufklärung ist es nicht gelungen, unsere Leute zu entdecken, nur weil sie sich ein paar Wochen lang unter Tarnnetzen verborgen hielten. Eine böse Überraschung für die Amerikaner!* «Andruscha, mein Freund«, sagte er laut auf Englisch, »diesmal habe ich dich kalt erwischt.«

Murphys Gesetz, dachte er mit einem Lächeln.

Dreieck zwischen Dnjepr und Sosh, 585 Kilometer südwestlich von Moskau
12. Juli, 0500 Uhr GMT (0700 Uhr Ortszeit)

Die Eisenbahngleise links von ihnen waren auf voller Länge um gut einen Meter zwanzig erhöht, wie Chandler zu seiner Zufriedenheit feststellte. Damit hatten sie Deckung bis zur Oberkante der gepanzerten Schürzen der M-1, also bis etwa über halbe Höhe der niedrigen Panzer.

Das Donnern der Explosionen übertönte den Lärm des im Leerlauf befindlichen Motors und die monotone Stimme seines Richtschützen, der über die Gegensprechanlage die Checkliste für den Kampfeinsatz verlas. Baileys M-3-Schützenpanzer kletterten die von den Bautrupps angelegten Rampen zu den Gleisen hinauf. Sie kehrten von einer Erkundungsmission auf dem gegenüberliegenden Hügelkamm zurück, um Chandlers Infanterie zu verstärken. Seit Bailey ein russisches Panzerregiment gemeldet hatte, das eine amerikanische Kompanie der Armored Cavalry verfolgte, waren sowohl das Funknetz der Brigade als auch das des Bataillons verstummt.

Alles schien in Ordnung zu sein, aber Chandler war beunruhigt. Der Klang von Colonel Harkness' Stimme im Brigadefunknetz und der schwarze Rauch, der an den Brücken hinter ihnen aufstieg, die sie gerade erst überquert hatten, verhießen nichts Gutes. Chandler drehte sich um und studierte das Gelände hinter sich. Ihre Versorgungseinheiten – Sanitäts-, Verpflegungs- und Wartungseinheiten – gruben sich ebenso hektisch wie die Männer an der Bahnlinie etwa einen Kilometer von ihnen entfernt in den niedrigen Hügeln ein. Wenn es den Russen gelang, Chandlers Taskforce zu durchbrechen, würden die Versorgungseinheiten zumindest vorübergehend zur neuen Front werden. Dort oben lagen Dutzende von Frauen, die nicht bei den »Kampfeinheiten« eingesetzt werden durften und nun in Erdlöchern ihre M-16 an die Schulter gepresst hielten.

Chandlers Plan war einfach. Eine Bahnlinie bot sich nicht von vornherein als Verteidigungslinie an. Eher schon die

Waldgrenze hinter ihnen oder der Bach, der durch den Wald floss, oder auch der Hügelkamm hinter den offenen Feldern vor ihnen, aber nicht die Gleise. Die Karten würden den kritischen Vorteil, den diese boten, nicht zeigen: nämlich die Tatsache, dass sie auf einem ein Meter zwanzig hohen Erddamm verlegt waren. Das hieß, dass die russische Artillerie eine der anderen Stellen ins Visier nehmen würde, deren Vermeidung Ausbilder und Handbücher so eindringlich empfahlen. Zumindest war das Chandlers Hoffnung. Auf jeden Fall konnte seine zusammengewürfelte Einheit bei dieser ersten Begegnung noch nicht voll eingesetzt werden, daher hatte er drei »rückwärts orientierte Operationen« vorgesehen – Rückzug hieß das im Klartext.

Ein doppelter Donnerschlag, gefolgt von dem Heulen der Munition des Hauptgeschützes eines zerstörten Panzers, die wie von einem Düsentriebwerk in die Luft geschleudert wurde, lenkte seine Aufmerksamkeit erneut auf die Front. Der flammende Geysir, der weiße und gelbe Funken hoch in die Luft sprühte, war hinter dem Hügel gerade noch zu sehen. Als er in beide Richtungen die Bahnlinie entlangblickte, fühlte er sich plötzlich nervös. Für ein Gefecht standen die Panzer sehr dicht beieinander. Statt der im offenen Gelände üblichen bis zu vierhundert Meter betrug der Abstand nur etwa einhundertfünfzig. Chandler hatte seine Kräfte aus zwei Gründen konzentriert. Zum einen, weil er hoffte, so den Russen einen schmerzhaften Schlag versetzen zu können, bevor er sich zurückzog, zum anderen, weil er vermeiden wollte, dass sich die Einheit unter dem Schock der Kampfhandlungen auflöste. Ihnen war gerade noch Zeit geblieben, die Tarnnetze aus den Gestellen zu holen und sie auf Trägervorrichtungen auszubreiten, so dass die Panzer aus der Ferne zu einem formlosen Hügel verschmolzen.

Die erzwungene Untätigkeit machte ihm zu schaffen. Sein Blick folgte dem Lauf seines schweren Maschinengewehrs, das bereits geladen war und sich in Feuerstellung befand. Darunter deutete das dicke Rohr der M-256-Rheinmetallkanone in Richtung der anstürmenden Russen. Das deutsche Geschütz verschoss 120-mm-Munition.

»Schwere Munition laden«, sagte Chandler zu Jefferson in der Luke neben sich. Dabei schluckte er den üblen Geschmack hinunter, der aus seinem gereizten Magen aufstieg. Jefferson ließ sich in die Kabine hinunterfallen. »Richtschütze, fertig zum Gefecht«, befahl er dann über die Gegensprechanlage. »Ladeschütze, Sabot laden.«

Durch die Kommandantenluke sah er den Rücken des an den Zielgeräten sitzenden Richtschützen. Links von ihm stieß Jefferson mit dem Knie gegen einen großen Knopf an der hinteren Wand der Kabine. Die Tür zum Munitionsschrank glitt mit einem Knall auf.

Der Richtschütze stellte den Schalter auf der Instrumententafel der Kanone auf SABOT und presste dann das Gesicht gegen die Lichtschutzpolster seiner Zielgeräte, um sicherzugehen, dass diese Einstellung auch auf dem Bildschirm angezeigt wurde. War irrtümlich der falsche Munitionstyp eingegeben, würde der leichte, schnelle Tungsten-Pfeil der Sabot-Munition mehrere Meter über das Ziel hinaussegeln oder sich kurz davor in den Boden bohren, weil der Computer bei der Zielberechnung die falschen Ballistikdaten laden würde.

Jefferson schlug mit der flachen Hand gegen den stahlbeschichteten Boden der Patrone, bis diese leicht hervorstand, fasste dann den überstehenden Rand der Bodenplatte und zog die schwere Patrone heraus, so dass sie in seine freie Hand fiel. Vorne stand ein eigenartig geformter Pfeil aus nicht angereichertem Uran heraus, den Jefferson am Verschluss-Stück in die Kanone einlegte. Dann schlug er den Verschlussgriff zu und betätigte den großen Knopf, um die gepanzerte Tür zum Munitionsschrank zu schließen, wie er es immer wieder geübt hatte. Die Hauptkanone war mit schwerer Munition geladen.

»Fertig!«, meldete er über die Gegensprechanlage.

»Richtschütze, bereithalten«, befahl Chandler. Durch die Luke sah er, dass der Mann die Augen auf sein Zielgerät gerichtet hatte. Seine Hand ruhte auf dem »Pistolengriff« des Joysticks, der den Turm drehte und die Hauptkanone und das achsparallele Maschinengewehr nach oben und unten fuhr.

Die brüllenden Triebwerke hinter ihm ließen Chandler zusammenfahren. In zwei Reihen jagten amerikanische Helikopter in geringer Höhe über sie hinweg – vier AH-64 Apache, die von zwei OH-58 Kiowa Scout gefolgt wurden. Als sie den Bahndamm passiert hatten und über die Ebene dahinter fegten, gingen die Hubschrauber noch weiter herunter. Trotz der hohen Geschwindigkeit befanden sich die Räder der Apache nur etwa einen Meter über dem Boden. Hinter ihnen flogen in einer Höhe von gut sechs Metern die Kiowa Scout, deren in großen Pilzen oberhalb der Rotoren untergebrachten optischen und thermischen Imager nach feindlichen Kräften suchten.

Als die Apache die Hügelkette erreicht hatten, gingen beide Kiowa gleichzeitig mit dem Schwanz nach unten, so dass die Hauptrotoren große Staubwolken aufwirbelten, und schossen nach oben. Die Apache-Kampfhubschrauber gingen mit der Nase nach oben und krochen langsam den Abhang vor ihnen hinauf. Einer von ihnen flog so niedrig, dass er mit dem Hinterrad den Boden berührte. Auf der Hügelkuppe angelangt, blieben sie in der Luft stehen. Nur Rotoren und Cockpit ragten über den Kamm hinaus.

Während die Kiowa nervös in der Luft auf und ab tanzten, damit der Feind sie in ihrer exponierten Höhe weniger leicht treffen konnten, zogen die Apache plötzlich um drei Meter hoch. Aus den Flügelpylonen schoss Rauch. *Hellfire-Raketen,* dachte Chandler, als er das zischende Geräusch vernahm. Jeder Hubschrauber war mit sechzehn dieser Panzerabwehr-Raketen bestückt und feuerte diese offenbar so schnell wie möglich ab. Ein eisiger Schauer überlief Chandler, als ihm klar wurde, wie viele Ziele sie gefunden haben mussten.

Plötzlich schossen die hoch über dem Tal vor ihm schwebenden Kiowa Scouts je erst eine und dann zwei weitere Raketen ab. Chandler beobachtete, wie die großen Geschosse schnell an Geschwindigkeit gewannen und hinter dem Hügel verschwanden. Soweit er wusste, waren die Kiowa nur mit Sidewinder Luft-Luft-Raketen ausgestattet, also … Die Apache stoben auseinander und sieben russische Mi-28-

Havoc-Kampfhubschrauber rasten mit feuernden Kanonen über den Hügel. Granaten zogen lange Furchen in die Talebene: Die Apache waren zu wendig für die Kanonen der Havoc-Hubschrauber.

Die Bäuche der Kiowa versprühten grellweiße Leuchtkugeln, während die Hubschrauber eilig wendeten und auf Chandlers Linie zuhielten. Hinter dem Hügel tauchten zwei Raketen auf, die weiße Rauchfahnen hinter sich her zogen und direkt auf die Scout-Hubschrauber zuflogen. Von seiner Luke aus sah Chandler, wie eine Rakete, durch eine Leuchtkugel abgelenkt, harmlos hoch über dem Bahndamm hinter dem Helikopter explodierte. Ein Schrapnellregen ging auf den Boden nieder. Ein fürchterlicher Krach hinter ihm ließ Chandler herumfahren, gerade noch rechtzeitig um das Wrack des zweiten Kiowa vom Himmel stürzen zu sehen. In langsamen Spiralen fiel das wie durch ein Wunder unversehrte Plexiglas-Cockpit unaufhaltsam auf die Erde zu. Chandler wusste, dass die beiden Männer darin dem Tod geweiht waren. Bevor es mit einem knirschenden Geräusch keine zweihundert Meter von ihm entfernt auf den Boden prallte, schloss er die Augen. Als er sie einen Augenblick später wieder öffnete, ging der Hubschrauber in Flammen auf.

Apache und Mi-28 waren nun in ein verbissenes Gefecht verstrickt. Immer höher stiegen sie, von der Kakophonie der Rotoren und Triebwerke begleitet. Die 30-mm-Kanonen vorne an den Apache drehten sich wild und spuckten immer wieder kurze Salven, wenn ein Ziel in ihrem weiten Feuerbereich vorüberschoss. Nach ein paar Sekunden sah Chandler, wie der Schwanz eines russischen Havoc heftig zur Seite ausschlug. Der Apache dahinter ging hoch und schoss an dem Helikopter vorbei, der ins Trudeln geriet und auf die Seite kippte. Schließlich überschlug er sich und stürzte in einer donnernden Explosion zu Boden.

Die Apache lösten sich aus dem Getümmel und begannen, auf die eigenen Linien zuzuhalten. Die langsameren russischen Hubschrauber wendeten ebenfalls und jagten ohne besondere Ordnung hinter ihnen her – ein Kurs, der sie unaufhaltsam an Chandlers Männer heranführte, die unbeweglich unter ihren Netzen saßen. *Grüne Flecken, die entlang einer geraden Linie unregelmäßig verteilt sind,* dachte Chandler entsetzt, während er sich zum ersten Mal vorstellte, wie sie nicht vom Boden, sondern von der Luft aus wirken mochten.

»Juliet Lima eins, hier ist November Mike zwei«, meldete sich eine Stimme über den Brigadefunk, die durch den Lärm der Hubschraubertriebwerke kaum zu verstehen war. »Hören Sie mich, over?«

»November Mike zwei«, gab Chandler hölzern zurück, »ich höre Sie, over.«

»Mindestens ein Panzerregiment ist in Ihre Richtung unterwegs«, sagte der Pilot. »Wir haben getan, was wir konnten, jetzt sind Sie an der Reihe. Achten Sie auf eigene Einheiten vor Ihnen. Viel Glück, Ende.«

Chandler beobachtete, wie die amerikanischen Helikopter über ihren Köpfen davonjagten, die Russen immer noch auf den Fersen. *Inzwischen müssen sie die Panzer doch sehen können,* dachte er benommen. Wie erstarrt blickte er den anfliegenden Hubschraubern entgegen. Doch plötzlich brachen sie ihre sinnlose Verfolgungsjagd ab und begannen zu wenden, nicht um Chandlers Leute anzugreifen, sondern um zu der Schlacht zurückzukehren, die hinter dem Hügel tobte.

Rechts neben sich spürte er eine Bewegung. In der Ferne sah er, wie ein Stinger-Schütze aus der Luke eines Bradley auftauchte, das Zielgerät am Auge.

»Nein!«, schrie Chandler, aber die Rakete hatte das Rohr schon verlassen und der Motor zündete bereits. Hastig schaltete er erneut auf den Brigadefunk, als eine weitere Rakete hinter den Russen herschoss.

»Scheiße!« Ihm schwindelte beim Gedanken an die Katastrophe, die sie erwartete, nachdem ihre Position verraten war. Wütend hieb er mit der Hand gegen den Turm. Von unten starrten ihn Richt- und Ladeschütze an. Er packte die Griffe seines schweren M-2-Maschinengewehrs, der einzigen Luftverteidigung, die sein Panzer besaß. *Zu fünfundneunzig Prozent unverwundbar,* dachte er, während er beobachtete, wie die beiden Stinger auf die nichts ahnenden Havoc zuhielten. *7,62-mm-Munition kann ihnen nichts anhaben, gegen 12,7-mm-Munition sind sie zu fünfundneunzig Prozent geschützt.* Chandlers M-2 besaß Kaliber 0,50, das waren 12,7 mm. *Und die Havocs haben … was? Eine 30-mm-Kanone, vier ungelenkte Raketen und sechzehn AT-6-Spiral-Antipanzerraketen auf ihren Flügelpylonen.* Die russischen Helikopter gingen nun in eine steile Seitenlage.

Einer nach dem anderen gerieten die getroffenen Hubschrauber in Brand und stürzten zu Boden. Die anderen wendeten plötzlich – und rasten davon. Nach einem Moment der Erleichterung wurde Chandler jedoch klar, dass der Schaden irreparabel war. Das Überraschungsmoment war dahin. Er dachte an Rückzug.

Durch den Lärm der Schlacht und das leise Heulen des Motors seines M-1 hörte er über sich ein leises Pfeifen. Sein Herz setzte einen Schlag lang aus, während er sich in den Turm fallen ließ. Dabei schrammte sein Rücken schmerzhaft an der Luke entlang. Um den Panzer herum erfolgten mehrere Explosionen. In der Pause, die der ersten Salve folgte, kletterte er erneut nach oben und spähte vorsichtig über den Rand der Luke. Um ihn herum schlossen sich überall an Panzern und Bradleys die Luken, während sich die Besatzungen im Inneren verschanzten. Eine weitere Explosionswelle zwang ihn, sich zu ducken, doch als kein Schrapnell den Panzer traf, streckte er erneut den Kopf hervor. Er hatte sich nicht geirrt. Die russische Artillerie bestrich den leeren Wald hinter ihnen. Das würde sich allerdings schnell ändern, wenn die Helikopter Bericht erstatteten.

Chandler ließ sich erneut in den Turm gleiten und wies Jefferson an, seine Luke zu schließen. Er selbst tat dasselbe. Dann rief er die Brigade und gab den SHELLREP durch, in dem er den Artillerieangriff meldete. Das Bodenradarteam würde die Granaten mitten im Flug aufspüren und aus ihrer Flugbahn die Position der Kanonen berechnen, die sie abgefeuert hatten. Sobald die Stellungen der russischen Geschütze bekannt waren, würde die Chandler zugewiesene Batterie von sechzehn selbstfahrenden M-109-Howitzern mit

155-mm-Munition aus den russischen Geschützen Kleinholz machen. Acht Howitzer blieben immer in Bereitschaft, während die übrigen eine neue Position einnahmen oder in Bewegung waren. Auch die zweite Gruppe war jedoch innerhalb kürzester Zeit einsatzbereit.

Sollen wir die Stellung wechseln?, fragte sich Chandler, dem klar war, dass die Artillerie sie bald unter Beschuss nehmen würde. Während er noch überlegte, sah er durch die Verlängerung des Sichtgeräts Fahrzeuge auftauchen. Das waren amerikanische M-1 und M-3 Scouts, die überall an der Hügelkette erschienen und in Chandlers Richtung strömten. Armored Cavalry. Chandlers Herz schlug so wild, dass er kaum Luft bekam.

»An alle Einheiten«, sagte Chandler über den Bataillonsfunk, ohne recht zu wissen, wie er die Sprechtaste gedrückt hatte, »hier ist Juliet Lima eins. Das sind eigene, ich wiederhole, eigene Einheiten.« Er schluckte, um seine ausgedörrte Kehle zu befeuchten. »Halten Sie sich bereit, um auf Verfolgerfahrzeuge zu schießen, aber warten Sie auf mein Kommando. Ende.«

Die Überbleibsel des zur Deckung eingesetzten 2nd Armored Cavalry des III. Korps zogen Staubwolken und schwarzen Rauch hinter sich her, der von den Rauchgeneratoren stammte, die Diesel auf die heißen Auspuffe sprühten. Während sie in vollem Tempo über die offenen Felder rasten, waren sämtliche Rohre nach hinten gerichtet, bis auf eines, das in einem merkwürdigen Winkel zur Seite hing. *Der Panzer wurde getroffen und der Turmmotor funktioniert nicht mehr*, vermutete Chandler. Über Funk teilte Chandler der Brigade mit, dass die Fahrzeuge »die Linie passierten«. *Wenn man überhaupt von Linie sprechen kann.*

Die Artillerie beschoss immer noch den leeren Wald hinter ihnen. *Die Havoc müssen doch inzwischen Bericht erstattet haben. Oder kann es sein, dass ...?* Das für seine Schwerfälligkeit berüchtigte russische Kommando wurde von den Amerikanern sowohl mit Sprengstoff als auch mit elektronischen Störmitteln bombardiert. Vielleicht gelang es den Hubschraubern nicht, Verbindung zur Artillerie aufzunehmen.

Das wäre dann einer der »Verstärkungsfaktoren«, die die amerikanische Armee anstrebte.

Als die amerikanischen Panzer etwa den halben Weg bis zu ihrer Linie zurückgelegt hatten, tauchten die ersten russischen Fahrzeuge auf. Obwohl Chandler sie erwartet hatte, war er von dem Anblick überwältigt. Es waren T-72-Modelle, die Vorläufer des neuen T-80, aber mit einer guten Besatzung immer noch eine fürchterliche Waffe. Sie würden aus einer Entfernung von weniger als tausend Meter kämpfen, für Panzer geradezu ein Handgemenge.

Die Armored Cavalry eröffnete sofort das Feuer. Die Bradleys jagten TOW-Raketen in Richtung der scheinbar zahllosen russischen Kampfpanzer, die über den Hügelkamm strömten. Der ganze Hang war von den dunkelgrünen Riesen bedeckt, von denen immer wieder einer Feuer spuckte. Chandler begann zu fürchten, dass seine Leute überrannt werden würden, bevor die amerikanischen Einheiten aus der Schusslinie waren.

Als der erste russische Panzer am Fuß des Hügels feuerte, sah Chandler am Turm eines M-1 Funken sprühen. Dann entdeckte er aus dem Augenwinkel einen Baum, der mit gespaltenem Stamm umstürzte. Der amerikanische Panzer setzte seine Flucht mit voller Geschwindigkeit fort. Chandler entschied, dass er nicht länger warten konnte, um die Kavallerie zu schonen.

»Was zum Teufel ist los?«, fragte der Fahrer, dessen Gesichtsfeld nach etwa drei Metern am Bahndamm endete. Chandler tastete nach der Sprechtaste am Funkgerät, während der Richtschütze, ohne die Augen vom Sichtgerät der Hauptkanone zu nehmen, dem Fahrer und Jefferson beschrieb, was vor sich ging.

Gleich werden wir etwas sehen, dachte Chandler höchst beunruhigt, während er die Taste drückte. »An alle Einheiten, an alle Einheiten, hier ist Juliet Lima eins. Feuer beginnen, ich wiederhole, Feuer beginnen.« Hastig wies er Loomis, seinen Executive Officer, an, der Brigade Bericht zu erstatten. Unterdessen gingen die ersten russischen Panzer in Flammen auf.

Als der Erste der fliehenden M-1 den Bahndamm erreichte, sprühten Funken aus dem Panzer. Abrupt kamen die Ketten zum Stehen. Dreißig Meter hohe Flammen loderten empor. Zu Chandlers Überraschung flog die Kommandantenluke am Turm auf. Ein Mann versuchte herauszuklettern, wurde jedoch durch die Gewalt der sich durch die Überdruckpaneele auf dem hinteren Deck entladenden Explosionen zurückgedrückt.

Chandler schaltete auf Gegensprechanlage und drückte die Sprechtaste. »Richtschütze, drei Panzer hügelabwärts – ein Uhr.« Der Panzer, den er ins Auge gefasst hatte, explodierte gleichzeitig mit mehreren anderen, bevor ihn der Richtschütze ins Visier nehmen konnte. »Richtschütze, zwei Panzer – unten am Hang – halb zwei! Rechter Panzer!«

»Identifiziert!« Der Richtschütze, der wegen der zunehmenden Rauchentwicklung auf dem Schlachtfeld auf das Wärmesichtgerät umgeschaltet hatte, hatte das Ziel gefunden. Chandler sah auf den Mann herab, dessen Gesicht durch die gepolsterte Einfassung des kleinen optisch/thermischen Bildschirms verdeckt wurde. Durch die Verlängerung seines eigenen Zielgeräts sah er die vertraute grüne Welt aus Warm und Kalt, die auch der Richtschütze vor sich hatte, der jetzt die Feineinstellung an Turmrotation und Geschützstellung vornahm.

»Feuer!«, brüllte Chandler.

»Unterwegs!«, gab der Richtschütze zurück. Die Kanone explodierte mit einer Gewalt, die den Sechzig-Tonnen-Panzer so durchschüttelte, dass Chandler fast das Gleichgewicht verloren hätte.

»Treffer!«, meldete der Richtschütze fast sofort. »Den hat's erwischt, der Turm fliegt durch die Luft.«

Chandler beobachtete durch sein eigenes Sichtgerät wie der Turm des rechten Panzers langsam zur Seite kippte. Aus dem Panzer selbst schlugen gefräßige gelbe Flammen: Das Munitionsabteil brannte aus. Anders als der M-1 vor ihm, aus dem jetzt zwei Männer krabbelten, die sich gegenseitig heraushalfen, besaßen die russischen Panzer weder Halon-Feuerlöschsysteme noch gepanzerte Schotts zwischen Kabine, Munitionsabteil und Kraftstoffzellen.

»Richtschütze, nächster Panzer – am Fuß des Hügels …«

»Identifiziert«, unterbrach ihn der Richtschütze, während Chandler beobachtete, wie das Fadenkreuz das Ziel erfasste.

»Sabot laden!«, brüllte Chandler. Als er nach unten sah, fiel die Bodenplatte des großen 120-mm-Geschosses gerade, wie üblich, nicht in den vorgesehenen Behälter, sondern auf den Boden. Er beobachtete, wie Jefferson, dessen Hand durch einen dicken Fäustling geschützt wurde, die schwarz verkohlte, rauchende Bodenplatte aufhob und in den entsprechenden Behälter warf. Die Bodenplatte war der einzige Teil der langen Treibstoffpatrone, der nicht vollständig verbrannte. Da sie mehrere hundert Grad heiß wurde, konnte sich bei Kontakt die Treibstoffhülle einer noch nicht abgeschossenen Patrone entzünden, daher hieß es genau aufpassen, wo die Bodenplatte landete.

»Fertig!«, brüllte Jefferson.

»Feuer!«

»Unterwegs!« Die Hauptkanone gab einen weiteren Schuss ab, der Chandlers gesamten Körper durchzuschütteln schien. Seine Ohren begannen zu dröhnen.

»Ja, Junge, dir haben wir's gezeigt!«, schrie der Richtschütze, während das Ziel zum Stehen kam. Schwarzer Rauch schlug aus der Einschlagstelle am Turm. Chandler ließ den Panzer nicht aus den Augen, weil er nicht ganz sicher war, ob sie ihn wirklich unschädlich gemacht hatten. Plötzlich wurde eine Luke aufgeschleudert und grelle Flammen loderten heraus.

»Der ist erledigt!«, sagte der Richtschütze erneut, als Chandler ihn anwies, nach eigenem Gutdünken zu feuern. Die letzten fliehenden Panzer rasten den Bahndamm hinauf und auf der anderen Seite wieder hinunter. Auch die paar verbliebenen Bradleys hatten die Rampen gefunden, die die Bautrupps in aller Eile angelegt hatten. Unterdessen waren die russischen Einheiten zu einem brennenden Schrottplatz reduziert waren. Mindestens zwanzig bis dreißig Fahrzeuge waren bereits zerstört. Chandler erwog den Rückzug auf die zweite Linie hinten am Bach, zögerte jedoch noch. Die Entscheidung fiel ihm schwer.

Erneut donnerte die Kanone und der Panzer bäumte sich auf. »Gib's ihnen, Baby!«, brüllte der Richtschütze. »Mach sie fertig!«, stimmte Jefferson ein, während er die Klappe hinten an der Kanone zuschlug. Chandler hatte sich geradezu an den Rhythmus gewöhnt, inzwischen zuckte er nicht mehr bei jedem Schuss zusammen, aber der Korditgestank der verbrauchten Patronen brannte in seiner Nase und brachte ihn zum Husten. Die Zahl der kampffähigen Ziele nahm rasch ab.

Gerade als Chandler der Brigade melden wollte, dass der Angriff zurückgeschlagen war, rollte ein zweites russisches Echelon über den Hügel. Es war noch stärker als das erste und rückte ununterbrochen feuernd vor. Aus dem Bahndamm wurden große Stücke gerissen, das verbogene Gleis stand in einem merkwürdigen Winkel in die Höhe.

Chandlers Panzer feuerte ununterbrochen. Der Richtschütze bejubelte nicht mehr jeden Treffer. Beim Anblick der neuen Welle war seine Begeisterung einer ruhigen Entschlossenheit gewichen. Jedes Mal, wenn einer der vorrückenden Panzer Feuer und Rauch scheinbar direkt auf Chandlers Panzer abschoss, bereitete er sich auf den Aufprall des mit hoher kinetischer Energie heranjagenden Penetrators vor, obwohl er wusste, dass die Mündungsgeschwindigkeit so groß war, dass er ihn gar nicht kommen sehen konnte.

Nervös zwang er sich, die Panzer der Alphakompanie zu inspizieren. Keiner von ihnen schien außer Gefecht zu sein, aber bei einem ganz in seiner Nähe zog sich ein hässlicher schwarzer Streifen seitlich am Turm herunter. Als das Geschütz donnernd den Staub am Rumpf und auf dem Boden aufwirbelte, wurde jedoch klar, dass er immer noch einsatzbereit war.

Während er noch die Alphakompanie links von sich beobachtete, entdeckte er erst die Geschützrohre und dann die Rümpfe zahlreicher M-1, die sich von den Bäumen erneut zur Bahnlinie vorarbeiteten. *Die Armored Cavalry! Diese Wahnsinnigen kamen zurück!* Chandler zählte über zwanzig M-1, die die Lücken zwischen den Panzern der Alphakompanie füllten und ihre Feuerkraft auf mehr als das Doppelte verstärkten. *Ob das genug ist?*, fragte er sich, während er über das rauchende Feld sah.

Seine eigene Kanone feuerte, so schnell Jefferson laden konnte. Schweißüberströmt fragte Jefferson: »Wie läuft's da draußen?«, aber der Richtschütze antwortete nicht, sondern hielt die Augen starr an das Zielgerät gepresst. Sie feuerten mit maximaler Geschwindigkeit, etwa acht gezielte Schüsse pro Minute. *Großer Gott, wie sieht es mit unserer Munition aus?*, fragte sich Chandler besorgt, während er im Kopf hastige Berechnungen anstellte.

Er richtete den Blick erneut auf die Front, die mit Scheiterhaufen übersät zu sein schien. Während sich die zweite Welle durch die zerstörten Panzer auf der Talsohle arbeite, wobei sie die brennenden Wracks teils als Deckung nutzte, erschien oben auf dem Hügel ein drittes Echelon. Chandlers Herz setzte kurz aus. Rückzug war die einzige Alternative. Er drehte sich um, um die Entfernung zu dem lichten Wald hinter ihnen abzuschätzen. Das Artilleriefeuer hatte überall zersplitterte Stämme hinterlassen, die leicht eine Kette aushebeln konnten.

Die Armored Cavalry!, dachte er plötzlich. *Ich kenne noch nicht einmal ihre Funkfrequenz!* Er konnte sie nicht einfach zurücklassen. Er würde es über die Brigade versuchen müssen. Wenn diese das Kommando des Regiments nicht direkt erreichen konnte, würde sie sich an die Division oder sogar das Korps wenden müssen, die sich dann wiederum mit den untergeordneten Einheiten in Verbindung setzen würden. *Wie lange wird das dauern?* Er geriet allmählich in Panik. *Kann es überhaupt funktionieren? Was, wenn ein Glied in der Kommunikationskette bei den Kämpfen zerstört worden ist?* Er schätzte die Entfernung bis zum ersten Panzer. Wenn er rannte, konnte er es schaffen. Besser war wahrscheinlich, hinzufahren und dann abzuspringen.

Vor seinen Augen schlug hinter einem der Panzer der Alphakompanie eine Granate ein, die das Tarnnetz völlig zerfetzte. »Scheiße!«, sagte er mit einem Blick auf die Front. Auch wenn es nur leichte Artillerie war, vor ihm tobte der

Kampf mit unverminderter Heftigkeit. Wie viele Wellen würde es noch geben? Nervös rief er seine anderen drei Kompanien, die rechts von ihm standen, über Funk an. Bei den anderen war alles ruhig. Er erwog, die Bravokompanie von der Frontlinie abzuziehen und sie zur Verstärkung der Feuerkraft heranzuholen, aber …

Bumm! Zunächst spürte er den Schmerz in seinen Knien. Nach ein oder zwei Sekunden wurde sein Kopf klarer. Jefferson und der Richtschütze sahen sich verwirrt um und Chandler wurde bewusst, dass er auf den Knien auf den Boden der Kabine gestürzt war. Der Schuss war knapp danebengegangen, es war nicht zu einer Penetration gekommen.

»Alles in Ordnung?«, rief er. Die anderen bestätigten, klangen aber etwas erschüttert. »Systemcheck!« Chandler kletterte auf seinen Sitz zurück, um sich selbst über Funk bei Brigade und Bataillon zu melden. Die Geräte funktionierten, aber Chandler musste Harkness' Forderung nach einem Bericht missachten, weil sein Panzer noch mitten im Gefecht steckte und er außerdem in seiner Eigenschaft als Bataillonskommandeur Entscheidungen zu treffen hatte.

»Computer fährt wieder hoch«, meldete der Richtschütze. »Ausschließlich manuelles Feuer bis … warten Sie, jetzt läuft er wieder!«

»Feuer wieder aufnehmen!«, befahl Chandler.

»Die Kanone ist heiß«, wandte der Richtschütze ein, feuerte jedoch weiter. Chandler wusste, dass sich das Rohr durch die Hitze verzog, aber der an der Mündung montierte Kontrollspiegel maß die Abweichung genau und erlaubte es dem Computer des Panzers so, die Flugbahn der Geschosse genau anzupassen.

»Wir verbrauchen jede Menge Munition, Sir«, erklärte Jefferson. Während die Kanone erneut feuerte, sah er Chandler an. Nachdem er ein weiteres Sabot-Geschoss eingelegt hatte, spürte Chandler seinen Blick wieder auf sich. »Wie … wie läuft's da draußen?«

Chandler wurde ganz schlecht bei dem Gedanken, dass er mit seinem Zögern vielleicht wertvolle Zeit verschwendet hatte, doch als er das Schachtfeld betrachtete, stellte er fest, dass es ihnen gelungen war, die Russen aufzuhalten. Nur ein einziges Fahrzeug, ein russischer BTR-Mannschaftstransporter, der vermutlich mit Infanteristen gefüllt war, raste von einem brennenden Wrack zum nächsten. Jedes Mal wurde er von mehreren Schüssen gehetzt, aber die über hundert qualmenden Wracks boten ihm Deckung.

Ein Krachen und ein prasselndes Geräusch von draußen erinnerten Chandler daran, dass die Artillerie immer noch feuerte. Als er sich umsah, spritzte rund um den Bahndamm die Erde in die Höhe, wo die Granaten eingeschlagen waren. Auf dem Hügel rasten ein BTR und ein T-72, dessen Turm schwarz verkohlt und dessen Geschütz steil nach oben gerichtet war, den Abhang empor. Der BTR, der eben noch Verstecken gespielt hatte, lag brennend auf der Seite. Hinter dem Hügel tauchten keine weiteren Fahrzeuge mehr auf. Noch während er das Schlachtfeld nach Lebenszeichen absuchte, explodierten der fliehende Panzer und der BTR nahezu gleichzeitig.

»Richtschütze, Feuer einstellen! Bereithalten!«

Das Artilleriefeuer begann nachzulassen. Jeden Augenblick konnte jedoch ein Zufallstreffer einen seiner Panzer direkt erwischen und zerstören. Ein Bradley war schon von einem in der Nähe einschlagenden Geschoss auszulöschen. Zumindest konnte das Schrapnell eine Antenne oder ein Sichtgerät zertrümmern.

Chandlers Kehle war wie ausgedörrt. Inzwischen waren die Hauptgeschütze seiner eigenen und der Armored-Cavalry-Panzer verstummt. Stattdessen feuerten die Maschinengewehre. Leere Patronenhülsen flogen zur Seite, während sie unbarmherzig die wenigen menschlichen Gestalten beschossen, die verzweifelt auf dem Schlachtfeld herumirrten.

War das alles? Kommt nichts mehr? Wie er sich in einer solchen Situation zu verhalten hatte, war in jedem Buch ausführlich beschrieben. Die Sekunden verstrichen und noch immer war er unentschlossen. Eine eindeutigere Lage gab es nicht, aber er konnte sich nicht zu einer Entscheidung durchringen. Es war so klar! *Wenn ich doch nur einen anderen*

Weg wüsste. Er erinnerte sich an die Tafel, die außen an der Militärakademie in Fort Leavenworth angebracht war. *Audace, audace, toujours audace* – «Kühnheit, Kühnheit, immer Kühnheit«.

Chandler schaltete auf den Bataillonsfunk. »Victor Whiskey, hier ist Juliet Lima eins, hören Sie mich, over?«

»Juliet Lima eins, hier ist Victor Whiskey. Bestätige, over«, meldete sich der Fire Support Officer, der Chandlers Unterstützungsteam befehligte.

»Rauch – Ziel Mercedes – Feuer, Ende«, befahl Chandler.

»Rauch – Ziel Mercedes – wird erledigt, Ende«, gab der junge Offizier zurück. Er berechnete die Schussrichtung im Inneren seines umgebauten, gepanzerten M-113-Personentransporters und wies den Mörserzug an, die Hügelkette hinter dem Schlachtfeld zu beschießen.

Nach wenigen Sekunden explodierten die ersten Mörsergranaten auf dem Hügelkamm.

»Treffer – over«, meldete der Offizier.

Der Rauch verbarg den Hügel bald vor Chandlers Blicken. Die russische Artillerie war vollständig verstummt, vermutlich durch das Gegenfeuer oder einen Luftangriff vernichtet. Chandler überlegte, ob er seinen Plan ändern, das Ganze abblasen sollte, aber das Adrenalin jagte mit solcher Gewalt durch seinen Körper, dass seine Finger schmerzten, weil er die Handgriffe so fest umklammert hielt.

»Alle Einheiten« – er drückte erneut die Tasten am Funkgerät – »hier ist Juliet Lima eins. Vorrücken bis zur Feindberührung, ich wiederhole, vorrücken bis zur Feindberührung. Ende.«

6. KAPITEL

Kreml, Moskau
12. Juli, 1500 Uhr GMT (1700 Uhr Ortszeit)

»Was soll ich mit den Bannern tun?«, fragte der Kommandeur der 104. Garde-Luftdivision, der in dem elektronischen Geknister, das durch die Entfernung zwischen Island und Moskau bedingt war, über Kurzwellenfunk kaum zu hören war. »Soll ich sie den Amerikaner übergeben oder verbrennen?«

Rasow blickte die am Tisch sitzenden übrigen STAVKA-Offiziere an und streckte fragend die Hand aus. Die meisten wandten den Blick ab und die wenigen, die ihn erwiderten, funkelten ihn nur wütend an, ohne etwas zu sagen.

»Verbrennen Sie sie«, wies ihn Rasow an. Bevor der General antworten konnte, drang aus dem Funk das Knallen einer ganzen Serie von Explosionen. »General Trifonow?«, fragte er mit erhobener Stimme. »General Trifonow?«

»Ja, ja!«, kam die wütende Antwort, während der Lärm weiter tobte. »Das sind nur ihre verdammten Gunships, diese AC-130-Transportmaschinen, die sie zu Waffenplattformen umgebaut haben.« Es knallte erneut unüberhörbar. »Seit uns die Flugabwehrraketen ausgegangen sind, ziehen sie über uns ihre Kreise und beschießen uns direkt. Offenbar haben sie unsere Signaleinheiten in etwa fünfhundert Meter Entfernung von hier aufgespürt und machen gerade Kleinholz aus ihnen.«

»Sie haben meine Erlaubnis, sich jederzeit zu ergeben, General Trifonow. Ihre Aufgabe ist beendet. Nehmen Sie Kontakt auf und verkünden Sie einen Waffenstillstand.«

Nach einer langen Pause kam die Bestätigung, aber nicht nur diese. »Bevor ich die Verbindung unterbreche, hätte ich gern eines noch gewusst.« Rasow blickte Admiral Werkowenski an, der bei dem Ton des Feldoffiziers die Augenbrauen in die Höhe gezogen hatte. »Als Sie uns auf diese gottverlassene Insel schickten, hatten Sie da die Absicht, uns ohne Unterstützung und ohne jegliche Versorgung hier sitzen zu lassen, oder war es schlicht eine Fehlkalkulation?«

Admiral Werkowenski fuhr empört hoch und hob schon die Hand, um den respektlosen Offizier aus der Leitung zu werfen, doch Rasow griff nach seinem Handgelenk. Werkowenski starrte ihn wütend an. »Er verdient eine Antwort«, erklärte Rasow leise. Werkowenski zog die Hand zurück. Rasow wandte sich erneut dem Lautsprecher zu. »Als wir Sie nach Island schickten, wussten wir, dass wir die Versorgung nicht lange würden aufrechterhalten können. Aber durch die Kämpfe in Island wurden einige der besten Infanterieeinheiten der Amerikaner gebunden – die 82nd Airborne und die Ranger sowie eine leichte Infanteriedivision und eine kanadische Brigadegruppe. Wir hatten gehofft, sie würden auch ihre Marinestreitkräfte im Atlantik nach Island entsenden, aber das war nicht der Fall. Sie haben gut und hart gekämpft und das russische Volk wird die von Ihnen gebrachten Opfer nicht vergessen.«

Erneut trat eine Pause ein, doch dann sagte der General, der die russischen Streitkräfte in Island befehligte: »Nun, wir haben sie fast drei Wochen lang beschäftigt, aber jetzt ist es an Ihnen. Passen Sie auf, die sind gut, vor allem die Ranger und die Fallschirmspringer. Die sind nicht ein einziges Mal einem Konflikt ausgewichen. Es ist eine ausgezeichnete leichte Infanterie, und wenn wir die nötige Munition gehabt hätten, wäre es ein guter Kampf geworden.«

Sobald die Verbindung unterbrochen war, rief Mischin, der General der Luftstreitkräfte: »Wir hätten diese Truppen niemals ohne Unterstützung lassen dürfen!«

»Und was hätten wir tun sollen?«, fauchte Admiral Werkowenski zurück. »Hätte ich meine Leute noch länger in der Norwegischen See belassen, während die amerikanischen Flugzeugträgerverbände die Versorgungslinien meiner Flotte in der Barentssee bedrohten, hätte ich die auch noch verloren. Außerdem« – Werkowenskis Augen verengten sich zu Schlitzen und er starrte Mischin drohend an – »haben wir fünf Geschwader der Luftstreitkräfte nach Island entsandt. Und wie lange hat es gedauert, bis die Amerikaner sie erledigt haben? Vier Tage! Vier Tage Rückendeckung durch die Luftstreitkräfte und danach die uneingeschränkte Lufthoheit für die Amerikaner!«

»Und wie lange, glauben Sie, werden sich Ihre kostbaren Schiffe in der Barentssee halten, wenn sie ein amerikanischer Flugzeugträgerverband aufs Korn nimmt, wie zuletzt gemeldet?«

»Island ist ein Nebenschauplatz«, erklärte General Karyakin, der Befehlshaber der im Wiederaufbau befindlichen strategischen Raketenstreitkräfte gelassen. Der Admiral und der Mischin ließen das Thema bereitwillig fallen. »Wir haben jetzt dringendere Sorgen«, fuhr Karyakin mit einem Blick auf Rasow fort. »Zum Beispiel, wie wir uns von dieser idiotischen Niederlage am Dnjepr erholen.«

»Das war ein kalkuliertes Risiko«, gab Rasow zurück.

»Ein schwachsinniges Risiko war es!« Werkowenski nutzte die Gelegenheit, um seinem angestauten Ärger Luft zu machen.

»Im Fernen Osten«, erwiderte Rasow ruhig, »rücken die Marines und das I. Korps der Armee in den Sikhote-Alin-Bergen vor und schneiden damit den Hauptteil unserer Streitkräfte im Süden ab. Es gelingt uns mit Müh und Not, die Chinesen von unseren verbliebenen Versorgungsstützpunkten im besetzten Gebiet fern zu halten und ein paar taktische Gegenangriffe zu starten. Südlich von Moskau dürfte die Speerspitze der Armored Cavalry in wenigen Wochen in Weißrussland stehen, wobei sich ein komplettes Korps der Reserve der Army und der Nationalgarde nur dreihundertfünzig Kilometer von Moskau entfernt auf dem Vormarsch befindet. Wenn es uns nicht gelingt, die 19. Panzerarmee in Ryazan mit Treibstoff zu versorgen, haben wir keine mobilen Kräfte mehr, mit denen wir einen Gegenangriff starten können. Und nun sind auch noch mobile Streitkräfte der Amerikaner in Island frei geworden. Wir besitzen nicht einmal Satelliten, die uns über ihre Bewegungen auf dem Laufenden halten würden, weil die allesamt zerstört sind.«

»Wir haben in jeder Stadt auf dem Weg nach Moskau Miliz-Einheiten ausgehoben«, gab General Abramow zu bedenken. »Im Moment sind sie hauptsächlich mit dem Bau von Verteidigungsanlagen beschäftigt, aber wenn die Amerikaner weiter vorrücken, werden wir sie bewaffnen. Die Amerikaner werden für jede dieser Städte einen hohen Blutzoll entrichten müssen. Außerdem gibt es noch die ›Moskauer Linie‹, an der binnen kurzem zweihunderttausend Mann arbeiten werden, von denen hunderttausend unter Waffen stehen werden.«

Rasow sah ihn nur an und unterdrückte die sarkastische Bemerkung, die ihm auf den Lippen lag. »Die Amerikaner besitzen überall nördlich, südlich und westlich von Moskau sowie südlich und östlich von Kabarowsk in Sibirien die Lufthoheit. Außerhalb unserer Küstengewässer hat die Marine, abgesehen von dem Gefechtsverband in der Barentssee, keine wirklich einsatzfähigen Oberflächeneinheiten. Dazu kommen gerade einmal fünf Angriffs-Unterseeboote. Die Schläge der amerikanischen Flugzeugträger im Schwarzen Meer gegen unsere Öltransporteinrichtungen im Kaukasus und die Einstellung der Lieferungen aus den abgefallenen sibirischen Republiken haben unsere Treibstoffvorräte deutlich reduziert. Bei allen anderen Materialien zehren wir nur unsere Lagerbestände auf, die militärische Produktion ist praktisch zum Stillstand gekommen. Die Zahl der Deserteure nimmt beständig zu, die Moral ist auf dem Nullpunkt. Wir verlieren ganze Kampfformationen bei der ersten Berührung mit amerikanischen Panzereinheiten.«

Rasow sah sich am Tisch unter den Offizieren um, die seinem Blick auswichen. »Hat irgendjemand von ihnen in letzter Zeit den Kreml verlassen?« Als niemand antwortete, fuhr er fort. »Nein? Das dachte ich mir. Oberst Filipow« – Rasow wandte sich zu Filipow um, der sich hinter ihm erhoben hatte – »würden Sie uns bitte berichten, wie die Situation der Zivilisten ist?«

Filipow trat an den Tisch heran. »Es gibt nichts zu essen. Die Menschen verhungern«, erklärte er in grimmigem Ton. »Schätzungen zufolge wird Moskau Ende August täglich fünf- bis zehntausend Menschen durch Krankheiten verlieren, die durch Unternährung verursacht wurden. Besonders betroffen sind Alte und kleine Kinder. Die Wohnungen und öffentlichen Gebäude sind mit Flüchtlingen überfüllt. Nach einem Rotationsplan gibt es in den Stadtvierteln jeden Tag sechs Stunden lang Strom, aber es ist ungewiss, wie lange wir das noch aufrechterhalten können. Wenn die Amerikaner ihre Angriffe verstärken, die sich im Augenblick auf einen gelegentlichen Cruisemissile beschränken, um unsere Operationen zu stören, oder das Moratorium bei den Angriffen auf Atomreaktoren aufkündigen, das sie sich nach der Verseuchung im Fall Ljubertsy Zwei selbst auferlegt haben, wird es nur noch eine Notversorgung geben. Die Anarchisten arbeiten inzwischen in aller Öffentlichkeit, organisieren Blockkomitees und halten öffentliche Demonstrationen ab. Das gilt besonders für die kleineren Städte im Osten und im Bereich um die Moskauer Universität hier in der Hauptstadt. Ihre Anhängerschaft wächst dramatisch.«

»Und was unternimmt der Minister für Sicherheit?«, erkundigte sich Werkowenski, wobei er sich suchend nach dem normalerweise »zivilen« Minister umsah, dessen Aufgabe es war, die Ordnung im Inland aufrechtzuerhalten und der in dieser Runde kaum jemals etwas sagte.

»Er befindet sich auf einer Inspektionstour in Nishnij Nowgorod«, erwiderte Rasow.

Der alte Befehlshaber der Pioniere ließ ein raues Lachen hören, das sich schnell in einen abgehackten Husten verwandelte. »Die kleine KGB-Ratte inspiziert ihre Überlebensmöglichkeiten im Osten, was?« Einige andere lachten ebenfalls, das Muster war aus dem letzten Krieg nur allzu bekannt. Schließlich holte der alte Mann sein Taschentuch hervor und hustete, bis er ganz rot im Gesicht war.

Rasow spürte, wie sich die Spannung im Raum löste. Nach einem Augenblick des Zögerns sagte er: »Ich schlage einen Waffenstillstand vor.«

Im Raum kehrte Schweigen ein. »Zu welchen Bedingungen?«, erkundigte sich Werkowenski schließlich.

Rasow blickte ihn nur schweigend an.

»Unmöglich!«, polterte Mischin. »Wir haben immer noch zwei Armee-Einheiten im Ural und im Baltikum stehen, die keinen einzigen Schuss abgegeben haben. Dazu kommen die 19. Panzerarmee in Ryazan und die Garnison von St. Petersburg, die wir zurückziehen können, um die Miliz um Moskau zu verstärken. Wir können uns neu formieren und kämpfend bis zum Ural zurückweichen, wenn nötig.«

»Und wenn sie eine dritte Front eröffnen?«, wandte Rasow ein. »Ich weiß, dass wir Truppen um St. Petersburg und in den baltischen Staaten stehen haben, aber was, wenn deren Vorräte erschöpft sind, die durch die Angriffe amerikanischer Air Force- und Spezialeinheiten ohnehin auf ein Zehntel reduziert sind? Wie sollen wir ohne Treibstoff Krieg führen? Graben wir die Panzer bis zum Turm in den Sand ein wie seinerzeit Saddam Hussein und hoffen, dass die Amerikaner in Reichweite ihrer Geschütze vorbeikommen?« Rasow schrie jetzt seine Frustration hinaus. Er schien immer mehr die Kontrolle über die Geschehnisse zu verlieren.

»Wir haben große Geheimlager.« Mischin gab nicht auf.

»Aber wir können das Zeug nicht bewegen! Weder mit der Bahn noch auf der Straße und ganz bestimmt nicht in der Luft, General, es sei denn, sie besäßen eine Geheimwaffe, mit der sie die Amerikaner vom Himmel wischen.«

»Selbst dann müssten wir neue Prioritäten bei der Treibstoffzuteilung setzen, damit meine Leute versorgt werden können«, grummelte der für das Transportwesen zuständige Befehlshaber.

»Und wie wollen Sie diese Prioritäten setzen?«, erkundigte sich der für die westliche Front zuständige Befehlshaber. »Sollen die Panzer oder die Mannschaftstransporter ohne Sprit fahren?«

»Moskau wird fallen«, erklärte Rasow mit leiser Stimme.

Niemand sprach. Nach einer langen Zeit drückenden Schweigens erhob Werkowenski fast flüsternd einen Einwand. »Juri, wir können Moskau nicht kampflos aufgeben.«

»Eine offene Stadt!«, platzte Filipow hinter Rasow heraus. »Wir erklären Moskau einfach zur offenen Stadt, wie es die Franzosen im Zweiten Weltkrieg mit Paris getan haben.

Wir ziehen uns mit allem, was wir retten können, in den Ural zurück und kämpfen wie 1812!«

Rasow wusste, dass Filipow noch viel zu sagen gehabt hätte, doch sein junger Adjutant verstummte. Ein unbehagliches Schweigen folgte und Rasow wusste, dass seine schlimmsten Befürchtungen Wirklichkeit werden würden. Moskau aufzugeben war defätistisch. Es gab zwei Möglichkeiten, entweder löste sich die Armee auf oder ein junger Fanatiker aus den unteren Rängen jagte das gesamte STAVKA in die Luft und übernahm das nationale Kommando. Niemand hier würde es wagen, Moskau kampflos aufzugeben. Das galt auch für ihn.

»Wir gehen in eine Falle«, erklärte Karyakin. Rasow war sofort auf der Hut. »Wir denken defensiv.« Er starrte Rasow herausfordernd an. »Wir müssen beginnen, offensiv zu denken, strategisch.«

»Wollen Sie wieder chemische und biologische Waffen einsetzen?«

»Die biologischen Waffen müssen ihre Wirkung unter den chinesischen Soldaten erst noch entfalten«, erwiderte Karyakin nonchalant. »Danach wird eine Schwächung eintreten, die dafür sorgt, dass sie eine ganze Weile keine Bedrohung mehr darstellen.«

»Und was ist mit den Nervengasangriffen auf Amerikaner und Briten? Zwei-, dreihundert Tote, von denen die meisten in einem Feldlazarett lagen, das irrtümlich angegriffen wurde.«

»Ich sprach jetzt nicht von chemischen oder biologischen Waffen.«

»Was wollen Sie tun, General?« Rasows Stimme klang sehr kühl. »Die Raketen in der Bastion in der Karasee abfeuern, damit wir die Amerikaner mit uns in den Abgrund reißen?«

»Den maximalen Vorteil unseres Gegners minimieren?«, gab Karyakin lächelnd zurück. »Das klingt ein wenig wie die Zeitungsberichte über Livingstons Entscheidung zum Gegenschlag. ›Das Dilemma des Gefangenen‹ nannten sie es, wenn ich mich recht erinnere.« Er lächelte erneut und schüttelte den Kopf. »Nein, diese Raketen können mehr für uns tun, als nur zu töten und zu zerstören. Sie gehen das Problem nicht kreativ genug an.«

»Wovon reden Sie eigentlich?«, wollte der alte Admiral Werkowenski wissen.

»Die Amerikaner haben durchaus selbst Probleme. Den Nachrichtenberichten zufolge, die durch unsere Leute vor Ort bestätigt werden, sind Millionen von Menschen aus den Städten geflüchtet. Hören Sie sich einmal die öffentlichen Ansprachen des Präsidenten an, in denen er den Leuten ins Gewissen redet. Außerdem hat er sein Kabinett auf Reisen geschickt, um die Bevölkerung zu beruhigen. Das ist die Achillesferse der Amerikaner.«

»*Was* ist die Achillesferse?«, fragte Mischin. Rasow war entsetzt, dass er überhaupt Interesse zeigte. Hoffentlich schlossen sich die STAVKA-Angehörigen nicht aus lauter Verzweiflung Karyakin an.

»Oberst Filipow«, begann Karyakin, »Sie kennen sich doch mit den Vereinigten Staaten aus. Warum, glauben Sie, fordert der Präsident die Bevölkerung auf, in die Städte zurückzukehren?«

»Man ist dort wegen der fallenden Produktionsraten beunruhigt.«

Rasow begann, die breiten Umrisse des Plans zu erkennen, den Karyakin nun zu erläutern anfing. Dass er Filipow, Rasows Vertrauten, gewonnen hatte, um die Tatsachen zu schildern, auf denen er seinen Plan gründete, war ein geschickter Schachzug.

»Ihre Produktionskapazität ist die Grundlage ihrer Macht«, so Karyakin, »und gleichzeitig ihre Achillesferse. Unsere Männer, zum Beispiel die Miliz«, meinte er, zu General Abramow gewandt, der für jede Anerkennung dankbar war, »können kämpfen, wenn man ihnen ein paar Säcke Kartoffeln und ein paar alte Kalaschnikows gibt. Dagegen sind die Amerikaner« – er beugte sich mit einem verschwörerischen Funkeln in den Augen vor – »mit ihren viel gepriesenen Systemen, diesen komplizierten Mechanismen, bei denen jeder dritte Soldat ein Computerprogrammierer ist, der dafür sorgt, dass an der Front auch die kleinste Schraube rechtzeitig im richtigen Behälter zur Verfügung steht, von einer höchst komplizierten Versorgungskette abhängig, die von der Fabrik bis ins Feld reicht. Wenn bei einer dieser kleinen Schrauben – oder eher bei Computerchips oder einer exotischen Hydraulikflüssigkeit –, wenn bei irgendeinem Teil das Versorgungsniveau unter die kritische Schwelle fällt, ist es mit den ›Verstärkungsfaktoren‹ schnell vorbei. Ohne ihre Systeme heißt es nur noch Panzer gegen Panzer, Mann gegen Mann. Dann sind die Chancen gleich und wir spielen sozusagen auf eigenem Feld.«

»Hören Sie, Karyakin.« Zu Rasows Erleichterung fuchtelte Mischin drohend mit dem Finger herum. »Wir haben alles getan, um ihre Logistik zu stören. Meine Leute sind zu Tausenden bei dem Versuch ums Leben gekommen, die Nachschubwege für die Front zu unterbrechen. Wenn man mir erlaubt hätte, ihre Flugplätze anzugreifen, wie ich es wollte, hätten wir vielleicht immer noch …«

»Ich spreche nicht davon, die Nachschubswege für die Front zu unterbrechen, ich rede von *strategischem* Denken! Wir müssen ihre Produktion an der Quelle unterbrechen. *Angst*, meine Herren, wir müssen dem gemeinen Volk Angst einjagen. Wenn wir die arbeitende Bevölkerung aus den Städten vertreiben, halten wir sie von ihren Jobs fern. Keine Arbeiter, keine Fabriken! Wie lang können die Amerikaner das gegenwärtig Niveau von Effizienz aufrechterhalten, wenn ihre Produktion zum Stillstand kommt? Zwei Monate? Einen Monat? Auch nur eine Woche? Dem Feind *Angst* - lähmende Angst – einzujagen, das ist der Weg, Schlachten und schließlich den Krieg zu gewinnen.«

Westlich von Unecha, 450 Kilometer südwestlich von Moskau
12. Juli, 2300 Uhr GMT (0100 Uhr Ortszeit)

»Wir sind die Größten!« Captain Loomis packte Chandlers Hand und umarmte ihn dann so heftig, dass ihm die Luft wegblieb. Chandler grinste breit über die überschwängliche

Begeisterung, die bei der Ankunft jedes neuen Offiziers erneut aufflammte. Die Kommandanten der drei Panzerkompanien, Chandler und Loomis, der Executive Officer des Bataillons, versetzten sich lachende Rippenstöße. Nach der ungeheuren Anspannung mussten sie sich irgendwie Luft machen.

»Wie Plastikenten in der Badewanne haben wir sie abgeschossen«, sagte der Kommandant der Alphakompanie, was mit allgemeinem Gelächter quittiert wurde. Mit neunundzwanzig Panzern, vierundvierzig anderen Panzerfahrzeugen, neunzehn ungepanzerten Fahrzeugen und unzähligen Infanteristen hatte die Alphakompanie am meisten Abschüsse zu verzeichnen.

»Und wie viele Leute haben wir verloren?«, fragte der Kommandant der Bravokompanie, damit der gerade erst angekommene Loomis auch auf dem Laufenden war.

»Null!«, riefen alle drei Männer im Chor und brachen erneut in Gelächter aus.

»Halt, stimmt nicht.« Der Kommandant der Charliekompanie verschluckte sich fast an dem großen Schluck Wasser, den er aus seiner Feldflasche genommen hatte, als wäre es Champagner. »Einer meiner Ladeschützen hat sich das Handgelenk verletzt, als der Panzer gegen einen Erdhügel fuhr. Vermutlich verstaucht.« Er grinste über das ganze Gesicht.

Die anderen lachten. »Haben Sie ihn ausfliegen lassen?«, wollte der Alpha-Kommandant wissen, was erneutes Gelächter auslöste. Der Charlie-Kommandant versuchte, ihm Wasser über den Kopf zu gießen, doch der andere duckte sich und schubste ihn weg.

»Übrigens, Major Chandler«, warf der Charlie-Kommandant ein. »Der Zählerstand bei meinen Geschützrohr ist einseinundsiebzig. Möglicherweise brauchen wir Ersatz, bevor wir Moskau erreichen.«

»He!« Der Bravo-Kommandant versetzte ihm einen Klaps, »ich habe eins, das ist schon bei dreihundert Schuss.«

»Neue Geschützrohre werden wir nicht bekommen«, entgegnete Chandler. »Sie müssen eben höher zielen.

Erneutes Gelächter quittierte diese Bemerkung. Das Geplänkel ging weiter und Chandler genoss es von Herzen. Zuerst war ihm gar nicht klar gewesen, wie spektakulär seine Aktion gewesen, aber seine untergebenen Captains und Colonel Harkness, sein Vorgesetzter, hatten ihm das deutlich zu verstehen gegeben. Harkness hatte sich gar nicht mehr beruhigen können: Chandler hatte eine Bresche für den Vormarsch der gesamten Division geschlagen.

Drei Regimenter hatte Chandler vernichtet, die bereits durch die Armored Cavalry geschwächt worden waren. Die Kavallerie hatte wiederum Chandlers eigene Feuerkraft beträchtlich verstärkt. Durch ihre vereinten Anstrengungen hatten sie eine Lücke geöffnet, durch die die gesamte Taskforce vorrückte. Drei Stunden lang waren sie unter leicht bewaffneten Versorgungs- und Unterstützungstruppen Amok gelaufen. Als Chandler schließlich den Iput-Fluss erreichte, war er auf russische Einheiten gestoßen, die gerade das Gewässer überquerten. Nachdem die Fahrzeuge mit sieben Kilometern die Stunde über den Fluss schwammen oder im Schneckentempo über schwimmende Brücken krochen, war jeder Schuss ein Volltreffer gewesen.

Zwei der Brücken waren noch intakt gewesen. Nachdem es einem Bergungsfahrzeug gelungen war, das brennende Wrack eines T-80 von einer der Brücken zu ziehen, hatte Harkness Chandler befohlen, den Fluss zu überqueren. Nur Loomis wusste, dass der Befehl von der Brigade kam, der Rest vertraute blind auf Chandler, den König des Krieges. Der hatte den Befehl ohne Zögern erteilt, obwohl er selbst niemals so gehandelt hätte.

Die gesamte Taskforce einschließlich der Unterstützungstruppen fuhr oder schwamm über den Iput. Hinter der nächsten Hügelkette begann das Tontaubenschießen erneut. Obwohl er die Munitions- und Treibstoffvorräte der Fahrzeuge aufgefüllt hatte, benutzten Chandlers Panzer überwiegend ihre Maschinengewehre. Es war sinnlos, Munition für die Hauptkanone auf Lkws und Soldaten, die zu Fuß unterwegs waren, zu verschwenden. Mittlerweile blieb Chandler sogar ruhig, wenn die leichten und völlig unwirksamen

Raketen in seine Richtung flogen. Man musste nur auf das grelle Licht des Motors der Rakete achten, das 0,50-Kaliber-MG auf ihren Ausgangsort richten und abdrücken. Kugeln fliegen schneller als Antipanzer-Raketen. Die Raketen gerieten sofort außer Kontrolle, wenn die Hand des Operators im Todeskampf, oder von Schreck und Angst geschüttelt, den Joystick losließ.

Als Chandler schließlich erneut nach Treibstoff und Munition verlangte, ließ die Division eine andere Brigade den Vormarsch fortsetzen. Nun standen sie am Wartungs-Sammelpunkt des Bataillons vor den Stoßfängern ihrer vier Panzer und beglückwünschten sich gegenseitig.

Die Stimmung war ausgezeichnet, auch unter den Soldaten, die überall herumliefen, um ein riesiges Tarnnetz anzubringen, das die Fahrzeuge der Headquarters Company bedeckte, die um Chandlers Taktisches Operationszentrum herum parkten. Wegen der modernen Sichtgeräte war ein solches Netz selbst in der Nacht erforderlich. In der Ferne umgab Stacheldraht das gesamte Areal. Die einzige Lücke wurde von zwei mit M-16 ausgerüsteten Posten bewacht.

Chandler blickte auf die an der Wand des M-577 der Kommandozentrale montierte Karte. Das Kommando war in einem umgebauten M-113, einem gepanzerten Personentransporter untergebracht, dessen Tür unter dem Vorzelt offen stand, so dass der Blick ins Innere frei war. Die Spitze des Vormarschs war zu einer Ausbeulung geworden, die Einheiten an den Flanken drängten vor. Der mit Fettstift auf der Plastikfolie über der Karte markierte blaue Bereich wuchs mit eindrucksvoller Geschwindigkeit. Bald würden die Kompaniekommandeure die Linien und Symbole von dieser Karte auf ihre eigenen kopieren und sie mitnehmen, um mit ihren erschöpften Platoon-Führern zu feiern. Diese würden die gute Nachricht an die Sergeants weitergeben und so fort.

Aus der Verteidigung war schnell ein Angriff geworden, der den vom Korps geplanten Vormarsch unterstützte. Schließlich wurde Chandlers erfolgreiche Aktion sogar in »Hauptangriff« umbenannt und er erhielt mit einem Schlag Artillerie- und Luftunterstützung ungeahnten Ausmaßes.

Selbst für den Hauptangriff schien ihm das überraschend, wenn man bedachte, wie weit sie bereits auf feindliches Territorium vorgedrungen waren und mit welchen logistischen Schwierigkeiten sie zu kämpfen gehabt hatten. Sie waren mit ihrer Feuerkraft verschwenderisch umgegangen. Ein verdächtiges Wäldchen hier, eine kleine Anhöhe, ein paar Bauernhäuser, in der sich vielleicht Infanteristen versteckten – Chandler und seine Leute hatten aus allem Kleinholz gemacht.

Ein Ziel nach dem anderen hatten sie vor der geplanten Zeit erobert. Obwohl die Orte angeblich verteidigt wurden, kam es nie zu einem fairen Kampf. Chandlers Erfolgsliste wurde mit jedem dieser Gemetzel länger. Ihm war bewusst, dass diese Erfolge nicht das waren, was sie seinen Vorgesetzten erscheinen mussten. Wenn benommene russische Infanteristen, überwältigt von der gepanzerten Macht, die da heranrollte, aus ihren Löchern taumelten, ohne einen Schuss abgegeben zu haben, konnte man kaum von Widerstand sprechen. Doch als über Funk ein Lob nach dem anderen erfolgte, hatte er nicht widersprochen. »Wenn es ein fairer Kampf ist«, hatte er auf der Offiziersschule gelernt, »dann haben Sie Ihre Hausaufgaben nicht gemacht.«

Ein Lkw nach dem anderen rumpelte in der Dunkelheit außerhalb des Lichtkegels, in dem sie standen, vorüber. Die Versorgung des Hauptangriffs war gesichert, Logistik war einer der starken Punkte der Amerikaner.

»Ist euch klar, dass wir in Russland sind?«, fragte Loomis.

»Soll das ein Witz sein?«, wollte der Bravo-Kommandant wissen.

»Nein, kurz bevor wir den Fluss überquerten, hat Morrison Dave erzählt, wir wären die erste Einheit in Russland.«

»Na, da könnten die Burschen in Wladiwostok anderer Ansicht sein«, meinte Chandler.

Nach einer kurzen Pause brachen die Kommandanten in Gelächter aus und begannen, Loomis aufzuziehen, der erfolglos versuchte, sich zu verteidigen. »Er meinte … er meinte natürlich in Europa!«

In diesem Augenblick tauchte aus der Dunkelheit ein

neues Gesicht auf. Es war Captain Wade, der Kommandant der Deltakompanie, die sie von Colonel Honigs benachbartem Infanteriebataillon ausgeliehen hatten.

Alles verstummte. »Jerry!« Chandler streckte ihm die Hand hin, aber Wade ignorierte ihn. Angesichts seines verschmierten Gesichts und des bitteren Blicks in seinen Augen wagte Chandler nicht zu fragen, warum.

»Ich soll mich Ihnen wieder anschließen. Hier bin ich.« Sein Gesicht wirkte geradezu verächtlich.

Die Deltakompanie hatte direkt nach dem ersten Kampf an der Bahnlinie Feindberührung in den Wäldern gemeldet. Chandler hatte ihr befohlen zurückzubleiben, um die Wälder zu säubern. Vereinbart war, dass sie sich am Iput treffen würden, doch als seine Taskforce den Fluss überquerte, um ihren Siegeszug fortzusetzen, war nichts von ihnen zu sehen gewesen.

»Ist von Ihren Leuten jemand kampfunfähig?«

»Meinen Sie tot, Major, oder verwundet?«

Chandler hatte sich nicht zu direkt ausdrücken wollen, aber nun fiel ihm selbst auf, wie unangebracht seine Worte klangen. »Wie viele?«

»Neununddreißig Tote, sechsundzwanzig Verwundete. Fünf meiner dreizehn Bradleys sind zerstört, zwei beschädigt und geborgen. Ich kann ein Platoon und meine Headquarters Section einsetzen.« Er sah die anderen Offiziere an. Chandler war froh, dass er seinem Blick nicht mehr standhalten musste.

»Was zum Teufel ist passiert?«, fragte der Bravo-Kommandant mit gesenkter Stimme. Die anderen Offiziere wandten den Blick ab.

»Tja« – die Wut in Wades Stimme war nicht zu überhören – »während ihr den Krieg gewonnen habt, indem ihr Köche und Schreiberlinge niedergemetzelt habt, stiegen meine Leute aus, weil die Wälder zu dicht für die Bradleys waren, und liefen einem Infanteriebataillon in die Arme. Ich musste Lieutenant Colonel Honig zu Hilfe rufen.«

»Aber warum haben Sie mich nicht um Hilfe gebeten?«, protestierte Chandler.

»Ich sagte doch, wir hatten Feindberührung!«

»Jeder hatte Feindberührung!« Chandler gefiel die Andeutung, dass er für die Verluste verantwortlich sein könnte, überhaupt nicht.

»Als wir von der zweiten Kompanie angegriffen wurden und erkannten, womit wir es zu tun hatten, wart ihr schon Kilometer entfernt.« Dann beschrieb Wade seine »Aufräumaktionen« gegen Einheiten, die Chandler umgangen hatte. Jede Einzelne dieser Aktionen hatte ihn Soladten gekostet. Offenbar funktionierten die leichten Antipanzerraketen der Russen gegen Bradleys ausgezeichnet.

Chandler sehnte sich danach, Wade alles zu erklären, den großen Sieg zu beschreiben, den sie erkämpft hatten. Hätte er seine Panzerbesatzungen denn zu Fuß in die Wälder schicken sollen? Doch am Ende fragte er nur: »Wo sind Ihre Toten und Verwundeten?«

Chandlers Humvee kam in der losen Erde rutschend zum Stehen. Als er ausstieg, peitschten die vier Antennen des Bataillonskommandos immer noch die Luft, so abrupt hatte der Fahrer gebremst.

O mein Gott, dachte er als er die gedämpften Schmerzenslaute hörte, die von den aufblasbaren Polyurethanwänden des Lazaretts kaum zurückgehalten wurden. Wade wartete auf ihn, obwohl Chandler gar nicht bemerkt hatte, dass er stehen geblieben war. Er sah ihn an, doch Wades Gesicht zeigte keinerlei Mitgefühl. Erneut setzte sich Chandler in Richtung der Laute in Bewegung. Jeder Schritt brachte ihn näher heran, mit jedem Schritt hörte er einen Schrei oder ein Heulen.

Während der nächsten beiden Stunden stellte ihm Wade jeden einzelnen Mann vor, gleich ob er tot oder verwundet war. Wade kannte seine Leute gut. Er erzählte Chandler von ihren Plänen und Träumen, die in jener Nacht zumeist auf einem kalten Edelstahltisch ihr Ende fanden.

Acht Kilometer östlich vom Khankasee, Russland
13. Juli, 2100 Uhr GMT (0700 Uhr Ortszeit)

Monk stürzte zu Boden, als das reißende Geräusch anfliegender Granaten über ihm die Luft zerschnitt. Mit den Händen krallte er sich in die Erde, als wollte er sich darin vergraben, bis die Granate in den Baumkronen links von ihm explodierte. Einen Augenblick lang war er benommen von der Wucht der Explosion.

Aber der Tod wollte ihn noch nicht. Hastig richtete er sich auf den Knien auf, um mit seiner Schaufel auf die Erde einzuhacken. Wo der dunkle Rauch noch in den Bäumen hing, lag ein zerschmetterter Baum. Zuerst dachte er, er hätte wie durch ein Wunder die Linie der Marines verfehlt.

Während er, so schnell er konnte, auf die leichte Anhöhe einhieb, die in den dichten Wäldern die einzige nutzbare Erhebung darstellte, sah er, wie einer der Neuen einen Ast des umgestürzten Baumes anhob, aufsprang, mehrere Schritte rückwärts taumelte und schließlich auf den Hintern fiel. Er richtete sich auf den Knien auf. Ohne den Baum aus den Augen zu lassen, griff er nach seinem Magen und gab offenbar das komplette Mittagessen wieder von sich, das sie nur zwei Stunden zuvor eingenommen hatten.

Holzsplitter, dachte Monk. »Wer war es?«

»Tolleson!«, rief ein anderer Neuer zurück. *Tolleson.* Monk konnte sich nicht einmal erinnern, wer von den Neuen das gewesen war.

Ein weiteres reißendes Geräusch zerschnitt die Luft über ihnen. Alles ließ sich zu Boden fallen. Diesmal war der Schuss zu kurz gewesen, aber Monk hörte ein Rascheln im Unterholz, als ein Splitter ganz in seiner Nähe einschlug.

Nachdem er sich erneut hochgerappelt hatte, sah er, dass die Neuen dort standen, wo Tolleson liegen musste. »Graben, ihr Vollidioten!« Monk konnte es nicht glauben, dass die Arbeit zum Stehen gekommen waren, nur weil es einen Toten gegeben hatte, während die heranrückende motorisierte Schützendivision der Russen keine vierhundert Meter mehr von ihnen entfernt war.

Rechts von ihm hielt der neue Lieutenant, der direkt aus der Klasse für Platoon Leader kam, den Funkempfänger unter dem Helm ans Ohr gedrückt. Die Wälder vor ihren Stellungen wurden von Explosionen erschüttert. Flammenfontänen stiegen auf, Erde und Luft um sie herum grollten ununterbrochen. Flach auf dem Bauch liegend, hörte Monk durch den Lärm der Explosionen das Brüllen von Jettriebwerken, die auf volle Leistung gingen und dann plötzlich in der Ferne verschwanden. Der Bombenhagel war so dicht, dass er sich nicht entscheiden konnte, ob es sich bei den Jets um amerikanische oder russische Maschinen handelte. Als er den Kopf hob, sah er in der Ferne schwarze Rauchwolken und Flammen aufsteigen. Durch die dünnen Baumwipfel war nur noch die Spitze der Wolken zu sehen. Eine Welle von Angriffsflugzeugen folgte der anderen, bis sich etwa fünfhundert Meter vor ihrer Front eine wahre Feuerwand erhob. A-6, dachte Monk, ohne mit dem Graben aufzuhören. *Nichts sonst trägt so.*

Er sah zu Mouth hinüber, der ihm grinsend zunickte, offenbar hocherfreut, dass ihnen jemand die Arbeit abnahm.

Als das schrille Heulen des letzten Flugzeugpaars verstummt war, war in den Wäldern vor ihnen nur das laute Knacken des Feuers zu hören. Ein schwerer schwarzer Rauchvorhang stieg über der breiten Front in die Höhe. Links von ihm jubelten und pfiffen die Neuen. Zu seinem Entsetzen stellte er fest, dass sie alle um den umgestürzten Baum herum knieten oder standen und die Waffen triumphieren über den Köpfen schwenkten.

»Runter!«, brüllte er. »Runter mit euch und graben!« *Was denken die sich? Wie kann man nur so dumm sein!* Unterdessen begannen die Neuen am Boden liegend zu graben, wobei sie ihm immer wieder Blicke zuwarfen, als erwarteten sie eine Strafpredigt dafür, dass sie nicht einmal das richtig konnten.

Die erste der Claymore-Minen ging los, was bedeutete, dass die Russen nur noch zweihundert Meter von ihnen entfernt waren. Er hörte die Schmerzensschreie der Verwundeten, deren Körper von Hunderten von Stahlschrotkugeln zerfetzt wurden, die die auf einem zweieinhalb Zentimeter hohen Ständer angebrachten Claymores in einem Bogen versprühten. DIESE SEITE ZUM FEIND stand klar und deutlich in Druckbuchstaben auf den Minen. Sie hatten nur Zeit gehabt, Drähte zu verlegen, die sie vor dem vorrückenden Feind warnten, nicht, einen dicken Verteidigungsgürtel zu installieren.

Monk legte sein Gewehr an und schloss ein Auge. Sein Gesichtsfeld verengte sich auf das, was ihm die Zielgeräte am schwarzen Lauf der Waffe zeigten. Langsam und suchend schwenkte er das Gewehr von links nach rechts. Wie zuvor wusste er, dass der erste Mann, den er sah, so gut wie tot war. Er würde auf ihn zielen, bis das Platoon das Feuer eröffnete. Mit dem ersten Druck auf den Abzug war das Leben dieses Mannes beendet. Aus irgendeinem Grund beunruhigte ihn dies heute mehr als sonst.

Da! Rechts von ihm bewegte sich eine geduckte Gestalt vorsichtig auf die Linie zu. Er brachte das SAW in Position, bis er die Brust des Mannes genau vor dem eisernen Korn hatte. Das Korn, das bei großer Entfernung oder im Stand ständig wackelte, bewegte sich im Liegen bei einer Entfernung von sechzig Metern nicht einen Millimeter. In ein paar Sekunden würde der Mann sterben. Eine Welle der Depression erfasste Monk.

Überall an der Linie bewegten sich nun Gestalten, aber Monk behielt nur diesen einen Mann im Auge, der jetzt so nah war, dass er sein Gesicht sehen konnte. Es war schwarz mit Fett oder Asche verschmiert, aber die weit aufgerissenen Augen leuchteten weiß. Monk schloss erneut das linke Auge und zielte mit der schweren Automatikwaffe. Plötzlich wurde der Mann – der Junge – für ihn real. Niemand hatte ihm gesagt, dass sein Leben in den Wäldern Sibiriens ein Ende finden würde, niemand wusste es, niemand außer Monk.

Ist er bereit? Monk hatte erneut beide Augen geöffnet und blickte den Russen an. Der quälende Gedanke ließ ihn nicht los. *Hat er sich von allem verabschiedet? Weiß er, wie wichtig* die nächsten *paar Sekunden für ihn sein werden? Sie sind alles, was ihm noch bleibt, und er darf sie nicht verschwenden. Sieht er die Bäume, den blauen Himmel, den grünen Sommerwald?*

Die Augen des Russen waren jetzt deutlich zu erkennen. Er hatte Angst. Monk schloss ein Auge und brachte Kimme und Korn in eine Linie.

Rechts von ihm feuerte ein M-16 eine Salve von drei Schuss ab. Die gesamte Linie eröffnete das Feuer. Monk erwartete halb, dass sich sein Ziel zu Boden werfen würde, aber der Junge stand wie erstarrt, während sich um ihn herum in dem mörderischen Kugelhagel Männer aufbäumten und stürzten.

Monk verstärkte den Druck auf den Abzug nur ganz leicht, so leicht, dass er überrascht war, als das Gewehr aufbrüllte und gegen seine Schulter schlug. Als sich die Hitze vor der Mündung verzog, war der Junge verschwunden.

Nun sprühte der Kugelregen von links nach rechts auf anonyme Ziele, die aufsprangen, liefen oder durch das zitternde Unterholz krochen. Monk fühlte sich überraschend ruhig, es kam ihm vor wie eine Wiederholung vorangegangener Feuergefechte. Alle waren blutig und gewalttätig, aber alle waren gleich. Sein Gehirn war völlig leer.

Immer wieder liefen sie gegen die Linie an. Qualmende Handgranaten flogen durch die Luft oder rollten über den Boden auf die Linie zu, explodierten jedoch in den Lücken zwischen den Männern oder vor und hinter ihnen, ohne großen Schaden anzurichten.

«Zurück!«, schrie jemand rechts von Monk. *«Alles zurück!«*, rief der neue Lieutenant. Als Monk aufblickte, sah er ihn auf der Rückseite der kleinen Erhebung stehen und wild die Arme schwenken.

Nein! Nein! Das ist ein Fehler! Doch nicht jetzt! Aber überall entlang der Linie erstarb das Feuer, als die Männer den Rückzug antraten. Rechts von ihm gab Bone mit seinem M-60 eine lange Salve ab. Der herunterhängende hundertschüssige Munitionsgurts schlug wild in den Händen des neuen Laders, bis das Ende wie eine Flosse in die Höhe klatschte und das rauchende MG verstummte.

Bone blickte Monk an und erhob sich kopfschüttelnd. »Verdammter Mist!«

Monk sah nach links. Die Neuen feuerten immer noch

von ihrer Position um den umgestürzten Baum aus. Sie hatten den Befehl nicht gehört.

»He!«, brüllte Monk, doch niemand hörte ihn. Rechts von ihm leerte sich die Linie, durch den offenen Wald rannten Marines auf der Flucht vor den nachrückenden Russen. Hinter der Linie schrie Mouth: »Los, Mann!« Dann lief er los.

Monk sah zu den Neuen hinüber, die verbissen feuerten und nichts sahen und hörten. Fluchend rannte er an der langen, niedrigen Anhöhe entlang zu den drei Männern links von ihm. Eine Granate flog über den Hügel vor ihm. Er ließ sich zu Boden fallen. Sein Helm wurde von der Explosion mit der Wucht eines Boxhiebs gegen seinen Schädel gedrückt. Sofort begannen sein Hals und Kopf zu schmerzen. Er sprang auf und lief weiter. Als er die Neuen erreichte, blickten diese sich bereits suchend um.

»Wo sind die anderen?«, schrie einer von ihnen, als sich Monk hinter ihnen auf die Erde fallen ließ.

»Wir ziehen uns zurück!«, schrie Monk, während die Männer weiterfeuerten. Am Hügel vor ihnen ging eine Granate los. »Kommt!«

»Sie sind zu nah!«, schrie einer, während er eine Salve nach der anderen aus seinem M-16 abgab. Monk kroch den Hügel hinauf und sah auf die andere Seite. Überall waren Russen, die links und rechts von ihnen schon fast die Linie erreicht hatten.

»Verdammter Mist!« Zwei der Neuen blickten ihn entsetzt an. Hinter ihm scharrte etwas über den Boden. Als er sich umdrehte, sah er Mouth.

»Was ist hier los?«, brüllte Mouth.

»Wir stecken in der Scheiße!« Monk warf das fast leere Magazin aus und lud eine volle Box mit zweihundert Schuss. »Schießen, weiterschießen, verdammt!« Damit ließ er sich den Abhang heruntergleiten, bis er neben Mouth lag. Der vorhin umgestürzte Baum lag nun längs in der Mitte der von den fünf Männern gehaltenen Stellung.

»Du nimmst die linke, ich die rechte Seite!«, schrie er Mouth zu. Sie staksten durch die dicken, belaubten Äste des Baumes am Fuß des Hügels und ließen sich Rücken an Rücken, durch den Baum getrennt, zu Boden fallen. »Was tust du denn hier?«, wollte Monk wissen.

»Weiß ich auch nicht, ich bin dir gefolgt!«

»Sarge!«, brüllte einer der Männer, der mit zitternden Händen versuchte, eine neues Magazin einzulegen. »Sie kommen rechts von uns über den Hügel!« Überall um sie herum spritzte die Erde in die Höhe, Kugeln flogen Monk über den Kopf. *Das war's also,* dachte er vor Entsetzen erstarrt. *Ende der Fahnenstange.* Er hob seine Waffe und wartete. Sterben ist ganz einfach.

»Links kommen sie auch über den Hügel!«, schrie ein anderer. »Großer Gott hilf mir!« *Wie wird es sich anfühlen?*, fragte sich Monk. Der erste Mann auf dem Hügelkamm wurde von seinen Schüssen zerfetzt, während er das Donnern von Mouths Granatwerfer hörte. Die Explosion erfolgte unmittelbar darauf links von ihm.

Der Neue etwa zehn Meter links von ihm krabbelte aus seinem Kampfloch und kletterte über den Baumstamm zurück ins Zentrum der kleinen Gruppe. *Schon die gebrochene Rippe damals hat unglaublich weh getan,* dachte Monk, aber er erinnerte sich an die Qualen der Verwundeten und wusste, dass es schlimmer sein würde. Sein Körper zitterte unkontrollierbar. Er versuchte zu schlucken, aber sein Mund war vollständig ausgetrocknet.

»Die sind überall!«, schrie jemand vor ihm. Monk feuerte und zwei Männer auf dem Hang stürzten zu Boden.

»Sarge! Was wird …? Oh, bitte, Sarge!«

»Scheiße!«, brüllte Mouth hinter Monk. »Wir sind erledigt, Mann! Diesmal hat es uns erwischt!«

Zwei Granaten explodierten direkt vor ihnen. Einer seiner Männer schrie auf. »Red ist getroffen!«, rief jemand. Über den Hügel rechts von Monk strömten die Russen. Seine Waffe, die nun deutlich in seinen Händen zitterte, feuerte ununterbrochen. *Vater unser im Himmel …* Monk gab eine lange Salve ab, während einer der Männer vor ihm nicht aufhörte, von »Red« zu sprechen.

»Sarge, er ist verletzt! Er braucht Hilfe!« *… geheiligt werde dein Name.* Holzsplitter wurden über Monks Rücken geschleudert und gruben sich in seinen Hals. Mouths Waffe verstummte. *Dein Reich komme, dein Wille geschehe …* Monk schwang das SAW auf die andere Seite des Stamms. Mouth lag in den Ästen und griff wortlos nach seiner Flakjacke, die an der Vorderseite tiefe Risse zeigte. Monk blies den Russen davon, der näher herankriechen wollte. Mouth schien den Griff des Reißverschlusses nicht finden zu können, stattdessen krallte er sich in den Reißverschluss und starrte Monk aus glasigen Augen an. … *wie im Himmel, so auf Erden.*

Die Russen strömten über den Hügel direkt vor ihnen. Monk hob sein SAW und gab eine lange Salve ab, bis das Magazin leer war. Er ließ sich zu Boden fallen, um nachzuladen. Ganze Stücke wurden aus dem Baumstamm gerissen, während ihm Kugeln wie wütende Bienen um die Ohren pfiffen.

»Gott, bitte hilf mir!« Monk begann zu weinen, während seine Hände mit dem schweren Magazin herumfummelten. »Bitte, Gott, bitte!« Das Magazin klemmte, und von den Tränen geblendet, gelang es ihm nicht, es richtig einzusetzen. Als es schließlich einrastete, fegte ein wilder Kugelsturm durch die Luft und zerfetzte die Äste des Baumes. Jemand packte ihn am Bein. Als er aufsah, erkannte er den Neuen, der vorhin sein Kampfloch verlassen hatte. Er weinte vor Schmerzen.

»Großer Gott, es tut so weh!« Sein Gesicht war verzerrt, Beine und Becken von roten Flecken durchnässt.

Monk stieß einen stöhnenden, atemlosen Schrei aus und hob die Waffe. In diesem Augenblick wurde der Kopf des Neuen direkt vor seinen Augen in zwei Teile gespalten, so dass Gehirnmasse und Blut über Monk spritzten. Den Bruchteil einer Sekunde später schlug etwas mit der Gewalt eines Schmiedehammers gegen seinen rechten Oberschenkel. Monk ließ das SAW fallen und griff nach dem brennenden Schmerz, der durch sein Bein schoss. Er stieß einen Schrei aus. Die Welt drehte sich und wurde schwarz. Warme Flüssigkeit drang in seine Nebenhöhlen und aus seiner Nase, als er hustete. Unerträgliche Schmerzen tobten durch seinen Körper, während er das Bein fest umklammert hielt. Er erbrach sich und versuchte schnaubend, seine Atemwege frei zu bekommen.

Der Schmerz, der wie elektrisches Feuer durch sein Nervensystem brannte, war so unerträglich, dass er mit dem Hinterkopf gegen den Boden hämmerte. Sein einziger Gedanke war die Pein, die seinen Körper erst glühen und dann eiskalt werden ließ. Verzweifelt rang er nach Luft. Jeder Atemzug wurde von kurzen Schreien begleitet, die nur abbrachen, als sich sein Magen entleerte und dann erneut gewaltsam zusammenkrampfte. Tausend Nadeln stachen in seine Haut, auf der der Schweiß stand. Trotz allem fühlte er den kühlen Stoff seiner Hose und den warmen Blutstrahl, den sein Herz aus der Wunde pumpte. *Ich werde sterben.*

Er griff nach oben, um die Erste-Hilfe-Tasche von seinem Gürtel zu reißen. Sein Gesichtsfeld hatte sich bereits so verengt, dass er blind nach dem dicken Paket darin tasten musste. Seine Hände glitten mehrmals ab, bevor es ihm gelang, die glatte Verpackung aufzureißen.

Sein Kopf begann zu wackeln und er ließ ihn erneut zum Boden zurücksinken. Mit zitternden Händen presste er den Verband auf das herausspritzende Blut und begann die Gaze um seinen Oberschenkel zu wickeln, wobei er darauf achtete, dass sowohl Eintritts- als auch Austrittswunde bedeckt waren, die er mit den Fingern durch die Risse in seiner Hose fühlen konnte. Seine Hände zitterten so, dass es ihm fast nicht gelungen wäre, das selbstklebende Ende zu befestigen.

Danach ließ er sich zurücksinken. Seine Haut fühlte sich von Kopf bis Fuß unbehaglich nass und kalt an. An seinen Schultern setzten Krämpfe ein, die bald seinen ganzen Körper schüttelten. Ihm war so kalt, dass er dachte, er müsste erfrieren. Er konnte sich nicht mehr erinnern, was geschehen war. Schmerzen, daran erinnerte er sich noch, aber er spürte sie nicht mehr, während er immer wieder bewusstlos wurde.

Da wurde er von einer Seite auf die andere geworfen. Eine große Gestalt verdeckte den Himmel über ihm. Flüssigkeit fiel ihm ins Gesicht und Monk zuckte zusammen. Angestrengt nach oben starrend, erkannte er Bone, der aufgeregt schrie und eine Hand gegen seinen Hals gepresst hielt. Durch seine Finger tropfte Blut. Mit der anderen Hand packte er Monks Flakjacke und schüttelte ihn.

»Corpsman!«, brüllte er ihm ins Gesicht. »Du wirst schon wieder, Mann!« Jemand anderes stimmte ein. Monks Körper wurde erneut von einem Krampf geschüttelt und er öffnete die Augen. »Bleib bei mir, Mann! Du musst wach bleiben! *Corpsman!*«

Hinter Bone schrie Smalls oben auf dem Hügel: »First Squad! In Fire Teams vorrücken! Alpha, vorwärts!« Dann wies er mit dem Arm nach vorne und verschwand.

Bone redete ununterbrochen. »… nach Hause gehen«, hörte Monk. «*Corpsman!* Wo bist du denn, verdammt noch mal!« Die Erde unter Monk gab nach und er stürzte ins Bodenlose, doch Bone fing ihn auf und schüttelte ihn immer wieder wach.

Ich bin so müde, wollte er ihm sagen. *Lass mich gehen, Mann, lass mich gehen.* Bones Tränen, die auf sein Gesicht fielen, spürte er nicht mehr und er hörte auch nicht den gequälten Klageschrei des großen Mannes.

Philadelphia
13. Juli, 2300 Uhr GMT (1800 Uhr Ortszeit)

General Thomas trat vor den zahlreichen versammelten Beamten ans Podium und Dutzende von Gesprächen, die im Raum geführt worden waren, verstummten. Es war erst das zweite große Briefing des Krieges und alle waren angespannt.

»Guten Abend, meine Damen und Herren«, begann General Thomas. »Ich möchte zunächst unsere ausländischen Gäste aus den Bündnisländern in unserem neuen und etwas komfortablerem Quartier begrüßen.« Nervöses Gelächter kam auf. Lambert betrachtete die Hartholzböden, Kronleuchter und die kunstvolle Stuckleiste, die allerdings stark mit dem spartanischen unterirdischen Bunker kontrastierten, den sie erst vor zehn Tagen verlassen hatten.

»Als Operation Rächendes Schwert vor siebzehn Tagen anlief, war geplant, dass unser Hauptangriff entlang zweier paralleler, einander unterstützender Arme erfolgen sollte, die in der Ukraine einmarschieren sollten. Wie Sie wissen, wurde der Vormarsch des südlichen Arms durch die Attacke motorisierter russischer Infanterietruppen auf slowakischem Gebiet gestört. Die letzten russischen Widerstandsnester haben sich übrigens vor drei Tagen ergeben. Allerdings hat uns der Vorfall in Verbindung mit den bemerkenswerten Erfolgen unseres III. Korps sowie des I. Korps der Briten im Norden dazu veranlasst, unsere anfängliche Strategie zu überdenken.« In der Menge kam leichte Unruhe auf.

Thomas holte seinen Laserzeiger aus der Tasche, während seine Assistenten einen Vorhang zurückzogen und eine riesige Karte enthüllten. Einige Zuhörer holten vernehmbar Atem. Der rote Punkt von Thomas' Zeiger erschien auf der Karte der Ukraine, auf der sich ein riesiger Pfeil von Süden nach oben, bis zum nördlichen Arm zog. »Vor drei Tagen passierte das V. Korps die Linien des III. Korps, so dass nördlicher und südlicher Arm nunmehr vereinigt sind.« Thomas wartete einen Augenblick, bis sich der größte Aufruhr gelegt hatte. »Die Ergebnisse ... waren bis jetzt sensationell erfolgreich.«

Es wurde laut im Raum – einige lachten, andere applaudierten, aber es schien allgemeine Verwirrung zu herrschen. »Der Punkt, an dem das III. Korps – der frühere nördliche Arm – die Grenze zwischen Polen und der Ukraine überschritten hat, liegt fünfhundertdreißig Kilometer von Moskau entfernt. Das ist Luftlinie. In Straßenkilometern beträgt der vorgesehene Vormarschweg bis nach Moskau tausendeinhundertachtzig. Wir gingen für den Marsch durch die Ukraine und Weißrussland von einer Geschwindigkeit von durchschnittlich fünfzehn Kilometer pro Tag aus. Danach wäre die Überschreitung der russischen Grenze ungefähr zu H plus zweiundfünfzig erfolgt, also am 16. August, in etwa einem Monat.«

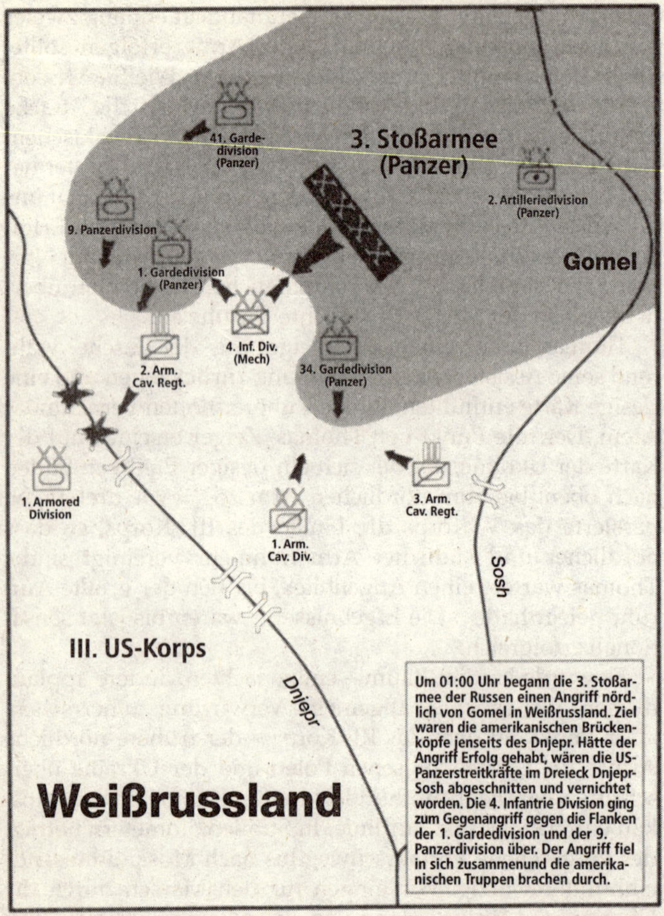

Um 01:00 Uhr begann die 3. Stoßarmee der Russen einen Angriff nördlich von Gomel in Weißrussland. Ziel waren die amerikanischen Brückenköpfe jenseits des Dnjepr. Hätte der Angriff Erfolg gehabt, wären die US-Panzerstreitkräfte im Dreieck Dnjepr-Sosh abgeschnitten und vernichtet worden. Die 4. Infantrie Division ging zum Gegenangriff gegen die Flanken der 1. Gardedivision und der 9. Panzerdivision über. Der Angriff fiel in sich zusammenund die amerikanischen Truppen brachen durch.

Erneut legte General Thomas eine effektvolle Pause ein. Als Lambert sich umwandte, sah er, wie ihm der Präsident von der anderen Seite des Ganges her zublinzelte. »Letzte Nacht überschritten die Vorhut der 2. und 3. Armored Cavalry Regimenter und der 4. Mechanized Infantry Division der US-Armee die russische Grenze westlich von Nowozybkow.« Viele der fast zweihundert Anwesenden stießen Beifallsrufe aus, manche hatten sich erhoben. Die Führer des Kongresses in der Reihe hinter Lambert klopften den neben Lambert sitzenden Militärs und sogar ihm selbst anerkennend auf den Rücken. Costanzo erhob sich und schüttelte die gefalteten Hände, als wäre der Applaus für ihn bestimmt. Allmählich ließ der Lärm nach und wich dem Summen im Flüsterton geführter Gespräche. Thomas hob die Hand, um für Ruhe zu sorgen.

»Dass wir mit einer Geschwindigkeit von vierzig und nicht fünfzehn Kilometern pro Tag vorrücken würden, hätten wir uns vor dem Krieg nicht träumen lassen. Durch unsere überlegene Beweglichkeit ist es uns gelungen, bei fast jeder Auseinandersetzung die Oberhand zu behalten. Eine Ausnahme war der russische Gegenangriff im Dreieck zwischen Dnjepr und Sosh entlang der russisch-weißrussischen Grenze.«

Die Menge wurde unruhig, weil vielen nicht klar war, was der letzte Satz bedeuten sollte. Lambert sah erneut zu Costanzo hinüber, der aufgeregt nach einem Eingeweihten suchte, mit dem er einen wissenden Blick wechseln konnte. Er blinzelte Lambert erneut zu. Dieser lächelte zurück. »Von uns unbemerkt, war es dem russischen Oberkommando gelungen, eine beträchtliche Streitmacht von etwa fünf Panzer- und mechanisierten Infanteriedivisionen direkt nördlich von Dobrush in Weißrussland zu verstecken.« Die Aufregung im Raum war nun fühlbar. Lambert konnte ein Lächeln nicht unterdrücken. Thomas mit seinem Pokerface gestaltete die Schilderung ihres überwältigenden Sieges wirklich so aufregend wie möglich. »Diese Elemente lagen unter einfachen Tarnmitteln wie Netzen und Ähnlichem versteckt und überquerten gestern in den frühen Morgenstunden überraschend den Sosh. Die Russen trafen auf einen kleinen Teil des 2. Armored Cavalry-Regiment, der sich nach fast einer Woche ständigen Einsatzes ausruhte, und brachen durch.«

Thomas ließ sich von der Unruhe nicht beirren. »Allerdings stießen sie auf frische Einheiten der soeben eingetroffenen 4. Mechanized Infantry Division des früheren südlichen Arms« – die Menge verstummte erneut – »und wurden so vernichtend geschlagen, dass dies nun unsere Haupt-Vormarschlinie ist. Die Russen haben sehr hoch gespielt und verloren.«

Erst jetzt kam Applaus auf. Es hatte eine Weile gedauert, bis die Menge begriffen hatte, dass hier vermutlich vom größten Sieg in der Geschichte dieses Krieges die Rede war. »Aufgrund dieser Erfolge« – Thomas blätterte jetzt in den Papieren auf seinem Pult – »wurde unsere Planung gründlich überarbeitet. Die schlimmsten Strecken liegen noch vor uns. Bis jetzt sind wir der russischen Armee in Ländern entgegengetreten, die selbst nicht am Krieg beteiligt sind. Die Ergebnisse waren ermutigend. Doch wenn wir jetzt weiter vorrücken, sprechen zahlreiche Faktoren gegen uns. Unsere Versorgungslinien werden länger und ihre kürzer, was bedeutet, dass wir längere Stops für die Versorgung einlegen müssen. Außerdem werden die Russen Zeit gehabt haben, ihre Verteidigung durch Miliztruppen vorzubereiten. Die Überquerung der großen Flüsse und die Auseinandersetzung mit den in den Städten liegenden Garnisonen werden eine gewaltige Herausforderung sein.

Aufgrund der längeren Kommunikationslinien auf unserer Seite und des zu erwartenden verstärkten Widerstands durch die russische Armee und irreguläre Kräfte auf russischem Boden, rechnen wir bis Tarusa, hundert Kilometer südlich von Russland, mit einer Vormarschgeschwindigkeit von zwanzig Kilometern pro Tag. Dort werden wir auf die kürzlich errichteten, verstärkten Verteidigungsanlagen stoßen. Unsere Geschwindigkeit wird sich damit auf etwa vier Kilometer pro Tag reduzieren. Rechnet man sechs Tage für Kämpfe in den Außenbezirken der Hauptstadt hinzu, bleibt uns noch etwa ein Monat bis zum endgültigen Angriff auf Moskau. Zusammenfassend lässt sich sagen, dass wir einen Monat benötigen werden, um bis Tarusa zu gelangen, und einen weiteren, um Moskau selbst einzukreisen und anzugreifen. Damit wären wir bei Mitte September.«

»Ist der Vormarsch mit einem einzigen Arm nicht zu riskant?«, wollte jemand aus der Reihe hinter Lambert wissen – der Vorsitzende des Militärausschusses des Kongresses, wie er feststellte, als er sich umdrehte. »Ich dachte, der zweite Arm sollte die Flanken decken, falls die Russen auf einer Seite angreifen. Wenn die Streitkräfte beide Flanken sichern müssen, besteht dann nicht die Gefahr, dass beide ungeschützt bleiben?« Lambert sah zum Präsidenten hinüber, der auf den Boden starrte, als hätte er nichts gehört. *Die Unterstützung der Öffentlichkeit für den Krieg ist auf sechzig Prozent zurückgegangen und schon kommen die Haie aus ihren Löchern,* dachte Lambert. *Die Flitterwochen mit dem Kongress sind vorbei.*

»Nicht ungeschützt«, erwiderte Thomas. »Entlang der Flanken der Angriffsstreitmacht aus amerikanischen und britischen Truppen befinden sich überall Truppen aus Ländern des Bündnisses, vor allem aus Polen, der Slowakei, der Tschechischen Republik und in Kürze auch aus Italien. Auf dem weiteren Vormarsch werden wir uns bemühen, die Flanken zu verbreitern, vor allem unter Einsatz der mobilen italienischen Einheiten. Das VII. Korps der Nationalgarde soll in Zukunft nicht nur als Reserve dienen, sondern die ›Schultern‹ hinter dem Kopf, also der Spitze des Angriffs, bilden. In etwa einer Woche sollte es in der Lage sein, diese Aufgabe wahrzunehmen.«

»Wie lange wird der Kampf um Moskau Ihres Erachtens dauern?« Als Lambert sich umwandte, sah er, wie sich ein silberhaariger Mann von der italienischen Delegation setzte.

Thomas hob die Augenbrauen und atmete tief ein. »Nun ... das ist schwer zu sagen. Es gibt keinen Präzedenzfall für urbane Kriegsführung mit Waffen und Taktik des 21. Jahrhunderts. Den bis jetzt gemachten Erfahrungen zufolge dürfte alles sehr schnell gehen.«

»Wenn ich Sie richtig verstanden habe«, meldete sich eine einflussreiche republikanischen Senatorin aus Texas zu Wort, die als Kandidatin für die nächsten Präsidentschaftswahlen gehandelt wurde, »ist einer der Gründe dafür, dass Sie so schnell vorrücken konnten, dass Sie die festen Verteidigungsanlagen der Russen umgangen haben. Das wird weder in Moskau noch in einer der anderen großen Städte möglich sein.«

»Das ist nicht ganz richtig«, korrigierte Thomas. »Die durchschnittliche Geschwindigkeit von vierzig Kilometern bezieht sich auf das gesamte Armeekorps. Einzelne Einheiten haben teilweise ein spektakuläres Tempo von achtzig bis fünfundneunzig Kilometern pro Tag erreicht. Das kommt an die Zahlen des arabisch-israelischen Kriegs von 1973 und des Golfkriegs von 1991 heran, wobei es sich bei dem Terrain in beiden Fällen um offene Wüste handelte. In der Durchschnittsgeschwindigkeit von vierzig Kilometern ist die Konsolidierung von Positionen, die Reduzierung russischer Truppennester und eine Verlangsamung aufgrund logistischer Zwänge berücksichtigt. Ich will nur sagen, sobald wir alles – Panzer, Infanterie, Artillerie, Unterstützungs- und Versorgungstruppen – bei Moskau an Ort und Stelle haben, kann es sehr schnell gehen. Möglicherweise dauert es unter vierundzwanzig Stunden.«

»Wie lange im schlechtesten Fall, General?«, bohrte die texanische Senatorin nach.

»Einen Monat.«

Im Publikum brach ein solcher Lärm los und die Unruhe und Sorge wurden so deutlich, dass sich der Präsident erhob. »Lassen Sie uns den Karren nicht vor das Pferd spannen«, sagte er. »Wir sprechen hier von etwas, das bestenfalls in einem Monat eintreffen wird.«

»Würde ein Kampf in einer Stadt wie Moskau nicht ungeheure Verluste fordern?«, erkundigte sich der Führer der Minderheit im Senat. Offenbar hatten es die Republikaner auf Thomas abgesehen.

Der Präsident sah den General an. »Meinen Sie zivile Verluste oder unsere?«

»Beides.«

»Nun, in beiden Fällen würde es hohe Verluste geben.« Erneut summte der ganze Raum vor aufgeregter Unruhe.

»Ich glaube, jeder hier kann sich an Stalingrad erinnern«, wandte sich der Führer der Minderheit an die Menge. »Niemand wird wollen ...«

»Wir sind hier nicht im Senat!«, schnitt ihm der Präsident ärgerlich das Wort ab. »Es handelt sich um ein militärisches Briefing für die Mitglieder des Kongresses und unsere Verbündeten.«

»Wie hoch sind unsere Verluste bis jetzt, General?«, fragte ein weiterer Republikaner, diesmal ein Abgeordneter aus dem Kongress.

Thomas ging seine Papiere durch. »In den ersten sechzehn Tagen des Krieges hatten wir 11 316 Gefallene, 21 476 Verwundete und fünfhundertsechzehn Vermisste zu beklagen.«

»Also werden« – der Kongressabgeordnete legte eine Pause ein, um nachzurechnen – »jeden Tag mehr als zweitausend Amerikaner verwundet und getötet. Wenn dieser Krieg drei Monate dauert, müssen wir dann mit einer Viertelmillion Toten und Verwundeten rechnen?« Seine ungläubig erhobene Stimme deutete an, was er von dieser Schätzung hielt.

»So funktioniert das nicht«, protestierte General Thomas, wobei er sich bemühen musste, das unruhig gewordene Publikum zu übertönen. »Verlustraten lassen sich nicht wie die Vormarschgeschwindigkeit berechnen. Verluste gibt es konzentriert bei Offensiven unserer oder der gegnerischen Seite. Einen Großteil der Verluste hatten die Marines im Fernen Osten zu beklagen, die bei ihrer Landung nördlich von Wladiwostok auf Widerstand stießen. In den Zahlen enthalten sind ebenfalls größere Verluste der Navy und der Air Force.«

»Mit welchen Verlusten rechnen Sie bis zur Einnahme von Moskau an allen Fronten zusammen?« Der Führer der Minderheit im Senat hatte den Stab von seinen Parteifreunden übernommen. »Was wird uns dieser Krieg an Menschenleben kosten?«

Thomas starrte auf das Pult. »Gegenwärtig beziehungsweise in naher Zukunft sind über dreihundertsiebzigtausend Mann der US-Bodentruppen – also Armee und Marine Corps – und etwa die gleiche Zahl von Soldaten der U.S. Navy und Air Force in der Russischen Republik beziehungsweise an ihrer Peripherie im Einsatz. Unsere Schätzungen belaufen sich auf mindestens achtundzwanzigtausend Tote und sechsundfünfzigtausend Verwundete bei den Bodentruppen. Bei den anderen beiden Waffengattungen dürften die Zahlen etwa halb so hoch sein.«

»Also … etwa zweiundvierzigtausend Tote und vierundachtzigtausend Verwundete insgesamt?«

»Das ist eine grobe Schätzung.«

»Nicht ganz, General. Sie sagten ›mindestens‹. Wie sähen die Verlustzahlen denn ›höchstens‹ aus?«

Thomas stieß einen tiefen Seufzer aus. »Wenn wir keine Atomwaffen einsetzen« – er legte eine Pause ein, damit alle erfassten, was er gesagt hatte – »dürften die Verluste maximal das Doppelte betragen, wobei der Großteil die Bodentruppen betreffen wird.«

Erneut wurden in der unruhigen Menge hitzige Kommentare laut. Diesmal brachte sie jedoch die Stimme des Minderheitenführers zum Schweigen. »Wenn ich mich nicht verrechnet habe, General, sprechen Sie von der Möglichkeit, dass wir über zweihunderttausend unserer dreihundertsiebzigtausend Soldaten der Bodentruppen in diesem Krieg verlieren. Dabei gehen Sie davon aus, wenn ich das ergänzen darf, dass die Russen aufhören zu kämpfen, sobald Moskau erobert ist, wobei es keinen Grund zu dieser Annahme gibt.« Er sprach jetzt zur Menge, deren volle Aufmerksamkeit ihm galt. »Würden Sie mir bitte erklären, General Thomas, wie diese Diskrepanz bei ihren Schätzungen zustande kommt?«

Thomas starrte den Senator an. Alle Augen hingen an ihm. »Das hängt davon ab, Sir, wie der Kampf um Moskau verläuft.«

Erneut wurden im Publikum aufgeregte Gespräche geführt. Schließlich erhob sich der Präsident. »Vielleicht kommen wir ja nie nach Moskau.« Der Lärm ließ nach. »Oder die Russen erklären Moskau zur offenen Stadt.«

»Und Schweine könnten fliegen lernen!«, rief der Senator. Dem aufkommenden Lärm entnahm Lambert, dass die Sympathien der Menge dem Republikaner galten, der jetzt weiterbohrte. »Wie wollen Sie den Verlust der Hälfte Ihrer Bodentruppen ausgleichen, General Thomas, wenn sich Ihre maximalen oder auch nur Ihre durchschnittlichen Schätzungen als richtig erweisen?«

»Das könnte in einem nicht-nuklearen Szenario nur geschehen, wenn sich die Kämpfe in Moskau mehrere Wochen hinzögen. In diesem Zeitraum hätten sich viele der zu Beginn des Konflikts Verwundeten wieder erholt und wären erneut einsatzbereit. Einige der in den ersten Tagen Verwundeten mit leichteren Verletzungen wie Knochenbrüchen und Fleischwunden dürften diese Woche bereits wieder einen leichteren Dienst aufnehmen. Ersatz würde aber vor allem von neu rekrutierten Kräften kommen.«

»Sprechen Sie von Wehrpflichtigen?«

»Und von den Freiwilligen, die sich nach dem Atomangriff in großer Zahl gemeldet haben. Viele von ihnen befinden sich bereits in der Grundausbildung.« Thomas ließ sich nicht aus der Ruhe bringen. »Wir haben sowohl die Grundausbildung als auch die Anschlussausbildung um eine Woche verkürzt, indem wir das Programm auf vierundzwanzig Stunden pro Tag ausgedehnt haben. Damit beträgt die durchschnittliche Ausbildungszeit für die Infanterie nur noch zehn Wochen, die wir noch einmal um eine Woche verkürzen wollen. Dazu kommen die in den letzten vierundzwanzig Monaten Entlassenen, die wir wieder einberufen werden und die keine weitere Ausbildung benötigen. Damit ist ein ständiger Nachschub gewährleistet.«

»Wir reden hier über neunzehn-, achtzehn- und siebzehnjährige Kinder, die Sie nach ein paar Monaten im Trainingslager in den Fleischwolf der Straßen von Moskau schicken. Habe ich nicht Recht, General? Ein urbaner Straßenkampf, wäre das nicht ein Fleischwolf?«

»Die Verluste würden ...« Thomas, den Lambert als gebildeten, beredten Mann kannte, fehlten die Worte. »Wahrscheinlich könnte man tatsächlich von einem Fleischwolf sprechen, wenn unsere schlimmsten Befürchtungen Wirklichkeit werden.«

»Was ist mit den zivilen Verlusten der Russen, angenommen der schlimmste Fall tritt ein?«, mischte sich der Leiter der tschechischen Delegation in den ansonsten rein amerikanischen Schlagabtausch ein.

»Im schlimmsten Fall?«, fragte Thomas. »Ohne offizielle Evakuierung würde ein Monat konventionellen Kriegs in den Straßen Moskaus …« Er zögerte erneut, die Worte schienen ihm in der Kehle stecken zu bleiben. »In diesem Fall würde es uns natürlich schwer fallen, Kollateralschäden zu vermeiden. Wir müssten unseren Kommandeuren erlauben, Artillerie- und Luftschläge gegen Gebäude zu führen, die in einer Stadt das ›natürliche‹ Hindernis sind. Wenn diese Häuser noch bewohnt wären …«

»Beantworten Sie dem Mann seine Frage, General Thomas.« Der Präsident war in seinem Sessel zusammengesunken und hatte das Kinn in die Hand gestützt.

»Wenn wir Moskau Block um Block erobern müssen, könnte dies zwischen ein und zwei Millionen russische Zivilisten das Leben kosten.« Diesmal brach kein Tumult aus. Nach Thomas' Worten herrschte in dem Raum vollkommenes Schweigen.

7. KAPITEL

Los Angeles, Kalifornien
17. Juli, 1800 Uhr GMT (1000 Uhr Ortszeit)

»*London Bridge is falling down! Falling down! Falling down!*«, sang Melissa, während Matthew, der offenbar nicht viel von dem Kinderlied hielt, aus Leibeskräften schrie. »*London Bridge …*« Die Mikrowelle piepste. »Fertig! Hier ist dein Fläschchen, mein Schatz!« Hastig setzte sie ihn in die Babywippe, die oben auf der Küchentheke stand, und steckte ihm den Sauger in den Mund.

Melissa fielen die Augen zu, während sie versuchte, ihre überreizten Nerven zu kontrollieren. Der Fernseher, in dem sie die rund um die Uhr laufende Kriegsberichterstattung verfolgte, schien ihr plötzlich viel zu laut eingestellt. »Die Verstärkung des III. Korps durch Kräfte der amerikanischen Nationalgarde scheint das letzte unmittelbar zur Verfügung stehende Mittel der USA zu sein, den Hauptangriff des Bündnisses auf Moskau voranzutreiben. Verteidigungsanalysten sind aus diesem Grund zu dem Schluss gekommen, dass Präsident Costanzo versucht, einen Blitzkrieg zu führen, um den Krieg so schnell wie möglich zu entscheiden. Quellen im Verteidigungsministerium haben bestätigt, dass die Reservisten des 107. Armored Cavalry Regiment bei Petrikow in Weißrussland, knapp siebenhundert Kilometer südlich von Moskau, Kontakt mit der russischen Armee hatten. Bis jetzt gibt es keine Berichte, dass die zwei Hauptdivisionen des III. Korps, das 38. Infantry mit Hauptquartier in Indianapolis und das 49. Armored aus Austin, Texas, in Kämpfe verwickelt wurden.«

Das Telefon schrillte. Wie immer setzte Melissas Herz kurz aus. Das schnurlose Telefon lag auf dem Couchtisch, gerade eben außer ihrer Reichweite. Sie überlegte kurz und zog dann das Fläschchen zwischen Matthews eifrig saugenden Lippen heraus. Er prustete, lief rot an und heulte dann noch empörter los als zuvor.

Trotz seines energischen Protests griff sie nach dem Telefon und meldete sich. Ihre Stimme klang, wie stets in diesen Tagen, gleichzeitig zittrig und erwartungsvoll.

Hastig stopfte sie Matthew den Sauger wieder in den Mund, den er mit einem gierigen Schmatzen annahm.

»… von der Army. Kann ich bitte Mrs. David Chandler sprechen?«, fragte eine Frau mit einer offiziell klingenden Stimme.

Im Hintergrund zeigte der Fernseher verbrannte Panzer, die eine Straße in Westrussland säumten. Amerikanische und britische Truppen standen auf einem der Wracks und schwenkten triumphierend ihre Gewehre.

»Einen Augenblick, bitte.« Für Melissa schien die Zeit stillzustehen. Sie legte das Telefon ab, griff nach der Fernbedienung und unterbrach die enthusiastische Beschreibung der Eroberung von Lesozawodsk im Fernen Osten, indem sie die Stummtaste drückte.

Mechanisch legte sie die Fernbedienung zurück, wischte ihre freie Hand an ihrer Jeans ab und griff erneut nach dem Telefon. *O Gott, bitte nicht, bitte nicht, Gott.* «Ich bin … ich bin Melissa Chandler – Mrs. David Chandler«, stieß sie mit tränenerstickter Stimme hervor.

»Hier ist die Armeeverwaltung, Mrs. Chandler. Es gibt ein Problem, von dem wir Sie informieren müssen.«

Plötzlich nahm Melissa alles um sich herum mit glasklarer Schärfe wahr. Matthews Saugen, das Geräusch des Wassers, das in die Eismaschine einlief. Obwohl die städtischen Behörden behaupteten, das Leitungswasser in Los Angeles sei nicht radioaktiv verseucht, stellte sie lieber neue Eiswürfel her.

»Letzte Woche ist mit dem Sold Ihres Mannes etwas schief gelaufen«, erklärte die Frau brüsk. »Wir werden Ihnen einen Scheck schicken müssen. Als der Dienstgrad geändert wurde, hat jemand die falsche Kontonummer eingegeben und das lässt sich für diesen Monat nicht mehr ändern.«

Völlig verwirrt hörte Melissa, wie die Frau ihre Heimatadresse verlas. »Sie meinen … es geht um einen albernen Scheck? Um Davids Sold?«

»Ja, Mrs. Chandler. Ist das Ihre korrekte Adresse?«

»Ja … schon. Hören Sie, wo ist mein Mann jetzt?«

»Äh, das weiß ich nicht.« Die Antwort klang eindeutig befremdet, als wäre die Frage völlig absurd.

»Sie sprechen doch von David Chandler. Nachdem Sie seine Adresse haben, geht es ja wohl um David Winston Chandler.«

»David W. Chandler. Zwei drei eins West …« Die Frau las die Angaben offenbar ab.

»Wenn er bezahlt wird, dann muss er doch am Leben sein, nicht wahr?«

»Nicht unbedingt.« Melissas Hoffnungen stürzten in sich zusammen. »Die Witwe erhält noch neunzig Tage lang den Sold.« Eine kurze Pause trat ein. »Aber wenn er tot wäre, würden sie ihn wahrscheinlich nicht befördern.«

»Was soll das heißen? Wovon reden Sie überhaupt? David ist befördert worden?«

»Ja, Mrs. Chandler. Von O-4 nach O-5. Wegen des neuen Dienstgrads haben wir ja das Problem …«

»Was ist ein O-4?«

»Ein Offizier. Ein Major.«

Melissa wartete. Als keine weitere Erklärung folgte, verdrehte sie entnervt die Augen. »Und ein O-5? Was ist ein O-5?«

»Ein Lieutenant Colonel. Auf jeden Fall wird der Scheck ein paar Wochen später eintreffen. Sollte er bis zum …«

»Wissen Sie irgendetwas? Egal, was! Wo er ist, bei welcher Einheit? Irgendwas?«

Eine Pause trat ein. »Wissen Sie, eigentlich darf ich nicht …«

»Bitte! Bitte, ich habe seit Kriegsbeginn nichts von ihm gehört und niemand kann mir sagen, zu welcher Einheit er gehört und wo er ist.«

»Also gut.« Die Frau senkte die Stimme zu einem Flüstern. »Ich weiß nur, dass der Computerausdruck mit der Meldung über den neuen Dienstgrad von der 7. Armee kam.«

Melissa versuchte, sich zu erinnern, was sie aus ihren stundenlangen Sitzungen vor dem Fernseher sowie aus Zeitungen und Illustrierten erfahren hatte. »Die steht doch in Europa, stimmt's?«

»Ha!« Die Frau lachte. »Die sind nicht in Europa, die sind inzwischen mitten in Russland.« Sie lachte erneut.

Melissa begann zu lächeln. Erneut flossen die Tränen, doch diesmal vor Glück. »Danke, ich danke Ihnen von ganzem Herzen.«

»Das wird schon wieder. Ich habe selbst zwei Jungs da drüben. Vertrauen Sie nur auf Gott – es wird alles wieder gut.« Damit hängte sie auf.

Melissa machte einen Luftsprung. »Er lebt, Matthew, Daddy lebt!«

Matthew, der die Flasche fast geleert hatte, ließ den Sauger los und zog eine Grimasse, die fast wie ein Lächeln wirkte. Dann stieß er laut auf und Melissa wählte hastig die Nummer von Davids Eltern.

Unterirdische Kommandozentrale im Kreml
19. Juli, 0400 Uhr GMT (0600 Uhr Ortszeit)

Filipow klopfte an Rasows Tür. »Herein«, erklang eine schlaftrunkene Stimme, die verriet, dass es nicht das erste Mal war, dass der Sprecher geweckt wurde.

Filipows Augen hatten sich noch nicht an die Dunkelheit gewöhnt, aber er wusste, wo Rasows Liege stand und blickte in diese Richtung. Rasow schaltete die Schreibtischlampe ein. Er saß im Dunkeln in seinem Drehstuhl hinter dem Schreibtisch.

»Was ist los, Pawel?« Filipow schloss den Mund und versuchte, möglichst unbeteiligt drein zu blicken. Auf dem Schreibtisch lag Rasows Pistole.

»Es gab einen Angriff der Amerikaner im Norden – auf der Halbinsel Kola.«

»Wo?«

»Bei Murmashi, auf die Brücken über den Tuloma, und östlich von Murmashi auf die Brücken über den Kola.«

»Wurden die Brücken zerstört?«

»Nein ... nein, General. Besetzt. Ersten Erkenntnissen zufolge handelt es sich um eine Einheit der 82. Airborne Division.«

Rasow war aus seinem Stuhl aufgesprungen und ging auf die Karte zu. Als Filipow ihn einholte, deutete er bereits mit dem Finger auf die fünfzig Kilometer südlich von Murmansk gelegene Stadt und fluchte leise vor sich hin.

»Es war eine Landungsstreitmacht. Der Befehlshaber der Garnison von Murmansk schickte eine Einheit von Regimentsstärke zum Gegenangriff, die sieben Kilometer vor dem Ziel in einen Hinterhalt geriet. Admiral Strelow versucht nun herauszufinden, was die amerikanischen Streitkräfte planen.«

»Sie kommen.« Rasow wandte sich von der Karte ab. »Die eröffnen in Karelien eine dritte Front.«

Filipow war entsetzt bei dem Gedanken. Während er Rasow zu seinem Schreibtisch folgte, brachte er seine Einwände vor. »Aber warum? Praktisch alle Anlagen in Murmansk sind bereits zerstört. Poljarni wurde während des Atomkriegs völlig vernichtet.«

Rasow griff nach dem Telefon. »Ich muss mit General Mischin sprechen.«

»Außerdem haben sie gerade angefangen, Archangelsk von ihren Flugzeugträgern aus anzugreifen.« Filipow wollte seinem Chef die Peinlichkeit einer groben Fehleinschätzung ersparen. »Auf der Halbinsel Kola ist so gut wie nichts von strategischem Wert übrig ...«

»General Mischin«, sagte Rasow, »die Amerikaner landen auf der Halbinsel Kola. Verlegen Sie alle verfügbaren Kräfte dorthin und führen Sie einen massiven Schlag gegen ihre Landungsschiffe, bevor sie die Küste erreichen.«

Er lauschte einen Augenblick. Dann brach es aus ihm heraus. »Kola interessiert die nicht!« Obwohl er zu Mischin sprach, blickte er Filipow an. »Es geht um St. Petersburg! Die wollen hinter unsere Verteidigungslinien gelangen!«

Aber die Entfernungen …, dachte Filipow.

»Ich weiß, dass es tausend Kilometer sind, aber alle unsere Verteidigungsanlagen bei St. Petersburg befinden sich im Süden und Südwesten der Stadt. Im Norden verfügen wir über so gut wie nichts! Ich werde jeden Mann verlegen, den ich verlegen kann, aber wir haben so gut wie keine Transportmittel.«

Er lauschte erneut und wurde sichtlich ungeduldig. »Wir transportieren Lebensmittel und anderes Material inzwischen mit Pferden! Es dauert einen Monat, sie aus den baltischen Staaten abzuziehen, und dann noch ein oder zwei Wochen, bis die Verteidigungsanlagen stehen. Wissen Sie, welche Entfernung die Amerikaner in sechs Wochen mit Kettenfahrzeugen zurücklegen können? Ich kann Ihnen nicht einmal sagen, ob die Amerikaner, die sich über eine Entfernung von tausend Kilometern kämpfen müssen, oder unsere eigenen Truppen, die dreihundert Kilometer entfernt stehen, praktisch zu Fuß zuerst St. Petersburg erreichen werden.«

Er knallte den Hörer auf die Gabel. In der nun eintretenden Stille dachte Filipow über den Schachzug der Amerikaner nach, der ihm immer noch sinnlos erschien. Anscheinend sollte doch ihre Hauptstreitmacht, die von Polen und der Slowakei aus angriff, die Straßen zwischen Moskau und St. Petersburg unterbrechen und damit die russischen Streitkräfte in Europa in zwei Hälften spalten. Wie würden sich die schweren Armee-Einheiten der Amerikaner im Süden verhalten?

Filipow sah auf Rasow herab, der seinen Blick mit blutunterlaufenen Augen erwiderte. Im letzten chinesischen Krieg war alles anders gewesen. Auch in kritischen Situationen war Rasow stets zuversichtlich geblieben. Als die Chinesen eine Division an der Frontlinie durch immer neue Infanteriewellen ins Wanken gebracht und ein großes Loch in die russischen Linien gerissen hatten, hatte ihm Rasow auf den Rücken geklopft. »Jetzt wird es interessant, Pawel! Hier bieten sich Chancen!« Sein Überschwang hatte sogar den vorsichtigen General Thomas infiziert, der stets an seiner

Seite war und trotz des bitterkalten Winters die Versorgung über die Häfen sicherstellte. Das war der Mann, der soeben von Norden, vom Polarkreis her, nach Russland einmarschierte. Ein tollkühner, unsinniger Schachzug, wie Filipow schien. *Was wollen die bei Einbruch des Winters tun?* Operationen in Karelien im Winter waren sowohl für die russischen Streitkräfte als auch für die Amerikaner höchst problematisch. Darauf gab es nur eine Antwort: Bis zum Winter wollten sie den Krieg beendet haben.

»Äh, noch etwas«, sagte Filipow, während Rasows Augen scheinbar planlos über die Papiere auf seinem Schreibtisch irrten. Mund und Nase waren hinter den Händen verborgen, die er vor dem Gesicht gefaltet hatte. »Die Garnison von Lwow in der Ukraine hat uns darüber informiert, dass sie sich heute ergeben wird.«

»*Informiert*?« Rasow ließ die Hände sinken und umklammerte die Schreibtischkante so fest, dass die Knöchel weiß wurden. »Uns informiert? Seit wann werden wir darüber *informiert*, dass sich Armee-Einheiten dem Feind ergeben?«

»Der kommandierende General der Garnison berichtete, dass … dass …«

»Raus damit, verdammt noch mal!«

»Der kommandierende General steht unter Arrest. Offenbar waren einige der untergeordneten Offiziere, Divionskommandeure und niedriger, nicht mit Ihrem … nicht mit dem STAVKA-Befehl einverstanden, den Widerstand aufrechtzuerhalten. Also sind sie ins Hauptquartier marschiert und haben den General verhaftet. Sie haben ihm gestattet, das STAVKA von ihrer Absicht zu informieren, mit den Amerikanern über die sofortige Übergabe zu verhandeln.«

Rasow wurde weiß im Gesicht. Filipow überlief es plötzlich eiskalt. Rasow hatte Angst und es waren Filipows Worte gewesen, die diese Furcht ausgelöst hatten. Rasow schluckte und fuhr sich mit der Zunge über die Lippen. Sein Kinn war angespannt, als er praktisch durch die zusammengebissenen Zähne seine Befehle erteilte. »Ich will die Namen dieser Meuterer und ein Kriegsgericht. Ich will, dass der Befehl zu ihrer Verhaftung und Exekution erteilt wird. Außerdem möchte ich, dass ein Befehl vorbereitet wird, den ich dem STAVKA heute zur Genehmigung vorlegen werde.« Er hieb mit der Hand auf den Schreibtisch, fasste sich jedoch wieder und sprach in ruhigerem Ton weiter. »Bei Gehorsamsverweigerung erfolgt in Zukunft die summarische Exekution. Ab heute werden diese Hinrichtungen öffentlich bekannt gegeben.«

Filipow, der mitgeschrieben hatte, stutzte bei dem Wort »heute«. »Was meinen Sie mit ›heute‹?« Seine Stimme war leise, dieser neue Rasow flößte ihm Angst ein. Nicht um seiner selbst willen – er fürchtete, dass sein Mentor, sein Idol, vor seinen Augen noch weiter zerbröckeln würde. »Die Verhaftungen und die summarischen Verhandlungen werden einige Zeit in Anspruch nehmen.«

»Zorin«, erklärte Rasow müde. »Richten Sie Zorin und seine Männer hin und geben Sie die Videobänder an das Fernsehen.« Rasow schien völlig erschöpft zu sein. Für Filipow war diese Anweisung das Stichwort, sich zum Gehen zu wenden. »Und Pawel, nehmen Sie Kontakt mit den amerikanischen Medien auf. Ich will morgen mit ihnen sprechen.«

Filipow starrte mit offenem Mund den General an, dessen blutunterlaufene Augen ins Leere starrten. »Sorgen Sie dafür, das Mischins Langstreckenstreitmacht einsatzfähig ist.« Filipow nickte langsam, drehte sich um und ging zur Tür. Als er diese öffnete, hörte er, wie die Schreibtischlampe ausgeknipst wurde. Hinter ihm saß Rasow schlaflos in der Dunkelheit an seinem Schreibtisch, die Pistole griffbereit vor sich.

Gefängnis von Lefortowo, Moskau
19. Juli, 1200 Uhr GMT (1400 Uhr Ortszeit)

Zorin, der auf jeden Laut lauschte, vernahm das Knirschen der Schritte.

»Weg mit dem Ding!«, hörte er Hauptmann Melnikow rufen.

Die knirschenden Schritte entfernten sich. »Ja, bitte.« Einer der Männer seiner letzten Sicherheitstruppe entschied sich wie Zorin für die Kapuze, die das Gesicht verhüllte.

Diesmal hatten sich die Fußschritte sehr weit von Zorin entfernt. Der Stoff der Kapuze wurde bei seinem nächsten Atemzug in den Mund gezogen und er rang nach Luft. Er fühlte sich so lebendig wie nie zuvor, jedes Geräusch ließ die Nerven in seinem ganzen Körper kribbeln. Irgendwo in der Ferne hörte er leise das Rattern eines Zuges. Als die Schritte knirschend zum Stehen kamen und sich umwandten, hörte er ein leises Wimmern von einem seiner Kameraden, der seine Panik nicht unter Kontrolle hatte.

«Tselja!«, befahl der Offizier und Zorin hörte, wie die Gewehre angelegt wurden.

Plötzlich schienen sich alle Geräusche auf den Gefängnishof zu konzentrieren. Er holte tief Atem, streckte die Brust heraus und hob das Kinn unter dem schwarzen Sack, der seinen Kopf bedeckte. »Feuer!« Für einen Augenblick griff das Entsetzen nach Zorin, bevor die Kugeln mit der Gewalt eines Schmiedehammers in Brust, Unterleib und Gesicht einschlugen. Dann war alles vorbei.

Philadelphia
19. Juli, 1300 Uhr GMT (0800 Uhr Ortszeit)

Das Frühstück des Präsidenten wurde auf seinem Schreibtisch so stilvoll serviert wie in einem Vier-Sterne-Restaurant. Lambert war ausgezeichneter Stimmung – der erste gute Tag seit … Er schob den Gedanken beiseite.

»Okay«, begann der Präsident mit vollem Mund. Er wischte sich die Lippen mit einer dicken Leinenserviette ab. »Schießen Sie los. Wie läuft Operation Weißer Ritter?«

»Ausgezeichnet. Direkt nach Sonnenuntergang – das ist im hohen Norden im Sommer etwa um elf Uhr abends – setzten zwei Ethan-Angriffsunterseeboote der Allen-Klasse hundertzwanzig Mann der Naval Special Warfare Unit One nordwestlich von Murmansk auf der Halbinsel Kola ab. Vier Stunden später besetzte der Rest der Unit One zusammen mit sechs Bataillonen der 7. und 11. Special Forces Group – etwa viertausend Mann – und den Navy SEAL Teams Zwei und Vier einen Brückenkopf am Strand bei der Anlegestelle von Liinahamari. Kurz darauf landeten die ersten der sechzehntausend Marines und Marinesoldaten der 4. Expeditionary Brigade. Gegenwärtig rücken sie entlang der schwedischen Grenze in Richtung Landesinneres vor, wobei sie nur auf geringen Widerstand stoßen.

Gleichzeitig begann die britische Marine mit ihrer Landung auf der anderen Seite von Murmansk. Auch hier gab es nur geringen Widerstand. Das direkt von der Pope Airforce Base in North Carolina gestartete 82. Airborne Division 505. Airborne Battalion ging hinter der Stadt runter. Wegen des Überraschungseffekts haben wir, soweit möglich, alle Aktionen vom Festland der Vereinigten Staaten aus organisiert. Die vom O'Hare-Flughafen in Chicago gestartete 57. Air Division der Strategic Projection Force mit sechs B-52 H bombardiert gegenwärtig die Gegend zwischen Murmashi und Murmansk, um die russische Garnison in Murmansk zu blockieren. Sobald die 57. den Zielbereich verlassen hat, werden achtzehn vom internationalen Flughafen von New Orleans gestartete B-52 H die Störaktionen fortsetzen.«

»Wann greifen die restlichen Bodentruppen ein?«

»In diesem Moment wird die Division Ready Unit des 101. Airmobile per Helikopter von Landungsschiffen eingeflogen. Das 1. Battalion/75. landet auf einem alten Flugplatz aus dem Zweiten Weltkrieg, den die Sondereinheiten letzte Woche inspizierten. Offenbar war er noch zu gebrauchen, weil das Klima eine übermäßige Vegetation verhindert hat.«

Die Offiziere von Armee und Marine Corps wechselten ein paar Blicke und lachten.

»Was ist so witzig?«, wollte der Präsident, dem Lamberts Briefing offenkundig zu trocken war, wissen.

Ein Army Colonel räusperte sich. »Wissen Sie, Sir, das Gras war stellenweise kniehoch. Also ließen wir vor den

Rangern Green Berets abspringen« – er prustete heraus wie ein Schuljunge, der seinen ersten Witz erzählte – »und warfen Aufsitz-Rasenmäher mit dem Fallschirm ab.« Er brach erneut in Gelächter aus, in das Lambert und der Präsident einstimmten.

»Sie meinen, die Green Berets fahren in der Dunkelheit auf einem verlassenen russischen Flugplatz mit Rasenmähern herum?« Als der Offizier hochrot im Gesicht nickte, brüllte der Präsident vor Lachen.

»Auf jeden Fall ...« Lambert fühlte sich wie ein Spielverderber, aber ihm blieb nicht viel Zeit, bis der neue, für den Terminkalender des Präsidenten zuständige Sekretär den Kopf zur Tür hereinstecken und den Präsidenten zur nächsten Besprechung holen würde. »Also, Sir ...« Die Besprechung schien völlig außer Kontrolle geraten zu sein. Lambert warf einen Blick auf die Uhr. »Zusammenfassend gesagt, dürfte südlich von Murmansk ein größerer Luftstützpunkt zur Verfügung stehen, wenn in einigen Stunden die erste schwere Ausrüstung eintrifft – also die Panzer und der Rest der drei Brigaden der 82. Division.

In drei Tagen können wir dann damit beginnen, die 7. Light Infantry Division einzufliegen. Danach werden noch einmal zweiunddreißigtausend Marines und Marinesoldaten von Häfen an der norwegischen Küste aus die 1. Maritime Prepositioning Squadron und die früher der NATO zugewiesene Marine Amphibious Brigade verstärken. Das Material wurde vorab an der norwegischen Küste gelagert.« Der Sekretär sah zur Tür herein und deutete auf seine Uhr. »Die Hauptlast des Vormarsches nach Süden bis St. Petersburg wird jedoch bei der 24. Mechanized Infantry Division liegen. Dieser sollen in etwa zwei Wochen die 194. Armored und die 197. Mechanized Infantry Brigade folgen, die sich im Moment noch in Fort Knox und Fort Benning in der Ausbildung befinden. Wir haben das Ausbildungspersonal durch frühere Angehörige der Armee ergänzt, die wir aus dem Ruhestand zurückgerufen haben.

Damit dürfte das gesamte XVIII Airborne Corps bis Anfang August gelandet sein«, fuhr Lambert fort, während der Präsident bereits zum Kleiderständer ging, um sein Jackett zu holen. »Die alliierten Kräfte stellen dabei eine wesentliche Verstärkung dar.« Lambert sah auf seine Notizen und sprach, so schnell er nur konnte. »Ein Korps der britischen Marine, eine britische Panzerdivision. Dazu kommen ein Regiment des Special Air Service und zwei Fallschirmjägerbataillone, die sich bereits im Einsatz befinden. In etwa zehn Tagen werden dann die Finnen ihre Zugehörigkeit zum Bündnis bekannt geben und die beiden russischen Grenzgarnisonen weiter im Süden besetzen.« Der Präsident entfernte mit einer Bürste Flusen von seinem Jackett. »Das heißt, dass sich die Russen mit der finnischen Grenze direkt nördlich von St. Petersburg befassen müssen. Die Finnen verfügen über eine Streitmacht, die etwa vier osteuropäischen Divisionen entspricht, und stellen damit hinsichtlich einer Offensive keine Bedrohung dar, aber wenn die Polen ihre amphibischen und ihre Luftstreitkräfte entlang der Grenze im Süden Finnlands stationieren, werden die Russen sich darum kümmern und Truppen verlegen müssen.«

»Sehr schön, ganz ausgezeichnet«, sagte der Präsident und zupfte an seinem Revers, um das Jackett zurechtzurücken. »Alles scheint ja nach Plan zu laufen.« Damit entschwand er zu einer Besprechung mit aufgebrachten Gewerkschaftsführern und Delegierten der Bundesbehörde für Arbeitsangelegenheiten, um den Erlass zu diskutieren, mit dem jeglicher Urlaub gestrichen worden war. Das galt sogar für krankheitsbedingte Abwesenheit und Mutterschaftsurlaub.

»Mr. Lambert?«, sagte die persönliche Sekretärin des Präsidenten, als er das Büro verließ. »Ich habe einen FLASH-Call vom Chef der NSA für Sie. Leitung sieben.« Damit deutete sie auf das Telefon in dem kleinen Wartebereich.

»Lambert«, meldete er sich.

»Greg, hier ist Bill Weinberg. Sie werden nicht glauben, was passiert ist.«

»Und das wäre?«

»Vor etwa zehn Minuten fingen wir einen Anruf beim NBC-Nachrichtenbüro in New York auf, dem wenige Minu-

Norwegen
Barentssee
Murmansk
B-52-
Schläge
Kowdor
Kuolayärvi
Halbinsel
Kola
Golf von Kandalaksha
Weißes Meer
Karelien
Dvina-
bucht
Onega-
bucht
Archangelsk
Finnland
11. Armee
Petrosawodsk
Russland
Onega-
see
Ladoga-
see
9.
Armee
Finnischer
Meer-
busen
St.
Petersburg
Landetrupps
Yankee
Zulu
Airborne
Folgetrupps
XVIII
Airborn
24.Inf.
(Mech.)
10.
Mountain
(Leicht)
197.
Inf.
(Mech.)
194.
Armored
2.
Marine
2. Marine Expeditionary Force
2. Force Service Support Group
2. Marine Air Wing
US-Marinestreitkräfte
Flugzeug-
träger:
Carl Vinson,
United States
Kreuzer:
Chancellorsville, Gates,
Leyte Gulf, Triconderoga
Zerstörer:
Arleight Burke, Comte
de Grasse, Laboon,
John Rogers
Fregatten:
Boone, Bradley, Elrod,
Fahrion, Groves, Haly-
burton, Hawes, Reuben
James, Morison, Tisdale
Angriffs-Unter-
seeboote:
Albany, Indianapolis,
Jacksonville, Salt Lake
City

ten später Anrufe bei den CBS- und ABC-Büros in New York folgten. Gegenwärtig überwachen wir einen Anruf bei den CNN-Studios in Atlanta. Alle diese Telefonate scheinen direkt aus dem Kreml zu kommen, Greg. Von Ihrem alten Freund Filipow, um genau zu sein.«

»Das muss ein Witz sein. Was will er?«

»Offenbar will er über einen deutschen Telekommunikationssatelliten eine Fernsehverbindung herstellen. Um zehn Uhr morgens Ostküstenzeit will sich Rasow persönlich an das amerikanische Volk wenden.«

»Mein Gott.« Lambert war gleichzeitig erregt und hoffnungsvoll. »Haben die gesagt, worum es gehen soll?«

»Nicht ein Wort.«

Eine kurze Pause trat ein. »Denken Sie das gleiche wie ich?«, fragte Greg.

»Drücken wir die Daumen.« Lambert konnte das Lächeln auf Weinbergs Gesicht geradezu sehen. *Wir haben gewonnen*, dachte er. *Es ist vorbei.*

Los Angeles, Kalifornien
20. Juli, 0300 Uhr GMT (1900 Uhr Ortszeit)

»Die Spannung wächst im Vorfeld der Ansprache«, sagte der Studiosprecher, während das Bild von ihm und den beiden Kommentatoren zu einem Testbild mit bunten Streifen und Linien wechselte. Angespannt wartete Melissa, was geschehen würde. »Hier sehen Sie ein Testbild, das via Satellit direkt vom Moskauer Fernsehen zu uns übertragen wird. In wenigen Minuten wird General Juri Rasow, der Chef des russischen Oberkommandos, zu uns sprechen – ein historischer Moment nicht nur in der Geschichte des Fernsehens, sondern auch für unsere beiden Nationen, ganz gleich, was er sagen wird. Jim«, fuhr er fort, während erneut das Studio eingeblendet wurde, »Sie wollten sich nicht so recht festlegen. Was wird er uns zu sagen haben? Ist es das Friedensangebot, das viele von uns erwarten?«

Der silberhaarige Mann konnte ein Lächeln nicht unterdrücken. »Ein Friedensangebot würde zu diesem Zeitpunkt durchaus sinnvoll erscheinen. Die U.S. Army scheint die Verteidigungslinien an der russischen Grenze durchbrochen zu haben und marschiert nun auf Moskau zu. Obwohl die Russen noch über eine beträchtliche Streitkraft verfügen, ist der Großteil davon durch die amerikanischen und chinesischen Truppen im Fernen Osten gebunden. Die europäischen Truppenteile sind bis jetzt noch gar nicht recht zum Einsatz gekommen, daher vermuten die Militärexperten, mit denen ich gesprochen habe, dass die Versorgungslage keine größeren militärischen Operationen erlaubt. Dazu kommen die dritte Front in Karelien, der Abfall von Jushno-Sachalinsk, Tjumen und Irkutsk – den großen erdölproduzierenden Regionen in Sibirien – und die Kapitulation der russischen Truppen vor den Japanern auf den Kurilen. Die Russen müssen wissen, dass es nur noch eine Frage der Zeit ist. Es könnte daher an der Zeit sein, eine Vereinbarung zu treffen.«

»Bitte, bitte, bitte.« Melissa presste die gefalteten Hände zwischen ihre Knie, während sie auf dem Sofa ganz nach vorne rutschte. »Bitte, bitte.«

»Aber ist eine Fernsehansprache nicht ein sehr ungewöhnlicher Weg?«, fragte der Sprecher.

Der Experte zuckte die Achseln. »Vielleicht denkt Rasow, er kann bessere Bedingungen heraushandeln, wenn er Präsident Costanzo übergeht und sich direkt an das amerikanische Volk wendet. Wenn er zum Beispiel eine schrittweise Reduzierung der Atomwaffen auf beiden Seiten vorschlägt und der Präsident entscheidet sich für die militärische Lösung, dürfte es Costanzo schwer fallen, hohe Verluste bei den amerikanischen Truppen politisch zu rechtfertigen. Die Meinungsumfragen weisen bereits heute darauf hin, dass die von der Regierung verlangte, praktisch bedingungslose Kapitulation stark an Unterstützung verloren hat. Zum ersten Mal scheint die Zahl der Kriegsbefürworter unter fünfzig Prozent zu sinken.«

»Wir schalten nun zu General Rasow«, sagte der Sprecher

plötzlich. Melissas Herz tat einen Sprung beim Anblick des hochdekorierten Offiziers in Galauniform, der vor den gelben Wänden eines Raums im Kreml stand. Das Bild war unscharf – ein alter NTSC-Standard, nicht das hochauflösende Fernsehen, an das sie gewöhnt war.

»Bürger der Vereinigten Staaten«, begann Rasow langsam. Sein Englisch hatte einen starken russischen Akzent. Melissa presste die gefalteten Hände an den Mund, während sie sich tiefer in das Sofa sinken ließ. »Ich bin General Juri Rasow, der Chef des russischen Oberkommandos, und wende mich heute zum ersten und zum letzten Mal in einer Angelegenheit von höchster Wichtigkeit direkt an Sie.«

Melissa fühlte, dass ihre hohen Erwartungen fehl am Platz gewesen waren. Sein Ton, sein Verhalten passten nicht dazu. Dieser Mann sah nicht aus, als wäre er besiegt.

»Vor einem halben Jahrhundert erlitten unser Volk und unser Land Zerstörungen, von denen Sie kaum etwas wissen. Ein Gebäude nach dem anderen versank in Schutt und Asche und begrub seine Bewohner unter sich. Millionen kamen uns Leben.« Melissa schüttelte den Kopf und flehte im Stillen, er möge aufhören. »Das darf nicht noch einmal geschehen.«

Sie holte tief Luft und setzte sich auf. »Ein konventioneller Krieg in den Straßen unserer Großstädte würde diese ebenso sicher zerstören wie eine Wasserstoffbombe, die Ihre Flugzeuge mitten über der Stadt abwerfen. Obwohl Ihre Führer dies sehr wohl wissen, scheinen sie den Krieg in die Straßen unserer Hauptstadt Moskau tragen zu wollen.« Erneut legte er eine Pause ein. Melissa blickte bedrückt zu Boden.

»Das werden wir nicht zulassen. Ich habe daher den Kommandanten unserer mit ballistischen Raketen bestückten Unterseeboote folgenden Befehl erteilt.« Der russische General griff nach einem Blatt Papier, während Melissa die Tränen nicht mehr zurückhalten konnte. »Sollten amerikanische Bodentruppen den Okruzhnoje Koltso, also den Straßenring um Moskau, überschreiten, oder die Unterseeboote in der Bastion in der Karasee direkt bedroht werden, haben die Kommandanten dieser Unterseeboote Anweisung, ihre

Raketen auf die vorprogrammierten Ziele abzuschießen.« Melissa hielt es nicht mehr auf dem Sofa. »Dabei handelt es sich um fünfhundertsechsunddreißig US-Militäreinrichtungen auf der ganzen Welt sowie um folgende zusätzliche Ziele: New York City, hundertdrei Gefechtsköpfe; Los Angeles, zweiundneunzig Gefechtsköpfe; Chicago, einundachtzig Gefechtsköpfe.«

Melissa ging um das Sofa herum zum Schreibtisch in der Küche. »San Francisco, einundsiebzig Gefechtsköpfe; Philadelphia, siebenundsechzig Gefechtsköpfe.« Melissa setzte sich an den Schreibtisch und öffnete die Schublade. »Detroit, dreiundsechzig; Boston, zweiundsechzig; Washington, D.C., einundsechzig; Dallas, sechzig.« Mit halbem Ohr zuhörend, begann sie, ihre größte Handtasche zu packen. »Houston, sechzig; Miami, einundfünfzig.« Zuerst griff sie nach dem dicken Umschlag mit Zehn- und Zwanzig-Dollar-Scheinen, die von einem Gummiband zusammengehalten wurden. »Atlanta, dreiundvierzig; Cleveland, zweiundvierzig.« Melissa ließ Pässe, Geburtsurkunden, Versicherungskarten und eine CD ROM mit ihren Steuerdaten in die offene Tasche fallen. Inzwischen strömten die Tränen unaufhaltsam über ihr Gesicht, so dass sie so gut wie nichts mehr sah. »Seattle, vierzig; Minneapolis – St. Paul, neununddreißig.« Schniefend wischte sie sich das Gesicht ab, während sie einen dicken Stapel Fotos nahm – Kinderbilder von ihr selbst, Fotos von ihr als Studentin und in den Flitterwochen, Matthews erste Lebenstage – und ebenfalls in die Tasche warf. »St. Louis, siebenunddreißig; Baltimore, sechsunddreißig.« Mit geschlossenen Augen griff sie ganz nach hinten in die Schublade. »Pittsburgh, fünfunddreißig; Phoenix, fünfunddreißig.« Nachdem die Pistole auf den Fotos gelandet war, zog sie die Riemen fest, um die schwere Tasche zu schließen.

»Tampa – St. Petersburg, einunddreißig; Denver, dreißig«, las Rasow, während sie sich die Tasche über die Schulter hängte, um nach oben zu gehen und das Baby zu wecken. »Cincinnati, siebenundzwanzig; Milwaukee, sechsundzwanzig Gefechtsköpfe.« Plötzlich begannen die Fenster zu klirren. Kansas City, dreiundzwanzig.« Die Vorhänge wurden von einem grellen Licht erleuchtet, das wie ein Blitz über den Abendhimmel zuckte. Erneut klirrten die Scheiben. »Sacramento, einundzwanzig.«

Melissa rannte auf die Terrasse hinter ihrem Haus. In den Hügeln war das Donnern von Explosionen zu hören. Grelle Blitze erleuchteten die dünnen Wolken über ihr und die Luft um sie herum bebte trotz der großen Entfernung von den Bomben. Denn dass es Bomben waren, davon war sie überzeugt. Rechts von ihr stand einer ihrer neuen Nachbarn mit der Videokamera auf seiner Terrasse. Offenbar hoffte er, die russischen Bomber filmen zu können. »Was treibst du da?«, rief seine Frau, die mit einer Kühlbox aus dem Haus gelaufen kam und sie ihrem Mann in die Hand drückte. Offenbar sollte er sie in das neben dem Haus geparkte Auto laden. Als sie Melissa entdeckte, winkte sie ihr kurz zu, bevor sie wieder im Haus verschwand.

Melissa ging zurück, um Matthew zu holen. »Orlando, elf Gefechtsköpfe; Salt Lake City, zehn.« Ein hohes Piepsen aus dem Fernseher erregte ihre Aufmerksamkeit und sie warf einen Blick auf den Bildschirm. »Rochester, zehn; Nashville, zehn.«

Wie bei einer Sturmwarnung erschien unten auf dem Bildschirm eine Nachricht. »Memphis, zehn; Oklahoma City, neun.«

Melissa las den Text, während Rasows tiefe Stimme immer weitersprach. »Die Zivilverteidigung von Los Angeles hat Channel Five darüber informiert, dass in diesem Augenblick ein russischer Luftangriff erfolgt. Es handelt sich nicht um einen Atomangriff. Noch einmal: Es handelt sich nicht um einen Atomangriff. Die Bürger werden gebeten, Ruhe zu bewahren, ihre Häuser nicht zu verlassen und das Telefon nur im äußersten Notfall zu benutzen.«

Ungläubig schüttelte Melissa den Kopf, während draußen die Bomben explodierten. Die Uhr auf dem Kaminsims wackelte. »Greensboro, neun Gefechtsköpfe; Birmingham ...« Ein Donnern hallte durch die Hügel und der Fernseher war plötzlich schwarz. Gleichzeitig gingen die Lichter aus. In der Dunkelheit eilte sie nach oben, um ihr Baby zu holen.

Philadelphia
20. Juli, 0315 Uhr GMT (2215 Uhr Ortszeit)

»Ich appelliere an alle Amerikaner«, sagte Präsident Costanzo, während Lambert ihn von hinter der Kamera beobachtete, »angesichts der vom Feind ausgestoßenen Drohungen Ruhe zu bewahren. Unsere Nation befindet sich im Krieg und da muss jeder Amerikaner nach Kräften seinen Beitrag leisten. Das gilt für Soldaten und Zivilisten gleichermaßen. Viele Experten sind der Ansicht, dass die von General Rasow ausgestoßene Drohung einzig darauf abzielt, unsere Produktivität und unsere Unterstützung für die Truppen im Feld zu unterminieren.

Bereits heute ist unser Bruttoinlandsprodukt in einem Maße gesunken, das in keinem Verhältnis zu den Verlusten an den Katastrophenschauplätzen steht, weil aus Furcht vor einem erneuten Angriff der Russen Angestellte ihre Häuser und Arbeitsstellen verlassen haben. Ich bitte diejenigen unter Ihnen, die sich jetzt diesen Flüchtlingen anschließen wollen, an Ihr Land zu denken und an Ihre Arbeitsstellen zurückzukehren. Dazu möchte ich eines ganz deutlich sagen.«

Der Regisseur gab dem Mann hinter Kamera eins ein Zeichen, auf Nahaufnahme zu gehen. Auf einen weiteren Wink hin fuhr der Präsident fort: »Die einzigen Menschen, in deren Herzen Furcht herrschen sollte, sind die wenigen Militärdiktatoren im Kreml, die dort residieren wie einst die gefürchteten Zaren. Mit ihren Drohungen fordern sie den Zorn der Götter heraus. Aber wenn diese Welt nur noch Drohungen versteht, dann will auch ich mich entsprechend äußern.« Er legte erneut eine Pause ein. »Sollten noch einmal russische Raketen auf unser Land abgeschossen werden, dann werde ich bereits bei der ersten Warnung vor einem solchen Angriff nicht nur die Vernichtung der militärischen und industriellen Anlagen Russlands und seiner repressiven Militärregierung, sondern die des gesamten Landes anordnen. Seiner Städte, seiner Kultur, seiner Wirtschaft und, wenn auch mit schwerem Herzen, seiner Menschen. Täuschen Sie sich nicht, General Rasow. Moskau ist für Sie so oder so verloren, es stellt sich nur die Frage, ob es ganz Russland mit sich in den Untergang reißt.«

»Selbstverständlich bin ich der Ansicht, dass wir unsere Pläne überdenken sollten, Sir«, erklärte General Thomas.

»Nur weil Rasow wüste Drohungen ausstößt?«, fragte der Präsident, als wollte er Thomas davon überzeugen, wie leer diese waren.

»Mr. President.« Thomas sah dem Präsidenten offen ins Gesicht, doch dieser zuckte nicht mit der Wimper. »Wenn Rasow die Wahrheit sagt ... wenn er diesen Unterseebooten den Feuerbefehl erteilt ...«

»Und was sollen wir zum jetzigen Zeitpunkt tun, General? Einfach aufhören? Wo die Russen im Fernen Osten eine ganze Armee stehen haben, die in wenigen Wochen in Europa eintreffen wird? Sie sagten doch selbst, dass uns die Ankunft dieser Truppen zwingen könnte, den gegenwärtigen Vormarsch zu unterbrechen, bis wir unsere Truppen in Europa verstärken können. Womit denn verstärken? In den Staaten selbst sind nur noch ein paar Einheiten der Nationalgarde und der Reserve übrig. Sollen wir, statt die neu eingezogenen Wehrpflichtigen in bestehende Einheiten zu integrieren, einfach komplette Einheiten bilden und sie gegen die Verteidigungslinien der Russen schicken? Oder warten wir den ganzen Winter lang, während die Bedrohung durch die russischen Unterseeboote wie ein Damoklesschwert über uns hängt?«

»Das ist eine politische Frage«, erwiderte Thomas.

Costanzo nickte. »Wir stecken erneut in einer Sackgasse, was?« Er sah sich am Tisch um und begann einen zivilen Minister nach dem anderen zu befragen. Zuerst war der Verteidigungsminister an der Reihe. »Was sollen wir tun, Arthur? Wir wussten die ganze Zeit von der Existenz der Unterseeboote. Uns fehlen vielleicht noch fünf bis sechs Wochen bis zur Einnahme Moskaus. Fünfzigtausend Menschen wurden verwundet oder getötet, nur um an diesen Punkt zu gelangen. Sollen wir jetzt aufgrund von Rasows Drohung aufhören? Sollen wir klein beigeben?«

Der Verteidigungsminister schüttelte den Kopf. »Das ist eine schwere Entscheidung.« Er schüttelte erneut den Kopf. »Wenn wir nur wüssten, ob er blufft.«

»Tja, das wissen wir eben nicht«, erklärte der Präsident verärgert. Er sah den Außenminister an. »Was meinen Sie, Leonard?«

Erneutes Zögern, doch schließlich rang sich der Minister zu einer Antwort durch. »Ich sehe nicht, wie wir jetzt aufhören könnten.«

Der Präsident nickte und befragte dann nacheinander die Chefs der CIA, der NSA, den Kommunikationsdirektor des Weißen Hauses und alle anderen. Bis er bei Lambert angelangt war, hatte sich das Muster deutlich herauskristallisiert: Alle sagten dem Präsidenten, was er hören wollte. »Die bluffen«, meinte der Vizepräsident rechts von Lambert. »Die würden es nie wagen, diese Raketen abzufeuern, weil sie wissen, wie wir reagieren würden.«

Lambert dachte schon, der Präsident würde ihn nicht fragen. Dieser blickte den Verteidigungsminister an, von dem er nun offenkundig eine zustimmende Äußerung erwartete. Als er schwieg, wandte sich Costanzo an Lambert. »Was meinen Sie, Greg?«, erkundigte er sich, ohne ihn anzusehen.

»Ich meine, wir sollten den Vormarsch unterbrechen und Friedensverhandlungen aufnehmen.« Ein verzerrtes Grinsen erschien auf dem Gesicht des Präsidenten und er starrte auf die Tischplatte. Lambert bereitete seine Argumente vor. *Das Risiko ist zu groß. Wenn auf STAVKA-Ebene Einigkeit besteht, bleibt Rasow möglicherweise keine Wahl.* Aber der Präsident sah noch nicht einmal in seine Richtung.

»Ich habe meine Entscheidung getroffen«, erklärte er stattdessen mit Blick auf General Thomas. »Wir werden unsere Pläne zur Eroberung Moskaus weiter umsetzen, allerdings mit zwei Änderungen. Zum einen werden Sie die Verteidigungsanlagen am äußeren Straßenring erst durchbrechen, wenn die Stadt vollständig umstellt ist oder wie das heißt.«

»Eingeschlossen«, gab Thomas zurück.

»Richtig. Sie schließen Moskau vollständig ein, bevor

Sie in die Stadt eindringen. Wie viel Zeit verschafft uns das?«

»Vielleicht vier oder fünf Tage, nachdem wir die Außenbezirke der Stadt erreicht haben, was etwa in einem Monat der Fall sein dürfte.«

»Sehr gut. So, ich habe jetzt eine Besprechung mit den Leuten von den Gewerkschaften und vom Kongress«, erklärte der Präsident seinen Stabschefs, während er aufstand. »Ohne Schadensbegrenzung wird unsere Produktion demnächst zum Stillstand kommen. Meine Rede wird da nichts dran ändern.«

»Mr. President«, meldet sich der Außenminister zu Wort, »Sie sagten, es gebe zwei Änderungen an den Angriffsplänen für Moskau.«

»Ach, ja«, meinte Costanzo, an Admiral Dixon, den Chief of Naval Operations, gewandt. »Wenn die Armee in Moskau einmarschiert, greifen Sie gleichzeitig die Bastion an.«

Los Angeles, Kalifornien
20. Juli, 0320 Uhr GMT (1920 Uhr Ortszeit)

»Die Behörden von Los Angeles bitten die Bürger, Ruhe zu bewahren«, sagte der Radiosprecher, während Melissa vergeblich versuchte, sich zwischen zwei Autos auf der linken Fahrbahn zu drängen. Die Interstate 210 in die San-Gabriel-Berge war völlig verstopft. »Allerdings scheinen sie damit nicht auf viel Gehör zu stoßen. Wir schalten jetzt zu unserem Verkehrshubschrauber.« Eine laute Hupe hinter ihr ließ sie zusammenzucken. Aus dem Auto, das sie links überholte, glotzte sie eine wütende Familie an.

Leider waren sie vorbei, bis Melissa die eigene Hupe finden konnte. Daher beschränkte sie sich darauf, dem hinteren Stoßfänger des Wagens, der gerade hinter einem Lkw verschwand, den Mittelfinger zu zeigen.

»Hier ist Chopperman an Bord des Party-Helikopters hoch über West-L.A., Mann«, drang die vertraute Stimme des Verkehrsreporters des Rocksenders aus dem Radio. Die bekiffte Lässigkeit, die sonst sein Markenzeichen war, war fast völlig verschwunden. »Leute, das sieht aus, als hätten sich die Ausfallstraßen von Los Angeles in Parkplätze verwandelt. Die I-10 ist bis nach Pomona völlig blockiert und auf der I-5 steht der Verkehr bis nach Irvine.«

»Gibt es irgendeine Route, die besser sein könnte als die anderen, Chopperman?«

»Für diejenigen unter euch, die ihren Van mit Waffen, Schnaps und Sojabohnensamen voll geladen haben, sieht es so aus, als wären einige Straßen nach Norden in die San-Gabriel-Berge noch frei.«

Melissa fuhr auf der »freien« Straße einen halben Meter voran, wobei sie immer noch versuchte, auf die linke Fahrbahn zu kommen. Matthew wurde unruhig und sie hielt ihm das Fläschchen an die Lippen. Ohne die Augen zu öffnen, begann er zu saugen.

»Fledermäuse! Fledermäuse greifen L.A. an! Sie sind riesig! Newsflash! Radioaktive Fledermäuse aus Riverside greifen L.A. an!«

Melissa hätte gern den Sender gewechselt, aber sie hatte eine kleine Lücke zwischen zwei Autos auf der linken Fahrbahn entdeckt. Mit der einen Hand das Fläschchen haltend, kurbelte sie am Lenkrad.

»Schon gut, Chopperman«, sagte der DJ, »tief durchatmen, bald ist alles vorbei.« Das Fläschchen glitt dem schlafenden Matthew aus dem Mund, gerade rechtzeitig, dass Melissa beide Hände ans Lenkrad nehmen konnte, um die Lücke zu nutzen. Der Wagen links hinter ihr, ein Kombi mit voll beladenem Dachgepäckträger, bremste hart und fuhr dann aber langsam weiter. Offenbar hatte er nicht die geringste Absicht, sie vorzulassen. Melissa begann zu weinen, während die Milch aus der Flasche, die sie immer noch in der Hand hielt, auf das Lenkrad tropfte. Die Frau auf dem Beifahrersitz sagte etwas zu ihrem Mann und dieser winkte Melissa in die Lücke.

»Danke. Danke!« Sie hob die Hand, um sich zu bedanken. Das Babyfläschchen! Die hatten das Fläschchen gesehen. Sie schob es in das Fach an der Tür, falls sie es noch einmal benötigte.

»Und jetzt zurück in die Vergangenheit, genauer gesagt ins Jahr 1992«, sagte der Moderator. »Der Song heißt ›She's Unbelievable‹. Hier ist KRZY, ihr Sender für goldene Oldies.«

Mit acht Kilometern pro Stunde schlich Melissa auf die Berge zu. Zwischen ihr und ihrem Fluchtort schienen auf drei Fahrbahnen zehntausende Autos zu stehen.

Philadelphia
22. Juli, 0300 Uhr GMT (2200 Uhr Ortszeit)

»Ich möchte alle bis auf die Minister und Leiter der Behörden bitten, den Raum zu verlassen«, sagte der CIA-Direktor mit erhobener Stimme.

Unruhe machte sich breit, Papiere raschelten. Da dieser Fall noch nie eingetreten war, blickten die »Mauerblümchen«, militärische und zivile Assistenten und Berater, unsicher auf ihre Chefs, um sicherzugehen, dass diese Aufforderung für sie galt, bevor sie langsam den Raum verließen.

Als sich die Tür hinter dem letzten Berater geschlossen hatte, blickte sich Lambert am Tisch um. Schweigend warteten Außen- und Verteidigungsminister, NSA-Chef, die Vereinigten Stabschefs sowie Präsident und Vizepräsident darauf, dass der Direktor der CIA sein Anliegen erläuterte.

»In den frühen Morgenstunden des heutigen Tages, Moskauer Zeit, fand einer unserer ausländischen Agenten in Moskau in einem ›toten Briefkasten‹ ein Paket, das unserer Station in Seoul angekündigt worden war. Es enthielt einen Brief in russischer Sprache, der uns die Position eines russischen Raketen-Unterseeboots verriet, von dem wir glaubten, wir hätten es zerstört. Ich habe die Information an den Oberbefehlshaber der Marine weitergeleitet.«

»Daher hatten Sie also diese Daten«, sagte Admiral Dixon. Er sah den Präsidenten an. »Ein P-7 empfing positive

MAD, also magnetische Anomalie, direkt westlich der Insel Meighen im Polarmeer und begann einen Torpedoangriff. Das Unterseeboot kam brennend und mit einem großen Reaktorleck an die Oberfläche, zerbrach und sank, bevor wir Bergungstrupps entsenden konnten. Die gesamte Besatzung kam dabei ums Leben. Vierundzwanzig schafften es bis auf die Rettungsflöße, waren aber von der Strahlung bereits getötet worden, als wir sie erreichten.«

»Dann haben wir also einen Insider-Agenten?«, fragte der Präsident.

»Da sind wir nicht so sicher«, sagte der CIA-Chef. Er öffnete das Zahlenschloss einer schwarzen Ledertasche und holte einen dicken roten Ordner heraus. »Dem Briefschreiber ging es vor allem darum, uns mitzuteilen, dass die Information über den Feuerbefehl der Unterseeboote, die uns Filipow damals übermittelte, korrekt ist.«

»Was heißt das?«, erkundigte sich der Präsident.

»Ich werde Ihnen die Übersetzung der entsprechenden Stelle vorlesen.« Als der CIA-Mann die gesuchte Stelle gefunden hatte, hielt er die Seite mit dem Daumen fest. »›In dem Ihrem Land vom STAVKA gestellten Ultimatum hieß es, den Unterseebooten in der Bastion in der Karasee *wird* der Feuerbefehl erteilt werden.‹« Der Direktor blickte auf. »Im Russischen hat der Verfasser die Futurendung des Verbs unterstrichen.« Er las weiter. »›Tatsache ist, dass dieser Befehl bereits ergangen ist. Unsere mit ballistischen Raketen bestückten Unterseeboote in der Karasee haben Befehle erhalten, die Ihre Nuklearstrategen ›Fail-Deadly‹ nennen würden. Wenn sie keine anders lautenden Anweisungen erhalten, werden die Unterseeboote feuern, sobald sie den ausdrücklichen Befehl dazu empfangen oder aber wenn sie angegriffen werden.‹«

Der Direktor blickte auf. »Dann erklärt er noch, die von Rasow angegebenen Ziele seien richtig und weitere Informationen würden folgen.«

»Wer ist diese Quelle?«, wollte der Verteidigungsminister wissen.

»Sein Deckname ist Damokles.«

»Wie in ›Damoklesschwert‹?«, fragte Lambert. Der CIA-Chef nickte. »Sehr passend«, meinte Greg.

»Die Quelle hat sich den Namen selbst ausgesucht. Offenbar hat er Sinn für dramatische Effekte.«

»Aber wer zum Teufel ist er?«

»Das wissen wir nicht. Allerdings hegen wir den Verdacht, dass es sich nur um ein Desinformationsmanöver des STAVKA handelt. Wir sollen glauben, dass die Unterseeboote im Zweifelsfall feuern werden, das haben wir ja nach der Begegnung zwischen Oberst Filipow und Mr. Lambert direkt nach Beginn des Krieges ausführlich diskutiert.«

»Aber wenn wir immer wieder Informationen erhalten, die dafür sprechen, dass das tatsächlich der Fall ist«, gab der Vizepräsident zu bedenken, »sollten wir unsere Einschätzung dann nicht überdenken? Vielleicht werden sie im Fall eines Angriffs tatsächlich feuern.«

»Wir haben nur eine einzige Quelle. Filipow und Damokles sprechen offenbar für das STAVKA, das sind keine getrennten Berichte, die sich gegenseitig bestätigen würden. Der russische Militärgeheimdienst GRU setzt auf ein einfaches psychologisches Phänomen: Wenn man etwas nur oft genug hört, fängt man an, es zu glauben, obwohl es, wenn wir uns nicht täuschen, immer die gleiche Botschaft ist, die von der gleichen Quelle ständig wiederholt wird.«

»Alles unter der Voraussetzung, dass Damokles tatsächlich der ist, für den wir ihn halten«, meinte der Präsident.

»Unsere Experten haben ein mögliches Profil erstellt«, fuhr der CIA-Chef fort. »Wenn es Damokles wirklich geben sollte, dürfte er folgende Eigenschaften besitzen.« Er schlug eine andere Seite in seinem Ordner auf. »Er ist jung, das heißt unter fünfzig. Westlich orientiert, gehört also nicht der rot-braunen Koalition antiwestlicher Fremdenhasser an. Kann Englisch, was wir daraus entnehmen, dass er immer wieder von ›Fail-Deadly‹ spricht.«

Lambert durchfuhr es wie ein Stromstoß. Er setzte sich so abrupt auf, dass General Thomas ihn ansah. »Schließlich gehen wir davon aus, dass er vor kurzem einen Karriereknick hinnehmen musste oder diesen befürchtet, daher ist er unzufrieden. Außerdem muss er Zugang zu Geheiminformationen auf höchster Ebene besitzen. Damokles ist natürlich Russe, gehört also keiner ethnischen Minderheit an. Außerdem ist er männlich – kein einziger westlicher Geheimdienst weiß von einer Russin, die jemals ein solches Unternehmen begonnen hätte.«

»Passt das Profil auf irgendjemanden?«, fragte der Präsident.

»Wir warten auf heute Nacht, wenn genügend Computerzeit zur Verfügung steht, um …«

»Pawel Filipow«, unterbrach ihn Lambert. Alle Blicke richteten sich auf ihn.

Der Direktor schüttelte den Kopf. »Selbstverständlich haben wir Filipow diskutiert.« Er schüttelte erneut den Kopf. »Er ist ein guter Soldat, der tut, was ihm befohlen wird. Die Tatsache, dass das Profil auf ihn passt, heißt nicht, dass er Damokles ist, und dass er in einer angeblich geheimen Mission zu uns kam, macht ihn noch nicht zum Spion.«

»Er sagte, das STAVKA wisse nichts von seinem Besuch«, gab Lambert zu bedenken. »Seiner Aussage nach kam der Befehl allein von Rasow.«

»Gibt es denn den geringsten Hinweis darauf, dass Rasow und das STAVKA nicht identisch sind?«, wollte der Direktor wissen. »Rasow ist das STAVKA.«

»Filipow hat seine Frau verloren«, erklärte Lambert. Im Raum trat Schweigen ein. »Er hat seine Frau durch einen irrtümlich begonnenen Atomkrieg verloren. Sein Motiv ist einfach. Er will nicht, dass so etwas noch einmal geschieht und vielleicht mit weit tragischerem Ausgang.«

Die Stimme des Direktors klang leise und eindringlich. »Er saß doch hier in den Vereinigten Staaten und sprach mit Ihnen persönlich. Seine Botschaft war genau vorbereitet, er weigerte sich, zusätzliche Fragen zu beantworten.«

»Sehen Sie sich das Video an! Wie Damokles spricht er von ›Fail-Deadly‹. Er sagt uns, wer er ist, aber so, dass die Russen es nicht verstehen, falls die Botschaft abgefangen wird.«

»Aber wer garantiert uns, dass das nicht Teil des Desinformationsplanes ist? Wir haben es hier nicht mit Amateuren zu tun, der russische GRU ist absolute Spitzenklasse; die kennen alle Tricks. Und, Mr. President, in unserer gesamten Geschichte gab es nur einen einzigen Agenten von diesem Rang im Verteidigungsapparat der damaligen Sowjetunion und das war Oleg Penkowski. Dagegen hatten wir während des Kalten Krieges und danach Hunderte angeblicher Quellen, bei denen sich später herausstellte, dass es sich um gezielte Desinformationskampagnen handelte. Vor diesem Hintergrund sind sich CIA und NSA einig – ich glaube, ich darf hier für meinen Kollegen sprechen –, dass wir solchen Quellen grundsätzlich nicht vertrauen und erst recht nicht, wenn ein Informant nur das wiederholt, was uns als offizielle Linie des STAVKA bekannt ist.«

»Die NSA muss sich dieser Einschätzung anschließen«, erklärte der NSA-Direktor.

»Ist in unserem atomaren Kontrollsystem eine solche Fail-Deadly-Politik vorgesehen?«, wollte der Vizepräsident wissen.

Admiral Dixon beantwortete die Frage. »In Friedenszeiten nicht.« Dann sah er den CIA-Direktor an. »Aber nach dem Atomschlag, als klar wurde, wer unser Gegner war, begannen wir, im Rahmen von Routine-Updates über Bänder die Computer der Boomer der Ohio-Klasse mit einer Fail-Deadly-Kontrolloption zu füttern. Die Updates dürften in etwa drei Wochen vollständig abgeschlossen sein. Allerdings müsste das nationale Oberkommando einen Aktivierungsbefehl ausgeben. Danach wären die zuständigen Leute an Bord der Unterseeboote befugt, unter bestimmten Bedingungen vorprogrammierte Ziele in Russland zu beschießen. Diese Bedingungen beinhalten nicht reagierende Befehlskanäle, erhöhte Radioaktivität in Luftproben oder die Einstellung ziviler und militärischer elektromagnetischer Sendungen wie Radio und Fernsehen.«

»Aber würden Sie diese Option tatsächlich einsetzen?«, fragte der CIA-Chef. »Alle Kriegsszenarien beantworten diese Frage mit nein, weil das System so anfällig ist. Es besteht immer die Gefahr eines versehentlichen Abschusses, die sich im Lauf der Zeit multipliziert. Das Risiko ist inakzeptabel hoch. Ist das nicht so, Admiral?«

»Ich würde die Aktivierung dieser Option niemals empfehlen«, gab der Oberbefehlshaber der Marine zurück. »Wir haben sie nur eingegeben, weil sie uns ohnehin zur Verfügung stand und wir Ihnen möglichst viele Optionen anbieten wollten. Sinnvoll wäre diese Alternative nur im Endstadium eines Atomkriegs, wenn nicht klar ist, ob es nach einem unmittelbar bevorstehenden Angriff noch funktionierende Kommandostrukturen geben wird. Unter diesen Bedingungen braucht man eventuell ein System, dass trotz dieser ›Enthauptung‹ der Strukturen noch funktioniert. Wenn die Unterseeboote Wochen oder Monate nach dem Angriff auftauchen und feststellen, dass alles um sie herum zerstört ist, würden sie bei dieser Option feuern.«

»Aber die Russen sind Kontrollfreaks«, gab der CIA-Direktor zu bedenken. »Sie haben – und hatten bereits in den Tagen der alten Sowjetunion – die starrsten Kommandostrukturen der Welt. Das gilt besonders für Atomwaffen Deshalb war Zorin überhaupt in der Lage, die Waffen abzufeuern. Alle menschlichen Elemente wurden aus der Steuerkette entfernt. Die Russen sind paranoid, sie trauen niemandem. Warum sollten sie eine Option einprogrammieren und dann auch noch verwenden, die die Entscheidungsgewalt darüber, ob unsere Städte und Einrichtungen zerstört werden – was entsprechende Vergeltungsmaßnahmen unsererseits zur Folge hätte –, einer Hand voll völlig autonomer Unterseeboot-Kommandanten überlässt?«

Der Präsident starrte vor sich auf den Tisch, während er versuchte, all das zu verarbeiten. »Sie halten Damokles also für einen Teil einer Desinformationskampagne des STAVKA«, sagte er zum CIA-Direktor, »und Sie sind seiner Meinung.« Das galt dem NSA-Chef. »Und Sie«, diesmal meinte er den CNO Admiral Dixon, »sagen, wir hätten zwar eine Fail-Deadly-Politik, aber sie sei normalerweise nicht in unsere Computer einprogrammiert. Außerdem würden Sie ihre Verwendung nur unter extremen Umständen empfehlen.« Admiral Dixon nickte. »Und Sie glauben nicht, dass die

Russen überhaupt eine Fail-Deadly-Option haben.« Der CIA-Chef nickte bestätigend.

»Noch jemand?« Der Präsident wandte sich an Lambert. »Sind Sie überzeugt, Greg?«

Lambert schüttelte den Kopf. »Ich glaube, Rasow warnte uns hinter dem Rücken des STAVKA vor der Bastion.« Er beugte sich vor und stützte die Ellbogen auf den Tisch. »Ich glaube, Filipow ist Damokles und setzt sein Leben aufs Spiel, um zu verhindern, dass die Welt durch einen verheerenden Atomkrieg vernichtet wird. Ich bin davon überzeugt, dass Zorin, der, wenn Sie sich erinnern, der Wahnsinnige war, der auf Seiten der Russen als Erster den Knopf gedrückt hat, nicht nur die Interkontinentalraketen abgefeuert, sondern auch den Fail-Deadly-Befehl für die Unterseeboote in der Bastion ausgegeben hat.«

»Wenn er so durchgedreht war, warum hat er die Raketen in der Bastion dann nicht gleich abgeschossen?«, wollte der CNO wissen.

»Außerdem, Greg«, mischte sich der CIA-Chef ein, »wenn sich Rasow solche Sorgen um die Raketen in der Bastion macht, warum nimmt er den Befehl dann nicht einfach zurück?« Er blickte in die Runde. »Jedes vernünftige System muss über eine Rückrufoption verfügen.«

Schweigen trat ein, das der Präsident schließlich brach. »Tut mir Leid, Greg, aber für mich deutet alles darauf hin, dass die Russen bluffen, um unseren Sieg zu verhindern. Sie kennen mich, solche Tricks ziehen bei mir nicht. Das amerikanische Volk will, dass wir diesen Krieg gewinnen, und genau das habe ich vor.« Er lehnte sich zurück und atmete tief ein. »Jetzt lassen Sie uns die anderen zurückholen, damit wir an die Arbeit gehen können.«

Lambert schloss die Augen. *Bitte, lieber Gott, lass mich nicht Recht haben*, betete er, während General Starnes die Tür öffnete, um die »Mauerblümchen« hereinzulassen.

8. KAPITEL

Philadelphia
28. Juli, 0315 Uhr GMT (2215 Uhr Ortszeit)

»Das ist es also?«, fragte Präsident Costanzo. »Ein Verteidigungs-Mobilisierungsbefehl?«, las er vom Deckblatt der dicken Papiermappe ab. Der Arbeitsminister nickte. »Und mit diesem Befehl werden alle Angestellten landesweit verpflichtet, an ihren Arbeitsplätzen zu erscheinen?«

»Anders lässt sich die Produktion nicht aufrechterhalten«, erwiderte der Minister.

Der Präsident schüttelte den Kopf. »Ihnen ist doch klar, dass wir damit auf russische Methoden zurückgreifen?«

»Anders geht es nicht. Die Produktionszahlen, die das Amt für Statistik soeben veröffentlicht hat, sind so schlecht wie befürchtet. Ein Rückgang um zwanzig Prozent! Nur fünf Prozent davon sind durch Kriegsschäden verursacht, der Rest durch Fernbleiben vom Arbeitsplatz. Und die Situation wäre noch schlechter, wenn die Leute, die auf ihren Posten geblieben sind, nicht Doppelschichten arbeiten würden, was langfristig nicht aufrechtzuerhalten ist. Sehen Sie sich einmal die Bevölkerungsstatistiken der zehn größten Ballungsgebiete an. Über die Hälfte der Menschen lebt außerhalb der Städte, wo sie nicht nur nicht zur Produktion beitragen, sondern im Gegenteil an unseren Ressourcen zehren.«

»Aber wie sollen wir solch eine Maßnahme umsetzen?«

»Wir geben für jeden Bürger über achtzehn Jahre eine provisorische Ausweiskarte aus, die ihn entweder als in einem Beschäftigungsverhältnis stehend ausweist – wobei Arbeitsstelle und Zahl der Arbeitsstunden genannt werden – oder als arbeitslos. Wer in einem Beschäftigungsverhältnis steht, kann verhaftet werden, wenn die Behörden zu dem Schluss kommen, dass er seinem Arbeitsplatz ferngeblieben ist.«

»Und wie wollen Sie herausfinden, wer einen Job hat und wer nicht?«, fragte Lambert.

»Wir werden von Bürgerausschüssen Befragungen durchführen lassen, wobei eine Falschaussage als Meineid gilt. Außerdem werden wir per Computer die Sozialversicherungsnummern mit den Meldungen an die Steuerbehörde vergleichen und uns von den Arbeitgebern Listen mit den Namen der abwesenden Angestellten vorlegen lassen. Sollten sich diese weigern, wird das als Straftatbestand gewertet. Die meisten Leute sind aber ehrlich und werden der Aufforderung nachkommen.«

»Lassen Sie mich das klarstellen«, mischte sich Sol Rosen, der Stabschef des Präsidenten ein. »Sie wollen, dass der Präsident alle amerikanischen Arbeitnehmer kriegsdienstverpflichtet? Leute, die mit ihren Familien aus Angst vor einem Atomkrieg geflohen sind, wollen sie wieder an ihre Arbeit zurückzwingen? Und wenn sie sich weigern, soll das nach dem Militärgesetzt als Desertieren in Kriegszeiten gelten?«

Der Minister wand sich ein wenig. »Na ja, die meisten Leute arbeiten ohnehin noch und sind daher gar nicht betroffen. Wenn es einen guten Grund für das Fernbleiben gibt, wie Krankheit, einen Todesfall in der Familie oder so, dann werden wir das gelten lassen. Es geht ja nur darum, dass Leute an ihren Arbeitsplatz zurückgeschickt werden, wenn sie aufgegriffen werden. So wie Sie das formulieren, klingt es, als würden wir sie standrechtlich erschießen lassen.«

»Ich formuliere es so, wie es die Presse tun wird.«

»Mr. President, wenn nicht schnell etwas geschieht, werden unsere Vorräte bald erschöpft sein. Die Bestände, von denen unsere Leute abhängig sind, schrumpfen bereits. Es dauert vier Tage, bis eine 120-mm-Panzergranate, die in den USA vom Band läuft, den Panzer erreicht. Vier Tage! Wir fliegen das Zeug jede Nacht rüber. Das spricht zwar für unsere phänomenale Logistik, aber ich muss Ihnen sagen, selbst wenn wir das beste Transportsystem in der Militärgeschichte haben, wird uns das nichts nützen, wenn der private Sektor nicht liefern kann.«

»Das wird für die Presse ein gefundenes Fressen, Paul«, warnte Rosen.

»Es wäre nicht das erste Mal und wird auch nicht das letzte Mal sein«, meinte Costanzo wegwerfend.

»Ja, aber diesmal sind die Leute persönlich betroffen. Ausweiskarten für alle Bürger? Demnächst wird sich jeder regelmäßig bei der Polizei melden müssen.«

»Ist die Maßnahme überhaupt verfassungsgemäß?«

»Meine Juristen sagen nein, aber sie meinen, der Oberste Gerichtshof wüsste, um was es geht. Die Richter werden die Sache durch sämtliche Instanzen laufen lassen, um Zeit zu gewinnen. Ein Urteil wird erst nach dem Krieg gefällt werden.«

»Also gut«, erklärte der Präsident. »Ich habe mich entschieden.« Er holte seinen Füller hervor. »Wo muss ich unterschreiben?«

Ein Flüchtlingslager, Gorman, Kalifornien
4. August, 2300 Uhr GMT (1500 Uhr Ortszeit)

»Danke, dass Sie sich heute Morgen für uns Zeit genommen haben, Mrs. ...« – die alte Dame blickte durch ihre Lesebrille auf das Formular – »Chandler.«

»Man hat mir gesagt, ich bräuchte eine Ausweiskarte, sonst hätte ich keinen Anspruch auf Lebensmittel.« Melissa kochte immer noch vor Wut darüber, dass man sie im Speisesaal ohne Essen weggeschickt und dann drei Stunden lang in der Schlange auf diese Befragung hatte warten lassen. Matthew wurde unruhig und begann zu weinen. Mit einem wütenden Blick auf den fünfköpfigen Bürgerausschuss vor ihr legte Melissa ihn sich auf die andere Schulter, die ebenfalls völlig verspannt war.

»Sie wissen doch, warum Sie hier sind?«, fragte der alte Mann links von der alten Dame.

»Um mir eine Ausweiskarte zu besorgen, weil ich ohne die kein Essen bekomme.« Melissa fragte sich, warum der

Ausschuss vor ihr nur aus Leuten über achtzig zu bestehen schien.

»Wir müssen feststellen, ob Sie sich unerlaubt vom Arbeitsplatz entfernt haben«, erklärte nun ein dritter Achtzigjähriger.

»Wir werden Ihnen nun ein paar Fragen stellen«, begann die alte Dame von vorhin. »Ihnen ist doch klar, dass Sie unter Eid stehen?«

Melissa starrte sie nur wortlos an. Als sie keine Antwort erhielt, räusperte sich die Frau und fragte nach Führerschein und Kreditkarte. Nachdem Melissa beides ausgehändigt hatte, begann eine Schreibkraft zu tippen.

»Mrs. Chandler, stehen Sie gegenwärtig in einem Arbeitsverhältnis?«

»Ja.«

Die alte Dame sah den Mann in der Mitte an. »Sie wollen uns sagen, dass Sie einen Job haben?«

»Ja. Habe ich mich nicht deutlich genug ausgedrückt?«

Der Mann nickte. »Was für eine Tätigkeit üben Sie aus?«

»Ich bin Anwältin.«

»Eine Anwältin«, wiederholte er.

Fast wäre Melissa explodiert, aber sie beherrschte sich und bemerkte zufrieden, wie gut sie sich unter Kontrolle hatte.

»Was ist denn ihr Fachgebiet, meine Liebe?«, wollte die alte Dame wissen. »Testamente, Scheidungen oder so?«

»Unternehmenszusammenschlüsse.«

»O-o-oh!« Sie strahlte ihre Kollegen an.

»Werden Sie mir jetzt sofort diese verdammte Karte geben? Ich bin am Verhungern!«

»Wir wollen hier keine Schimpfwörter hören, junge Dame!«, meldete sich ein Mann zu Wort, der bisher geschwiegen hatte.

»Geben Sie mir meine Karte«, sagte Melissa, jedes einzelne Wort betonend.

»Sie, liebes Fräulein, sind Ihrem Arbeitsplatz unerlaubt ferngeblieben«, erklärte der Mann in der Mitte, während er ein Formular ausfüllte.

»Ich, Opa, bin in Mutterschaftsurlaub.«

Er kicherte und starrte sie über das Papier in seiner Hand hinweg an. »Jeder Urlaub ist gestrichen. Forschungsjahre, Urlaub, alles gestrichen. Die einzige Ausnahme sind akute Krankheiten.«

Ungläubig erwiderte sie seinen Blick. »Wollen Sie mich etwa zum Kriegsdienst verpflichten?«

»Nicht wir. Der Präsident.«

»Sie glauben, ich fahre mit meinem neugeborenen Sohn nach L.A. zurück, das jeden Augenblick in die Luft fliegen kann?«

»In manchen Familien kehren nur die Werktätigen während der Woche in die Stadt zurück«, meinte die erste alte Dame hilfsbereit. »Gibt es denn einen Mr. Chandler, meine Liebe?«

»Der ist in Europa im Krieg.«

»O-o-oh.«

»Wie dem auch sei«, sagte der alte Mann in der Mitte. »Sie haben einen Job und daher müssen wir Sie als ›in einem Beschäftigungsverhältnis stehend‹ melden.«

»Ich kündige.«

»Was?«

»Ich habe keinen Job, weil ich kündige. Jetzt sofort. Ich unterschreibe alles. So, sind Sie jetzt zufrieden? Ich bin arbeitslos, also, wo ist mein Arbeitslosengeld?«

»So geht das nicht. Nach dem 11. Juni gibt es keine Kündigung mehr. Wenn Sie am 11. Juni in einem Beschäftigungsverhältnis standen, dann gilt das auch heute. Ich erinnere Sie noch einmal daran, dass Sie unter Eid sind. Standen Sie am 11. Juni in einem Beschäftigungsverhältnis?«

»Hören Sie, Sie können mich genauso gut sofort als Deserteurin ins Gefängnis werfen oder erschießen lassen oder was auch immer Sie mit Leuten tun, die am Leben hängen. Auf keinen Fall fahre ich in die Stadt zurück.«

»Das ist nicht unsere Sache, Mrs. Chandler, es ist Angelegenheit der Polizei.«

»Hören Sie doch auf! Glauben Sie wirklich, mein Job ist für die nationale Sicherheit wichtig? Wie viele Unternehmenszusammenschlüsse finden im Moment in L.A. statt? Außerdem habe ich ein sechs Wochen altes Baby, um das ich mich kümmern muss.«

»Wir könnten ihr eine Ausnahmegenehmigung erteilen«, sagte die alte Dame fast flüsternd.

»Gloria!« Ihr Nachbar war empört.

»Was für eine Ausnahmegenehmigung? Her damit. Erteilen Sie mir eine Ausnahmegenehmigung.«

Unter Glorias und Melissas Blicken war dem Mann sichtlich unbehaglich zumute. Er sah von einer zur anderen, fand aber keinen Ausweg. »Also gut! Aber das behalten Sie für sich, verstanden, Fräulein? Wir werden Ihnen wegen Ihres Babys eine Ausnahmegenehmigung für Härtefälle erteilen, aber wenn Sie das herumerzählen, können wir Ihnen die ganz schnell wieder wegnehmen.«

»Ja, *Sir*.«

Die Schreibmaschine klapperte ein paar Sekunden lang, dann hielt sie ihren Ausweis in den Händen. »So, junge Frau, Sie sind jetzt offiziell Gefreite der U.S. Army auf unbezahltem Urlaub. Und jetzt holen Sie sich etwas zu essen.«

Philadelphia
8. August, 1100 Uhr GMT (0600 Uhr Ortszeit)

Lambert versetzte der Tür einen Stoß. Leider hatte er übersehen, dass seine Sekretärin gerade versuchte, sein Büro zu betreten. »Wollen Sie mir die Zähne ausschlagen?«

»Was ist denn jetzt wieder?« Lambert deutete mit der Hand auf die ordentlichen Papierstapel, die jeden Quadratzentimeter von Schreibtisch, Stühlen und Sofa bedeckten. Auf jedem Stapel klebten gelbe Haftzettel mit ein oder zwei Stichworten zum Inhalt. »Ich muss heute das Material von zwei Wochen lesen.«

»Sie haben Besuch.« Ihre Stimme hob sich bei dem letzten Wort, als bedeutete dies eine erfreuliche Unterbrechung.

»Ich habe absichtlich alle Termine abgesagt, damit ich mich durch diese Berichte arbeiten kann. Wer auch immer da draußen ist, wimmeln Sie ihn ab.« Sie rührte sich nicht von der Stelle. »Was soll ich auslassen?« Er griff nach dem nächsten Papierstapel, der auf der zerknüllten Decke lag, unter der er jede Nacht geschlafen hatte, seit sie den Bunker verlassen hatten. »›Russische Antisatelliten-Bedrohung für bemannte Raumflüge‹? Oder ›Gefahr der Verseuchung des Ogalala-Aquifer durch ausgespülte Radioaktivität‹?«

»Wenn Sie einmal Präsident werden wollen, müssen Sie noch gewaltig an Ihren Manieren arbeiten.«

»Wer ist es denn?«

»Nancy Livingston.«

»Die Tochter von Präsident Livingston?«

»Genau die.« Damit verschwand sie, ohne seine Antwort abzuwarten.

Als die junge Frau sein Büro betrat, erkannte Lambert sie kaum. Der asymmetrische Haarschnitt war fast herausgewachsen und statt des bodenlangen Rocks und der schwarzen Lederjacke trug sie Jeans und T-Shirt.

»Miss Livingston.« Lambert schüttelte ihr die Hand und räumte einen Stuhl für sie frei, bevor er sich selbst hinter seinem Schreibtisch niederließ. »Was kann ich für Sie tun?«

Als er sie so in ihrem Stuhl lümmeln sah, fühlte er sich wie ihr Großvater.

»Ich wollte Sie um einen Gefallen bitten.« Ihre Stimme ließ keinerlei Gefühle erkennen. »Wissen Sie, ich habe in Zeitungen und Illustrierten über Sie gelesen und Sie scheinen ganz in Ordnung zu sein. Das mit Ihrer Frau tut mir Leid.«

Lambert nickte ihr zu. Sie richtete sich ein wenig auf und presste die Hände zwischen die Knie. »Es geht um Mutter und Vater.« Sie blickte auf. »Sie sind in ihre Wohnung in New York zurückgekehrt.« Lambert nickte, stellte aber schuldbewusst fest, dass er keine Ahnung gehabt hatte, was mit Präsident Livingston und der First Lady geschehen war. Nancy blickte erneut zu Boden. »Als die Russen mit weiteren Atomschlägen drohten, entließen die beiden die Geheimdienstleute und beschlossen, in Manhattan zu bleiben.«

Lambert nickte.

»Und da habe ich mich gefragt ...« Sie bewegte sich auf dünnem Eis und klang unbehaglich. »Na ja, Vater sagt immer, wie sehr ... ich meine, er denkt, Sie sind ein guter Mann. Was auch immer Ihr Job ist, er glaubt, Sie leisten gute Arbeit. Außerdem mag er Sie. Beide mögen Sie.«

»Soll ich Ihren Vater anrufen und versuchen, ihn zu überreden, die Stadt zu verlassen?

Sie zuckte die Achseln, sah zur Decke hinauf. Schon hatte sie den Mund geöffnet, aber dann entschied sie sich anders und sank wieder in ihrem Stuhl zusammen. »Ich glaube, ein Telefongespräch ist nicht genug.«

»Sie wollen, dass ich nach New York fliege?«

Hoffnungsvoll blickte sie auf.

»Natürlich wissen Sie, dass wir versuchen, die Leute daran zu hindern, ihre Häuser zu verlassen.« Wenn jemand davon Wind bekam, würde ihn die Presse in der Luft zerreißen. Er sah die Schlagzeilen schon vor sich. «*Nationaler Sicherheitsberater empfiehlt früherem Präsidenten insgeheim die Evakuierung.*«

«Da hält sich doch sowieso kein Mensch dran. Jeder hat die Bilder von den angegriffenen Orten gesehen.« Sie grinste und wirkte auf einmal viel jünger als Anfang zwanzig. »Sie sind doch aus New York, nicht wahr?« Lambert nickte. »In dem Artikel hieß es, Ihr Vater wäre Börsenmakler oder so.«

»Investmentbanker.«

»Sind Ihre Eltern noch in Manhattan?«

Lambert schüttelte den Kopf. Nach Rasows Ultimatum hatten sie die Situation mit ihm besprochen und sich dann nach Maine abgesetzt, wo sich ihnen Lamberts Geschwister und deren Familien angeschlossen hatten. Alle waren in der Finanzwelt tätig: Sein Bruder war Analyst, der Mann seiner Schwester Handelsbankier. Da sie problemlos über Computermodem arbeiten konnten, wurden sie nicht als abwesend geführt, während sie dabei zusahen, wie der Markt zusammenbrach.

»Also gut.« Lambert beugte sich vor und stützte die Ellbogen auf den Schreibtisch. »Ich muss nächste Woche nach New York zu den Vereinten Nationen, um die Verlegung ihres Sitzes nach Ottawa zu erörtern. Dann werde ich mich bei Ihren Eltern melden – das wollte ich ohnehin – und, wenn irgend möglich, werde ich sie besuchen.«

Auf Nancys Gesicht erschien die Andeutung eines Lächelns. Dann erhob sie sich. Erst jetzt wurde Lambert klar, warum er sich von dem Mädchen so angezogen fühlte, warum er sich dafür interessierte, wie sie aussah und was sie trug. Seit Wochen war er nur von Militärs und Beamten umgeben, die nichts mit der realen Welt zu tun hatten, mit der Welt außerhalb ihrer abgeschirmten Existenz.

»Darf ich Sie noch etwas fragen, Miss Livingston?«

»Nancy.« Sie schüttelte ihm energisch die Hand, senkte dann aber erneut den Blick.

»Ich wüsste gern, wie es da draußen wirklich zugeht. Was sagen die Leute? Was tun sie? Wie ist das Leben?«

Sie zuckte die Achseln. »Ich weiß nicht so recht. Als sie mich nach dem Atomangriff endlich von diesem Schiff runterließen, habe ich mir eine Fahrgelegenheit bis zur Ostküste besorgt.«

»Sie sind nach dem Atomkrieg per Anhalter durch das Land gefahren?«

Sie hob für einen Augenblick das Gesicht, so dass er die Grimasse sah, die sie zog, bevor sie wieder auf ihre Füße starrte. »Nein, nicht wirklich. Ich habe in Palo Alto ein Auto gemietet.«

»Und damit sind Sie quer durch die USA nach New York gefahren?« Sie nickte.

Lambert schüttelte den Kopf, aber das sah sie nicht. Er fühlte sich versucht, sie unter das Kinn zu fassen und ihr Gesicht zu ihm emporzuheben. Stattdessen wiederholte er seine Frage. »Was denken die Leute? Ich will das unbedingt wissen, ich muss es wissen.«

Endlich hob sie den Blick. Intelligente blaue Augen begegneten flüchtig den seinen, bevor sie, immer noch mit erhobenem Kopf, seitlich an ihm vorbeisah. »Sie haben vor allem Angst. Sie sind wütend auf die Russen« – *und ihren Vater*, dachte Lambert – »und sie wollen, dass wir den Krieg gewinnen, aber sie haben Angst …«

»Wovor?«

»Das wissen Sie doch.« Sie senkte den Kopf.

»Sagen Sie es mir.«

»Armageddon«, erwiderte sie langsam mit kaum hörbarer Stimme.

90th Strategic Missile Wing, Warren Air Force Base, Wyoming
12. August, 2100 Uhr GMT (1400 Uhr Ortszeit)

Während er immer weiter nach oben kletterte, hörte Stuart die Luft in seiner Gasmaske zischen. Seine Taschenlampe schwang über die Metallwand des zylindrischen Zugangsschachts. KEIN EINZELZUGANG stand auf der Wand. Unterhalb dieses Punkts durfte sich niemand allein im Launch Control Center aufhalten.

Unter ihm tanzte das schwache Licht von Langfords Taschenlampe über die Wände, der hinter ihm Sprosse um Sprosse die Metall-Leiter erklomm.

Schließlich erreichte er die große Metall-Luke an der Seitenwand. Die Taschenlampe unter den Arm geklemmt, holte er den Geigerzähler hervor, der sofort zu ticken begann. Als er mit dem Gerät an der Luke vorüberfuhr, nahm das Geräusch deutlich zu, aber die gemessenen Strahlungswerte waren in den beiden Monaten seit dem Angriff deutlich zurückgegangen.

Stuart sah Langford an.

»Lass es uns versuchen!«, hörte er dumpf durch Langfords Gasmaske.

Stuart hängte das Gerät an eine höhere Leitersprosse und griff mit beiden Händen nach dem großen Rad an der Tür. Aufgrund seines Durchmessers ließ es sich erstaunlich leicht bewegen, gab aber bei jeder Bewegung ein metallisches Quietschen von sich. Nach einer Vierteldrehung sprang die Luke mit einem tiefen, metallischen Klicken auf. Eine Hand voll Sand rieselte die Schachtwand entlang. Stuart zog die Luke ganz auf, wodurch noch mehr Sand herabstürzte.

Dann griff er in den Seitentunnel und begann, den Sand mit der Hand herauszuholen. Die Erde fiel auf Langford, der unter dem beständigen Regen den Kopf einzog. Jede Bewegung seines Handschuhs löste eine wahre Erdlawine aus. Stuart grub, bis er die Stange freigelegt hatte, die in dem Fluchttunnel vergraben gewesen war.

Er zog sie zurück. Eine weitere Sandwand brach los und glitt auf den Tunnelboden. Indem er die Stange vorwärts und rückwärts bewegte, lockerte er riesige Sandmengen, die er aus dem Tunnel in den Schacht schob. Hinter sich hörte er den Geigerzähler ticken. Als er sich zu Langford umwandte, schwang dieser den Fühler in Richtung Tunnel. Das Klicken verwandelte sich in ein ständiges Summen.

Verdammter Mist, dachte Stuart, während er mit verstärkten Kräften den Sand bearbeitete. Plötzlich fiel ein Lichtstrahl in den Tunnel.

Überrascht starrte er in das helle Licht. Nach dieser langen Zeit hatte er völlig vergessen gehabt, wie sehr sich natürliches von künstlichem Licht unterschied. Wortlos wühlten sie sich durch den letzten Rest Sand. Schließlich kroch Stuart aus der Stahlröhre. Endlich stand er auf der Erdoberfläche.

Weit und breit war nichts zu sehen. Nichts. Nun stand auch Langford neben ihm. Er schaltete den Geigerzähler ein, dessen kontinuierliches Summen schon bald ein Dröhnen zu nennen war.

»Lass uns von hier verschwinden«, sagte Langford. Wie vereinbart begannen sie, nach Südwesten zu joggen. Das war die kürzeste Strecke zum Rand des Stützpunkts. Außerdem lag sie der Windrichtung am Tages des Angriffs entgegengesetzt, wenn man dem meteorologischen Ausdruck in ihrem Telex glauben durfte.

Das Gras knirschte unter ihren Füßen. Es war nicht einfach trocken: Es war Asche, die an Ort und Stelle erstarrt war. Mit jedem Schritt schleuderten die Sohlen ihrer Überschuhe eine Staubwolke auf. Als sie die Fundamente des Wartungsgebäudes passierten, waren nur noch ein paar Rohre und Anschlüsse zu sehen, die aus dem nackten Beton ragten. Wie Stummel markierten die Überreste der Wände die früheren Räume, aber sonst war nichts übrig. Überall lag Schutt herum, der nicht mehr zu identifizieren war.

Schweigend liefen sie fast anderthalb Kilometer. In den heißen Anzügen gerieten beide schnell außer Atem. Stuart, der vor dem Krieg immer fit gewesen war, war von der Anstrengung schwindlig und er fühlte eine leichte Übelkeit.

Auf einem sanften Hügel, einer der wenigen Erhebungen innerhalb der riesigen Basis, hielten sie an, um eine Pause einzulegen. Direkt vor ihnen lagen zwei runde, sich überschneidende Krater. »Nummer vier«, sagte Langford, aber der Silo selbst war nirgends zu entdecken. Über ihm waren die Silikate in der obersten Bodenschicht zu schwarzem Glas geschmolzen.

Stuart sah sich um und versetzte Langford mit dem Handrücken einen Klaps. Mehrere hundert Meter nördlich von ihrer Abschussbasis bohrte sich ein verkohlter Krater in die Erde. So weit das Auge reichte, war die verbrannte Landschaft um sie herum mit diesen Kratern übersät. Zu seinen Füßen entdeckte Stuart jedoch einen grünen Grashalm, der erste Keimling, der sich auf den postnuklearen Ebenen Wyomings hervorwagte. *Es gibt noch Leben*, dachte er, auf den schmalen Halm starrend.

»Komm weiter«, sagte Langford. Dem Krater direkt vor ihnen ausweichend, joggten sie den Hügel hinunter. Stuart war jetzt schweißüberströmt und seine Stiefel bewegten sich in den Überschuhen mit einem saugenden Geräusch. Er fuhr sich mit der Zunge unter der Maske über die Lippen, aber der salzige Schweiß stillte seinen Durst nicht im Geringsten.

Kilometer um Kilometer joggten sie, bis sich ihr Tempo schließlich so verlangsamte, dass sie nur noch flott marschierten. Wieder in der flachen Ebene von Wyoming angelangt, sahen sie in der Ferne die verbogenen Überreste des Zaunes des Stützpunkts. Während er mit gesenktem Kopf weiterlief, schweiften Stuarts Gedanken ab. *Wie viel Strahlung bekommen wir ab?* Es war weniger Sorge als eine interessierte Frage. Im Geiste berechnete er die Zeit, die sie der Strahlung ausgesetzt gewesen waren. Bis jetzt nicht allzu tragisch. Vielleicht langfristig ein erhöhtes Krebsrisiko, aber nicht dramatisch.

Was ist da draußen los? Wurden die Städte getroffen? Gibt es noch eine Regierung? Gibt es Amerika überhaupt noch? Wie viele Opfer? Er dachte an seine Freunde und Verwandten und überlegte, wo sie lebten. Enge Freunde, frühere Freundinnen aus seiner Collegezeit – alle ordnete er in Gedanken nach Städten und Überlebenschancen.

Der dreieinhalb Meter hohe Zaun war schwarz verkohlt und bizarr verbogen. Stuart und Langford stiegen einfach darüber und rannten weiter, immer weg von der Strahlung.

Eine halbe Stunde später sahen sie in der Ferne ihr erstes Auto. Sie beobachteten, wie es von der zweispurigen Straße, die ihr Ziel war, auf einen unbefestigten Feldweg abbog. Beiden kam der gleiche Gedanke. Langford nahm den Geigerzähler von seinem Gürtel und drückte den Knopf, während das Auto hinter einem niedrigen Hügel vor ihnen verschwand. Das Gerät schlug nur noch an, wenn sie damit über ihre staubigen Schutzanzüge fuhren.

Sie zogen die mit radioaktiver Asche bedeckten Overalls aus. Unterdessen bog ein zweiter Wagen auf die schmale Straße ein und quetschte sich an einem Armeelastwagen mit Segeltuchplane vorbei, der in die entgegengesetzte Richtung fuhr. Stuart zog Pistolengurt und -holster hoch, die an seiner schmaler gewordenen Taille ins Rutschen geraten waren. Beide rannten erneut los, diesmal in wesentlich flotterem Tempo. Die kühle Luft auf Stuarts schweißgetränkter Uniform und in seinen Lungen erschien ihm unglaublich erfrischend. Sie hielten direkt auf den Hügel zu, zu dem die für diese abgelegene Gegend erstaunlich belebte Straße führte.

Während sie den Hügel hinaufliefen, hob sich Stuarts Stimmung deutlich. Inzwischen hatten sie mehrere Lkws, Pkws, ja sogar Busse gesehen, die dorthin fuhren. Hinter dem Hügel musste sich eine Menge Leute befinden. Bald würden sie mitten unter ihnen sein. Trotz der Krämpfe in seinen Waden grub Stuart die Zehen entschlossen in die Erde des Hangs.

Oben angelangt, blieben sie wie erstarrt stehen. Unter ihnen lagen lange Reihe von Leichen auf der Erde. Einzelne Männer und Frauen, aber auch kleine Gruppen gingen mit OP-Masken vor dem Gesicht zwischen ihnen herum. Offenbar inspizierten sie die Toten, von denen häufig nur noch ein paar Körperteile übrig waren. Hie und da war eine Frau zusammengebrochen und Freunde standen tröstend um sie herum oder ein einsamer Mann kniete vor einer Leiche. Doch im Großen und Ganzen war es eine Parade von Menschen, die langsam durch die Reihen gingen, suchten, ohne zu finden, was sie vielleicht gar nicht finden wollten.

New York City
15. August, 1800 Uhr GMT (1300 Uhr Ortszeit)

»Kann ich Ihnen etwas zu trinken anbieten?«, fragte Walter Livingston in jovialem Ton.

»Nein, vielen Dank.« Seine Secret-Service-Leute warteten draußen im Marmorfoyer, während Lambert in die große Wohnung trat. Das luxuriös eingerichtete Wohnzimmer lag tiefer als die übrigen Räume und sah auf den Central Park hinaus. »Das ist eine wunderschöne Wohnung.«

»Vielen Dank.« Strahlend schüttelte die First Lady ein Kissen an der Armlehne des Sofas auf und platzierte es ordentlich auf seinem angestammten Platz in einer Ecke der Couch. *Kein Personal*, dachte Lambert. *Alle haben die Stadt verlassen.*

«Ich nehme an, der Verkehr war heute kein Problem?«, erkundigte sich der Präsident lächelnd, während er einen

Cocktail-Shaker mit Martinis fachmännisch für sich und seine Frau schüttelte.

Lambert lachte. »Nein, diesmal nicht.« Er ließ sich auf dem Platz nieder, den ihm die First Lady anbot.

»Wir könnten bestimmt einen Tennisplatz bekommen«, hörte Lambert jemandem im Gang sagen, während sich Präsident und First Lady ebenfalls setzten.

»Ich bin gerade gejoggt. Es ist zu heiß.«

»Ach komm, Nance!« Nancy Livingston erschien, gefolgt von ihrem Bruder Jack. Sie war dabei, mit einem Handtuch ihr Haar zu frottieren, das noch nass von der Dusche war. »Wenigstens ein Spiel!«

Als sie Lambert entdeckten, wandte sich Nancy energisch um. »Es ist zu heiß!«, erklärte sie mit leiser Stimme.

Jack Livingston, der Sohn des Präsidenten, warf Lambert einen wütenden Blick zu, bevor er den Kopfhörer seines CD-Players aufsetzte und in Richtung seines Zimmers verschwand. Unterdessen ging Nancy durch das Wohnzimmer in die Küche. Hilflos blickte die First Lady ihrem entschwindenden Sohn nach. Dann sah sie zur Küche, aus der Gepolter und Geklapper drangen. Offenbar überlegte sie, wie sie am besten mit dem Benehmen ihrer Kinder umging.

»Also, Greg, wie läuft es denn so? Erzählen Sie mir alles.« Der Präsident leckte sich ein wenig verschütteten Martini von den Fingern und beugte sich interessiert vor. Lambert wurde allmählich nervös. Ihm blieben nur ein paar wenige Minuten und der Präsident brannte offenbar auf Neuigkeiten.

Eine Schale Weintrauben auf dem Schoß, ließ sich Nancy neben ihrem Vater auf das Sofa fallen. Um ihren Hals hatte sie ein Handtuch gelegt, das sittsam ihr dünnes T-Shirt bedeckte. »Mr. Lambert, Sie kennen ja unsere Tochter Nancy«, sagte die First Lady, während diese die nackten Füße auf der Couch zum Schneidersitz kreuzte und ihm ein flüchtig angedeutetes Lächeln zuwarf. Aus dem Augenwinkel sah er, wie die First Lady, die Kleid und Perlenkette trug, prüfend ihre Tochter ansah, die offenkundig ausgebeulte Kakishorts und verblichene T-Shirts bevorzugte.

»Guten Tag, Miss Livingston«, begrüßte Lambert das Mädchen, das sich eine nasse Strähne aus dem Gesicht strich, während die erste Weintraube in ihrem Mund verschwand.

»Also«, begann der Präsident, »wie ist es, marschieren wir auf Moskau?«

Lambert überlegte, wie geheim diese Information war. War es angemessen, Kriegspläne bei einem geselligen Beisammensein zu diskutieren? Andrerseits lag die Antwort auf der Hand und der Präsident wollte mit Sicherheit nur das Eis brechen. »Sieht so aus«, entgegnete er daher. »Gestern haben wir Kaluga eingenommen. Mittlerweile stehen wir vor Tula.«

»Gibt es irgendwelche Hinweise darauf, dass die Panzer in Ryazan eingreifen werden?«

»Es sieht so aus, als hätten sie keinen Treibstoff mehr. Sie stehen im Südwesten der Stadt in einer Art gepanzerter Wagenburg.«

»Gott sei Dank für unsere Flugzeugträger im Schwarzen Meer, was? Den Jungs ist es tatsächlich gelungen, die Öllieferungen aus dem Kaukasus zu unterbinden.«

»Allerdings.«

»Was ist mit den anderen Fronten? Und was ist in Sibirien los?«

»Wir stehen direkt südlich vom Fluss Khor, etwa achtzig Kilometer südlich von Khabarowsk, wo sich ihr Fernost-Kommando befindet. Außerdem rücken wir von Wladiwostok aus praktisch ungehindert vor. Heute werden wir den Samarga-Fluss überschreiten.«

»Was ist mit Sachalin? Stellen sich die russischen Kommandeure tot?«

»Wir sind unterwegs schon auf einigen Widerstand gestoßen, aber das waren eher Kommandeure der russischen Armee, die sich neuerdings ›Verteidigungsstreitmacht für Sachalin‹ nennen. Sie verlangen, ihre Waffen behalten zu dürfen, oder fordern schlichtweg Geld. Mit Loyalität zu Moskau hat das nicht viel zu tun. In den kleinen Städten hungern offenbar sogar die Soldaten. Wenn die Militärs nichts zu essen haben, sieht es für die Zivilbevölkerung immer noch schlechter aus. In ganz Sibirien ist die Situation ähnlich. Die russische Verwaltung dort ist zusammengebrochen und die Moral unter den Wehrpflichtigen auf Sachalin, von denen ein Großteil direkt von der chinesischen Front kommt und ohnehin kriegsmüde ist, ist ziemlich schlecht. Die warten nur auf jemand, der ihnen drei Mahlzeiten pro Tag bieten kann.«

»Was ist im Norden, in Karelien, los?«

»Heute entscheidet sich der Kampf um Petrosawodsk, das ist die letzte große Stadt vor St. Petersburg.«

»Soll eine Verbindung zwischen der karelischen Front und den Truppen im Süden hergestellt werden?«

»Die sind noch weit voneinander entfernt. Wenn sich die Sache länger hinzieht, werden wir vermutlich versuchen, die Straße über Nowgorod zu öffnen, aber im Moment kämpfen wir noch darum, St. Petersburg zu erreichen.«

»Was ist mit den polnischen und finnischen Truppen? Besteht da nicht die Möglichkeit, dass sie von Südfinnland aus eingreifen?«

»Im Augenblick nicht. Bei den beiden polnischen Divisionen handelt es sich um sehr leichte Infanterie – eine amphibische Angriffs- und eine Fliegerdivision. Die Finnen verfügen überhaupt nur über eine Streitmacht, die von der Stärke her vier Infanteriedivisionen entspricht. Sie erledigen ihren Job und binden die gleiche Anzahl motorisierter russischer Infanteriedivisionen, aber damit sind sie vollständig ausgelastet. Die Panzerdivision und die mechanisierte Infanteriedivision, die die Polen in die halbautonome Oblast Kaliningrad entsandt haben, haben hervorragende Arbeit geleistet. Im Moment binden sie in Litauen vier russische Divisionen, davon zwei Panzerdivisionen.«

»Und die britische Royal Air Force hatte wohl gar nichts damit zu tun?«

Lambert lachte. Livingston hatte die Entwicklung tatsächlich genau verfolgt! Ihm fiel ein bequemer Ledersessel auf, der vor einem Fernseher an der Wand stand und irgendwie wirkte, als gehörte er nicht dort hin. Das Programm lief ohne Ton und rings um den Sessel lagen Zeitungen verstreut. Ein gewaltiger Unterschied zu den Briefings im Oval Office!

»Was ist mit dem ›Ultimatum‹?« Aus der Stimme des Präsidenten war plötzlich jede Lebendigkeit verschwunden. Lambert runzelte die Stirn. »Lassen Sie mich raten. CIA und NSA glauben, Rasow blufft.«

Lambert blickte auf und nickte fast unmerklich.

»Und wenn sie sich irren? Hat Costanzo für diesen Fall einen Trumpf im Ärmel?«

Lambert zuckte die Achseln.

»Sie wollen also Moskau – und vermutlich auch die Bastion in der Karasee – direkt angreifen, um herauszufinden, ob die Russen bluffen? Ein gewagtes Spiel: Wer zuerst nachgibt, hat verloren, ja?«

Lambert wollte auf die Uhr sehen, aber er widerstand der Versuchung. »Sir, haben Sie schon daran gedacht, Ihren Standort zu wechseln? Wie wäre es mit Ihrem Haus in New Hampshire?«

»Ach so läuft der Hase?« Bei aller Gastfreundschaft konnte Livingston sein Temperament nun nicht mehr zügeln. »Das Weite suchen, falls Rasow es doch ernst meint. Ist das der Plan? Wird eine offizielle Evakuierung in Betracht gezogen?«

»Ja, das Thema wurde bereits diskutiert. Mehr als sechzig Prozent der Bevölkerung der großen Städte hält sich ohnehin auf dem Land auf.«

»Und wer ist zurückgeblieben? Das wissen Sie so gut wie ich und daran würde auch der beste Evakuierungsplan nichts ändern. Die Unterschicht, Leute, die sich in ihrem ganzen Leben nicht mehr als zehn Blocks von ihrem Viertel entfernt haben. Die Nationalgarde, die Polizei, die Feuerwehr, die städtischen Angestellten und alle anderen, die die Städte am Laufen halten müssen, falls die Russen sie doch nicht in die Luft jagen. Und was ist mit den Angestellten, die Costanzo kriegsdienstverpflichtet?«

»Alle Angestellten in unkritischen Bereichen würden evakuiert werden.«

»Wie viele Leute würden also bei einer offiziellen Evakuierung zurückbleiben?«

»Nach einer Schätzung der FEMA und des Büros für Volkszählung fünf bis acht Prozent. Das wären bis zu zehn Millionen.«

»Die Strahlung ist natürlich auch ein Problem.«

»Die Ausweichlager wurden zum Großteil auf der der vorherrschenden Windrichtung zugewandten Seite der möglichen Ziele angelegt.«

Lambert fühlte Nancys Blick auf sich ruhen und sah sie an. Sie legte den Kopf schräg, warf das Haar zurück und erwiderte seinen Blick herausfordernd.

»Sir, warum nicht auf Nummer sicher gehen? Wenn Sie sich nicht in einer großer Stadt aufhalten müssen, warum wollen Sie sich dem Risiko aussetzen? Außerdem müssen Sie auch an Ihre Familie denken.«

»Die Kinder schicke ich auf die Ranch ihres Onkels in Montana.«

»Schicken?« Nancy lachte und ließ eine weitere Weintraube in ihrem Mund verschwinden. »Du ›schickst mich‹ dahin? Und ausgerechnet auf Onkel Bills Ranch?«

»Du musst gehen, sonst bleibt Jack auch hier«, mischte sich die First Lady ein. »Wir haben ihm gesagt, er muss dich begleiten und auf dich aufpassen.«

Nancy und ihre Eltern starrten einander unverwandt an.

»Sir, wäre es nicht sinnvoller, wenn Sie und Mrs. Livingston mit den Kindern nach Montana ...«

»Geben Sie es auf, Mr. Lambert«, erwiderte Nancy, ohne ihre Eltern aus den Augen zu lassen. »Sie sind beide so stur wie eh und je und lassen sich von niemand etwas sagen.« Sie sah Lambert an. »Der ganze Mist über die Unterschicht, die nicht evakuiert wird. Davon haben sie schon vor einer Woche geredet. Wissen Sie, was sie noch gesagt haben? Warum sie New York nicht verlassen wollen?« Sie wandte sich erneut ihrem Vater zu. »Sag's ihm. Erklär ihm, warum du hier bleiben und gegrillt werden willst. Red schon.«

Von Livingstons Gesicht war jede Spur von Humor verschwunden. »Weil es die Unterschicht, die Armen waren, die mich zum Kongressabgeordneten und später zum Präsidenten gewählt haben. Allen Meinungsumfragen vor der Amtsenthebung zufolge waren es die Leute, die immer innerhalb ihres Viertels gelebt haben, die bis zum Schluss zu mir hielten. Das waren die sechs Prozent, die immer noch einen ›positiven‹ Eindruck von mir hatten.«

Lambert ließ den Kopf sinken. Dann blickte er wieder auf. »Sie wissen, dass alles getan wird, um das Schlimmste zu verhindern.«

»Alles außer einem, Greg. Alles außer dem, was wirklich etwas bringen würde. Alles, außer unseren Stolz hinunterzuschlucken und nachzugeben, bevor es zu spät ist.«

Zwanzig Kilometer südlich von Tschechow, Russland
21. August, 1400 Uhr GMT (1600 Uhr Ortszeit)

Bei jeder Bodenerhebung wurde Chandler schmerzhaft herumgeschleudert. Er schwitzte in seinem chemischen Schutzanzug der Stufe MOPP IV, während er durch die Sichtfelder seiner Kuppel die radioaktiv verseuchte Landschaft studierte. Obwohl die 1500-PS-Turbine normalerweise mit Benzin oder Diesel lief, erreichte sie mit dem Flugzeugtreibstoff, denn sie beim letzten Stopp getankt hatten, mühelos 22 500 Umdrehungen pro Minute. Da der Panzer mit fünfundsechzig Kilometern pro Stunde durch das raue Gelände fuhr, wurde Chandler ununterbrochen durchgeschüttelt. Außerdem beschlugen die Linsen seiner Gasmaske, weil er stark schwitzte und sein Anzug von der Dekontaminierung am letzten Wartungsstopp noch völlig durchnässt war.

Ich muss die Maskenfilter wieder wechseln lassen, erinnerte er sich selbst. *Die dürften inzwischen schon ziemlich viel Fallout aufgenommen haben.*

Er fühlte sich elend und beengt. Obwohl die radioaktive Verseuchung immer wieder abgewaschen wurde, kam er sich schmutzig vor. Natürlich war es sinnvoll, über durch Fallout verseuchtes Gebiet vorzurücken, das die Miliz der Russen nicht lange verteidigen konnte. Trotzdem fühlte er sich wie besudelt und hätte am liebsten die Luke aufgerissen und seinen Kopf herausgestreckt, um frische Luft zu atmen und ein Gefühl für seine Umgebung zu bekommen. Inzwischen besaß er genug Erfahrung mit Panzergefechten, um zu wissen, wie richtig das alte Sprichwort »Was man sieht, kann man bekämpfen« war. Aber das Gelände um ihn herum war von der in Bodennähe erfolgten Explosion geschwärzt. Obwohl inzwischen einige Zeit vergangen war, meldete der von Baileys Scout Platoon erstellte NBC-1-Bericht immer noch fünfzig RAD pro Stunde. Solange sie alle Luken geschlossen hielten und nur die Belüftung für die Besatzungskabine lief, über die der radioaktive Fallout aus der Luft herausgefiltert wurde, schützte die dicke Panzerung ausreichend vor direkter Strahlung. Für die nächsten fünfzehn Kilometer war es Essig mit der frischen Luft.

Es war nicht einfach, das Gebiet vor ihnen und an den Flanken im Auge zu behalten. Hier, direkt am Detonationsnullpunkt, fühlte er sich relativ sicher, aber sie mussten damit rechnen, nicht nur von vorne, sondern auch von den weniger geschützten Seiten aus beschossen zu werden. Die Brigade hatte von der Artillerie vorab zwei Reihen mit M-718-Antipanzerminen legen lassen, zwischen denen sie vorrückten. Diese Minen und ein paar Kampfhubschrauber waren der einzige Flankenschutz, den sie besaßen. Eile war geboten, nicht nur wegen der Strahlung, sondern auch, weil sich die Minen kurz nach ihrem Durchzug selbst zerstören würden, um nachrückende Truppen nicht zu gefährden. Chandler hätte sich besser gefühlt, wenn er und Jefferson wie üblich mit ihren Ferngläsern an ihren Luken hätten stehen können, um die Gegend nach eventuellen Bedrohungen abzusuchen.

Vom Inneren des abgedichteten Panzers aus sah Chandler nur gelegentlich einen verbrannten Baumstumpf oder die Fundamente eines Bauernhauses vorüberrasen. *Keine Infanterie hier. Es ist ein Gelände für hohe Geschwindigkeiten – kein*

Halt, kein Aussteigen. Er blickte auf die zerrissene, zerknitterte Karte, die er auf ihrem Vormarsch nach Nordosten unzählige Male neu gefaltet hatte. Da er sich nicht gleichzeitig festhalten und die Karte lesen konnte, wurde er erneut gegen den Turm geschleudert.

Als er den Blick hob, entdeckte er aus dem Augenwinkel eine Unregelmäßigkeit in der Landschaft. Um sie genauer zu prüfen, ging er durch den Turm zu den Zielgeräten. In diesem Moment fuhr der M-1 in einem steilen Winkel auf eine unbefestigte Straße und hing plötzlich mit dem Vorderteil in der Luft. Chandler donnerte mit dem Helm gegen die Luke über seinem Kopf, dann schwebte er plötzlich in der Luft über dem Sitz, auf dem er gekniet hatte.

Der Dreiundsechzig-Tonnen-Panzer kippte krachend auf die Erde zurück. Obwohl das hydromechanische Fahrwerk mit vierzehn Laufrädern unter der gepanzerten Schürze des Panzers, Torsionsstangen aus Stahl und fast sechs Quadratmeter Kettenfläche den Stoß zum Großteil abfederten, landete Chandler hart auf den Knien und rutschte über das Deck der Kabine. Ein scharfer Schmerz fuhr durch seinen unteren Rücken. Durch den Sturz war Schweiß von seiner Stirn nach unten gelaufen und nahm ihm die Sicht. Da er sich durch die Linsen der Maske unmöglich die brennenden Augen reiben konnte, blinzelte er nur mehrfach. Dann kletterte er mit Hilfe des Richtschützen wieder auf seinen Platz zurück, um seine Beobachtung fortzusetzen.

Rechts von sich sah er eine Rakete heranrasen, die kaum noch dreihundert Meter von ihnen entfernt war.

»Fahrer rechts!«, brüllte er in die Gegensprechanlage. Dann wurde er zur Seite geschleudert. Sein Helm krachte gegen die linke Kuppelwand und er zerrte sich den Nacken. *»Rakete – Rakete …«*

Ein tiefes Grollen direkt außerhalb des Panzers und eine Vibration, die er selbst durch die Panzerung noch deutlich spürte, ließen ihn den Atem anhalten.

»Mein Gott, das war knapp!«, rief der Fahrer.

»Richtschütze!« Chandler folgte mit den Blicken dem dünnen Steuerdraht der Rakete, der in der Sonne glänzte und den Weg zu dem BTR wies. »Ziel gesichtet – zwölf Uhr! BTR! Ladeschütze, HEAT laden!« HEAT war hochexplosive Antipanzermunition.

»Kann Ziel nicht identifizieren!«, rief der Richtschütze.

»Von meiner Position aus!«, gab Chandler zurück, während er den Pistolengriff packte, mit dem der Panzerkommandant die Kontrolle übernahm. Eilig drehte er den Turm so, dass das Fadenkreuz das Objekt erfasste, das er zuvor entdeckt hatte: ein niedriges, massiges Kampffahrzeug unter einem Tarnnetz.

»Bereit!«, schrie Jefferson, was der Richtschütze durch »HEAT!« ergänzte, um Chandler mitzuteilen, dass er den Computer des Geschützes auf das neue ballistische Profil eingestellt hatte. Vom Ziel stieg eine kleine Rauchwolke auf. Eine Rakete erschien, die erst ein paar Mal auf- und abstieg, bevor sie direkt auf Chandlers Panzer zuflog.

Obwohl der Panzer sich in Sätzen durch das raue Gelände bewegte, waren Kanone und Zielgerät völlig ruhig. Während die Rakete auf sie zuschoss, positionierte Chandler das Fadenkreuz mitten auf der metallenen Seitenwand des BTR.

Über das Funknetz des Bataillons wurde von Kontakten mit BTRs und BMPs berichtet, Panzer waren aber nicht gesichtet worden. Als die Antipanzerrakete die Hälfte der Strecke zurückgelegt hatte, aktivierte Chandler das Neodymium-YAG-Laser-Zielsuchgerät. Hoch oben an einem Mast hinten am Turm montierte Wettersensoren registrierten Wind, Temperatur und Luftfeuchtigkeit und gaben sie an den Computer des Panzers weiter. Aufgrund dieser Daten und der Geschwindigkeit des Panzers übernahm der Computer nun die Feineinstellung des Ziels, die permanent angepasst wurde.

»Unterwegs!«, brüllte Chandler und betätigte den Abzug. Mit einem lauten Knall spuckte das Hauptgeschütz die HEAT-Munition aus.

Trotz der Entfernung von vierzehnhundert Metern explodierte das Ziel fast sofort und die zweite Rakete schlug unkontrolliert Hunderte von Metern vor Chandlers Panzer in den Boden. Im Inneren des BTR ereignete sich eine zweite, wesentlich stärkere Explosion. Das Tarnnetz flog hoch in die Luft und der BTR stürzte zur Seite, während er wie eine Wunderkerze sein Feuerwerk seitlich über die Erde versprühte.

»Erwischt!«, schrie der Richtschütze, der das Ganze durch sein eigenes Zielgerät beobachtet hatte.

»Feuer einstellen!« Chandler fühlte sich nach der Anspannung erschöpft und zittrig.

Als er einen der Bradleys der Deltakompanie durch sein Gesichtsfeld ziehen sah, befahl Chandler seinem Fahrer, sich wieder der Alphakompanie anzuschließen. Der Panzer bog nach links ab und sie setzten ihren raschen Vormarsch auf Moskau fort.

Chandler zog die Plane zurück, unter der die Toten lagen. Sechs waren es – alle von Panzerbesatzungen. Sie hatten fürchterliche Verbrennungen erlitten, bei einigen waren die Gliedmaßen abgerissen worden und lagen neben dem Rumpf. Chandler ließ die Plane sinken. Er war erschöpft. Es fiel ihm schwer, für die Männer zu seinen Füßen Mitgefühl zu empfinden. Noch mehr Tote. In den Kampfpausen suchte er so viele Tote und Verwundete wie möglich auf. Unterdessen ergänzte Loomis, der Executive Officer des Bataillons, im Taktischen Operationszentrum die Details des Einsatzplans, den Chandler mit den Kompaniekommandeuren und ihren Executive Officers erörtert hatte. Die nächsten Punkte auf seiner Tagesordnung waren Personalangelegenheiten, das Aufklärungs-Briefing, der Operationsplan und der Plan für die Luftunterstützung. Wichtigstes Thema war jedoch die Versorgung – das bedeutete hauptsächlich, wo sie wieder Treibstoff bekamen.

Als er davonging, passierte er ein kleines grünes Gerät, das etwa so groß wie ein Brotkasten war: der Alarm für chemische Angriffe. Ständig schnüffelnd, überprüfte es, ob der Tod in der Luft lag. Dem ersten chemischen Angriff war kein weiterer gefolgt, aber wer wusste schon, was ihnen noch bevorstand? Die Dinge waren schlimm genug – grässliche Szenen beherrschten seine Erinnerungen an die Kämpfe –, aber sie konnten noch schlimmer werden. Ein Ruf von dem Planen-Lkw, der am Fuß des Hügels entladen wurde, erregte seine Aufmerksamkeit.

»Die Post ist da«, sagte Barnes neben ihm, wobei er Chandler eindringlich ansah. »Eine Postsendung von der Division. Übrigens, wir haben neue Kabel und D-Zellen-Batterien erhalten. Sollen wir die 312er anschließen?«

Chandler schüttelte den Kopf. Wenn sie nicht unterwegs waren, hatten sie anstelle der Funkgeräte die alten TA-1-Telefone benutzt, um die elektromagnetischen Emissionen, die ihre Position verraten konnten, so gering wie möglich zu halten. Für die neueren Feldtelefone, die TA-312, waren ihnen die Batterien ausgegangen und die erforderlichen Kabel waren den Panzerketten zum Opfer gefallen. Doch nachdem das Bataillon in Kürze weiterfuhr, lohnte es sich nicht mehr, die Telefone anzuschließen.

»Sollen wir MOPP III beibehalten, wenn wir weiterfahren?«, wollte Barnes wissen.

Chandler versuchte, sein Gehirn zum Laufen zu bringen. MOPP IV hieß volle Schutzausrüstung. Wenn der Brotkasten, dessen Schrillen über achthundert Meter weit zu hören war, Alarm schlug, war jeder, der nicht rechtzeitig MOPP IV anlegte, so gut wie tot. MOPP III hieß Schutzanzug, Handschuhe und Stiefel an und Maske griffbereit. Auf dieser Stufe befanden sie sich seit Stunden und schwitzten erbärmlich. Am liebsten wäre er auf MOPP I zurückgegangen, damit sich die Männer zumindest die Haut kratzen konnten, die unter der feuchten, schmutzigen Kleidung unerträglich juckte.

»Wir reduzieren auf MOPP II«, entschied er. Das bedeutete, Schutzanzug angelegt, Handschuhe, Stiefel und Maske griffbereit. In der Enge eines Panzers brauchte man zwanzig Sekunden, um von MOPP I auf MOPP IV zu gehen – *zu lang, zu viele Tote.*

Chandler sah zu den beiden M-1, die auf der flachen Wiese unterhalb von Hügel 422 standen. Einer der Panzer war an mehreren Stellen verbrannt. Am hinteren Deck fehlten die Überdruckpaneele, die Luken waren schwarz und der Turm hatte an der Seite ein hässliches Loch. Der andere Panzer schien unversehrt zu sein, nur das Grün der Oberfläche zeigte Angriffsspuren.

»Wie geht es den beiden Männern von dem hier?« Chandler deutete auf den schwer beschädigten Panzer mit den fehlenden Überdruckpaneelen. Bei dem anderen hatte es keine Überlebenden gegeben.

»Einer ist ziemlich übel dran, das Bein muss vermutlich ab – wenn er überhaupt durchkommt. Bei dem anderen weiß man nicht so recht. Er hatte keinen Kratzer, aber er konnte kaum atmen, hustete ständig und war total rot im Gesicht ...« Barnes schüttelte nur den Kopf.

Metalldampffieber, dachte Chandler nickend. Bei den enormen Temperaturen, die durch die Penetration entstanden, verbrannten die exotischen Metalle der Panzerung. Die eingeatmeten Dämpfe waren hochgiftig. Außerdem wurde die Lunge durch den bei der Explosion entstehenden hohen Druck geschädigt, das kostete immer wieder Leben. Geschmolzenes Metall, das durch die kinetische Energie des Aufpralls losgeschlagen wurde, wurde in dem engen Raum zu Schrapnell, dem die Soldaten von dem Panzer der Bravokompanie zum Opfer gefallen waren. Und ...

»Sie sollten ein wenig schlafen«, riet ihm Barnes. »Wir haben noch eine Stunde.«

Wie lange hatte er schon nicht mehr geschlafen? Seit fünfeinhalb Wochen befand er sich im Gefecht. Während dieser Zeit hatte er höchstens ein paar Stunden Schlaf bekommen. »Okay.« Er ging den Hang zu seinem Panzer herab. Überall standen russische Wracks herum, die direkt vor Hügel 422 überrascht worden waren. Chandlers Taskforce hatte ihnen den Tod gebracht – aufgrund ihrer überlegenen Fahrzeuggeschwindigkeit hatten die M-1 die Hügelkuppe zuerst erreicht. Jedes Wrack war mit einem großen Kreide-X markiert. Das bedeutete, dass das Fahrzeug überprüft und für sicher befunden worden war. Im Inneren der Panzer lagen noch die toten Besatzungen, die keine Bedrohung mehr darstellten.

In den M-1, die er passierte, war es ebenfalls völlig ruhig. Die Besatzungen schliefen. Die Platoons hatten jeweils einen Mann aus jeder vierköpfigen Besatzung ausgewählt, der das Hauptgeschütz reinigte. Hie und da waren Männer zu sehen, die die über sechs Meter lange Ramme in die Geschützrohre stießen.

Pferd, Sattel und Mann. Chandler fiel die alte Reihenfolge der Kavallerie ein. Sämtliche Fahrzeuge waren aufgetankt und gereinigt, die Batterien geladen worden, bevor Infanteristen und Panzerbesatzungen sich auf dem Boden ausruhen durften. Obwohl sie nur schliefen, überlief ihn ein merkwürdiger Schauer, als er die bewegungslosen, teilweise eigenartig verdrehten Gestalten sah.

Er blieb stehen und betrachtete einen Mann, dessen Brust sich im Schlaf langsam hob und senkte. Dann ging er zu seinem Panzer, neben dessen Ketten Jefferson und der Fahrer schliefen.

Chandler umrundete den Panzer. Ein langer schwarzer Streifen rechts von der Fahrerluke markierte die Stelle, an der die Antipanzerrakete aufgeprallt war. Es war ihre einzige kritische Situation gewesen. Die Rakete hatte die dickste Stelle der Panzerung, das Glacis, in einem sehr spitzen Winkel getroffen und der Sprengkopf war explodiert, ohne Schaden anzurichten.

Er fuhr mit den Fingerspitzen über den schwarzen Streifen und zerbröselte den Ruß zwischen den Fingern. Dann erinnerte er sich daran, was er vorgehabt hatte, legte sich auf das trockene Gras neben dem Panzer und schloss die Augen. Sein Kopf schmerzte unerträglich und das Kratzen im Hals schien eine Erkältung anzukündigen. Bevor er einschlafen konnte, schoss eine Adrenalinwelle durch seinen Körper. Ob Loomis den Funkverkehr überwachte? *Ich habe die Positionen der Kompanien gar nicht überprüft! Hoffentlich haben sie Wachen aufgestellt.*

Mühsam öffnete er die Augen und hob den Kopf, um sich umzublicken. Am Hang schliefen die Infanteristen. *Niemand hat sich eingegraben.* Schwer sank sein Kopf zu Boden. *Ich muss schlafen, ich kann noch nicht einmal richtig sehen.*

Aber die Ruhe blieb ihm versagt. Mit einem frustrierten Seufzer zwang er sich auf die Beine und begab sich auf die Suche nach den Beobachtungsposten der Kompanien, wobei er immer wieder ins Taumeln geriet, wenn ihn der Schlaf übermannte.

Spezialeinrichtung der Regierung, Mount Weather, Virginia
24. August, 1300 Uhr GMT (0800 Uhr Ortszeit)

»Podolsk ist gefallen, Mr. President«, sagte General Thomas. »Damit stehen die ersten Einheiten des 3. Armored Cavalry-Regiments des V. Korps etwa dreißig Kilometer südlich der Vorstädte von Moskau, die sie voraussichtlich irgendwann in der Nacht erreichen werden.«

»Die Armee hat Befehl, Moskau einzuschließen«, ergänzte Lambert, »aber die großen Verteidigungsgürtel um die Stadt zu meiden. Auf Ihre Anweisung werden wir die Straße nach Noginsk zur Evakuierung offen lassen.«

»Und für die Versorgung der Stadt«, grollte General Fuller von den Marines. »Sir, wenn wir uns schon die Hände mit Blut besudeln, dann sollten wir die Sache richtig machen und die Schlinge zuziehen.«

»Ich will nicht, dass sich Rasow wie ein Tier in der Falle fühlt«, wandte der Präsident ein. »Er soll einen Ausweg haben.« Eindringlich blickte er die Vertreter des Nationalen Sicherheitsrates an. »Was ist mit St. Petersburg?«

»Der Plan ist grundsätzlich derselbe«, erwiderte General Thomas. »Die Stadt wird unter Umgehung der Verteidigungsanlage eingeschlossen. Unsere Leute haben Tosno erobert und die wichtigste Eisenbahnlinie zwischen Moskau und St. Petersburg unterbrochen. Am 26. wird die letzte Straßenverbindung nach Moskau gekappt. Unserem Zeitplan nach sollten die ersten Einheiten die Ostsee bis zum 30. erreicht haben.«

»Gibt es Anzeichen für Aktivitäten der unabhängigen russischen Streitkräfte im Feld?«, wollte der Präsident wissen. »Von den Armee-Einheiten in den baltischen Staaten oder von denen im Süden und Osten von Moskau?«

»Nein, Sir«, gab Lambert zurück. »Wir gehen davon aus, dass wir sie im Süden Moskaus durch das VII. Korps der Nationalgarde kontrollieren können. Die Moskauer Operation – Operation Kronprinz – ist daher gesichert. Nach Erkenntnissen von DIA und CIA besitzen die unabhängigen Einheiten im Baltikum nicht genügend Ersatzteile beziehungsweise Treib- und Schmierstoffe für eine größere mechanisierte Aktion.«

»Und im Fernen Osten beruhigt sich die Lage zunehmend?«

»Seit dem Fall von Khabarowsk ist der russische Widerstand praktisch zusammengebrochen. Wie Sie wissen, haben wir auf Sachalin unsere Aufgabe erledigt und bewegen uns nun entlang der transsibirischen Eisenbahn nördlich der chinesischen Grenze nach Westen. An der Küste rücken die Marines nach Norden vor, wobei höchstens noch Scharmützel mit der Nachhut der Russen gemeldet werden.«

»Ich glaube, wir sollten unsere Aktionen im Fernen Osten einstellen«, erklärte der CIA-Chef. »Haben Sie unseren Vorschlag für Operation Geschwungenes Schwert gesehen?«

»Sie meinen die Wiederbewaffnung der Russen, um die Chinesen aufzuhalten?«

»Ganz recht. Sollte die chinesische Armee ihre Offensive wieder aufnehmen, befinden wir uns in einer heiklen Lage. Dann müssten wir uns nämlich entscheiden, ob wir russisches Territorium gegen die Chinesen verteidigen wollen.«

»Wir können es uns politisch nicht leisten«, gab der Außenminister zu bedenken, »in Asien erneut Atomwaffen einzusetzen. Die Weltöffentlichkeit beobachtet uns genau. Wenn wir den Zusammenbruch der russischen Herrschaft in Sibirien verhindern wollen, müssen wir sehr vorsichtig agieren.«

»Darum kümmern wir uns später«, meinte der Präsident. »Im Moment interessiert mich vor allem, ob es Hinweise darauf gibt, dass sich die beiden Armee-Einheiten im Ural bewegen.«

Thomas öffnete den Mund, blickte dann jedoch den CIA-Direktor an und entschied sich, nichts zu sagen. Der Präsident folgte seinem Blick. »Sollen wir das vielleicht später besprechen?«

»Ich denke, das Thema ist dringend.«

»Also gut. Würden bitte alle Assistenten und Berater den Raum verlassen?«, befahl der Präsident mit Blick auf die »Mauerblümchen«, die in zweiter Reihe hinter den Besprechungsteilnehmern saßen.

Vorübergehend herrschte Unruhe, Papiere raschelten. Doch das Verfahren war inzwischen allgemein üblich geworden und die Adjutanten und Berater hatten den Raum binnen kurzem verlassen.

»Also gut«, sagte der Präsident, als sich die Tür hinter Colonel Rutherford schloss, der als letzter das fast leere Besprechungszimmer verließ. »Kann mir jemand etwas über Operation Samson sagen und mir erklären, warum ich davor keine Angst haben sollte? Mein Gott, wenn das wahr wird ... Ein russischer Plan, sich auf einen schrankenlosen Atomkrieg mit uns einzulassen, der die Zerstörung der Städte vorsieht? Evakuierung ihrer Städte, Verteilung der Truppen und Produktionsanlagen. Provisorische Fallout-Bunker für siebzig Prozent der russischen Bevölkerung!«

»Sir«, versuchte Lambert ihn zu beruhigen, »die CIA glaubt nicht an Operation Samson. Sie ist davon überzeugt, dass es sich bei Damokles um einen fiktiven Agenten handelt, den das STAVKA erfunden hat, und dass wir von Operation Samson nur erfahren haben, weil die russischen Drohungen dadurch glaubwürdiger wirken sollen.«

»Und was ist, wenn die Russen wirklich bereit sind ...« Die Stimme des Präsidenten wurde immer leiser. »Handelt es sich bei Operation Samson denn um einen realistischen, durchführbaren Plan?«

Der CIA-Chef zuckte die Achseln.

»Für die Vereinigten Stabschefs kann ich sagen, dass Operation Samson mit der taktischen Doktrin der russischen Armee in einem nuklearen Umfeld durchaus vereinbar ist«, schaltete sich General Thomas ein. »Der Befehl zur Verteilung der Armee-Einheiten bei Nishnij Nowgorod über ein größeres Gebiet würde ihre Verwundbarkeit gegenüber Atomwaffen minimieren. Wäre eine Konfrontation mit feindlichen Bodentruppen beabsichtigt, würde man ganz anders vorgehen. Mit anderen Worten, Sir: Wenn sich diese Einheiten tatsächlich verteilen, dann heißt das einmal, dass sie nicht vorhaben, uns anzugreifen, und zum zweiten, dass sie sich auf einen Atomkrieg vorbereiten.«

Der Präsident starrte besorgt auf den Tisch, bevor er erneut Thomas ansah. »Ich will, dass Sie diese Einheiten mit Adleraugen beobachten. Wenn Sie tatsächlich beginnen, sich zu zerstreuen, müssen wir davon ausgehen, dass Operation Samson angelaufen ist.« Er sah sich um, ob jemand anderer Meinung war. »Was ist mit dem Rest des Plans? Angeblich werden bereits jetzt wichtige Formen und Werkzeuge aus den Fabriken vergraben und Wissenschaftler und Ingenieure selektiv evakuiert. Klingt das realistisch?«

»Das ist ein alter Hut, Sir«, sagte der Direktor der CIA. »Überhaupt stört mich an dieser ganzen Geschichte, dass nichts daran neu ist. Seit 1945 weiß jede Armee der Welt, wie man seine Einheiten im Feld verteilt. Formen für Flugzeuge zu vergraben ist auch nicht gerade originell. Wir haben Boeing in Seattle und McDonnell-Douglas in Fort Worth bereits nach dem ersten Atomschlag angewiesen, das zu tun.«

Der Präsident beugte sich zum Tisch vor und schüttelte den Kopf. Dann ließ er das Gesicht in die Hände sinken und rieb sich die müden Augen. »Ich verstehe das nicht, ich habe es noch nie verstanden. Da haben wir diesen … diesen …«

»… Damokles«, soufflierte der CIA-Direktor.

»Dieser Damokles – Ihre Quelle – ist entweder ein CIA-Mann oder ein Doppelagent, wir wissen aber nicht, was. Seit er sich vor einem Monat zum ersten Mal mit Ihnen in Verbindung gesetzt hat, tauchen Sie regelmäßig mit Informationen von diesem … dieser Person auf, die Sie als die alleinige Wahrheit verkünden. Und dann wieder tun Sie lebenswichtige Informationen über die Fail-Deadly-Politik der Atom-Unterseeboote und über Operation Samson, die aus derselben Quelle stammen, von vornherein als falsch ab, ohne mit der Wimper zu zucken.«

Der CIA-Chef beugte sich ebenfalls vor. »Sehen Sie, Damokles hat uns beständig Informationen über das atomare Potenzial und die atomare Planung der Russen geliefert. Zweitrangige Dinge, wie die Standorte der neu geladenen Silos für Interkontinentalraketen und der Wiederaufbereitungs-Stützpunkte für Panzer und strategische Bomber, die wir durch unsere Satellitenaufklärung ohnehin kannten, oder die Position der letzten drei Boomer, die noch im westlichen Pazifik unterwegs waren. Alle diese relativ unwichtigen Tatsachen ließen sich überprüfen. Aber die beiden wichtigsten Informationen – die Fail-Deadly-Politik der Unterseeboote in der Bastion und diese neue Operation Samson – lassen sich in keinster Weise nachprüfen. So führt man eine gute Desinformationskampagne: Man liefert unwichtige Informationen, um die Glaubwürdigkeit der Quelle zu belegen, und präsentiert dann einen durch nichts zu überprüfenden Hammer.«

»Aber wie wissen Sie denn, welcher Teil Tatsache und welcher Desinformation ist?«, wandte der Präsident ein.

»Erfahrung und Professionalität. Man muss die Spreu vom Weizen zu trennen wissen.«

»WV!« General Fuller gab ein verächtliches Knurren von sich.

»Wie bitte?«, wollte Costanzo wissen.

»Bob«, warnte General Thomas, aber der Befehlshaber der Marines ließ sich nicht aufhalten. »Wir im Feld wissen, was wir von diesen Bewertungen zu halten haben. Wir nennen sie WV.«

»Und was ist das, wenn ich fragen darf?«

»Wilde Vermutungen.«

»Ist das wahr?«, fragte der Präsident den CIA-Chef. »Ich habe Angriffe auf Moskau und die Bastion autorisiert, die zur thermonuklearen Vernichtung unserer großen Städte führen werden, falls sich Ihre ›Einschätzungen‹ als falsch erweisen sollten. Stellen Sie tatsächlich nur Vermutungen an?«

»Wir gehen davon aus, dass wir es mit einem rationalen

Gegner zu tun haben. Mit dieser Vorgabe kann man das Ganze über unsere Computer für Kriegsszenarien laufen lassen. Computer haben keine Skrupel, die lassen alles und jeden in die Luft fliegen, wenn sie damit gewinnen können. Unseren Rechnern zufolge ist die Wahrscheinlichkeit, dass die Russen eine Fail-Deadly-Politik befolgen oder dass Operation Samson tatsächlich existiert, relativ gering.«

»Wie gering?«

»Nun, da gibt es ein paar kleine Meinungsverschiedenheiten.« Der CIA-Mann sah den NSA-Direktor an, der ihm gegenüber saß. »Wir glauben, die Wahrscheinlichkeit, dass die Angriffe den Abschuss der Raketen auslösen, liegt irgendwo zwischen einem und fünf Prozent.«

»Und Sie?«, wollte der Präsident vom NSA-Chef wissen.

»Bei fünfundfünfzig.«

Der Präsident schlug auf den Tisch. »Verdammt noch mal! Bei fünfundfünfzig?«

»Im Gegensatz zu uns geht die NSA davon aus, dass die CIA-Quelle glaubwürdig ist«, warf der CIA-Direktor ein. »Wenn man Damokles' Glaubwürdigkeit aus der Gewichtung herausnimmt, kommt sie auf zwei bis sieben Prozent, was sehr nah an unseren Zahlen liegt.«

»Stimmt das?«

Der NSA-Chef zuckte die Achseln und nickte. Offenbar wollte er seinen Kollegen in der Öffentlichkeit nicht herausfordern, wie er es in einer erhitzten Diskussion im kleineren Kreis getan hatte, wenn Lambert richtig informiert war.

»Also hängt alles an diesem Damokles? Wenn er lügt und nur blufft, dann greifen wir an und beenden den Krieg, bevor unsere Wirtschaft zusammenbricht. Und wenn er die Wahrheit sagt, landen wir allesamt wieder in der Steinzeit?« Der Präsident lachte hysterisch.

»Sir«, unterbrach der Oberbefehlshaber der Marine. Alle Blicke richteten sich auf ihn. »Es gibt noch eine weitere Möglichkeit. Wir haben drei Flugzeugträger-Gefechtsverbände sowie drei Unterseeboot-, zwei Anti-Unterseeboot-, Patrouillen- und Aufklärungs- sowie zwei Oberflächenkampf-Taskforces einsatzbereit in der Barents- und der Karasee.

Das sind drei Flugzeugträger, acht Kreuzer, neun Zerstörer, zwölf Fregatten und siebenunddreißig Angriffs-Unterseeboote. Achtzehn unserer neuen P-7 Anti-Unterseeboot- und Patrouillenflugzeuge operieren direkt von ihrem Marineflughafen in Archangelsk aus.«

»Was wollen Sie damit sagen, Admiral? Können Sie die Unterseeboote versenken, bevor sie feuern?«

»Eine ganze Menge davon. Jedes Unterseeboot, das wir versenken, bevor es seine Raketen abschießt, nimmt etwa einhundertsiebzig Gefechtsköpfe mit sich. Deshalb sind auch so viele Gefechtsköpfe auf unsere Städte gerichtet, Mr. President. Einhundertundrei allein auf New York! Die rechnen gar nicht damit, alle abschießen zu können.«

»Wie viele Unterseeboote können Sie denn rechtzeitig versenken, Admiral? Wie viele von den zweiundzwanzig werden auf dem Grund des Meeres landen, bevor sie ihre Raketen abfeuern können?«

Der Chief of Naval Operations, der CNO, hatte den Kopf zwischen die Schultern mit den dicken goldenen Epauletten gezogen. »Wenn wir an einem klaren Tag zuerst angreifen und sich die ASW-Flugzeuge und Hubschrauber von unseren Landstützpunkten, Flugzeugträgern und Schiffen bereits über der Bastion in Position befinden und sich Unterseeboote mit den fünf Boomern befassen, die unsere experimentellen Laser vom Weltraum aus entdeckt haben, dann könnten wir fünfzehn, vielleicht sogar siebzehn erwischen, bevor sie ihre Raketen abschießen. Um zu feuern, müssen sie sich in geringer Wassertiefe halten, das ist ein schwieriges Manöver. Außerdem waren sie so lange unter Wasser, dass sie vermutlich den Periskopmast ausfahren werden, um sich zu orientieren, bevor die erste Rakete die Oberfläche durchbricht. Das wird auf dem Radar zu sehen sein und damit werden sie während des Manövers für uns zur Zielscheibe.«

»Verraten Sie sich nicht vorzeitig, wenn Sie Flugzeuge und Unterseeboote verlegen?«, wandte der Außenminister ein. »Auch wenn wir ihre Luftstreitkräfte vertrieben haben, sitzt die Marine immer noch direkt über der Bastion.«

»Wenn Sie mir ein paar Tage geben, kann ich die Unterseeboote unbemerkt verlegen. Ich bleibe bei meiner Schätzung von fünfzehn bis siebzehn. Während der fünfzehn oder zwanzig Minuten, die ihnen noch bleiben, werden die russischen Schiffe keine große Bedrohung darstellen.«

»Das heißt also, fünf bis sieben Unterseeboote werden feuern«, erklärte der Präsident. »Wie viele Gefechtsköpfe sind das?«

»Von den verbleibenden Unterseebooten werden wir auch noch einige erwischen, bevor sie alle Raketen abschießen können. Unsere WV, wie General Fuller sagen würde, gehen dahin, dass nur etwa die Hälfte der verbleibenden Raketen noch zum Einsatz kommt. Außerdem dürfte es dabei einige Ausfälle geben, diese Raketen sind nicht so gut wie die landgestützten Interkontinentalraketen.«

»Aber eine Stadt ist kein gehärteter Silo«, meinte der Präsident. »Wenn eines dieser Dinger den Times Square verfehlt und im Central Park landet, fliegt Manhattan trotzdem in die Luft. Wie sieht es unter dem Strich aus, Admiral? Mit wie vielen Gefechtsköpfen und welcher Sprengkraft müssen wir rechnen?«

»Nehmen wir an, sechs Typhoons feuern durchschnittlich zehn ihrer zwanzig Raketen ab, bevor wir sie versenken. Das sind sechzig Raketen mit etwa vierhundertfünfzig Gefechtsköpfen – zweihundertsiebzig Megatonnen. Etwa vierzig Prozent der Sprengkraft des letzten Angriffs.«

»Und die würden auf die meisten unserer dreihundert großen Städte niedergehen.«

»Mehr oder weniger. Vielleicht haben wir auch Glück.«

»Wie viel Glück? Glück für vierhundert Gefechtsköpfe? Dreihundertfünfzig? Mit wie viel Glück kann ich denn rechnen?«

»Sie können damit rechnen, dass nichts von all dem geschehen wird«, erklärte der CIA-Chef.

»Das reicht mir nicht. Können wir in der nächsten Woche denn gar nichts tun? Nichts?« Costanzo ließ den Blick über die gesenkten Köpfe der Mitglieder des Nationalen Sicherheitsrates gleiten, ohne eine Antwort zu erhalten. »Entweder das oder wir geben nach?« Niemand sagte ein Wort. Es war eine politische Entscheidung und die oblag dem Präsidenten. Der schaukelte mit geschlossenen Augen in seinem Stuhl vor und zurück. *Überlegt er oder betet er?*, fragte sich Lambert. Das Schweigen zog sich in die Länge, aber niemand schien ungeduldig zu werden. Niemand wechselte auch nur einen Blick mit einem der anderen.

Der Präsident öffnete die Augen. »Okay. Wir gehen das Risiko ein. Admiral, sobald Sie so weit sind, bringen Sie Ihre Unterseeboote in Stellung. Setzen Sie alle Kräfte ein, wir brauchen Perfektion.«

»Einschließlich taktischer Nuklearwaffen?«

»Wenn nötig.« Der Präsident blickte sich erneut im Raum um. »Noch etwas, bevor wir die anderen zurückholen?«

»Was ist mit den Evakuierungsplänen?« Alle Augen richteten sich auf Lambert. »Ich glaube, es ist an der Zeit, unsere Städte zu evakuieren.«

»Greg, wenn wir eine Evakuierung ankündigen, werden die Leute in Panik geraten.«

»Vielleicht jagen wir den Russen damit genug Angst ein, um sie zurück an den Verhandlungstisch zu holen.«

»Und wenn wir damit nur unsere eigenen Bürger verschrecken?«

»Dann sind sie eben verschreckt, aber vielleicht noch am Leben, wenn das Schlimmste geschieht.«

Er sah sich am Tisch um. Die anderen hatten den Blick gesenkt. Allein die Erörterung der Möglichkeit, dass alles, woran Generationen von Amerikanern gearbeitet hatten, mit einem Schlag zerstört werden konnte, schien sie zu Mitschuldigen zu machen. Auch Lambert fühlte sich wie besudelt. »Sir, vielleicht gibt es Operation Samson nicht. Aber unsere Truppen holen zum Endschlag aus und ihr Ziel ist Moskau. Es ist wie im Zweiten Weltkrieg, mit einem gewaltigen Unterschied: Der Geist ist aus der Flasche. Hitler hatte keine Atomraketen. Nun ist Rasow nicht Hitler, das wissen wir alle, aber wir wissen nicht, was innerhalb des geschlossenen Zirkels des STAVKA vor sich geht. Vielleicht wird es nicht Rasow sein, der in dem Bunker in Moskau sitzt, wenn die Lichter zu flackern beginnen und Moskau von Explosionen erschüttert wird.«

Lambert sah, dass er die richtigen Worte gefunden hatte. Bei den wenigen Gesprächen über dieses Thema hatten alle so getan, als lebten sie im Jahr 1945. Aber das war eine Illusion. Auch wenn die Arsenale beider Länder durch die Abrüstung in den Neunzigern reduziert oder bei dem atomaren Schlagabtausch verbraucht worden waren, hielten sich beide Länder immer noch in tödlicher Umklammerung. »Hätten die Raketen der Bastion eines schönen Tages ohne Vorwarnung unsere Städte beschossen, wären dadurch nach Schätzungen der FEMA zwischen fünfundvierzig und sechzig Millionen Menschen ums Leben gekommen, die meisten durch Strahlung innerhalb eines Zeitraums von bis zu fünf Jahren. Da die Bevölkerung die großen Städte bereits weit gehend verlassen hat und die Flüchtlingslager grundsätzlich entgegen der an den potenziellen Zielorten vorherrschenden Windrichtung angelegt wurden, würden sich die Verluste zwischen zwanzig bis fünfunddreißig Millionen bewegen. Diese Zahl könnten wir durch eine Evakuierung noch einmal halbieren.«

Der Präsident schüttelte den Kopf. »Ich kann nicht glauben, dass wir das besprechen. Wie konnte es nur so weit kommen!« Er sah blass aus und die Augen mit den geweiteten Pupillen hatten einen gehetzten Blick. »Okay, ich glaube, es ist an der Zeit, Greg. Schließen Sie sich mit der FEMA kurz und beginnen Sie morgen mit der Evakuierung.«

An Bord von Nightwatch, *über Westkentucky*
30. August, 1300 Uhr GMT (0700 Uhr Ortszeit)

»Kommen Sie rein, Greg.« Der Präsident saß an dem kleinen Schreibtisch in seinem Schlafzimmer in der Kommandozentrale an Bord der Maschine. Nachdem der Angriff auf Moskau und die Bastion in den nächsten vierundzwanzig Stunden erfolgen sollte, hatten sie sich erneut dorthin zurückgezogen. Lambert schloss die Tür und ging auf die kleine Gruppe zu, die aus Verteidigungs- und Außenminister, dem CIA-Direktor und General Thomas bestand.

»Sie wollten mich sprechen, Sir?«

»Nehmen Sie Platz.« Lambert zog einen Stuhl heran und quetschte sich in den engen Raum zwischen Thomas und dem CIA-Chef. Der Präsident atmete tief ein und ließ die Luft mit einem Seufzer wieder ausströmen, wobei er die Hände hinter dem Kopf verschränkte. Unter seinen Armen zeichneten sich mehrere getrocknete und wieder durchfeuchtete Schweißringe ab. Er fuhr sich mit der Hand über das Gesicht und durch die wirren Haare.

Lambert warf einen prüfenden Blick auf die Gesichter der anderen Männer, die alle in sich gekehrt und nachdenklich wirkten.

Der Präsident griff nach den vor ihm liegenden Papieren und der Verteidigungsminister warf eine Kopie auf den Schreibtisch vor Lambert.

»Dies sind Friedensbedingungen, die bei geheimen Gesprächen von den Führern der Regierungen unserer Verbündeten genehmigt wurden. Tut mir Leid, dass ich Sie nicht eher eingeweiht habe, aber zusammen mit den hier Anwesenden und natürlich meiner Frau sind Sie der siebte Mensch in diesem Land, der davon erfährt.« Alles lachte.

»Greg, Wahrscheinlichkeiten, Meinungen und Schätzungen sind mir als Grundlage für unseren Angriff auf Moskau und die Bastion nicht genug und waren es noch nie. Seit der Genehmigung des Angriffsplans letzte Woche haben wir an dem hier gearbeitet.« Der Präsident wirkte defensiv, als müsste er sich entschuldigen. *Gott sei Dank,* dachte Lambert.

»Wie sehen die Bedingungen aus?«, fragte Lambert mit einem Blick auf das dicke Dokument.

Der Präsident lehnte sich zurück und verschränkte die Hände über seinem Kopf. Trotz der Kälte, die im Flugzeug herrschte, waren die Schweißflecken unter seinen Armen größer als je zuvor. »Wir schlagen vor, Russland atomar vollständig zu entwaffnen. Im Gegenzug würden wir einen nuklearen Schutzschirm über Russland errichten, das heißt, Amerika würde gegen jedes Land, das Russland mit Atomwaffen angreift, einen nuklearen Vergeltungsschlag führen. Das gilt für einen Zeitraum von fünf Jahren. Danach könnten wir diese Vereinbarung entweder um fünf Jahre verlängern oder aber die Beschränkung aufheben, je nachdem, in welchem Zustand sich Russland dann befindet.«

Lamberts juristisch geschultes Gehirn fand sofort die Punkte, die aus russischer Sicht zu beanstanden waren. »Was ist mit konventionellen Angriffen? Was ist mit den Chinesen?«

»Wir würden die Wiederherstellung der russischen Vorkriegsgrenzen garantieren«, erklärte der Verteidigungsminister, »und uns für fünf Jahre verpflichten, Russland gegen chinesische Angriffe zu verteidigen. Bis dahin sollten sie selbst wieder auf die Beine gekommen sein.«

Lambert war nicht davon überzeugt, dass sich die Russen auf den Handel einlassen würden.

»Wir werden außerdem einen Zeitplan für den Abzug unserer Truppen aus Europa vereinbaren«, ergänzte der Präsident, »aber das können Sie später lesen.« Alle sahen auf Lambert, der das Angebot im Geist prüfte. »Glauben Sie, die Russen werden sich darauf einlassen?«

»Wie gut ist dieser nukleare Schutzschirm? Zum einen stellen wir für sie die atomare Bedrohung dar und werden uns bei eigenen Atomschlägen gegen die Russen kaum selbst bestrafen. Zum anderen, würden wir wirklich einen Atomschlag gegen ein Land führen, das Nuklearwaffen gegen Russland einsetzt? Werden die Russen glauben, dass wir gegebenenfalls Frankreich, Deutschland oder Japan bombardieren werden? Was, wenn die Russen die Angreifer waren? Warum sollten sie auf eine derartige Verpflichtung vertrauen?«

»Sie haben keine große Wahl«, meinte der Präsident, »sie müssen uns eben glauben. Hier kommen Sie ins Spiel.«

Ich?, hätte Lambert am liebsten gerufen, doch er widerstand der Versuchung. Unter den forschenden Blicken der Anwesenden errötete er, ohne recht zu wissen, warum.

»Jemand muss ihnen dieses Angebot überbringen«, ergänzte Thomas. »Am besten jemand, der Kontakte zum STAVKA hat. Ich kenne zwar Rasow, komme aber nicht infrage, weil der Präsident meint, es sollte ein Zivilist sein. Natürlich könnten wir einfach einen Kurier schicken. Wir könnten sogar telefonieren oder ein Fax senden.« Lambert schüttelte bereits den Kopf: Dafür war die Angelegenheit viel zu wichtig. »Aber wir meinen alle, dass es möglicherweise darauf hinausläuft, die Vereinbarung gut zu verkaufen. Die Russen müssen uns so weit vertrauen, dass sie das Feuer bei Moskau einstellen und ihre Unterseeboote zurückrufen.«

»Sie sprechen Russisch«, sagte der CIA-Chef. »Unsere Linguisten sagen zwar, Ihr Akzent klänge, als versuchte ein russischer Komiker einen amerikanischen Touristen zu imitieren, aber zumindest sind Ihre Grammatik- und Wortschatzkenntnisse gut genug, dass Sie ohne Dolmetscher auskommen.«

»Noch wichtiger ist, dass Sie vor dem STAVKA für unsere Sache plädieren sollen«, setzte der Präsident hinzu. »Auch wenn Sie als Anwalt keine Erfahrung vor Gericht haben, wissen wir alle, wie Sie als guter Jurist alles bis ins kleinste Detail analysieren.« Die anderen lachten.

»Ergänzend möchte ich hinzufügen, Greg«, das war wieder Thomas, »dass wir jemanden von Format benötigen, jemanden, der genügend Autorität besitzt, um sich, wenn nötig, bei kleineren Punkten auf Zugeständnisse einzulassen, wenn dies nötig ist, um die Russen umzustimmen. Diese Person sind eindeutig Sie. Allerdings gibt es einen gewaltigen Nachteil bei der Sache.«

»Wenn die Sache schief geht«, erläuterte der CIA-Chef, »wenn sich die Russen aus Verzweiflung oder gar Berechnung wegen ihrer eigenen, sich ständig verschlechternden Lage gegen Sie wenden, haben sie einen Supercomputer in der Hand« – er deutete mit dem Finger auf Lamberts Kopf – »in dem Zahlen und Pläne gespeichert sind, die für den Feind in Kriegszeiten von unschätzbarem Wert sind.«

»Wir würden Sie vorübergehend von allen geheimen Informationen ausschließen, damit Ihr Informationsstand, wenn Sie in etwa vierundzwanzig Stunden in Moskau eintreffen, so überholt wie möglich ist.«

»Aber selbst so«, General Thomas schüttelte den Kopf, »selbst so, Greg …«

»Daher wollen Sie, dass ich den Supercomputer abschalte, bevor ich gefoltert werden kann«, unterbrach ihn Lambert. Schweigen trat ein. Greg überlegte einen Augenblick. Seine Eltern würden am Boden zerstört sein. Wer noch? Als ihm niemand sonst einfiel, nickte er.

»Wir werden an einem Ihrer Backenzähne eine winzige Krone anbringen, die bricht, wenn Sie mit voller Kraft darauf beißen«, erläuterte der CIA-Chef. »Es handelt sich um ein Strychninderivat, das an sich geschmacklos ist, dem wir aber einen bitteren Zusatzstoff beimischen werden, damit Sie sichergehen können. Ihr Kiefer wird dann sehr schnell gefühllos, hat man mir gesagt. Innerhalb weniger Sekunden tritt der Tod durch Atemstillstand ein.«

Greg lauschte zerstreut, weil ihn sein letzter Gedanke immer noch beschäftigte. *Niemand würde mich vermissen.* Niemand wartete auf ihn, das wussten die anderen.

»Das ist auch zu Ihrem eigenen Schutz«, setzte Thomas mit gesenktem Kopf hinzu.

»Die Russen würden sehr schnell handeln«, fuhr der CIA-Direktor fort, »und Sie mit Chloroform betäuben. Wenn Sie das Bewusstsein verlieren, finden die Russen mit Sicherheit die Krone und entfernen Sie. Dann wären Sie ihnen hilflos ausgeliefert. Der Angriff würde von hinten erfolgen, aber worauf Sie achten müssen …«

»… sind zwei Männer, die mir entgegenkommen«, unterbrach Lambert ihn, »und die Zeitung lesen oder sich unterhalten oder gemeinsam eine schwere Last tragen, kurz gesagt, etwas tun, das erklärt, warum sie so dicht nebeneinander gehen. Ein Mann würde von hinten meinen Oberkörper packen und mir einen Lappen mit Chloroform auf das Gesicht pressen. Dann würden die beiden Entgegenkommenden meine Arme fest halten und ein Wagen würde mit hohem Tempo vorfahren, die Insassen würden herausspringen, meine Beine packen und mich zum Auto tragen.«

Die Gruppe starrte ihn verblüfft an. »Als ich nach der Ausbildung zur Defense Intelligence Agency ging, durften wir an Kursen der CIA teilnehmen, sofern noch Plätze frei waren. Ich war Anfang zwanzig und fand das sehr aufregend. Also lernte ich Fluchtautos fahren und eben auch, wie man eine Entführung organisiert.«

»Ich weiß, Greg«, erwiderte der CIA-Mann. *Auch das ist ein Grund für ihre Wahl. Mein Lebenslauf passt zur Stellenbeschreibung.*

»Dann fliege ich also nach Moskau. Ich werde das mit Filipow regeln, der immer noch Rasows Adjutant ist.«

»Greg, das hier ist sehr wichtig«, sagte der Präsident. »Wenn Sie uns nicht innerhalb von zwei Stunden nach Ihrer Ankunft kontaktieren, werden wir das Schlimmste vermuten und unsere Angriffe auf Moskau und die Bastion vor der Zeit beginnen. Ist das klar?«

»Ja, Sir.«

»Sagen Sie ihnen nur, dass Sie uns anrufen müssen, sobald Sie dort sind«, ergänzte der CIA-Chef. »Zwei Stunden, Greg. So haben sie keine Zeit, auf eventuell von Ihnen erpresste Informationen zu reagieren. Falls etwas schief läuft, sagen Sie bei Ihrem Anruf einfach: ›Können Sie das bitte wiederholen? Ich habe Sie nicht verstanden.‹ Wenn wir Zweifel daran haben, ob Sie nicht unter Druck gesetzt werden, wird Sie jemand während des Gesprächs an einer möglichst passenden Stelle fragen, ob Sie weitere Details liefern können. Wenn Sie dann etwas anderes sagen als ›Ich stehe nicht unter Druck‹, gehen wir davon aus, dass genau dies der Fall ist, und ignorieren alle Aussagen, die Sie oder die Russen machen.«

»Noch eines, Greg«, fuhr der Präsident fort. »Dieser Punkt ist ebenfalls sehr wichtig. Möglicherweise müssen Sie den Russen sagen, was wir tun, wenn die Unterseeboote in der Bastion feuern.« Die kleine Gruppe verstummte und Lambert überlief es kalt. »Wenn Sie von der Bastion aus auf uns feuern, dann werden wir jede Einzelne von uns eroberte Stadt einschließlich Moskau und St. Petersburg evakuieren und anschließend mit nuklearer Munition in die

Luft sprengen. Alle nicht von uns eroberten wichtigen russischen Städte werden durch Unterseeboot-gestützte Raketen oder Bomber zerstört. Wenn das STAVKA Operation Samson überhaupt in Betracht zieht, dann sollten Sie das eindeutig klarstellen. Das ist die Peitsche zu unserem Zuckerbrot.«

Greg nickte.

Der Präsident sah ihm in die Augen. »Greg, dass ist kein Bluff. So wahr mir Gott helfe, ich werde es tun.« Greg spürte erneut einen eisigen Schauer. »Es geht um alles.«

FÜNFTER TEIL

Die Schöpfung schläft! Es ist, als stünde still
der Puls des Lebens, als halte inne die Natur.
Entsetzlich dieses Innehalten, als ahnte sie ihr Ende!

Edward Young,
Nachtgedanken

1. KAPITEL

Okruzhnoje Koltso, Moskau
31. August, 1400 Uhr GMT (1600 Uhr Ortszeit)

»Sieht wie eine Kompanie aus, können aber auch mehr sein«, sagte der Führer des Aufklärungsplatoons zu Lambert und dessen Begleiter, während er durch das schwere Fernglas blickte, das er vor sich auf die Sandsäcke gestützt hatte, die den Beobachtungsposten schützten. Das einzige Geräusch war das Knattern der großen weiße Fahne, die der Soldat neben Lambert nur mit Mühe halten konnte. Auf dem Weg zur vordersten Frontlinie hatte Lambert Hunderte von riesigen M-1-Panzern, Bradley-Schützenpanzern und Erkundungsfahrzeugen passiert, die die Straße in die Stadt säumten. Unter den Tarnnetzen, die sie bedeckten, führten die Besatzungen hastig letzte Reparaturen aus oder hatten Menschenketten gebildet, um die Munition für das Hauptgeschütz zum Turm hinaufzureichen. Als er zum Himmel aufblickte, sah er von Norden her eine Wand dunkler Wolken heranziehen. Dort braute sich ein Sturm zusammen.

»Ich sehe Bewegung«, meldete der Führer des Platoons.

»Sind Fahrzeuge dabei?«, fragte der Major, der Lambert bis zum letzten Beobachtungsposten vor den russischen Linien eskortiert hatte.

»Etwa ein Dutzend BTR-80 hinten an der Straße.«

Lambert sah den Major an, dessen verwittertes Gesicht sich um die Augen herum in Falten legte, während er in die Ferne starrte. »Fallschirmjäger«, war alles, was er sagte, ohne den Blick von den Russen zu wenden.

Lambert wusste, dass hinter den wenigen hundert Metern verkohlter, geschundener Erde vor ihnen Waffen auf sie gerichtet waren. *Niemandsland.* Als der Lieutenant Einzelheiten über die gelandeten russischen Fallschirmjäger durchgab, die nicht nur für Lambert und seine Begleiter, sondern auch für die schweren Waffen des Platoons von Bedeutung waren, hatte Lambert erneut das Gefühl, der richtige Zeitpunkt war versäumt worden. Im Gegensatz zu ihm hatten diese Männer den Krieg erlebt.

Er blickte auf die Männer in dem in die Erde gegrabenen Beobachtungsposten herab, der offensichtlich in den wenigen Tagen, seitdem Moskau von Osten und Westen her eingeschlossen war, ausgebaut worden war. Sie lagen hinter ihren Waffen – einem M-16, auf das ein massiges Nachtsichtgerät montiert war, zwei automatischen 40-mm-Granatwerfern und zwei Schnellfeuergewehren, Squad Automatic Weapons. Die völlig verdreckten Männer steckten bis zu den Schultern in künstlichem Laub und hielten den Finger am Abzug: Sie waren bereit zu töten.

Lambert trug einen grauen Anzug. Seine Zunge war wund, weil er sich damit ständig über die neue Krone an seinem Backenzahn fuhr. Den medizinischen Geschmack im Mund von seinem Besuch beim CIA-Zahnarzt war er immer noch nicht los.

Mein ganzes Leben lang, schon seit meiner Kindheit, habe ich mich mit dem Krieg befasst, dachte Lambert. *Ich wollte ihn sogar zu meinem Beruf machen.* Doch als er sich entscheiden musste, ob er zum Militär gehen wollte, hatte er die Universität gewählt. Er hatte gefürchtet, seine Zeit damit zu verschwenden, sich auf den »großen« Krieg gegen die Sowjetunion vorzubereiten, weil er sicher gewesen war, dass dieser so gut wie ausgeschlossen war. *Wer hätte das ahnen können?*, dachte er, während er in Gedanken jeden Schritt zurückfolgte. Im Nachhinein erschien alles, was zuvor so unwahrscheinlich gewirkt hatte, logisch, geradezu vorherbestimmt.

Erneut sah er den Major neben sich an. Sein Gesicht war braun vom Schmutz oder von der Sonne und wirkte verwittert. Zwei Monate Krieg – zwei Monate Dritter Weltkrieg. *Ich hätte tun können, was er getan hat. Ich hätte dieselben Risiken eingehen, dieselben Erfahrungen durchleben können.*

Der Major erwiderte seinen Blick für einen Augenblick, doch dann schweiften seine blutunterlaufenen, glasigen Augen in die Ferne. Dieses Phänomen hatte Lambert bei Hunderten von Männern und Frauen an der Front beobachtet.

Sie waren emotional und körperlich erschöpft. Moskau musste das Ende sein, sie konnten nicht weiter.

Wenn ich gewusst hätte, dass dies geschieht, wäre ich zur Armee gegangen, dachte Lambert, während er über das Niemandsland zwischen ihm und den Russen blickte.

»Das sind sie«, sagte der Major.

»Ich habe sie«, meldete der Lieutenant.

Lambert sah, wie sich am anderen Ende des offenen Feldes eine weiße Fahne entfaltete.

»Gehen wir«, sagte sein Begleiter. Lambert, der Fahnenträger und der Major begannen, sich von der Baumlinie zu lösen und über das offene Feld zu gehen.

Sie kamen nur langsam voran, weil der Fahnenträger mit der kräftigen Brise zu kämpfen hatte, die durch Lamberts leichten Sommeranzug drang. Der russische Fahnenträger vor ihnen hatte ein ähnliches Problem: Er stemmte die Fersen fest in den Boden, um nicht von der kalten Luft mitgerissen zu werden.

»Vorsicht!« Der Major schlug mit dem Handrücken gegen Lamberts Brust, um ihn aufzuhalten. »Nicht explodierte Submunition.« Dabei deutete er mit dem Kopf auf eine kleine Silberscheibe, die halb im Boden vergraben lag. Sie umgingen die Mine und setzten ihren Vormarsch unter der heftig knatternden Fahne fort. Wie seine Begleiter suchte auch Lambert mit den Augen die verwüstete Erde nach jeder Auffälligkeit ab.

Während sie sich den drei Russen näherten, erkannte Lambert in dem Mann in der Mitte Filipow, der volle Kampfausrüstung trug.

In einer Entfernung von zehn Metern hielten sie an. »Greg«, begrüßte ihn Filipow mit erhobener Stimme.

»Hallo, Pawel.«

Lambert fühlte, wie ihn Major und Fahnenträger aus dem Augenwinkel ansahen. »Komm zu uns«, sagte Filipow und Lambert ging über den offenen Raum, der beide Armeen trennte – allein.

»Wie geht es dir?«, fragte Filipow auf Englisch, während sie auf die russischen Linien zugingen.

»Gut«, erwiderte Lambert. »Ich war sehr beschäftigt.«
»Kann ich mir vorstellen.«
»Und wie geht es dir?«
»Gut.«

Lambert überlegte krampfhaft, was er noch sagen könnte. Während sie langsam dahinmarschierten, dachte Lambert schon, das Schweigen würde bis zu den Bäumen, auf die sie zuhielten, andauern. Doch er täuschte sich.

»Greg, warum tut dein Land das?« Filipow blieb stehen und blickte Lambert ins Gesicht.

»Was, Pawel? Sprichst du vom Krieg?«

»Warum marschiert ihr in mein Land ein, zerstört unsere Städte und Dörfer und tötet unsere Menschen?«

Die Frage schien einfach, aber obwohl Lambert Nationaler Sicherheitsberater des Präsidenten war, fiel ihm keine Antwort ein, die für Filipow, seinen Feind und besten Freund, angemessen gewesen wäre. Pawels erwartungsvollem Blick entnahm Lambert, dass seine Antwort sehr wichtig war.

Sie standen auf einem Feld außerhalb Moskaus, der Hauptstadt von Filipows Land. Er hatte den ganzen Weg durch Filipows Heimat zurückgelegt, ohne die Russen um Erlaubnis zu fragen. Das war auch nicht nötig, denn das Land war, wenn auch nur vorübergehend, amerikanisches Territorium. Ohne Erlaubnis hatten die USA es an sich gebracht, aber sie hatten dafür mit Zehntausenden von Toten und mit Hunderttausenden von zerstörten Menschenleben bezahlt.

»Wenn du nach der moralischen Rechtfertigung fragst, dann möchte ich dich darauf hinweisen, dass acht Millionen Amerikaner gestorben sind oder im Sterben liegen, weil eure Sicherheitsvorkehrungen für die gegen mein Land gerichteten Waffen nicht ausreichend waren.« Seine Stimme klang bitterer, als er selbst erwartet hatte. »Geht es dir um das politische Ziel, dann muss ich dir sagen, dass wir euch nuklear entwaffnen wollen, weil ihr mit euren Atomwaffen nicht verantwortungsbewusst genug umgegangen seid. Eine geopolitische Analyse dagegen, wie sie noch in vielen Jahren in den Geschichtsbüchern stehen wird, Pawel, wird ergeben, dass unsere beiden Länder durch eine merkwürdige Mischung aus Faszination und Misstrauen aneinander gekettet waren. Diese Bindung war so eng, dass der Krieg nie weit entfernt war. Als es schließlich geschah, waren wir stark und ihr wart schwach. Wir gewinnen, ihr verliert – das ist alles.«

Kreml, Moskau
31. August, 1415 Uhr GMT (1615 Uhr Ortszeit)

An der Tür zu Rasows Büro klopfte es leise. »Herein!«, sagte er. Erst als die Aufforderung nicht befolgt wurde, hob er den Kopf vom Bericht über die Konzentration der US-Marine in der Barentssee. In der Tür stand die Soldatin, die bereits mehrfach die Karte aktualisiert hatte. »Kommen Sie herein.«

Sie ging zum Kartentisch. »Neue Daten?«, erkundigte sich Rasow, der sich schon wieder seinem Bericht zugewandt hatte.

»Jawohl, General Rasow«, erwiderte sie mit ihrer sanften Stimme. »Aus Nishnij Nowgorod – direkt vom Imager, wie von Ihnen angeordnet.«

Als er aufsah, lächelte sie ihn an. Er erwiderte ihr Lächeln, hatte aber Mühe, seine zunehmende Angst zu verbergen, die Amerikaner könnten trotz all seiner Bemühungen den Angriff auf die Bastion in der Karasee vorbereiten.

»Sie sagten, es wäre nicht notwendig, dass ich Ihnen die Daten übermittle, aber mein Dienst war vor ein paar Minuten zu Ende«, plapperte sie. »Da sagte ich mir: ›Ludmilla, du bringst das hier am besten gleich zu General Rasow, bevor er ebenfalls evakuiert wird.‹«

»Mögliche Sonarkontakte von den Sensoren CX-51 und CX-27«, las Rasow, während er zu den Seiten mit den Daten der am Meeresgrund installierten Sensoren blätterte. »Was haben Sie gerade gesagt?«, fragte er die Frau, die sorgfältig ihre Eintragungen auf der Plastikfolie über der Karte vornahm.

Sie erstarrte.

»Wer hat Sie angewiesen, meine Karte nicht zu aktualisieren? Und was soll das Gerede von einer Evakuierung?«

Die Brauen über den beunruhigt dreinblickenden Augen zogen sich besorgt zusammen.

Rasow erhob sich und ging zu ihr. »Beantworten Sie meine Frage.«

»Ich … es war … es war der diensthabende Offizier. Er … ich sagte, ich sollte vielleicht Ihre Karte aktualisieren, aber er sagte nein. Nachdem mein Dienst zu Ende war, kam ich trotzdem.«

Rasow blickte auf die Karte, auf der sie ihre Eintragungen vorgenommen hatte. »Von welcher Evakuierung reden Sie?«

»Unten wird alles zusammengepackt. Wir sind davon ausgegangen, dass …«

Die Markierungen für die Divisionen bei Nishnij Nowgorod waren durch Brigade- und in manchen Fällen Bataillonsmarkierungen ersetzt worden, die sich über die Landschaft unter dem Plastik ausbreiteten. Die Divisionen teilten sich, zerstreuten sich und es war nicht Rasow, der den Befehl dazu erteilt hatte. »Was zum Teufel ist das?«

Dem Mädchen stand der Mund offen. Sie schloss ihn, um zu schlucken, brachte aber nach wie vor kein Wort heraus.

»Wissen Sie«, fragte Rasow so sanft er nur konnte, »warum diese Einheiten neu verteilt werden? Warum sie sich zerstreuen?« *Damit die Amerikaner sie nicht mehr als Druckmittel benutzen können!* Er hätte es am liebsten laut hinausgeschrien.

Sie schüttelte den Kopf.

Rasow kannte die Antwort ohnehin. *Operation Samson!* Jemand hatte den Truppen im Feld den Befehl erteilt, die Linien einschneidend auszudünnen. Das entsprach genau Operation Samson, dem »Täuschungsplan«, den das STAVKA erarbeitet hatte. Er stellte sich vor, wie das auf den amerikanischen Satellitenfotos aussehen musste. *Was würden ihre Geheimdienstanalysten daraus schließen?* Die Antwort war so klar, dass ihm das Blut in den Adern zu gefrieren schien. *Sie werden davon ausgehen, dass wir uns auf den Atomkrieg vorbereiten.* «Kennen Sie irgendwelche Einzelheiten?«, fuhr er die Frau an. »Wann wurde mit der Evakuierung begonnen?«

Ihre Augen leuchteten auf. »Letzte Nacht sprach der diensthabende Offizier mit einem General.«

»Mit welchem General?«

»Das weiß ich nicht.«

»Welche Waffengattung? Welche Uniform?«

Ihre Augen strahlten erneut. »Strategische Raketenstreitkräfte.«

»General Karyakin?«

»Ja, genau! Sie sagten immer wieder ›Operation Samson‹. Ich arbeitete während ihres Gesprächs an der Karte und …«

Rasow ging bereits zur Tür und ließ sie wortlos an der Karte stehen.

Auf seinem Weg durch die unterirdischen Büros stellte Rasow fest, dass tatsächlich bereits alles gepackt war. Verwirrt starrten ihm die Adjutanten, die an den Druckern standen nach, während er durch den langen Korridor auf die geschlossenen Doppeltüren zum Konferenzraum zuging. Als sie krachend aufflogen, verstummte General Mischin mitten im Satz. Am Kopfende des Tisches, auf Rasows Platz, hatte sich Karyakin niedergelassen.

»General Rasow«, begrüßte dieser ihn aufgekratzt.

»Was soll das bedeuten?« Doch Rasow kannte die Antwort längst.

»Tut mir Leid, Juri«, erklärte Mischin. »Wir haben abgestimmt und uns für eine andere Richtung entschieden.«

»Und welche Richtung wäre das?« Rasow spürte die beiden Männer, die an seinen Ellbogen auftauchten, mehr, als dass er sie sah. Er wandte sich um, um den beiden Soldaten ins Gesicht zu sehen, doch sie hielten seinem Blick nicht stand.

»Bitte lassen Sie uns allein, General Rasow«, sagte Karyakin. »Wir haben zu tun.«

Abramow und die anderen, die loyal zu Rasow standen, fehlten.

Rasow sah sich am Tisch um. Außer Mischin erwiderte niemand seinen Blick. Selbst der alte Admiral Werkowenski konnte sich nicht überwinden, ihn anzusehen.

Warschawskoje Schosse, Moskau
31. August, 1400 Uhr GMT (1600 Uhr Ortszeit)

Lambert passierte die russischen Stellungen, die ihren amerikanischen Gegenstücken zum Verwechseln ähnelten. Weiße Augen starrten ihn aus schmutzigen Gesichtern an. Auf ein gebrülltes »Vorwärts!« erhoben sich kleine Gruppen durch Zweige getarnter Soldaten, die bis dahin unsichtbar gewesen waren, und sprangen durch die offenen Luken in die zwölf Panzerfahrzeuge, die direkt hinter den Linien zu beiden Seiten der verbrannten und von Einschlaglöchern übersäten Straße in Deckung gegangen waren. Als Lamberts kleine Entourage nun durch die offene hintere Tür ihren eigenen BTR-80 bestieg, ließen sie ihre Motoren an.

Die Rampe schloss sich mit einem metallischen Klacken. Lambert ließ sich auf einer Bank nieder, der Motor begann zu laufen und die Lichter gingen an. »Granit zweiundvierzig, hier ist Canyon siebzehn«, sagte Filipow auf Russisch, was Lambert im Geist übersetzte. Mit einem Sprung setzte sich das Fahrzeug in Bewegung, während aus dem Funkgerät undeutlich die russische Antwort drang.

»Hier ist Granit sechsundvierzig, sprechen Sie, Canyon.« Über das laute, von den Amerikanern erzeugte Störgeräusch war der Sprecher kaum zu verstehen.

»Informieren Sie Granit zweiundvierzig, dass unser Gast eingetroffen ist«, sagte Filipow in das Mikrofon. Es herrschte Stille. »Granit sechsundvierzig, können Sie mich hören? Antworten Sie.«

»Canyon siebzehn, es hat eine Veränderung gegeben. Granit zweiundvierzig wurde mitgenommen.«

Filipows Gesichtsausdruck bestätigte Lamberts Übersetzung. *Wsjali* hatte der Mann gesagt, eine unpersönliche Form des Verbs mitnehmen, aus der nicht hervorging, wer der Urheber der Aktion war. *Wsjali*. Lambert erinnerte sich sehr gut an das Wort, das jedem Russen auf schreckliche Weise vertraut war. Nie hieß es *arrestowani*, «verhaftet«, nur *wsjali*, «mitgenommen«.

»Wer?«, fragte Filipow.

»Das STAVKA«, lautete die Antwort. »Karyakin.«

»Wohin?«

»Mit einer Wagenkolonne nach Lefortowo. Im Moment nehmen sie im Untergeschoss ein Video auf, auf dem er den Machtwechsel verkündet und das über Fernsehen ausgestrahlt werden soll. Danach wird er nach Lefortowo gebracht.«

Filipow beendete die Verbindung und blickte Lambert an. »Das STAVKA hat … hat General Rasow verhaftet.« Sein Gesicht war aschfahl.

»Sollen wir trotzdem zum Kreml fahren?«, fragte Lambert. »Soll ich versuchen, mit den anderen Mitgliedern des STAVKA zu sprechen?« Filipow blickte verwirrt drein. »Karyakin – das ist doch der Befehlshaber der Strategischen Raketenstreitkräfte, nicht wahr? Kann ich mit ihm über den Frieden reden? Lohnt sich der Versuch?«

Langsam schüttelte Filipow den Kopf. Er stand eindeutig unter Schock.

Lambert packte ihn an den Schultern, bis sein Freund ihn ansah. Dann sprach er sehr langsam, wobei er jedes russische Wort sorgfältig betonte. »Dann holen wir uns eben Rasow.« Der Fahrzeugkommandant und der Richtschütze vorne im Fahrzeug, der Leutenant und das halbe Dutzend Männer, die sich hinter Lambert in den Transporter gedrängt hatten, starrten Filipow an. Der zögerte. Dann wurde sein Blick klar, sein Mund klappte zu und er wandte sich um und begann, Befehle für den Fahrer zu bellen.

Zehn Kilometer südlich von Okruzhnoje Koltso, Moskau
31. August, 1530 Uhr GMT (1730 Uhr Ortszeit)

Chandler und seine Männer waren erschöpft. Zweimal war der Fahrer von der Straße abgekommen und auf dem Bankett gelandet. Beide Male hatten sie Glück gehabt: keine Minen. Die Militärpolizisten hatten berichtet, im Abstand von wenigen hundert Metern seien Minengürtel verlegt. Geräumt worden war nur die Straße selbst, nicht das Bankett oder die angrenzenden Felder.

Sein Bataillon war von der Front abgezogen und hundertfünfzig Kilometer über Feldwege, Autobahnen und die Straßen der kleinen und großen Städte südlich der Haupt-Vormarschlinie der Amerikaner geschickt worden. Nie wussten sie, ob in einem Wäldchen oder Gebäude hinter der nächsten Straßenbiegung Spetsnaz im Hinterhalt lagen. Die Militärpolizei kannte auch nur die nächste Abzweigung oder die Straße, der sie für die nächsten Kilometer folgen mussten. Als sie das nördliche Ende ihrer Karte erreicht hatten und die nächste entfalteten, wurde klar, was ihr Ziel war. Das mittlere Drittel in dem Grün und Braun der ländlichen Umgebung nahm ein grauer Fleck ein: Moskau.

Entlang der Straße, die Chandlers Panzer passierte, standen ohne jede Deckung M-113-Krankenwagen und M-88-Bergungsfahrzeuge. Je weiter sie vorrückten, desto frischer waren die Trümmer des Krieges um sie herum. Als die Nacht hereinbrach, wurden die Bilder am Straßenrand für das bloße Auge zu Schatten, während sie in den Wärmesichtgeräten in einem unirdischen Grün schimmerten. Gegen Morgen rumpelten Zweieinhalb-Tonner über einen unbefestigten Weg, der parallel zur Hauptstraße verlief, auf den nackten Felgen an ihnen vorbei in die entgegengesetzte Richtung. Ihre Planen waren zerrissen und verbrannt. Wracks russischer MTU-Panzer und ZSU-23-4-Flakpanzer säumten das Bankett, aus denen der süßliche Geruch verwesender Leichen in die kühle, klare Luft aufstieg. Am meisten bedrückten Chandler die russischen BMPs und BTRs, die Personentransporter, die vermutlich noch ihre leblose Last enthielten.

Nur wenige lebende Russen waren zu sehen. Mehrfach passierten sie Gefangenenkolonnen, aber es waren keine Zivilisten zu entdecken. Die Dörfer waren allesamt dunkel, die Fenster zerbrochen oder zugenagelt.

Im Lauf des Tages schwoll der Gefechtslärm in der Ferne zu einem anhaltenden Donnergrollen an. Während eines Wartungsstops standen die Soldaten zusammen und rätselten, was der Lärm zu bedeuten hatte. Unterdessen schwärmten die First Sergeants ins Hinterland aus, um warmes Essen für ihre Leute aufzutreiben. Die Besatzungen tankten ihre Fahrzeuge auf und ersetzten kritische Teile. Vor allem aber tauschten sie ihre schmutzige Kleidung gegen frische Uniformen ein. Chandler setzte einen SITREP, einen Situationsbericht, für die Brigade S-3 und einen LOGREP, einen Logistikbericht, für S-1 und S-4 ab. Dann traf er sich zur Lagebesprechung mit Colonel Harkness. Sie marschierten auf Moskau, erklärte ihm dieser schlicht. Ziel waren nun nicht mehr Hügel, Bäche, Dörfer und Straßenkreuzungen, sondern Straßen, Häuserblocks und Stadtparks.

Chandler rutschte auf seinem Sitz hin und her. Sein Hintern war von der Fahrt »wund geritten« und juckte. Er befand sich etwa in der Mitte der Straßenformation seiner Taskforce – Bailey achthundert Meter vor ihm, der letzte Panzer der Charliekompanie achthundert Meter hinter ihm. Vor ihnen verschleierte sich der Horizont, während Rauchsäulen die einzelnen Gefechtsschauplätze ankündigten. Das war ihr Ziel: Sie befanden sich auf dem Weg in die Hölle.

Chandler rief seine Untergebenen über das Bataillonsnetz an und befahl ihnen, den Abstand zwischen den Panzern von zwanzig auf zehn Meter zu verringern. Für ein Bodengefecht waren sie zu verstreut und das Risiko eines Luftangriffs mussten sie eingehen.

Die Windgeschwindigkeit betrug vierzig Kilometer pro Stunde. Von der mechanischen Seite her hatten sie Glück gehabt: nur zwei kleinere Pannen. Ihre Treibstofftanks waren zu etwa Dreivierteln gefüllt, bei der Munition waren sie auf hundert Prozent. Was fehlte, waren Ruhe und eine warme Mahlzeit, aber Chandler rechnete weder mit dem einen noch mit dem anderen.

Er drehte sich um, um zu kontrollieren, ob die Formation die Abstände verringerte. Als er den Blick wieder auf die Front richtete, erkannte er am Fuß einer schwarzen Rauchsäule deutlich orangefarbene Flammen. Zum ersten Mal vernahm er das vertraute Knallen der Panzerkanonen. Plötzlich erinnerte er sich an den Tag, als er seinen ersten alten M-60 zum Panzer-Schießstand von Fort Knox gefahren hatte. Viele

Jahre war es her, dass er an jenem heißen Nachmittag in Kentucky die Panzergeschütze gehört hatte. Plötzlich kam ihm der Wind eisig vor und er überlegte, ob er seine Jacke herausholen sollte. Nicht in seinen wildesten Träumen hatte er sich vorgestellt, dass es jemals so weit kommen würde.

Als sie über einen kleinen Hügel und durch ein weiteres verlassenes Dorf fuhren, lagen die braunen Felder eines Bauernhofes vor ihnen. Der gepflügte Boden war von den Ketten der schweren selbstfahrenden Artilleriegeschütze aufgewühlt worden, die in Reihen zu beiden Seiten der Straße in einem mit gelben Fähnchen markierten Gebiet standen. Die an Eisenstangen befestigten Wimpel kennzeichneten den Bereich, der von Minen geräumt worden war. *Schwere Geschütze,* dachte Chandler beim Anblick der riesigen Rohre, die sich auf den grauen Himmel vor ihnen richteten.

Chandler sah sich die zwölf Acht-Zoll-Howitzer genau an, als sie vorüberfuhren. Die auf M-110A2-Ketten montierten Haubitzen waren seit seinen Tagen auf der Panzerschule ein Jahrzehnt zuvor um einen Schutz aus Kevlar und Aluminium ergänzt worden, hinter dem die Besatzung Deckung fand. Hinter jedem der Geschütze stand ein M-548-Transportfahrzeug. Ein Fließband lief vom Transporter zum Unterstand der Geschützmannschaften.

Sie passierten zahlreiche Geschütze, bevor Chandler den ersten Soldaten entdeckte. Der Mann schleppte einen Stoffsack, der kleinere, scheibenförmige Säckchen mit Sprengstoff zur genauen Dosierung der Ladung enthielt, über das offene Feld zwischen dem M-548 und der Howitzer. Chandlers Herz setzte kurz aus. Der Soldat trug schwere Schutzkleidung, Kapuze und Gasmaske.

An Bord von Nightwatch, *über Südohio*
31. August, 1615 Uhr GMT (1115 Uhr Ortszeit)

Thomas' Augen schweiften in dem kürzlich auf den neuesten Stand gebrachten großen Konferenzraum des E-4B von

Bildschirm zu Bildschirm. Die Modernisierung der in den Flugzeugen installierten Anlagen war schon lange überfällig gewesen, da sie vom technischen Stand her vielen Heimgeräten unterlegen waren. Nach dem Atomangriff hatte der Kongress endlich die notwendigen Mittel bewilligt. Auf einem flachen, in die Wand eingelassenen LCD-Schirm wurden Echtzeitbilder von Moskau projiziert. Die in geringer Höhe über dem Boden angebrachte Kamera zeigte ein braunes Feld, das von Antipanzer-Hindernissen aus zusammengeschweißten Stahlträgern übersät war. Ein zweites, von einem Aufklärungsflugzeug aufgenommenes Bild zeigte einen niedrigen grauen Himmel, der in scharfem Kontrast zu dem strahlenden Blau des Himmels und des kristallklaren Wassers auf dem nächsten Bild stand, das das Flugdeck des Flugzeugträgers *United States* in der Karasee zeigte. Vom Katapult stiegen dünne Rauchschwaden auf, die über das Flugdeck zum Heck geblasen wurden. Das Schiff hatte in den Wind gedreht. Alles war bereit.

Als sich die Tür des Konferenzraums öffnete, verstummten die in gedämpftem Ton geführten Gespräche. Selbst der Vizepräsident an Bord seines Flugzeugs und der General, der von seinem Bunker im englischen Fylingdales aus als Verbindungsoffizier fungierte – beide waren auf einem geteilten Bildschirm nebeneinander zu sehen – blickten dem eintretenden Air Force-Offizier erwartungsvoll entgegen.

»Wir haben alle Kanäle überprüft, Sir«, sagte der Offizier zu General Starnes. »Wir haben keinerlei Nachricht aus Moskau erhalten.«

»Verdammt!«, stieß der Präsident hervor. Thomas sah, wie der CIA-Direktor das Heft mit dem Plan für Lamberts Mission wütend auf den Stapel überholter Papiere warf, der auf dem Boden hinter den Stühlen der überlasteten Männer in die Höhe wuchs.

»Diese Mistkerle!«, schimpfte Fuller. »Der ist doch unter der weißen Fahne zu ihnen gegangen.«

»Was sind Ihre Befehle, Sir?«, fragte General Thomas, der insgeheim auf eine Fristverlängerung hoffte. *Wir könnten die Zeit für Vorbereitungen nutzen*, redete er sich ein, wobei er genau wusste, dass ihn vor allem die Furcht vor dem Unbekannten, vor der Bastion in der Karasee beherrschte.

»Mit der Entsendung von Greg haben wir unser Möglichstes getan«, meinte der Präsident, dessen Blick in die Ferne schweifte. Offenbar von unangenehmen Gedanken heimgesucht, schloss er die Augen. Dann schüttelte er den Kopf. »In zwei Stunden ist alles vorbei. Sie kennen Ihre Befehle, meine Herren. Lassen Sie uns die Sache zu Ende bringen.«

Ein halbes Dutzend Telefonhörer wurde abgenommen: der Anfang vom Ende.

Lefortowskaja Nabereshnaja, Moskau
31. August, 1615 Uhr GMT (1815 Uhr Ortszeit)

»Verdammter Mist!«, fluchte Lambert, während er verzweifelt den Hörer des Münztelefons auf die Gabel knallte.

»Funktioniert es nicht?«, fragte der Fallschirmjäger-Leutnant auf Russisch.

«Njet!«, brüllte Lambert, während er mit den Augen die Straßen der Vorstadt nach einem anderen Apparat absuchte. Na remont, dachte er. *Alles in Russland ist* na remont – *außer Betrieb.*

In diesem Augenblick vernahmen sie aus Richtung des Flusses Yauza das Feuer automatischer Waffen. Dort stand, einen Block von ihnen entfernt, ihr Haupttrupp.

»Los!«, rief der Leutnant. Lambert und seine kleine Gruppe liefen auf den Lärm zu. Die Fallschirmjäger hatten die Waffen erhoben und rückten im Schutz der Gebäude vor. In seinem Anzug fühlte sich Lambert, der ihnen im Laufschritt folgte, nackt und fehl am Platz. Als sie schließlich die rauchverhangene Kreuzung am Ende der Seitenstraße erreichten, hatte das Gewehrfeuer aufgehört. Filipows Männer trieben gerade die letzten russischen Soldaten von einem aus drei Fahrzeugen bestehenden Konvoi zusammen. Einer der beteiligten Lkws war in einen Kiosk gerast, der zweite in die Mauer über dem Flussufer. Die zum Konvoi gehörende Limousine stand mit rauchendem Motor mitten auf der Straße. Die Motorhaube war mit Einschlaglöchern übersät. An der nächsten Kreuzung befand sich der Grund für den plötzlichen Stop des Konvois: zwei gepanzerte BTR-80-Kampffahrzeuge, deren Geschütze in seine Richtung zeigten, hatten, aus einer Seitenstraße kommend, die Strecke blockiert.

In dem Wohnblock auf der anderen Straßenseite bewegten sich die Vorhänge, als die Bewohner verstohlene Blicke auf die Straßenschlacht direkt vor ihrer Haustür warfen. An den meisten Fenstern schien jemand zu stehen, das Gebäude war offenbar voller Menschen. *Wie wird es ihnen ergehen, wenn der Angriff beginnt?*, fragte sich Lambert. Gefolgt von seiner »Eskorte« – einem Trupp von sechs Soldaten und einem Leutnant –, stürzte er auf die Straße, um unter den hektisch agierenden Fallschirmjägern Filipow zu finden.

Der befand sich, immer noch in voller Kampfausrüstung, auf der anderen Seite des Lkws, der in den Kiosk gerast war. Neben ihm tupfte ein Sanitäter Blut von Stirn und Wange eines Mannes in Galauniform. Etwas abseits standen die Gefangenen, die die Hände auf den Kopf gelegt hatten. Ihre Gewehre, Tornister und Helme lagen auf einem Stapel auf der Straße neben Filipow. Lambert rannte auf die Gruppe zu.

»Pawel, das Telefon ging nicht!«, rief er auf Englisch. »Ich muss unbedingt Kontakt aufnehmen!«

»General Rasow«, begann Filipow auf Russisch, »ich habe das Vergnügen, Ihnen Mr. Gregory Lambert vorzustellen. Mr. Lambert, General Juri Rasow.«

Greg blickte in das vertraute Gesicht des Mannes, dessen sonnengebräunte, athletische Erscheinung den Endvierziger nicht verriet. Sie schüttelten sich die Hände. »Es ist mir ein Vergnügen«, begrüßte ihn Rasow, der Englisch mit einem wesentlich stärkeren Akzent sprach als Filipow.

»Das Vergnügen ist ganz auf meiner Seite«, entgegnete Lambert in korrektem Russisch. »General Rasow, ich habe einen Auftrag von größter Bedeutung. Kann ich mit Ihnen sprechen?«

»Reden Sie«, sagte Rasow, während der Sanitäter einen Schnitt über seiner rechten Augenbraue nähte. Der Schmerz ließ Rasows Lid flattern, doch seine Augen und sein Mund verrieten nichts.

»Ich überbringe ein Friedensangebot. Mein Land will nicht, dass dieser Krieg weitergeht, aber dieses geheime Angebot erfordert eine sofortige Antwort.«

»Welches sind die Bedingungen?«

Während der Sanitäter seine Arbeit beendete und die Stiche mit Pflaster überklebte, erläuterte Lambert Rasow den Vorschlag der Amerikaner.

»Diese Bedingungen sind akzeptabel«. *So einfach ist das?*, dachte Lambert. »Für mich«, fuhr Rasow fort. »Leider besitze ich keine Autorität innerhalb unserer Regierung mehr, das haben Sie ja gesehen.«

Lamberts Herz raste, als er auf die Uhr blickte. Zwei Stunden und zehn Minuten waren verstrichen, seit er die russischen Linien überschritten hatte. »Noch etwas. Ich brauche unbedingt sofort ein Funkgerät oder Satellitentelefon, irgendwas – sofort! Bitte, Sie müssen mir helfen.«

Rasow und Filipow starrten Lambert an. »Sie verheimlichen uns etwas, Mr. Lambert«, meinte Rasow.

Lambert wusste nicht, ob er sein Geheimnis verraten durfte. Die Worte lagen ihm auf der Zunge, aber in seiner Aufregung konnte er sich nicht entscheiden, ob er sie aussprechen, ob er den beiden Russen vertrauen sollte.

»Bitte, verlassen Sie sich auf mich«, bat Lambert. Nach kurzem Zögern nickte Rasow Filipow zu, der den Funker der Einheit zu sich winkte. Der Fallschirmjäger drehte ihm den Rücken zu, so dass Filipow Zugriff auf die Bedienknöpfe des auf dem Rücken getragenen Funkgeräts hatte. Das Heulen und Knistern eines elektronischen Mahlstroms überlagerte die Verbindung. Durch die Statikgeräusche waren undeutlich russische Rufe zu vernehmen, die aber völlig unverständlich blieben.

»Die Amerikaner stören unseren Funkverkehr«, sagte Filipow leise, während er konzentriert an der Einstellung arbeitete.

»Arc Light, Arc Light«, hörten sie plötzlich deutlich auf Englisch. Rasow und Filipow starrten Lambert an.

Plötzlich begann in der Ferne ein tiefes Grollen, das aus dem Inneren der Erde zu kommen schien und in einzelnen Donnerschlägen auslief. In seinen finstersten Alpträumen hätte sich Lambert nichts Derartiges vorstellen können.

»Runter!«, brüllte Filipow, während Rasow, er selbst und die etwa hundert Fallschirmjäger und Gefangenen in den Schutz der Wände und der Panzerfahrzeuge flüchteten. Der Leutnant, der Lambert eskortiert hatte, packte ihn und zerrte ihn zu einem Gebäudevorsprung. Dort ließ er sich auf drei Soldaten fallen, die Sekundenbruchteile zuvor ebenfalls an dieser Stelle Deckung gesucht hatten.

Bis auf ein abgehacktes Knattern, das in der Ferne die Stille zerriss, war jetzt alles ruhig. Keiner der Männer, die die Arme über den Köpfen gefaltet und die Beine angezogen hatte, rührte sich.

Großer Gott, dachte Lambert. *Was in Gottes Namen …?*

Die Welt explodierte in heißen Erschütterungen, Luft und Feuer strömten in großen Wellen über ihn hinweg und wollten ihn mit sich reißen. *Das ist das Ende*, dachte Lambert, während aus Tausenden von Fenstern das Glas fiel und sich in einer wahren Sintflut über ihn ergoss. Auf seinem Kopf, am Hals und an den Händen fühlte er die Schnitte, die die winzigen Glasscherben hinterließen; die Luft blieb ihm weg, als hätte ihm jemand auf dem Sportfeld einen kräftigen Schlag versetzt.

Um Atem ringend hob er den Kopf. Jenseits des Flusses stürzten Bäume um, über einem Park stieg ein halbes Dutzend Feuerbälle auf, deren rote Flammen sich schnell in schwarzen Rauch verwandelten, der Hunderte von Metern weit in die Luft stieg. Heftige Explosionen ließen die glänzenden Glasscherben, die die Straße bedeckten, vibrieren und spalteten vor Lamberts Augen die riesigen Bäume im Park. Die Druckwelle, die sich wie eine dünne Rauchwolke von den Feuerbällen aus nach allen Richtungen ausbreitete und augenblicklich zu Staub wurde, drang in Lamberts Lunge ein. Er hustete.

»In die Fahrzeuge!«, brüllte jemand auf Russisch. Die Soldaten erhoben sich mitten in dem Sprengstoffsturm und bürsteten sich das Glas von den Uniformen. Lambert fühlte, wie ihn jemand auf die Beine zog. Überall um ihn herum wurde die Stadt von Explosionen erschüttert. Ein tosendes Brüllen fegte durch die Luft über ihnen. Die Soldaten duckten sich instinktiv, bis die Lärmwand vorübergezogen war. Die Tiefflieger selbst sah Lambert nicht, doch die Soldaten begannen bereits, zu ihren Fahrzeugen zu laufen.

Erneut packte ihn jemand am Arm und riss ihn grob herum: Rasow, mit Filipow an seiner Seite.

»Greift ihr die Stadt an?«, brüllte Filipow, dessen Stimme sein Entsetzen verriet. »Ihr greift die Stadt mit euren Bodentruppen an, stimmt's?« Sein Ton war anklagend, seine Wut geradezu körperlich spürbar.

Erneut erschütterte eine Explosion den Park jenseits des Flusses. Nun entdeckte Lambert das Erste der selbstfahrenden Geschütze der Russen, deren Stellung er nicht gesehen hatte, die aber der amerikanischen Aufklärung offenbar nicht entgangen war.

Eine Granatenexplosion schleuderte Wasser aus dem Fluss auf die Straßen in der Ferne. Lambert, dem von den Druckwellen, die auf seinen Körper und seine Ohren einhämmerten, schwindlig war, brachte mühsam ein »Ja!« heraus.

»Wie sehen die weiteren Pläne aus?«, brüllte Rasow, der Lambert durchdringend anstarrte. Nach einer Sekunde packte er Lambert an beiden Armen. »Sagen Sie mir, welches die Pläne sind!«, schrie er, wobei er Lambert schüttelte, um ihn aus seiner Benommenheit zu reißen.

Mit der Zunge spürte Lambert die kleine Erhebung an seinem Backenzahn. Eigentlich hätte er in den Tod gehen sollen, ohne ein Wort zu verraten, aber mit einem Schlag wurde ihm klar, welch entsetzlicher Fehler hier begangen wurde.

Rasows Augen weiteten sich, sein Unterkiefer sank herab. »Die Bastion!« Sein Griff wurde schlaff, während er durch Lambert hindurch in die Ferne blickte.

»Verdammt!«, schrie Filipow, während eine weitere Granate in den Park am anderen Flussufer einschlug. Donnernde Explosionen erfüllten die Luft und sandten Hitzewellen aus, unter denen sich Lambert unwillkürlich duckte, ohne die Augen von Rasows bleichem Gesicht zu lösen. Der General stand unbeweglich. »Wir haben euch doch gesagt, ihr sollt die Unterseeboote nicht angreifen, verdammt!«, brüllte Filipow. »Seid ihr denn wahnsinnig? Was geht in euren Köpfen vor?«

Hinter den beiden Offizieren formierte sich die Kolonne von Panzerfahrzeugen. Die Schützen waren bereit, die Stadt bis zum Tod gegen die Invasion der Amerikaner zu verteidigen, eine bedeutungslose Geste in der letzten Stunde der beiden Nationen. Dicht neben stand Lambert stand der Leutnant, der ihn eskortiert hatte. Er hatte das Sturmgewehr abgenommen und richtete es vage in Lamberts Richtung.

Während der Artilleriehagel mit unverminderter Heftigkeit auf die Stadt niederging, schossen in etwas größerer Höhe zwei Jets vorbei – britische oder italienische Tornados. Sie gingen über dem Fluss in eine steile Seitenlage und warfen grellweiße Leuchtmunition ab. Rasow griff sich von dem Stapel mit der den Gefangenen abgenommenen Ausrüstung ein Sturmgewehr, ein AK-74, und drehte sich um. Aus einer Entfernung von gut drei Metern blickte er Lambert nun direkt ins Gesicht.

Lamberts Eskorte entfernte sich vorsichtig, während Filipow die Szene von der Seite beobachtete. Ganz allein stand Lambert dem bewaffneten General gegenüber. Seine Kiefer waren fest aufeinander gepresst, fast hätte er mit den Zähnen geknirscht. Rasow hob die Waffe, suchte nach dem Sicherungshebel direkt über dem Auslöser und sah dann Lambert an.

Als Rasow die Waffe so hoch hob, dass sie aus Lamberts Gesichtsfeld verschwand, senkte dieser den Kopf. Zum Glück blickte er gerade noch rechtzeitig auf, um mit beiden Händen das durch die Luft fliegende Gewehr aufzufangen, das schmerzhaft gegen seine Brust und seinen Hals prallte.

»Zum Kreml!«, brüllte Rasow dem Offizier zu, dessen Oberkörper aus der Luke des vordersten BMP ragte. Lambert starrte auf den russischen Armeehelm, den ihm Filipow hinhielt, und auf das schwere schwarze Sturmgewehr, das er immer noch ungeschickt gegen den Körper presste. Dann stieg er in das gepanzerte Kampffahrzeug, um zum Kreml zu fahren.

Okruzhnoje Koltso, Moskau
31. August, 1700 Uhr GMT (19 Uhr 00 Uhr Ortszeit)

»Bereit!« Jeffersons Stimme gellte durch die eingeschaltete Gegensprechanlage. Der Wind pfiff Chandler, der hoch oben in der Kommandantenluke stand, um die Ohren, drang jedoch nicht durch Falten und Maske seines chemischen Schutzanzuges und brachte daher keine Erleichterung von der brütenden Hitze.

»Feuer!«, brüllte Chandler.

»Unterwegs!«, gab der Richtschütze zurück. Das Hauptgeschütz gab einen weiteren Schuss ab, der in Chandlers misshandelten Trommelfellen dröhnte.

»Treffer!«, meldete der Richtschütze über die Gegensprechanlage.

Während Chandlers Bataillon schnurstracks auf die eindrucksvollen, aus Erde errichteten Verteidigungsanlagen an der Moskauer Linie zuraste, kam hinter einem kleinen Gebäude ein Planen-Lkw in Sicht. Chandler feuerte eine 0,50-Kaliber-Salve ab und der Motor des Fahrzeugs begann zu rauchen. Hinten sprangen drei Männer ab. »BMP!«, schrie er, als er aus dem Augenwinkel an einer Baustelle Bewegung entdeckte. »Zehn Uhr! HEAT laden!«

»Wir haben nur noch vier Schuss HEAT, Sir«, entgegnete Jefferson.

»Dann eben Squash Head – *laden*!«, schrie Chandler.

»Identifiziert!«, meldete der Richtschütze.

»Bereit!« Das war Jefferson.

»Feuer!«, befahl Chandler.

»Unterwegs!«, meldete der Richtschütze prompt.

Der Panzer bebte unter dem Rückstoß der Flamme, die sich an der Mündung entzündete. Chandler hob das Fernglas an die Augen: Diesen Schuss musste er besonders genau verfolgen. High Explosive Squash Head – kurz HESH – war nicht so populär, wie HEAT- oder Sabot-Munition, weil die Resultate weniger spektakulär waren. Im Gegensatz zu einem Penetrator, bei dem sich die gesamte Energie auf eine möglichst schmale Spitze konzentriert, besaß ein Squash Head eine weiche Hülle, die sich beim Aufprall ausbreitete. Eine Schmelzsicherung zündete dann die Ladung. Durch die stumpfe Schockwelle der Explosion zersplitterte die Innenverkleidung der Fahrzeugwände. Spitze, vor Hitze glühende Metalltrümmer lösten sich und flogen mit hoher Geschwindigkeit im Fahrzeuginneren herum. Dabei wurde zwar die Besatzung getötet oder verstümmelt, aber es war selten, dass Munition oder Treibstoff explodierten und damit den Treffer bestätigten.

Der Squash Head hatte eindeutig die Seite des Fahrzeugs getroffen. Der BMP rührte sich nicht mehr, vermutlich waren die neun Insassen durch ihre eigene, zum Schrapnell gewordene Panzerung getötet worden.

»Noch ein Schuss, Colonel?«, fragte der Richtschütze.

Chander blickte auf die brennende Lkw-Kolonne auf der Straße links von sich. Einige Fahrzeuge verließen die Fahrbahn, um der Schlinge zu entgehen, die die schnelleren Amerikaner um den russischen Rückzug zu legen versuchten, bevor dieser die Haupt-Verteidigungsanlagen erreichen konnte. »Nein«, gab er zurück, während er sein Geschütz erneut auf die Straße richtete. »Aber haltet unbedingt die Augen offen.«

Er gab eine weitere Salve ab, die diesmal eine donnernde Detonation auf der Ladefläche eines Lkws auslöste. Das Fahrzeug wurde flach gegen den Boden gepresst: Achsen, Räder und Fahrwerk hatten unter der nach unten gerichteten Gewalt der explodierenden Ladung nachgegeben.

»Brauchen Sie mich am Sechziger?«, erkundigte sich Jefferson, als sie sich der Grabenlinie vor ihnen näherten, der Moskauer Linie der Miliz.

»Nein!« Vor Chandler ging einer der M-3-Scoutpanzer direkt an den Gräben in Flammen auf und kippte quälend langsam zur Seite. »Halten Sie sich unten bereit!« Chandler hatte ein neues Ziel ins Visier genommen, einen kleinen Lkw, der ihn stark an einen Humvee erinnerte. Als er erneut eine Salve abgab, schlugen Flammen aus den Löchern, die seine Schüsse in das Metall des Fahrzeugs gerissen hatten. Nun richtete er das schwere Maschinengewehr auf die Erdbunker des Grabens vor sich, deren schwarze Schlitze rasch näher kamen. Er drückte erneut ab und jagte schwere Munition durch die dicke Erd- und Holzbalkenkonstruktion. Aus den faustgroßen Löchern, die er damit in die Erde riss, stieg Staub auf.

Er warf einen Blick nach rechts, wo sein Team immer noch mit den Panzern beschäftigt war, die nach und nach aus ihren Kampflöchern kamen. Die verräterischen Abgaswolken der alternden Motoren verrieten ihre Position. In diesem Augenblick entdeckte er, dass der BMP, den sie mit Squash-Head-Munition beschossen hatten, eine Rakete auf sie abgefeuert hatte, die den Panzer schon fast erreicht hatte.

Er brüllte eine Warnung in die Gegensprechanlage und zog unwillkürlich die Füße nach oben in die Luke, als die Rakete auch schon die leichtere Panzerung an der Seite des M-1 traf. Aus der Besatzungskabine des Panzers drang eine Hitzewelle, die einen brennenden Schmerz an seinen Beinen entlangjagte. Durch die Gewalt der Explosion löste sich sein Griff und er fiel in die Hölle unter sich.

Innerhalb von zweihundertfünfzig Millisekunden hatte das Feuerlöschsystem des M-1 die Kabine mit Halongas geflutet. Als Chandlers Helm auf das Deck schlug, war das Feuer bereits gelöscht. Der M-1 kam abrupt zum Stehen und Chandler rollte über den Boden. Benommen blieb er liegen. Das Halon hatte vorübergehend die Sauerstoffatmosphäre der Kabine verdrängt und reizte ihn zu einem Husten, der an hundert Stellen gleichzeitig zu schmerzen schien. »Großer Gott«, hörte er jemanden durch eine Gasmaske stöhnen. Mühsam gelang es ihm, sich auf die Ellbogen aufzurichten.

Links von sich vernahm er ein gutturales, unmenschlich klingendes Geräusch. Jefferson lag auf dem Rücken und starrte mit leerem Blick durch die Gläser seiner Gasmaske auf die weiße Decke. Um sie herum war es dunkel und still.

Der Nebel in Chandlers Kopf begann sich zu lichten. Er stürzte zu den Rauchwerfern und betätigte beide Abzüge. Damit löste er die sechsläufigen M-250-Rauchwerfer auf beiden Seiten vorne am Turm aus. Unterdessen kroch der Richtschütze zu Jefferson. »Alles ... alles okay?«, erkundigte sich der Fahrer, der vergeblich versuchte, den Motor zu starten.

Vor dem Panzer und zu beiden Seiten gingen Rauchgranaten hoch, die sie einhüllten und damit für einen gewissen Schutz sorgten – dem einzigen, der ihnen verblieben war. Ohne es zu merken, hielt Chandler unter der Gasmaske den Atem an, während er durch die offene Luke auf den Himmel über ihnen starrte. *Wir sitzen mitten auf dem Schlachtfeld fest – die ideale Zielscheibe. Wir müssen unbedingt hier raus.*

»Oh, Mann!« Die Stimme des Richtschützen, der sich über Jefferson, den Ladeschützen, beugte, drang gepresst durch die Gasmaske. »Colonel Chandler.«

Chandler konzentrierte sich auf die zischenden Rauchgranaten und den Kampflärm, der immer wieder durch die offene Kommandanten- und Ladeschützenluke drang. Ein Blick über die linke Schulter zeigte ihm ein kreisrundes Loch von zweieinhalb Zentimetern Durchmesser, durch das am Turm das Sonnenlicht hereinfiel.

»Colonel!«, schrie der Ladeschütze. Chandler kroch zu Jefferson. Er meinte, er hätte ein Geräusch von draußen gehört, doch dann wurde ihm klar, dass das merkwürdige Saugen aus Jeffersons Brust kam.

»Gütiger Gott! Gebt mir was – einen Poncho! Irgendwas Luftdichtes!« Chandler legte Jeffersons Oberkörper frei. Seine Brust glänzte von schaumigem, hellrotem Blut, das direkt aus seinen Lungen kam. Alle paar Sekunden war das entsetzliche saugende Geräusch zu vernehmen: Jefferson erstickte langsam.

»Hier!« Der Ladeschütze reichte Chandler die Mündungsabdeckung. Er presste den PVC-Stoff fest auf die offene Wunde.

Unter seinen Händen begann Jefferson, sich von Krämpfen geschüttelt aufzubäumen.

Ein plötzlich von draußen hereindringendes Zischen endete mit einem donnernden Knall, den Chandler sowohl in den Knien als auch in der Lunge fühlte. Als er einen Augenblick später nach Sauerstoff rang, der nun erneut in die Kabine strömte, schien bis auf ein knisterndes Geräusch, das an trockenes Holz im Feuer erinnerte, alles vorüber zu sein. Bei der ersten Explosion fuhr er zusammen: Wie gewaltige Feuerwerkskörper zündeten eine nach der anderen die Granaten des Hauptgeschützes hinten im Panzer. Es klang jedes Mal, als wäre das Ende der Welt gekommen. Die Explosionen nahmen ständig an Gewalt und Intensität zu, bis sie zu einem beständigen Tosen angeschwollen waren.

Die Vibrationen schüttelten die Männer bis in ihr Innerstes durch. Die Schreie des an seinen Sitz geschnallten Fahrers klangen, als hämmerte jemand gegen seine Brust. Durch die offenen Luken sah Chandler das strahlend weiße Feuer, das er bisher nur aus der Entfernung kannte – der durch die Überdruckpaneele hinten am Fahrzeug gedrückte Treibstoff verbrannte völlig rauchlos. Lärm und Hitze verdoppelten sich mit einem Schlag, als der Kraftstoff hinten am Panzer in Brand geriet. Chandler presste das Kinn auf die Brust. Sein Gesicht war zu einer Grimasse erstarrt, seine Augen tränten und schlossen sich angesichts der Hitze wie von selbst. Nur unter Aufbietung seiner gesamten Willenskraft gelang es ihm, die Hände weiterhin auf Jeffersons Brust zu pressen. Am liebsten hätte er sich wie Richtschütze und Fahrer die Ohren zugehalten.

Sein Blick richtete sich nicht auf die Flammen, die über ihnen dreißig Meter hoch in den Himmel schlugen, sondern auf das gepanzerte Schott, das sie von der Feuerhölle auf der anderen Seite trennte. Während Lärm, Hitze und Vibrationen ihren Höhepunkt erreichten, interessierte ihn nur dieses Schott. Vor seinen Augen begann sich die weiße Farbe braun zu färben, Rauch stieg auf. Er gab es auf, die Augen offen halten zu wollen. Unter den geschlossenen Lidern strömten ihm die Tränen über die Wangen. In der Dunkelheit schien der auf seine Trommelfelle eindringende Lärm noch schmerzhafter. Die vom Munitionsschrank abgestrahlte Hitze brannte durch den Schutzanzug und schien die Uniform darunter auf seiner Haut versengen.

Überraschend schnell ließen die Vibrationen, die er durch seine Knie spürte, nach. Chandler öffnete die Augen. Bis auf einige grauweiß glühende Flecken war die Munitionstür inzwischen völlig schwarz. Als er durch die Luke nach oben sah, verdeckte eine dunkle Rauchsäule die Sonne. Eine Berührung an seinem Arm ließ ihn erschrocken zusammenfahren. Es war der Richtschütze, der ihm offenbar etwas zurief.

»Was?« Chandler konnte sich durch das Dröhnen in seinen Ohren kaum hören. Ihm war schwindlig und übel. Plötzlich brach ihm der kalte Schweiß aus und er wollte sich nur noch hinlegen, bis das Gefühl vorüberging.

»Es hat keinen Sinn!«, verstand er durch den stechenden Schmerz in seinen Ohren. »Er ist tot!«

Chandler blickte nach unten und löste dann den Druck auf Jeffersons Brust. Arme, Schultern und Hals schmerzten von der Anspannung.

Während der Lärm des Feuers hinten im Tank erstarb, horchte Chandler auf das Knattern der automatischen Waffen der Bradleys, die mittlerweile die Bunker an den Gräben vor ihnen hätten beschießen sollen. Doch selbst mit seiner eingeschränkten Hörfähigkeit konnte er mit Sicherheit sagen, dass sich der Kampflärm von ihnen entfernte.

»Was ist da draußen los?«, brüllte er dem Fahrer zu, der sich auf seinem Platz umgedreht hatte, um nach dem toten Jefferson zu sehen. Er wandte sich um und blickte durch die Sichtfenster vorne am Panzer.

»Der Graben ist etwa sechzig Meter vor uns!«, meldete er dann. »Da drüben steht ein Bradley, der getroffen wurde!«

Chandler überlegte eine Sekunde. »Okay!«, meinte er dann und griff nach Ausrüstung und Gewehr. Der Fahrer öffnete seine eigene Luke. Chandler kletterte zu seiner Position hinauf, der Richtschütze zu der Jeffersons. Der gesamte hintere Teil des Panzers war schwarz verkohlt, aus den offenen, ausgebrannten Munitions- und Treibstoffabteilen stieg noch Rauch auf.

»Sie bemannen das Fünfziger!«, befahl Chandler, während er sich zu Boden gleiten ließ. Dabei achtete er sorgsam darauf, dass er seinen chemischen Schutzanzug nicht beschädigte. Für den Sturmangriff hatte die Brigade MOPP IV – volle chemische Schutzausrüstung – angeordnet. Es war das erste Mal, dass sie von ganz oben einen solchen Befehl erhalten hatten.

Der Richtschütze verschwand und tauchte an Chandlers Luke erneut auf, wo er das 0,50-Kaliber-Maschinengewehr auf die Gräben richtete. Hastig ließ er die Griffe los und fasste nur sehr vorsichtig wieder danach – offenbar waren sie glühend heiß.

Die letzten Panzer seines Bataillons verschwanden vor ihm auf der Straße durch die dünn bewaldeten Hügel, die direkt hinter den Gräben der Moskauer Linie lagen. Kurz vor dieser Linie befand sich der umgekippte Bradley. Über die niedrige Anhöhe hinter ihm drang das Krachen kleiner Feuerwaffen und das Hämmern der 25-mm-Kanonen der Bradleys. Das war die zweite Welle der Infanterie, die Ziele ausschaltete, welche Chandler mit seinen schnellen Panzern umgangen hatte. Das Schlachtfeld war immer noch sehr gefährlich. Er stellte den Sicherungshebel des M-16 auf »Salve«. Mit dem Sturmgewehr in Armhöhe ging er langsam an den Ketten des Panzers entlang auf den M-3 und die Männer in dessen Innerem zu. Seine Männer.

Der Fahrer lag flach auf dem Boden und hielt sein M-16 feuerbereit auf die Bunker gerichtet. Chandler suchte mit den Augen den verbrannten Boden vor ihnen ab, wo die »Schlange« der Techniker, ein langer, mit Sprengstoff gefüllter Schlauch, der abgeschossen wurde, um die Landminen vor ihnen zur Detonation zu bringen, einen zwanzig Meter breiten Pfad gebahnt hatte, dem sie folgen konnten.

»Vorwärts!«, rief er dem Fahrer zu. Im größtmöglichen Abstand voneinander näherten sie sich den Gräben. Obwohl die Schlange gute Arbeit geleistet hatte, achtete Chandler auf jeden seiner Schritte. Zweimal entdeckte er nicht explodierte Landminen, die durch die gezielte Detonation teilweise freigelegt worden waren. Bei jedem Schritt spannte sich sein Körper ängstlich an. Die Geschütze der Panzer, die durch Lücken in den russischen Linien brachen, waren nun fast anderthalb Kilometer von ihnen entfernt. Am grauen Himmel über ihnen jagten Hubschrauber hin und her. Gelegentlich schoss ein Kampfflugzeug durch die dunklen Wolken, um die schwarze Last unter seinen Tragflächen abzuwerfen und sich dann erneut in den Schutz des bewölkten Himmels zurückzuziehen. Eine, nein zwei Rauchfahnen von Flugabwehr-Raketen schossen in die Wolken am Himmel vor ihm und eine Wolke wurde für einen Augenblick von innen wie von einem Stroboskop erleuchtet.

Er richtete seine Aufmerksamkeit erneut auf den Graben mit dem schwarz verkohlten Bunker. Den riesigen Löchern nach zu urteilen, die sein M 2-Maschinengewehr geschlagen hatte, mussten die Insassen sehr gelitten haben. Zu sehen war niemand. Geduckt näherten sich Chandler und der Fahrer dem Bradley. Die Gewehre hielten sie feuerbereit in Schulterhöhe und Chandlers Finger drückte fest gegen den Abzug.

Zwei Tote in chemischer Schutzkleidung lagen mit ausgestreckten Armen und Beinen vor ihren Luken; durch ein Loch von der Größe einer Grapefruit in der seitlichen Panzerung drang Rauch. Während der Fahrer halb in die Luke kroch, um nach der Besatzung im Inneren zu sehen, inspizierte Chandler die beiden Männer auf dem Boden.

Die erste Leiche hatte keine Beine mehr. Chandler hob seine Haube an: ein Mann vom Scout Platoon. Er nahm eine der Erkennungsmarken an sich und steckte die andere dem Toten in den Mund, bevor er zu dem zweiten Soldaten weiterging. Auch seine Beine waren verstümmelt. Beide Männer hatten mit dem Unterkörper in der Flammenhölle des Fahrzeuginneren gesteckt, während ihre Oberkörper durch die Luken herausragten. Es war nicht das erste Mal, dass er so etwas sah. *Richtschütze und Kommandant des Fahrzeugs*. Der Anzug des Toten vor Chandler schwelte noch.

»Oh, Mann«, sagte der Fahrer und wich rückwärts von dem umgekippten Bradley zurück. Seine Taschenlampe zitterte, als er sich hinter dem Panzer zu Boden fallen ließ. Er hatte den Rest der Besatzung gefunden, der sich immer noch innerhalb des Bradley befand.

Chandler zog den Schutzanzug zurück. Der Mann darin war entsetzlich verbrannt. Mit den behandschuhten Händen fasste er in das zerrissene Hemd, konnte aber die Erkennungsmarken nicht finden. Sobald er die Identität des Mannes festgestellt hatte, mussten sie weiter. Die Leute im Inneren des Panzers mussten warten.

Ein an den Rändern versengtes Blatt Papier ragte aus einem klaffenden Riss, der sich durch die Brusttasche zog. Chandler zog es durch den Riss heraus. Es war ordentlich zu einem Quadrat gefaltet, aber die Oberfläche war völlig zerknittert. Bevor er das Papier langsam entfaltete, sah er dem Soldaten unter der Haube ins Gesicht. Er wusste bereits, was er finden würde.

Von einer Girlande aus Weinreben und roten Rosen umrahmt, stand auf dem rosa Papier die Adresse von Jennifer aus Dallas.

Er faltete das Blatt wieder zusammen und steckte es zurück in Lieutenant Baileys Tasche. Dann erhob er sich. Vor ihm lag der Graben. Falls sich dort noch Russen aufhielten, war das Schlachtfeld nicht sicher. Er bedeutete dem Fahrer aufzustehen und vergewisserte sich, dass der Richtschütze ihnen immer noch mit dem 0,50-Kaliber-Gewehr Feuerschutz gab. Chandler und der Fahrer hoben ihre Waffen in Schulterhöhe und näherten sich geduckt dem dunkelbraunen Riss in der Erde.

In unmittelbarer Nähe des Grabens ließen sie sich zu Boden fallen, um die leichte Steigung bis zu seinem Rand hinaufzukriechen. Langsam und vorsichtig hob Chandler Kopf und Waffe über den leicht erhöhten Wall. Die Sohle des Grabens war mit Toten bedeckt, die aus dem Bunker geflüchtet waren. Die Öffnung des Bunkers war bis in Taillenhöhe mit Leichen verstopft. Nirgends war auch nur das geringste Anzeichen von Leben zu entdecken.

Chandler und der Fahrer erhoben sich langsam, zunächst auf die Knie, dann bis auf die Füße. Überall im Graben und an verschiedenen anderen Stellen auf der unbefestigten Straße dahinter lagen tote russische Miliz-Soldaten. Ihre Körper waren merkwürdig verdreht; ihre Hände griffen nach dem Hemdkragen oder nach ihrer Kehle als hätten sie sich selbst erwürgt. Keiner wies irgendwelche Wunden auf. Charakteristisch für alle waren die weit aufgerissenen Augen, die aus den Höhlen gequollen waren und noch die Qual des Gastodes wiederspiegelten. Hunderte, ja Tausende lagen in einer dichten Todeslinie, die sich über die Hügel und nach beiden Seiten erstreckte, so weit das Auge reichte.

Der Fahrer sank erneut zu Boden, ließ das Gewehr fallen und presste das Gesicht samt Maske auf die Erde. Dann ließ er sich zur Seite rollen, zog seine Knie an die Brust und schaukelte langsam von Seite zu Seite. Für einen Krieg hatte er genug gesehen.

In der Sicherheit seines dünnen Aktivkohleanzugs stand Chandler auf dem immer noch tödlichen Boden und prägte sich, ohne es selbst zu merken, den Anblick ein, der ihn bis ans Ende seiner Tage verfolgen sollte. Niemals würde er seinem Sohn Matthew eine Antwort geben können, wenn dieser die unvermeidliche Frage stellte, was sein Vater im Krieg erlebt hatte.

2. KAPITEL

Kreml, Moskau
31. August, 1715 Uhr GMT (1915 Uhr Ortszeit)

In der durch die Helikopter- und Bomberangriffe auf das gesamte Moskauer Stadtzentrum ausgelösten Verwirrung, fuhr die Kolonne der BTR-80 direkt durch die Tore des Kremls. Vor Rasow und Lambert ließen sich der Fahrzeugkommandant und ein Soldat mit einer Luftrakete auf der Schulter in das Panzerfahrzeug fallen und zogen die gepanzerte Luke über sich zu. Gedämpft drangen das Rattern der Gewehre und das Zischen und der Explosionslärm der Helikopter-Luftraketen zu ihnen, die bereits eines der Panzerfahrzeuge des Konvois ausgeschaltet hatten.

Der Leutnant auf der Bank direkt vor Lambert rief etwas auf Russisch, das Lambert nicht verstand, aber alle Soldaten im Fahrzeug begannen plötzlich, ihre Sturmgewehre zu laden. Rasow folgte ihrem Beispiel und auch Lambert griff nach dem schweren Magazin an seinem Traggeschirr, das 5,56-mm-Munition enthielt, den neuen russischen Standard.

Während er das Magazin in dem schaukelnden Fahrzeug in das Gewehr rammte, fühlte er plötzlich Rasows Hand, die den straff gespannten Kinnriemen lockerte. »Es ist besser so«, erklärte er. »Falls der Helm getroffen wird ...« Seine ausholende Geste deutete an, wie der Helm von seinem Kopf fliegen würde. Dann griff er nach Lamberts Gewehr, um zu überprüfen, ob es gesichert war.

Als der Motorenlärm des BTR erstarb, hörten sie aus dem Gebäude vor sich bereits Schüsse aus Handfeuerwaffen.

»Sie bleiben mit mir zurück«, sagte Rasow, als sich die Seitenluken öffneten und die Insassen des BTR auf die glatten, runden Kopfsteine der alten Kremlstraße sprangen. Lambert legte sich flach auf den Boden, während die Fallschirmjäger auf ein unauffälliges Bauwerk vor ihnen zuliefen, das mitten zwischen den reich verzierten, farbenprächtigen Gebäuden des Kremls stand. Aus ihren Gewehren feuernd, betraten sie den verräucherten Eingang.

»Los!« Rasow sprang auf und rannte entlang der Fahrzeugkolonne, die sich mittlerweile auf beide Seiten der Straße aufgeteilt hatte, auf den Eingang zu. Düsentriebwerke heulten über ihnen auf und alles warf sich zu Boden. Lambert schürfte sich dabei Knie und Ellbogen auf und zerriss sich den Anzug. Beim Aufprall auf das Pflaster spürte er einen stechenden Schmerz in seiner Hüfte. Als er sich auf die Seite rollte, sah er, wie ein amerikanischer Tomahawk-Cruisemissile langsam in eine Linkskurve ging. Rund um den Marschflugkörper mit den Stummeltragflächen schoss Munition der russischen Flugabwehr in die Höhe. Als er in der Ferne hinter den goldenen Zwiebeltürmen eines alten Klosters auf dem Kreml-Gelände erneut auftauchte, hatte er bereits fast vollständig gewendet. Lambert stellte sich vor, wie die Radar- und Fernsehbilder in dem Hightech-Computer, dem Gehirn des Steuerungssystem des Flugkörpers, mit den Vorgaben verglichen wurden. Fasziniert verfolgten alle, wie die Rakete langsam auf sie zukam. Plötzlich wackelte der Flugkörper mit den Tragflächen und das Triebwerk erwachte brüllend zum Leben. Da er in Sinkflug übergegangen war, hatte er sein Ziel offenbar identifiziert und näherte sich nun mit zunehmender Geschwindigkeit. *Nuklear oder konventionell?*, fragte sich Lambert mit einem Mal.

Der Tomahawk schoss keine sechzig Meter von ihm entfernt in Baumhöhe vorüber und wirkte dabei viel größer, als er ihn sich vorgestellt hatte. Hinter dem letzten Gebäude ging das Geschoss in einem steilen Winkel nach unten und raste direkt durch die Doppeltüren des Volkskongresses, der sich auf der anderen Seite des großen offenen Platzes befand.

Als er durch die Türen krachte, hoffte Lambert zuerst, es handelte sich um einen Blindgänger. Doch dann wurden plötzlich in drei Stockwerken die Fenster durch einen grellen Blitz erleuchtet und die Fassade des schönen, alten Gebäudes stürzte auf die wenigen davor geparkten Autos herab. Die Bauwerke, die den Platz vor den Kreml einfassten, warfen das Echo der Explosion zurück. Als sich der Rauch verzog, klaffte in dem Gebäude ein vier Stockwerke hohes Loch. Auf jeder Etage waren Räume freigelegt und auf merkwürdige Weise durchgeschnitten worden.

Rasow, der Leutnant und ihre Männer sprangen auf und liefen auf die offene Tür des Gebäudes zu, das ihre Kameraden soeben stürmten. Entlang der Skyline im Süden und Westen erhob sich ein schwarzer Feuervorhang und am Himmel schossen in der Ferne Flugzeuge hin und her, die nur noch als Flecken zu erkennen waren. Als die Männer die Tür erreichten, drang aus der Tiefe des Gebäudes das merkwürdig hohle Geräusch von Schüssen. Lambert folgte Rasow und den anderen. Vor ihm rasten die Soldaten bereits an der Rezeption vorbei durch eine Doppeltür. Lambert und Rasow waren ihnen dicht auf den Fersen. Sie fanden sich in einem dunklen Schacht mit einer Metalltreppe wieder. Aus der Tiefe der Erde unter ihnen drang Kampflärm.

Immer weiter liefen Rasow, Lambert und seine Eskorte die Treppen hinunter. Rauch und der metallische Geruch von verbranntem Schießpulver stiegen auf, als sie blutende Körper mit klaffenden Wunden passierten. Einige wurden von Sanitätern betreut, andere lagen einsam und verlassen: Sie waren bereits tot. Eine Kugel raste von unten durch den Schacht, schlug gegen die Betonwände und prallte scheppernd gegen die Metalltreppe über ihnen. Lambert blieb gar keine Zeit zu reagieren, so unerwartet war sie gekommen, so schnell war sie vorüber. Die Treppe schien endlos zu sein und je tiefer sie vordrangen, desto lauter wurden das Knallen der Gewehre und die ohrenbetäubenden Explosionen vereinzelter Handgranaten. Der Druck auf Lamberts Ohren verstärkte sich und er geriet außer Atem, während er mit Rasow und einem halben Dutzend Soldaten die Stufen hinunterlief.

Die Funken sprühten, als Kugeln scheppernd die Metallstufen durchschlugen. Ein Soldat direkt vor Lambert heulte auf und stürzte bis auf den nächsten Absatz, während Lambert von dem Leutnant auf den Rücken geworfen wurde. Zu beiden Seiten von Lambert tauchten Soldaten auf, die ihre

Gewehre durch die Lücken des Treppengeländers nach unten richteten, ohne jedoch zu feuern. Der Sanitäter fegte an Rasow vorbei, der auf den Stufen unterhalb von Lambert stand, um sich um den Verletzten zu kümmern. Unterdessen riss das willkürlich abgegebene Automatikfeuer immer wieder Stücke aus den Betonwänden des Treppenschachts.

Lambert fühlte sich auf dem dünnen, perforierten Metall der Treppe schutzlos den Kugeln ausgesetzt, die durch den engen Schacht nach oben schossen. Weiches Fleisch und zerbrechliche Knochen hatten der Durchschlagskraft von Kugeln, die Beton erschütterten und ungehindert durch Stahl jagten, nichts entgegenzusetzen. Einer der Fallschirmjäger ließ sein Gewehr fallen und setzte sich auf Lamberts Bein. Den Arm an den Brustkorb gepresst, stand er offenbar kurz davor loszuschreien.

»Weiter!«, sagte Rasow, während er Lambert auf die Beine zog. Sie näherten sich den Mündungen der Gewehre unter ihnen immer mehr.

Als Lambert den Soldaten mit dem zerschmetterten Arm passierte, hatte dieser die Augen vor Schmerzen geschlossen und schrie laut. Offenbar wurde ihm erst allmählich klar, was mit dem Glied geschehen war, das er mit der gesunden Hand hielt. Scheppernd flogen weitere Kugeln vorbei. Noch bedrohlicher war der leise Lufthauch, der mit täuschender Sanftheit Lamberts Wange streichelte, als ihn ein Schuss nur knapp verfehlte.

Immer weiter tauchten sie in die Tiefen des Infernos ein. Fast hätte sich Lambert auf dem ausgezackten Loch, das eine Kugel in die Metallstufe vor ihm gerissen hatte, den Knöchel vertreten, als plötzlich ein greller Blitz das Halbdunkel des Schachts erhellte. Die Explosion einer Traumagranate hämmerte auf Lamberts Trommelfelle ein und ihm wurde schwindlig. Trotzdem wurde ihm sofort klar, dass dies keine Splittergranate gewesen war. *Nicht für einen Treppenschacht geeignet.* Schon rannten sie in den erstickenden Rauch hinunter, den die detonierende Granate hinterlassen hatte. Der Kampflärm drang nun ohne Unterbrechung auf Lamberts schmerzende Ohren ein, bis ihm der Kopf dröhnte.

Als sie den untersten Treppenabsatz erreichten, auf dem überall Verwundete und Tote lagen, hatte das Gefecht nachgelassen. Ohne sich um die Verwundeten zu kümmern, liefen sie weiter, um Filipow einzuholen. Dabei stießen sie auf Soldaten, die geduckt, oder auf dem Boden liegend, um die Ecke feuerten. Die noch verbleibende Hand voll Soldaten in Lamberts kleiner Gruppe hob ihre Waffen und postierte sich am Schnittpunkt mehrerer Gänge entlang der Wand. Nun waren sie die vorderste Front.

Auf Befehl des Leutnants sprangen vier Fallschirmjäger, aus der Hüfte feuernd, in den Gang. Ihre Waffen hatten sie auf Vollautomatik gestellt. Entsetzt beobachtete Lambert, wie zwei der Männer praktisch sofort in dem Kugelhagel, der ihnen entgegenschlug, tot oder schwer verletzt zu Boden stürzten. Die anderen beiden verschwanden in dem Rauch vor ihnen, wobei sie im Laufen noch die Magazine leerten.

Jetzt entdeckte er auf der anderen Seite des Ganges Filipow und einen weiteren Mann. »Los!«, brüllte Filipow und die übrigen Soldaten erhoben sich. Zwei von ihnen bewegten sich nur langsam und hinterließen große, nasse Blutflecken auf dem Boden, wo sie gelegen hatten. Sie folgten den anderen den Korridor hinunter, immer dem Geräusch des Gewehrfeuers nach. Nun waren nur noch Rasow, Lambert und der Leutnant übrig. Rasow deutete mit dem Kopf auf die Ecke und alle drei stürzten sich in den Rauch und liefen auf das Mündungsfeuer der Gewehre vor ihnen zu.

Eine Tür nach der anderen passierten sie. Aus den meisten starrten ihnen Soldaten nach, die sich in Computer- oder Archivräumen ängstlich hinter Karten- und Schreibtischen duckten. Keiner von ihnen wollte sich an dem Kampf beteiligen und sich für eine Seite entscheiden. Vor ihnen wurden die großen Doppeltüren aufgestoßen und das Licht flutete in das Halbdunkel des Ganges. Als er den Rauch entdeckte, der unter der niedrigen Decke hing, hustete Lambert instinktiv.

Sobald sich die Türen öffneten, hörte der Kampf auf. Bis auf das Dröhnen in Lamberts Ohren war alles still.

Auf dem Boden lagen die letzten beiden Soldaten von Lamberts kleiner Sondereinheit. Lambert, Rasow und der Leutnant gingen an ihnen vorüber zu Filipow, der mit angelegtem Gewehr vor ihnen in der Tür stand. Dabei wurde Lambert klar, dass ihr Sieg an einem seidenen Faden gehangen hatte. Er warf einen Blick über die Schulter. Begonnen hatten sie mit einhundert Mann, einschließlich der wenigen, die bereits oben getötet worden oder zurückgeblieben waren, um den Eingang zum Treppenhaus zu blockieren. Filipow, Rasow, Lambert selbst, der Leutnant und drei verwundete Soldaten – das waren die Einzigen, denen es gelungen war, sich durchzuschlagen.

Rasow trat an Filipow vorbei in den hell erleuchteten Raum. Am Türrahmen lehnte einer der Verwundeten. Über die Schultern des weniger hoch gewachsenen Filipow blickte Lambert auf den langen Konferenztisch. So weit wie möglich von den Türen entfernt, die zahlreiche Einschusslöcher aufwiesen, standen Generale und Admiräle, alles ältere Männer.

Alle Augen ruhten auf Rasow, doch dessen Aufmerksamkeit konzentrierte sich auf die beiden Geräte am Ende des Tisches, die an übergroße Notebooks erinnerten. Davor saßen zwei jüngere Armeeoffiziere.

»Hinaus!«, brüllte Rasow mit einer weit ausholenden Bewegung seines Sturmgewehrs, das die gesamte Gruppe hoher Offiziere einschloss. Es war das STAVKA, das Filipow und seine paar verbliebenen Soldaten vor sich hertrieben. Mit einem eindringlichen Blick auf Lambert verließen sie das Haupt-Konferenzzimmer und wurden in einen angrenzenden Raum gebracht. Im Gang erschienen ein paar weitere Überlebende.

Unterdessen ging Filipow durch den Korridor und rief dem Personal, das sich in den Türen drängte, zu: »General Rasow hat das Kommando übernommen! Kehren Sie sofort an Ihre Arbeit zurück! General Rasow hat das Kommando übernommen! Kehren Sie sofort an Ihre Arbeit zurück!« Den entgegenkommenden Fallschirmjägern erteilte er mit Worten und Gesten Befehle; rasch eilten die Männer los.

»Mr. Lambert!«, hörte Greg hinter sich. Als er sich umdrehte, sah er, wie Rasow auf dem Tisch neben den sitzenden Offizieren ein dickes Notizbuch öffnete. »Holen Sie mir Ihren Präsidenten ans Telefon«, befahl er, ohne aufzublicken. Dabei deutete er mit dem Finger auf eine Reihe von Telefonen, die auf einer Kredenz an der Wand standen. »Wählen Sie die Neun, damit bekommen Sie eine Leitung nach draußen.«

Lambert nahm den Hörer ab und wählte die Neun. Während er seine Brieftasche hervorholte, vernahm er ein Klicken und anschließend den Wählton. Er gab die Nummer ein, die AT & T International ausschließlich für diesen einen Anruf reserviert hatte. Nach einem wiederholten schnellen Klicken meldete sich die entfernte Stimme eines Telefonisten. »*Nightwatch.*« Es war erstaunlich einfach.

»Hier ist Greg Lambert. Geben Sie mir den Präsidenten.« Erst jetzt wurde ihm klar, dass es sich bei den beiden Geräten am Ende des Tisches um die Nuklearkommunikatoren handelte. Das Buch, über dessen Seiten Rasow suchend mit dem Zeigefinger fuhr, war in Wirklichkeit ein Ordner, der zuvor an den Kommunikatoren befestigt gewesen war.

»Hier Costanzo. Greg, wo zum Teufel haben Sie gesteckt?«

Ohne Rasow aus den Augen zu lassen, schilderte Lambert ihm in aller Eile die Ereignisse.

»Was tut er jetzt gerade?«, wollte der Präsident wissen.

»Ich … ich weiß es nicht«, gab Lambert zurück, dem Rasows hektische Suche in dem Ordner mit den Kodes ein Rätsel war. Er ließ den Hörer sinken. »General Rasow, ich habe den Präsidenten in der Leitung.«

Rasow murmelte vor sich hin, während er mit dem Finger die Seite absuchte. Seine gesamte Aufmerksamkeit galt dem Buch vor ihm.

»Was zum Teufel tut er?«, drang es blechern aus dem Telefonhörer.

»General Rasow? Was tun Sie da?«

Rasow gab keine Antwort und Lambert hob den Hörer erneut an sein Ohr. »Er steht hinter den … Nuklearkommunikatoren und sucht etwas in einem Ordner. General Rasow!« Lambert brüllte jetzt und die Offiziere sahen mit weit aufgerissenen Augen zwischen beiden Kontrahenten hin und her. »Einen Augenblick, Sir«, sagte er ins Telefon. Dann legte er den Hörer ab und ging zu Rasow.

»Ich habe den Präsidenten in der Leitung. Was geht hier vor?«

Rasow flüsterte beständig mit leiser Stimme auf Russisch die Buchstaben MSGRMG vor sich hin. Lambert sah, dass er mit dem Finger über anscheinend zufällig zusammengewürfelte Zahlen- und Buchstabenkombinationen fuhr. *Kodes.*

»Verdammt, antworten Sie mir sofort! Was zum Teufel tun Sie da?«

Rasow unterbrach sein Gemurmel kurz. »*Dowerajte mnje* - vertrauen Sie mir, Mr. Lambert.« Dann fuhr er erneut mit den Finger über die Kodes auf der Seite. Hastig blätterte er auf die nächste Seite des dicken Buches und ließ seinen Finger erneut über die zwölfstelligen Kodes fliegen.

Lambert ging zum Telefon zurück. »Er sagt, wir sollen ihm vertrauen. Anscheinend sucht er etwas in einem Kodebuch.«

»Öffnen Sie die Kodierungsgeräte«, befahl Rasow. Entsetzt beobachtete Lambert, wie die beiden Offiziere die Abdeckungen aufklappten.

»Er hat die Aktivierung der Nuklearkommunikatoren angeordnet«, berichtete Lambert ins Telefon.

»Großer Gott«, hörte er im Hintergrund, offenbar aus dem Konferenzraum an Bord von *Nightwatch*. Die Stimme klang wie die des Verteidigungsministers. Rasow blätterte um und fuhr mit dem Finger über die Spalte.

Dann hielt er plötzlich inne. Seine Lippen bewegten sich und lasen stumm den Kode, den er nun in waagrechter Richtung mit dem Finger verfolgte. Er las ihn noch einmal. »Das ist er! Geben Sie diesen Kode ein.«

»Er gibt einen Kode ein, Sir. Er gibt einen Kode ein.«

»Buchstabe M«, wies Rasow die beiden Offiziere an, die jeweils einen Knopf drückten.

»Er gibt einen Kode ein, Sir!«

»Lambert«, befahl der Präsident eindringlich, »halten Sie ihn auf. Halten Sie ihn auf, Greg!«

»S«, las Rasow weiter und die beiden Offiziere folgten seiner Anweisung.

Lambert setzte das Telefon ab und hob das Gewehr, wobei er den Sicherungshebel auf Vollautomatik stellte.

Die beiden Offiziere blickten ihn entsetzt an.

»G.« Rasow sah nicht einmal auf. »G!«, fauchte er, als die Männer nicht reagierten. Zögernd drückten die beiden eine weitere Taste.

»General Rasow«, sagte Lambert, »treten Sie vom Tisch zurück.« Das Gewehr war direkt auf ihn gerichtet.

»Schneller, schneller!« Rasow vermied es bewusst, Lambert anzusehen. »Null!«

»Rasow!« Lambert hob das Gewehr an die Schulter und zielte auf den Kopf des Generals.

»Verdammt, Greg, hindern Sie ihn daran, diesen Kode einzugeben!«, kam es leise aus dem Telefon.

Die Offiziere drückten eine weitere Taste. *Wie viele Stellen waren das?*, rätselte Lambert, während Rasow, immer noch über das Buch gebeugt, »Sechs« sagte.

Lambert betätigte den Abzug und das Gewehr hämmerte gegen seine Schulter. Auf die Köpfe der drei Männer regneten Schutt und Staub herab.

Die beiden Sitzenden duckten sich und starrten Lambert mit vor Schreck erstarrten Gesichtern an. Rasows Finger ruhte immer noch auf der Seite, doch er blickte auf und sah Lambert ins Gesicht. »Null.« Als die beiden Männer angesichts des Gewehrs in Lamberts Hand zögerten, trieb er sie an. »Schneller! Null!«

»Keine Bewegung, Greg«, hörte Lambert, während die Offiziere die Tasten an ihren Geräten betätigten. Aus dem Augenwinkel sah er Filipow, der sein Gewehr ebenfalls an die Schulter gelegt hatte und auf Lamberts Kopf zielte.

»Greg! Was ist los? Sind Sie noch dran?«, schrie der Präsident.

»Buchstabe R!« Die beiden Männer gaben die siebte Stelle des zwölfstelligen Kodes ein. »M!« Durch die fest installierte, eiserne Zielvorrichtung seines Gewehrs beobachtete Lambert, wie die achte Stelle eingegeben wurde.

»Runter mit der Waffe, Greg. Sofort.«

»G!« Die neunte Stelle wurde eingegeben, während Greg den Präsidenten schreien hörte:

»Ist das ein Abschusskode? Gibt er einen Abschusskode ein? Greg, sind Sie noch da?«

»Null!« Die zehnte Stelle.

»Greg, um Gottes willen, wenn Sie da sind, halten Sie den Mistkerl auf!«

»Fünf.« Rasow blickte auf. »Ich versuche, die Welt zu retten. Vertrauen Sie mir, Mr. Lambert?« Lambert sah Filipow an, der ihn anbrüllte: »Greg! Ich warne dich, leg das Gewehr weg und zwar sofort!«

Lambert blickte erneut Rasow an. »Es ist Ihre Entscheidung, Mr. Lambert, ganz allein Ihre Entscheidung.« Rasow sah erneut auf die Zahl über seiner Fingerspitze. Einer der vor ihm sitzenden Offiziere schloss die Augen. »Sechs«, befahl Rasow gelassen.

Die Offiziere hoben die Finger, um die Tasten zu drücken, und Lambert verstärkte den Druck auf den Abzug. Die zwölfte Stelle wurde eingegeben. »*Kommanda podana*«, sagten beide Offiziere gleichzeitig. »Kode akzeptiert.«

Lambert senkte das Gewehr. Filipow riss ihm die Waffe aus den Händen, wobei er die ganze Zeit mit einer Hand das eigene Gewehr auf Lamberts Brustkorb gerichtet hielt. Gregs Kiefer schmerzte, so fest hatte er die Zähne zusammengebissen. Sein Herz setzte einen Augenblick lang aus, als er mit der Zunge nach dem unteren hinteren Backenzahn tastete. Bis jetzt spürte er weder einen bitteren Geschmack noch ein taubes Gefühl. Die Krone schien intakt zu sein.

»Lassen Sie mich jetzt mit dem Präsidenten sprechen«, sagte Rasow, während er zum Telefon ging.

An Bord von NIGHTWATCH, *über Zentralohio*
31. August, 1735 Uhr GMT (1235 Uhr Ortszeit)

»Mr. President, ich habe soeben einen Kode eingegeben«, verkündete Rasows Stimme über den Lautsprecher, »der auf Befehl von Präsident Gorbatschow nach dem misslungenen Staatsstreich vom August 1991 gegen ihn erstmals in die Datenbank mit den Kodes aufgenommen wurde. Während des Coups gerieten sowohl sein Koffer mit den Nuklearkodes als auch der von Verteidigungsminister Jasow in die Hände der Putschisten. In der Endphase des Staatsstreichs drohte Jasow damit, Atomwaffen gegen die sowjetische Basis der Luftstreitkräfte einzusetzen, von der aus General Schapaschnikow den militärischen Widerstand gegen den Putsch organisierte.«

Thomas sah, wie der Präsident mit den Augen den CIA-Direktor suchte, der achselzuckend den Kopf schüttelte, jedoch aufstand und sich neben den Präsidenten stellte.

»Nach dem Zusammenbruch der Sowjetunion wurde der Kode vom Militär weiter geheim gehalten und von Gorbatschow an Boris Jelzin weitergegeben. Als ich beim Militärputsch in diesem Jahr Präsident Poltawski verhaftete, bat dieser mich um ein privates Gespräch. Er verriet mir einen Kode, der ständig auf der langen Liste ›reservierter Kodes‹ stand. Diese werden von unserem System für Befehls-, Kommunikations- und Schulungszwecke reserviert und sind für die täglich nach dem Zufallsprinzip generierten aktiven Abschusskodes nicht verfügbar.«

Der CIA-Direktor griff dem Präsidenten über die Schulter und drückte die Stummtaste. »Wir haben keine Ahnung, ob an dem, was er sagt, etwas dran ist.«

»Der Kode enthielt die Initialen und das Alter von Michail Gorbatschow und seiner Frau Raissa.«

Der Präsident schob den Finger des Direktors beiseite. »Was bewirkt dieser Kode?«

»Er soll einen nicht autorisierten Einsatz von Atomwaffen verhindern, Mr. President, und zwar insbesondere in einem russischen Bürgerkrieg.«

»Funktioniert er?«

»Ich weiß es nicht«, gab Rasow nach einer langen Pause zurück. Erneut folgte ein ausgedehntes Schweigen, während der Präsident in die ihm zugewandten Gesichter der Männer am Konferenztisch blickte.

»Sie müssen unbedingt Ihren Angriff auf die Bastion in der Karasee zurückrufen«, sagte Rasow. »Das mit der Fail - Deadly-Politik war kein Trick, keine gezielte Desinformation. Das sind tatsächlich die nuklearen Steuerungsbefehle, die Zorin für diese Unterseeboote eingegeben hat.«

»Ich würde gern mit Mr. Lambert sprechen.«

Während der kurzen Pause, die nun entstand, blickte Thomas auf die Uhr und sah dann den Oberbefehlshaber der Marine an, der das Gleiche tat. Die Marine- und Luftstreitkräfteeinheiten in der Karasee befanden sich über ihren Zielen beziehungsweise ganz in deren Nähe.

»Ja, Mr. President?«, meldete sich Lambert.

Der CIA-Direktor hob die Hand, um Costanzo Schweigen zu bedeuten. »Lambert, haben Sie Rasows Geschichte gehört?«

»Ja, das habe ich.«

Der Präsident setzte zum Sprechen an, wurde jedoch erneut mit einer Geste zum Schweigen gebracht. »Waren Sie während der gesamten Prozedur der Autorisierung des Abschusses mit Rasow zusammen?«

»Ja.«

»Können Sie uns weitere Details liefern?«

Thomas starrte den Lautsprecher an, der für einen Augenblick stumm blieb. »Nein, zum Teufel«, antwortete Lambert, dem die richtige Antwort auf die Kodefrage nicht sofort einfiel, »ich stehe in keiner Weise unter Druck!«

Der Direktor nickte dem Präsidenten zu. »Greg«, sagte dieser, »Sie waren dabei. Sie haben ihn beobachtet. Was glauben Sie?«

Diesmal gab es kein Zögern. »Ich glaube General Rasow, Sir. Ich bin davon überzeugt, dass er die Wahrheit sagt.«

Thomas sah, wie der Präsident die Backen aufblies und in die gefalteten Hände pustete, als wären sie kalt geworden.

Dann blickte Costanzo den Oberbefehlshaber der Marine an. »Admiral, brechen Sie den Angriff auf die Bastion ab.«

Während der CNO die Berichte wiederholte, welche ihn über die beiden Telefone erreichten, die er an seine Ohren gepresst hielt, und der Verteidigungsminister auf einem Notizblock mitschrieb, hingen Thomas' Augen an dem einzigen Bildschirm, der das Flugdeck der *U.S.S. United States*, des neuesten der nuklearen Flugzeugträger der Nimitz-Klasse zeigte, die durch die Wellen der Karasee pflügte.

»Die Zerstörer *Laboon* und *John Rogers* bestätigen den Abbruch«, meldete Admiral Dixon und der Verteidigungsminister trug die Namen unter der Überschrift »Zerstörer« ein. Der Flugzeugträger zeigte neue Aktivität, nachdem zu Beginn des Angriffs über eine halbe Stunde lang mehr als achtzig Maschinen mit atemberaubender Geschwindigkeit von den Katapulten auf den geneigten Decks abgeschossen worden waren. Thomas sah eine F-14 herandonnern, die Pylone an Tragflächen und Rumpf schwer beladen mit nicht abgeschossenen Luft-Luft-Raketen. Der Haken am Schwanz griff kurz hinter der Mitte in das Haltekabel: eine perfekte Landung.

»Die Angriffs-Unterseeboote *Salt Lake City* und *Indianapolis* sowie die Fregatten *Robert G. Bradley* und *Stephen W. Groves* bestätigen den Abbruch«, verkündete Dixon und der Verteidigungsminister schrieb mit.

»General Rasow«, fragte der Präsident mit erhobener Stimme, »sind Sie noch dran?«

»Ja, Mr. President.«

»Was ist mit den übrigen Bedingungen?«

»Sie sind akzeptabel.«

»Und Sie sprechen für die gesamte Militärmacht Russlands?«

»Ja. Ich bin mir sicher, dass meinen Befehlen Folge geleistet werden wird.«

Die Tür öffnete sich und ein Air Force Sergeant kam mit einer Nachricht für den NSA-Direktor herein. Der Präsident drückte die Stummtaste und wandte sich an Thomas. »Sollen wir den Bodenangriff auf Moskau ebenfalls abbrechen?«

Bevor Thomas antworten konnte, mischte sich der NSA-Direktor ein. »Einen Augenblick, Sir.«

»Die Kreuzer *Philippine Sea* und *Vincennes*, die Zerstörer *John Paul Jones* und *Deyo*, die Fregatten *Ford* und *Klakring* sowie die Angriffs-Unterseeboote *Albany, Jacksonville, Tucson* und *Newport News* bestätigen den Befehl«, berichtete Admiral Dixon, während der NSA-Direktor um den Tisch herumging und sich neben den CIA-Chef hinter den Präsidenten stellte.

»Wir haben soeben Bilder vom Satellitenüberflug über Nishnij Nowgorod erhalten«, sagte er, während Thomas die Augen nicht vom Deck des Flugzeugträgers wandte, auf dem soeben eine plumpe E-2C landete, deren riesige Radarkuppel wie ein Regenschirm über dem massigen Rumpf hing. Für den Fall, dass die Landung abgebrochen werden musste, liefen die Propeller auf Hochtouren. »Die russischen Armee-Einheiten im Osten zerstreuen sich und verteilen sich im Land. Ersten Analysen zufolge wäre dieses Verhalten mit Operation Samson vereinbar.«

Der Finger des Präsidenten ruhte immer noch auf der Stummtaste. Thomas, dem bei dem Abbruch des Angriffs ohnehin nicht wohl in seiner Haut gewesen war, hatte eine düstere Vorahnung. »Wie sieht es mit den Rückrufen aus?«, erkundigte er sich bei dem Verteidigungsminister.

Der überprüfte seine Liste, wobei er mit dem Bleistift auf die einzelnen Namen deutete. »Alle Angriffs-Unterseeboote haben die Operation abgebrochen. Die Fregatten sind auch okay.«

»Und die Flugzeugträger haben ohnehin sofort Rückmeldung erstattet«, ergänzte der CNO.

»Aber die *Comte de Grasse* steht noch aus.«

»Die ist ohnehin nicht einsatzbereit«, sagte Admiral Dixon, führte aber dennoch die Sprechmuschel eines der Telefone an seinen Mund. »Frank, besorgen Sie mir die Bestätigung von der *Comte de Grasse*.« Er lauschte eine Sekunde lang. »Sie ist vor vier Minuten gekentert. Such- und Bergungstrupps sind unterwegs.«

»Das heißt, alle Zerstörer haben den Befehl entweder bestätigt oder sind nicht einsatzbereit, Mr. President«, meldete der Verteidigungsminister, »aber ein Kreuzer der Aegis-Klasse, die *Anzio*, hat sich nicht gemeldet.«

»Frank?«, fragte der CNO. »Was ist mit der *Anzio* los?«

»Einer ihrer LAMPS-Helikopter meldete vor ein paar Minuten, dass sie einen Angriff fährt«, berichtete der Verteidigungsminister. »Ihr Kommunikationssystem wurde durch einen Raketenangriff von einem russischen Kreuzer zerstört, den sie wiederum mit Harpoons versenkte.«

»Wir müssen sie aufhalten«, sagte der Präsident.

»Die *John S. McCain*«, erklärte Admiral Dixon und ließ die Hände mit den beiden Telefonen sinken, »einer der Zerstörer, die sich gemeldet haben, gibt der *Anzio* Lichtsignale und hat einen Warnschuss vor ihren Bug abgegeben.«

»Wie weit ist sie vom Ziel entfernt?«, fragte Thomas.

»Sie ist sehr nah dran.«

»Versenken Sie das Schiff«, befahl der Präsident. Als Thomas und der CNO ihn nur anstarrten, wiederholte er seine Anweisung. »Befehlen Sie der *McCain*, die *Anzio* zu versenken.«

Admiral Dixon sah ihn wie erstarrt an. »Tun Sie es!«, befahl Thomas.

»Frank«, sagte der CNO ins Telefon, »haben Sie die *McCain* …?«

Mitten im Satz verstummte er. An seinem Gesicht sah Thomas, dass es bereits zu spät war. Er blickte erneut auf den Bildschirm, der das geschäftige Flugzeugdeck zeigte. Im Hintergrund stießen das tiefblaue Meer und der kühle, hellblaue Himmel zusammen. Es war wie in einem bösen Traum. Gerade eben noch schnitt nur der Bug einer entfernten Fregatte durch die Wellen, im nächsten Augenblick jagte ein feuriger Pfeil mit rauchendem Schweif in das Weltall. Das erste russische Unterseeboot hatte gefeuert.

»Die *McCain* meldet, die *Anzio* hat acht Anti-Unterseeboot-Raketen abgefeuert«, sagte Admiral Dixon.

»Mr. President«, erklärte Thomas müde, »ich empfehle, den Angriff so schnell wie möglich wieder aufzunehmen und unverzüglich den Einsatz taktischer Nuklearwaffen zu gestatten.« Mit dem Kopf deutete er auf den Bildschirm, auf dem am Horizont ein halbes Dutzend Kondensstreifen zu sehen war.

»Um Gottes willen.«

Kreml, Moskau
31. August, 1750 Uhr GMT (1950 Uhr Ortszeit)

»Mr. President«, sagte Rasow mit ruhiger Stimme.

Lambert, der seitlich neben der Kredenz stand, hörte den Präsidenten durch das Telefon schreien. Immer noch hielt Filipow, der am Konferenztisch lehnte, das Gewehr wie beiläufig auf ihn gerichtet.

»Mr. President, Sie dürfen Ihre Raketen nicht auf mein Land abschießen«, warnte Rasow mit erhobener Stimme. »Mr. President! Mr. President, dürfte ich bitte ...« Rasow schnitt eine Grimasse. »Mir ist bewusst, dass die Vereinigten Staaten Ziel der von den Unterseebooten abgefeuerten Raketen sind. Aber wenn es um die moralische und politische Verantwortung für diese Krise geht, dann muss ich Sie wohl nicht daran erinnern, dass Sie vor den Fail-Deadly-Abschussbefehlen gewarnt wurden, unter denen die Unterseeboote operieren!«

Während Rasow lauschte, konnte Lambert den Präsidenten schreien hören. »Mir ist vollkommen klar, dass die Angriffe gegen die Bastion fortgesetzt werden, Mr. President. Unter den gegebenen Umständen muss ich mit schwerem Herzen hoffen, dass Ihre Schläge gegen die Unterseeboote, die ihre Raketen noch nicht abgeschossen haben, erfolgreich sein werden.« Der Präsident unterbrach ihn erneut und Rasow hörte ihm geduldig zu. »Nein, ›erfolgreich‹ im absoluten Sinne des Wortes kann man es nicht nennen, wenn Dutzende von Gefechtsköpfen auf Ihre Militäranlagen und Städte herabregnen. Zudem wird sich diese Zahl auf Hunderte, wenn nicht gar Tausende erhöhen, bis Ihre Unterseeboote und Flugzeuge erneut in Feuerposition gegangen sind.« Er lauschte erneut. »Ich verstehe, aber selbst wenn Sie taktische Nuklearwaffen einsetzen, werden die Unterseeboote weiterhin ihre Raketen abfeuern.«

Diesmal ließ die lautstarke Unterbrechung des Präsidenten Rasow mit den Zähnen knirschen. »Mein Gespräch mit Ihnen von vorhin war kein Trick, mit dem ich Sie überreden wollte, Ihren Angriff auf die Bastion abzubrechen, damit die Unterseeboote feuern können!« Quäkend drang das Gebrüll am anderen Ende der Leitung aus dem winzigen Lautsprecher des Hörers. »Mr. President, die Unterseeboote haben ihre Raketen abgeschossen, weil sie angegriffen wurden, nicht weil ich die Kodes in die Kommunikatoren eingegeben habe!«

Eiswasser schien durch Lamberts Adern zu fließen, als er sich diese Möglichkeit vor Augen führte. Hatte er, mit dem Gewehr in der Hand, untätig daneben gestanden, als Rasow den Abschuss der Raketen auf hunderte amerikanische Städte anordnete? Sein Mund wurde trocken. Er sah Filipow an, der seinen Blick über die schwarz gähnende Mündung des Gewehrs hinweg erwiderte.

Seufzend hielt Rasow Lambert das Telefon hin, aus dem immer noch das Gebrüll des Präsidenten drang. Er bedeckte mit der Hand die Sprechmuschel. »... was soll ich denn tun? Einen weiteren Irrtum annehmen? Mein Land ist zerstört, Millionen von Menschen wurden getötet und ich soll von einem erneuten Fehler der Russen ausgehen und nicht zurückschießen! Was soll ich glauben? Wie kann ich annehmen, dass Sie diesen mörderischen Showdown nicht inszeniert haben, weil Sie den Krieg ohnehin verloren haben?«

»Ihr Präsident will den Abschuss der verbleibenden Nuklearwaffen Ihres Landes anordnen, um die Bevölkerung meines Landes zu vernichten«, erklärte Rasow. »Wenn er das tut, werde ich die zweihundert Interkontinentalraketen abfeuern, die von unseren Strategischen Raketenstreitkräften bereits neu geladen wurden. Deren Kodes sind vom alten System unabhängig und von dem Befehl, den ich für die Raketen der Unterseeboote eingegeben habe, nicht betroffen. Ich will, dass Sie, Gregory Lambert, ihn davon überzeugen, dass er die Raketen nicht abschießen lassen darf.«

»Das wird nicht klappen, Sie Mistkerl!«, tobte Costanzo. »Ich werde nicht als größter Idiot aller Zeiten in die Geschichte eingehen! Selbst Livingston hatte den Mut, nach erfolgter Warnung feuern zu lassen, und wartete nicht, bis die ersten tausend Gefechtsköpfe einschlugen, die Ihre Leute irrtümlich abgeschossen hatten.«

Lambert nahm das Telefon. »Mr. President?«

»Sagen Sie ihm, dass die ersten Schläge strategische Einrichtungen zum Ziel hatten«, flüsterte Rasow.

»Was?«, fauchte der Präsident.

»Sagen Sie ihm, dass er diesmal nichts zu verlieren hat, wenn er wartet«, soufflierte Rasow. »Diese Raketen sind nicht auf Ihre Atomwaffen gerichtet. Sollten die Gefechtsköpfe tatsächlich detonieren, kann er also immer noch zurückschlagen.«

»Rasow sagt, Sie hätten nichts zu verlieren, wenn Sie warten«, erklärte Lambert, nicht besonders überzeugt.

»Nichts zu verlieren!«, tobte der Präsident. »Nichts zu verlieren? Was ist mit Dreiviertel unserer Produktionsanlagen und sechzig bis siebzig Millionen Menschen, falls die Windrichtung ungünstig ist?«

»Sagen Sie ihm, die Raketen werden nicht detonieren«, flüsterte Rasow. »Die Sicherungskreisläufe wurden durch die von mir eingegebenen Kodes blockiert, so dass sie die Gefechtsköpfe nicht zur Explosion bringen können.«

Lambert legte die Hand über die Sprechmuschel, während er im Hintergrund den Präsidenten »Öffnen Sie das Ding!« rufen hörte.

»Was, wenn der Sperrkode«, fragte Lambert – *falls es überhaupt ein Sperrkode war,* dachte er dabei, »nicht rechtzeitig durchging oder schlicht und einfach nicht funktioniert?«

»Mr. Lambert, welchen Unterschied macht das? In zwanzig Minuten ist Ihr Land entweder zerstört oder nicht. Auf jeden Fall wird Ihr Atomarsenal, werden Tausende von Atombomben in den Raketen Ihrer Unterseeboote, in den Bombenschächten der in der Luft befindlichen Flugzeuge und in den Marschflugkörpern, mit denen praktisch jedes Kriegsschiff Ihrer Marine ausgerüstet ist, unversehrt und sofort einsatzbereit bleiben. Außerdem werden Ihre Truppen sich nach wie vor Block um Block den Weg durch die Hauptstadt meines Landes freikämpfen.«

Über das Telefon hörte Lambert Admiral Dixon die Liste der Ziele verlesen. »Saratow, siebenunddreißig Gefechtsköpfe. Omsk, einunddreißig Gefechtsköpfe. Jaroslawl, dreißig Gefechtsköpfe. Kaluga noch nicht beschießen, dort werden wir nach Abzug unserer Truppen und Evakuierung der Bevölkerung Atomminen einsetzen.«

»Mr. President.« Lambert hörte, wie der CNO sagte: »Wladimir, achtundzwanzig Gefechtsköpfe.« »Mr. President!«, brüllte Lambert.

»Was?«, erwiderte Costanzo ärgerlich.

»Sir, es gibt nur eine Hoffnung, eine einzige Chance. Dem entsetzlichen Ende, das wir alle fürchten, können wir nur entgehen, wenn General Rasow die Wahrheit sagt und dieses eine Mal die Sicherheitsvorkehrungen funktionieren, die bis jetzt versagt haben. Nur so kann eine fürchterliche Tragödie verhindert werden. Wenn Sie jetzt feuern lassen, ist diese Chance für immer verspielt, denn General Rasow wird seine neu geladenen Raketen abschießen lassen, bevor unsere Raketen die russischen Silos treffen. Und wenn Rasow die Wahrheit sagt und das System funktioniert, wen wird die Geschichte dann verurteilen, Mr. President? Wenn die Gefechtsköpfe der Unterseeboot-Raketen nicht über unseren Städten detonieren, aber wir Millionen von Russen töten und ihre Interkontinentalraketen in unseren Städten explodieren, wer hat dann den letzten, den endgültigen Fehler begangen?«

»Verdammt, Greg!«, brüllte Costanzo. »Ich weiß nicht, ob die Ihnen eine Waffe an den Kopf halten oder ob Sie einfach nur vertrauensselig sind, aber von mir können Sie nicht mehr verlangen, dass ich Rasow vertraue.«

»Sir, Ihnen bleibt keine Wahl.«

»Da täuschen Sie sich, Greg, und zwar ganz gewaltig. Mir steht hier ein ganzes Buch zur Auswahl!«

»Mr. President!«, brüllte Lambert, aber die Leitung war tot.

Immer noch den Hörer am Ohr, blickte Lambert Rasow an. Die Sekunden verstrichen. Als dem General klar wurde, dass die Verbindung unterbrochen war, erstarrte sein Gesicht zu einer bitteren Maske. Die Fältchen um seine Augen vertieften sich und die Zähne hinter den leicht geöffneten Lippen pressten sich aufeinander. »Wo sind die Kodes für die neu geladenen Raketensilos?«, fauchte er auf Russisch die beiden Offiziere an, die immer noch vor den geöffneten Kommunikatoren saßen.

»General Rasow!«, schrie Lambert. »Er hat doch noch keine Entscheidung getroffen!« Rasow ging zu den beiden Geräten und blickte auf das Notizbuch, das er der Seitentasche eines der Kommunikatoren entnommen hatte. »Sie kennen doch General Thomas! Er kann den Präsidenten umstimmen! Die Argumente, die Sie dem Präsidenten gegenüber vorgebracht haben, gelten doch auch für Sie!«

»Dass er uns vertrauen soll? Sie verlangen von mir, dass ich einem Mann vertraue, der bereit ist, aus Wut Millionen meiner Landsleute zu töten? Oder zählt das für Sie nicht, Mr. Lambert, weil es sich um Russen handelt?«

Lambert sah seinen Freund Filipow an, Rasows Vertrauten und seine letzte Hoffnung, doch dieser hatte das Gewehr an die Schulter gelegt und zielte direkt auf sein Gesicht. »General Rasow«, flehte er, während er verzweifelt versuchte, Ordnung in das Chaos in seinem Kopf zu bringen, »wir wissen doch gar nicht, ob der Präsident den Abschussbefehl erteilt hat.«

»Und nachdem Sie unsere Satelliten zerstört haben, werden wir das auch erst herausfinden, wenn unsere verbliebenen Raketen in ihren Silos zerstört sind.« Mit hasserfüllter Stimme spuckte Rasow die an die beiden Offiziere gerichteten Befehle aus.

Lamberts Herz klopfte wie wild in seiner Brust, seine Kehle schien wie zugeschnürt. »Ja, da haben Sie recht.«

Rasow blickte langsam auf.

»Und wenn der Präsident wirklich feuern lässt und Sie

warten ab, haben Sie nicht nur die Gefechtsköpfe der Raketen Ihrer Unterseeboote blockiert, sondern auch Ihre letzten landgestützten Raketen verloren.« Lambert fuhr sich mit der Zunge über die Lippen und schluckte.

Mit zusammengebissenen Zähnen blickte Rasow auf die beiden Offiziere herunter. »Beginnen Sie die Sequenz!«

»General!« Lambert trat einen Schritt auf Rasow zu. Obwohl er hörte, dass die Sicherung an Filipows Gewehr metallisch klickte, konzentrierte er sich ausschließlich auf Rasow. »Was haben Sie zu verlieren? Welchen Vorteil geben Sie auf? Ihr Land wird in Schutt und Asche liegen. Soll mein Land ebenfalls zerstört werden? Warum? Die einzige Nation, die in der Lage ist, Ihnen beim Wiederaufbau zu helfen, würde in Flammen stehen, in den Herzen der Menschen würde bitterer Hass gegenüber Ihrem Volk herrschen, der auch in hundert Jahren nicht vergehen wird.«

Der Befehl lag Rasow auf der Zunge.

»Vielleicht hat er ja nicht feuern lassen!«, rief Lambert auf Russisch.

Nacheinander legten die beiden Offiziere den Finger auf die Übertragungstasten der beiden Kodegeräte. Dann blickten sie zu Rasow auf. Dessen graue Augen brannten sich in die von Lambert. Die Zeit stand still.

An Bord von Nightwatch, *über Zentralohio*
31. August, 1800 Uhr GMT (1300 Uhr Ortszeit)

»Geben Sie den Kode ein!«, befahl Präsident Costanzo.

»Sind Sie sich ganz sicher, Mr. President?«, fragte Thomas, der vor seinem Stuhl stand.

»Hören Sie, dieser Damokles, wer immer das auch sein mag, hat uns über die russische Fail-Deadly-Politik informiert. Sie waren alle davon überzeugt, dass das nur ein Trick war, dass die Unterseeboote ohne neue Befehle aus Moskau nicht feuern würden. Haben sie aber doch, nicht wahr?« Der Präsident sprang auf und eilte durch den Raum.

Immer wieder fuhr er sich mit den Händen durch das wirre Haar. »Entweder hat Rasow den Abschusskode eingegeben oder dieser Damokles hat die ganze Zeit über die Wahrheit gesagt. Und wenn Damokles nicht gelogen hat, dann existiert auch Operation Samson! Die Russen haben sich auf diese Situation vorbereitet. Die Industrie hat ihre Ausrüstung vergraben, die Armee hat sich zerstreut, kurz alles, was im Rahmen von Operation Samson vorgesehen war, wurde auch durchgeführt. Rasow wusste, dass wir zurückschießen würden, wenn er die Raketen auf unsere Städte abfeuert. Er spielt ein irrsinniges Spiel, von dem er sich irgendwie einen Vorteil verspricht.«

Haltsuchend griff er nach der Stuhllehne. Als Thomas in die gequälten Augen des Präsidenten sah, wusste er, welches Szenario in seinem Kopf ablief: das Ende der Welt.

Costanzo hob den Blick zum Bildschirm, der jetzt nicht mehr den Sturm auf Moskau zeigte, sondern ein Bild der Erde, vom Nordpol aus gesehen. Die Computer des NORAD verzeichneten den Weg der zwölfhundert Gefechtsköpfe, die dem Kessel thermonuklearer Detonationen über der Karasee entgangen waren und sich nun über der Eiskappe im Anflug befanden. Immer enger werdende Kreise über dem Gebiet der Vereinigten Staaten zeigten an, wo sie voraussichtlich aufschlagen würden. Aus der allgemeinen Lage der Kreise ging eines deutlich hervor: Die Gefechtsköpfe hatten die Städte zum Ziel.

»Geben Sie den verdammten Kode ein«, befahl Costanzo. Admiral Dixon griff zum Telefon. In wenigen Sekunden war der Befehl ausgeführt.

U.S.S. Nevada, *Beaufort-See, nördlich von Inuvik, Kanada*
31. August, 1805 Uhr GMT (0805 Uhr Ortszeit)

Als er das gedämpfte Summen der Sirene hörte, beschleunigte sich Captain Bill McKenzies Puls. Er öffnete die Augen und schwang die Beine auf den Boden. Das rote Licht über der Luke zu seiner Kabine blinkte gefährlich – *EAM* stand diagonal darüber.

Während er eilig in seine Schuhe schlüpfte, begann er, im Geist die Verfahrensregeln durchzugehen. Hastig kämmte er sich und strich die Uniform glatt, in der er geschlafen hatte. Normalerweise hätte er die Uniform in seinen Wäschesack geworfen und geduscht, aber das waren keine gewöhnlichen Zeiten. Deswegen schlief er auch in der Uniform.

Bevor er die Luke öffnete, räusperte er sich und richtete sich gerade auf. Dann trat er in den Gang hinaus und begab sich mit raschen Schritten auf seinen Posten.

»Kapitän auf Brücke«, meldete er laut, als er die überfüllte Zentrale erreichte. »Decksoffizier, erstatten Sie Bericht«, fuhr er dann leiser, aber mit der voll tönenden Stimme, die seine Besatzung so gut kannte, fort. Die lange eingeübten Worten kamen ohne jedes Zögern.

»Der Funkraum empfängt FLASH-Verkehr, Captain«, meldete der Decksoffizier, wobei er kurz aufblickte, um McKenzie in die Augen zu sehen. Niemandem sonst fiel das auf.

Angesichts der subtilen Veränderungen im Verhalten des Decksoffiziers schrillten bei McKenzie alle Alarmglocken. Er riss das Mikrofon aus der Halterung. »Funkraum, hier spricht der Kapitän.«

»Kapitän, hier Funkraum«, antwortete eine blecherne Stimme aus dem kleinen Lautsprecher oberhalb der Halterung. »Die Emergency Action Message lautet: NCA-Steuerungsbefehl. Alarmstufe Eins empfohlen.«

McKenzie spürte, dass sich die Blicke der Männer auf ihn richteten. Bewusst bemüht, keinerlei sichtbare Reaktion zu zeigen, führte er das Mikrofon erneut an seine Lippen. »Berufen Sie das EAM-Team ein.« Dann griff er nach oben, um die Sprechanlage für das gesamte Schiff einzuschalten. »Alle Mann, alle Mann, aufgepasst! Alarmstufe Eins, Alarmstufe Eins.«

Als er das Mikrofon in die Halterung zurücksteckte, wich McKenzie den fragenden Blicken der Männer aus.

»Decksoffizier, gehen Sie auf Abschusstiefe und halten Sie auch diese Position.«

»Aye, aye, Sir.« Der Decksoffizier drehte sich zum Kontrollraum seitlich der Brücke um. »Tauchen, auf Abschusstiefe gehen und Position halten.«

Ohne die Blicke der Männer zu beachten, begab sich McKenzie auf den Weg zum Funkraum.

»Kapitän von Brücke«, rief ein Matrose hinter ihm.

Ohne sich um die Matrosen zu kümmern, die aus ihren Kabinen strömten, ging McKenzie den langen Gang hinunter. Die Männer waren mitten in der »Nacht« ihres künstlichen Achtzehn-Stunden-Tages aus dem Schlaf gerissen worden. Die Hacken an die Schotts gepresst, ließen sie McKenzie passieren, bevor sie auf ihre Stationen weitereilten. Er hatte sich in seiner eigenen Welt verloren und ging in Gedanken immer wieder seine Aufgabe durch. Als er den Kommunikationsraum erreichte, fühlte er sich ruhig und gelassen. Er wusste, dass er mit kühler Überlegung und professionell handeln würde, das war seine Stärke. In den Augen der Besatzung würde er natürlich dem Anspruch genügen, den er selbst an seine Männer stellte: Er würde seine Aufgabe erfüllen.

Als er die Luke zum Funkraum öffnete, fuhren die drei Offiziere dort bei dem plötzlichen Geräusch zusammen. Dann standen sie stramm. Commander Pearcy, der im Rang direkt unter ihm stand, begrüßte ihn mit den Worten: »Bereit zur Verifizierung des Formats, Sir.«

Zufrieden stellte McKenzie fest, dass alles ablief wie vorgesehen. Seine Besatzung folgte seinem Vorbild, wie er hielt sich jeder an die vorgegebene Ordnung. McKenzie wandte sich an die beiden Lieutenants, die zu beiden Seiten eines kleinen Tisches standen. »Mr. Williams, Mr. Barnett, Format verifizieren.«

Während die beiden Lieutenants die versiegelten Authentifizierungspakete aufrissen, blickte McKenzie auf die Kopie der EAM, die Pearcy ihm reichte. Die Zahlen- und Buchstabenkodes erschienen ihm in jeder Hinsicht normal. Es war ein Steuerungsbefehl, wie er sie Hunderte, ja Tausende von Malen bei Übungen gesehen hatte. Zum ersten Mal fehlte jedoch der Vermerk DIES IST EINE ÜBUNG, der sonst in fetten Lettern oben und unten quer über die Seite geschrieben war. Er überprüfte den Ausdruck sorgfältig und fand die Indikatoren für Anfang und Ende der Übertragung.

McKenzie nahm ein Mikrofon vom Schott und sagte: »Kontrollraum, hier spricht der Kapitän. Diese Nachricht verlangt, Gefechtsstation Raketen bemannen.« Er schaltete die Sprechanlage auf Mithören. Durch den üblichen Hintergrundlärm hörte er den Decksoffizier sagen: »Wachhabender Offizier, lösen Sie allgemeinen Alarm aus.«

Fast sofort begann im gesamten Schiff ein digital erzeugtes Horn zu tuten.

Seine Kopie der EAM in der Hand, erhob sich Pearcy. »Captain, das EAM-Team hat eine korrekt formatierte Nachricht erhalten. Bitte um Erlaubnis zur Authentifizierung.«

»Mr. Williams, stimmen Sie zu?«, fragte McKenzie den Lieutenant zu seiner Linken.

»Ja, Captain, ich stimme zu.«

»Mr. Barnett, stimmen Sie zu?«

»Ich stimme zu, Captain.«

Alles lief schnell und effizient, so musste es sein.

»Sie haben die Erlaubnis zur Authentifizierung«, sagte McKenzie zu Pearcy.

»Authentifizierung – aye, aye, Sir«, antwortete dieser über den Tisch gebeugt. McKenzie atmete langsam durch die Nase ein, durch den Mund aus. Indem er seine Lungen füllte, beruhigte er seine jetzt aufs Äußerste angespannten Nerven.

»Captain, die Nachricht ist authentifiziert«, meldete Pearcy.

»Ich stimme zu, Captain, die Nachricht ist authentifiziert.« Das war Williams.

»Captain, ich stimme zu«, sagte Barnett.

»Ich stimme zu«, ergänzte McKenzie formal. »Es handelt sich um eine authentische Nachricht. Executive Officer, öffnen Sie den CIPT.«

»CIPT öffnen, aye, aye, Sir«, bestätigte Pearcy, während

McKenzie die Luke aufmachte und zur Zentrale unter dem Turm zurückkehrte.

Als er dort eintraf, sagte er mit einer Stimme, die alle anderen übertönte: »Achtung an Deck, hier spricht der Kapitän! Ich übernehme den Befehl an Deck und auf der Brücke.« Er warf einen Blick auf Tiefen- und Geschwindigkeitsanzeige. Alles war bereit. »Alle Maschinen Stopp.«

»Alle Maschinen Stopp«, wurde der Befehl vom Kontrollraum wiederholt.

»Tauchoffizier«, befahl McKenzie mit seiner tiefen Befehlsstimme, »Position halten vorbereiten.«

»Ein Drittel zurück«, befahl der Tauchoffizier, wobei er den beiden Fahrern, die an Steuerhörnern saßen, welche denen eines großen Flugzeugs ähnelten, über die Schultern blickte. »Tauchoffizier bereit, Position zu halten.«

»Tauchoffizier, beginnen, Position zu halten.«

»Beginnen, Position zu halten, aye, aye, Sir«, erwiderte der Tauchoffizier und das massige Stahlschiff begann das schwierigste aller Manöver, nämlich bewegungslos direkt unter der rollenden Oberfläche des Ozeans zu verharren.

McKenzie nahm das Mikrofon von der Konsole direkt neben ihm und sagte über die Sprechanlage des Bootes: »Auf 1-SQ gehen. Dies ist keine Übung, dies ist keine Übung. Auf 1-SQ gehen.« Er sagte nicht, wer er war; die Mannschaft kannte seine Stimme.

»Auf 1-SQ gehen«, kam die Antwort über Lautsprecher aus dem Raketenraum. Sie befanden sich nun auf der höchsten Alarmstufe. Der Hahn an Bord des hundertneunzig Meter langen und achtzehntausend Tonnen schweren Unterseeboots war gespannt.

Lieutenant Commander Pearcy und der dritthöchste Offizier an Bord trafen ein und McKenzie nahm die Schlüssel von der Kordel um seinen Hals. Während er sich anschickte, den Safe zu öffnen, gingen die anderen beiden Offiziere sofort zu ihren eigenen Safes, die an verschiedenen Stellen in der Zentrale untergebracht waren.

Im Vergleich zur Air Force, deren atomwaffenfähige Einheiten ständig in Kontakt mit dem Nationalen Oberkommando standen, waren die Kommandostrukturen an Bord eines Boomers, eines mit Raketen ausgerüsteten Unterseeboots, sehr kompliziert. Da diese Schiffe auf Gefechtsstation durch wenige Meter Wasser, das die Hochfrequenz-Funkwellen nicht durchdringen können, von der Außenwelt abgeschnitten waren und grundsätzlich in Kriegszeiten keine Antennen ausfahren durften, besaßen sie einen wesentlich größeren Ermessensspielraum. Die einzigen Nachrichten, die sie erhielten, bestanden aus einer Reihe von Funkwellen extrem niedriger Frequenz, die durch die Erde selbst übertragen und von einer Antenne empfangen wurden, welche man normalerweise Kilometer hinter dem Unterseeboot herzog, für das Verharren in der gleichen Position jedoch einholte. Aufgrund der langsamen Übertragungsgeschwindigkeit hatten sie nur einen kurzen Kode empfangen, eine Emergency Action Message oder EAM, der die normalen, beständigen Übertragungen von Wetterberichten, Daten zur Position des Feindes und Mitteilungen der Familien unterbrach, die gesendet wurden, um den Feind nicht durch einen plötzlichen Ausbruch von Aktivität zu warnen.

Für den Abschuss der Raketen war die Zustimmung von fünf Offizieren erforderlich: die der beiden untergeordneten Offiziere des EAM-Teams und die der drei Offiziere mit dem höchsten Rang, die an der Abschusskonsole standen. Falls einer von ihnen die Autorisierung nicht für gültig hielt, galt auch hier ein Befehl, der für die Unterseeboote einzigartig war. Der betreffende Offizier hatte sich dem Abschuss mit allen Mitteln zu widersetzen, selbst wenn dies den Einsatz tödlicher Gewalt bedeutete. Aus diesem Grund hatten diese Männer jederzeit Zugriff auf persönliche Waffen.

Die anderen beiden hochrangigen Offiziere traten mit ihren Abschuss-Schlüsseln, die sie aus ihren Safes genommen hatten, zu McKenzie. Nun wurden die Schlüssel ausgetauscht. Danach schloss jeder von ihn eines der drei getrennten Schlösser auf, mit denen die Waffen deblockiert wurden.

»Kapitän«, sagte der Decksoffizier, der den Vorgang beobachtet hatte, »Gefechtsstation Raketen und Tauchposition sind auf 1-SQ.«

»Sehr gut«, gab McKenzie zurück. »Waffenraum«, teilte er dann dem neben ihm stehenden Matrosen mit, »die Ausdrucke wurden validiert.«

»Waffenraum«, sagte dieser in das Mikrofon, das mit einem um dem Hals gelegten Riemen direkt unter seinem Kinn befestigt war, »die Ausdrucke wurden validiert.«

»Mr. Pearcy«, fragte der Kapitän, »wie lauten die Instruktionen des CIPT?«

»Den Instruktionen zufolge soll ein Abschuss erfolgen, sobald ein elektromagnetischer Impuls entdeckt wird, der mit der Detonation einer Atombombe über Nordamerika vereinbar ist«, erklärte Pearcy.

Pearcy reichte McKenzie die neuen Fail-Deadly-Befehle, die nach der letzten Wartungsverbindung der Computer mit dem Flottenhauptquartier ausgedruckt worden waren. Diese Art von Befehl gehörte nicht zu den häufig geübten. Nach kurzem Zögern führte McKenzie das Mikrofon an die Lippen.

»Raketenraum, für Feuerbefehl bereithalten.«

»Bereithalten für Feuerbefehl«, kam über Lautsprecher die Bestätigung aus dem Raketenraum. Die Waffe war damit entsichert.

»Der Feuerbefehl wird lauten: ›Eins durch vierundzwanzig‹«, las McKenzie vom CIPT ab.

»Der Feuerbefehl wird lauten: ›Eins durch vierundzwanzig‹«, wiederholte der Raketenoffizier über den Lautsprecher. McKenzie sah ihn vor sich, wie er in aller Eile die vertikale Reihe von vierundzwanzig Knöpfen drückte, von denen jeder von stumpfem Orange zu hellem Grün und damit von WARTEN auf BEREIT wechselte. Jeder Knopf öffnete den Abschuss-Stromkreis zu einer D-5, einer Unterseeboot-gestützten Trident-II-Interkontinentalrakete. Alle vierundzwanzig dreistufigen, von festem Treibstoff angetriebenen Raketen waren mit acht W88/Mk5-Raketen für den Wiedereintritt in die Atmosphäre ausgestattet, die mit je einem thermonuklearen Gefechtskopf von vierhundertfünfundsiebzig Kilotonnen ausgerüstet waren. Die Gefechtsköpfe würden die vorgesehenen hundertzweiundneunzig

Ziele in einer Entfernung von fast zehntausend Kilometern mit einer Abweichung von maximal hundertdreißig Metern treffen.

»Feuerbefehl verifiziert, Sir«, bestätigte der Raketenraum.

McKenzie starrte auf die Waffenkonsole. Die Anzeigen standen nun für alle Raketen auf Grün. »Waffenraum, Abschuss vorbereiten.«

Ein spannungsgeladenes Schweigen folgte. Es schien eine Ewigkeit zu dauern, bis die blecherne Stimme aus dem Lautsprecher an der Waffenkonsole drang. Sie klang leise und mechanisch, als befände sich der Sprecher viele Kilometer weit entfernt. »Abschuss vorbereitet.« Schweigen und dann erneut die Stimme aus dem Lautsprecher. »Eins durch vierundzwanzig vorbereitet.«

»Decksoffizier«, sagte McKenzie, ohne sich umzuwenden, »fahren Sie den Mast aus und suchen Sie nach elektromagnetischen Impulsen.«

»Periskop ausgefahren«, meldete der Decksoffizier, während McKenzie und die übrigen vier Offiziere, die den Abschuss der hundertzweiundneunzig Gefechtsköpfe des Unterseebootes beschließen mussten, warteten, ob die Antenne auch nur den geringsten von einer Atomexplosion ausgelösten elektromagnetischen Impuls registrierte.

Flüchtlingslager, Gorman, Kalifornien
31. August, 1815 Uhr GMT (1015 Uhr Ortszeit)

Während Melissa auf dem überfüllten Hang nach einem Platz suchte, fühlte sie sich an ein Picknick am 4. Juli, dem amerikanischen Nationalfeiertag, erinnert. Wären nicht die unterdrückten Schluchzer hinter vorgehaltenen Taschentüchern und das entsetzliche Summen des Notfallsignals aus dem Radio gewesen, hätte man denken können, die Menge habe die Köpfe in den Nacken gelegt und beschattete die Augen mit den Händen, um ein Feuerwerk zu genießen. Sie fand einen kahlen Stein und ließ sich nicht weit entfernt von einem alten Paar nieder, das sich in den Arm genommen hatte. Die Frau lächelte sie nach einem verstohlenen Blick auf Matthew traurig an.

Mit den Augen suchte Melissa den dunstigen Himmel in Richtung L.A. ab. Sie legte sich den immer unruhiger werdenden Matthew auf die Schultern und sagte: »Jetzt dauert es nicht mehr lange, Schätzchen.« Dabei liefen ihr Tränen über die Wangen.

Es war surrealistisch. Am liebsten hätte sie geschrien. Beim Anblick des Meeres von Köpfen, die den Himmel nach den ersten Anzeichen absuchten, hatte sie das Gefühl, sie müsste jeden Augenblick aufstehen und wie eine Wahnsinnige aus Leibeskräften brüllen. *Warum passiert so etwas? Was ist los mit der Welt?* Am Morgen hatte das Radio gemeldet, der Krieg sei fast vorüber, St. Petersburg und Moskau seien eingeschlossen. Und dann kam die Sonder-Nachrichtensendung.

»Stellt das Ding ab!«, rief jemand und das laute Summen aus dem Radio verstummte.

Die Szene wirkte nun sehr friedlich – Hunderte von Menschen kauerten vereint an einem Sonntagnachmittag auf einem Hügel.

»Da!«, rief ein Mann weiter unten am Hang und deutete mit ausgestrecktem Arm in den Dunst hinauf.

»Da sind sie!«, schrie eine Frau. Ein allgemeines Stimmengewirr folgte. Schluchzen wurde laut. Immer wieder rief jemand »Nein, nein!«

Melissa sah nach oben. Die weißen Kondensstreifen der Gefechtsköpfe wirkten in der teils trockenen, teils feuchten oberen Atmosphäre wie unregelmäßige Pinselstriche. Je tiefer die zahlreichen Geschosse jedoch sanken, desto dichter wurde der Wasserdampf und damit der Kondensstreifen. Mit Ausnahme von zwei oder drei Abweichlern gingen die meisten der über fünfzig Gefechtsköpfe in einem dicht gepackten Bündel über einem einzigen Fleck Erde in der Ferne nieder: Los Angeles.

Die Menge beobachtete den Höhepunkt einer Entwicklung, die bereits vor Wochen, ja vielleicht vor Jahrzehnten mit der Erfindung der Atomwaffen begonnen hatte. Melissa blickte auf das eng umschlungene Paar neben sich und fragte sich, ob sie David jemals wieder sehen würde. *Nur ein einziges Mal,* flehte sie. *Ich will ihn nur noch einmal wieder sehen.*

Als der erste Gefechtskopf hinter den Bäumen auf dem gegenüberliegenden Bergrücken verschwand, dachte sie: *Warum, Gott? Warum hast du kein Wunder mehr für uns?*

Dutzende weiterer Geschosse folgten, bis am Himmel schließlich nur noch die Kondensstreifen zu sehen waren, die sich allmählich im Wind auflösten. Das Paar vor ihr erhob sich und bürstete sich den Schmutz ab. Der Mann blickte Melissa und ihr Baby an. »Ziemlich schäbig«, kommentierte er das glanzlose Ende der Vorstellung.

Das »Feuerwerk« war vorüber und alles begann sich zu erheben. Nur Melissa und das ältere Paar neben ihr, das sich immer noch umschlungen hielt, blieben sitzen. Sie hatten keinen Ort, an den sie hätten gehen können, niemanden, der auf sie wartete, nichts, was sie hätten tun können. Der Hang leerte sich rasch. Einige hielten immer noch Transistorradios ans Ohr gepresst in der trügerischen Hoffnung, dass ihre eigenen Augen sie getäuscht haben könnten.

Melissa küsste Matthews Köpfchen, das von der Sonne ganz warm war. »So war es nicht immer«, flüsterte sie ihm zu, die Lippen an seine glatte, von zartem Flaum bedeckte Haut gepresst. Er roch angenehm nach Baby. »Früher gingen die Leute in Konzerte und zu Baseball-Spielen und ... in den Zirkus.« Die Tränen hinterließen nasse Streifen auf ihren Wagen. »Und wir hatten ein Haus mit einem eigenen Kinderzimmer für dich.« Ihre Lippen bebten, ihre Stimme brach. »Und ... und auf der Tapete an der Wand waren Luftballons und Clowns und Segelboote.« Als sie sich Matthew auf die Schenkel legte, sah er sie zufrieden an. »Es gab Musik und Gelächter.« Sie zwang sich zu einem Lächeln. Er sollte wissen, was Lächeln war.

Das ältere Paar neben ihr erhob sich und griff nach einer schweren Tasche. Arm in Arm gingen sie nicht nach oben zum Lager, sondern nach unten, in Richtung des Bergbachs.

»Sie haben Ihre Handtasche vergessen!«, rief Melissa der Frau nach.

»Die können Sie behalten, meine Liebe«, erwiderte diese lächelnd. Es war ein merkwürdiges Lächeln – friedlich, zufrieden, erfüllt. Melissa beobachtete, wie sie nach rechts davongingen, nicht nach links, wo ein steiler Pfad zum Wasser führte. Schließlich verschwanden sie hinter einem Felsvorsprung, der aus dem Grashang ragte, auf dem die Menge gesessen hatte. Der Mann hatte sogar seine Brille vergessen, die in der veränderten Welt des neuen Jahrtausends bestimmt nicht so leicht zu ersetzen war. Sie griff danach und ging den beiden nach.

Ein Schuss hallte durch das Tal unter ihr. Melissa blieb wie angewurzelt stehen, die Brille in der Hand. Als der zweite, der endgültige Schuss knallte, ließ sie die Brille fallen und wandte sich ab, um auf die Kondensstreifen am Himmel zu starren.

New York City
31. August, 1815 Uhr GMT (1315 Uhr Ortszeit)

Walter Livingston beugte sich über die Balkonbrüstung, um die Nationalgarde unten auf der Straße zu beobachten. Die Schüsse hatten den früheren Präsidenten und seine Frau von den CNN-Sondernachrichten weg und auf den Balkon gelockt. Von ihrem Aussichtspunkt hoch über der verlassenen Stadt verfolgten sie zwei Dramen gleichzeitig. Unter ihnen jagten Männer im Kampfanzug einen Plünderer, über ihnen, am Himmel, fand das Ende der Welt statt.

Zweimal hatten sie einen Blick auf die Beute der Nationalgardisten erhascht: einen jungen Mann, der einen Sack mit Besitztümern gefüllt hatte, die ihm doch nichts mehr nützen würden. Er versteckte sich in Eingängen und hinter Müllcontainern. Einmal liefen die Gardisten sogar an ihm vorbei, so dass er fast entkommen wäre, doch sie kehrten zurück.

Mit dem ersten unheimlichen Heulen der Sirenen, die den Luftangriff ankündigten, hatte das Spiel ein Ende gefunden. Die Soldaten hatten sich unten auf der Straße gesammelt und ihre Helme, Tornister und Gewehre auf einen Haufen geworfen.

Die Livingstons hatten alles beobachtet; nur Walter war kurz ins Haus gegangen, um ihnen Martinis zu mixen.

»Habe ich etwas verpasst?«, fragte er, als er Margaret das kühle Glas reichte.

»Sie sagten, es sieht so aus, als würden alle großen Städte getroffen werden«, erwiderte sie, wobei sie mit dem Kopf auf den Fernseher deutete.

»Nein, ich meinte, da unten.«

»Oh!« Sie lächelte. Gemeinsam beugten sie sich über die Blumentöpfe, die die Brüstung schmückten. Sie lächelte erneut und bot ihm den Mund zum Kuss. Ihre Lippen waren kühl, ihr weicher Mund vertraut.

»Und nun« – die Livingstons wandten sich der verängstigen CNN-Sprecherin zu – »verabschieden wir uns hier aus dem CNN-Studio in Atlanta mit diesen Szenen des Vorkriegs-Amerikas und der Musik von Beethovens Neunter Symphonie. Leben Sie wohl und viel Glück!« Die aufwühlende Musik begann. Walter Livingston wandte dem ersten Bild, einem lächelnden, kleinen Mädchen, das auf einem Volksfest Zuckerwatte aß, den Rücken zu.

»Seht mal!«, hörten sie von unten. Sie beugten sich über die Brüstung. Der Junge rannte, so schnell er konnte über den wild wuchernden Rasen des Parks, doch die Soldaten beachteten ihn nicht. Einer der Männer wies mit ausgestrecktem Arm auf den Himmel über ihnen.

Gleichzeitig blickten Walter und Margaret Livingston nach oben. Er fühlte, wie ihre Hand nach der seinen griff. Eiseskälte legte sich auf seine Brust und strahlte bis zwischen seine Schulterblätter aus. Ausgefranste Kondensstreifen hinter sich her ziehend, stürzten Dutzende von Gefechtsköpfen auf Manhattan zu.

»Oh … nein …« Margarets Stimme klang fern und schwach.

Er wandte sich zu ihr und nahm sie fest in die Arme. Viel Zeit blieb ihnen nicht, einige der Gefechtsköpfe würden schon in der Luft explodieren. Als sie ihren Kopf an seiner Brust vergrub, sah er für einen Augenblick, wie sich das Lächeln, das stets auf ihrem Gesicht lag, in eine verängstige Grimasse verwandelte. Im Hintergrund lief immer noch Beethovens Neunte.

Auf der Straße unter ihnen hörte er ein hohles Klappern. Als er sich über die Brüstung beugte, sah er einen Helm auf dem Gehweg liegen. Der Mann, dem er gehörte, riss die Arme aus den Riemen seines Rucksacks und ließ diesen ebenfalls auf den Boden plumpsen. Dann ließ er auch das Gewehr fallen und stieß den Helm mit dem Fuß über den Gehweg auf die leere Straße hinaus.

Margaret hielt ihren Ehemann ganz fest. Er blickte ein letztes Mal zum Himmel empor. *Das Ende der Welt*, dachte er, während er auf den dichten weißen Dampf starrte, den die herabstürzenden Gefechtsköpfe hinter sich herzogen. *So sieht es also aus.* Er vergrub das Gesicht in ihrem weißen Haar. Sie duftete nach einem Parfüm, das sie verwendete, so lange er sich zurückerinnern konnte.

Schon wollte er sie fragen, wie der Duft hieß, als ein fürchterlicher Knall durch die Schluchten der verlassenen Stadt hallte. Margaret zuckte zusammen und wurde dann in seinen Armen ganz schlaff. »Ich liebe dich«, sagte er so laut, dass es die Explosionen übertönte, die nun in rascher Folge mit gewaltigen Druckwellen die Luft erschütterten. Er hielt sie, damit sie nicht stürzte, während überall in der Straße Glas zerbrach und Bilderrahmen herabfielen. Eine große Vase, die auf einem Sockel im Foyer stand, stürzte um und zersplitterte auf dem Marmorboden. Unterdessen dröhnten die Explosionen durch die Stadt wie mächtige Trommeln.

Dann erstarb auch das letzte Echo und alles war ruhig. Margaret wurde in seinen Armen unruhig und er löste seinen schmerzhaft festen Griff. »Da ist er!«, rief jemand unter ihnen. Als sie hinunterblickten, sahen sie, wie die Soldaten ihre Jagd durch den Park wieder aufnahmen. Einer der Männer musste allerdings erst seinen Helm aufklauben, bevor er sich seinen Kameraden wieder anschließen konnte. Überall in der Stadt stiegen dichte schwarze Rauchsäulen auf. Plötzlich heulten die Sirenen des Feueralarms auf, während die Warnung vor dem Luftangriff erstarb.

Margaret blickte zu ihm auf. Ihr Gesicht war kreidebleich, doch in ihren Augen standen Tränen und ihre Lippen bebten in einer Mischung aus Lachen und Weinen. Walter lächelte und fühlte, wie ihm selbst die Tränen über die Wangen strömten. Als sie laut zu lachen begann, war auch er nicht mehr zu halten. »Die … die haben nicht funktioniert!«, stieß sie ungläubig hervor. Auf ihrem Gesicht lag ein Ausdruck verwirrter Freude angesichts des Wunders, das sie gerettet hatte. Sie lachten und lachten, während die Tränen immer weiter flossen.

»Wir gehen besser hinein«, sagte er mit einem Blick auf den schwarzen Rauch, der radioaktiv verseucht sein musste, auch wenn die Gefechtsköpfe nicht explodiert waren. Als er Margaret ansah, lächelte sie wieder, während ihre Lippen ein stummes Gebet murmelten. Er neigte den Kopf und sagte ebenfalls Dank, während ein Reporter im Fernsehen rief: »Und nun schalten wir zur CNN-Zentrale in Atlanta …!«

Kreml, Moskau
31. August, 2200 Uhr GMT (2400 Ortszeit)

Lambert, Filipow und Rasow standen an der Kreml-Mauer und blickten auf tausende Feuer, die die vorderste Front der vorrückenden Bündnistruppen markierten. Als er den Transport zu seinen eigenen Leuten organisierte, hatte Lambert den Kommandeur der First Cavalry Division gebeten, der russischen Feuerwehr den Zugang zu den brennenden Gebäuden zu gestatten, aber dieser schien die Gefährdung durch die Brände und die in der Stadt immer wieder aufflackernden Kämpfe offenbar zu groß zu sein. Auf jeden Fall tobten die Feuer mit unverminderter Heftigkeit. Der Wind fachte auch die kleineren Brände auf dem

Roten Platz unter ihnen an, der von Granateinschlägen und brennenden Fahrzeugen übersät war. Hie und da war noch der Lärm eines erbitterten Feuergefechts zu vernehmen. Trotz des Waffenstillstands starben auf beiden Seiten immer noch Menschen.

Lambert fröstelte, als der kalte Wind durch seinen verdreckten, zerrissenen Sommeranzug pfiff, und er blickte neidisch auf die beiden Russen in ihren warmen Wollmänteln.

Filipow erwiderte Lamberts Blick. Lambert suchte nach Worten, um die Kluft zu überbrücken, die sich zwischen ihnen aufgetan hatte. Plötzlich kam ihm ein Gedanke. »Erinnerst du dich an das Schwert des Damokles?«

»Was soll das?«, fauchte Filipow. »Das ist nicht der Moment für mysteriöse Anspielungen!« Sein Arm wies mit weit ausholender Geste auf die brennenden Feuer und er schüttelte verächtlich den Kopf.

Lambert war verwirrt; er war überzeugt gewesen, dass es sich bei dem Informanten Damokles um Filipow handelte. Er blickte Filipow in die Augen. »Lass uns darüber reden und sehen, ob von unserer Freundschaft noch etwas übrig ist. Wenn du das nicht willst, geht jeder von uns seiner Wege. Die Entscheidung liegt bei dir.«

Filipow starrte Lambert aus hasserfüllten Augen an. »Es ist immer das Gleiche mit den Amerikanern!« Mit vor Abscheu verzogenem Mund ließ er seinen Blick über Lambert wandern. »Ihr walzt alles nieder, tötet und zerstört und dann heißt es: ›Nun wollen wir wieder Freunde sein.‹ Deine Leute haben an der Moskauer Linie Nervengas eingesetzt – gegen schutzlose Miliz-Truppen, deren einziges Verbrechen es war, dass sie ihr Heim und ihre Familien verteidigen wollten.«

»Ihr habt zuerst zum Nervengas gegriffen!«, verteidigte sich Lambert gegen die Unterstellung, die Amerikaner hätten kriminell gehandelt.

»Gegen Truppen, die zumindest eine Chance hatten und die Ausrüstung besaßen, um sich zu schützen. Gegen Truppen, die in unser Land einmarschierten! Wir handelten aus Verzweiflung und schlugen dennoch nicht mit voller Macht zu. Haben wir nicht unsere Raketen vor dem Abschuss unschädlich gemacht?«

»Muss ich dich daran erinnern, wer das Ganze ins Rollen gebracht hat, Pawel?« Doch Filipow schüttelte nur den Kopf. Was Lambert zu sagen hatte, interessierte ihn nicht mehr.

Auf dem Roten Platz unter ihnen erschienen die Lichter eines Konvois: russische BTR-Transporter gefolgt von drei amerikanischen M-1-Panzern.

»Hier kommt deine Fahrgelegenheit«, stieß Filipow zwischen den zusammengebissenen Zähnen hervor. »Ich werde mich um die Organisation deiner Abreise kümmern.« Er wandte sich zu Lambert um. »*Proschchai*, Greg.«

Lambert starrte ihn an. Kein Händeschütteln, kein Rest der alten Freundschaft. *Proschchai*, nicht *Doswidanja. Er hat nicht »Auf Wiedersehen« gesagt, sondern »Lebewohl«.*

»*Proschchai*, Pawel«. Filipow ging davon und gab den Blick auf Rasow frei, der über der Mauer lehnte und auf die amerikanischen Panzern blickte. Erneut erschauerte Lambert im eisigen Wind. Auf Rasows Gesicht lag ein gequältes Lächeln.

Gemeinsam betrachteten sie die Szenerie unterhalb der Kreml-Mauern.

»Und wieder brennt Moskau«, sagte Rasow ohne Vorwurf. Es klang eher wie eine müde Feststellung, wie ein historischer Hinweis.

»Das letzte Mal war 1812, nicht?« Kaum hatte er die Worte ausgesprochen, verwünschte sich Lambert für seinen gedankenlosen Umgang mit diesem heiklen Thema.

»Napoleon«, erwiderte Rasow, der offenbar nicht gekränkt war. »Ja, 1812.« Er blickte Lambert an, der einen Augenblick lang glaubte, Rasow würde die Geschichtsstunde fortsetzen und eine weitere historische Parallele erwähnen. Nach seinem Sieg hatte sich Napoleon im Winter aus Moskau zurückgezogen. In der bitteren Kälte, und von den russischen Truppen ständig attackiert, war seine Grande Armée im Schnee Westrusslands zugrunde gegangen. »Was für ein entsetzliches Jahrhundert war das«, sagte Rasow stattdessen.

Drei Weltkriege, dachte Lambert, *einer zu Beginn, einer in der Mitte und einer am Ende des Jahrhunderts.* Er nickte. »Ich bin froh, wenn es vorüber ist. Ein neues Jahrhundert, ein neuer Anfang, ohne all das Blutvergießen, das das alte Jahrhundert besudelt hat.«

»Ein neues Jahrtausend. Tausend Jahre. Wie viele Armeen sind in den letzten tausend Jahren ins Licht der Geschichte getreten, wie viele Soldaten gefallen?«

»Zu viele.«

Rasow seufzte. Vielleicht hatte er auch nur tief Luft geholt, Lambert hätte es nicht sagen können. »Leider ist dieses Jahrtausend noch nicht ganz vorüber«, meinte er mit einem Blick auf die amerikanischen Panzer, deren Kommandanten wachsam aus den Luken starrten. Er richtete erneut den Blick auf Lambert. Dieser wurde das Gefühl nicht los, dass Rasow ihm etwas Wichtiges sagen wollte. »Was wollten Sie werden, als Sie klein waren, Greg?«

»Wie bitte?«

»Was wollten Sie als Kind werden? Lassen Sie mich raten. Präsident der Vereinigten Staaten?«

Lambert sah ihn prüfend an und schüttelte dann den Kopf. »Bester Spieler der NBA.« Rasow kniff die Augen zusammen und legte den Kopf zur Seite. Offenbar verstand er die Abkürzung nicht. »Der amerikanischen Basketball-Liga«, erklärte Lambert.

Rasow sah ihn abschätzend an, offenbar vergegenwärtigte er sich Gregs Körpergröße. Dann nickte er und sah wieder in den Wind hinaus. »Ich wollte Soldat werden.« Er blickte auf seine behandschuhten Hände. »General.« Lambert wartete, doch Rasow hatte offenbar nichts mehr zu sagen. Sein Blick schweifte über die lichterloh brennenden Gebäude am Horizont. Lambert blickte auf die Panzer hinunter, deren Kommandanten mit einer russischen Delegation unter Führung von Filipow verhandelten.

»Kennen Sie die Legende von Damokles?«, erkundigte sich Rasow abrupt. Lambert fuhr überrascht herum. Rasow erwiderte seinen Blick gerade lang genug, um ihm klar zu machen, dass er die Frage nicht zufällig gestellt hatte. »Damokles war ein griechischer Adliger, der immer wieder davon redete, wie sehr er den König um seine Macht und sein glückliches Schicksal beneidete.« Ein spitzbübisches Lächeln huschte über sein Gesicht. »Eines Tages hatte der König genug von seiner Schmeichelei und lud ihn zu einem Bankett ein. Dabei setzte er Damokles unter ein Schwert, das nur mit einem einzige Haar an der Decke befestigt war.« Seine Augen verengten sich, als der Wind ihm den kalten Regen ins Gesicht blies. »Wissen Sie, der König wollte ihm zeigen, dass die Krone nicht nur Freuden, sondern auch Ängste und Sorgen mit sich bringt.«

Rasow sah erneut auf den Platz herab. Lambert folgte seinem Blick. Vor den flackernden Flammen eines in Brand geratenen russischen Panzerfahrzeugs sah Lambert den dichten Regen niedergehen, der ihm wie mit Eisnadeln ins Gesicht stach. Erschauernd schlang er die Arme um seinen Körper. Als er Rasow ansah, hatte dieser das Gesicht zum Himmel erhoben und atmete in tiefen Zügen die kühle, feuchte Luft ein. Ohne Lamberts Blick zu erwidern, sagte er: »Amerika liegt sehr weit südlich. Wenn ich mich nicht irre, ist New York auf demselben Breitengrad wie Rom. Aber Sie wissen ja, wie hart hier die Winter sind.« Sein Blick streifte Lambert, bevor er zu den knisternden Flammen unter ihnen wanderte.

Dann streckte er mit einem Ausruf die behandschuhte Hand aus. Als Lambert in das Licht der Flammen sah, wurde ihm klar, dass es schneite. Auf Rasows ausgestreckter Hand lagen große, feuchte Flocken.

»Der erste Septemberschnee.« Lambert fühlte Rasow Augen auf sich ruhen. »Der Schnee kommt dieses Jahr früh«, sagte er langsam mit seiner sonoren Stimme, als der Wind den Schnee aus seiner Hand blies und Lambert erneut einen kalten Schauer über den Rücken jagte.

Nichts verbreitet so viel Melancholie wie eine gewonnene Schlacht, es sei denn eine verlorene Schlacht.

Arthur Wellesley, Herzog von Wellington
Depesche vom Schlachtfeld von Waterloo (Juni 1815)

EPILOG

Los Angeles, Kalifornien
2. Dezember, 2000 Uhr GMT (1200 Uhr Ortszeit)

David hielt Melissa fest an sich gedrückt. Bei jedem Atemzug roch er den sanften Duft von Matthews Babyflaum. »Ich liebe dich so«, wiederholte Melissa immer wieder, während sie die Arme um ihn schlang und ihr Gesicht an seiner Tarnjacke verbarg.

Innerhalb ihres Hauses schien alles merkwürdig unverändert. Der Atomkrieg, der Marsch auf Moskau, die ständige Verschlechterung der Lage der russischen Zivilbevölkerung und der aufkommende Anarchismus, als die Gewalt mit jedem Schneefall zunahm. All das war innerhalb von nur sechs Monaten geschehen. Aber hier zu Hause schien sich das Leben für die meisten Menschen nicht verändert zu haben. Für einige jedoch würde es nie wieder so sein wie zuvor: für die, die jemanden im Krieg verloren hatten, und für die, die um einen geliebten Menschen fürchteten, der beim Militär diente, das so viele Leute benötigte wie selten zuvor.

Melissa hob das tränenüberströmte Gesicht. Matthew gluckste. Entzückt von dieser Leistung, die nur Eltern zu schätzen wissen, sahen beide ihren Sohn und dann einander an. David küsste den Kleinen auf die Wange.

In der Einfahrt hupte ein Auto. David küsste Matthew erneut und reichte ihn dann Melissa, die todunglücklich wirkte.

David schwang sich die schneeweiße Tasche mit der schweren Winterausrüstung auf die Schulter und öffnete die Tür. Der Taxifahrer stieg aus, um den Kofferraum zu öffnen.

»Kannst du anrufen, wenn du angekommen bist?«, fragte sie mit bebender Stimme.

Er setzte zu einer Schilderung der Schwierigkeiten an, die es immer noch bereitete, von Moskau aus ein internationales

Ferngespräch zu führen, sagte aber stattdessen: »Klar, ich melde mich.«

»Und du hast wirklich genau aufgeschrieben, wie ich dich erreichen kann? ›Postbüro der Armee – Russland‹, das reicht?« David nickte und wandte sich um, um sie in die Arme zu nehmen, doch sie senkte den Blick und sprach weiter. »Und ... und es dauert nur noch ein paar Monate?« Sie sah ihn bewusst nicht an. David warf einen Blick auf den Taxifahrer, der offenbar seine Uniform und die Tasche mit dem mit schneeweißem Stoff bezogenen Helm gesehen hatte und nun geduldig an der Motorhaube lehnte.

»Es heißt immer noch, wir würden uns vollständig aus Westrussland zurückziehen.« Ihre fragenden Augen glitten über David, doch als er den Mund öffnete, redete sie hektisch weiter. »Sie werden dich doch nicht zur Besatzungsstreitmacht in Sibirien verlegen oder ... oder in die demilitarisierte Zone in China?« In ihrer Stimme schwang nackte Angst.

»Nein, nein.« David schüttelte den Kopf. »Nachdem wir die transsibirische Eisenbahn zerstört haben, ist es einfacher, Truppen von hier aus zu entsenden, als Russland von Europa aus zu durchqueren.«

»Und sobald der Anarchismus in den Städten unter Kontrolle ist ...?«, fragte sie zum hundertsten Mal.

»... werden wir uns aus dem westlichen Landesteil zurückziehen. Nur noch ein paar Monate.« David wiederholte die offizielle Linie mit mehr Überzeugung, als er tatsächlich fühlte. »Schatz, ich muss los. Mein Flug geht in einer Stunde.« Er rückte die schwere Tasche zurecht, um seinen schmerzenden Arm zu erleichtern. Unglücklich blickte sie ihn an. Sie hatte ihn packen sehen. Weißer Gore-Tex-Schneeanzug, weiße Stiefel, weiße kugelsichere Kleidung, alles war weiß und dick isoliert. Selbst die neuen Gewehrläufe bestanden aus weißem Kunststoff, auch die fünf chemischen Schutzanzüge in der Tasche, die in der bitteren Kälte der eurasischen Ebenen binnen weniger Stunden an Wirkung verlieren würden. Melissas Augen hingen an der Tasche. Sie hatte ihn packen sehen.

David schloss Frau und Sohn erneut ihn die Arme und drückte sie fest an sich. »Zwei Wochen«, sagte sie kopfschüttelnd. »Nur zwei Wochen zu Hause. Das ist nicht fair.«

»Ach, Liebling.« Schon wollte er ihr erzählen, dass er seinen ganzen Einfluss hatte einsetzen müssen, um diese beiden Wochen zu bekommen. Harkness, sein Brigadekommandeur, hatte den Antrag in eisigem Schweigen bewilligt. Dann jedoch entschied er sich, die Sache auf sich beruhen zu lassen. Seine Gedanken gingen zu seinem Bataillon, seinen Männern, die nicht den Luxus eines zweiwöchigen Heimaturlaubs genossen. Während seines Urlaubs hatte er einmal in Moskau angerufen. Barnes hatte ihm von der versuchten Plünderung der Lebensmittelvorräte des Bataillons berichtet. Zwei Posten waren verwundet worden. Im Gegensatz zu den Russen hatten sie jedoch insgesamt Glück gehabt. Vierzehn russische Zivilisten waren tot, dreißig weitere verwundet – nur, weil sie Hunger gehabt hatten. Die meisten waren Studenten der Moskauer Universität, die sich in der Nähe ihres Lagers oberhalb des früheren Strategie-Kommandobunkers im Ramenki-Distrikt befand.

In diesem Winter würde es zu Massenaufständen kommen, weil die Menschen hungerten. Vermutlich hatten sie bereits begonnen. Und es war die Aufgabe von David, mit seinen M-1-Panzern und anderen Soldaten wie ihm im amerikanischen Sektor Moskaus das Volk aufzuhalten. In Russland wimmelte es nur so von leichten Waffen, die im Krieg an die Miliz ausgegeben worden waren. Gegen Keramikpanzerung, 120-mm-Kanone und schwere Maschinengewehre vermochten sie jedoch nichts auszurichten. Mehr beunruhigte David der Gedanke an eventuelle Heckenschützen, doch seine größte Sorge galt nicht seinen Männern, sondern der hungernden Menge. Falls diese aus Verzweiflung seine Soldaten zu überrennen versuchte, würde es zur Katastrophe kommen. Die Amerikaner besaßen keine Gummigeschosse und ihr Tränengas funktionierte in der Kälte nur schlecht. Es war ein altes Problem, das sich stets stellte, wenn Armeen die Ordnung unter der Zivilbevölkerung aufrechterhalten sollten. Entweder tat man nichts oder schutzlose Menschen wurden innerhalb weniger Sekunden zu Hunderten oder gar Tausenden niedergemetzelt.

David küsste Matthew ein letztes Mal. Das Baby wand sich unruhig, an seinem Vater schien es nicht besonders interessiert zu sein. Er beugte sich vor und küsste Melissa, die angestrengt versuchte, die Tränen zu unterdrücken. Sich auf die Unterlippe beißend, blickte sie zu ihm auf. Dann stellte sie sich auf die Zehenspitzen und bedeckte seinen Mund und sein Gesicht mit Küssen, bis seine Wangen von ihren Tränen verschmiert waren.

»Ich liebe dich von ganzem Herzen.« Mit diesen Worten ging er.

Bereits auf dem Weg zum Taxi begann seine geistige Verwandlung. Vom Zivilisten zum Soldaten. Vom Soldaten zum Zivilisten. Nun erneut vom Zivilisten zum Soldaten. *Es hätte nicht so sein sollen.* Seine Gedanken kehrten zu seinem Leben vor dem Krieg zurück. Damals war ihm alles so normal erschienen. Es kam ihm vor, als wäre der beständige, stabile Lauf der Geschichte schlagartig abgebogen und hätte ihn mit sich gerissen auf einem Weg, den er sich nicht hätte träumen lassen. War der Lauf der Geschichte wirklich so zufällig oder ließ er sich nur nicht vorhersagen?

Als sich die Taxitür hinter ihm schloss, waren all diese Gedanken wie weggeblasen. Wie durch eine Linse sah er seine Frau und sein Kind in der Einfahrt stehen, während das Taxi zurücksetzte. Mechanisch winkte er ihnen zu; er brauchte seine ganze Energie, um einen Schutzwall gegen die schmerzhaften Gefühle zu errichten. Wie Schusswunden und geplatzte Trommelfelle war auch der Schmerz unvermeidlich, doch er konnte damit fertig werden. Ja, er konnte damit fertig werden.

»Wohin, Colonel?«, fragte der Fahrer.

Unbeantwortet hing die Frage in der Luft, bis sich der Taxifahrer nach ihm umdrehte. David vollendete seine mühsame Verwandlung und erteilte seinen ersten Befehl.

DANKSAGUNG

Für ihre Bereitschaft, einem Erstlingsroman eine Chance zu geben, möchte ich mich ganz herzlich bei meinen Agenten, Jay Garon und Nancy Coffey von Jay Garon-Brooke Associates, Inc., bedanken. Ewigen Dank schulde ich Michael Korda von Simon & Schuster, dessen Lektorat aus meinem Manuskript ein Buch und aus mir einen Schriftsteller machte. Für ihre Hilfe und ihre Ermutigung bedanke ich mich bei meinen ersten Lesern Boyd Carano, Vladimir Matlin, Larry Campagna und Charles Frost (Lt. Col., United States Army Reserve) und den Männern und Frauen des 417th IMA Detachment der Army Reserve, die das Buch in einem Kriegsspiel testeten und fachmännische Kommentare und Ratschläge lieferten.